Marcus Sakey
Die Abnormen

Das Buch

In Wyoming kann ein kleines Mädchen in der Art, wie jemand seine Arme verschränkt, seine dunkelsten Geheimnisse lesen. In New York erkennt ein Mann Muster im Auf und Ab der Börse und rafft 300 Milliarden Dollar zusammen. Man nennt sie »Abnorme« oder »Geniale«, Menschen mit außergewöhnlichen Fähigkeiten. Seit 1980 kommt ein Prozent aller Neugeborenen »abnorm« zur Welt – und seitdem ist alles anders. Einer von ihnen ist der Agent Nick Cooper. Seine Gabe macht ihn zum erfolgreichen Terroristenjäger. Er wird auf den vielleicht gefährlichsten Mann der Welt angesetzt, einen Genialen mit dem Blut vieler Menschen an den Händen. Um an ihn heranzukommen, muss Cooper gegen all seine Grundsätze verstoßen … und andere seinesgleichen hintergehen.

Marcus Sakey, »ein moderner Meister der Spannung« (Chicago Sun-Times) und »einer unserer besten Erzähler« (Michael Connelly), hat einen packenden Thriller geschrieben, eine Geschichte aus einer Welt, die so ganz anders und unserer doch erschreckend ähnlich ist.

Der Autor

Marcus Sakeys Thriller wurden für unzählige Preise nominiert und mehrfach ausgezeichnet. Sein Roman »Im Augenblick der Angst« wurde soeben verfilmt und »Die Abnormen« wird derzeit für den Film adaptiert. Der Autor ist außerdem Moderator der beliebten Reisesendung »Hidden City« auf dem Travel Channel, in der er regelmäßig mit Pfefferspray eingesprüht und von Hunden attackiert wird. Bevor er sich dem Schreiben widmete, arbeitete er als Landschaftsgärtner, Bühnentischler, 3D-Animator, Filmkritiker und Grafikdesigner (ohne Zeichentalent). Marcus Sakey lebt mit Frau und Tochter in Chicago. Besuchen Sie ihn auf seiner Website MarcusSakey.com oder folgen Sie ihm auf Facebook und Twitter, wo er unter dem einfallsreichen Nutzernamen @MarcusSakey postet.

MARCUS SAKEY
Die Abnormen

Übersetzt von Olaf Knechten

Die Originalausgabe erschien 2013 unter dem Titel »Brilliance« bei
Thomas & Mercer, Las Vegas.

Deutsche Erstveröffentlichung bei
Edition M, Amazon Media EU S.à r.l.
5 Rue Plaetis, L-2338, Luxembourg
April 2014
Copyright © der Originalausgabe 2013
by Marcus Sakey
All rights reserved.
Copyright © der deutschsprachigen Ausgabe 2014
by Olaf Knechten

Die Übersetzung dieses Buches wurde durch AmazonCrossing ermöglicht.

Lektorat: Judith Zimmer
Umschlaggestaltung: bürosüd⁰ München, www.buerosued.de
Satz: Monika Daimer, www.buch-macher.de
Printed in Germany
by Amazon Distribution GmbH, Leipzig

ISBN 978-1-477-82263-0

www.edition-m-verlag.de

Für die drei fantastischen Frauen in meinem Leben:
meine Mutter Sally,
meine Frau g.g.
und meine Tochter Jocelyn.
Es gibt keinen glücklicheren Mann als mich.

Auszug aus den Meinungsseiten der *New York Times*, 12. Dezember 1986

Viel Aufhebens wurde in letzter Zeit um Dr. Eugene Bryce und seine Untersuchungen der sogenannten »Genialen« gemacht, des kleinen Prozentsatzes von Kindern mit außergewöhnlichen Fähigkeiten, die seit 1980 geboren werden. Das ganze Ausmaß ihrer Begabungen kennen wir zwar noch nicht, aber ganz offensichtlich ist etwas Erstaunliches im Gange: Es kommen nicht nur gelegentlich ein paar »Savants« zur Welt, sondern täglich, sogar stündlich.

Früher wurde das Wort »Savant« meist in Kombination mit einem anderen verwendet, um den nicht sehr netten, aber durchaus zutreffenden Begriff des »Idiot savant« zu bilden. Diese ungewöhnlichen Personen mit ihren übermenschlichen Talenten hatten fast immer irgendeinen Defekt. Ein Mensch mit einer solchen Inselbegabung konnte etwa nach einem kurzen Blick die Londoner Skyline nachzeichnen, war jedoch unfähig, eine Tasse Tee zu bestellen. Er begriff vielleicht auf Anhieb komplexe Zusammenhänge wie die Stringtheorie oder nichtkommutative Geometrie, konnte aber mit dem Lächeln seiner Mutter nichts anfangen. Es war, als hätte die Evolution das Gleichgewicht wahren wollen. Was sie hier zu viel gegeben hatte, nahm sie dort wieder weg.

Bei den sogenannten »Genialen« liegt der Fall jedoch anders. Dr. Bryce schätzt, dass ein Prozent der seit 1980 geborenen Kinder über außergewöhnliche Gaben verfügen, aber in jeder anderen Hinsicht normal sind. Sie sind klug oder auch nicht. Gesellig oder auch nicht. Anderweitig talentiert oder eben nicht. Mit anderen Worten: Abgesehen von ihren wundersamen Fähigkeiten sind sie genauso wie andere Kinder.

Es überrascht sicher nicht, dass sich die öffentliche Diskussion vor allem um die Ursachen dreht. Woher stammen diese Kinder? Werden es immer mehr werden oder wird dieses Phänomen genauso plötzlich verschwinden, wie es aufgetaucht ist?

Aber die Welt steht vor einem viel gravierenderen Problem. Die Frage, die allen auf der Zunge liegt, die jedoch niemand zu stellen wagt, wohl weil wir die Antwort fürchten, lautet:

Was passiert, wenn diese Kinder erwachsen werden?

TEIL EINS:
DER JÄGER

KAPITEL I

Der Radiosprecher hatte gesagt, es würde Krieg geben, hatte es gesagt, als würde er sich darauf freuen, und Cooper, der ohne Mantel in der Abendluft der Wüste fröstelte, dachte nur: *Was für ein Arschloch.*

Er war schon seit neun Tagen hinter Vasquez her. Jemand hatte das Computergenie gewarnt, kurz bevor Cooper den rechteckigen, roten Backsteinbau erreichte. Es gab keinen Aufzug und die einzigen Lichtquellen waren ein Fenster, das auf einen Luftschacht hinausging, und die Betriebsanzeigen an Computern, Routern und Überspannungsschutzgeräten, die wie rote Augen glühten. Der Schreibtischstuhl war an die hintere Wand gerückt, als wäre jemand plötzlich aufgesprungen. Aus einer Schüssel mit japanischen Nudeln stieg noch Dampf auf.

Vasquez war abgehauen. Und Cooper war hinterher.

In Cleveland hatte Vasquez eine gefälschte Kreditkarte benutzt und war zwei Tage später in Knoxville von einer Überwachungskamera beim Anmieten eines Wagens erfasst worden. Danach hatte Cooper die Fährte verloren. Später hatte er in Missouri die Spur kurz wieder aufgenommen und wieder verloren und heute Morgen war Vasquez ihm schließlich in einem winzigen Kaff namens Hope in Arkansas nur ganz knapp entwischt.

In den vergangenen zwölf Stunden war sein ganzes Team extrem angespannt gewesen. Sie fürchteten, Vasquez würde über die mexikanische Grenze verschwinden, denn dahinter lag die große, weite Welt, in der jemand wie Vasquez problemlos untertauchen konnte. Aber mit jedem Schritt, den das abnorme Genie machte, konnte Cooper den nächsten besser voraussagen. So als würde er einen in Seidenpapier eingewickelten Gegenstand nach und nach freilegen, erkannte er im Vorgehen seiner Zielperson langsam ein Muster.

Alex Vasquez, dreiundzwanzig, eins siebenundsiebzig groß, unauffälliges Äußeres, aber mit einem Gehirn ausgestattet, in dem sich der logische Aufbau von Computerprogrammen dreidimensional entfaltete. Vasquez war in der Lage, Codes vollständig im Kopf zu entwickeln, und musste sie anschließend nur aufschreiben. Mit fünfzehn hatte Vasquez das Postgraduiertenprogramm des Massachusetts Institute of Technology mit links absolviert. Eine unbegreifliche Begabung. Früher sagte man, ein solches Talent komme in jeder Generation nur einmal vor.

Das sagte nun niemand mehr.

Die Bar befand sich im Erdgeschoss eines kleinen Hotels in einem Außenbezirk von San Antonio. Bevor Cooper hineinging, schloss er mit sich selbst eine Wette ab: *Shiner-Bock-Leuchtreklame, abgehängte Decke mit Nikotinflecken, Musikbox in der Ecke, Billardtisch mit abgewetztem Tuch, Schiefertafel mit dem Tagesangebot. Weibliche Bedienung, blond mit dunklem Haaransatz.*

Die Tagesgerichte standen auf einer Weißwandtafel und die Barfrau war ein Rotschopf. Cooper lächelte. Etwa die Hälfte der Tische war besetzt, größtenteils von Männern, aber ein paar Frauen waren auch da. Auf den Tischen Plastikkrüge, Zigarettenschachteln und Handys. Die Musik war zu laut, irgendeine Country-Rock-Band, die er nicht kannte:

*Normal war für meinen Granddad gut genug,
Normal will auch ich sein, ohne Lug und Trug,
Normale Männer haben unser Land aufgebaut,
Normale Männer zeigten mir, wie man in die Saiten haut.*

Cooper zog einen Barhocker von der Theke zurück, setzte sich und klopfte mit den Fingerspitzen im Rhythmus der Musik auf die Theke. Er hatte mal gehört, Countrymusik bestehe im Wesentlichen aus drei Akkorden und der Wahrheit. *Na ja, das mit den drei Akkorden stimmt jedenfalls immer noch.*

»Was darf's sein, Süßer?« Sie hatte doch einen dunklen Haaransatz.

»Nur Kaffee.« Er blickte zur Seite. »Und für sie noch ein Budweiser, bitte. Ihre Flasche ist fast leer.«

Die Frau auf dem Hocker neben ihm pulte das Etikett von ihrer Flasche. Die Knöchel ihrer rechten Hand wurden kurz weiß und ihr T-Shirt spannte sich fester um ihre Schultern. »Danke, aber ich möchte keins.«

»Keine Angst.« Cooper lächelte sie strahlend an. »Ich will Sie nicht anmachen. Ich hatte nur einen guten Tag und will meine gute Laune mit Ihnen teilen.«

Sie zögerte und nickte dann, wobei eine dünne Goldkette um ihren Hals auffunkelte. »Danke.«

»Nichts zu danken.«

Dann schauten beide wieder Richtung Theke. An der Wand hinter dem Tresen waren Flaschen aufgereiht, dahinter eine Collage aus verblichenen Schnappschüssen. Lauter Fremde, die lächelten, die Arme umeinandergelegt und Bierflaschen in den Händen. Sie schienen sich alle blendend zu amüsieren. Er fragte sich, wie alt die Fotos wohl waren, wie viele von diesen Leuten noch in diese Bar kamen, wie sehr sich ihr Leben verändert hatte und wer von ihnen tot war. Fotos waren schon eine seltsame Sache. Direkt nach der Aufnahme waren sie schon veraltet und ein einzelnes Foto verriet meistens wenig, aber wenn man eine ganze Reihe von Fotos betrachtete, ließen sich Muster erkennen. Manches war offensichtlich: verschiedene Haarschnitte und Modetrends, mal ein paar Pfund mehr, mal weniger. Für anderes brauchte man einen speziellen Blick. »Übernachten Sie hier im Hotel?«

»Wie bitte?«

»Ihrem Akzent nach sind Sie nicht von hier.«

»Sie auch nicht.«

»Nein«, sagte Cooper. »Ich bin nur auf der Durchreise. Wenn alles gut läuft, bin ich heute Abend wieder weg.«

Die Rothaarige kam mit seinem Kaffee zurück und fischte ein Bier aus einer Kühlbox. Eiswasser tropfte von der Flasche. Mit einer geschmeidigen Bewegung zog sie einen Öffner aus ihrer Gesäßtasche. »Vier Dollar.«

Cooper legte einen Zehner auf den Tresen und sah zu, wie die Frau das Wechselgeld herausgab. Sie war ein Profi, gab ihm sechs einzelne Dollar anstatt eines Fünfers und eines Ein-Dollar-Scheins, so konnte er ihr ohne Aufwand ein bisschen mehr Trinkgeld geben. Jemand am anderen Ende der Theke grölte: »Sheila, Herzblatt, ich bin am Verdursten«, woraufhin die Barfrau sich mit einem eingeübten Lächeln von dannen machte.

Cooper nahm einen Schluck Kaffee. Er war zu dünn und schmeckte verbrannt. »Haben Sie schon gehört? Es gab schon wieder einen Bombenanschlag. In Philadelphia diesmal. Ich habe unterwegs Radio gehört. Talkradio, irgend so ein Redneck. Er hat gesagt, es gibt Krieg. Meint, wir sollen die Augen offen halten.«

»Wer sind ›wir‹?« Die Frau betrachtete ihre Hände.

»Hier bedeutet ›wir‹ wahrscheinlich ›wir Texaner‹ und die restlichen sieben Milliarden Erdbewohner sind ›die anderen‹.«

»Klar, in Texas gibt's natürlich keine Genialen.«

Cooper zuckte mit den Schultern und nahm noch einen Schluck Kaffee. »Jedenfalls weniger als anderswo. Hier werden zwar genauso viele geboren, aber die meisten ziehen irgendwohin, wo die Leute liberaler sind und die Bevölkerungsdichte größer ist. Irgendwohin, wo es toleranter zugeht und sie eher die Möglichkeit haben, mit ihresgleichen zusammen zu sein. Es gibt schon Geniale in Texas, aber in Los Angeles und New York ist der Anteil an der Gesamtbevölkerung viel größer.« Er zögerte kurz. »Und in Boston auch.«

Alex Vasquez umklammerte ihre Bierflasche und ihre Finger wurden ganz weiß. Bis jetzt hatte sie in der typisch schlechten Körperhaltung einer Programmiererin gekauert, die tagelang am

Rechner hing, aber nun richtete sie ihren Oberkörper auf. Einen Moment lang starrte sie einfach vor sich hin. »Sie sind kein Cop.«

»Ich bin bei der AEB. Ausgleichsdienst.«

»Ein Gasmann?« Ihre Pupillen wurden weit und ihre Nackenhärchen sträubten sich.

»Wir knipsen die Lichter aus.«

»Wie haben Sie mich gefunden?«

»Fast hätten wir Sie heute Morgen in Arkansas erwischt. Von da aus sind es gut zehn Stunden bis zur Grenze, zu weit, um es noch bei Tageslicht zu schaffen. Und es war klar, dass Sie versuchen würden, tagsüber über die Grenze zu kommen, wenn dort jede Menge los ist und die Grenzbeamten ein bisschen nachlässiger sind. Und da Sie sich in der Stadt wohler fühlen und San Antonio die letzte größere Stadt vor der Grenze ist …« Er zuckte mit den Schultern.

»Ich hätte mich auch irgendwo verstecken können, einfach untertauchen.«

»Ja, das wäre besser gewesen. Aber ich wusste, das würden Sie nicht tun.« Er lächelte. »Ihr Verhaltensmuster verrät Sie. Sie laufen nicht einfach vor uns weg, Sie haben ein Ziel.«

Vasquez verzog keine Miene, aber Dutzende an sich unauffällige Veränderungen in ihrem Gebaren verrieten ihm die Wahrheit. Für ihn waren sie so deutlich wie blinkende Neonschilder. *Du könntest deinen Job an den Nagel hängen und dein Geld mit Pokern verdienen*, hatte Natalie einmal gesagt, *wenn noch irgendjemand pokern würde*. »Dachte ich's mir doch. Sie arbeiten also nicht allein, oder?«

Vasquez schüttelte sachte den Kopf. »Sie kommen sich wohl ganz toll vor.«

Cooper zuckte mit den Schultern. »Toll wäre gewesen, wenn ich Sie schon in Boston geschnappt hätte. Aber dass Sie Ihr Virus nicht mehr freisetzen können, ist auch schon ein Erfolg. Wie lange hätten Sie noch gebraucht?«

»Ein paar Tage.« Sie seufzte, nahm ihre Bierflasche und setzte sie an die Lippen. »Vielleicht eine Woche.«

»Wissen Sie, wie viele Unschuldige dadurch ums Leben gekommen wären?«

»Es sollte nur die Navigationssysteme von *Militärflugzeugen* lahmlegen. Keine Zivilopfer. Nur Soldaten.« Vasquez sah ihn an. »Wir haben Krieg, schon vergessen?«

»Nein, noch ist kein Krieg.«

»Ach, Sie können mich mal.« Vasquez spie die Worte aus. Sheila, die Barfrau, warf einen Blick herüber, ein paar Leute an den Tischen in der Nähe auch. »Und was ist mit den Leuten, die *Sie* ermordet haben?«

»Ich habe niemanden ermordet«, sagte Cooper. »Ich habe sie getötet.«

»Nur weil sie anders waren, ist es kein Mord?«

»Es ist deshalb kein Mord, weil sie Terroristen waren. Diese Leute hatten das Leben Unschuldiger auf dem Gewissen.«

»Diese Leute waren auch unschuldig. Aber sie hatten Fähigkeiten, die Sie sich nicht einmal vorstellen können. Ich kann Computer-Codes *sehen*, verstehen Sie? Algorithmen, die für Normalos völlig verwirrend sind, sind für mich nur Muster. Sie erscheinen mir im Traum. Ich träume die schönsten Programme, die nie geschrieben wurden.«

»Kommen Sie mit mir. Träumen Sie für uns. Es ist noch nicht zu spät.«

Sie drehte sich auf ihrem Hocker zu ihm herum, die Hand fest um den Hals ihrer Flasche geschlossen. »Sicher. Meinen Dienst an der Gesellschaft leisten, was? Am Leben bleiben, aber versklavt, und meine eigenen Leute verraten.«

»So einfach ist das nicht.«

»Sie haben doch keine Ahnung, wovon Sie reden.«

Cooper lächelte. »Sind Sie da so sicher?«

Ihre Augen funkelten auf und verengten sich. Sie zog scharf den Atem ein. Ihre Lippen bewegten sich, als würde sie flüstern, aber es kamen keine Worte heraus. Schließlich sagte sie: »Sie sind einer von uns?«

»Ja.«

»Aber Sie …«

»Ja.«

»He, alles in Ordnung, Ma'am?«

Cooper wandte für den Bruchteil einer Sekunde den Blick von ihr ab, um den Mann einzuschätzen: eins fünfundachtzig, hundert Kilo, unter einer Fettschicht harte Muskeln, vom Arbeiten, nicht vom Fitnesstraining. Die Hände halb erhoben, die Knie leicht gebeugt, fester Stand. Er schien bereit, sich zu schlagen, wenn es sein musste, rechnete aber nicht damit, dass es dazu kam. Cowboystiefel.

Als Cooper sich wieder Alex Vasquez zuwandte, sah er, worauf er wegen der Art, wie sie ihre Bierflasche hielt, schon gefasst gewesen war. Sie hatte die Ablenkung genutzt, um weit auszuholen. Ihr Ellbogen war angehoben und ihr ganzer Oberkörper wirbelte herum. Sie schwang die Flasche durch die Luft, um sie auf seinem Kopf zu zerschmettern.

Aber er war schon längst ausgewichen.

Also gut … Unmöglich einzuschätzen, wie der Cowboy reagieren würde. Besser auf Nummer sicher gehen. Cooper machte einen Schritt zur Seite und verpasste dem Cowboy einen linken Haken gegen den Unterkiefer. Aber der konnte gut einstecken. Er bewegte sich mit der aufprallenden Faust und schlug zurück. Kein schlechter Schlag. Hätte einen normalen Menschen sicher umgehauen. Aber Cooper hatte bemerkt, wie der Mann mit den Augen zuckte, wie sich seine Schultermuskeln wölbten und seine schrägen Bauchmuskeln spannten, hatte alles augenblicklich erfasst, so wie ein Normalo auf Anhieb ein Stoppschild wahrnahm, und ihm war auch sofort klar, was es zu bedeuten hatte. Die Faust des Mannes schnellte vor wie ein Geschoss, aber ihr auszuweichen war für Cooper, der ihre Zielbahn voraussehen konnte, ein Kinderspiel. Aus dem Augenwinkel sah er, wie Vasquez von ihrem Hocker rutschte und auf eine Tür am anderen Ende des Raums zurannte.

Jetzt reicht's aber. Er trat auf den Cowboy zu, hob den Ellbogen an und rammte ihn ihm gegen den Hals. Den Mann verließen augenblicklich die Kräfte. Er griff sich mit beiden Händen an den Hals, seine Nägel gruben sich in seine Haut und rissen blutige Spuren. Seine Knie zitterten und gaben nach.

Cooper überlegte, ihm zu sagen, er brauche sich keine Sorgen zu machen, seine Luftröhre sei nicht eingedrückt, aber Vasquez war schon fast zur Tür hinaus. Der Cowboy würde es schon selbst merken. Cooper schob sich an ihm vorbei und schlängelte sich durch die Menge. Die meisten waren wie erstarrt und glotzten nur. Einige rührten sich schon wieder, aber viel zu langsam. Ein Mann sprang auf und sein Hocker kippte um. Cooper nahm das Muster wahr, das die Muskeln des Mannes bildeten, und den Bogen, den der fallende Hocker beschrieb. Es gelang ihm, dem Hocker auszuweichen, ohne mit dem Mann zusammenzustoßen. In der Musikbox lief Lynyrd Skynyrd und Ronnie Van Zant sang: *Three steps, mister, gimme three steps toward the door.* Wenn er Zeit gehabt hätte, hätte er es witzig gefunden.

An der Tür hing ein Schild mit der Aufschrift: NUR FÜR HOTELGÄSTE. Cooper fing die zufallende Tür ab und riss sie weit auf, um sich zu vergewissern, dass Vasquez nicht dahinter lauerte – sie hatte keine Waffe dabeigehabt, das hätte er gemerkt, aber sie konnte auch vorher irgendwo eine gebunkert haben –, und da die Luft rein war, schob er sich um den Türrahmen herum auf den Flur. Der führte zu einer anderen Tür, wahrscheinlich zur Lobby, und es gab eine Treppe nach oben mit einem fade orange-grau gemusterten Läufer. Cooper ging hoch. Musik und Bargeräusche verebbten und er hörte nur noch seinen eigenen Atem, der von den Betonmauern widerhallte. Oben führte eine Tür in einen weiteren Flur mit Hotelzimmern zu beiden Seiten.

Er hob seinen rechten Fuß an, um …

Vier Möglichkeiten.

Erstens: Sie rennt panisch und planlos drauflos. Aber als Programmiererin handelt sie wahrscheinlich eher logisch und plant ihre Handlungen.

Zweitens: Sie überlegt, eine Geisel zu nehmen. Unwahrscheinlich, sie hat nicht genug Zeit, in mehr als einem Zimmer nachzu-

schauen, und keine Garantie, dass sie mit der Person darin fertigwird.

Drittens: Sie hat irgendwo eine Waffe versteckt. Aber eine Waffe nutzt ihr nicht unbedingt viel. Falls du sie sehen kannst, wird sie dich nicht treffen.

Viertens: Flucht. Das Gebäude ist zwar umstellt, aber damit rechnet sie sicher. Sie muss einen alternativen Fluchtweg haben.

Genau. Das ist es.

… den Flur zu betreten. Elf Türen, zehn davon identisch bis auf die Zimmernummer. Die Tür am Ende war schlichter, nicht markiert. Die Besenkammer. Cooper rannte hin und drückte die Türklinke herunter. Nicht abgeschlossen. Die Kammer war düster und nur eins fünfzig mal eins fünfzig groß. Darin befanden sich ein Wagen mit Putzmitteln und Toilettenartikeln im Miniformat, ein Staubsauger, ein Stahlregal mit gefalteten Handtüchern, ein tiefes Waschbecken. An der Wand war eine Eisenleiter befestigt, die zur Dachluke führte. Die Luke stand offen und durch die quadratische Öffnung sah er den Nachthimmel.

Das hatte sie sicher direkt nach dem Einchecken so arrangiert. Wahrscheinlich war die Luke verriegelt gewesen und Vasquez hatte sie aufgebrochen. Ein nettes kleines Schlupfloch. Wirklich clever. Das Hotel war ein gedrungenes, einstöckiges Gebäude in einer Reihe ähnlicher Häuser. Sie könnte problemlos vom Hotel aus aufs Dach des nächsten Hauses steigen, die Feuertreppe nehmen und davonspazieren.

Er griff eine der dünnen Sprossen und zog sich hoch. Dann zögerte er einen Moment, um sich zu vergewissern, dass sie nicht oben wartete, um ihm mit einem Stein den Schädel einzuschlagen, griff den Rand der Luke und kroch hinaus aufs Dach. Zäher Teer klebte an seinen Sohlen. Trotz des Lichtscheins der Stadt konnte er über den Horizont verstreute Sterne sehen. Er hörte den Verkehrslärm unten auf der Straße und das Gebrüll, als seine Leute die Bar stürmten. Er blieb geduckt, sah nach links, dann nach rechts. Er bemerkte eine schlanke Gestalt mit dem Rücken zu ihm, die Hände auf eine neunzig Zentimeter hohe Brüstung am Rand des Dachs gestützt. Vasquez zog sich hoch, legte ein Knie auf die Brüstung, stieg darauf und richtete sich auf.

»Alex!« Cooper richtete sich auf und zog seine Waffe, hielt sie aber gesenkt. »Stehen bleiben.«

Vasquez erstarrte. Cooper ging vorsichtig ein paar Schritte auf sie zu. Sie drehte sich langsam um. Ihre Haltung drückte eine Mischung aus Frustration und Resignation aus. »Verdammte AEB.«

»Kommen Sie da runter und legen Sie die Hände hinter den Kopf.«

Von der Straße her fiel Licht auf ihr Gesicht. Die Augen hart, die Lippen verächtlich geschürzt. »Sie haben also auch eine Gabe, hm?« Der Anhänger ihrer Goldkette schimmerte, ein filigran gearbeiteter Vogel. »Was ist es denn bei Ihnen?«

»Mustererkennung, vor allem Körpersprache.« Er ging weiter auf sie zu, bis sie nur noch wenige Schritte trennten, seine Beretta immer noch nach unten gerichtet.

»Deshalb konnten Sie vorhin so schnell ausweichen.«

»Ich bin auch nicht schneller als Sie. Aber ich weiß im Voraus, wohin Sie schlagen werden.«

»Ist das nicht herzallerliebst? Sie setzen also Ihre Gabe ein, um Ihre eigenen Leute zu jagen. Macht Ihnen das Spaß?« Sie stemmte die Hände in die Hüften. »Gibt Ihnen das ein Gefühl von Macht? Bestimmt. Und wahrscheinlich tätscheln Ihnen Ihre Herren und Meister jedes Mal den Kopf, wenn Sie wieder einen von uns erwischt haben.«

»Kommen Sie runter, Alex.«

»Erschießen Sie mich sonst?« Sie blickte hinüber zum Nebenhaus, das eine schmale Gasse vom Hotel trennte. Ein Sprung wäre riskant, aber zu schaffen, der Abstand vielleicht ein Meter achtzig.

»So muss es nicht laufen. Bis jetzt haben Sie niemandem etwas zuleide getan.« Er konnte an ihrem Körper ablesen, dass sie unschlüssig war, am Beben ihrer Waden und den angespannten Schultern. »Kommen Sie runter und lassen Sie uns reden.«

»Reden.« Sie schnaubte verächtlich. »Ich weiß, was ihr von der AEB unter Reden versteht. Wie nennen die Politiker das noch? ›Erweiterte Verhörtechniken.‹ Wirklich allerliebst. Hört sich doch viel netter an als Folter. Und ›Analyse- und Einsatzbehörde‹ klingt auch viel besser als ›Behörde für Abnormenkontrolle‹.«

Ihr Körper verriet ihm, dass sie es sich überlegte.

»So muss es nicht laufen«, wiederholte er.

»Wie heißen Sie mit Vornamen?«, fragte sie mit sanfter Stimme.

»Nick.«

»Der Mann im Radio hatte recht, Nick. Was den Krieg angeht. So sieht unsere Zukunft aus.« Sie wirkte plötzlich seltsam entschlossen und vergrub die Hände in den Hosentaschen. »Sie können die Zukunft nicht aufhalten. Sie können sich nur für eine Seite entscheiden, sonst nichts.« Sie drehte sich um und sah auf die Gasse hinunter.

Cooper sah, was sie vorhatte, wollte zu ihr laufen, aber kaum hatte er den ersten Schritt gemacht, da stürzte sich Alex Vasquez, die Hände tief in den Taschen, vom Dach.

Kopfüber.

KAPITEL 2

Cooper verbrachte die ganze Nacht und fast den ganzen nächsten Tag mit den Nachwirkungen.

Alex Vasquez' zerschmetterte Leiche war sein geringstes Problem. Darum kümmerten sich die Gerichtsmediziner, die Witze über die Todesursache machten, während sie sie auf die Bahre hievten. Er und Quinn standen dabei und schauten zu. Quinn hielt eine nicht angezündete Zigarette in der Hand, rollte sie hin und her, schob sie sich zwischen die Lippen und steckte sie sich hinters Ohr. Er versuchte nicht mit dem Rauchen aufzuhören, sondern genoss einfach die Vorfreude vor dem Anzünden der Zigarette. Cooper beobachtete Quinns Mimik, als er schließlich einen tiefen Zug nahm, und war sich ziemlich sicher, dass das Rauchen an sich eher enttäuschend war.

»Ich hab mich schon immer gefragt, ob jemand dazu in der Lage ist.« Quinn sah hoch zum Hoteldach neun Meter über ihnen. »Es ist sicher nicht einfach, seine Überlebensreflexe zu überwinden und einen Kopfsprung zu machen.«

»Sie hat die Hände in die Taschen gesteckt, bevor sie gesprungen ist.«

Bobby Quinn stieß einen Pfiff aus. »Scheiße, Cooper. Was hast du da oben mit ihr gemacht?«

Im Hotelzimmer hatten sie ihr Datenpad gefunden und in ihrer Tasche einen Stampdrive. Cooper hatte beides Luisa und Valerie gegeben und sie beauftragt, zur Dienststelle in San Antonio zu fahren und die Geräte zu überprüfen. Vasquez hatte gesagt, sie würde noch eine Woche brauchen, um das Virus fertigzustellen. Falls das stimmte, war das Ding viel zu komplex, als dass ein anderer Programmierer es einfach hätte zu Ende schreiben können.

Ich träume die schönsten Programme, die nie geschrieben wurden.

Gegen zwei Uhr morgens rief er Drew Peters an, den Direktor des Ausgleichsdiensts. Trotz der vorgerückten Stunde hörte sich sein Chef hellwach an. »Nick, gut ... Was gibt's?«

»Alex Vasquez ist tot.«

Pause. »War das wirklich nötig?«

»Sie hat sich umgebracht.« Cooper hasste Telefongespräche. Er fühlte sich behindert, wenn er seinen Gesprächspartner nicht sehen konnte, sein Muskelspiel, die Veränderung seiner Poren und Pupillen nicht lesen konnte. Wenn er die Person nicht sah, musste er ihre Worte für bare Münze nehmen und konnte ihre unterschwellige Bedeutung nicht lesen. Er hatte gehört, dass einige Leser lieber telefonierten, weil sie so die krassen Widersprüche zwischen dem, was jemand sagte, und dem, was er wirklich dachte, nicht mitbekamen. Aber das war für ihn so, als würde man sich die Zunge herausschneiden, weil einem etwas nicht schmeckte. »Ich konnte sie nicht aufhalten.«

»Schade, ich hätte gern mit ihr geredet.«

»Ich glaube, genau deswegen hat sie sich umgebracht. Ich habe noch mit ihr geredet, bevor sie gesprungen ist, und sie hat was von Verhören erwähnt. Sie hatte Angst davor. Nicht vor dem Verhör an sich, sondern vor dem, was sie ausplaudern könnte.«

Wieder eine lange Pause. »Keine sehr guten Neuigkeiten.«

»Nein, Sir.«

»Aber trotzdem ein Erfolg, wenn auch nicht auf ganzer Linie. Gute Arbeit, Junge. Kümmern Sie sich um alles und kommen Sie nach Hause.«

Nach dem Anruf musste er sich noch mit der Polizei und dem Problem der Zuständigkeit auseinandersetzen. Zwar war seine Abteilung so mächtig, dass keine örtliche Behörde es wagen würde, Ärger zu machen, aber wenn man für die Regierung arbeitete, musste man sich immer den Rücken freihalten, und so waren Formulare auszufüllen, Autorisierungsschlüssel einzugeben und Berichte zu schreiben. Sein Team hatte die anderen Hotelgäste verhört, um sicherzugehen, dass sich unter ihnen kein Komplize von Vasquez befand. Er hatte veranlasst, dass die Leiche nach Washington D. C. überführt wurde – es gab nun schon seit dreißig Jahren Geniale und die Skalpellschwinger schnitten immer noch gern ihre Gehirne auf –, und die regionalen Polizeibehörden gebeten, den Angehörigen die schlechte Nachricht zu überbringen. Vasquez' Mutter wohnte in Boston, der Vater in Flint. Beide normal. Sie hatte einen Bruder, Bryan, auch ein Normaler. Der einst vielversprechende Ingenieur war zuletzt in Berkeley gesehen worden, wo er mit Gras dealte.

Die letzten paar Tage waren wahnsinnig anstrengend gewesen. Cooper fühlte sich kraftlos und hatte genug von all den Formularen und Prozeduren und dem ganzen Brimborium, das für eine anständige Strafverfolgung erforderlich war. Er hatte noch nie viel für Bürokratie übriggehabt, auch wenn er nicht total fertig war. Als er endlich im Charterflugzeug nach Washington saß, kam ihm sein Liegesitz vor wie ein Federbett. Er schaute auf seine Uhr. Der Flug würde etwa drei Stunden dauern, dazu eine Stunde Zeitunterschied und die Fahrt von Dulles nach Del Ray. Es würde wohl zehn Uhr werden. Spät, aber nicht zu spät. Er lehnte sich zurück und schloss die Augen. Er sah Alex Vasquez vor sich, wie sie auf ihn wartete. Wie sie eine Vierteldrehung machte und ihm klar wurde, was sie vorhatte. Wie sie die Hände tief in den Taschen ihrer Jeans vergrub. Sich mit dem rechten Fuß abstieß und zum Sprung vorbeugte.

Ich träume die schönsten Programme, die nie geschrieben wurden.

Cooper war schon eingeschlafen, bevor das Fahrwerk eingefahren wurde. Vielleicht träumte er auch, aber ohne sich daran zu erinnern.

Eine Hand auf der Schulter weckte ihn. Er blinzelte und sah auf. Die Flugbegleiterin lächelte auf ihn herunter. »Entschuldigung, wir landen.«

»Danke.«

»Keine Ursache.« Sie lächelte immer noch. Ihr Blick wirkte kokett, aber er konnte sehen, dass er einstudiert war. »Brauchen Sie noch irgendetwas?«

»Nein, danke.« Er rieb sich den Schlaf aus den Augen und blickte aus dem Fenster. Washington verschwand hinter Regenschlieren.

Quinn, der auf der anderen Seite des Gangs saß, sagte: »Ich glaube, sie hat ein Auge auf dich geworfen.«

»Ja, weil sie nicht weiß, dass ich für die Regierung arbeite.« Er reckte sich und die Gelenke in seinen Schultern und Ellbogen knackten. Sie saßen in einer kommerziellen Chartermaschine, viel angenehmer als die Militärflugzeuge, mit denen sie häufig flogen. Er und Quinn waren die einzigen Passagiere. Luisa Abrahams und Valerie West, die anderen beiden Teammitglieder, würden am nächsten Tag zurückfliegen, wenn sie in San Antonio alles erledigt hatten. *Ach, übrigens ...*

»Irgendwas Neues über das Virus?«

»Eine gute und eine schlechte Nachricht. Luisa sagt, dieses Virus sei – ich zitiere – ›ein total verfickter Schweinecode‹. Die gute Nachricht ist, dass er unvollständig ist, und Valerie ist der Ansicht, dass ein anderer Programmierer ihn nicht einfach fertig schreiben könnte. Sie sagt, *sie* könnte es jedenfalls nicht.«

»Und die schlechte Nachricht?«

»Vasquez hätte das Virus gar nicht einsetzen können. Es hätte unsere Militär-Sicherheitsprotokolle austricksen müssen und die haben unsere cleversten Freaks geschrieben.«

Cooper warf ihm einen bösen Blick zu.

»'tschuldigung, war nicht so gemeint. Jedenfalls sagt Luisa, das Virus hätte nur funktioniert, wenn man es *hinter* der Firewall installiert hätte.«

»Also hatte Alex Vasquez einen Kontakt. Jemanden beim Militär.«

»Das müsste aber ein ziemlich hohes Tier gewesen sein. Meinst du, sie hat deshalb den Abflug gemacht? Weil sie ihn nicht verraten wollte?«

»Vielleicht.« Die Angst davor, einen Freund oder Liebhaber zu verraten, könnte ihr die Kraft dazu verliehen haben. Cooper war kein Typ für Selbstmord, aber wenn er sich in den Tod stürzen wollte, würde er sich doch ein möglichst hohes Gebäude aussuchen, eins, das den Abgrund unwirklich erscheinen ließ. Aber Vasquez musste jeden Fleck auf dem Asphalt gesehen haben, jedes festgetretene Kaugummi und jede glitzernde Glasscherbe. Die Hände in die Taschen zu stecken und einen Kopfsprung zu machen, musste sie ungeheure Überwindung gekostet haben.

Der Jet machte einen Satz, als er den Boden berührte, und setzte dann richtig auf. Das Tosen der Triebwerke wurde immer lauter, während die Maschine bremste und die Piste entlangrollte.

»Übrigens hab ich im Büro was läuten hören. Irgendwas braut sich zusammen.«

»Was denn?«

»Ich weiß auch nichts Konkretes. Es wird nur viel geredet und alle sind ziemlich nervös.«

Was du nicht sagst. Seit 1986 sind alle ziemlich nervös.

In dem Jahr hatte Dr. Eugene Bryce in einer im Wissenschaftsjournal *Nature* veröffentlichten Studie das Phänomen der Genialen offiziell identifiziert. Die Ältesten unter ihnen waren sechs gewesen. Damals waren sie nur eine Kuriosität, eine Laune der Natur, von der viele glaubten, sie wäre durch Pestizide, Impfstoffe oder die Zerstörung der Ozonschicht hervorgerufen worden. Ein Zwischenspiel der Evolution.

Seit dieser Studie waren siebenundzwanzig Jahre vergangen und obwohl seither Tausende Geniale geboren worden waren, war man noch genauso weit davon entfernt, die Ursachen zu verstehen, wie damals.

Man wusste nur, dass knapp ein Prozent aller Kinder als Geniale zur Welt kamen. Die meisten hatten Gaben vierten und fünften Grades: Kalenderberechnung, Schnelllesen, fotografisches Gedächtnis, Kopfrechnen mit großen Zahlen. Erstaunliche Fähigkeiten, aber unproblematisch.

Es gab aber auch Geniale wie Erik Epstein, mit Gaben ersten Grades.

Für Epstein waren Bewegungen an der Börse ebenso einfach zu durchschauen wie Datenstrukturen für Vasquez. Er hatte 300 Milliarden Dollar zusammengerafft, bevor die Regierung 2011 die New Yorker Börse geschlossen hatte. Die meisten Länder taten das Gleiche und rund um den Globus waren die Märkte bis zum heutigen Tag geschlossen. Die Anleger waren völlig durchgedreht. Auf der ganzen Welt wurden Prozesse um Eigentumsrechte geführt. Weltweit war über Nacht der Unternehmergeist eingeschlafen und alle Firmen mit geringer Kapitalisierung hatten dichtgemacht. Und in der Dritten Welt herrschten noch chaotischere Zustände als zuvor.

Und an alldem war nur ein einziger Mann schuld.

Die normale Menschheit sah das Menetekel. Was einst eine Kuriosität gewesen war, war zu einer Bedrohung geworden. Wie man sie auch nannte – Geniale, Begabte, Abnorme oder Freaks –, durch sie veränderte sich alles.

Deshalb wurde die Analyse- und Einsatzbehörde ins Leben gerufen, als Versuch, eine Welt in den Griff zu bekommen, die radikalen Umwälzungen unterworfen war. Obwohl die AEB erst seit fünfzehn Jahren bestand, hatte sie ein nicht festgelegtes Budget, das auf jeden Fall höher als das der Nationalen Sicherheitsbehörde war. Die AEB war für Untersuchungen, Überwachung und Forschung zuständig, sie beriet Abgeordnete und hatte einen Posten im Kabinett. Und immer, wenn ein begabter Ingenieur die technische Entwicklung im Nu um Jahrzehnte nach vorn katapultierte, bekam die AEB wieder eine halbe Milliarde mehr. Solange die Abnormen produktive Mitglieder der Gesellschaft waren, gute, gesetzestreue Bürger, solange hatten sie die gleichen Rechte und genossen den gleichen Schutz wie alle anderen auch.

Um die, die nicht brav mitspielen wollten, kümmerte sich der Ausgleichsdienst.

»Na ja, jedenfalls heißt es ›alle Mann an Deck‹, um herauszufinden, was wirklich an der Sache dran ist. Keine Ruhe den Rechtschaffenen.« Bobby Quinn gähnte beim Sprechen. »Hast du dein Auto am Flughafen stehen oder soll ich ein Taxi rufen?«

»Ruf ein Taxi.« Cooper holte seine Tasche aus dem Gepäckfach und fischte seine Schlüssel heraus.

»Ähm, Cooper?«

»Ja?«

»Sind das nicht Autoschlüssel?«

»Sieht ganz so aus.«

Quinn verdrehte die Augen. »Muss ein schönes Gefühl sein, Drew Peters' Liebling zu sein.«

»Sag mir Bescheid, wenn du was herausfindest.« Cooper ging den Gang entlang zur offenen Tür. Die Flugbegleiterin lächelte, als er an ihr vorbeiging. Er erwiderte ihr Lächeln und nahm die Stufen hinunter zur Landebahn.

* * *

Wegen des Wetters herrschte wenig Verkehr und er kam zügig durch. Del Ray im Norden von Alexandria war ein nettes, gutbürgerliches Viertel mit dicht an dicht stehenden Einfamilienhäusern. Alle Häuser waren in gutem Zustand und über jeder vierten Veranda baumelte eine regennasse Flagge.

Natalie wohnte in einem gepflegten zweigeschossigen Haus im Folk-Victorian-Stil mit hellblauem Anstrich und vielen Fenstern. Ein Lattenzaun umgab den winzigen Garten, in dem unter einem Ahornbaum ein schwarzes Dirtbike lag. Cooper fuhr in die Auffahrt und machte den Motor aus. Er nahm das Halfter mit der Beretta von seinem Gürtel und schloss beides in dem Behälter unter dem Beifahrersitz ein. Im Erdgeschoss brannte Licht. Vielleicht war es ja wirklich noch nicht zu spät.

Der Regen war stärker geworden und Cooper eilte durch den Vorgarten. Er wünschte, er hätte eine Jacke angezogen. Als er die Haustür erreichte, hörte er Schritte. Dann das Klicken des Riegels, und die Tür schwang nach innen auf. Seine Exfrau trug eine gestreifte Schlafanzughose und ein altes T-Shirt mit einem Greenpeace-Logo. Sie war barfuß, ihre Haare waren zu einem Pferdeschwanz gebunden. Sie lächelte. »Nick.«

»Hallo«, sagte er, als er eintrat. Als er sie umarmte, umfing ihn kurz ihr vertrauter Geruch. »Tut mir leid, dass es so spät geworden ist, aber ich wollte sie unbedingt noch sehen.«

»Sie schlafen schon.«

»Kann ich trotzdem kurz reinschauen?«

»Klar«, sagte sie. »Ich habe gerade eine Flasche Roten aufgemacht. Willst du auch ein Glas?«

»Ja, danke.« Er bückte sich, um seine Schnürsenkel aufzumachen, und stellte seine Schuhe auf die Matte neben ein Gewirr von Turnschuhen. »Nur ganz kurz.«

Das Licht im Flur war aus, aber Cooper war diese Treppe schon zehntausend Mal hochgestiegen. Er tapste leise nach oben und mied die quietschende oberste Stufe. Sachte öffnete er die Tür zum Kinderzimmer und ging hinein. Fahles, gedämpftes Licht fiel durch die Fenster ein und er hielt inne, damit sich seine Augen daran gewöhnen konnten.

Das Zimmer roch nach Kindern. Ein sonniger Geruch mit einer Basisnote von Schweiß und Socken. Links hingen Poster von Dinosauriern und kosmischen Nebeln und ein großes gerahmtes Bild der Erde, die über dem Mond aufging. Überall haufenweise Spielzeug: Roboter, Ritter, Cowboys.

Sein Sohn Todd trug einen Spiderman-Schlafanzug und lag zusammengerollt auf der Seite, mit wirren Haaren und offenem

Mund. Eine dünne Speichelspur rann von seinen Lippen aufs Kissen. Seine Steppdecke war am Fußende zusammengeknüllt. Cooper zog sie hoch und deckte ihn zu. Der Junge rührte sich, gab ein leises Geräusch von sich und drehte sich auf die andere Seite. Cooper beugte sich über ihn und küsste ihn auf die Stirn. *Schon neun Jahre alt. Bald wird er nicht mehr wollen, dass ich ihn küsse.* Der Gedanke war wie ein bittersüßer Schmerz in seiner Brust.

Auf Kates Seite war das Zimmer viel ordentlicher. Selbst im Schlaf wirkte sie aufgeräumt und lag mit friedvoller Miene auf dem Rücken. Er setzte sich auf die Bettkante und strich ihr übers Haar, fühlte ihre Wärme und die unglaublich zarte Stirn der Vierjährigen. Haut so frisch wie ein Frühlingsmorgen. Sie schlief den tiefen Zombieschlaf eines Kindes und atmete mit sanftem Rhythmus ein und aus. Irgendwie erfrischte ihn dieser Anblick, als würde sie für sie beide schlafen. Er hob Fuzzy Bear vom Boden auf und drückte ihn an sie.

Als er hinunterging, hörte er leise Musik, eine dieser obskuren Frauen-Folkgruppen, die Natalie so mochte. Er folgte den Klängen ins Wohnzimmer, wo Natalie auf dem Sofa saß, die Füße mädchenhaft unter sich gezogen, mit einer Zeitschrift im Schoß. Sie sah hoch, als er hereinkam, und deutete auf eine Flasche Shiraz auf dem Beistelltisch. »Alles in Ordnung bei den Kurzen?«

Er nickte, schenkte sich ein und setzte sich ans andere Ende der Couch. »Manchmal kann ich kaum glauben, dass wir die beiden gemacht haben.«

»Unser bestes Werk.« Sie hielt ihr Glas hoch und er stieß mit ihr an. Der Wein war vollmundig und schwer. Er seufzte, ließ den Kopf nach hinten fallen und schloss die Augen.

»War's ein langer Tag?«

»Ich komme aus San Antonio.«

»Hast du jemanden gejagt?«

Er nickte: »Eine Programmiererin.«

»Musstest du sie töten?« Natalie sah ihn unverwandt an. Sie war schon immer so geradeheraus gewesen, weshalb manche sie für kaltschnäuzig hielten. Aber in Wirklichkeit war sie einer der warmherzigsten Menschen, denen er je begegnet war. Sie war halt einfach nur ehrlich, denn sie musste niemandem etwas beweisen. Das war eine der Eigenschaften, deretwegen er sich damals, vor vielen Jahren, zu ihr hingezogen gefühlt hatte. Er hatte nur selten jemanden getroffen, bei dem Gedanken, Worte und Taten so sehr im Einklang waren.

»Sie hat sich das Leben genommen.«

»Und du hast Schuldgefühle.«

»Nein«, sagte er, »überhaupt nicht. Sie war eine Terroristin. Das Computervirus, an dem sie gearbeitet hat, hätte Hunderte, wenn nicht Tausende Menschenleben gekostet. Es hätte das Militär lahmgelegt. Aber eine Sache macht mir doch zu schaffen …« Er verstummte. »Entschuldige, interessiert dich das überhaupt?«

Sie zuckte mit den Schultern, wobei ihre Nackenmuskeln unter dem dünnen T-Shirt anmutig bebten. »Ich höre zu, wenn es dir hilft.«

Er wollte es ihr erzählen, nicht weil Vasquez' Tod ihm Probleme bereitete oder weil er wollte, dass Natalie seine Taten absegnete, sondern einfach, weil es ihm guttat zu reden, seine Erlebnisse mit jemandem zu teilen. Aber das ware einfach nicht fair gewesen. Sie würden einander immer lieben, aber sie waren schließlich seit drei Jahren geschieden.

»Nein, es ist schon okay.« Er nahm einen Schluck Wein. »Der ist wirklich gut. Danke.«

»Nichts zu danken.«

Das Zimmer war warm und gemütlich. Eine Kerze auf dem Beistelltisch verbreitete Zimtgeruch. Draußen fiel sachte steter Regen. Eine Windbö ließ die Bäume rauschen. Er würde nicht lange bleiben – sie hatten klare Grenzen –, aber es war schön, an diesem heimeligen Ort zu sitzen, während oben seine Kinder schliefen.

Bis Natalie einen winzigen Schluck Wein nahm, sich vorbeugte, um ihr Glas auf dem Tisch abzustellen, und ihre Füße unter sich hervorzog und auf den Boden setzte. Sie atmete tief ein und faltete ihre Hände im Schoß.

Oh, Scheiße. »Was ist denn los?«

Nat sah ihn von der Seite an. »Weißt du, das hat mich schon immer wahnsinnig gemacht. Auch wenn du merkst, dass ich etwas auf dem Herzen habe, kannst du doch trotzdem die Klappe halten und warten, bis ich was sage.«

»Soweit ich mich erinnere, hatte es auch seine Vorteile, dass ich deine Körpersprache lesen konnte.«

»Ja, Nick, im Bett warst du großartig, okay?«

Er lächelte. »Also, was ist los?«

»Es geht um Kate.«

Er wurde ganz steif und sofort meldete sich sein väterlicher Beschützerinstinkt, der ihn immer das Schlimmste fürchten ließ, wenn er diesen Satz hörte: *Es geht um Kate.* »Was ist denn?«

»Sie hat heute ihr Spielzeug sortiert.«

Das hörte sich so harmlos an, dass er fast gelacht hätte, denn er hatte so etwas erwartet wie: *Es geht um Kate, sie ist hingefallen und hat sich am Kopf verletzt. Es geht um Kate, ein Nachbar hat sie betatscht. Es geht um Kate, sie hat Hirnhautentzündung.* »Na und? Sie hält eben gern Ordnung. Viele Mädchen sind so.«

»Ich weiß.«

»Du hast es auch gern ordentlich. Schau dich doch mal um.« Er deutete auf die gerahmten Fotos, abgestaubt und ordentlich aufgereiht, die genau zueinander ausgerichteten Ecken von Teppich und Sofa, den Korb auf dem Beistelltisch, in dem sie die Fernbedienungen aufbewahrte. »Sie ahmt einfach ihre Mom nach.«

Natalie starrte ihn eine Weile an. »Komm mit.« Sie stand auf und ging zum Bogendurchgang Richtung Küche.

»Wo …?«

»Komm schon.«

Widerwillig stand Cooper auf und nahm sein Weinglas mit. Er folgte ihr durch die Küche zur Glasveranda, die auch als Spielzimmer diente. Drei Seiten waren verglast, an der vierten prangte ein von Natalie gemaltes Wandbild, eine Szene aus dem *Dschungelbuch*: der Bär Balu, der auf dem Rücken in einem Fluss treibt, und Mogli, der auf seiner Brust liegt. Sie war eine begabte Künstlerin und hatte früher ganze Notizbücher mit Skizzen gefüllt, damals, als sie noch ganz jung waren und dachten, Liebe sei etwas, das man besitzen kann. Natalie schaltete das Deckenlicht an. Todds Seite war chaotisch; die Deckel der Spielzeugtonnen offen, ein Zug wurde von einem Stoffpanda attackiert, eine Legokonstruktion harrte darauf, irgendwann einmal eine Burg zu werden.

Kates Seite war so ordentlich wie ein Operationssaal. Ihre Spielzeugkiste war geschlossen, die Rücken ihrer Bilderbücher in einer wie mit dem Lineal gezogenen Linie ausgerichtet. Auf einem niedrigen Regal waren ihre Puppen, Stofftiere und Ähnliches versammelt, ein Brontosaurus, ein pummeliges Einhorn, ein klobiges Feuerwehrauto, ein einäugiger Stoff-Goofy, ein Plastikkrokodil, eine Lumpenpuppe, ein Papagei, Tinker Bell – alle wie Soldaten in Reih und Glied.

»Verstehe«, sagte er. »Es ist sehr ordentlich.«

Natalie zog scharf die Luft ein. »Manchmal verstehe ich dich einfach nicht, Cooper.«

Es bedeute nichts Gutes, wenn sie ihn beim Nachnamen nannte. »Was denn?«

»Du hast diese unglaublichen Fähigkeiten. Du schaust dir die Kreditkartenabrechnungen von Terroristen an, ihre Bücher oder ihre Fotoalben und weißt genau, wo sie sich verstecken und was sie als Nächstes tun, und verfolgst sie durchs ganze Land. Und du willst mir weismachen, dass du das hier nicht siehst?«

»Es hat wirklich nichts zu bedeuten.«

»Nichts zu *bedeuten* …? Du sagst doch immer, wenn man verstehen will, wie Abnorme denken, muss man sich vorstellen, die ganze Welt würde aus Mustern bestehen. Und es sei nebensächlich, ob sie emotional, räumlich, musikalisch oder mathematisch begabt sind. Und das Ausschlaggebende sei, dass sie Muster besser erkennen als andere Menschen.«

»Lass ihr einfach noch ein bisschen Zeit. Die Tests sind ja nicht umsonst erst ab acht Jahren Pflicht.«

»Ich will sie gar nicht testen lassen, Nick. Ich will mich damit auseinandersetzen. Herausfinden, was sie braucht.«

»Nat, sie ist erst *vier*. Sie ahmt dich nur nach. Das bedeutet nicht …«

»Sieh dir doch mal ihre Stofftiere an.« Natalie ging zum Regal und deutete darauf, aber ihr Blick blieb auf ihn fixiert. »Die sind nicht einfach ordentlich aufgereiht, sie sind *alphabetisch* sortiert.«

Das wusste er natürlich. Es war ihm sofort aufgefallen, als die Lichter angingen. Aber sein kleines Mädchen testen und abstempeln lassen? Es gingen Gerüchte über diese Akademien um, über das, was dort vor sich ging. Er würde auf keinen Fall zulassen, dass Kate dort landete.

»Sieh dir die Buchrücken an«, fuhr Natalie fort, gnadenlos. »Sie hat sie nach Farben sortiert. Dem Spektrum entsprechend von Rot bis Violett.«

»Ich …«

»Kate ist abnorm.« Ihr Ton war sachlich. Es war einfach eine Feststellung. »Das weißt du. Wahrscheinlich schon länger als ich. Und damit müssen wir uns auseinandersetzen.«

»Vielleicht hast du recht. Vielleicht ist sie ja auch so ein Freak …«

»Das ist nicht komisch.«

»… aber vielleicht ist sie auch nur ein kleines Mädchen, das einen abnormen Vater hat. Vielleicht ahmt sie ja gar nicht dich nach, sondern mich. Und vielleicht hat sie auch wirklich eine Gabe. Aber was willst du dann machen? Sie testen lassen? Und wenn sie Grad eins ist?«

»Sei nicht so grausam.«

»Aber wenn sie Grad eins ist, was dann? Sie käme auf eine Akademie, das weißt du doch.«

»Nur über meine …«

»Also …«

»Ich meine ja nur, dass wir uns damit auseinandersetzen müssen. Wir müssen herausfinden, was für eine Gabe sie hat, und ihr helfen, sich damit vertraut zu machen. Sie braucht vielleicht Unterstützung. Sie kann lernen, es zu kontrollieren.«

»Oder wir können sie einfach in Ruhe lassen, sie ein kleines Mädchen sein lassen.«

Natalie baute sich vor ihm auf und stemmte die Hände in die Hüften. Die Pose kannte er, seine Exfrau schaltete auf stur. Aber bevor sie etwas sagen konnte, klingelte sein Handy. Cooper entschuldigte sich mit einem Schulterzucken und holte sein Telefon hervor. Auf dem Display stand »Quinn Handy«. Er drückte auf »Anruf annehmen« und sagte: »Ist gerade ungünstig. Kann ich …«

»Tut mir leid, nein.« Bobby Quinn klang sehr geschäftsmäßig. »Bist du allein?«

»Nein.«

»Ruf mich zurück, wenn du reden kannst.« Sein Freund legte auf.

Cooper steckte das Handy wieder in die Tasche und rieb sich die Augen. »Das war beruflich. Irgendwas ist da los. Können wir später darüber reden?«

»Da hast du noch mal Glück gehabt.« Natalie funkelte ihn immer noch böse an.

»Ich war schon immer ein Glückspilz.«

»Cooper …«

»Ich will doch mit dir darüber reden, aber ich muss weg. Und wir müssen ja nicht unbedingt heute Abend eine Entscheidung treffen.« Er lächelte. »Die Akademien nehmen um diese Uhrzeit sowieso niemanden mehr auf.«

»Hör auf, Witze zu machen«, sagte sie, aber sie kräuselte die Nase, und er wusste, sie gewährte ihm Aufschub.

Als sie ihn zur Tür begleitete, knarrten die Holzdielen bei jedem Schritt. Draußen toste der Wind. Ein Sturm zog auf.

»Ich sage ihnen, dass du da warst«, sagte Natalie.

»Danke.« Er nahm ihre Hände. »Und mach dir wegen Kate keine Sorgen. Es kommt schon alles in Ordnung.«

»Das muss es auch, sie ist schließlich unser Baby.«

In dem Moment musste er an Alex Vasquez denken, kurz vor ihrem Sprung. Wie das Licht sie von unten erfasst und ihre Gesichtszüge hervorgehoben hatte. Wie entschlossen ihre Haltung gewirkt hatte. Und wie sanft ihre Stimme plötzlich geworden war.

Sie können die Zukunft nicht aufhalten. Sie können sich nur für eine Seite entscheiden.

»Was ist?«, fragte Natalie.

»Ach, nichts, nur das Wetter.« Er lächelte sie an. »Danke für den Wein.« Er öffnete die Haustür. Das Prasseln des Regens war lauter geworden, der Wind kälter. Er winkte seiner Exfrau noch einmal zu und eilte den Weg entlang. Es war ein richtiger Regensturm, und als er seinen Wagen erreichte, klebte ihm sein Hemd bereits an den Schultern. Er riss die Tür auf, stieg ein und sperrte den Sturm aus. *Ich muss wirklich mal in eine Jacke investieren.*

Sein Handy war ein Dienstgerät. Er aktivierte den Scrambler, bevor er wählte. Dann klemmte er es zwischen Ohr und Schulter, während er den Behälter unter dem Beifahrersitz hervorzog. »Okay.« Der Kasten bestand aus gebürstetem Aluminium und hatte ein Zahlenschloss. Er ließ die Riegel aufschnappen. Die Beretta steckte in einem Halfter mit Clipverschluss, eingebettet in schwarzen Schaumgummi. Schon komisch, obwohl die Begabten den Fortschritt in der Welt dermaßen angekurbelt hatten, war die Schusswaffentechnik im Grunde unverändert. Andererseits hatte sich auf dem Gebiet seit dem Zweiten Weltkrieg kaum etwas getan. Die Waffen waren vielleicht schneller, leichter und präziser, aber eine Kugel blieb eine Kugel. »Was ist los?«

»Kannst du reden?«

»Klar.«

»Coop …«

»Der Scrambler ist aktiviert, ich sitze allein in meinem Auto vor dem Haus meiner Ex und um mich herum tobt ein Hurrikan. Reicht das?«

»Also gut. Tut mir leid, dich zu stören, aber du musst herkommen. Wir haben jemanden hier, mit dem du sicher ein Wörtchen reden möchtest.«

»Wen denn?«

»Bryan Vasquez.«

Alex Vasquez' älterer Bruder. Der Drogenheini, dessen aktuelle Adresse sie nicht kannten. »Steck ihn über Nacht in einen Vernehmungsraum und ich kümmere mich morgen um ihn.«

»Geht nicht. Dickinson ist schon bei ihm.«

»*Was?* Was macht der denn mit dem Bruder meiner Zielperson?«

»Keine Ahnung. Aber nach unseren Informationen sollte Bryan ja ein totaler Versager sein. Weit gefehlt. Er ist 'ne große Nummer bei einer Firma namens Pole Star. Seine Schwester muss sich in deren Datenspeicher gehackt haben, und in unsere. Pole Star ist ein Rüstungsunternehmen. Weißt du, worauf die spezialisiert sind?«

Cooper legte das Handy ans andere Ohr. »Navigationssysteme für Militärflugzeuge.«

»Du kennst die Firma?« Quinn klang erstaunt.

»Nein.«

»Aber wie ...«

»Alex brauchte jemanden, der ihr Virus einschmuggelt. Haben die beiden zusammengearbeitet?«

»Ja«, sagte Quinn, »und nicht nur das. Er behauptet, sie hätten auch direkt mit John Smith zusammengearbeitet.«

»So ein Quatsch.« Cooper nahm die Beretta in die Hand, überprüfte die Munition und befestigte das Halfter an seinem Gürtel.

»Na, ich weiß nicht. Wenn du gesehen hättest, wie seine Augen geleuchtet haben. Und da ist noch was.« Quinn atmete tief durch und als er wieder sprach, hörte sich seine Stimme gedämpft an, so als hätte er die Hand um den Hörer gelegt. »Cooper, er hat gesagt, es wird einen Anschlag geben. Einen gewaltigen. Wie es sich anhört, ist das Virus seiner Schwester im Vergleich geradezu harmlos.«

Im Auto war es kalt geworden und Cooper bekam Gänsehaut unter dem nassen Hemd. »Das Virus hätte Hunderte umbringen können.«

»Genau«, sagte Bobby Quinn.

*»Einige meiner besten Freunde sind Normalos.
Ich meine, das ist doch vollkommen in Ordnung.«*

— Jimmy Cannel (Komiker)

KAPITEL 3

Wie die meisten Institutionen ihrer Art war die Analyse- und Einsatzbehörde in einem eher unauffälligen Gebäude untergebracht. An der Einfahrt gab es eine Granittafel mit einem gepflegten Blumenbeet davor und ein halbes Dutzend Wachhäuser. Eine Reihe dicht stehender Bäume verbarg alles, was sich weiter hinten befand.

Zwei drahtige, ernst wirkende Wachmänner in schwarzen Kampfanzügen und mit Maschinenpistolen an Schulterriemen kamen heraus. Einer von ihnen ging mit einer schweren Taschenlampe in der Hand um den Wagen herum, der andere kam zur Fahrerseite.

»'n Abend, Sir.«

»He, Matt, ich hab doch gesagt, es ist Cooper.«

Der Mann lächelte und schaute auf den Ausweis, den Cooper ihm hinhielt, dann wieder in sein Gesicht. Sein Partner leuchtete mit der Taschenlampe ins Heck des Wagens, während seine rechte Hand locker auf dem Griff seiner Waffe ruhte. »Anstrengende Nacht, was?«

»Ja.«

Die Taschenlampe, die durch seine Heckscheibe strahlte, erlosch. Der Wachmann schaute über das Wagendach, dann sagte er: »Schönen Abend, Sir.«

Cooper nickte, schloss das Fenster und fuhr durchs Tor.

Bei oberflächlicher Betrachtung hätte man meinen können, die vor ihm liegende Straße wäre aus rein ästhetischen Gründen so kurvenreich angelegt worden, aber in Wirklichkeit verbargen sich dahinter Sicherheitsvorkehrungen. Die Kurven dienten zur Drosselung der Geschwindigkeit. Das verminderte die Gefahr, dass eine Autobombe den Komplex erreichte. Die gepflegte Grünanlage garantierte hervorragende Sicht von den Scharfschützentürmen aus, die nicht ganz verborgen hinter äußerst präzise beschnittenen Baumgruppen standen. Ein halbes Dutzend Mal wurde das stete Brummen seiner Reifen von einem Rumpeln unterbrochen, als er über versenkte Nagelbänder fuhr. Vom Parkplatz aus konnte Cooper gerade noch die Flugabwehranlagen auf dem Dach ausmachen.

Es hat sich ganz schön viel getan, seit wir angefangen haben. War es wirklich schon sieben Jahre her, dass er Drew Peters in die alte Papierfabrik gefolgt war? Cooper konnte noch immer diesen Gestank wie von abgestandenen Fürzen riechen und die schräg durch die hohen Fabrikfenster einfallenden Sonnenstrahlen sehen. Das Fabrikgebäude war zehn Jahre zuvor aufgegeben worden. Es war billig und sauber und lag versteckt auf einem Industriegelände in Virginia. Der Direktor hatte sich als Erster dort eingerichtet, gefolgt von Cooper und achtzehn anderen, alle handverlesen und alle nervös, was sie alle zu verbergen versuchten. Zwanzig hoch qualifizierte Leute, die die neueste Abteilung der AEB bildeten, die rasiermesserscharfe Spitze eines ganz besonderen Speers: den Ausgleichsdienst. »Die Glaubenden«, wie Peters sie genannt hatte.

Und achtzehn Monate lang war ihr Glaube alles, was sie hatten. Sie arbeiteten in der zugigen Lagerhalle an Kartentischen. Ihr Budget war so knapp, dass sie sogar einige Monate lang keine Gehälter bekamen. Nach den ersten Eliminierungen leitete das Justizministerium eine Untersuchung ein, um die Abteilung dichtzumachen. Die Hälfte der Glaubenden kündigte. Drew Peters blieb standhaft, aber er bekam Ringe unter den Augen.

Es kursierten Gerüchte, dass sich ein Unterausschuss des Kongresses mit ihrer Abteilung beschäftigen und sie öffentlich geächtet werden sollte. Was sie taten, war extrem. Keiner Behörde war je dieses Recht zugestanden worden: Zivilisten zu jagen und zu exekutieren. Peters versicherte ihnen, dass er Unterstützung von höchster Ebene hatte und ihre Aktionen außerhalb des hergebrachten Rechtssystems standen. Aber falls er sich irrte, drohte ihnen allen Gefängnis und möglicherweise die Todesstrafe.

Eines Tages jedoch betrat ein abnormer Terrorist namens John Smith das Monocle, ein Restaurant in Capitol Hill, und schlachtete dreiundsiebzig Menschen ab, darunter einen US-Senator und sechs Kinder. Plötzlich wirkte Drew Peters' Vision nicht mehr so extrem. Innerhalb eines Jahres brummte die Papierfabrik vor Geschäftigkeit und schon nach zwei Jahren galt der Ausgleichsdienst als Vorzeigeabteilung der Analyse- und Einsatzbehörde.

Der Regen war zu einem Nieseln verkümmert, als Cooper seinen Wagen parkte und zum Haupteingang eilte. Die internen Sicherheitsvorkehrungen waren ebenso streng wie die draußen: zwei Zugangsschleusen, beide mit Ausweisscanner und Videoerfassung, ein Metalldetektor, den er mit seinem Ausweis umgehen konnte, und ein Sprengstoffspuren-Detektor, der sich nicht umgehen ließ, alles überwacht von Männern mit Schutzwesten und automatischen Waffen. Er passierte den Sicherheitsbereich wie im Schlaf. In Gedanken ging er noch einmal das Gespräch mit Quinn durch. War es möglich, dass Alex und Bryan Vasquez für John Smith arbeiteten? Und wenn ja, was würde das bedeuten?

Ein Großteil der Abteilung widmete sich der Analyse. Dafür wurden Tausende Wissenschaftler und Bürokraten beschäftigt. Sie verwalteten Forschungsgelder, prüften Theorien und berieten Politiker. Sie entwarfen und verwarfen und verbesserten immer wieder die Treffert-Down-Skala, den Test, dem Kinder im Alter von acht Jahren unterzogen wurden. Sie verwalteten die Fallakten der Begabten ersten und zweiten Grades und spürten jede kleinste Information auf und gaben sie ins System ein, von der Krankengeschichte bis zur Bonität jedes Einzelnen. Sie setzten Budgets durch und kümmerten sich um Logistik und Zuständigkeitsfragen. Ihre Arbeit geschah in Kabinen und Konferenzräumen, am Telefon und übers Internet und sie unterschied sich kaum von der in anderen Unternehmenszentralen.

Die des Ausgleichsdiensts allerdings sehr wohl.

Eine raumhohe Tri-D-Karte der Vereinigten Staaten dominierte die Kommandozentrale. Darauf waren Aktionen und Interventionen im ganzen Land markiert. Analysten gaben ununterbrochen Daten ins System ein und verfolgten die Bewegungen von Zielpersonen. Cooper hielt kurz an, um die Karte zu überfliegen, und beobachtete, wie sich die Farben veränderten – von Grün nach Gelb und Orange: Der Unruhe-Index stellte die Stimmung im Land visuell dar. Alle möglichen Informationen – über die Häufigkeit von Graffitis über angezapfte Telefonleitungen und Protestmärsche bis hin zu eliminierten Zielpersonen – wurden gesammelt, sortiert und wie die Wetterlage auf der Karte angezeigt. Ein roter Punkt in San Antonio markierte die Eliminierung von Alex Vasquez am Vortag. Die Aktion hatte zwar nicht direkt in aller Öffentlichkeit stattgefunden, trotzdem hatte sie die Leute in der Bar und auf der Straße in Mitleidenschaft gezogen. Er konnte so vorsichtig sein, wie er wollte, wo gehobelt wurde, da fielen Späne.

Neben der Tri-D-Karte gab es Bildschirme und LED-Laufbänder, die ständig die wichtigsten Nachrichten verkündeten. Überall war das Murmeln leiser Telefongespräche zu hören. Es gab Direktverbindungen zum Pentagon, dem FBI, der NSA und dem Weißen Haus. Die Raumluft hinterließ einen metallischen Geschmack im Mund, als würde man auf eine Gabel beißen.

Die Kommandozentrale war wie die Nabe eines Rads, von der speichenförmig Korridore abgingen. Cooper zog seinen Ausweis durch einen Scanner und zog eine schwere Tür auf. Der Beamte am Empfangsschalter sah hoch und als er Cooper erkannte, wechselte sein Gesichtsausdruck von Langeweile zu Unterwürfigkeit. »Hallo, Sir, was kann ich …«

»In welchem Vernehmungsraum ist Dickinson?«

»Er ist in vier, mit seinem Verdächtigen.«

»Mit *meinem* Verdächtigen.« Cooper nahm sein Halfter vom Gürtel und legte es auf die Empfangstheke.

»Ja, Sir, aber …«

»Ja?«

»Nun, Agent Dickinson möchte nicht gestört werden.«

»Dann entschuldige ich mich eben bei ihm.« Als Cooper durch den Flur ging, quietschten seine Schuhe auf dem gebohnerten Boden.

Er kam an ein paar Holztüren mit …

Dickinson weiß, dass Alex Vasquez mein Fall ist. Er riskiert einen ziemlichen Anschiss, weil er sich in Sachen einmischt, die außerhalb seiner Kompetenz liegen. Mögliche Gründe:

Erstens: Sie sind bei Ermittlungen in einem anderen Fall auf Bryan Vasquez gestoßen. Unwahrscheinlich.

Zweitens: Dickinson hat von der Verbindung zu John Smith gehört. Er nimmt in Kauf, dass ich angepisst bin, weil er eine Chance wittert, selbst einen großen Fisch an Land zu ziehen.

Drittens: Dickinson sucht Beweise, dass ich im Fall Vasquez Fehler gemacht habe.

Viertens: Beides trifft zu, zweitens und drittens. Arschloch.

… Sichtfenstern aus gehärtetem Glas vorbei. In zwei der ersten drei Vernehmungsräume saßen nervöse Männer und Frauen an einfachen Tischen unter grellem Deckenlicht. Es kursierte das Gerücht – vielleicht war es auch nur ein Witz, das war bei der AEB schwer zu sagen –, dass die Leuchtstofflampen für mehrere Millionen Dollar speziell entwickelt worden waren, um möglichst trostloses Licht zu spenden. Cooper glaubte zwar nicht daran, aber in diesem Licht sah man wirklich aus, als hätte man schon vor Wochen das Zeitliche gesegnet, sogar Roger Dickinson mit seinem kantigen Kinn und dem guten Aussehen eines Quarterbacks aus einem Football-Film.

Die schwere Tür des vierten Vernehmungsraums dämpfte das Geschrei im Innern. Cooper konnte nichts verstehen, aber durch die Glasscheibe sah er, wie Dickinson sich über den Tisch beugte und sich mit einer Faust abstützte, während er mit dem Zeigefinger der anderen Hand nur Zentimeter vor dem Gesicht eines Manns herumfuchtelte, der die gleichen Wangenknochen und Augenbrauen hatte wie Alex Vasquez. Dickinson stach mit dem Finger immer wieder in die Luft, als würde er auf einen Knopf drücken.

Im Schutz des Geschreis öffnete Cooper leise die Tür, schlüpfte hindurch, hielt sie mit einer Hand fest und schloss sie lautlos.

»… mir besser die Wahrheit, hörst du? Es geht hier nicht um zu schnelles Fahren. Und auch nicht um ein paar Gramm Koks. Dir droht eine Anklage wegen Terrorismus, mein Freund. Ich lasse dich auf Nimmerwiedersehen verschwinden. Na …«, Dickinson richtete sich auf, streckte beide Hände aus und betrachtete sie mit gespieltem Erstaunen, »… wo ist er denn? War hier nicht gerade noch jemand? Irgend so ein Freak-Lover. Puff, weg ist er! Keiner weiß, wohin. Und ward nicht mehr gesehen …« Er beugte sich wieder vor. »Hast du mich verstanden?«

»Ja, habe ich«, sagte Cooper.

Der Agent wirbelte herum und seine Hand schnellte blitzartig zu seinem leeren Halfter. *Mann, ist der fix.* Als er Cooper sah, schaute er zuerst etwas verlegen, aber schnell machte sich ein Ausdruck unverbrämter Abneigung in seinem Gesicht breit. »Ich bin beschäftigt.«

»Ach ja?« Cooper warf einen Blick auf Bryan Vasquez. Es sah nicht so aus, als würde er irgendwelche Dummheiten versuchen, deshalb wandte er sich wieder Dickinson zu. »Womit genau sind Sie denn beschäftigt? Um welchen Fall geht's hier? Welche Zielperson?«

Dickinson lächelte grimmig. »Ich verfolge nur eine Spur. Man weiß nie, wohin so was führt …«, er baute sich vor Cooper auf, »… bis man drauf stößt.«

Cooper dachte an eine Schulhofprügelei zurück, eine von Hunderten. Soldatenkinder waren immer die Neuen, die Außenseiter. Sie mussten sich ihren Platz in der Rangordnung immer erst erkämpfen. Aber als Abnormer in einer Welt, die die Existenz dieses Phänomens gerade erst zu akzeptieren begann, hatte man es noch viel schwerer. Er hatte den Eindruck, dass in jeder neuen Schule irgendein größerer Junge »Hau die Missgeburt« spielen wollte.

Einmal hatte er versucht, es einfach auszuhalten, um zu sehen, ob er es dadurch leichter hätte. Sein Vater war gerade in Fort Irwin stationiert worden, circa zwei Stunden von Los Angeles entfernt. Cooper war damals zwölf und der Schläger, ein rothaariger Junge mit großen Zähnen, war fünfzehn. Red wirkte auch nicht gefährlicher als andere Schulhoftyrannen, deshalb beschloss Cooper, ein paar Schläge einzustecken. Wenn er sich erst vor seiner Clique produziert und seine männliche Überlegenheit demonstriert hatte, beließ er es ja vielleicht dabei, und Cooper käme mit einem blauen Auge davon.

Wenn Cooper ein ganz normaler Junge gewesen wäre, eins von vielen ähnlichen Opfern, dann hätte es vielleicht auch funktioniert. Aber er war anders. Und wer anders war, das lernte er an diesem Tag, reizte seine Mitmenschen zu besonderer Grausamkeit.

Sein Mathematiklehrer hatte ihn in einer Toilettenkabine gefunden. Er hatte am Boden gelegen, neben der blutverschmierten Kloschüssel, die Augen zugeschwollen, die Nase gebrochen, seine Hoden geprellt, zwei Finger gequetscht. Die Fußtritte, die er schon am Boden liegend eingesteckt hatte, kosteten ihn seine Milz.

Dad hatte gefragt, wer ihn so zugerichtet hatte. Auch die Ärzte und der Lehrer, der ihn gefunden hatte, hatten danach gefragt. Aber Cooper sagte kein Wort. Er biss die Zähne zusammen und wartete drei Monate ab, bis alles verheilt war.

Dann hielt er nach dem Schläger und seinen Freunden Ausschau. Und diesmal ließ Cooper sich nichts gefallen.

»Was geht Ihnen durch den Kopf, Roger?« Nun baute Cooper sich vor dem anderen auf und starrte ihm in die Augen. Es war ein dummes, primitives Ritual und es machte ihm keinen Spaß, aber es ließ sich nicht umgehen. »Wollen Sie mir etwas sagen?«

»Das habe ich schon.« Dickinson rührte sich nicht. Nicht einmal ein Wimpernzucken. »Kann ich jetzt weiterarbeiten?«

Feige ist er jedenfalls nicht. Aufsässig, engstirnig, maßlos ehrgeizig, aber wenigstens nicht feige. Also was sagst du jetzt, Coop? Wie weit willst du gehen?

»Gentlemen.« Die Stimme hinter ihm war wie in Watte gepackter Stahl. Sie ließ die Schulhofszene wie eine Blase zerplatzen. Cooper und Dickinson drehten sich gleichzeitig um.

Mit seinem konservativen Anzug, der randlosen Brille und der perfekten Rasur sah Drew Peters aus wie ein Kinderarzt oder ein Regierungsbeamter, nicht wie jemand, der routinemäßig die Ermordung amerikanischer Bürger befahl. »Kommen Sie bitte mit raus.«

Sobald die schwere Holztür hinter ihnen zugefallen war, drehte sich Peters zu ihnen um. »Was war da los?«, fragte er mit ruhiger, fester Stimme.

»Agent Dickinson und ich haben uns nur darüber beraten, wie am besten mit Bryan Vasquez zu verfahren sei«, antwortete Cooper.

»Verstehe.« Peters sah vom einen zum anderen. »Solche Gespräche führen Sie zukünftig besser unter vier Augen.«

»Ja, Sir«, sagte Dickinson. Cooper nickte.

»Und, Agent Dickinson, wie kommt es überhaupt, dass Sie Vasquez vernehmen?«

»Meine Leute haben entdeckt, dass die Informationen über Bryan Vasquez manipuliert waren. Seiner aktuellen Akte zufolge ist er eine absolute Null, Adresse unbekannt, aber in der ursprünglichen Akte stand, dass er in Washington wohnt und arbeitet.«

»Jemand hat unser System gehackt?« Zum ersten Mal wirkte Peters wirklich verärgert.

»Ja, Sir. Entweder das oder …« Dickinson zuckte mit den Schultern.

»Oder?«

»Nun ja, es könnte jemand von uns gewesen sein.«

Cooper lachte. »Sie meinen, ich habe Bryan Vasquez geholfen? Weil wir Freaks alle dicke Kumpel sind und freitagabends immer zusammen abhängen?«

Dickinson warf ihm einen bösen Blick zu. »Ich weise nur darauf hin, dass jemand aus unserer Abteilung die Akte leicht hätte ändern können. Unter den gegebenen Umständen hielt ich es für das Beste, Vasquez sofort in Gewahrsam zu nehmen. Und da Agent Cooper nicht zugegen war, habe ich selbst mit der Vernehmung begonnen.«

»Sehr engagiert«, sagte Peters trocken. Dann wandte er sich an Cooper: »Sie übernehmen sofort als Vernehmungsleiter.«

Dickinson sagte: »Aber Sir …«

»Vasquez ist seine Zielperson, nicht Ihre.«

»Ja, aber …«

Der Direktor zog eine Augenbraue hoch und Dickinson schluckte runter, was immer er sagen wollte.

Nach einer kurzen Pause sagte Peters: »Gehen Sie einen Kaffee trinken.«

Dickinson zögerte, dann sagte er: »Ja, Sir«, und ging davon. Jede Faser seines Körpers war angespannt und er kochte dermaßen vor Wut, dass Cooper fast den Eindruck hatte, Dampf aufsteigen zu sehen.

Er sagte: »Er macht Probleme.«

»Das sehe ich anders. Er ist ein guter Agent, fast so gut wie Sie. Und ehrgeizig.«

»Gegen Ehrgeiz habe ich nichts. Aber er veranstaltet hier seine ganz persönliche Hexenjagd und dagegen habe ich was.«

»Wenn jemand Hexen verbrennt – tut er das, weil er gern Menschen brennen sieht oder um den Teufel zu bekämpfen?«

»Spielt das eine Rolle?«

»Aber ja, eine entscheidende Rolle. In beiden Fällen tut er etwas Schreckliches, aber im einen, um sich zu amüsieren, und im anderen, um die Welt zu retten.« Der Direktor nahm seine Brille ab und putzte sie mit einem Taschentuch. »Sie und Dickinson sind sich sehr ähnlich. Sie beide glauben wirklich an unsere Sache.«

»Dickinson glaubt, dass ich ihm im Weg stehe, sonst gar nichts. Sie meinen doch nicht etwa auch, dass jemand aus der Abteilung die Informationen manipuliert hat?«

Peters winkte ab und setzte die Brille wieder auf. »Ich zweifle nicht daran, dass Alex Vasquez in der Lage war, in unser System zu hacken.«

»Und Dickinson weiß das auch. Aber er wirft trotzdem mit Anschuldigungen um sich.«

»Natürlich. Und mir ist auch klar, dass er hinter Ihrem Job her ist. Außerdem hat er vermutlich wirklich Zweifel, was Sie angeht. Sie dürfen nicht vergessen, dass viele Leute Abnorme immer noch als Feinde ansehen. Natürlich halten sie auf Cocktailpartys Vorträge, dass es nicht um Normale gegen Abnorme geht, sondern um Zivilisation gegen Anarchie, aber im Grunde …«

»Ich bin schon ein großer Junge, Drew. Mir ist egal, ob Roger Dickinson mich mag oder nicht. Viele Leute hier können mich nicht leiden. Ich bin ein Abnormer, der Abnorme jagt, das macht so manchen nervös.«

»Nicht nur das. Auch die Macht, die Sie haben. Sie haben viel mehr Freiheiten als jeder andere in unserer Abteilung. Und wissen Sie auch, warum?«

»Weil ich von Anfang an dabei bin und weil ich mehr Erfolge aufzuweisen habe als andere.«

»Nein, mein Junge«, sagte der Direktor sanft. »Sondern weil ich Ihnen vertraue.«

Cooper öffnete den Mund, sagte aber nichts. Nach einer Weile nickte er und sagte: »Danke.«

»Sie haben sich mein Vertrauen verdient. Nun, können Sie die Vernehmung gemeinsam mit Dickinson durchführen?«

»Ja, natürlich.« Vor seinem geistigen Auge sah er Dickinson, wie er sich mit knallrotem Kopf über den Tisch beugte und schrie. »Aber ich werde wohl den guten Bullen spielen müssen.«

»Na dann«, scherzte Peters, »möge Gott Bryan Vasquez beistehen.«

KAPITEL 4

»Was ist das für ein Anschlag, den ihr plant?«

»Ich habe doch schon gesagt, ich weiß es nicht.« Vasquez klang gleichzeitig erschöpft, ängstlich und bestrebt, es ihnen recht zu machen. »Ich weiß nur, dass etwas geplant ist.«

»Ja, das sagst du schon die ganze Zeit.« Dickinson klopfte mit den Fingern auf den Metalltisch. »Aber warum soll ich dir glauben?«

Die Vernehmung lief schon eine halbe Stunde und Cooper hatte die Vorrunde mehr oder weniger Dickinson überlassen. Eine Vernehmung war wie ein Tanz und auch wenn die ersten Schritte wichtig waren, die Feinheiten kamen später. Deshalb nutzte er die Zeit, um Bryan Vasquez zu studieren, sein Gebaren, seine Ticks und die Energie, die er ausstrahlte, zu lesen. Eine Besonderheit seiner Gabe war, dass er Menschen manchmal fast als Farben wahrnahm. Nicht wörtlich – er hatte keine visuellen Halluzinationen –, sondern assoziativ. Der kombinierte Effekt Hunderter feinster Muskelbewegungen – der Widerspruch zwischen dem, was jemand sagte, und dem, was er dachte – erzeugte in ihm Farbeindrücke, so wie heiße Suppe rot schmeckte oder ein Wald grün roch. Natalie war das Kornblumenblau eines klaren Wintermorgens, ehrlich und kühl. Peters war das Mittelgrau eines teuren Anzugs.

Bryan Vasquez war für Cooper ein unangenehmes Orange. Wütend und vor Anspannung bebend, versuchte er, die Kontrolle zu bewahren, aber nicht sehr erfolgreich.

»Haben Sie in Geschichte nicht aufgepasst? Dies ist eine Revolution. Wir arbeiten in geheimen Zellen, damit wir einander nicht verraten können. Ich kann Ihnen nichts über den Anschlag sagen, weil ich nichts weiß. Er hat das Ganze bewusst so geplant.«

»Mit ›er‹ meinst du wohl John Smith«, sagte Dickinson.

»Ja.«

»Hast du mit ihm geredet?«

»Nein, aber Alex.«

Cooper fragte: »Persönlich?«

»Nein.« Ein fast unmerkliches Zögern. »Am Telefon.«

Du verdammter kleiner Lügner. Deine Schwester hat sich persönlich mit John Smith getroffen. Kein Wunder, dass sie vom Dach gesprungen ist.

Cooper sagte: »Woher weißt du, dass sie die Wahrheit gesagt hat?«

»Weil sie meine Schwester ist.«

»Hast du mit an dem Virus gearbeitet?«

Vasquez sah überrascht aus.

»Wir wissen Bescheid, Bryan. Sie hat an einem Virus gearbeitet, das die Navigationssysteme von Militärflugzeugen außer Kraft setzen sollte.« Er beugte sich über den Tisch. »Solltest du das Virus einschmuggeln?«

»Nein.« Seine Stimme versagte und er fing noch einmal an: »Nein. Ich habe bei den technischen Details geholfen. Mit Computern kennt sich Alex sehr gut aus, aber mit Flugzeugen …« Er lachte. »Sie weiß wahrscheinlich nicht mal, wie man sich anschnallt. Das Virus musste durch die Firewalls des Militärs, es musste im Stammverzeichnis installiert werden. Dazu habe ich keinen Zugang. So etwas kann nur ein sehr hoher Geheimnisträger bewerkstelligen.«

»Wer?«

»Ich weiß es nicht.« Sein Blick war ruhig, sein Puls erhöht, aber nicht höher als bisher. Er sagte die Wahrheit.

Cooper fragte: »Und wie soll die Sache ablaufen?«

»Ich soll übermorgen jemandem das Programm übergeben.«

»Wem?«

»Ich weiß es nicht. Ich soll zu einem Treffpunkt kommen und da spricht mich ein Kontaktmann an.«

»Woher wissen Sie, dass es ein Mann ist?«

»Von Alex.«

»Und wo ist der Treffpunkt?«

Bryan Vasquez verschränkte die Arme. »Halten Sie mich für bescheuert? Das verrate ich doch nicht einfach. Ich weiß ja nicht einmal mit Sicherheit, ob Sie Alex überhaupt haben.«

Mit hartem Gesichtsausdruck beugte sich Dickinson vor. »Dir steht die Scheiße bis zum Hals, kapierst du das nicht? Das war kein Witz, als ich gesagt habe, ich lasse dich verschwinden.« Er wandte sich an Cooper. »War das ein Witz?«

»Nein«, sagte Cooper und wartete auf eine Reaktion. Die kam auch. Bryans Adamsapfel hüpfte auf und ab, eine Schweißperle rann über seine Wangenknochen. Aber er riss sich zusammen und sagte: »Ich bin nicht der Einzige, der sich Sorgen machen muss. Sie auch.«

»Wieso das denn?« Dickinson hatte wieder das grimmige Grinsen aufgesetzt. Er sah wirklich gemeingefährlich aus.

»Weil der Anschlag bald stattfinden wird, und es wird ein Riesending. Unsere Aktion sollte nur eine Zugabe sein, verstehen Sie?« Bryan lehnte sich vor. »Alex und ich wollten die Navigationssysteme lahmlegen, damit das Militär nicht auf den *eigentlichen* Anschlag reagieren kann. Also wem steht hier die Scheiße bis zum Hals?«

Cooper dachte zurück an sein Gespräch mit Quinn auf dem Heimflug. Der hatte gesagt, es werde viel geredet und alle seien nervös. Der Ausgleichsdienst überwachte routinemäßig Telefongespräche und digitale Kommunikation im ganzen Land. Falls ein größerer Anschlag geplant war, würde dem ein vermehrter

Austausch verschlüsselter Botschaften vorausgehen. Cooper sah wieder Alex Vasquez vor sich, kurz vor ihrem Sprung. Wie sie den Kopf drehte. Wie ihr Kettenanhänger schimmerte. Wie sie die Hände tief in den Taschen vergrub.

»Ich verstehe es einfach nicht«, sagte Dickinson. »Du bist doch normal. Warum hilfst du denen?«

Bryan machte ein Gesicht, als hätte er in eine faule Frucht gebissen. »Das ist so, als würde man fragen, warum Weiße mit Martin Luther King marschiert sind. Ich mache mit, weil es richtig ist. Begabte sind auch Menschen. Sie sind unsere Kinder, unsere Brüder und Schwestern, unsere Nachbarn. Sie wollen ihnen einen Stempel aufdrücken, ihnen hinterherspionieren, sie ausbeuten. Und die, die Sie nicht kontrollieren können, die bringen Sie um. *Deshalb.*«

Cooper verzog keine Miene, aber seine Gedanken überschlugen sich. Er begann, Vasquez zu verstehen. Seiner Schwester zu helfen war nur ein Teil seiner Motivation. Er hielt sich für David im Kampf gegen Goliath. Er wollte ein Held sein und hoffte, auf diese Weise unsterblich zu werden. Genau die Art von Persönlichkeit, die ein Revolutionsführer sich zunutze machen würde. *War er wirklich so nah an John Smith dran?*

Ein unglaublicher Gedanke.

Dreiundsiebzig Todesopfer allein im Monocle. Seitdem Hunderte weitere Tote, auf seinen Befehl hin, und Gott weiß wie viele in Zukunft. Der gefährlichste Terrorist Amerikas, und dieser Mann kann dich vielleicht zu ihm führen.

Dickinson dehnte die Pause lange genug aus, dass Vasquez' selbstgerechte Empörung ein wenig verpuffen konnte. »Das ist ja allerliebst, geradezu rührend.« Er sprach ganz ruhig. »Aber ihr marschiert nicht mit Dr. King durch die Straßen, du Arschloch. Ihr holt Flieger vom Himmel.«

Vasquez schaute weg. Schließlich sagte er: »Sie ist meine Schwester.«

Die Leuchtstofflampen summten. Cooper spielte im Kopf eine Strategie durch. Er beschloss, es zu versuchen. »Also, Bryan, es ist so: Bis jetzt haben Sie sich noch nicht wirklich viel zuschulden kommen lassen. Aber Ihre Schwester ist in ernsten Schwierigkeiten. Für dieses Virus wandert sie lebenslänglich in den Knast … wenn sie Glück hat.«

»Was?« Vasquez richtete sich auf. »Nein, nein, sie hat ihren Plan ja gar nicht umgesetzt. Rein rechtlich können Sie sie allein für das Vorhaben nicht …«

»Es geht um einen Anschlag gegen das Militär«, sagte Cooper. »Durch eine abnorme Terroristin. Glauben Sie mir, wir können und wir werden sie drankriegen.«

Bryan Vasquez öffnete den Mund, sagte aber nichts. Dann schließlich: »Was muss ich machen?«

»Führen Sie uns zu dem Treffpunkt.«

»Ist das alles?«

Cooper nickte. »Vorausgesetzt, Ihre Kontaktperson taucht auf. Falls nicht, oder falls Sie sie warnen, gibt es keinen Deal zwischen uns.«

»Und was bekomme ich dafür …?«

»Dafür garantiere ich Ihnen persönlich, dass Ihre Schwester nicht angeklagt wird.«

Dickinson wandte sich abrupt Cooper zu.

»Das reicht mir nicht«, sagte Vasquez. »Geben Sie es mir schriftlich.«

»In Ordnung.«

»Cooper, sind Sie …?«

»Seien Sie still, Roger.« Cooper blickte Dickinson fest in die Augen. Er konnte sehen, dass der andere Agent mit sich kämpfte, weil ihr Vorgesetzter Cooper zum Vernehmungsleiter gemacht hatte, der aber eine überführte Terroristin laufen lassen wollte. Offensichtlich fragte sich Dickinson, ob Cooper das tat, weil er auch ein Freak war. Aus Mitgefühl für seinesgleichen.

Vasquez schaute von einem zum anderen und sagte: »Und ich will sie sehen.«

»Nein.«

»Woher weiß ich, dass Sie sie überhaupt haben?«

»Ich beweise es Ihnen«, sagte Cooper. »Aber Sie können sie erst anschließend sehen. Und wenn Sie versuchen, mich reinzulegen, sehen Sie sie nie mehr wieder.«

Bryan Vasquez' Gesicht strahlte Hassgefühle in orangefarbenen Wellen aus. Cooper konnte sehen, dass er überlegte, ob er über den Tisch springen und einen Regierungsbeamten angreifen sollte. Aber offensichtlich entsprach das nicht seinem Charakter und daran änderte auch seine Wut nichts. Schließlich hob Vasquez die Hände vors Gesicht, legte die Fingerspitzen aneinander und atmete langsam aus. »Okay.«

»Gut. Wir sind sofort wieder da, mit Ihrem Dokument.«

Die Luft in den Vernehmungsräumen war mit Absicht stickig – warme, dicke Luft macht müde und dann machen die Leute Fehler – und die Klimaanlage im Flur war eine Wohltat. Cooper wartete, bis er das Zuschnappen der Tür hinter sich hörte, und drehte sich dann um.

»Sind Sie von allen guten Geistern verlassen?« Dickinsons Augen traten hervor. »Eine Terroristin laufen zu …«

»Lassen Sie den Schrieb aufsetzen«, sagte Cooper. »Der Text soll möglichst klar und einfach sein. Wenn Bryan tut, was wir wollen, wird seine Schwester nicht angeklagt, basta.«

»Ich arbeite nicht für Sic.«

»Doch, und noch dazu so ›engagiert‹.« Cooper reckte sich, bis sein Nacken knackte. Er war müde. »Und anschließend gehen Sie runter und suchen in Alex Vasquez' persönlichen Gegenständen nach einer Goldkette mit Anhänger, einem Vogel. Die zeigen wir Bryan zum Beweis, dass wir seine Schwester haben.«

Dickinson sah verwirrt aus. »Runter?«

»Ja, in die Leichenhalle.« Er wandte sich ab, um zu gehen, drehte sich aber noch einmal um. »Ach, und Roger, achten Sie bitte drauf, dass kein Blut dran klebt, ja?«

PIERS MORGAN: »Mein Gast heute Abend ist David Dobroski, Autor des Buchs *Angst im Nacken: Die Krise des Normalen im Zeitalter der Genialität*. David, danke, dass Sie gekommen sind.«

DAVID DOBROSKI: »Aber gern.«

PIERS MORGAN: »Es gibt jede Menge Bücher über die Begabten und ihre Bedeutung für die Welt. Aber Ihres betrachtet die Sache aus einem anderen Blickwinkel.«

DAVID DOBROSKI: »Meiner Ansicht nach ist es ein Generationsproblem. Eine Generation wird geboren, wird erwachsen und übernimmt die Macht. Irgendwann gibt sie die Macht weiter an die nächste Generation. Das ist der Lauf der Welt. Aber der ist nun unterbrochen worden. Die Leute sind völlig fixiert auf den technischen Fortschritt und Phänomene wie die Siedlung New Canaan in Wyoming, aber im Grunde ist die Sache ganz einfach: Der natürliche Lauf der Welt hat sich verändert. Und meine Generation muss sich damit auseinandersetzen.«

PIERS MORGAN: »Aber jede Generation hat doch Angst vor der nächsten, oder nicht? Glaubt nicht jede Generation, dass die Welt, entschuldigen Sie den Ausdruck, vor die Hunde geht?«

DAVID DOBROSKI: »Ja, das ist vollkommen normal.«

PIERS MORGAN: »Und was ist jetzt anders?«

DAVID DOBROSKI: »Der Unterschied ist, dass wir nie wirklich am Ruder waren. Wir konnten uns nie beweisen. Ich bin dreiunddreißig und gehöre schon zum alten Eisen.«

KAPITEL 5

»Du lässt ihn in dem Glauben, seine Schwester würde noch leben?« Bobby Quinn lächelte über den Rand seines Kaffeebechers hinweg. »Du bist ein ganz, ganz schlechter Mensch, mein Freund.«

»Was soll's. Ich bin ja durchaus seiner Meinung, was die Rechte von Abnormen angeht, aber Bombenanschläge sind keine Lösung. Seine Schwester und er hätten Hunderte Soldaten umgebracht und ich soll ein schlechtes Gewissen haben, weil ich ihn angelogen habe?« Cooper zuckte mit den Achseln. »Das geht mir am Arsch vorbei.«

Auf die regenreiche Nacht war ein fahlgrauer, kühler Tag gefolgt, wie sie in Washington so häufig waren. Eine Flickendecke aus Wolken lag schwer über der Stadt und hüllte sie in trübes Licht wie angelaufenes Silber. Cooper hatte endlich einen Mantel angezogen, um sich vor dem kalten Wind zu schützen. Die Wärme und die sechs Stunden Schlaf, die er hatte ergattern können, hoben seine Laune mächtig.

Ecke 12th Street und G Street, Nordwest. Rundherum farblose Bürogebäude, deren Fenster den kalten Himmel spiegelten. Dazwischen ein öffentlicher Platz aus Asphalt und Stein. Rolltreppen ragten aus dem offenen Schlund der Metro Center Station und spien Männer und Frauen in Geschäftskleidung aus. Alle sahen auf die Uhr und redeten in ihre Handys. Bryan Vasquez zufolge sollte er einfach nur am Treffpunkt erscheinen und an der Ecke warten. Um alles andere würde sich seine geheimnisvolle Kontaktperson kümmern.

»Sehr ungünstig für uns«, sagte Quinn. »Gut überschaubar, überall Fluchtwege und viel zu viele Zivilpersonen.«

»Und Vasquez' Kontaktperson könnte die ganze Kreuzung von einem Hochhaus aus beobachten.« Cooper schaute nach oben und drehte sich langsam im Kreis. »Perfekt, um etwaige Verfolger zu entdecken.«

»Vielleicht sind es auch mehrere. Späher in den Hochhäusern, Wachposten am Boden, ein Fluchthilfe-Team. Lockvögel. Und bevor jemand Kontakt aufnimmt, wissen wir nicht, mit wem wir's zu tun haben. Die haben alle möglichen taktischen Vorteile.«

»Können wir es trotzdem schaffen?«

»Klar.« Quinn lächelte. »Wir sind doch die Gasmänner.«

»Den Spitznamen mochte ich noch nie.«

»Du weißt doch, woher der stammt, oder? Im neunzehnten Jahrhundert mussten die Straßenlaternen noch von Hand gelöscht werden. Und die Leute, die das machten, die hießen …«

»Ja, ich weiß, Professor. Aber hört sich der Name nicht ein bisschen blutrünstig an?«

»Na ja, wir eliminieren immerhin Geniale. Wir sind die Rettungsschwimmer am menschlichen Genpool.«

»Das heißt also nein.«

»Genau, das heißt nein.«

»Möge der Herr dir deine Niederträchtigkeit vergeben.« Cooper bekreuzigte sich. »Also gut, du planst die Aktion. Wie willst du es aufziehen?«

»Ein Team da vorn«, Quinn gestikulierte mit seinem Kaffeebecher, »und eins da. Die einen in einem FedEx-Transporter, die anderen im Kleinbus einer Telefongesellschaft. Und ein paar Agenten in Zivilkleidung auf der Straße. Am besten Frauen, falls unsere Bösewichter Amateure sind. Die verdächtigen Frauen nicht so schnell.«

»Sind Luisa und Valerie schon zurück?«

»Die kommen heute Nachmittag mit einem Linienflug. Luisa wollte wissen – ich zitiere –, ›wem sie die Eier lutschen muss‹, um nächstes Mal auch einen Platz im Jet zu bekommen.«

»Die Frau konnte sich schon immer gut ausdrücken.«

»Eine wahre Poetin.« Ein Bus hielt mit quietschenden Bremsen an der Ecke. Quinn deutete in seine Richtung. »Sieh mal.«

Auf der Seite des Busses prangte ein Graffiti. Zwei Meter hohe Buchstaben, orange und violett: ICH BIN JOHN SMITH.

»Soll das ein Witz sein?« Cooper schüttelte den Kopf.

»Diese Graffitis tauchen überall auf. Letztens war ich in einer Bar, da hatte jemand den Spruch über das Pinkelbecken gekritzelt. Und jemand hatte daruntergeschrieben: UND ICH PINKLE MIR AUF DIE SCHUHE.«

Cooper lachte. »Wann bringen wir die Teams in Stellung?«

»Den Bus von der Telefongesellschaft können wir heute herschaffen. Das Team kann darin übernachten. Den FedEx-Transporter lassen wir eine halbe Stunde vorher anrollen. Wir stopfen ihn mit Paketen voll und ein Agent läuft hin und her, so als würde er ausladen. Wir sollten Vasquez mit einem Peilsender ausstatten.«

»Mit zwei.«

»Zwei?«

»Einen für ihn und einen in dem Stampdrive, den er übergeben soll. Nur für alle Fälle. Außerdem will ich Scharfschützen und freie Schusslinien.«

Quinn sah ihn mit schief gelegtem Kopf an. »Ich dachte, du wolltest die Kontaktperson lebendig erwischen.«

»Will ich auch. Aber falls was schiefgeht, lass ich sie lieber abknallen als davonkommen. Und ich will ein Luftschiff mit allem Drum und Dran, Infrarotkamera, Bilderkennung ...«

»Wozu? Die Hauptzielperson war Alex und die haben wir erwischt. Das Virus kann nur von einem hohen Geheimnisträger aktiviert werden. Meinst du, so einer lässt sich hier persönlich blicken? Die schicken irgendeinen Lakaien, jemanden, der verzichtbar ist.« Quinn warf seinen Kaffeebecher weg und breitete die Arme aus. »Aber du hast das Sagen. Ich mach es so, wie du willst. Es ist bloß ganz schön viel Aufwand für eine einzige Zielperson, oder?«

»Eigentlich ja, aber es geht nicht um irgendjemanden. Diese Zielperson kann uns vielleicht zu John Smith führen.«

Quinn sog die Luft durch die Zähne. »Smith wird wissen, dass wir Alex Vasquez auf der Spur waren. Wie lang hat es gedauert, bis wir sie hatten? Neun Tage? Genug Zeit, um ihn zu informieren.«

»Ja, vielleicht, aber sie war auf der Flucht. Außerdem hat er ja keine Telefonnummer, die man mal eben anrufen kann. Er muss ständig in Bewegung bleiben, verbringt jede Nacht woanders. Er wird sich denken können, dass wir seit dem Monocle-Anschlag Überwachungsprotokolle für ihn laufen haben. Die neue Version von Echelon haben Programmierer von der Akademie geschrieben. Grad eins. Die können genauso gut mit der Tastatur umgehen wie Alex Vasquez. Immer wenn John Smith ein Telefon benutzt oder sich auf einem Computer einloggt, sind ihm fünftausend Profis auf den Fersen, die ihn tot sehen wollen. Vielleicht hat er sich bewusst zurückgezogen, nachdem er das Ganze ins Rollen gebracht hat, damit Vasquez ihn nicht ans Messer liefern kann.«

Quinn sah nachdenklich aus. »Ich weiß nicht, Mann.«

»Aber ich, also leg los.« Cooper sah auf die Uhr. Es war zehn. Die Fahrt würde mindestens drei Stunden dauern. Er hätte einen Hubschrauber anfordern können, hatte aber keine Lust zu erklären, wozu. Außerdem würde es sicher Spaß machen, mit einem Affenzahn über die Berge von West Virginia zu rasen. Er fuhr ja nicht umsonst einen Dodge Charger mit 470 PS, der ein halbes Jahresgehalt gekostet hatte. Und von der Polizei hatte er auch nichts zu befürchten, wenn er zu schnell fuhr, denn der Transponder in seinem Wagen identifizierte ihn als Mitarbeiter des Ausgleichsdiensts. »Hast du jemanden, der dich zurückfährt?«

»Ja, aber ich bleibe sowieso noch ein bisschen hier. Wo willst du denn überhaupt hin?«

»Mir ansehen, wie John Smith aufgewachsen ist.«

KAPITEL 6

Der Junge war vielleicht neun, blass und dürr, mit vollen Lippen und dichtem schwarzen Haar. Trotz seiner Knochigkeit hatte er wegen seiner roten Lippen und dicken Locken etwas Frisches an sich. Er hielt die Hände hoch wie ein Boxer aus einem früheren Jahrhundert, aber seine dünnen Unterarme boten kaum Schutz.

Die Schläge des anderen waren ungeschickt, eher Fuchtelei als Schwinger, aber hart genug, dass der Kopf des gelockten Jungen zur Seite flog. Benommen ließ er seine Deckung fallen und sein Gegner schlug wieder zu. Seine Lippe platzte auf, seine Nase blutete. Er fiel zu Boden und versuchte, mit einer Hand sein Gesicht zu schützen und mit der anderen seinen Schritt. Sein Gegner, ein blonder Junge, zehn Zentimeter größer als er, warf sich auf ihn und prügelte wie wild auf ihn ein, auf Bauch, Rücken, Schenkel, auf jede ungeschützte Stelle.

Der Kreis der Kinder um sie herum wurde immer enger und einige drohten mit den Fäusten. Das Bürofenster war doppelt verglast und Cooper nahm das wilde Geschrei unten im Hof nur leise wahr, aber laut genug, um ein Dutzend Schulhöfe heraufzubeschwören und die Erinnerung an das kühle Porzellan der Kloschüssel an seinem zerschundenen Gesicht. »Warum gehen die Lehrer denn nicht dazwischen?«

»Unsere Lehrkräfte sind äußerst erfahren in solchen Dingen.« Direktor Charles Norridge legte seine Fingerspitzen zusammen. »Sie werden genau im richtigen Moment einschreiten.«

Zwei Stockwerke tiefer und vierzig Meter entfernt, im weißen Schein der Sonne von West Virginia, hatte sich der Blonde rittlings auf die Brust des Jüngeren gesetzt und drückte ihm mit seinen Knien die Schultern auf den Boden. Der schwarz gelockte Junge versuchte, sich aufzubäumen, aber sein Gegner war zu schwer und wusste, was er tat.

Jetzt kommt die Erniedrigung, dachte Cooper. *Gewinnen reicht so einem Schulhoftyrannen nicht. Er muss dich unterwerfen.*

Ein glitzernder Speichelfaden lief aus dem Mund des blonden Jungen. Der Jüngere versuchte, sein Gesicht abzuwenden, aber der Blonde packte ihn bei seinem Haarschopf, knallte seinen Kopf auf den Boden und hielt ihn fest, sodass der Speichelfaden, als er sich löste, mitten auf den blutigen Lippen des Jungen landete.

Du kleiner Scheißkerl.

Eine Pfeife ertönte. Ein Mann und eine Frau hasteten über den Spielplatz. Die Kinder stoben auseinander, hangelten wieder am Klettergerüst herum oder spielten Fangen. Der blonde Junge sprang auf, steckte die Hände in die Taschen und beobachtete plötzlich ganz fasziniert den Himmel. Der Jüngere rollte auf die Seite.

Cooper hatte seine Fäuste so fest geballt, dass seine Knöchel schmerzten. »Ich verstehe das nicht. Ihre ›Lehrkräfte‹ haben gerade zugesehen, wie ein Zehnjähriger einen anderen Jungen besinnungslos geschlagen hat.«

»Das ist ein wenig übertrieben, Agent Cooper. Keiner der beiden Jungen wird bleibende Schäden davontragen«, sagte der Direktor der Davis-Akademie milde. »Ich verstehe ja, dass Sie schockiert sind, aber solche Zwischenfälle sind für unsere Arbeit von zentraler Bedeutung.«

Cooper dachte an Todd, wie er ihn am Abend zuvor in seinem Spiderman-Schlafanzug hatte schlummern sehen, seine

Haut ganz zart und warm und unverletzt. Sein Sohn war neun, etwa im gleichen Alter wie der Junge mit den schwarzen Haaren. Er stellte sich Todd auf einem Spielplatz wie diesem vor, von einem älteren Jungen auf den Boden gedrückt, sein Kopf von Schmerzen hämmernd, Steine, die sich in seinen Rücken bohren, die Gesichter der Kinder im Kreis um ihn herum, Kinder, mit denen er vor wenigen Augenblicken noch gespielt hatte und die jetzt bei jeder ihm zugefügten Schmach und Verletzung jubelten. Er dachte an die vierjährige Kate, die ihr Spielzeug alphabetisch und ihre Bücher nach Spektralfarben sortierte. Auch wenn er es Natalie gegenüber nicht zugeben wollte, allem Anschein nach war ihre Gabe sehr stark ausgeprägt.

Vielleicht war sie sogar Grad eins.

Cooper fragte sich, ob der Direktor, wenn er ihn bei seinen Tweedrevers packen und gegen das Fenster schleudern würde, in einem Regen glitzernder Scherben hinausstürzen oder einfach abprallen würde. Und falls er abprallte, würde es etwas nutzen, ihn noch einmal dagegenzuschleudern?

Ganz ruhig, Coop. Auch wenn du noch nie eine Akademie von innen gesehen hattest, wusstest du doch, dass hier nicht nur eitel Sonnenschein herrscht. Vielleicht verstehst du einfach nicht alles.

Und bis du es verstehst, lass den Direktor lieber am Leben.

Er bemühte sich, neutral zu klingen. »Von zentraler Bedeutung? Wie das? Haben Sie den älteren Jungen bewusst zu diesem Zweck eingeschleust?«

»Um Himmels willen, das wäre nicht im Sinne unseres Vorhabens.« Der Direktor ging hinter seinen Schreibtisch, zog einen Ledersessel hervor und deutete auf einen weiteren ihm gegenüber. »Alle Kinder hier müssen begabt sein, das ist äußerst wichtig. Die meisten sind Grad eins, ein paar auch Grad zwei, aber die weisen besondere Fähigkeiten in anderen Bereichen auf, zum Beispiel ungewöhnlich hohe Intelligenz.«

»Also wenn alle abnorm sind und keiner von ihnen eingeweiht wurde ...«

»Wie provozieren wir dann solche Zwischenfälle?« Norridge lehnte sich zurück und faltete die Hände im Schoß. »Diese Kinder besitzen zwar alle Fähigkeiten auf dem Niveau von Savants, aber es bleiben doch Kinder. Sie lassen sich manipulieren und erziehen wie andere auch. Zwietracht und Verrat kann man schüren. Ein Schüler vertraut einem anderen ein Geheimnis an und plötzlich ist es in aller Munde. Ein geliebtes Spielzeug verschwindet und taucht im Zimmer eines anderen wieder auf, aber zerbrochen. Zwei geben sich verstohlen einen Kuss, ein Mädchen versucht, ihre erste Monatsregel zu verbergen, und auf einmal wissen alle Bescheid. Im Grunde nehmen wir nur die negativen Erfahrungen, die alle Kinder machen, passen sie den jeweiligen psychologischen Profilen an und erhöhen ihre Häufigkeit.«

Cooper stellte sich Reihen von Kabinen mit Männern in dunklen Anzügen und mit dicken Brillen vor, die nächtliche Beichten, hektisches Onanieren auf dem Klo oder das Schluchzen eines an Heimweh leidenden Kindes belauschten und analysierten, Diagramme erstellten und berechneten, wie jede private Schmach maximal ausgebeutet werden konnte. »Aber wie stellen Sie das an?«

Norridge lächelte. »Ich zeig's Ihnen.« Er aktivierte das Terminal auf seinem Schreibtisch und tippte etwas ein. Cooper bemerkte, wie lang und grazil seine Finger waren. Klavierspielerfinger. »Da, bitte schön.«

Er drückte auf einen Knopf und aus dem Lautsprecher des Computers kamen Töne, eine Frauenstimme.

»… na bitte. Ist doch gar nicht so schlimm.«

»Es tut weh-heh!«

»Ich habe doch gesagt, du sollst dich vor dem in Acht nehmen. Der Junge bedeutet Ärger. Dem kannst du nicht trauen.«

Der Junge stöhnte, dann schluchzte er leise. »Alle haben mich ausgelacht. Warum haben die gelacht? Ich dachte, das wären meine Freunde.«

Eisige Kälte breitete sich in Coopers Magen aus. Die Frau – er nahm an, es war die, die die Prügelei beendet hatte – fuhr fort:

»Ich habe gesehen, wie alle dich ausgelacht haben. Sie haben gelacht und mit den Fingern auf dich gezeigt. Machen richtige Freunde so was?«

»Nein.« Seine Stimme klang dünn und verzweifelt.

»Nein. Denen kannst du auch nicht trauen. *Ich* bin deine Freundin.« Ihre Stimme war zuckersüß. »Alles in Ordnung, Schatz, ich passe auf dich auf. Ich lasse nicht zu, dass dir jemand was tut.«

»Mein Kopf tut weh.«

»Ich weiß, Liebling. Möchtest du was dagegen?«

»Ja.«

»Okay, ich mache alles wieder heil. Hier, schluck das ...«

Norridge drückte auf eine Taste und der Ton verschwand. »Sehen Sie?«

Cooper sagte: »Sie haben den ganzen Komplex verwanzt?«

»In den ersten Jahren ja. Aber bei einer Anlage dieser Größe mit all den Außenbereichen und den Kindern, die überall herumtoben, konnten wir nicht alles überwachen. Jetzt haben wir eine bessere Lösung.« Norridge machte eine Pause und die Andeutung eines Lächelns umspielte seine Lippen.

Aber warum? Was machte diesen Mann nur so selbstzufrieden?

»Nicht die Schule ist verwanzt«, sagte Cooper langsam, »sondern die Kinder. Irgendwie haben Sie es hingekriegt, sämtliche Kinder zu verwanzen.«

Der Direktor strahlte. »Sehr gut. Wenn eine Versuchsperson in einer Akademie aufgenommen wird, ob in Davis oder anderswo, wird sie einer gründlichen medizinischen Untersuchung unterzogen und geimpft, gegen Hepatitis, Pneumokokken, Windpocken ... Dabei wird gleichzeitig ein biometrischer Transponder eingepflanzt. Eine erstaunliche technische Errungenschaft. Er zeichnet nicht nur physiologische Daten auf – Temperatur, Anzahl weißer Blutkörperchen und so weiter –, sondern sendet auch ein Tonsignal an Empfänger überall in der Schule. Einfach einmalig. Hoch entwickelte Nanotechnologie. Und die biologischen Prozesse des Kindes selbst versorgen den Transponder mit Energie.«

Cooper fühlte sich ganz schwindelig. Beruflich hatte er nichts mit den Akademien zu tun. Er hatte zwar alle möglichen Gerüchte gehört, hatte sich aber nicht vorstellen können, dass da irgendetwas dran war. Alle paar Jahre wollte zwar jemand eine Enthüllungsstory über die Akademien schreiben, aber man ließ keine Journalisten rein. Deshalb hatte Cooper die haarsträubendsten Behauptungen für reine Sensationshascherei gehalten. Über den Ausgleichsdienst kursierten schließlich auch alle möglichen Gerüchte.

Cooper hatte seinen ersten Eindruck von der Wirklichkeit bekommen, als er an einer Gruppe von Demonstranten vorbeifuhr. Demonstrationen waren mittlerweile eine alltägliche Erscheinung. Sie gehörten so sehr zum Straßenbild, dass man sie praktisch nicht mehr wahrnahm. Immer wurde gegen irgendetwas protestiert. Wer sollte da noch mitkommen?

Aber etwas war hier anders. Vielleicht war es das große Polizeiaufgebot. Oder dass die Polizisten Demonstranten verhafteten, anstatt sie einfach in Schach zu halten. Vielleicht waren es auch die Demonstranten selbst: normal wirkende, anständig gekleidete Leute, keine Radikalen mit kahl rasierten Schädeln. Eine Frau war ihm besonders aufgefallen. Sie war früher vielleicht einmal hübsch gewesen, aber jetzt hatte sie farbloses, strähniges Haar und eine Aura von Traurigkeit. Eine Traurigkeit, die auf ihren Schultern zu lasten und gegen ihre Brust zu drücken schien. Sie hielt ein Schild hoch, zwei Stücke Pappe an einen Holzgriff geheftet. Darauf war das vergrößerte Foto eines grinsenden Jungen zu sehen, der die gleichen Wangenknochen wie sie hatte, und darunter stand: ICH VERMISSE MEINEN SOHN.

Als zwei Polizisten sie in die Zange nahmen, fing sie Coopers Blick auf und gab ihm mit ihrem Schild fast unmerklich ein Zeichen. Sie hob es nur ein paar Zentimeter an, um ihn darauf aufmerksam zu machen. Es war ein Appell, kein Schrei. Aber er konnte sehen, wie aufgewühlt sie innerlich war.

»Wer ist der Junge?«

»Wie bitte?«

»Der Junge, der verprügelt wurde. Wie heißt er?«

»Von den meisten kenne ich nur die Transpondernummer. Er heißt ...« Norridge tippte auf seiner Tastatur. »William Smith.«

»Noch ein Smith. Wegen John Smith bin ich hier.«

»John Smith ist ein häufiger Name.«

»Sie wissen, wen ich meine.«

»Ja. Nun, das war vor meiner Zeit.« Norridge hüstelte, schaute zur Seite und sah ihn dann wieder an. »Wir haben erwogen, den Namen nicht mehr zu verwenden, aber wir fanden, das wäre ein Sieg für die Terroristen. Jedenfalls ist der Junge nicht mit dem verwandt, den Sie suchen. Wir geben allen Kindern bei Ankunft neue Namen. Alle Jungen heißen Thomas, John, Robert, Michael oder William. Alle Mädchen heißen entweder Mary, Patricia, Linda, Barbara oder Elizabeth. Das ist Teil ihrer Erziehung. Wenn ein Kind einmal in eine Akademie aufgenommen wurde, bleibt es hier, bis es mit achtzehn seinen Abschluss macht. Für unsere Arbeit ist es besser, wenn sie nicht durch Erinnerungen an die Vergangenheit abgelenkt werden.«

»Die Vergangenheit? Sie meinen wohl Ihre Eltern. Ihre Familie, ihr Zuhause.«

»Ich verstehe ja, dass Sie das schockiert, aber alles, was wir tun, ist gründlich durchdacht. Mit den neuen Namen unterstreichen wir, dass sie alle gleich sind. Sie sollen verstehen, dass sie nichts wert sind, bis sie die Akademie abgeschlossen haben. Dann können sie sich ihren Namen selbst aussuchen und zu ihren Familien zurückkehren, wenn sie wollen. Es wird Sie sicher überraschen zu erfahren, dass die meisten es nicht tun.«

»Warum?«

»Im Laufe der Jahre hier legen sie sich eine neue Identität zu und die ist ihnen eben lieber.«

»Nein«, sagte Cooper, »ich meine, warum machen Sie das alles? Ich dachte, der Zweck der Akademien wäre, die Kinder speziell in ihren Gaben zu schulen und eine Generation heranzuziehen, die ihr Potenzial vollkommen entfalten kann.«

Der Direktor lehnte sich zurück, stützte die Ellbogen auf die Armlehnen und legte die Fingerspitzen zusammen. Die kalte, aggressive Abwehrhaltung des bedrängten Akademikers wäre für jeden leicht erkennbar gewesen, aber Cooper nahm noch mehr wahr. Wie problemlos Norridge seinem Blick standhielt und wie ruhig seine Stimme klang, als er sagte: »Ich hätte nicht gedacht, dass ich das einem Agenten der Analyse- und Einsatzbehörde extra erklären muss.«

»Es ist eben nicht mein Gebiet.«

»Trotzdem, für diese Auskünfte hätten Sie sich doch nicht unbedingt herbemühen müssen …«

»Ich überzeuge mich gern mit eigenen Augen.«

»Warum waren Sie eigentlich nicht auf einer Akademie, Agent Cooper?«

Was Cooper überraschte, war nicht, dass sein Gegenüber so abrupt das Thema wechselte – das hatte er schon am Zucken um seine Augen und am Kräuseln der Lippen abgelesen –, sondern die Frage an sich. *Ich habe ihm doch gar nicht erzählt, dass ich eine Gabe habe oder dass ich Grad eins bin. Er hat es einfach gemerkt.* »Ich bin 1981 geboren.«

»Sie gehörten zur ersten Welle.«

»Eigentlich zur zweiten.«

»Dann müssen Sie dreizehn gewesen sein, als die erste Akademie eröffnet wurde. Damals konnten wir kaum fünfzehn Prozent der Begabten ersten Grades aufnehmen. Mit der Eröffnung der Mumford-Akademie nächstes Jahr hoffen wir, hundert Prozent ausbilden zu können. Das ist natürlich noch nicht offiziell, aber stellen Sie sich das einmal vor: *jeder* Grad-eins-Begabte, der in Amerika zur Welt kommt. Schade, dass Sie zu früh geboren sind.«

»Ich finde es überhaupt nicht schade.« Cooper lächelte und in seiner Fantasie malte er sich aus, wie er dem Direktor die Nase brach.

»Erzählen Sie. Wie sind Sie aufgewachsen?«

»Doktor, ich habe eine Frage gestellt und ich erwarte eine Antwort.«

»Bekommen Sie ja. Aber tun Sie mir doch den Gefallen, erzählen Sie mir von Ihrer Kindheit.«

Cooper seufzte. »Mein Dad war in der Armee. Meine Mutter ist gestorben, als ich klein war. Wir sind oft umgezogen.«

»Kannten Sie viele Kinder, die so waren wie Sie?«

»Soldatenkinder?« Seine alte Schnoddrigkeit kam durch, seine Trotzhaltung gegenüber Autoritätspersonen.

Norridge ließ sich jedoch nicht beirren und sagte nur milde: »Abnorme.«

»Nein.«

»Standen Sie Ihrem Vater nah?«

»Ja.«

»War er ein guter Offizier?«

»Ich habe nicht gesagt, dass er Offizier war.«

»Aber er war einer.«

»Ja. Und ein guter, ja.«

»Ein Patriot?«

»Natürlich.«

»Aber keiner, der die Flagge anbetet. Ihm ging es um Grundsätze, nicht um Symbole.«

»Das ist es doch, was Patriotismus bedeutet. Die anderen sind nur Fetischisten.«

»Hatten Sie viele Freunde?«

»Genug.«

»Haben Sie sich oft geprügelt?«

»Ab und zu. Und Sie haben jetzt meine Geduld lange genug strapaziert.«

Norridge lächelte. »Nun, Agent Cooper, im Grunde haben Sie eine Akademie durchlaufen, denn eine Kindheit wie Ihre ist das, was wir hier nachzuahmen versuchen. Natürlich alles intensiviert. Außerdem bieten wir Programme an, mit denen die Kinder ihre Gaben weiterentwickeln können. Wir verfügen über Mittel, von denen Ihr Vater nicht einmal hätte träumen können. Dennoch. Sie waren allein, isoliert, wurden häufig dafür bestraft, dass Sie so sind, wie Sie sind. Sie haben nie gelernt, anderen Abnormen zu vertrauen. Und da Sie so oft angegriffen wurden, weil Sie selbst einer waren, haben Sie auch nie ihre Nähe gesucht. Sie hatten nicht viele Freunde und mussten sich immer wieder an eine neue Umgebung gewöhnen, deshalb hat Ihnen Ihr Vater so viel bedeutet. Er war Ihr einziger Halt. Und da er Soldat war, waren Tugenden wie Pflichtgefühl und Treue für Sie etwas Selbstverständliches. Sie haben in Ihrer Kindheit all die Lektionen gelernt, die wir hier auch vermitteln. Sie arbeiten sogar für die Regierung, ganz so wie die meisten unserer Absolventen.«

Cooper musste gegen den Drang ankämpfen, den Direktor ein paar Mal mit dem Kopf auf den Schreibtisch zu knallen. Nicht wegen dem, was er über Coopers Leben sagte. Es stimmte alles und es machte ihm schon seit Jahren nichts mehr aus. Was ihn so aufbrachte, war Norridges herablassende Art und vor allem seine bösartige Häme. Er wollte nicht einfach seinen Standpunkt äußern. Wie der blonde Junge auf dem Schulhof wollte er sein Gegenüber dominieren.

»Sie haben meine Frage immer noch nicht beantwortet. Warum?«

»Aber das wissen Sie doch sicher.«

»Tun Sie mir trotzdem den Gefallen.«

Norridge bedachte die Retourkutsche mit einem kurzen Nicken. »Die Gaben der meisten Abnormen sind nicht von Bedeutung. Aber einige wenige haben solche außerordentlichen Fähigkeiten, dass sie sich mit den größten Genies unserer Geschichte messen können. Das allein ist schon Grund genug, sich ihre Macht zunutze zu machen. Die eines jeden Einzelnen. Aber was uns Sorgen macht, ist nicht der Einzelne, sondern die Gruppe. Nehmen wir mal Sie. Was würde passieren, wenn ich Sie angreifen würde?«

Cooper lächelte. »Das würde ich Ihnen nicht raten.«

»Und jemand, der geschickter ist als ich? Ein Boxer oder Kampfsportler?«

»Kämpfen kann man natürlich lernen. Aber wenn derjenige nicht außergewöhnlich gut ist, wird sein Körper mir immer verraten, was er vorhat, und ich kann seinen Schlägen ausweichen.«

»Verstehe. Und sagen wir mal, es sind drei Kampfsportler.«

»Die würden gewinnen«, sagte Cooper schulterzuckend. »So viele kann ich nicht im Auge behalten.«

Norridge nickte. Dann sagte er ruhig: »Und was wäre mit zwanzig durchschnittlichen, nicht sehr fitten und leicht übergewichtigen Erwachsenen?«

Cooper verengte die Augen …

Er hat »unsere Geschichte« und »ihre Macht« gesagt. Er betrachtet Abnorme nicht als Menschen.

Und trotzdem kennt er uns so gut, dass er deine Gabe erkannt hat. Dieses Wissen findet in jedem Lebensbereich hier Anwendung.

Allein aufgrund dieser Unterhaltung war er in der Lage, deine Vergangenheit zu sezieren und deine wunden Punkte zu finden.

Er hätte das, was er sagen wollte, auf jede erdenkliche Weise veranschaulichen können, aber er hat sich für den Kampf als Metapher entschieden.

… und sagte: »Ich würde verlieren.«

»Genau. Und diesen Vorteil müssen wir uns bewahren. Anders geht es nicht. Wir können nicht zulassen, dass die Begabten sich miteinander verbünden. Deshalb bringen wir ihnen von frühester Kindheit an bei, dass sie einander nicht trauen können. Dass die anderen Abnormen unbedeutend, schwach und grausam sind. Geborgenheit gibt ihnen nur ein einziger Mensch, eine *normale* Person, wie die Vertrauenslehrerin, die Sie vorhin gehört haben. Und sie lernen Grundwerte wie Gehorsam und Vaterlandsliebe kennen. Auf diese Weise beschützen wir die Menschheit.« Norridge machte eine Pause und grinste zähnefletschend. Sein Gesichtsausdruck war seltsam wissend. Es sah aus, als wollte er Cooper beißen. »Leuchtet das ein?«

»Ja«, sagte Cooper. »Ich verstehe Sie jetzt.«

Norridge legte den Kopf schief. Cooper war sich nicht sicher, ob er verstanden hatte, was er damit sagen wollte, aber auf jeden Fall hatte er seinen Tonfall registriert. »Verzeihung, aber wenn ich einmal in Fahrt komme, bin ich nicht mehr aufzuhalten.«

Ach was.

»Ich sollte auch noch die ganz konkreten Vorteile erwähnen. Akademieabsolventen haben bahnbrechende Fortschritte in den Bereichen der Chemie, Mathematik, Technologie und Medizin erzielt – und alles von der Regierung kontrolliert. Zum Beispiel das Aufnahmegerät, von dem ich sprach. Die Nanotechnologie ist das Werk eines früheren Schülers. Die neueste Militärausrüstung wurde von Abnormen entwickelt. Ebenso die Kommunikationssysteme, die wir alle nutzen. Sogar die neue Börse, die ironischerweise gegen Manipulation durch Abnorme immun ist.

All das haben Absolventen unserer Akademien geschaffen und wird dank unserer Arbeit von der US-Regierung betrieben und kontrolliert. Sicher werden Sie mir beipflichten, dass wir als Nation – als Volk – uns nicht noch einen Erik Epstein leisten können.«

Welches Volk, Doc? Cooper fühlte einen Aufschrei in sich hochbrodeln, eine Wut, der er nur allzu gern nachgegeben hätte. Alles hier war noch viel schlimmer, als er es sich vorgestellt hatte.

Nein, sei ehrlich. Du hast es dir nie wirklich vorstellen wollen. Nicht so richtig.

Aber jetzt, da er Bescheid wusste, was konnte er tun? Den Direktor umbringen und dann die Mitarbeiter? Die Mauern niederreißen? Die Schlafsäle in die Luft jagen? Die Kinder hier herausführen wie Moses das Volk Israel?

Entweder das oder ganz schnell abhauen. Er stand auf.

Norridge wirkte überrascht. »Heißt das, Sie sind zufrieden?«

»Nicht mal annähernd.« Aber wenn er nur eine Minute länger blieb, würde er explodieren. Deshalb stapfte er aus dem Büro, die gebohnerten Flure entlang und an den schmalen Fenstern mit der Aussicht auf die ewig grüne Berglandschaft vorbei, und dachte: *Das kann doch nicht der richtige Weg sein.*

Und dann: *John Smith wurde in einer Akademie erzogen. Nicht in dieser, aber wahrscheinlich sind sie alle gleich und alle haben einen Direktor wie Norridge. Einen Bürokraten, der alle Macht in sich vereint, einen geschickten Manipulator, der seine Schüler versteht und hasst.*

John Smith wurde in einer Akademie erzogen.
John Smith führt seit frühester Kindheit Krieg.

KAPITEL 7

»Bodenposten eins?«

»Wir sind bereit.«

»Bodenposten zwei?«

»Bereit.«

»Drei?«

»Ich frier mir zwar die Titten ab, aber ja, bereit.« Luisa mit ihrer üblichen derben Art.

»Ausguck?«

»Zwei Positionen, Visierlinien überschneiden sich. Bereit.«

»Gott?«

»Die Aussicht von hier oben ist wahrhaft göttlich, mein Sohn.« Im Hintergrund war das Surren von Rotoren zu hören. Das Luftschiff schwebte so weit oben, dass es nur als dunkelgrauer Fleck am hellgrauen Himmel auszumachen war. »Und hier bei Gott ist alles gut.«

Cooper lächelte und drückte die Sendetaste: »Friede sei mit dir.«

»Und mit dir. Aber wehe der armen Sau, die versucht zu entfliehen, denn der schleudern wir unsere Blitze entgegen.«

»Amen.« Er drückte auf Aus und schaute durch die Doppelverglasung hinunter auf den Treffpunkt.

Das Wetter war genauso wie am Vortag. Das war in Washington von November bis März meistens so. Das Sonnenlicht war wie dünner Tee und Windböen zerrten an den Mänteln mächtiger Männer und den Schals von Geschäftsfrauen.

Bodenposten zwei war der FedEx-Transporter. Er parkte auf der G Street, an der nordwestlichen Ecke. Die Hintertür stand offen, der Undercoveragent lud Kartons auf eine Karre und hakte jeden Einzelnen auf einer Liste ab. Vier weitere Agenten steckten dicht gedrängt hinter einem zusammengeschusterten Regal im Wagen und waren von außen nicht zu sehen. Auch wenn es eng und nicht sehr komfortabel war, erging es ihnen besser als den Leuten im Bodenposten eins, dem Kleinbus, der die ganze Nacht auf der 12th Street geparkt hatte.

Cooper hatte selbst auch schon öfter bei Aufklärungseinsätzen in so einem Bus gesessen. Sie waren äußerst unbequem und man durfte sich nicht groß bewegen. Im Innern war es dunkel, im Sommer kochend heiß und im Winter bitterkalt, und außerdem roch es nach Urin, weil sie gezwungen waren, in Einmachgläser zu pinkeln. Einmal hatte ein Nachwuchsagent ein Glas zerbrochen und nach sechs Stunden in brüllender Hitze war das Team fast so weit, die Zielperson zu vergessen und den Jungen windelweich zu prügeln.

11:30 Uhr. Das Treffen sollte um 12:00 Uhr stattfinden. Gut ausgeheckt, denn zur Mittagszeit würde an der Ecke unten noch mehr Betrieb herrschen, da dann alle Leute aus den umliegenden Büros strömten.

»Wie ist das Kamerasignal?«

»Ausgezeichnet.« Bobby Quinn saß an einem sechs Meter langen polierten Holztisch. Er hatte das Präsentationssystem der Anwaltskanzlei für sein mobiles Hauptquartier zweckentfremdet. Vor ihm flimmerten lauter Geisterbilder in der Luft, Videosignale aus verschiedenen Blickwinkeln. »Die Kreuzung ist verkabelt wie ein Tri-D-Studio.«

»Zeig mir den Sender.«

Quinn machte eine Handbewegung und ein Stadtplan leuchtete auf. »Der grüne Punkt ist das hier.« Quinn warf ihm den Stampdrive zu. Er sah ganz normal aus bis hin zu dem halb abgewetzten Logo auf der Seite. Cooper steckte ihn ein. Sein Partner fuhr fort: »Der rote Punkt ist Vasquez höchstpersönlich.«

»Wie hast du ihn verwanzt?«

»Im Darm«, sagte Quinn trocken. Cooper sah ihn scharf an, aber Quinn sagte: »Newtech, gerade reingekommen aus der Forschungsabteilung. Irgend so ein kluger Akademiebursche hat einen Peilsender in einer Gelkapsel entwickelt. Haftet mit Enzymbindungen an der Schleimhaut des Dickdarms.«

»Wow. Ist er … ist es …?«

»Nein. Die Bindungen lösen sich nach etwa einer Woche auf und der Sender nimmt denselben Weg wie der übrige Restmüll.«

»Wow«, sagte Cooper wieder.

»Wir kleben ihm buchstäblich am Arsch.«

»Wie lange versuchst du schon, den Witz unterzubringen?«

»Seit ich die Gelkapsel bekommen hab.« Quinn sah auf und grinste. »Hast du gestern irgendwas Nützliches rausgekriegt?«

»Ja, dass Smith allen Grund hat, stinksauer zu sein.«

»He, he, Vorsicht« Quinn senkte die Stimme. »Dickinson würde ausrasten, wenn er das hören würde.«

»Roger Dickinson kann mich mal.«

»Ja, aber du weißt, der würde dich liebend gern in die Pfanne hauen. Also sei vorsichtig.« Quinn lehnte sich zurück. »Also, was ist da wirklich los?«

Cooper dachte an den vorigen Nachmittag zurück, an die Erleichterung, die er verspürt hatte, als er wieder weggefahren war. Den Monongahela-Wald um ihn herum – dicht stehende Bäume, zerklüftete Berge, wie zufällig verstreute Fertighäuser – hatte er nur verschwommen wahrgenommen.

ICH VERMISSE MEINEN SOHN hatte auf dem Plakat der blassen Frau gestanden.

»Das sind keine Schulen, Bobby. Das sind Gehirnwaschanlagen.«

»Ach, komm …«

»Ich übertreibe nicht, es ist wirklich so. Natürlich hatte ich Gerüchte gehört, wer nicht? Aber ich habe sie nicht geglaubt. Wer würde denn schon Kinder so behandeln?« Cooper schüttelte den Kopf. »Und die Antwort ist: wir.«

»Wir?«

»Die Akademien sind staatliche Einrichtungen. Sie gehören zur AEB.«

»Aber das hat doch nichts mit dem Ausgleichsdienst zu tun.«

»Irgendwie schon.«

»Nein, nicht ›irgendwie schon‹«, sagte Quinn scharf. »Du bist nicht persönlich für alles verantwortlich, was die Behörde macht.«

»Da irrst du dich aber. Wir alle …«

»Glaubst du, dass Alex Vasquez versucht hat, die Welt zu verbessern?«

»Was?«

»Glaubst du, dass Alex Vasquez …«

»Nein.«

»Glaubst du, dass John Smith versucht, die Welt zu verbessern?«

»Nein.«

»Glaubst du, dass er viele Menschen auf dem Gewissen hat?«

»Ja.«

»Unschuldige Menschen?«

»Ja.«

»Kinder?«

»Ja.«

»Dann los, dann schnappen wir ihn uns, das ist unser Job. Wir machen die Bösen unschädlich. Vorzugsweise, *bevor* sie Schaden anrichten können. Das ist unsere Verantwortung. Hinterher«, sagte Quinn, »gehen wir ein Bier trinken. Und du bezahlst, das ist deine Verantwortung.«

Cooper musste unfreiwillig lachen. »Ja, in Ordnung, Bobby. Ich habe verstanden.«

»Gut.«

»Das ist ja allerhand«, sagte Cooper, »dass du mir die Leviten liest. Das hätte ich dir gar nicht zugetraut.«

»Ich bin eben sehr vielschichtig. Wie eine Zwiebel.«

»Das glaub ich dir sogar.« Cooper schlug seinem Freund auf die Schulter. »Ich sehe mal nach Vasquez.«

»Kannst du ihn ein bisschen beruhigen? Er schwitzt so stark, dass ich fürchte, der Sender könnte ihm zu früh rausflutschen.«

»Danke, jetzt hab ich dieses Bild vor Augen.«

»Gern geschehen, Boss.« Quinn gähnte und legte seine Füße auf den polierten Holztisch.

Cooper schlenderte den Flur entlang und kam an einem goldenen Firmenzeichen vorbei, auf dem die Namen von drei weißen Männern standen, gefolgt von den Lettern LLC. Die Anwaltskanzlei befand sich in einem Gebäude mit Blick auf die Metrostation, wo das Treffen stattfinden sollte. Quinn hatte sich am Vortag mit den Firmenpartnern in Verbindung gesetzt, die sich mit Freude bereit erklärt hatten, dem Ausgleichsdienst zu helfen. Cooper hatte vor dem Einsatz einen von ihnen getroffen, einen schlanken Mann mit einem Heiligenschein weißer Haare, der ihm »Waidmanns Heil« gewünscht hatte.

Waidmanns Heil. Scheiße …

Vor dem Eckbüro standen zwei Wachleute, die ihre schwarze Kampfmontur gegen unauffällige Geschäftsanzüge eingetauscht hatten. Trotzdem hatten sie Maschinenpistolen geschultert. Er nickte ihnen zu. Einer sagte »Sir« und öffnete die Bürotür.

Drinnen stand Bryan Vasquez am Fenster, die Hände an der Scheibe. Als er hinter sich Geräusche hörte, zuckte er zusammen und drehte sich um. Er wirkte schuldbewusst und nervös.

Fieberorange wollte Cooper die Farbe nennen, die er mit ihm assoziierte. Er bedankte sich bei dem Wachmann und ging hinein.

»Sie haben mich erschreckt«, sagte Bryan. Er hatte eine Hand an die Glasscheibe gedrückt, die andere an seine Brust. Geisterhaft weiße Kondensflecken erschienen auf dem Fenster, wo seine Finger geruht hatten. Seine Achselhöhlen waren schweißnass und seine Atmung hektisch. Er leckte sich die Lippen und verlagerte sein Gewicht vom rechten Fuß auf den linken.

Cooper steckte die Hände in die Taschen und …

Er hängt zwar sehr an seiner Schwester, aber er ist auch ein Glaubender. Er sorgt sich um seine eigene Sicherheit, aber das würde er nie zugeben. Die Vorstellung von Verschwörungen, geheimen Welten und Kameradschaft fasziniert ihn.

Er braucht eine starke Hand, aber nicht so stark, dass sie ihn erdrückt. Er braucht Zuspruch, um seinen Beitrag für eine bessere Welt zu leisten.

… ging auf Bryan zu. »Tut mir leid. Ich bin vor solchen Einsätzen auch immer schrecklich nervös.« Er zog sich einen Stuhl heran, drehte ihn herum, setzte sich und stützte die Arme auf die Rückenlehne. »Dieser Teil macht mich jedes Mal wahnsinnig.«

»Was für ein Teil?«

»Die Warterei. Zu viel Zeit zum Nachdenken. Aber wenn es erst mal losgeht, wird's besser. Dann weiß man, was man zu tun hat. Das macht die Sache irgendwie leichter, finden Sie nicht?«

Bryan Vasquez drehte sich um, lehnte sich mit verschränkten Armen gegen das Fenster und sah Cooper mit schief gelegtem Kopf an. »Ich weiß nicht. Ich musste noch nie eine Sache verraten, an die ich glaube, um meine Schwester zu retten.«

»Da haben Sie wohl recht«, sagte Cooper und beließ es dabei. Bryan schaute drein wie jemand, der damit rechnete, geschlagen zu werden. Und langsam merkte er, dass der Schlag ausblieb. Ein leichter Wind wehte um die Glaswände des Eckbüros und irgendwo in der Ferne war eine Autohupe zu hören. Schließlich ging Bryan zum Schreibtisch und ließ sich ungelenk auf den Stuhl dahinter fallen.

»Ich weiß, es ist nicht einfach«, sagte Cooper. »Aber Sie tun das Richtige.«

»Sicher.« Das Wort schwebte über den Schreibtisch.

»Soll ich Ihnen was sagen?« Er wartete, bis Bryan ihn ansah. »Was Sie letztens gesagt haben … darüber, wie Begabte behandelt werden … Ich stimme Ihnen in allem zu.«

»Aha.«

»Ich bin auch ein Abnormer.«

Bryan verzog das Gesicht, hin- und hergerissen zwischen Erstaunen, Unglaubigkeit und Wut. Schließlich sagte er: »Was ist es denn bei Ihnen?«

»Mustererkennung, so was wie eine besonders stark entwickelte Intuition. Ich kann sehen, was jemand vorhat. Manchmal bis ins Detail, zum Beispiel kann ich voraussehen, wohin jemand schlagen will. Aber ich erkenne auch Persönlichkeitsmuster. Wenn ich jemanden kennenlerne, mache ich mir mithilfe meiner Gabe ein Bild von ihm und kann so vorhersagen, was derjenige tun wird.«

»Also, wenn Sie auch ein Genialer sind, warum sind Sie dann …«

»Bei der AEB?« Cooper zuckte mit den Schultern. »Im Grunde aus den gleichen Gründen, wegen denen Sie Ihrer Schwester geholfen haben.«

»So ein Quatsch.«

»Überhaupt nicht. Meine Kinder sollen in einer Welt leben, in der Geniale und Normale friedlich koexistieren. Aber ich glaube eben nicht, dass sich das mit Bomben erreichen lässt. Vor allem, da die eine Gruppe gegenüber der anderen absolut in der Überzahl ist. Sehen Sie, normale Leute wie *Sie* …«, er deutete mit zusammengelegten Handflächen auf Bryan, »wenn Sie wollten, könnten Sie alle ausrotten, die so sind wie *ich*. Jeden Einzelnen von uns, oder fast, ist auch egal. Die Zahlen sprechen für sich. Für jeden von uns gibt es neunundneunzig von Ihresgleichen.«

»Aber genau deswegen …« Bryan brach ab. »Ich meine …«

»Ich weiß, was es mit Ihnen macht, wie Alex behandelt wird. Aber Sie sind doch Ingenieur, denken Sie mal logisch. Das Verhältnis zwischen Normalen und Genialen ist wie ein Pulverfass. Wollen Sie wirklich ein Zündholz daranhalten?«

Er holte den Stampdrive aus der Tasche und legte ihn auf den Schreibtisch. »Denken Sie daran«, sagte Cooper, »Sie tun es nicht für mich, sondern für Alex.«

Es war eiskalte Berechnung. Er bot ihm einen moralischen Freifahrtschein, untermauert von seiner Verpflichtung seiner Schwester gegenüber. Und es war bei Weitem nicht das erste Mal, dass er einen Verdächtigen anlog.

Aber warum habe ich dann ein schlechtes Gewissen?

Wegen der Akademie. Sein Besuch dort hatte alte Konflikte aufgewühlt, die er für längst vergessen gehalten hatte. Cooper schob die Gedanken an den Schulhof und die Frau mit dem Schild beiseite und setzte eine ausdruckslose Miene auf.

Bryan Vasquez nahm den Stampdrive.

Cooper sagte: »Gehen wir.«

* * *

»Hier Quarterback, der Ball ist im Spiel. Wiederhole: Der Bote ist unterwegs. Bestätigen, Hauptquartier.«

»Bestätige.« Bobby Quinns Stimme knisterte in seinem Ohr. »Beide Signale sind sehr gut.«

Der Platz auf der anderen Straßenseite wirkte so wenig einladend wie immer, wie am Reißbrett entworfen, mit manikürten Bäumen, deren schwarze Äste vom Wind geschüttelt wurden. Ein paar unverzagte Seelen standen um den Eingang des nächsten Gebäudes, wippten von einem Fuß auf den anderen und sogen an ihren Zigaretten. Am Eingang der Metro Center Station herrschte reger Betrieb. An einer niedrigen Mauer waren grellrote, orange und gelbe Zeitungsautomaten aufgereiht. Daneben saß ein Mann im Rollstuhl, der den Passanten schüttelnd einen Pappbecher hinhielt.

Cooper versuchte, möglichst ungezwungen zu wirken, und sprach leise: »Gott, was siehst du?«

»Der Bote läuft die 13th Street in nördlicher Richtung entlang.«

»Klare Sicht?«

»Gott sieht alles, mein Sohn.«

Es ist alles an seinem Platz und bald kommst du deinem Ziel ein Stück näher, den gefährlichsten Mann Amerikas zu schnappen.

Auf der anderen Straßenseite hatte der Agent aus dem FedEx-Transporter seine Karre nun voll beladen und schob sie zum nächsten Gebäude. Zwei Frauen in legerer Geschäftskleidung saßen auf einer Bank auf dem Platz und stocherten in ihren Salaten herum. Die eine sah aus wie eine stellvertretende Schulrektorin, die andere war klein und drahtig wie eine Fußballspielerin.

»Wie läuft's, Luisa?«

»Ich hätte nie gedacht, dass ich das sagen würde«, sie tupfte mit einer Serviette an ihren Lippen herum, um ihre Mundbewegungen zu verbergen, »aber ich wünschte, ich wäre wieder in diesem Kuhfickerkaff in Texas, wo wir gerade waren.«

Luisa Abrahams war nur knapp eins fünfzig groß, hübsch, aber nicht schön, bekannt für ihr loses Mundwerk und wahrscheinlich der sturste Mensch, den Cooper kannte. Er hatte sie nach einer total chaotischen Operation für sein Team ausgesucht, bei der ihr Einsatzleiter den Kontakt zu ihr verloren hatte. Er hatte nicht gemerkt, dass sie aufgeflogen war und Verstärkung brauchte. Also hatte Luisa ihre Zielperson drei Kilometer weit zu Fuß verfolgt und schließlich gestellt, den Job erledigt und dann ihren Vorgesetzten mit dem Handy der Zielperson angerufen. Die Beschimpfungen, mit denen sie ihn überschüttet hatte, machten noch wochenlang in der ganzen Behörde die Runde.

Jetzt saß sie neben Valerie West auf der Bank und die beiden taten so, als machten sie Mittagspause. Val war ein Ass, was Datenanalyse anging, aber bei Feldeinsätzen immer sehr nervös. Cooper sah, wie sie ihre Serviette zerpflückte, und überlegte, ob er etwas sagen sollte. Aber dann berührte Luisa sie am Knie und sagte etwas zu ihr, was er nicht hörte, weil sie eine Hand über ihr Mikro hielt. Valerie nickte, drückte die Schultern durch und steckte die Serviette in die Tasche. Gut. Normalerweise sah Cooper es nicht gern, wenn zwei Teammitglieder etwas miteinander hatten, aber in diesem Fall schien es ihre Leistung nur zu verbessern.

Einen halben Block entfernt konnte er Bryan Vasquez in der Menge ausmachen, der hinter zwei mit Kameras behängten Touristen herlief.

»Achtung«, sagte er. »Der Bote ist da.«

Cooper ging im Kopf eine Checkliste durch, um sicherzugehen, dass alles an Ort und Stelle war. Mit dem Peilsender, den Kameras, dem Luftschiff und den Agenten hatten sie die Straßenecke vollkommen unter Kontrolle. Bryan Vasquez' Kontaktperson würde innerhalb einer Stunde im trostlosen Licht eines Vernehmungsraums sitzen und sich fragen, ob die Gerüchte über die »erweiterten Verhörtechniken« des Ausgleichsdiensts stimmten.

Nur schade, dass wir die beiden nicht laufen lassen können, damit sie uns zu den anderen führen. Es könnte sich wirklich lohnen, aber das Risiko war einfach zu groß. Ein Anschlag stand unmittelbar bevor und wenn ihnen ihre einzigen Verdächtigen entwischten, konnte das Gott weiß wie viele Menschenleben kosten.

Über seine Hörmuschel konnte Cooper die Gespräche zwischen den Teammitgliedern, die Bryan Vasquez im Auge behielten, mithören. Bryan lief auf der anderen Straßenseite entlang und Cooper vermied, ihn direkt anzuschauen. Er gab sich locker und öffnete all seine Sinne, versuchte, seine Umgebung als Ganzes wahrzunehmen, seine Eindrücke zu analysieren und ein Muster zu entdecken. Das Gelb eines vorbeisausenden Taxis. Das Gewebe einer Tweedjacke. Auspuffgase und der Geruch von Frittierfett aus einem Schnellimbiss. Der matte Platinschimmer des Himmels und das schattenlose Mittagslicht, das er schuf. Die Entschlossenheit in Bryan Vasquez' Schultern, als er über den Bürgersteig lief und sich umsah. Das Klappern einer Flaggenleine, die im Wind tanzend gegen einen Mast schlug. Die grellroten und gelben Zeitungsautomaten, vor denen Vasquez wartete. Das gedämpfte Rumpeln der Metro, der Fäulnisgeruch aus einem Gully, zwei Blocks entfernt ein quietschendes Bremsen. Und das unglaublich hübsche Mädchen, das in sein Handy sprach.

Ein Mann in einer ochsenblutfarbenen Lederjacke überquerte die Straße und ging auf Vasquez zu. Sein Schritt war so zielstrebig, dass Cooper eine wie mit dem Lineal gezogene Pfeillinie sehen konnte.

»Mögliche Zielperson: rote Lederjacke.«

Die anderen bestätigten die Sichtung. Luisa stellte ihre Salatschale auf der Bank ab und legte die Hand auf ihre Handtasche.

Vasquez drehte sich zu dem Mann um und sah ihn fragend an.

Der Mann in der Lederjacke schob die Hand in seine rechte Vordertasche.

Vasquez blickte hektisch hin und her.

Cooper zwang sich, Ruhe zu bewahren. Er wollte absolut sicher sein.

Der Mann ging weiter auf Vasquez zu … und dann an ihm vorbei. Er holte Kleingeld aus der Tasche und steckte es in einen Zeitungsautomaten.

Cooper atmete aus. Er blickte wieder zu Vasquez, wollte ihm Mut machen und ihm zu verstehen geben, dass alles in Ordnung, alles unter Kontrolle war.

Und dann explodierte Bryan Vasquez.

Tri-D-Fernseher?
Knautschfähige Datenpads?
Holografische Telefone?

Das war heute.

Bei Magellan Design interessieren wir uns nicht für das Heute.

Für uns zählt nur das Morgen.

Deshalb stellen wir als erstes großes Elektronikunternehmen nur begabte Ingenieure ein. Unsere Teams arbeiten in perfekter Synergie auf einem Niveau jenseits aller traditionellen Entwicklungsmodelle.

Was bedeutet das für Sie?

Zum Beispiel Sehnervübertragung. Damit wirkt jeder Film so realistisch wie die Welt um Sie herum. Oder Computerchips unter der Haut. Damit haben Sie Ihr Datenpad buchstäblich in der Hand. Oder Teleportation. Ja, auch daran arbeiten wir bereits.

Magellan Design:
einfach genial™

KAPITEL 8

Flammen sprühten auseinander wie die Gischt des Ozeans bei Sonnenuntergang, orange und gelb und blau. Zuckend spritzte und spuckte das Feuer um sich. In Zeitlupe war die Explosion von einer ätherischen Schönheit. Das Feuer strudelte und wirbelte herum. Vor dem Feuerball trieben die dunklen Umrisse undefinierbarer Gebilde durch die Luft. Es war wirklich wunderschön.

Bis die von der Druckwelle auseinanderkatapultierten Metallsplitter Bryan Vasquez trafen wie tausend rotierende Rasierklingen.

»Das ist Präzisionsarbeit«, sagte Quinn. »Seht ihr, wie die Explosion verläuft? Wumm! Direkt aus der Zeitungsbox heraus. Die Sprengsätze sind mit größter Sorgfalt gebaut worden. Die ganze Sprengkraft war nach vorn gerichtet, durch eine Schicht komprimierter Metallspäne hindurch. Dadurch entsteht ein Kegel, der gerade groß genug ist, um das Ziel zu treffen, aber nicht viel mehr.«

Aus Coopers Blickwinkel hatten die Metallspäne ausgesehen wie ein Heuschreckenschwarm, der sich auf Vasquez stürzte, um ihn zu zerfleischen. Die Explosion hatte seine Ohren betäubt und auch jetzt noch klang es, als würde Quinn sich beim Sprechen ein dickes Handtuch vor den Mund halten. Cooper hatte pochende Kopfschmerzen und Verbrennungen an den Händen, weil er eine kreischende Frau aus den Flammen gezogen und dabei einen Metallmülleimer angefasst hatte.

Direkt nach der Detonation gab es einen unwirklichen Augenblick, in dem die Welt sich in der Schwebe zu befinden schien. Dichter Rauch quoll aus den Trümmern hervor und von den Ästen eines Baums züngelten Flammen, blassorange wie Herbstlaub. Geräusche wirkten isoliert, ohne Quelle, Wirkung ohne Ursache. Eine Frau wischte sich übers Gesicht und verschmierte Blut und Haar darüber, die einst Bryan Vasquez gehört hatten.

Es war, dachte Cooper, als hätte sich der Sprengsatz in Bryans Körper befunden. Als wäre Bryan selbst die Bombe gewesen.

Die Leute starrten einander an und wussten nicht, was sie tun sollten, was diese Unterbrechung ihres Alltags bedeutete. Aber Bombenanschläge hatten in den letzten Jahren zugenommen und auch wer noch nie selbst einen erlebt hatte, hatte zumindest schon mal einen im Fernsehen gesehen und reagierte entsprechend. Einige rannten davon, andere eilten herbei, um zu helfen. Ein paar Leute schrien. Sirenen erfüllten die Mittagsluft. Die Agenten stiegen einer nach dem anderen aus den beiden Beobachtungsfahrzeugen aus. Und dann ging das Chaos erst richtig los. Aus allen Richtungen strömten Polizisten, Feuerwehrleute, Rettungssanitäter und Nachrichtenteams herbei.

Ein Albtraum. Was eigentlich eine diskrete kleine Operation werden sollte, wurde nun ununterbrochen auf CNN gezeigt. Drew Peters hatte sofort die nationale Sicherheit ins Spiel gebracht und jede Erwähnung der AEB im Zusammenhang mit der Bombe untersagt. Allein in diesem Jahr hatte es bereits sechs Bombenanschläge gegeben, vor allem von Randgruppen der Abnormenrechtsbewegung, denen man fürs Erste auch diesen Anschlag unterschieben konnte. Aber eine Bombe in Washington, nur ein paar hundert Meter vom Weißen Haus entfernt, würde besonders viel Aufmerksamkeit erregen. Und früher oder später würde herauskommen, dass die AEB in die Sache verwickelt war.

Das war allerdings nicht Coopers Problem. Aus Politik hielt er sich raus. Aber ihn ärgerte, dass John Smith ihnen eins ausgewischt hatte. Er hatte ihnen die einzige Spur in den Ermittlungen zu dem größeren Anschlag genommen. »Wer hat die Detonation ausgelöst? Der Typ in der Lederjacke?«

Quinn schüttelte den Kopf. Sie waren endlich zurück im AEB-Hauptquartier und die Aufnahmen von der Explosion liefen auf einem großen Bildschirm. Er drückte auf ein paar Tasten und der blutrote Schlackenhaufen zog sich zusammen, wuchs in die Höhe und wurde zu Bryan Vasquez. Die Flammen wichen zurück und wehten wie Flaggen. Die Klappe des Zeitungsautomaten verschluckte die Explosion und ging zu. Der Mann in der Lederjacke steckte ein Exemplar der *New York Times* in den Automaten daneben. »Siehst du? Er ist direkt daneben. Er hat ein Ohr verloren – nicht weiter schlimm, da er auf der Seite jetzt sowieso taub sein dürfte – und die Ärzte versuchen, seinen linken Arm zu retten.«

»Vielleicht ein Selbstmordanschlag«, sagte Luisa viel zu laut, denn sie hatte sich von ihnen allen am nächsten am Explosionsherd aufgehalten.

»Vielleicht, aber warum? Außerdem, wenn er den Märtyrer spielen wollte, warum trug er den Sprengsatz dann nicht am Körper? Wozu der präparierte Zeitungsautomat?«

»Vielleicht, weil das Gebiet eigentlich abgesichert sein sollte. Vielleicht, weil es gar keine Möglichkeit hätte geben dürfen, eine Bombe einzuschmuggeln.« Sie war zwar klein, aber furchtlos. Cooper hatte schon gesehen, wie sie sich auf Männer gestürzt hatte, die doppelt so schwer waren wie sie. »Ich dachte, du hättest die ganze Umgebung unter Kontrolle.«

»Hatte ich auch«, sagte Quinn etwas zu hastig und hob die Hände. Er schaute von Luisa zu Valerie, die ihm aber auch nicht den Rücken stärkte. Keine der beiden hatte Bombensplitter abbekommen, aber die Druckwelle hatte sie umgerissen wie Strohpuppen, und es sah nicht so aus, als würden sie das so schnell vergessen. Quinn schaute Cooper an. »Ach verdammt,

Nick, ich war gestern den ganzen Tag da und das Team in dem Kleinbus über Nacht. Wir haben zwanzig Stunden Videoaufnahmen von unzähligen Kameras. Niemand hat dort eine Bombe deponiert.«

Cooper hustete. Sein Partner wurde rot. »Ich meine, niemand hat eine deponiert, während wir da waren. Das muss vorher passiert sein.«

»Und du hast das nicht überprüft«, sagte Luisa mit gefährlich scharfer Stimme. »Weißt du was, Bobby? Nächstes Mal sichere *ich* die Umgebung ab und *du* setzt dich in einem Rock auf eine Parkbank.«

»Kleines, es tut mir leid, aber …«

»Was fällt dir ein, du Drecks…«

»Schluss jetzt«, sagte Cooper. Er rieb sich die Augen und lauschte auf die Arbeitsgeräusche, die sie umgaben, das Tippen und die leisen Stimmen der Analysten und Telefonisten, die in Mikrofone sprachen. Selbst in dieser Situation und auch wenn ein weiterer Anschlag drohte, Tausende Abnorme ersten Grades und Dutzende Zielpersonen mussten weiterhin überwacht werden. »Es reicht. Wir haben zwei Tage verloren. Zwei ganze Tage ohne Ergebnisse.« Er richtete sich auf und sah von einem zum anderen. »Ihr müsst es alle endlich kapieren: John Smith ist nicht einfach irgendein hasserfüllter Freak. Er ist zwar ein Soziopath, aber auch ein Schachmeister, ein genialer Stratege. Ich wette, er hat die Bombe schon vor Wochen deponiert. Versteht ihr? *Vor Wochen*. Wahrscheinlich schon bevor Alex Vasquez aus Boston abgehauen ist.«

Luisa und Valerie sahen sich an. Er sah die Angst in Valeries Augen und den Beschützerinstinkt, den sie bei Luisa auslöste. Quinn öffnete den Mund, als wartete er darauf, dass die Worte von selbst kommen würden. Schließlich sagte er: »Du hast recht, es tut mir leid. Ich hätte im Umkreis von hundert Metern um den Treffpunkt alles absuchen müssen.«

»Ja, allerdings. Du hast Scheiße gebaut, Bobby.«

Quinn senkte den Kopf.

»Und ich hätte dir Order geben müssen, alles abzusuchen. Also haben wir beide es vergeigt.« Cooper atmete tief ein und laut wieder aus. »Okay, also zuerst: Wer hat die Explosion ausgelöst? Val, du bist die Analyseexpertin.«

»Ich hatte noch keine Zeit zu …«

»Was sagt dein Gefühl?«

»Nun, ich würde so was per Fernsteuerung machen. Dazu braucht man nur eine Sprengkapsel und freie Sicht.«

»Und wie würdest du die Explosion auslösen?«

»Mit einem Handy wahrscheinlich«, fuhr sie fort. »Das ist billig, zuverlässig und erregt keinen Verdacht. Man wählt einfach die …« Sie verstummte und riss die Augen auf. »Mach Platz, Bobby.«

»Hä?«

»Mach Platz!« Sie schubste ihn von seinem Stuhl und setzte sich selbst darauf. Ihre Finger flogen über die Tastatur. Der große Bildschirm flackerte, das eingefrorene Bild von der Explosion verschwand und stattdessen tauchten Reihen von Zahlen auf.

Cooper sagte: »Wenn du Zugang zu den lokalen Mobilfunkmasten bekommen und die Anrufe isolieren kannst, die in den Sekunden vor der Explosion gemacht wurden …«

»Bin schon dabei, Boss.«

Eine Stimme hinter ihm sagte: »Wir müssen uns unterhalten.«

Dickinson. Verdammt, für einen so kräftigen Kerl hat der aber einen sehr leisen Gang. Cooper drehte sich um und ihre Blicke trafen sich. In Dickinsons Augen schwelte Ärger. Keine unbändige Wut, nichts so Unkontrolliertes, nur Ärger. Das war es, was ihn antrieb.

Zu seinem Team sagte Cooper: »Macht weiter. Ich bin gleich wieder da.« Er ging vor und gab Dickinson mit dem Kopf ein Zeichen, ihm zu folgen, aber ohne auf ihn zu warten. Alphatiergehabe, albern, aber unumgänglich. Er führte Dickinson in ein stilles Eckchen neben der Treppe, setzte ein Lächeln auf – er konnte einfach nicht anders – und fragte: »Was haben Sie auf dem Herzen?«

»Was ich auf dem *Herzen* habe? Und was haben Sie da auf dem Kragen?« Dickinson deutete auf Coopers Hals. »Ein Stückchen von Bryan Vasquez?«

Cooper schaute nach unten. »Nein, das Blut ist von einer Frau, die ich aus dem Feuer gerettet habe.«

»Sind Sie etwa auch noch stolz auf sich?«

»So würde ich es nicht ausdrücken. Worauf wollen Sie eigentlich hinaus?«

»Ich habe Bryan Vasquez aufgespürt. Ich habe ihn festgenommen. Wir hatten eine Spur, nur die eine, und das war Vasquez. Und Sie haben ihn einfach draufgehen lassen.«

»Ja, wir konnten ihn alle nicht leiden. Also haben wir abgestimmt und dann beschlossen …«

»Ist das alles nur ein Witz für Sie?«

»Sagen Sie mal, Roger, was hätten Sie denn gemacht?«

»Ich hätte ihn erst gar nicht an dieser Straßenecke postiert.«

»Ach, nein? Sie hätten diesen Freak-Lover wohl einfach weggesperrt und den Schlüssel weggeworfen, was?«

»Nein, ich hätte diesen Freak-Lover an einen Stuhl gefesselt und ein bisschen bearbeitet.«

»Ach so, Sie wollten ihren Spaß haben und erweiterte Verhörtechniken ausprobieren, was?« Cooper schnaubte verächtlich und schüttelte den Kopf. »Den hätten Sie waterboarden können, bis ihm Kiemen wachsen, das hätte nichts daran geändert, dass er nichts wusste.«

»Das können Sie nicht mit Gewissheit sagen und jetzt werden wir es auch nicht mehr erfahren.«

»Wir sind Agenten einer US-Behörde, nicht private Sicherheitsleute eines Diktators aus der Dritten Welt. Wir gehen anders vor. Wir haben hier keinen Folterkeller.«

»Nun ja.« Dickinson sah ihm geradewegs in die Augen, starr, ohne zu blinzeln. »Vielleicht bräuchten wir einen.«

Ach, du meine Güte!

»Roger, ich weiß nicht, was Sie für ein Problem haben. Ob es was Persönliches ist oder blanker Ehrgeiz oder ob sie einfach mal wieder einen ordentlichen Fick brauchen. Auf jeden Fall sind wir grundverschiedener Meinung, was unsere Ziele angeht. Und jetzt entschuldigen Sie mich bitte, ich muss wieder arbeiten, und zwar mit legalen Mitteln.« Er drehte sich um, um zu gehen.

»Wollen Sie wirklich wissen, was für ein Problem ich mit Ihnen habe? Ganz ehrlich, ja?«

»Das weiß ich schon längst.« Cooper wandte sich um. »Ich bin ein Abnormer.«

»Nein, damit hat es nichts zu tun. So engstirnig bin ich nicht. Das Problem ist«, sagte Dickinson und machte einen Schritt auf ihn zu, »dass Sie zu schwach sind. Sie haben zwar das Sagen, aber Sie sind einfach zu schwach. Und der Ausgleichsdienst braucht starke Leute. Glaubende.« Er starrte Cooper noch eine Sekunde an und schob sich dann an ihm vorbei.

Cooper schaute ihm hinterher. Er schüttelte den Kopf. *Ich schätze, er braucht wirklich nur mal wieder einen Fick.*

»Alles in Ordnung?«, fragte Bobby Quinn, als Cooper wieder zurückkam.

»Na klar. Also, was haben wir?«

Valerie West sagte: »Der nächste Mobilfunkmast meldet zwölf Anrufe innerhalb von zehn Sekunden. Acht davon aus der Nähe. Wenn man die Handys per Dreieckspeilung ortet, kommen eigentlich nur folgende GPS-Koordinaten in Frage: 38.898327 Nord und 77.027775 West.«

»Und das ist …«

»Ziemlich genau …« Als sie die Kartenansicht vergrößerte, fühlte Cooper ein intuitives Kribbeln, eine Art Kitzel im Hirn. Seine Gabe verriet ihm im Voraus, was er im nächsten Augenblick sehen würde. »Da.« Auf dem Bildschirm war die G Street zu sehen, einen halben Block östlich der 12th Street. Der Eingang einer Bank. Er kam ihm sehr bekannt vor.

Er hatte direkt danebengestanden.

Cooper schloss die Augen und versuchte sich zu erinnern. So unendlich viele Eindrücke. Das verschwimmende Gelb eines vorbeifahrenden Taxis. Auspuffgase und der Geruch von Frittierfett aus einem Schnellimbiss. Das gedämpfte Rumpeln der Metro, der Fäulnisgeruch aus einem Gully, zwei Blocks entfernt ein quietschendes Bremsen. Und das unglaublich hübsche Mädchen, das in sein Handy sprach.

Das darf doch nicht wahr sein! Er wandte sich an Quinn. »Haben wir eine Videoaufnahme von der Stelle?«

»Meine Kameras waren auf die andere Straßenseite gerichtet.« Sein Partner schaute auf den Bildschirm und presste die Lippen zusammen. Dann schnippte er mit den Fingern. »Die Bank. Die hat doch sicher Überwachungskameras.«

»Frag dort nach. Vielleicht haben die ja unseren Attentäter auf Video.«

Quinn nahm seine Anzugjacke von der Stuhllehne. »Schon dabei.«

Cooper wandte sich an die beiden Frauen. »Wir dürfen keine Zeit mehr verlieren. Valerie, wir haben doch die Handys von Alex und Bryan, oder?«

Sie nickte. »Sein Handy ist nach seiner Verhaftung sicher routinemäßig geklont worden. Und die Analysten sind wahrscheinlich schon fleißig mit dem von Alex beschäftigt und versuchen, anhand der Kontaktdaten Muster zu erstellen.«

»Gut. Leite eine Fahndung ein. Lass alle in ihren Handys gespeicherten Telefonnummern überwachen. Und die in den Handys ihrer Kontakte gespeicherten Nummern auch.«

Luisa fiel die Kinnlade herunter. »Heilige Scheiße«, flüsterte sie.

Valerie fummelte wieder nervös mit ihren Händen herum, nur diesmal ohne Serviette. »Die Kontakte der Kontakte?«

»Ja, alle. Und zwar … aus den letzten sechs Monaten.«

»Ach du heiliges Kanonenrohr.« Luisa starrte ihn an. »Das sind ja Hunderte von Leuten.«

»Eher fünfzehn- bis zwanzigtausend.« Cooper sah auf seine Uhr. »Holt die Programmierer von der Akademie dazu. Zieht sie von der Echelon-II-Fahndung nach John Smith ab, wenn's sein muss. Falls irgendeiner dieser Kontakte etwas sagt, *irgend-*

was, was mit diesem Anschlag zu tun haben könnte, dann will ich spätestens fünfzehn Sekunden später Analysten an der Sache dran haben. Verstanden?«

»Verstanden.« Man konnte Valerie ansehen, dass sie sich langsam für die Sache begeisterte. Für jemanden wie sie war diese Aufgabe geradezu ein Traum. Der Schlüssel zum Paradies. Er hatte diese Fahndung zur vorrangigen Ermittlungsaktion im ganzen Land gemacht und *ihr* die Verantwortung übertragen.

»Boss«, sagte Luisa. »Ich will dich ja nicht schon von vornherein kritisieren, aber zwanzigtausend Telefone anzapfen lassen und das ganz ohne Richter? Und was wir dafür alles brauchen, das wird doch superschweineteuer. Bist du dir sicher? Ich meine, du weißt doch, was die mit dir machen, wenn die Sache nicht funktioniert, oder?«

»Ja, dann schicken sie mich ohne Abendessen ins Bett.« Cooper zuckte mit den Schultern. »Ihr müsst eben dafür sorgen, dass es funktioniert. Wenn nicht, haben wir ganz andere Sorgen als meine Karriere.«

KAPITEL 9

Das Monocle in Capitol Hill war eine Institution. Es lag nur wenige Blocks von den Senatsbüros entfernt und fünfzig Jahre lang waren hier die Mächtigen von Washington ein- und ausgegangen. Die Wände waren über und über mit signierten Fotos aller wichtigen Politiker aus fünf Jahrzehnten und aller Präsidenten seit Kennedy bedeckt. Auch montagabends war das Restaurant gut besucht.

Wie an dem Montag, als John Smith hereinspaziert kam.

Er hatte breite Schultern, war aber schlank und beweglich. Seine Footballspielerfigur steckte in einem weißen Hemd mit offenem Kragen und einem guten Anzug. Drei Männer folgten ihm mit fast synchronen Bewegungen, so als hätten sie das Betreten eines Restaurants einstudiert.

Smith ignorierte sie. Er verweilte kurz am Eingang und sah sich um, als wollte er sich die Szene einprägen. Als eine hübsche Empfangsdame ihn am Arm berührte und fragte, ob er verabredet sei, nickte er und lächelte, und sie erwiderte sein Lächeln.

Das Restaurant war in Bar und Speisebereich aufgeteilt. In der Bar war die Stimmung ausgelassen. Lautes Gelächter und Geplauder strömten heraus. Auf einem halben Dutzend Flachbildschirmen war das Spiel der Washington Wizards zu sehen. Drei Minuten vor Ende waren sie zehn Punkte im Rückstand. Die meisten Gäste waren Männer, die Krawatten zwischen dem dritten und vierten Knopf ins Hemd gestopft. Smith lief durch die Bar, vorbei an Hockern, auf denen Anwälte, Touristen, Regierungsbeamte und Politstrategen saßen. Die drei Männer folgten ihm.

Der Speisebereich gab sich vornehm mit stimmungsvollem Licht, Sitznischen mit hohen Rückenlehnen und dem Flair vergangener Zeiten. Ein Berufungsrichter und eine Frau, die nicht seine Tochter war, stießen mit ihren Cocktailgläsern an. Eine Familie aus Indiana beobachtete die Szenerie. Mom und Dad plauderten, während sie ab und zu Bissen von ihren Steaks nachschoben, während der Junior mit den Überresten seines Hamburgers die Mauern seines Frittenforts stützte. Ein Headhunter versuchte, einen blutjungen Mann mit Hornbrille an Land zu ziehen.

John Smith lief an ihnen allen vorbei zu einer Nische auf der rechten Seite. Die Sitzpolster waren eingedellt und der Tisch vom Alter glatt poliert. Jimmy Carter strahlte von der Wand herunter und quer über seiner Signatur stand: *Die besten Crab Cakes weit und breit!*

In der Nische saß ein Mann mit Gel in den Haaren und Nadelstreifenanzug. Sein Schnäuzer war fast weiß und seine Nase, die jeden Karikaturisten erfreut hätte, war von geplatzten Äderchen überzogen. Aber als er sich John Smith zuwandte, waren seine Augen klar und hellwach, und allein in dieser Bewegung spiegelte sich seine einstige Bedeutung wider: Früher gefürchtet, wurde der Senator aus Ohio immer noch respektiert. Außerdem hätte der ehemalige Vorsitzende des Finanzausschusses eigentlich gute Chancen als Präsidentschaftsanwärter gehabt, wenn nur nicht die Sache in Panama dazwischengekommen wäre.

Die beiden Männer sahen sich kurz an. Senator Hemner lächelte.

Und John Smith schoss ihm ins Gesicht.

Seine Leibwächter warfen ihre Mäntel ab und enthüllten die Heckler & Koch-MPs, die sie quer vor der Brust trugen. Alle drei zogen ganz gemächlich die ausfahrbaren Metallschafte ihrer Waffen heraus und legten sie an die Schulter. Ein leuchtendes Ausgangsschild tauchte ihre Rücken in blutrotes Licht. Die Schüsse waren präzise und gebündelt. Keine Streuung, keine weiten Schwenks. Sie schossen zweimal gezielt auf jedes Opfer und gingen dann zum nächsten über. Die meisten hatten nicht einmal Zeit gehabt aufzustehen. Ein paar versuchten wegzurennen. Ein Mann schaffte den halben Weg zum Ausgang, bevor sein Hals explodierte. Eine Frau in einem Kleid erhob sich, das Cocktailglas in ihrer Hand zersprang und eine Kugel traf sie mitten ins Herz. Aus der Bar, in die ein zweites Team eingedrungen war, waren Schreie und weitere Schüsse zu hören. Ein drittes Team war durch die Hintertür gestürmt und schoss auf Einwanderer in weißen Kochjacken. Die Mutter aus Indiana duckte sich unter den Tisch, riss ihren Sohn mit herunter und drückte ihn fest an sich.

Als sie ihre Magazine leer geschossen hatten, luden die Männer nach und feuerten weiter.

Cooper tippte auf den Bildschirm seines Datenpads und das Bild blieb stehen. Die Überwachungskamera war nahe der Treppe zum Konferenzraum angebracht gewesen. Durch den Blickwinkel wirkte alles leicht verzerrt und die Gewalt, so ganz ohne Hollywood-Technik, erschreckend real. Auf dem Standbild war ein weißer Fleck in Form einer Träne zu sehen, Feuer aus dem Lauf einer Maschinenpistole. Hinter den drei Männern stand John Smith, die Hand mit der Pistole gesenkt, seine Miene aufmerksam, aber unbeteiligt, als würde er ein Theaterstück betrachten. Senator Max »Hammer« Hemner lehnte am Rücken der Nische, in seiner Stirn ein sauberes Loch.

Cooper seufzte und rieb sich die Augen. Es war fast zwei Uhr morgens und obwohl er müde war und seine Muskeln schmerzten, konnte er nicht schlafen. Nachdem er eine Dreiviertelstunde im Bett gelegen hatte, hatte er beschlossen, sich mit dem Fall zu beschäftigen, anstatt weiter die Decke anzustarren.

Er bewegte seinen Finger langsam über den Touchscreen und das Video sprang von Bild zu Bild. Vorwärts: Einer der Schützen löste das Magazin aus seiner Waffe und ließ es auf den Boden fallen, während er ein neues hineinschob, um weiterzufeuern. Rückwärts: Der Schütze zog das Magazin aus der Waffe und ein anderes sprang vom Boden hoch und schob sich hinein. Das Ganze wirkte sehr entspannt, alle Bewegungen glatt, geschmeidig und einstudiert. Rückwärts fast genauso wie vorwärts.

Mit zwei Fingern vergrößerte Cooper das Bild und verschob es etwas, bis Smiths Gesicht den Bildschirm ausfüllte. Er hatte ebenmäßige Züge, ein kräftiges Kinn und lange Wimpern. Ein Gesicht, das Frauen eher schön als sexy finden würden und das zu einem Golfprofi oder Strafverteidiger passen würde. Es hatte nichts Grausames oder Wütendes an sich, nicht den geringsten Anflug von Wahnsinn. Während seine Soldaten jeden einzelnen Menschen im Restaurant umbrachten – jeden Mann, jede Frau und jedes Kind, jeden Hilfskellner, Touristen und Senator, alle dreiundsiebzig, ohne Ausnahme –, sah John Smith einfach zu. Ruhig und teilnahmslos. Anschließend ging er einfach hinaus, schlenderte geradezu. Cooper hatte sich das Video in den letzten vier Jahren schon hundertmal angesehen und sich an die Grausamkeiten, das spritzende Blut und die tödliche Gelassenheit der Soldaten gewöhnt. Aber eins schockierte ihn noch immer, etwas, das wohl vor allem jemandem mit seinem Vermögen, Muster zu sehen, Angst machte: die völlige Teilnahmslosigkeit des Mannes, der für das Massaker verantwortlich war. Schultern und Hals waren entspannt, sein Schritt unbeschwert und seine Hände locker.

John Smith spazierte aus dem Monocle, als hätte er dort nur kurz auf ein Getränk hereingeschaut.

Cooper schloss die Videodatei, warf das Datenpad auf den Tisch und nahm einen großen Schluck Wasser. Wodka wäre ihm lieber gewesen, aber dann wäre ihm das Joggen am nächsten Morgen schwergefallen. Das Eis war fast geschmolzen und das Glas feucht und beschlagen. Er wiegte den Kopf hin und her, griff erneut zum Pad und ging den Rest der Fallakte durch, ohne etwas Bestimmtes zu suchen: die Schlagzeilen – sie reichten von sachlich (ABNORMER AKTIVIST TÖTET 73 MENSCHEN; SENATOR UNTER DEN OPFERN IN WASHINGTON) bis hetzerisch (GRAUSAME BEGABUNG; DIE UNGEHEUER UNTER UNS) –, die dazugehörigen Berichte und die Artikel der folgenden Wochen. Abnorme Kinder waren in der Schule verprügelt, ein Genialer zweiten Grades in Alabama gelyncht worden. Kolumnisten baten die Leser, besonnen zu bleiben und Anstand zu wahren. Sie wiesen darauf hin, dass man nicht alle Abnormen für die Handlungen eines Einzelnen verantwortlich machen durfte. Andere spien Gift und Galle und appellierten an niederste Instinkte. Der Anschlag hatte lange die Schlagzeilen beherrscht. Aber als John Smith nach Monaten immer noch nicht gefasst war und auch nach Jahren nicht, verschwand die Geschichte allmählich aus den Medien.

Die Akte enthielt noch mehr: Niederschriften und Videoaufnahmen von Reden, die Smith vor dem Massaker gehalten und in denen er sich für die Rechte der Abnormen ausgesprochen hatte. Er war ein fantastischer Redner, inspirierend und persönlich. Dann waren da noch die Aufzeichnungen der Echelon-II-Überwachung und Berichte von einem halben Dutzend Beinahe-Erfolgen. Außerdem biografische Angaben, sein genetisches Profil und persönliche Daten. Eine ausführliche Analyse seiner Gabe, eines ausgeprägten Sinns für Planung und Strategie, der ihm mit elf Jahren den Schachgroßmeistertitel einbrachte. Und Protokolle aller Ranglistenspiele, an denen er je teilgenommen hatte. Terabytes von Daten. Cooper hatte jedes Wort gelesen und kannte jede Videoaufnahme.

Und jetzt siehst du sie dir schon wieder an.

Er stach noch ein paar Mal mit dem Finger auf den Touchscreen ein und die Schlagzeilen wichen dem VCS. Virtual Crime Scenes war ein Newtech-Programm und er wusste nicht, was er davon halten sollte. Es bot ihm ein fotorealistisches Modell des Monocle, wie John Smith es hinterlassen hatte, detailgetreu bis hin zu einzelnen Blutflecken und verspritztem Gehirn. Cooper konnte durch das Restaurant schwenken und jeden Punkt aus verschiedenen Blickwinkeln betrachten, ob von der Decke aus oder hautnah. Als kriminaltechnisches Werkzeug war es einfach einmalig und hatte schon zur Lösung vieler Fälle beigetragen. Aber der Anblick von Juliet Lynch, die ihren Sohn Kevin unter den Tisch gezerrt hatte, war nur schwer zu ertragen. Es war durchaus nützlich, die Position ihrer Leiche und das sternförmige Loch in ihrem Gesicht begutachten zu können. Aber den Ausdruck auf ihrem Gesicht zu sehen – oder was davon übrig war –, nachdem sie hatte mit ansehen müssen, wie plötzlich der Kopf ihres Mannes explodierte, wie das schlichte Glück ihres Familienurlaubs in unsagbarem Chaos unterging und sich die Tore der Hölle öffneten, das brauchte Cooper wirklich nicht. Sich klarzumachen, dass sie im Augenblick ihres Todes wusste – nicht etwa fürchtete, sondern wusste –, dass auch ihr Sohn sterben würde, war eine Sache, aber die Löcher in ihrer ausgestreckten Hand zu sehen, mit der sie ihn beschützen wollte, als könnten die Hände von Müttern Kugeln aufhalten, das war etwas ganz anderes.

Ach, scheiß auf Joggen. Cooper hievte sich von der Couch hoch und ging in die Küche. Zu dieser Stunde wirkte das Licht der Leuchtstofflampe irgendwie unwirklich und der Boden mit seinen schwarz-weißen Standardfliesen hatte etwas Trostloses. Er schüttete den Rest Wasser in die Spüle, warf ein paar Eiswürfel in sein Glas und goss gekühlten Wodka darüber.

Zurück im Wohnzimmer nahm er sein Telefon und wählte. Er nahm einen Schluck und genoss die eisige Schärfe.

»He, Cooper«, sagte Quinn mit schläfriger Stimme. »Alles in Ordnung?«

»Ich habe mir gerade das Monocle angesehen.«

»Schon wieder?«

»Ja. Was machen wir eigentlich, Bobby?«

»Schlafen jedenfalls nicht.«

»Tut mir leid.«

»Schon okay, war nur Spaß. Also, das Monocle …«

»Das VCS. Die Frau unter dem Tisch.«

»Juliet Lynch.«

»Genau. Ich habe mir das noch mal angeschaut und plötzlich gedacht, das hätte auch Natalie sein können. Und Todd, mein Junge.«

»Ja. Ach, Scheiße …«

»Was machen wir eigentlich? Wir alle, meine ich. Seit ich in der Akademie war, werde ich dieses Gefühl nicht mehr los.«

»Was für ein Gefühl?«

»Dass alles noch viel schlimmer wird. Wir stehen an einem Abgrund und keiner weicht zurück. Alles entwickelt sich zu einem Riesenalbtraum. Die Akademien, das Monocle, das ist im Grunde das Gleiche. Zwei Seiten desselben Albtraums. Schließlich habe ich zwei Kinder.«

»Und in deiner Fantasie siehst du Kate in einer Akademie und Todd im Monocle.«

»Ja.«

»Hör einfach auf damit.«

»Ja, du hast recht.«

»Es ist alles ein totaler Schlamassel, ich weiß. Jeder weiß das. Nicht nur bei der AEB. Das ganze Land, die ganze Welt, alle wissen es. Wir steuern seit dreißig Jahren auf eine Katastrophe zu.«

»Warum lenken wir dann nicht um?«

»Keine Ahnung, Boss, da musst du jemand Klügeren fragen.«

Cooper lachte freudlos. »Ja …«

»Weißt du, was ich mache, wenn ich anfange, über so was zu grübeln?«

»Was denn?«

»Ich genehmige mir einen.«

»Schon dabei.«

»Gut. Hör zu, ich weiß, die Sache liegt dir am Herzen, aber wir können auch nicht mehr als unsere Arbeit machen. Jeden Tag aufs Neue. Ich meine, wenigstens tun wir was. Wir *bemühen* uns. Alle anderen hoffen nur, dass alles irgendwann in Ordnung kommt.«

»Aber er ist da draußen, irgendwo. John Smith versteckt sich irgendwo und plant einen Anschlag.«

»Aber eines tut er nicht.«

»Hm?«

»Er ruft nicht seinen besten Freund an, um darüber zu diskutieren, ob die Welt vor die Hunde geht. Daran erkennt man, wer die Guten sind.«

»Ja, ich weiß.«

»Versuch zu schlafen. Vielleicht hat er den Anschlag ja schon für morgen geplant.«

»Du hast recht. Danke. Und Entschuldigung, dass ich so spät noch angerufen habe.«

»Kein Problem. Und Coop?«

»Ja?«

»Trink in Ruhe dein Glas aus.«

* * *

Am nächsten Morgen zwang er sich, wie geplant zu joggen. Cooper lief zweimal die Woche acht Kilometer und ging an den anderen Tagen ins Fitnessstudio. Manchmal machte es ihm auch Spaß, aber nicht heute. Das Wetter war ganz schön, zur Abwechslung einmal relativ warm und sonnig, und sein kräftiger Schlaftrunk machte ihm auch nicht so sehr zu schaffen wie befürchtet. Das Schöne am Sport war eigentlich, vollkommen in der körperlichen Aktivität aufzugehen und den analytischen Teil seines Gehirns abzuschalten, während er sich ganz auf seine Atmung, den Rhythmus seiner Bewegungen und die Musik aus seinen Kopfhörern konzentrierte. Aber an diesem Morgen begleitete ihn John Smith beim Joggen. Cooper musste ständig an seine eigenen Worte vom Vortag denken: *Er ist zwar ein Soziopath, aber auch ein Schachmeister, ein genialer Stratege.*

Das Problem war herauszufinden, wie man so jemanden besiegen konnte. Cooper war der Spitzenagent der wahrscheinlich mächtigsten Organisation im ganzen Land. Ihm standen gewaltige Mittel zur Verfügung: Er hatte Zugang zu Geheimdaten, konnte Telefone abhören, Polizei und Bundesbehörden Befehle erteilen und auf amerikanischem Boden verdeckte Operationen durchführen. Wenn ein Abnormer zur Zielperson erklärt wurde, durfte er ihn töten, ohne rechtliche Konsequenzen fürchten zu müssen, und hatte es in dreizehn Fällen auch getan. Kurz gesagt, verfügte er über eine ungeheure Macht ... die ihm aber ohne klares Ziel nichts nutzte.

Sein Gegner konnte indes angreifen, wann und wo er wollte. Außerdem konnte er auch einen Teilerfolg als Sieg verzeichnen, während für Cooper alles andere als ein Triumph auf ganzer Linie eine Niederlage bedeutete. Bei einem Selbstmordattentat mit Todesopfern fragte niemand danach, wie viele Menschen er gerettet hatte.

Durch sein ständiges Grübeln zogen sich die acht Kilometer endlos dahin. Und als er an dem kleinen Lebensmittelladen am Ende seines Blocks vorbeikam, sah er, dass - wie zum Hohn - jemand ganz frisch ein Graffiti auf den geschlossenen Sicherheitsrollladen gesprüht hatte: ICH BIN JOHN SMITH.

Junge, du bist nur ein Arschloch mit einer Sprühdose. Wenn ich dich erwischt hätte!

Zu Hause zog er das verschwitzte T-Shirt aus, bekam eine Nase voll davon ab – puh, ab in die Waschmaschine – und ging unter die Dusche. Anschließend schaltete er CNN ein und frottierte sich die Haare.

»... ein sprunghafter Anstieg des sogenannten Unruhe-Index auf 7,7, der höchste Wert seit seiner Einführung. Dies wird vor allem auf den gestrigen Bombenanschlag in Washington zurückgeführt, dem ...«

Er nahm einen weichen, grauen Anzug und ein blassblaues Hemd aus dem Schrank, keine Krawatte. Er prüfte das Magazin seiner Beretta – es war natürlich voll, aber alte Armeegewohnheiten legt man nicht so leicht ab – und befestigte das Halfter an seinem Hosenbund.

»… umstrittene Milliardär Erik Epstein, dessen Siedlung New Canaan in Wyoming mittlerweile fünfundsiebzigtausend Bewohner zählt, die meisten davon Begabte und ihre Familien. Das sechzigtausend Quadratkilometer große Gebiet, das Epstein über mehrere Holdinggesellschaften erworben hat, spaltet die Gemüter nicht nur in Wyoming, wo die Einwohner von New Canaan fast fünfzehn Prozent der Bevölkerung ausmachen, sondern im ganzen Land. Nach Inkrafttreten der von Senat und Repräsentantenhaus gemeinsam verabschiedeten Resolution 93, die die Gründung eines separaten, souveränen Staates auf dem Gebiet zulässt …«

Frühstück. Cooper schlug drei Eier in eine Schüssel, schlug sie schaumig und goss sie in eine beschichtete Pfanne. Er toastete zwei Scheiben Sauerteigbrot, schenkte sich einen Riesenbecher Kaffee ein, der Tote geweckt hätte, ließ die Rühreier auf den Toast gleiten und spritzte Sriracha-Soße darüber.

»… die Eröffnungsfeierlichkeiten heute Mittag um zwei Uhr. Das Konzept der neuen Léon-Walras-Börse soll sie vor Angriffen durch Individuen wie Mr Epstein schützen. Anstelle des an der ehemaligen New Yorker Börse üblichen Echtzeithandels werden Aktien nun täglich bei Auktionen mit fallenden Preisen angeboten. Als jeweiliger Endpreis wird der Durchschnittswert zur Zeit des Verkaufs festgelegt. Damit wird es unmöglich …«

Er hatte die Eier ein wenig zu lang gebraten, aber die Chilisoße machte sie genießbar. Chilisoße machte fast alles genießbar. Cooper verputzte den letzten Bissen, leckte sich die Finger und schaute auf die Uhr. Kurz nach sieben. Selbst bei dem üblichen Verkehr wäre er früh genug im Hauptquartier, um noch vor der wöchentlichen Zielstatusbesprechung die wichtigsten Ergebnisse der Telefonüberwachung durchzugehen.

Cooper stellte seinen Teller in die Spüle, wischte sich die Hände ab und verließ die Wohnung. Er verzichtete auf den Aufzug und lief die drei Treppen hinunter. Es war wirklich ein wunderschöner Morgen. Die Luft war warm und von diesem besonderen Geruch erfüllt, den er gewöhnlich mit Gewittern assoziierte, aber der Horizont war hell und klar. Als er zu seinem Wagen kam, klingelte sein Handy. Natalie. Nanu! Seine Exfrau hatte viele positive Eigenschaften – sie war ehrlich, klug, eine wundervolle Mutter –, aber ein Morgenmensch war sie nicht. »Hallo! Dass du so früh am Morgen in der Lage bist, ein Telefon zu bedienen …«

»Nick.« Als er den Ton ihrer Stimme hörte und das anschließende Schluchzen, verschwand alles Licht vom Morgenhimmel.

Und dabei hatte er noch gar nichts gehört.

KAPITEL 10

Coopers Wohnung in Georgetown war etwa dreizehn Kilometer von dem Haus in Del Ray entfernt, in dem er mit Natalie gewohnt hatte. Wie die meisten Fahrstrecken durch Washington hatte auch diese beeindruckend schöne Abschnitte, führte aber vor allem durch trostlose Viertel mit Tausenden von Kreuzungen, und an jeder gab es eine verdammte Ampel. Dazu kam noch der dichte Stadtverkehr, sodass die Fahrt normalerweise fünfundzwanzig Minuten dauerte, dreißig, wenn man die Interstate 395 mied und nur kleinere Straßen nahm.

Cooper schaffte es in zwölf.

Er entschied sich für den Jefferson Davis Highway, eine ausgesprochen unattraktive Straße, aber mit vier Fahrspuren in beide Richtungen. Der Transponder in seinem Dodge Charger sendete ein Signal, das ihn für jeden Polizisten innerhalb von zwei Kilometern als Gasmann erkennbar machte. Deshalb betrachtete er Tempolimits als Scherz und rote Ampeln nur als Empfehlung. Als vor ihm ein Feuerwerk von Bremslichtern aufleuchtete, schaltete er in den dritten Gang runter und fuhr auf den Mittelstreifen.

Als er in ihre Straße kam, drosselte er das Tempo – jede Menge Kinder in der Nachbarschaft –, parkte, stellte den Motor ab und kletterte aus dem Wagen, alles in einer fließenden Bewegung.

Natalie kam ihm schon entgegen. Sie hatte sich bereits für die Arbeit fertig gemacht: Stiefel, grauer knielanger Rock und weicher weißer Pullover. Aber auch wenn ihre Augen nicht feucht waren und ihre Wimperntusche nicht verschmiert, für ihn sah es so aus, als würde sie jämmerlich heulen. Sie stürmte in seine ausgestreckten Arme und drückte sich fest an ihn. Sie schien Feuchtigkeit auszudünsten, als würden die Tränen durch ihre Poren kommen. Ihr Atem roch nach Kaffee.

Cooper hielt sie einen Moment in seinen Armen, dann machte er einen Schritt zurück und nahm ihre Hände in seine. »Sag schon.«

»Habe ich doch schon.«

»Erzähl es mir noch mal.«

»Sie soll getestet werden. Kate. Sie soll getestet werden. Sie ist doch erst vier und der Test ist erst ab acht Pflicht ...«

»Schhhh.« Er fuhr mit den Daumen über ihre Handflächen und presste in der Mitte, eine Geste aus alten Zeiten. »Es ist alles okay. Was ist denn genau passiert?«

Natalie atmete tief ein und seufzte. »Jemand hat angerufen. Heute Morgen.«

»Wer?«

»Die AEB.« Sie machte eine Bewegung, als wollte sie sich die Haare aus dem Gesicht streichen, obwohl es nicht nötig war. »Deine Leute.«

Er fühlte einen kalten Stein in seiner Magengrube. Er öffnete den Mund, aber ihm fehlten die Worte.

»Tut mir leid«, sagte sie und wandte ihren Blick ab. »Das war gemein von mir.«

»Schon okay.« Auch er seufzte. »Also was ...«

»Irgendetwas ist passiert. In der Schule. Es gab einen ›Zwischenfall‹.« Er konnte die Anführungszeichen regelrecht hören. »Vor einer Woche. Kate hat irgendwas gemacht, eine Lehrerin hat es gesehen und die AEB verständigt.«

Bei abnormen Kindern waren die Gaben noch nicht so klar erkennbar und oft waren sie nicht von besonders aufgeweckten Altersgenossen zu unterscheiden. Deshalb war der Test erst ab acht Jahren Pflicht. Aber Angehörige bestimmter Berufe – Lehrer, Geistliche, Kindermädchen – waren angehalten, Verhalten, das auf eine Gabe ersten Grades schließen ließ, zu melden. Wieder so eine Entwicklung, die Cooper hasste. Noch mehr Spitzel brauchte die Welt wirklich nicht. »Was für ein Zwischenfall? Was war denn los?«

Sie zuckte mit den Schultern. »Keine Ahnung. Dieser feige Paragrafenreiter wollte es mir nicht sagen.«

»Und?«

»Und dann hat er gefragt, wann es mir recht wäre. Ob sie sie lieber Donnerstag oder Freitag testen sollen. Ich habe ihm gesagt, dass sie erst vier ist und dass du für die AEB arbeitest. Aber er hat immer nur gesagt: ›Tut mir leid, Ma'am, aber so lauten unsere Vorschriften.‹ Als wenn er von der verdammten Telefongesellschaft wäre und ich hätte mich über meine Rechnung beschwert.«

Natalie flucht sonst nicht. Der Gedanke schwebte nutzlos in seinem Hirn. »Hast du mit ihr darüber geredet?«

»Nein.« Nach kurzem Schweigen sagte sie: »Ich ... wir ... müssen mit ihr reden, Nick. Sie hat eine Gabe, das wissen wir. Aber was, wenn sie Grad eins ist?« Sie wandte sich ab. Mit Tränen in den Augen. Tränen, die er schon längst gesehen hatte, bevor sie zu weinen begann. »Sie werden sie uns wegnehmen und sie in eine Akademie stecken.«

»Nein, hör auf.« Cooper fasste sie beim Kinn und drehte ihren Kopf zu sich. »Auf gar keinen Fall.«

»Aber ...«

»Hör zu. Das lasse ich nicht zu, auf gar keinen Fall. Unsere Tochter wird nicht in eine Akademie gesteckt und damit basta.« ICH VERMISSE MEINEN SOHN *stand auf dem Schild.* »Es ist mir egal, ob sie Grad eins ist. Meinetwegen kann sie Grad null sein, die Raumzeit manipulieren und Laserstrahlen aus ihrem Bauchnabel abschießen. Aber sie kommt *nicht* in eine Akademie. Und sie wird nächste Woche auch nicht getestet.«

»Dad!«

Natalie und er warfen sich einen Blick zu. Einen Blick, der viel älter war als sie beide, einen Blick, den Mütter und Väter seit Menschengedenken austauschten. Und dann wandten sie sich den Kindern zu, die auf sie zustürmten. Todd voran und Kate direkt hinter ihm. Sie ließ die Fliegengittertür hinter sich zufallen.

Er ging in die Knie und breitete die Arme aus und seine Kinder flogen hinein, warm, lebendig und ahnungslos. Cooper drückte sie beide ganz fest an sich. Als er sie losließ, bemühte er sich, möglichst unschuldig dreinzuschauen. »Oh-oh. Oh-oh!«

Kate sah besorgt zu ihm auf. Todd lächelte, denn er wusste, was kam.

»Oh-oh, ich muss weg! Ich muss weg und wer kommt mit?«

»Ich!«, rief Kate strahlend.

»Ich auch«, sagte Todd mit einem Ton irgendwo zwischen kindlicher Freude und einem ersten Anflug von Verlegenheit.

»Also gut.« Cooper streckte die Arme aus. »Nehmen Sie Ihre Plätze ein. Im Falle eines plötzlichen Abfalls des Kabinendrucks fallen Sauerstoffmasken von der Decke. Bitte schaukeln Sie daran hin und her wie Affen. Fertig?«

Kate kletterte auf seinen linken Arm wie, nun, ein Affe. Todd hatte seinen rechten Arm umklammert und ihre Hände umfassten jeweils den Unterarm des anderen.

»Okay, alles startklar. Drei.« Er richtete sich auf und ging wieder in die Knie. »Zwei.« Und noch einmal hoch und runter. »Eins!« Cooper sprang aus der Hocke hoch und mit der Kraft seiner Beinmuskeln schleuderte er sie beide herum, halb wirbelnd, halb fallend. Todd wurde langsam zu schwer für so was, aber egal, er drehte sich einfach noch schneller und verlagerte sein Gewicht auf die Fersen und sie wirbelten nur so herum. Die Welt bestand nur noch aus den Gesichtern seiner Kinder. Katie lachte und kreischte gleichzeitig und Todd lächelte ein breites, unschuldiges Lächeln und hinter ihnen vermischten sich das

Grün des Rasens, das Braun der Baumstämme und das Grau seines Wagens. Er schwang sie immer schneller und bewegte dabei die Füße wie ein Tänzer. »Abheben!«

Er hob die ausgestreckten Arme weiter an und die Kinder, von der Schwungkraft angetrieben, kreisten in der Luft um ihn herum.

Später erinnerte er sich noch oft an diesen Augenblick. Kramte ihn aus seinem Gedächtnis hervor und studierte ihn wie ein Kriegsveteran ein verblasstes Foto, das letzte Überbleibsel eines Lebens, das ihm abhanden gekommen war. Ein Moment wie ein Anker oder ein Stern, an dem er sich orientieren konnte. Die Gesichter seiner Kinder, lächelnd, arglos, und die Welt dahinter nur wirbelndes Grün.

Dann sagte Todd: »Ich will fliegen!«

»Ja?«

»Ja, ich will fliiie-gen!«

»O-kay«, sagte er, biss die Zähne zusammen und wirbelte noch schneller herum. Noch eine Drehung und noch eine und bei der dritten riss er mit aller Kraft den rechten Arm hoch. Todd ließ los und er ließ Todd los und für den Bruchteil einer Sekunde sah er seinen Sohn durch die Luft fliegen. Die Arme nach hinten hochgestreckt, sein Gesicht von flatterndem Haar umrahmt, trug ihn die Schleuderkraft außer Sicht. Katie klammerte sich an Coopers Arm fest, während er langsamer wurde. Noch eine Drehung und er sah, wie Todd landete. Noch eine und er sah Todd lachend auf dem Rücken liegen. Und noch eine für Katies Landeanflug. Coopers Welt wankte ein wenig, als Katie in der letzten Drehung herunterkam und gegen ihn stieß. Er ließ ihren Arm los, blieb aber jederzeit bereit, sie aufzufangen, bis sie ihr Gleichgewicht wiederfand. Wie alle Eltern ständig in Sorge, sein kleines Mädchen könnte sich den Schädel aufschlagen, sich an spitzen Gegenständen verletzen und die rauen Seiten des Lebens kennenlernen.

Und wenn sie Grad eins ist? Dann nehmen sie sie uns weg und stecken sie in eine Akademie ...

Cooper schüttelte den Kopf und setzte wieder ein Lächeln auf. Er ging in die Hocke und legte die Ellbogen auf die Knie. Seine Tochter sah ihn mit ernstem Blick an. Sein Sohn lag auf dem Rücken. »Alles klar, Todd?«

Todd stieß einen Arm in die Luft und streckte den Daumen aus. Cooper lächelte. Er sah hoch zu Natalie. Ihre fröhliche Miene konnte die Angst kaum verbergen. Als sich ihre Blicke trafen, fasste sie sich wieder an die Haare und sagte: »Wir wollten gerade frühstücken. Hast du schon was gegessen?«

»Nein«, log er. »Wie wär's, Kinder? Frühstück? Moms berühmte Brontosauruseier?«

»Dad.« Todd rappelte sich auf und wischte sich Gras von der Hose. »Das sind doch nur ganz normale Eier.«

Cooper wollte seine alte Masche abziehen – *Wieso? Hast du schon mal Brontosauruseier gesehen? Nein? Woher weißt du dann ...* –, aber er konnte einfach nicht. »Du hast recht, Junge. Wie wär's mit ein paar ganz normalen Eiern?«

»Okay.«

»Okay.« Er warf Natalie einen Blick zu, den niemand sonst bemerkt hätte. »Hilf deiner Mom schon mal, ja? Ich komme auch gleich.«

Natalie nahm Todds Hand. »Komm, kleiner Flieger, wir machen Frühstück.«

Todd sah ihn kurz verwundert an, folgte Natalie dann aber ins Haus. Cooper wandte sich zu Katie um und sagte: »Willst du noch mal fliegen?«

Sie schüttelte den Kopf.

»Puh, bald bist du so groß, dann kannst du mich fliegen lassen.« Sein Schnürsenkel war aufgegangen und er band ihn rasch zu.

Da fragte Kate: »Daddy, warum hat Mommy Angst vor mir?«

»*Was?* Wie kommst du denn darauf, Schatz?«

»Sie schaut mich an und hat Angst.«

Cooper starrte seine Tochter an. Ihr Bruder war ein unruhiges Baby gewesen. Wie oft hatte Cooper ihn nicht mitten in der

Nacht auf den Arm nehmen, ihn wiegen und besänftigend auf ihn einreden müssen? Und wenn Todd schließlich eingeschlafen war, hatte er sich meist nicht getraut, sich zu rühren, denn die leiseste Bewegung hätte ihn wieder aufwecken können. Also hatte Cooper immer für sich allein ein Spiel gespielt. Er hatte das dichte dunkle Haar seines Sohnes betrachtet – jetzt sandfarben ausgeblichen –, die breite Stirn und die Lippen, die direkt aus Natalies Gesicht gestohlen schienen, und die Ohren, die Coopers Großvater gehörten, große, abstehende Dinger, und hatte versucht, sich selbst in ihm zu sehen. Andere sagten, sie könnten die Ähnlichkeit sehen, aber er sah sie nicht wirklich, jedenfalls nicht, bevor Todd älter wurde und er sich öfter in seinem Mienenspiel wiederfand.

Aber Kate … In ihr hatte er sich seit dem Tag ihrer Geburt wiedererkannt. Nicht nur in ihren Gesichtszügen. Auch in ihrer Art und darin, wie sie Dinge beobachtete. *Sie sieht die Welt als System*, hatte er schon vor ein paar Jahren zu Natalie gesagt, *und sie versucht, es zu knacken, aber sie hat noch nicht alle nötigen Daten.* Kate war als Baby eher ruhig gewesen, aber wenn sie etwas wollte, die Brust, ihr Bett oder eine frische Windel, dann hatte sie das ziemlich deutlich gemacht.

»Wieso glaubst du, dass sie Angst hat, Baby?«

»Sie macht so große Augen. Und ihre Haut ist weißer als sonst. Sie sieht aus, als würde sie weinen, aber sie weint gar nicht.«

Cooper legte …

Erweiterte Pupillen.

Kampf-oder-Flucht-Reaktion: Blut wird von der Haut in die Muskeln geleitet.

Angespannte Lidmuskeln.

Physiologische Reaktionen auf Angst und Sorge. Impulse, die sich lesen lassen wie ein Buch.

… seiner Tochter eine Hand auf die Schulter. »Zunächst einmal, deine Mom hat keine Angst vor dir. Das darfst du nie glauben. Deine Mom liebt dich über alles. Und ich auch.«

»Aber sie hatte Angst.«

»Nein, mein Schatz, sie hatte keine Angst vor dir. Du hast recht, sie war beunruhigt, aber nicht deinetwegen oder wegen irgendetwas, was du getan hast.«

Kate starrte ihn an und biss sich auf die Lippe. Offensichtlich machte ihr der Widerspruch zwischen dem, was er sagte, und dem, was sie sah, zu schaffen. Das verstand er gut, denn ihm war es, als er aufwuchs, auch ständig so gegangen.

Und im Grunde war es immer noch so.

Cooper glitt aus der Hocke in den Schneidersitz, sodass er leicht zu Kate aufschauen musste. »Du bist bald ein großes Mädchen, deshalb will ich dir etwas erzählen. Etwas, das du vielleicht noch nicht ganz verstehst. In Ordnung?« Als sie mit ernster Miene nickte, sagte er: »Du weißt doch, alle Menschen sind verschieden, nicht wahr? Manche sind groß und andere klein und manche sind blond und manche mögen Eis. Und nichts davon ist richtig oder falsch oder besser oder schlechter. Aber es gibt Menschen, die bestimmte Dinge besonders gut können, die andere nicht so gut können. Manche sind sehr musikalisch, andere können mit ganz großen Zahlen rechnen und wieder andere können erkennen, ob jemand traurig, wütend oder ängstlich ist, auch wenn derjenige nichts sagt. Ein bisschen kann das jeder, aber manche können es besonders gut. Ich zum Beispiel, und ich glaube, du auch.«

»Und ist das gut?«

»Es ist weder gut noch schlecht, wir sind einfach so.«

»Andere aber nicht.«

»Manche doch, aber nur wenige.«

»Also bin ich ...« Sie biss sich wieder auf die Lippe. »Bin ich eine Missgeburt?«

»Was? Nein. Wo hast du das denn aufgeschnappt?«

»Billy Parker hat gesagt, Jeff Stone ist eine Missgeburt, und alle haben gelacht und dann wollte keiner mehr mit Jeff spielen.«

Zwischenmenschliche Beziehungen auf den Punkt gebracht. »Billy Parker scheint aber ein böser Junge zu sein. Und sag das Wort nicht mehr, es ist gemein.«

»Aber ich will nicht, dass die anderen mich komisch finden.«

»Liebling, du bist nicht komisch. Du bist perfekt.« Er streichelte ihre Wange. »Es ist einfach so was, wie braune Haare zu haben oder ganz schlau zu sein. Es ist zwar ein Teil von dir, aber es bestimmt nicht, wer du bist. Du kannst selbst entscheiden, wer du sein möchtest, Schritt für Schritt.«

»Aber warum hatte Mommy Angst?«

Und du hast gedacht, du könntest der Frage ausweichen. Kluges Mädchen. Was sagst du jetzt, Coop?

Als Natalie schwanger war, hatten sie sich oft darüber unterhalten, wie sie mit ihren Kindern sprechen würden. Was sie ihnen alles erzählen sollten und wann. Würden sie sie an den Weihnachtsmann glauben lassen oder nicht? Wie würden sie auf Fragen über tote Goldfische, Gott oder Drogenkonsum reagieren? Sie hatten beschlossen, im Wesentlichen ehrlich zu sein, aber ohne alles ausführlich zu erklären. Verschleierungstaktik wäre auf jeden Fall besser als glatte Lügen. Und Fragen wie ›Na, was meinst denn du, wo die Babys herkommen?‹ würden bei kleinen Kindern sicher besser ankommen als Tabellen und Diagramme.

Nur hätten sie niemals damit gerechnet, dass eins ihrer Kinder sie vollkommen durchschauen würde. Dutzende Studien hatten belegt, dass bei begabten Eltern die Wahrscheinlichkeit, ein begabtes Kind zu bekommen, nicht größer war als bei anderen, und wenn es doch so kam, waren die Gaben des Kindes und des begabten Elternteils meist sehr unterschiedlich. Begabte Kleinkinder zeigten selten die typischen Merkmale eines Savant. Bei Kindern in Kates Alter war es eher ihre verblüffende Fähigkeit, überall Muster zu erkennen. Mal waren es mathematische, dann wieder musikalische Muster.

Aber seine Tochter war in der Lage, fast unmerkliche Bewegungen der Lidmuskeln wahrzunehmen und zu deuten.

Sie ist Grad eins.

»Es gibt da Leute«, sagte Cooper, während er seine Worte abwog und sich bemühte, sein Mienenspiel zu kontrollieren, »die gern mehr über Menschen wie uns herausfinden möchten. Über Menschen, die können, was wir können.«

»Aber warum?«

»Das ist nicht so einfach zu erklären, meine Süße. Aber du musst wissen, dass Mommy keine Angst vor dir hatte. Sie war einfach nur ... überrascht. Einer von diesen Leuten hat sie heute Morgen angerufen, deswegen war sie überrascht.«

Kate dachte darüber nach. »Sind das böse Leute?«

Er dachte an Roger Dickinson. »Manche ja, aber manche sind auch lieb.«

»War das ein böser Mann, der Mom angerufen hat?«

Er nickte.

»Verhaust du ihn?«

Cooper musste lachen. »Nur, wenn es sein muss.« Er stand auf und hob sie auf seine Hüfte. Sie wurde langsam zu groß dafür, aber in diesem Moment war es ihm egal und ihr anscheinend auch. »Mach dir keine Sorgen, okay? Deine Mom und ich kümmern uns um alles. Niemand wird ...«

Wenn der Test ergibt, dass sie Grad eins ist, kommt sie auf eine Akademie.

Sie bekommt einen neuen Namen.

Sie pflanzen ihr ein Mikrofon ein.

Sie impfen ihr Angst und Misstrauen ein.

Und du wirst sie nie mehr wiedersehen.

»... dir etwas tun. Es kommt alles in Ordnung, das verspreche ich dir.« Er sah ihr in die Augen. »Du glaubst mir doch, oder?«

Kate nickte und biss sich wieder auf die Lippe.

»Okay, dann gehen wir jetzt unsere Frühstückseier essen.« Er ging Richtung Tür.

»Daddy?«

»Ja?«

»Hast du Angst?«

»Sehe ich so aus?« Er lächelte sie an.

Kate schüttelte den Kopf, hielt dann inne und nickte, die Lippen zwischen den Zähnen. Schließlich sagte sie: »Ich weiß nicht.«

»Nein, Baby, ich habe keine Angst, ganz sicher nicht.«

Ich spüre keine Angst.
Nein, keine Angst.
Nur Wut.

Max Vivid will Sie provozieren
Entertainment Weekly, 12. März 2013

Los Angeles – Manche halten Max Vivid für einen genialen Showman mit dem Finger am Puls der Zeit, andere finden den Fernsehmoderator einfach nur beleidigend und menschenverachtend. Aber eines kann ihm niemand nachsagen: dass er besonders höflich wäre.

»Soziales Gewissen ist langweilig, Darling«, sagt Vivid und kippt im Urth Café seinen dreifachen Espresso hinunter. »Zum Teufel mit der politischen Korrektheit. Ich will die Leute unterhalten.«

Nach den Einschaltquoten zu urteilen, ist seine neueste Sendung *(Ab)Normal* genau das, was das amerikanische Publikum will. In der Reality-Show, die sich jede Woche 45 Millionen Zuschauer ansehen, treten Begabte gegen Teams von Normalos an und müssen fingierte Mordanschläge, haarsträubende Raubüberfälle und sogar Nahkämpfe überstehen.

Kritiker monieren, die Show würde soziale Spannungen verstärken, und manche halten sie für offen rassistisch.

»Im alten Rom hat man Sklaven gegen Löwen kämpfen lassen. Unterhaltung ist eben ein blutiges Geschäft, Baby«, verteidigt sich Vivid. »Und wieso rassistisch? Wir gehören doch alle einer Rasse an. Was für Volltrottel!«

Ein typischer Kommentar des provokanten Moderators, der mit Genuss Kritiker und Fans gleichermaßen beleidigt. Er schreckt auch vor den heikelsten Aktionen nicht zurück. In der berüchtigtsten Folge der aktuellen Staffel von *(Ab)Normal* erhielten drei begabte Spielteilnehmer die Aufgabe, Sprengkörper in die Bibliothek des Kongresses zu schmuggeln. Die Bomben waren zwar nur Attrappen, aber die Sicherheitseinrichtungen waren echt – und nicht in der Lage, die Bibliothek vor den Fernsehterroristen zu beschützen.

Ein zutiefst schockierendes Spektakel zu einer Zeit, da Terroristen im eigenen Land eine ganz konkrete Bedrohung darstellen, und weder FBI noch Rundfunkbehörde waren begeistert. Letztere verhängte eine hohe Geldstrafe gegen den Fernsehsender, während das FBI derzeit prüft, ob ein Straftatbestand vorliegt.

»Ich erweise der Öffentlichkeit doch einen Dienst«, sagte Vivid. »Ich mache auf Schwächen im System aufmerksam. Sollen sie doch versuchen, mich dranzukriegen. Ich habe 42 Prozent Einschaltquote. Ich kann mir alle Anwälte der Welt leisten.«

KAPITEL 11

Auf der Fahrt zur Arbeit ging Cooper verschiedene Szenarien durch. Ein besonders grimmiges Vergnügen bereitete ihm die Vorstellung, den feigen Paragrafenreiter ausfindig zu machen, der Natalie morgens angerufen hatte, um ihn mit seinem eigenen Telefon blutig zu schlagen. Unglaublich. Was für ein Job! Da sitzt jemand an seinem Schreibtisch, ruft aus heiterem Himmel irgendwelche Eltern an und erzählt ihnen, es sei etwas vorgefallen, er könne aber nicht sagen was, und deshalb müsse ihr Sohn oder ihre Tochter am nächsten Tag dem Treffert-Down-Test unterzogen werden. Und dann versteckt er sich auch noch hinter irgendwelchen Anweisungen und vorgefertigten Antworten. Tut mir leid, Sir, Ma'am, aber so lauten unsere Vorschriften.

Drew Peters kann sicher helfen. Irgendwelche Vorteile musste es doch haben, der Beste unter den Besten der AEB zu sein. Sieben Jahre voller Einsatz, unmenschliche Arbeitszeiten, ständiges Reisen und das Blut an seinen Händen, das musste doch für irgendetwas gut sein.

Er erinnerte sich an ein Gespräch mit Natalie, damals, als Peters ihn eingestellt hatte. Er war schon eine Zeit lang bei der Behörde gewesen, zuerst als Verbindungsoffizier des Militärs und nach seinem Armeedienst hauptberuflich. Aber der Ausgleichsdienst war eine ganz neue Welt. Anstatt Geniale zu überwachen und zu analysieren, würde er einige von ihnen jagen.

»Unsere Aufgabe besteht darin«, hatte der gepflegte, ruhige Mann mit dem Stahlblick gesagt, »das Gleichgewicht zu bewahren. Dafür Sorge zu tragen, dass die Kräfte, die die Ordnung stören, im Zaum gehalten werden. In bestimmten Fällen auch präventiv.«

»Präventiv? Heißt das …«

»Das heißt, wenn die Beweislage eindeutig ist und eine reale Bedrohung besteht, kommen wir ihnen zuvor. Das heißt, wir lassen nicht zu, dass Terroristen einen Angriff auf unsere Lebensweise verüben, und sehen nicht tatenlos zu, wie unser Land in einen Krieg gegen seine eigenen Kinder getrieben wird.«

Jeder normale Mensch hätte diese Aussage als schockierend empfunden, aber Cooper war Soldat, und für einen Soldaten war sie in ihrer Logik einfach bestechend. Die andere Wange hinzuhalten war zwar ein liebenswerter Vorsatz, aber im wirklichen Leben handelte man sich damit nur blaue Flecken ein. Also warum erst abwarten, bis der andere zuschlägt? Warum nicht die Gefahr schon im Vorfeld bannen? »Erhalten wir denn die Genehmigung dazu? Zivilpersonen zu eliminieren?«

»Wir bekommen Unterstützung von höchster Ebene. Unser Team steht unter Schutz. Aber ich brauche Leute mit scharfem Verstand und ungetrübtem Moralempfinden. Männer und Frauen, die stark, intelligent und entschlossen genug sind, im Dienst ihres Landes äußerst schwierige Aufgaben zu erfüllen«, hatte Direktor Peters gesagt. »Ich brauche Glaubende.«

Als er später Natalie von dem Gespräch berichtete, sagte die nur: »Er braucht Killer.«

»Ja, auch«, hatte Cooper geantwortet. »Aber es geht nicht nur darum. Das ist keine böse Geheimabteilung der CIA, die politische Gegner ausschaltet. Es geht darum, Menschen zu beschützen.«

»Indem ihr Begabte umbringt.«

»Indem wir Terroristen und Mörder jagen. Manche – nun gut, die meisten – werden Geniale sein, ja. Aber das ist nicht der Punkt.«

»Was dann?«

Er machte eine lange Pause. Ein staubiger Sonnenstrahl fiel auf den verschrammten Holzboden ihrer Wohnung. »Weißt du, das ist so wie im Film, wenn die Guten alle zusammenhalten. Gegen sämtliche Widrigkeiten, aber für ein wichtiges Ziel, und sie vertrauen darauf, dass ihre Waffenbrüder ihnen beistehen.«

»Ach, du meinst wie am Ende einer romantischen Komödie, wenn der beste Freund den Helden im Eiltempo zum Flughafen bringt, damit er das Mädchen noch erwischt?« Er schubste sie zum Spaß, und sie lachte: »Ja, solche Filme kenne ich. Du hast bei so was immer Tränen in den Augen und versuchst, es zu vertuschen, aber ich merke es trotzdem. Es ist so süß.«

»Ich bekomme feuchte Augen, weil ich eben an so was wie Heldenmut und Pflichtbewusstsein glaube. Und an Gleichheit und Gerechtigkeit. An all das Gute. Darum bin ich ja Soldat geworden.«

»Aber jetzt sollst du andere Begabte bekämpfen, Leute wie dich selbst.«

»Ja, ich weiß, es ist seltsam.« Er nahm sie bei den Händen. »Die Freaks ...«

»Sag dieses Wort nicht.«

»Okay, also die *Abnormen* werden mich sicher für einen Verräter halten und ein paar von meinen normalen Kollegen werden mir misstrauen. Das weiß ich auch.«

»Also, warum ...?«

»Weil wir einen Sohn haben.«

Natalie wollte gerade etwas sagen, aber seine Antwort ließ sie verstummen. Sie sah hinunter auf ihre Hände in seinen und sagte schließlich: »Ich ... ich will nur nicht, dass du dich irgendwann selbst hasst.«

»So weit wird's nicht kommen. Ich will für eine Welt kämpfen, in der es keine Rolle spielt, ob mein Sohn begabt ist oder nicht. Dafür bin ich auch bereit zu töten.« Wie aufs Stichwort fing Todd an, sich in seinem Kinderbettchen zu rühren. Sie beide hielten den Atem an. Als er wieder ruhiger wurde, fuhr Cooper fort. »Außerdem will ich in der Lage sein, euch beide zu verteidigen, falls alles noch schlimmer wird. Und dafür ist dieser Job genau richtig.«

Ob das stimmt, wird sich jetzt ja herausstellen.

In der Kommandozentrale des Ausgleichsdiensts herrschte so viel Betrieb wie immer. Hier wurde rund um die Uhr gearbeitet. Analysten gaben ihre Daten ein, stritten über deren Bedeutung und Relevanz und aktualisierten ständig die Videowand, auf der Aktivitäten im ganzen Land zu sehen waren. Es gab mehr orange und rote Überlagerungen als am Vortag, ein Zeichen für wachsende Spannungen. Auf den aufgereihten Bildschirmen liefen die Nachrichten der Kabelsender. Zwei berichteten über die bevorstehende Eröffnung der neuen Börse, auf dem dritten zeichnete ein konservativer Kommentator irgendetwas auf eine Tafel, auf dem vierten lief eine aufgezeichnete Pressekonferenz, bei der ein Reporter Präsident Walker in eine Diskussion über die Siedlung New Canaan in Wyoming verwickelte. Der Präsident sah müde aus, schlug sich aber gut und rief der Welt in Erinnerung, dass auch Begabte amerikanische Bürger waren und dass sich New Canaan auf völlig legal erworbenem Land befand.

Cooper ging auf die Treppe zu. Hinter ihm rief eine Frau seinen Namen. Er ignorierte sie und lief die Treppe hinauf. Valerie West eilte hinter ihm her. »Cooper!«

Er drehte sich kurz um, blieb aber nicht stehen. »Ich habe keine Zeit.«

»Hör mal, wir haben ein Ergebnis bei der Abhöraktion. Das musst du dir …«

»Später.«

»Aber …«

Er fuhr herum. »Ich habe *später* gesagt, verstanden? Noch klarer kann ich mich ja wohl nicht ausdrücken.«

Valerie schaute drein, als hätte er ihr eine Ohrfeige verpasst. »Ja, Sir.«

Cooper eilte die Treppe hinauf, eine Hand am Geländer. Die Chefbüros und Konferenzräume lagen an einer ringförmigen Galerie über der Kommandozentrale. Direktor Peters' Büro hatte fast nur Glaswände, damit er ein Auge auf die Videowand und die Aktivitäten unten werfen konnte, aber jetzt waren seine Jalousien geschlossen. Seine Assistentin Maggie, eine elegante Frau Anfang fünfzig mit nettem Lächeln und Eiswasser in den Adern, sah auf, als Cooper hereinkam. Sie arbeitete schon seit zwei Jahrzehnten für Peters und mit ihrer Erfahrung und dem Vertrauen, das sie genoss, war sie eher so etwas wie die Stellvertreterin des Direktors als seine Sekretärin.

»Ich muss zu ihm.«

»Er telefoniert gerade. Setzen Sie sich.«

»Sofort, Maggie. Bitte.« Man konnte ihm ansehen, dass er aufgewühlt war.

Sie musterte ihn ganz ruhig und gab dann etwas auf ihrer Tastatur ein. Eine Sekunde später machte es Ping und die Antwort kam. »Gehen Sie hinein, Agent Cooper.«

Das Büro war sehr ordentlich und geschmackvoll beleuchtet, aber klein für einen Mann in Peters' Position. In einer Ecke stand eine Couch, an der Wand darüber das obligatorische Porträtfoto von Präsident Henry Walker. Aber es waren die anderen Bilder, die Cooper immer wieder erstaunen. Peters hatte seine Wände nicht mit den üblichen Angeberfotos von sich selbst mit Staatsoberhäuptern aus aller Welt geschmückt, sondern mit Aufnahmen noch nicht eliminierter Zielpersonen. Einen Ehrenplatz nahm ein Schwarz-Weiß-Foto von John Smith ein, der mit einem Mikrofon in der Hand vor einer Menschenmenge auf der National Mall eine Ansprache hielt. Er beugte sich über das Mikro wie ein Prediger.

Peters saß hinter seinem Schreibtisch und deutete auf einen Stuhl, während er weitertelefonierte. »Das verstehe ich ja, Herr Senator.« Eine Pause. »Ich meine das so, wie ich es gesagt habe.

Ich verstehe Sie.« Peters verdrehte die Augen. »Nun, vielleicht hätten Sie ihm nicht den halben Staat verkaufen sollen.« Wieder eine Pause. »Das können Sie meinetwegen gern tun. Wenn Sie mich jetzt bitte entschuldigen möchten, ich habe einen Termin.« Er legte auf, nahm den schmalen Kopfhörer ab und warf ihn auf den Schreibtisch. »Das war unser bemerkenswerter Freund, der Senator von Wyoming. Erik Epstein hat dort sechzigtausend Quadratkilometer Land gekauft, ein Gebiet so groß wie West Virginia, und der gute Senator hat sich nicht den geringsten Gedanken darüber gemacht.« Der Direktor schüttelte den Kopf. »Die Welt wäre besser dran, wenn die Leute aufhören würden, volksverbundene Politiker zu wählen, mit denen sie gern mal ein Bier trinken würden. Sie sollten sich lieber für Kandidaten entscheiden, die klüger sind als sie selbst.« Peters lehnte sich zurück und sah Cooper fragend an. »Was haben Sie auf dem Herzen?«

»Ich brauche Ihre Hilfe, Drew.« In der Öffentlichkeit nannte er ihn immer »Direktor« oder »Sir«, aber die extremen Herausforderungen ihrer Arbeit führten zu einer gewissen Vertrautheit miteinander. Peters war für gewöhnlich nicht sonderlich herzlich, er wahrte das Protokoll, aber er nannte eben auch nicht jeden Agenten »mein Junge«.

»Was ist los?«

»Es ist was Privates.«

»Okay.«

»Sie kennen doch meine Kinder?«

»Natürlich, Todd müsste jetzt … acht Jahre alt sein?«

»Neun. Aber es geht um Kate. Ihre Mutter hat heute Morgen einen Anruf von jemandem aus der Analyse-Abteilung erhalten. Anscheinend gab es irgendeinen Zwischenfall in der Schule und jetzt wollen sie bei ihr den Treffert-Down-Test machen.«

Peters verzog das Gesicht. »Ach, Nick, das tut mir leid. Aber es gibt sicher keinen Grund zur Sorge. Wahrscheinlich nur eine Vorsichtsmaßnahme.«

»Das ist es ja.« Cooper atmete tief ein und stöhnte. »Es gibt sehr wohl Grund zur Sorge.«

»Hat sie eine Gabe?«

»Ja.«

»Sind Sie sicher?«

»Ja.«

Der Direktor seufzte. Er nahm seine randlose Brille ab und fasste sich an die Nase. »Das ist allerdings ein Problem.«

»Ich muss Sie um einen Gefallen bitten.«

Peters setzte seine Brille wieder auf und wandte seinen Blick ab. Er schaute die Wand der Schande an, wo John Smith sich über sein Mikrofon beugte. »Es ist schon seltsam, nicht wahr? Vor nicht allzu langer Zeit hofften noch alle Eltern, auch ein begabtes Kind zu bekommen. Und jetzt ...«

»Sir, ich weiß, ich verlange eine ganze Menge, und es fällt mir nicht leicht, aber sie ist erst vier.«

»Nick.« Seine Stimme klang leicht vorwurfsvoll.

Cooper blickte ihm fest in die Augen. »Sie müssen das einfach für mich tun, Sir.«

»Sie wissen, dass ich das nicht kann.«

»Und *Sie* wissen, was ich hier leiste ... wie oft ich für Sie getötet habe.«

Der Blick des Direktors verhärtete sich. »Für mich?«

»Für den Ausgleichsdienst. Für ...«, er breitete die Hände aus, »Gott und Vaterland. Und in all den Jahren habe ich Sie nie um etwas gebeten, nicht um einen einzigen Gefallen.«

»Ja, ich weiß. Und Sie glauben an das, was wir tun. Deshalb sind Sie auch so gut.«

»Ich tu's für meine Kinder. Deshalb bin ich so gut in meinem Job«, sagte Cooper. »Alles, was ich hier jemals getan habe, habe ich nur für sie getan. Damit sie in einer besseren Welt leben können. Denn ich glaube, dass nur die Arbeit dieser Behörde das schaffen kann. Und jetzt will mir genau diese Behörde meine Tochter wegnehmen.«

»Erstens«, sagte Peters«, ist das übertrieben. Verlieren Sie nicht gleich den Kopf. Jedes Kind in Amerika wird diesem Test unterzogen ...«

»Mit acht, aber sie ist erst vier.«

»… und bei 98,91 Prozent ist das Ergebnis negativ.«

»Ich sage Ihnen, sie ist begabt.«

»Und nur 4,91 Prozent der Begabten werden als Grad eins eingestuft.« Peters atmete tief durch und beugte sich vor. Jede Faser seines Körpers strahlte Mitgefühl aus. »Manchmal hasse ich meine Arbeit einfach, wissen Sie? Sie sind nicht der erste Agent, dessen Kind vorzeitig getestet wird. So was passiert ungefähr einmal im Jahr. Aber Sie wissen sicher, was Cäsar über seine Frau gesagt hat. Nun, wir sind Cäsars Palastwache. Über jeden Zweifel erhaben zu sein ist für uns mehr als ein nobler Vorsatz, es ist unsere Pflicht. Wir können uns nicht über das Gesetz stellen. Wenn wir das tun, sind wir nicht besser als die Gestapo.«

Cooper verstand diesen Grundsatz durchaus und auch, warum er notwendig war. Wenn er Direktor wäre und Quinn wäre mit der gleichen Bitte zu ihm gekommen, hätte er gestern noch genauso argumentiert.

Aber hier geht's um mein *Kind.* »Aber …«

»Tut mir leid, Nick, ehrlich. Ich wünschte, ich könnte etwas für Sie tun, aber ich kann nicht. Wirklich nicht.«

Cooper fragte: »Sind Ihre Kinder auch getestet worden?«

Peters verengte die Augen. Einen Moment lang durchbrachen rohe Emotionen seine kühle, graue Fassade. Cooper war überrascht, welche Intensität er plötzlich ausstrahlte, welche Wut. Dann sagte der Direktor: »Sie wissen, dass ich meine Frau verloren habe.«

Cooper hatte Elizabeth nie kennengelernt. Sie war in dem Jahr gestorben, bevor Peters ihn eingestellt hatte. Aber auf Fotos strahlte sie eine innere Wärme aus, die sie viel hübscher erscheinen ließ, als sie rein objektiv war. Eine Aufnahme hatte es ihm besonders angetan. Darauf war die lachende Elizabeth zu sehen, den Kopf nach hinten geworfen, die Augen geschlossen, wie sie ganz im Moment aufging.

»Einundvierzig Jahre alt und eines Mittwochmorgens entdeckt sie einen Knoten. Achtzehn Monate später war sie tot und ich musste ganz allein drei Töchter aufziehen. Sie ist im Mausoleum ihrer Familie in Oak Hill beigesetzt worden. Alter Geldadel. Ihr Urururgroßvater war in Lincolns Regierungskabinett. Ihr Vater Teddy Eaton verwaltete die Privatvermögen der halben Gesellschaft von Capitol Hill. Gott, was für ein Dreckskerl.« Peters' gewöhnlich ruhige Stimme wurde bei diesem letzten Wort plötzlich schrill. »Als seine Tochter im Sterben lag, bettelte der Alte sie an, sich im Familiengrab beisetzen zu lassen. ›Du bist eine Eaton, keine Peters. Du gehörst zu uns.‹« Peters starrte ins Leere.

»Tut mir wirklich leid, Drew.«

»Als wir sie in Oak Hill beigesetzt haben, dachte ich, das wäre der schlimmste Tag meines Lebens.« Peters Blick wurde wieder klar und saugte sich fast hörbar an Coopers Blick fest. »Ob meine Kinder getestet wurden? Natürlich! Und ich hatte mich geirrt. Als ich die Frau, die ich liebte, an einem Ort beigesetzt hatte, wo ich niemals neben ihr liegen würde, da hatte ich das Schlimmste noch nicht hinter mir. Beide Male, als meine Töchter getestet wurden, das war jeweils der schrecklichste Tag meines Lebens. Und wenn Charlotte im Frühling acht wird, dann wird *das* der schrecklichste Tag meines Lebens sein.«

Ein taubes Gefühl machte sich in Cooper breit. Ihm kam eine schlaflose Nacht in den Sinn, als Kate gerade geboren war. Ein Drei-Kilo-Bündel, winzig und hilflos, weinte sie unter Weihnachtslichtern, und er versuchte, sie zu beruhigen. All die Zeit. All die Stunden. All der Schmerz und die Freude, die ein Vater empfand.

Es muss eine Möglichkeit geben.

»Ich weiß, es ist nicht leicht, Nick. Aber denken Sie immer daran, Sie gehören dem Ausgleichsdienst an.«

»Glauben Sie etwa, ich würde …«

»Ich glaube«, sagte Peters, »es ist nicht leicht, sich zwischen Pflicht und Familie zu entscheiden. Aber vergessen Sie nicht: Manche Leute glauben, es wird Krieg geben. Manche wollen ihn sogar. Und nur wir können ihn verhindern.«

Cooper atmete tief ein. »Ich weiß.«

»Aber eins können Sie tun, um Kate zu helfen.« Der Direktor sah ihn mit seinen blassblauen Augen scharf an. »Ihre Arbeit, mein Junge. Machen Sie Ihre Arbeit.«

KAPITEL 12

Da ihm nichts Besseres einfiel, tat Cooper genau das. Es drohte immer noch ein Anschlag, Menschenleben waren in Gefahr.

Außerdem hast du die Chance, John Smith zu schnappen. Wenn du Sonderwünsche hast, fang erst mal den gefährlichsten Mann Amerikas. Mal sehen, was dein Chef dann sagt.

Er suchte nach Valerie West – er hätte sie wirklich nicht so anfahren sollen, zumal es so klang, als hätte sie was gefunden – und fand alle Teammitglieder in heller Aufregung versammelt. Valerie starrte auf einen Bildschirm mit einem Satellitenbild, das einen Ausschnitt von vielleicht achthundert mal tausendfünfhundert Metern mit dicht stehenden Häusern und schmalen Straßen zeigte. Luisa Abrahams war über Valeries Schulter gebeugt und telefonierte hektisch. Bobby Quinn, der in seiner Schutzweste ziemlich massig wirkte, prüfte das Magazin seiner Waffe. Als Cooper kam, drehten sich alle drei zu ihm um. Und dann fingen sie alle gleichzeitig an zu reden.

Zwanzig Minuten später saß er in einem Hubschrauber und die Rotorblätter ratterten, während der Pilot über Wälder und Wiesen, Vorstadtviertel und Golfplätze flog. Die Chesapeake-Bucht im Osten war nur ein schmales blaues Band, auf dem die Sonne funkelnde Diamanten tanzen ließ.

»Ziemlich mager«, rief Cooper gegen den Lärm an. Er hatte sein Datenpad aus der Tasche geholt, es auseinandergefaltet und den Stoff des Monitors straff gezogen. Auf dem Bildschirm war die Niederschrift eines Telefongesprächs zwischen einem Mann namens Dusty Evans und einem unbekannten Anrufer zu sehen, das drei Stunden zuvor aufgenommen worden war.

D. E.: »*Hallo?*«
Unb.: »*Guten Morgen. Wie geht's?*«
D. E.: »*Super. Ich freue mich schon auf den Angelausflug.*«
Unb.: »*Alles bereit?*«
D. E.: »*Ich habe unsere ganze Ausrüstung eingepackt. Alles, was Sie verlangt haben.*«
Unb.: »*Und wie ist das Wasser?*«
D. E.: »*Kristallklar.*«
Unb.: »*Schön. Wir angeln heute also den dicken Fisch.*«
D. E.: »*Ja, Sir, das wird phänomenal.*«
Unb.: »*Ja, ganz bestimmt. Gute Arbeit.*«
D. E.: »*Danke, es ist mir eine Ehre.*«
Unb.: »*Die Ehre ist ganz meinerseits. Wir reden später noch einmal.*«

»Du hast gesagt, du willst alles, was die Abhöraktion hergibt«, schrie Quinn zurück. »Wir hatten zwei Dutzend Treffer, aber das ist das Einzige, was die Analysten freigegeben haben.«

»Das ist offensichtlich ein Kode. Habt ihr sonst noch irgendwas rausbekommen? Wer ist Dusty Evans?«

»Ein Elektriker, vierundzwanzig, unverheiratet. 1992 getestet, mathematische Gabe, Grad vier. Ist 2004 zur Armee gegangen und schon während der Grundausbildung rausgeflogen. Soll seinem Sergeant eins auf die Nase gegeben haben. Ein paar Strafzettel wegen zu schnellen Fahrens und eine Anklage wegen Körperverletzung nach einer Kneipenprügelei.«

»War er ein Kontakt der Vasquez-Geschwister?«

»Nein. Vor drei Monaten hat er eine Frau namens Mona Appismo angerufen und deren Nummer haben wir in Alex' Handy gefunden.«

»Das ist alles?« Cooper verließ der Mut. Einen Moment lang hatte er geglaubt, er hätte durch reine Willenskraft ein Wunder heraufbeschworen. Aber jetzt nagten wieder Fragen an ihm, auf die er keine Antworten hatte. »Das ist doch Zeitverschwendung. Das ist wahrscheinlich nur so ein Loser, der von seinem Dealer Gras kaufen wollte.«

»Ja, falls er auf Präriegras steht.« Quinn grinste. »Die Nummer des Unbekannten gehört zu einem Handy, das wir in Wyoming geortet haben. In New Canaan. Es gehört einem gewissen Joseph Stiglitz.«

»Und du glaubst, Joseph Stiglitz – JS – sei John Smith?«

»Nicht ich glaube das, Boss, sondern unsere Analysten.«

»Aber das war doch nicht seine Stimme, oder?« In den letzten fünf Jahren hatten sie bei der Fahndung nach John Smith die ausgefeiltesten Algorithmen angewendet, die je für diese Zwecke entwickelt worden waren. Entweder hatte er in dieser Zeit kein einziges Mal telefoniert oder, was wahrscheinlicher war, er manipulierte beim Telefonieren seine Stimme. Bei digitaler Verbindung kein Problem.

»Nein«, sagte Quinn, »aber das Handy wurde letzten Monat gekauft und nicht ein einziges Mal benutzt. Wer kauft denn ein Handy und lässt es dann wochenlang rumliegen, ohne es auch nur einzuschalten?«

»Jemand, der lange im Voraus plant. Ziemlich clever von dir. Ist die örtliche Polizei informiert?«

»Ja, und sie wissen auch, dass sie sich zurückhalten sollen. Luisa koordiniert die Sache, und ich glaube, sie haben Angst vor ihr.«

»Gut so.« Cooper glitt mit den Fingern über sein Datenpad und ging die eilig zusammengestellte Personenakte über Dusty Evans durch. Im Protokoll der Festnahme nach der Kneipenprügelei stand eine Beschreibung: ein Meter achtundachtzig groß, hundertvier Kilo, schwarze Haare, braune Augen, keine Narben, Tätowierung auf dem rechten Oberarm (Schädel mit Schlange). Auf dem Polizeifoto war ein stinkwütender junger Mann zu sehen, der verächtlich in die Kamera starrte.

Außerdem war eine Adresse in Elizabeth angegeben, einer Arbeiterstadt in New Jersey, fünfundvierzig Minuten westlich von Manhattan. Ein Ford Pick-up älteren Jahrgangs war auf ihn angemeldet. Seiner dünnen Militärdienstakte zufolge war er ein hervorragender Schütze, in guter körperlicher Verfassung, hatte aber Disziplinprobleme.

Als der Hubschrauber eindrehte, wurde Cooper gegen die Bordwand gedrückt. Am Horizont erstreckte sich die niedrige Silhouette einer Industriestadt: Philadelphia, die Stadt der brüderlichen Liebe. Er dachte daran zurück, wie er im schummrigen Licht der Bar mit Alex Vasquez gesprochen hatte, an den sauren Geschmack des Kaffees, als er ihr erzählte, dass es an dem Tag einen Bombenanschlag in Philadelphia gegeben hatte. Auf eine Post, nach Dienstschluss. Ein lächerliches, sinnloses Ziel.

Zwei Dinge gingen ihm durch den Kopf. Erstens, falls Joseph Stiglitz wirklich John Smith war, dann war Cooper näher dran, ihn zu fassen, denn je. Und zweitens sollte heute auf amerikanischem Boden ein gewaltiger Terroranschlag stattfinden. Oder zumindest sollte er heute beginnen, denn es konnten ja auch mehrere Phasen geplant sein. Vielleicht würde Smith jeden Moment auf das Weiße Haus marschieren. Cooper hatte einfach nicht genug Informationen.

Eine Situationsanalyse ohne die erforderlichen Daten war, als würde man ein Foto von einem Ball mitten im Flug anschauen und versuchen zu raten, in welche Richtung er flog. Nach oben, nach unten, zur Seite? Trifft er auf einen Baseballschläger? Fliegt er überhaupt oder wird er von etwas, das man auf dem Bild nicht sieht, in der Luft festgehalten? Ein einzelnes Foto sagte nichts aus. Muster ergaben sich erst aus einer Reihe von Daten. Mit genügend Datenpunkten konnte man so ziemlich alles voraussagen.

Mit Coopers Gabe verhielt es sich genauso. Oft schien sie nichts weiter als Intuition zu sein: Er durchsuchte die Wohnung einer Zielperson, sah sich ihre Fotos an oder das Innere des Kleiderschranks und schaute nach, ob schmutziges Geschirr in der Spüle war, und daraus zog er spontan seine Schlussfolgerungen, die oft ganze Batterien von Computern und Heerscharen von Wissenschaftlern nicht zustande brachten. Aber es handelte sich dabei nicht um göttliche Visionen und er konnte diesen Prozess auch nicht erzwingen. Und ganz ohne Daten starrte er genauso ratlos auf das Foto von dem Ball wie jeder andere.

Dusty Evans war alles, was er hatte, und bis gerade eben hatte er noch nie von ihm gehört. Ein Loser ohne Perspektive, ohne besondere Fähigkeiten und ohne wichtige Verbindungen. Als Mitstreiter von John Smith ganz und gar untypisch. Andererseits war er ein stinkwütender junger Mann, noch dazu abnorm, und bei solchen Leuten kam Smith besonders gut an.

Als Cooper wieder aus dem Fenster sah, war Philadelphia schon viel größer geworden. Er schaute auf seine Uhr. Noch eine halbe Stunde bis zur Landung. Sie würden bald erfahren, ob Evans eine wertvolle Spur war. Cooper wandte sich seinem Partner zu, der ihn seltsam ansah. »Was ist los?«

»Da ist noch was.« Quinn kratzte sich an der Schläfe, offensichtlich nervös. Er zögerte.

»Soll ich etwa raten?«

»Okay, ich schicke es dir.« Quinn tippte auf sein Datenpad und auf Coopers erschien eine Nachricht mit der Frage, ob er eine Datei annehmen wolle. Er klickte auf Ja. Dann erfüllte ein Foto sein Display.

Ihre fließenden Bewegungen, die grazile Gewichtsverlagerung bei jedem Schritt oder ihre elegante Körperhaltung hatte das Bild nicht einfangen können. Trotzdem war die Frau mit dem Handy unglaublich hübsch. Vielleicht siebenundzwanzig, mit vollen Lippen und braunen Haaren, deren modischer Schnitt ihre Schultern betonte, die einer Tänzerin. Ihrer Hautfarbe nach war sie Südländerin, vielleicht auch Jüdin. Sie hatte dick Wimperntusche aufgetragen, aber da sie ansonsten ungeschminkt war, wirkte es eher exotisch als billig. Sie war so schlank, dass man unter dem eng sitzenden T-Shirt ihre Schlüsselbeine erkennen konnte.

Wirklich unglaublich hübsch.

»Das ist unsere Attentäterin«, sagte Quinn. »Das Foto stammt von der Überwachungskamera des Geldautomaten. Glücklicherweise verwenden alle großen Banken heutzutage Newtech-Linsen, um Betrügereien zu verhindern. Daher ist die Qualität sehr gut. Vor fünf Jahren hätten wir nur eine verschwommene Schwarz-Weiß-Aufnahme bekommen. Jedenfalls hat Val den Zeitstempel mit den Protokollen der Mobilfunktürme und den GPS-Koordinaten abgeglichen. Sie ist es.«

Cooper sagte nichts und sah sich nur das Bild der Frau an. Um ihre Lippen spielte der Anflug eines Lächelns, so als wüsste sie ein Geheimnis.

»Aber ...« Quinn zögerte.

»Ich stand direkt neben ihr.«

»Ja.«

Cooper lachte schnaubend und atmete tief ein. »Das habe ich befürchtet.« Er sah Quinn an und sagte: »Gestern, als wir herausgefunden haben, woher der Anruf kam, habe ich versucht, mich zu erinnern, und da hatte ich schon so eine Ahnung.«

»Ist sie dir denn aufgefallen?«

»Schau sie dir doch mal an.«

»Aber du hattest ...«

Cooper schüttelte den Kopf. »... keine Ahnung.« Er lachte wieder und speicherte das Foto auf seinem Desktop. »Haben wir irgendwelche Informationen über sie?«

»Nein, nichts.«

»Und was ist mit ihrem Handy?«

»Das gehört einer Zahnhygienikerin namens Leslie ...«, Quinn sah nach, »Anders. Wir haben mit ihr geredet. Sie hat gestern Abend gemerkt, dass ihr Handy weg ist, und dachte, sie hätte es irgendwo liegen lassen. Sie wird gerade überprüft, aber ich glaube, sie ist sauber. Deine heiße Maus da hat ihr das Handy wahrscheinlich aus der Handtasche geklaut.«

»Haben wir es gefunden?«

»Nein, ist wahrscheinlich in der Kanalisation gelandet.« Quinn schüttelte den Kopf. »Die Kleine hat es uns ganz schön gezeigt, Boss. Zwanzig Agenten, ein Luftschiff, überall Kameras, Scharfschützen ... und sie ist einfach vorbeispaziert und hat unseren Zeugen in die Luft gejagt.« Dass Cooper direkt neben ihr gestanden hatte, als sie die Explosion ausgelöst hatte, musste er gar nicht erwähnen. Das war beiden klar.

Cooper seufzte, faltete sein Datenpad zu einem kleinen Quadrat zusammen und stopfte es in seine Tasche. »Aber eines ist sicher.«

»Was meinst du?«

»Roger Dickinson hat nicht so einen Scheißtag wie ich.«

* * *

Um eins saßen sie in einem schwarzen Cadillac Escalade, den ihnen ein Einsatzkommando der AEB zur Verfügung gestellt hatte, und fuhren durch Elizabeth. Bobby Quinn erläuterte eine seiner Theorien, während Cooper am Steuer saß und versuchte, nicht hinzuhören. Der Wagen hatte aufgebohrte Zylinder und einen Doppelturbolader und sein kraftvolles Dröhnen machte Cooper so richtig an.

»... also hab ich endlich verstanden, warum manche Leute was gegen die Siedlung in Wyoming haben«, sagte Quinn. »Früher hab ich immer gedacht: Na ja, warum nicht? Ich meine, wer braucht schon Wyoming? Warst du da schon mal? Nein, natürlich nicht. Kein Mensch war da schon mal. Und vielleicht würde sich die Lage ja entspannen, wenn die Abnormen einen Ort hätten, wo sie sich sicher fühlen können. Auch nicht sehr verwunderlich, dass Epstein die Siedlung New Canaan getauft hat, oder? Damit will er sich Sympathien bei den Juden erheischen, Parallelen aufzeigen.«

»M-hm«, machte Cooper. Er warf einen Blick auf die GPS-Straßenkarte, dann aus dem Fenster. Elizabeth sah genauso aus, wie er es sich vorgestellt hatte. Hauptsächlich zweigeschossige Häuser, klein, aber ordentlich, dicht aneinandergedrängt. Familienkutschen älterer Baujahrs standen in kurzen Einfahrten unter einem Wirrwarr von Stromleitungen. Eine Gegend, wo Krankenschwestern und Klempner sich Eigenheime leisten und ihre Kinder großziehen konnten.

»Aber dann bin ich drauf gekommen. Es ist wie Risiko.«

»Risiko?«, fragte Cooper, der sich unfreiwillig in das Gespräch hineinziehen ließ. »Was für ein Risiko?«

»Nein, *Risiko*. Du weißt schon, das Gesellschaftsspiel mit den vielen kleinen Plastikteilchen und der Weltkarte ... Risiko.«

»Ach so.« Cooper machte eine Pause und dann: »Ich verstehe immer noch nichts, Bobby. Was ist wie Risiko?«

»Hast du das schon mal gespielt?«

»Kann sein, ist aber lange her.«

»Einmal, da waren meine Neffen zu Besuch. Ich war schon mit ihnen im Zoo gewesen und auf der National Mall und ich wusste einfach nicht mehr, wie ich sie noch beschäftigen sollte ... Also, bei dem Spiel geht es darum, die Welt zu erobern ...«

»Das ist deine große Offenbarung? So schätzt du New Canaan und die Beziehungen zwischen Normalen und Abnormen ein? Es geht darum, die Welt zu erobern?«

»Hör doch mal zu. Also am Anfang hast du eine bestimmte Anzahl von Figuren in verschiedenen Ländern und du greifst deine Nachbarländer an. Und immer wenn du drankommst, kriegst du neue Armeen dazu. Wie viele, hängt davon ab, welche Länder du hast. Na ja, eigentlich Kontinente. Du kriegst Armeen für deine Kontinente. Aber egal, jedenfalls bekommst du für verschiedene Kontinente unterschiedlich viele Armeen.«

»Verstehe.« Cooper bog in die Elm Street ein. Evans wohnte in Nummer 104. Cooper schaute in den Rückspiegel. Keine Polizei in der Nähe, nichts, was den Verdächtigen nervös machen könnte. Der Himmel war weiß.

»Sagen wir mal, dir gehört Australien, und du bist ziemlich zufrieden mit dir. Du hast es Stück für Stück erobert und jetzt bekommst du die Belohnung, immer neue Armeen. Und zwischen dir und dem Rest der Welt liegt ganz viel Wasser. Du hast deine Schäfchen im Trockenen.«

»Okay.«

»Überhaupt nicht okay, denn einer von den anderen hat Asien und kriegt dreimal so viele Armeen wie du. Immer wenn du dran bist, bekommst du zwei Armeen, aber der andere sechs oder sieben. Am Anfang ist das nicht so tragisch. Ihr habt gleichstark angefangen, deshalb machen die paar zusätzlichen Armeen keinen so großen Unterschied. Australien steht noch immer gut da. Aber nach ein paar Runden wird es langsam brenzlig. Asien ist schon viel mächtiger als Australien und dir ist klar, dass es mit dir bergab geht. Und nach zehn oder zwanzig Runden kannst du es total vergessen. Kein Vergleich mehr zwischen den beiden Kontinenten. Der eine ist dem anderen vollkommen ausgeliefert.«

98, 100, 102, 104. Ein eingeschossiges Haus, das keinem bestimmten Architekturstil zugeschrieben werden konnte, in einer Farbe wie angegammelter Frischkäse. In der Einfahrt stand ein Ford Pick-up. Das Nummernschild stimmte. Cooper fuhr an dem Haus vorbei, hielt ein Stück weiter und stellte den Motor ab. »Die Genialen sind also Asien. Wir werden immer stärker und rücken vor.«

»Genau. Vor dreißig Jahren waren die Menschen noch mehr oder weniger gleich. Okay, erzähl das mal jemandem in Liberia, aber du verstehst, was ich meine. Und dann – keiner weiß, warum, vielleicht hat es mit Schutzimpfungen zu tun oder Hormonen im Fleisch oder der Ozonschicht – seid ihr plötzlich aufgetaucht. Und paff! Ihr seid einfach besser als wir, das ist wissenschaftlich bewiesen.« Quinn zuckte mit den Schultern. »Ihr seid in allem besser: Technik, Informatik, Medizin, Business ... sogar Musik und Sport. Kein Normalo kann euch das Wasser reichen. Auch der beste normale Programmierer hätte es doch niemals mit Alex Vasquez aufnehmen können, oder?«

Cooper schüttelte den Kopf und prüfte das Magazin seiner Beretta. Alte Gewohnheit. Alles noch so wie morgens.

»Und es kann nur noch schlimmer werden. So lange spielen wir noch nicht. Aber was ist in zehn Jahren? Oder in zwanzig?« Quinn zuckte wieder mit den Schultern. »Und Australien kann sich doch ausrechnen, was passiert. Wenn es so weitergeht, wird Australien immer unwichtiger. Wir normalen Menschen werden immer unwichtiger.«

»Bist du bereit?«

»Ja.«

Sie stiegen aus und Cooper ging voran. Er sah sich kurz um, während sie in östlicher Richtung die Straße entlanggingen. Bobby machte sein Sakko auf, nahm eine Zigarette heraus und rollte sie zwischen den Fingern hin und her. Die Luft war kühl, aber angenehm, eher herbstlich als winterlich. In der Nähe spielte jemand mit einem Basketball.

»Dein Vergleich hinkt. Und weißt du warum?«, sagte Cooper.

»Sag's mir.«

»Du hast von Australien und Asien geredet, aber in den USA werden jährlich nur etwa vierzigtausend Begabte geboren. Das sind in dreißig Jahren ungefähr eins Komma zwei Millionen. Zwei Drittel davon sind unter zwanzig. Macht vierhunderttausend erwachsene Abnorme.«

»Okay.«

»Aber es gibt dreihundert Millionen Normalos im Land.« Sie kamen zu Evans Haus und gingen durch den Vorgarten. Cooper lief ganz gelassen und behielt die Fenster im Auge. »Wir sind nicht Asien, mein Freund. Wir sind nicht einmal Australien. Wir sind eine winzige Minderheit, umzingelt von einer total durchgeknallten Mehrheit. Von Leuten, die unbedingt einen Newtech-Fernseher haben wollen, damit sie in Tri-D zuschauen können, wie Barry Adams eine Abwehrreihe durchbricht, aber ihre Tochter heiraten dürfte er nicht.«

»Machst du Witze? Adams hat einen Hundertdreiundsechzig-Millionen-Dollar-Vertrag mit den Bears. Wenn meine Ex und ich uns mit unserer Tochter zusammensetzen, um ihr das mit den Bienen und Blumen zu erklären, dann werde ich sagen: ›Sex ist eine Sache zwischen zwei Menschen, die sich ganz doll lieb haben. Aber für Barry Adams kannst du ruhig eine Ausnahme machen. Und wenn es so weit ist, denk dran, was wir dir immer einbläuen: Gib dein Bestes!‹ Mann, ich bete, dass meine Kleine so jemanden heiratet.« Quinn breitete die Arme aus wie ein Fernsehprediger. »Oh Herr, bitte, *bitte*, schenk deinem treuen Diener einen reichen Freak als Schwiegersohn.«

Cooper schaute sich zu Quinn um und lachte. In dem Moment erschien mit einem ohrenbetäubenden Knall ein Loch in der Haustür und es hagelte Holzsplitter. Quinn taumelte nach hinten, sein Anzug vorn ganz zerfetzt. In seinem Gesicht kindliche Verwirrung. Dann erschien ein zweites Loch direkt neben dem ersten, und irgendwo hinter ihnen war klirrendes Glas zu hören. Cooper schubste Bobby vor die Brust und trat ihm in die Kniekehle. Der sackte zusammen, während Cooper sich wieder zur Tür drehte, gleichzeitig mit der Rechten die Beretta zog und dreimal auf die Tür schoss. Dann noch zweimal. Deckungsfeuer auf Geratewohl. Der erste Knall war am lautesten, die anderen klangen, als wären sie weiter weg. Er gönnte dem Mann im Haus keine Verschnaufpause, machte zwei Schritte vor, stieß die Tür auf und wirbelte von Adrenalin angetrieben ins Haus. Seine Nerven flatterten, aber Kämpfen war besser als Fliehen. Außerdem musste er den Schützen sehen, sonst konnte er ihn nicht lesen.

Ein Wohnzimmer, spärlich eingerichtet, Couch und Beistelltisch. Neben einem Bogendurchgang, der anscheinend zum Esszimmer führte, stand ein Mann. Circa eins achtzig groß, lange Haare, schwarzes T-Shirt und eine Schrotflinte in der Hand. Er ließ den Lauf kreisen und …

Schrotflinten sind ein Problem, durch die Streuung der Schrotkugeln kannst du die Geschossbahn nicht genau bestimmen.

Aber die Löcher in der Tür waren nicht größer als eine Faust.

Er benutzt große Patronen, wahrscheinlich mit sechs 9-mm-Kugeln. Ausgesprochen tödlich und eigentlich für Gefechte gedacht.

Demnach hat er für höhere Zielgenauigkeit einen Vollchoke im Lauf. Auf fünfzig Meter streuen die Kugeln höchstens einen halben Meter breit.

Und er ist keine drei Meter entfernt.

… sein Finger näherte sich dem Abzug. Cooper machte einen Schritt zur Seite, Feuer schoss aus der Mündung der Flinte und Metallsplitter rasten auf die Stelle zu, an der er gerade noch gestanden hatte. Er hob die Beretta an und zielte. Der Mann hechtete durch den Durchgang ins Esszimmer und ging hinter der Wand in Deckung. Cooper richtete seine Waffe auf die Wand, senkte sie ein wenig und drückte ab. Das Geschoss ging durch die Wand wie durch Butter. Der Mann schrie auf, ließ die Flinte auf den Holzboden fallen und brach zusammen.

Cooper kam mit der Waffe im Anschlag um die Ecke. Hinter der Wand lag der Mann, heulte und stöhnte und hielt seinen Oberschenkel. Blut pulsierte dick zwischen seinen Fingern hervor. Im Zimmer stand ein Kartentisch mit zwei Stühlen. Ein weiterer Durchgang führte zur Küche. Keine anderen Zielpersonen. Er hob die Flinte auf, sicherte sie und warf sie hinter sich Richtung Haustür. »Wo ist Dusty Evans?«

»Mein Bein, verdammt!« Sein Gesicht war blass und glänzte vor Schweiß, während er vor- und zurückwippte. »Gott! Gottverdammt, tut das weh!«

»Evans. Wo ist …«

Aus der Küche kamen Geräusche, ein Quietschen, dann ein Knall. Cooper sprang über die ausgestreckten Beine des Mannes und die sich ausbreitende Blutlache und rannte in die Küche. Er fand eine offene Holztür vor. Die Geräusche waren von der Windschutztür dahinter gekommen, die zugeknallt war. Er drückte sie mit der Schulter auf und ging raus in den kleinen Garten. Wuchernde Rosensträucher, keine Blüten, nur Dornen, ein kleiner Schuppen, ein Tisch, daneben ein Grill. Das Ganze von einem zweieinhalb Meter hohen Sichtschutzzaun umgeben. An dem kletterte gerade Dusty Evans hoch. Cooper packte ihn am Bein und zerrte ihn herunter.

Evans landete auf den Füßen und richtete sich auf, kampfbereit: ein eins neunzig großer, stinkwütender Kneipenschläger. Cooper hatte zwar seine Waffe in der Hand, aber leider waren diese Dinger unberechenbar. Ein menschlicher Körper konnte eine Kugel nicht immer aufhalten und in dieser Nachbarschaft bestand die Gefahr, ein Kind zu treffen. Er wartete, bis Evans zuschlug – er täuschte einen Cross an, der einen Jab kaschieren sollte –, wich aus und schlug Evans mit der Kante der Hand, in der er die Waffe hielt, mit voller Wucht seitlich gegen den Hals. Evans brach zusammen, als wären seine Knochen aus Pudding. Als er sich wieder bewegen konnte, hatte Cooper ihn schon abgetastet und seine Hände mit Handschellen hinter seinem Rücken gefesselt.

»Hi«, sagte Cooper und zerrte Evans bei seinen gefesselten Handgelenken hoch.

»Au, *Scheiße*.«

»Ja, ja.« Cooper stieß ihn vor sich her. »Los.«

In der Küche roch es nach Schießpulver. Cooper schob Evans weiter. »Bobby?«

»Ja.« Es klang schwerfällig, als müsste er sich Mühe geben. »Hier.«

Cooper brachte seinen Gefangenen ins Esszimmer. Der verwundete Schütze saß auf dem Boden und hielt sich mit seinen gefesselten Händen den Oberschenkel. »Gott, oh Gott!«

Cooper ignorierte ihn und sah seinen Partner an, der an der Wand lehnte, in der einen Hand seine Waffe, die andere gegen die Brust gedrückt. »Hat die Weste alles abgefangen?«

»Ja«, sagte Quinn mit zusammengebissenen Zähnen. »Aber ich hab mindestens eine gebrochene Rippe.«

»Und der Anzug ist auch ruiniert.«

Quinn lachte bellend und zuckte dann vor Schmerz zusammen. »Ach, Scheiße, Coop, hör auf.«

Coopers Adrenalinspiegel sank langsam und seine Glieder fühlten sich an wie Gummi. Er steckte die Beretta weg, dehnte seine Finger und atmete tief durch. »Hast du das Haus durchsucht?«

Quinn nickte. »Sonst keiner da.«

Cooper atmete noch einmal tief durch und schaute sich um. Das Haus hatte etwas von einer Studentenbude. Alles war billig und secondhand, das Sofa wahrscheinlich von der Heilsarmee. Keine Bilder an den Wänden. Die aus Betonbausteinen und Brettern improvisierten Regale quollen vor Büchern über, größtenteils Politik, ein paar Memoiren und eine ganze Reihe von Elektronikhandbüchern. Das Tri-D-Gerät war das einzig Teure hier. Das Hologrammfeld des neuen Modells war scharf und stabil, die Farben kräftig. Es lief CNN, Laufschriften und Ticker hingen in der Luft, Kopf und Schultern einer Nachrichtensprecherin erschienen geisterhaft, während sie über die große Eröffnungszeremonie der neuen Börse berichtete. Auf dem Beistelltisch lag eine geöffnete Packung Tortillachips, daneben stand ein halbes Dutzend Bierflaschen.

Cooper wandte sich an seine Gefangenen: »Habt ihr hier eine Party gefeiert?«

»Haben Sie überhaupt einen Haftbefehl?« Evans funkelte ihn böse an. »Oder Dienstausweise?«

»Wir sind nicht von der Polizei, Dusty. Wir sind Gasmänner. Wir brauchen keinen Haftbefehl. Und wir brauchen weder Richter noch Geschworene.«

Evans versuchte, möglichst ungerührt zu erscheinen, aber Angst huschte über sein Gesicht wie der Strahl eines Scheinwerfers.

Quinn sagte: »Findest du die Spur immer noch mager, Boss?«

Cooper lachte und holte sein Handy heraus. Sie mussten die örtliche Polizei darüber aufklären, was es mit den Schüssen auf sich hatte, bevor irgendein nervöser Bulle angepresst kam. Und Direktor Peters musste informiert werden, dass sie die Zielpersonen erwischt hatten. Nicht nur das, sie hatten auch die erste glaubwürdige Aufnahme von John Smiths Stimme seit drei Jahren.

Aber das bedeutete auch, dass sehr wahrscheinlich noch am selben Tag ein Anschlag stattfinden würde …

Moment mal.
Bier ... Tortilla-Chips ... auf dem Tri-D-Gerät läuft CNN ...
Ach du Scheiße!

* * *

Irgendjemand hupte. Cooper riss den Escalade hart nach rechts und holperte über die Bordsteinkante, hinter ihnen spritzte der Kies, und nur um wenige Zentimeter verfehlte er eine Straßenlaterne. Der Mann auf dem Beifahrersitz schrie auf. Sie hatten seinen Oberschenkel mit einem Geschirrtuch abgebunden, aber der ursprünglich blau karierte Stoff war mittlerweile tiefrot. Er presste seine gefesselten Händen auf sein Bein, Finger und Handschellen blutverschmiert. Auf dem Rücksitz saß Quinn und stöhnte, sagte aber nichts. Dusty Evans neben ihm hatte wieder sein Ihr-könnt-mich-mal-Gesicht aufgesetzt.

Cooper trat kräftig aufs Gas, überholte einen Kleinbus und scherte wieder in seine Spur ein. Er hatte Sirene und Warnleuchte eingeschaltet und das Gaspedal fast bis zum Anschlag durchgedrückt. Es sah aus, als wollte er die Schallmauer durchbrechen.

Die Uhr auf dem Armaturenbrett zeigte 13:32 an. Er schaute auf das Navi. Die Fahrt sollte dreißig Minuten dauern, aber so viel Zeit hatten sie nicht. Er trat noch etwas fester aufs Gas, bis der Tacho auf über hundertsechzig Stundenkilometer schoss und die Betonleitplanken und niedrigen Lagerhäuser am Highway 1 nur noch verschwommen wahrzunehmen waren. Flugzeuge, die Newark International anflogen, durchschnitten den grauen Himmel.

»He«, sagte Cooper. »Wie heißen Sie?«

»Ich brauche einen Arzt, Mann. Ich brauche dringend einen Arzt!«

»Wir besorgen Ihnen ein Arzt, ganz schnell, versprochen. Und wie heißen Sie?«

»Gary Nie...«

»Du sagst gar nichts!«, unterbrach ihn Dusty Evans von hinten. »Das sind Gestapo-Methoden. Dagegen kämpfen wir doch.«

»Hören Sie, Gary«, sagte Cooper, »wir haben nicht viel Zeit.« Vor ihnen tauchte plötzlich die Rückseite eines Sattelschleppers auf. Seine Bremslichter leuchteten auf, als der Fahrer versuchte, nach rechts auszuweichen, aber Cooper war zu schnell und musste sich zwischen den Spuren hindurchdrängen. Sein linker Seitenspiegel streifte fast die Leitplanke, während er rechts haarscharf an dem Laster vorbeiraste. Eigentlich war er ein guter Fahrer. Und an sich fuhr er auch gern schnell und genoss den Tanz des dahinrauschenden Metalls, aber unter diesen Umständen, in diesem Chaos aus Sirenen und Lichtern, Hupen, Schreien und Blut, und wo so viel auf dem Spiel stand und er sich die schlimmsten Szenarien ausmalte, hatte er seine Schwierigkeiten. »Sie müssen mir ein paar Fragen beantworten. Erstens, wo genau befindet sich die Bombe?«

»Woher wissen Sie …?«

»Du sagst gar nichts, verstanden?«, sagte Evans. »Hast du verstanden?«

Cooper hörte ein Schaben wie von Metall auf Leder. Er sah für einen Sekundenbruchteil in den Rückspiegel. Evans war plötzlich wie erstarrt, er verdrehte die Augen, und seine Muskeln waren ganz angespannt. Quinn hielt ihm eine Pistole an die Schläfe und den Blick fest auf Evans gerichtet, sagte er: »Mach ruhig weiter, Coop. Ich glaube, jetzt herrscht Ruhe auf den billigen Plätzen.«

»Danke.« Cooper zwang sich zu einem möglichst freundlichen Lächeln. »Also, wir wissen, dass Sie irgendwo eine Bombe deponiert haben.« Natürlich wussten sie das nur mit Sicherheit, weil Gary es ihnen kurz zuvor bestätigt hatte, aber das ging ihn nichts an. Cooper überholte einen Pkw, fand die Strecke vor sich glücklicherweise leer und drückte wieder auf die Tube. »Folgendes muss ich unbedingt wissen: Wo genau ist die Bombe? Was für eine Bombe ist es? Wie viel Sprengkraft hat sie? Wie wird sie gezündet und wann?«

Gary stöhnte, beugte sich nach vorn und presste seine blutverklebten Hände auf seinen linken Oberschenkel. Er sah sehr blass aus. »Mensch, das tut so weh. Ich brauche einen Arzt.«

»Sie müssen es hoch lagern.«

Gary sah ihn an und Cooper nickte. »Na los.«

Gary öffnete unbeholfen seinen Gurt, drehte sich, sodass er an der Tür lehnte, hob mühsam sein Bein hoch und stützte stöhnend seinen Fuß an der Mittelkonsole ab.

»Besser? Gut. Also hören Sie, wo genau ist die Bombe? Was für eine Bombe ist es? Wie viel Sprengkraft hat sie? Wie wird sie gezündet und wann?«

»Ich weiß nicht …« Als der Wagen mit hundertachtzig durch ein Schlagloch fuhr und auf den stabilen Stoßdämpfern wippte, sog Gary scharf die Luft ein. Sie rasten an einem Reisebus vorbei. »Bringen Sie mich in ein Krankenhaus, verdammt noch mal!«

Cooper blickte zu ihm hinüber. Seine langen Haare waren zerzaust und schweißnass. Seine Körpersignale deuteten auf unerträgliche Schmerzen hin. All seine Muskeln waren angespannt. Irgendetwas anderes in seiner Körpersprache zu lesen, war äußerst schwierig. Aber eines war sicher, ohne Flinte in der Hand wirkte er viel kleiner.

Langsam und deutlich fragte er noch einmal: »Wo genau ist die Bombe? Was für eine Bombe ist es? Wie viel Sprengkraft hat sie? Wie wird sie gezündet und wann?«

Gary sah ihn an, seine Augen feucht von Tränen. Seine Lippen zitterten und dann flüsterte er etwas.

»Was?«

»Ich habe gesagt«, Gary rang nach Atem, »du kannst mich mal, Gasmann. Ich bin John Smith.«

Die schwarze Asphaltstraße hatte zwei Spuren in jeder Richtung. Der Himmel war stahlgrau. Achthundert Meter weiter überspannte eine Brücke das Braun des träge dahinfließenden Passaic River. Cooper blickte in den Seitenspiegel. Alles frei.

Er lehnte sich quer über Gary, zog am Griff der Beifahrertür und riss gleichzeitig das Steuer nach links. Da Gary an der Tür lehnte, flog sie durch den plötzlichen Richtungswechsel auf.

Für den Bruchteil einer Sekunde hing Gary schwerelos in der Luft, den Mund weit aufgerissen, die Arme mit der schwingenden Kette der Handschellen vor sich ausgestreckt, während rauschender Wind die Welt erfüllte.

Cooper riss das Steuer wieder nach rechts und verfehlte nur knapp die Leitplanke. Die Tür flog zu. Im Rückspiegel sah er, wie Gary mit hundertsechzig Stundenkilometern auf dem Asphalt aufschlug, einen Blutfleck hinterließ und abprallte. Sie hörten das Quietschen der Luftdruckbremsen, als hinter ihnen der Busfahrer versuchte, sein Gefährt zum Stehen zu bringen. Und dann verschwand Gary unter seinen Rädern.

Quinn rief: »Mein *Gott!* Cooper …«

»Halt's Maul.« Cooper sah in den Rückspiegel. Dusty Evans hielt sich beide Hände vor den Mund. Seine Halsmuskeln zuckten und mit weit aufgerissenen Augen starrte er durch die Heckscheibe. Cooper wartete, bis er sich wieder umdrehte, und blickte ihm direkt in die Augen. »Also, wo genau ist die Bombe? Was für eine Bombe ist es? Wie viel Sprengkraft hat sie? Wie wird sie gezündet und wann?«

KAPITEL 13

Die Südspitze Manhattans ist in einem ganz realen Sinn der Mittelpunkt unseres Universums. Die Betonschluchten von Broad und Wall Street, Exchange Place, Nassau Street und Maiden Lane sind seit hundert Jahren das finanzielle Epizentrum der Welt. Hier befindet sich auch die größte amerikanische Notenbank. AIG, Morgan Stanley, Deloitte und Merrill Lynch sind hier ansässig. Und auch die New Yorker Börse, durch die täglich 153 Milliarden Dollar flossen, bis Abnorme wie Erik Epstein die Regierung zwangen, sie zu schließen.

Eine Landschaft aus Marmor und Glas, mit riesigen amerikanischen Flaggen und finsteren Statuen, wo sich auf gepflasterten Straßen Börsenmakler und Besucher drängen, wo Lastwagen vorbeirumpeln und warme Luft aus U-Bahn-Schächten stößt. An Wochentagen steigt die Bevölkerung um 600 Prozent an. Auch bei günstigster Verkehrslage kann man hier nicht einfach durchrasen.

Und Cooper fand die Verkehrslage an diesem Tag gar nicht günstig.

Die neue Léon-Walras-Börse war in demselben altehrwürdigen Gebäude untergebracht wie die ehemalige Börse. Das öffentliche Interesse konzentrierte sich zwar vor allem auf Erik Epstein, aber der vierundzwanzigjährige Milliardär war nur einer unter mehreren Abnormen, die mittels ihrer Gaben das weltweite Finanzsystem zerstört hatten, wenn auch der erfolgreichste. Zweihundert Jahre lang hatte der Markt auf den Mythos gebaut, dass alle Menschen gleich seien. Ein Unsinn, den die meisten aber bereit waren zu schlucken, wenn die Aussicht bestand, Geld zu machen.

Die Begabten hatten allerdings mit diesem Mythos gründlich aufgeräumt. Epstein und Konsorten hatten mit der gleichen Leichtigkeit den Markt geplündert, mit der Cooper einem Schlag auswich.

Zwei Jahre zuvor hatte sich die US-Regierung dem Unausweichlichen gefügt und die Börse geschlossen. Eine extreme Lösung, die zwar funktioniert hatte, aber die Begleiterscheinungen waren katastrophal. Ohne die Unterstützung des freien Marktes waren amerikanische Unternehmen auf sich selbst gestellt, was für viele das Aus bedeutete. Die meisten kleineren Firmen gingen ein, Unternehmergeist war plötzlich ein Fremdwort, und bis zum heutigen Tag gab es auf der Wall Street wütende Proteste. Gewaltige Vermögenswerte waren vernichtet worden und der beste Sparplan war plötzlich, wie Großmutter das Geld unter der Matratze zu horten.

Wollte Amerika überleben, musste eine neue Art Börse her, eine, die gegen die Manipulation durch Begabte gefeit war. Die Léon-Walras-Börse funktionierte wie ein Auktionshaus und legte als Endpreis jeweils den Durchschnitt der Gebote zur Zeit des Verkaufs fest. Dadurch waren Investitionen nicht mehr so unberechenbar, wenn auch weniger aufregend, und Unternehmen hatten wieder die Möglichkeit, sich Kapital zu beschaffen. Dies bedeutete einen Schritt zurück zu einem altmodischeren System, das politisch durchzusetzen zwei lange, schmerzvolle Jahre gedauert hatte.

Und heute, am zwölften März 2013 um 14:00 Uhr, sollten als erstes Angebot des neuen Finanzmarkts Anteile an General Electric gehandelt werden. An diesem Nachmittag um zwei sollte Geschichte geschrieben werden.

Das bedeutete, dass Downtown Manhattan jetzt, um 13:51 Uhr, ein absoluter Albtraum war. Mehrere Blocks der Wall Street waren abgesperrt. Verkehrspolizisten leiteten auf dem Broadway den Verkehr um, bliesen in ihre Trillerpfeifen und gestikulierten ungeduldig. An der Liberty Street parkte ein halbes Dutzend Schulbusse und gestresste Lehrer bemühten sich verzweifelt, Horden von Kindern zusammenzuhalten, die vollkommen aufgedreht waren, weil sie den Nachmittag ausnahmsweise nicht im Klassenzimmer verbringen mussten. Eine Reihe von Demonstranten drückte gegen die Polizeisperre. Sie hielten Plakate hoch und skandierten Parolen. Auf dem Friedhof der Trinity Church spielte eine Blaskapelle. Die Blasinstrumente wurden vom Lärm der Umgebung fast vollständig übertönt, aber die große Trommel dröhnte allen unangenehm im Bauch. Hoch über allem drehten die Hubschrauber der Medien ihre Kreise. Bobby Quinns Datenpad zeigte in einer Live-Übertragung, wie der Geschäftsführer der alten Börse sich auf einem Podium auf den Stufen des Gebäudes mit dem Geschäftsführer der neuen Börse und dem ersten stellvertretenden Bürgermeister unterhielt, alle drei von Männern mit dunklen Anzügen und Sonnenbrillen umgeben.

Ein Bombenanschlag hier hätte verheerende Folgen, dachte Cooper.

»Ich habe keine Ahnung, wie man Bomben baut. Ich bin Elektriker.« Dusty Evans hatte die Maske des harten Kerls sofort fallen lassen, als er sah, wie sein Freund über die Fahrbahn geschleudert wurde. *»Ich habe nur Befehle ausgeführt. Die Firma, bei der ich arbeite, hat in der neuen Börse Kabel verlegt. Mr Smith hat mich beauftragt, einen Schlüssel zu stehlen und die Bomben zu deponieren.«*

»Die Bomben? Mehrere?«

»Ja, fünf.«

Vor ihnen wollten gerade zwei Polizisten die Straße mit einem Gitter absperren. Cooper ließ kurz die Sirene aufheulen, deutete auf sich und dann auf die Straße vor ihnen. Der Nähere der beiden nickte und schob das Gitter zur Seite. Cooper salutierte und fuhr durch die Lücke. Alles in ihm schrie verzweifelt nach mehr Tempo, aber sie mussten sich mit knapp zehn Stundenkilometern durch die Touristenmassen quälen. Jemand schlug gegen die Heckscheibe. Eine Blondine baute sich direkt vor dem Wagen auf, um für die Kamera ihres pickeligen Freundes zu posieren. Cooper drückte kräftig auf die Hupe.

13:53 Uhr.

»Wie sahen die Bomben aus?«

»Wie im Film. Blöcke aus grauem Kitt. Ungefähr sieben Kilo schwer.«

»Insgesamt?«

»Jede.«

So war es die ganze Fahrt über gegangen, auf jede Frage folgte eine Antwort, die sie nicht hören wollten. Irgendwann fing Evans an, sich zu wiederholen. Als sie merkten, dass sie nicht mehr aus ihm herausbekommen würden, nahm Quinn ein zweites Paar Handschellen und fesselte seine Hände über Kreuz an seine Fußgelenke. Dadurch war Evans in der Körpermitte eingeknickt, eine äußerst unbequeme Position, und er wimmerte leise vor sich hin.

»Klappe«, sagte Quinn. Er kletterte nach vorn auf den Beifahrersitz und als er merkte, wie Cooper ihn ansah, legte er den Kopf schief und atmete tief ein, sodass seine Nasenlöcher sich aufblähten. Sein Blick bedeutete: *Jetzt geht's erst richtig los.* »Wir könnten alles evakuieren lassen.«

»Die Politiker kriegen wir vielleicht raus.« Cooper fuhr auf die Bordsteinkante, um einem berittenen Polizisten auszuweichen. »Aber niemals alle Leute.«

»Aber ein paar. Mit Polizei, Einsatzkommandos …«

»Das würde eine Panik auslösen. Die Leute würden sich gegenseitig tottrampeln. Außerdem wissen wir nicht, ob die Bomben Zeitzünder haben. Falls nicht, und Smith sieht die Leute wegrennen, zündet er sie einfach früher.« Vor ihnen hatte sich eine Reihe Imbisswagen mitten auf dem Broadway breitgemacht. Er verzog das Gesicht und überlegte kurz, den Falafel-Wagen umzunieten, schaltete aber stattdessen in Parkstellung. 13:56 Uhr. »Dann muss ich die Sache wohl selbst in die Hand nehmen.«

»Etwa ganz allein? Du spinnst doch. Ich komme mit …«

»Aber du hast doch mindestens eine gebrochene Rippe.«

»Die Schmerzen halt ich schon aus.«

»Das weiß ich auch, aber du würdest mich behindern. Außerdem stammt mein gesamtes Wissen über das Entschärfen von Bomben aus alten Krimiserien. Wenn ich mehr machen muss, als den roten Draht zu ziehen, brauche ich Hilfe.« Er steckte das Magazin in die Beretta. Noch acht Schuss. »Du musst ein Bombenräumkommando holen.«

»Das schaffen die doch nie rechtzeitig, nicht bei den vielen Leuten.«

»Dann sollen sie mir halt über Funk Anweisungen geben. Ich steck mir die Hörmuschel ins Ohr. Und ruf Peters an und sag ihm Bescheid, was los ist.« Er atmete tief durch und öffnete die Autotür. Die vielen Menschen machten einen Riesenlärm. »Und, Bobby, nur für den Fall …«

»Ja, ich weiß, ich soll die Rettungsdienste informieren. Aber sorg dafür, dass wir die gar nicht brauchen, okay?« Die Sorge in Bobbys Augen galt nicht nur ihm selbst oder Cooper. Sie saß viel tiefer, umfasste viel mehr. Cooper gingen ähnliche Gedanken durch den Kopf wie seinem Partner. Es war die Angst vor dem, was dieser Anschlag nach sich ziehen könnte. Davor, dass die Welt auseinanderbrach.

Cooper schlug die Wagentür zu und drängte sich durch die Menge. 13:57 Uhr.

Die Zeremonie wird nicht pünktlich beginnen. Nie bei solchen Anlässen. Und John Smith hat es gern dramatisch. Er wird warten, bis alle Kameras auf das Geschehen gerichtet sind.

Aber dann jagt er hier alles in die Luft. Wenn du ihn nicht aufhältst.

Cooper bahnte sich eilig einen Weg durch die Menge. Er hasste Menschenansammlungen, fühlte sich von ihnen bedroht.

Jeder hatte etwas anderes vor, alle liefen durcheinander. Es war, als wollte man bei tausend Gesprächen gleichzeitig zuhören. Aber während er bei tausend Gesprächen einfach hätte weghören können, konnte er die Körpersprache und andere physische Signale nicht einfach ignorieren. Er empfing sie von allen Seiten gleichzeitig. Das Einzige, was half, war, sich auf einzelne Personen zu konzentrieren. Auf die Frau direkt vor ihm, deren Schulterhaltung bedeutete, dass sie ihre Tasche an die andere Schulter wechseln würde. Auf den Mann, der gerade etwas zu seinem Freund sagen wollte. Auf das kleine Mädchen, das Kate so ähnlich sah – *nein, nicht an Kate denken, dazu ist jetzt keine Zeit* – und nach der Hand seiner Mutter griff.

Wenn er keine Lücke fand, schuf er sich eine. Mit einem Ellbogen vor sich wie den Bug eines Schiffes schob er sich eilig durch die Masse. Hinter ihm zeterten und fluchten die Leute. Jemand schubste ihn an der Schulter.

»Cooper.« Er hörte Quinn in seinem Ohr. »Peters versucht, den zuständigen Einsatzleiter zu erreichen, aber es ist alles ein riesiges Tohuwabohu.«

»Was du nicht sagst.« Er schob sich an einer Gruppe Schulkinder vorbei. »Was ist mit dem Bombenräumkommando?«

»Schon unterwegs. Sie dürften in fünfzehn Minuten da sein.«

Fünfzehn Minuten. Verdammt, verdammt, verdammt. An der Ecke war eine Bank. Er flüchtete sich durch die Drehtür hinein. Das Foyer war eine Erholung. Samtkordeln, gedeckte Farben, abgestandene Luft, nicht zu viele Leute. Er rannte quer durch den Raum. Ein Bankangestellter stand von seinem Schreibtisch auf. Der Wachmann rief irgendetwas. Cooper ignorierte die beiden. Er wollte nur zur Tür auf der anderen Seite.

Und dann stand er plötzlich an der Ecke Wall Street und Broad Street, wo jeden Moment Geschichte geschrieben werden sollte, und um ihn herum war nur Lärm und Chaos.

Die Leute drängten sich Schulter an Schulter. Er verzog das Gesicht. Die Menschenmasse wirkte auf ihn wie ein verworrenes Geflecht aus Pfeilen. Sie bewegten sich wie eine Herde. Er konnte sie nicht verstehen, ihre Handlungen nicht deuten, denn seine Gabe erlaubte ihm nur, Einzelpersonen zu lesen und individuelle Verhaltensmuster zu erkennen.

Konzentrier dich jetzt, du hast keine Zeit.

Im Süden war die prächtige Fassade der Börse zu sehen, sechs massive Säulen, die einen reich verzierten Dachfirst trugen. Darunter befand sich eine Bühne mit Rednerpult. Würdenträger liefen in der Nähe hin und her und Sicherheitsleute umkreisten sie wie Planeten einen Stern.

Er schob sich Richtung Süden vor, sanft, wenn es ging, unsanft, wenn es sein musste. Er musste irgendwie zum Eingang an der Broad Street gelangen. Im Foyer gab es eine Tür, die zu einem Versorgungsflur und einem Lastenaufzug führte, mit dem er in den Keller fahren konnte. Dort lagen die Kabeltunnel, in denen Dusty Evans die Bomben deponiert hatte.

Ja, sicher, Coop. Du gehst einfach durch die Menschenmenge und an den Sicherheitsleuten vorbei ins Foyer, dann in den Keller runter und in die Tunnel und dann musst du dir nur noch überlegen, wie du fünf strategisch platzierte Bomben entschärfst.

13:59 Uhr.

Körpergeruch und spitze Ellbogen, Haarspray und Flüche. Er quälte sich Schritt für Schritt vorwärts. Es war, als würden alle um ihn herum schreien, selbst mit geschlossenem Mund. Der Frust packte ihn und er musste gegen den Impuls ankämpfen, seine Waffe herauszuholen und in die Luft zu schießen. Es hatte einfach keinen Sinn. Er würde viel zu lange bis zum Eingang brauchen und dann käme er wahrscheinlich nicht an den Sicherheitsleuten vorbei. Er brauchte einen besseren Plan. Er bahnte sich einen Weg zu einem Zeitungsautomaten – das Bild des explodierenden Bryan Vasquez flackerte vor ihm auf – und stieg darauf.

Der Eingang an der Broad Street war zu gut bewacht. Vielleicht sollte er es auf der Wall Street versuchen? Es musste doch Seiteneingänge geben. Die würden natürlich auch bewacht, aber sicher nicht ganz so streng. Und wenn sein Dienstgrad ihm nicht schnell genug die Türen öffnete, würde er einen anderen Weg finden. Während er nachdachte, ließ er seinen Blick über die Menge schweifen. Er sah Geschäftsleute in Geschäftsanzügen, Eltern mit Fotokameras und erschöpften Gesichtern, Leute aus der Nachbarschaft, die sich das Spektakel nicht entgehen lassen wollten, einen Obdachlosen mit einem Dunkin'-Donuts-Becher in der ausgestreckten Hand, eine Gruppe von Demonstranten mit Plakaten, ein unglaublich hübsches Mädchen, das Richtung Westen ging …

Heilige Scheiße.

Er sprang von dem Zeitungsautomaten und taumelte gegen einen stämmigen Mann, der einen Riesenbecher Limonade in der Hand hielt. Der Mann und sein Getränk flogen in entgegengesetzte Richtungen. Cooper ließ sich davon nicht beirren, nutzte die entstandene Lücke und eilte dem Mädchen hinterher.

»Bobby, ich habe unsere Attentäterin entdeckt, die Frau auf dem Foto. Sie ist auf der Wall Street und geht Richtung Westen.«

»Roger. Ich informiere die Polizei.«

»Negativ. Wiederhole, negativ. Wenn sie merkt, dass ihr jemand folgt, zündet sie die Bomben.«

»Cooper …«

»*Negativ.*« Er schob sich weiter durch die Menge und musste sich zwingen, nicht loszurennen. Es war typisch für John Smith, sie am Ort des Geschehens zu positionieren, damit sie den richtigen Moment abwarten konnte, um die Bomben zu zünden. Und den größten Schaden anzurichten.

Aber diesmal würde sein Plan nicht aufgehen. Cooper hatte zwar keine Ahnung von Bomben, aber mit einer Attentäterin konnte er es aufnehmen.

Er kämpfte sich durch die Menge, setzte seine Ellbogen ein und trampelte den Leuten auf die Füße. Er fand sie, verlor sie und fand sie wieder. Je weiter er sich vom Podium entfernte, desto mehr lichteten sich die Massen, bis er schließlich wieder in der Lage war, die Körpersprache einzelner Personen zu lesen. Er lief so schnell, wie es ohne aufzufallen möglich war, und obwohl sie sich in normalem Tempo bewegte, schien sie sich mit jedem Schritt weiter von ihm zu entfernen. Irgendwie schienen die Leute ihr immer Platz zu machen. Zwei singende Betrunkene in Fußballtrikots stolperten vor ihr schwankend zur Seite in eine Gruppe Leute hinein und boten ihr so einen Durchgang. Ein Mann hob seinen Sohn auf seine Schultern und sie glitt an ihnen vorbei. Zwei Polizisten drängten sich durch die Menge und schufen so eine Schneise, die sie eine Zeit lang nutzen konnte. Es war, als würde man Barry Adams zusehen, wie er selbstbewusst über das Spielfeld lief, ohne dass ihm die gegnerische Verteidigungslinie irgendetwas anhaben konnte. Als würde sie die Bewegungen um sich herum im Voraus berechnen.

Sie ist eine Abnorme.

Eigentlich nicht sonderlich überraschend. Die meisten von Smiths Spitzenleuten waren wahrscheinlich abnorm. Das erklärte auch, warum sie sie in Washington so leicht hatte überlisten können. Falls ihre Gabe der von Barry Adams entsprach, bestand die ganze Welt für sie nur aus Bewegungspfeilen. In die Sicherheitszone einzudringen war für sie ein Leichtes gewesen. Und wahrscheinlich hatte sie auch mitbekommen, dass Cooper der Einsatzleiter war. Die Bombe zu zünden, während sie nur drei Meter von ihm entfernt stand, war wahrscheinlich ihre Art, ihm den Mittelfinger zu zeigen.

Der Gedanke brachte sein Blut in Wallung und er legte einen Zahn zu. Er war zwanzig Meter hinter ihr und kam schnell voran. Sie hatte sich nicht ein einziges Mal umgeschaut. Sie konzentrierte sich voll auf das, was vor ihr lag. Was bedeutete, dass sie nah am Ziel war. Er schaute nach vorn und da sah er ihn, den Seiteneingang zur Börse.

Zwei Polizisten standen in lockerer Haltung davor. Sie ging ein paar Schritte am Eingang vorbei, blieb dann stehen und schaute auf ihre Uhr. Einer der beiden Polizisten zog seinen Gürtel hoch und sagte etwas, worauf der andere lachte. Sie machte eine leichte Drehung und glitt hinter den beiden hindurch. Cooper traute seinen Augen nicht. Wenn sie einen ihrer schlanken Arme angehoben hätte, hätte sie den Polizisten auf die Schulter klopfen können, aber die bemerkten sie überhaupt nicht. Es war wirklich seltsam, eine virtuose Darbietung ihrer Fähigkeiten – sie hatte sich quasi unsichtbar gemacht –, und er hätte die Vorstellung auch genossen, wenn sie nicht die Tür zur Börse geöffnet hätte und dahinter verschwunden wäre.

»Scheiße, sie hat es geschafft. Sie ist drin. Ich gehe hinterher.«
»Willst du …«
»Moment.« Cooper ging auf die Polizisten zu. Auch wenn das Mädchen unbemerkt an ihnen vorbeigeschlichen war, ihm würde das nicht gelingen. *Tut mir leid, Leute.* »Entschuldigung, Officer, wissen Sie, wo die Bühne ist?«

»Um die Ecke, mein Freund.« Der Polizist zeigte in die Richtung. »Folgen Sie …«

Cooper duckte sich und schlug dem Polizisten mit einem kräftigen linken Haken auf die Niere, der Schwachstelle bei einer schusssicheren Weste. Der Polizist sog scharf die Luft ein und taumelte. Cooper packte ihn vorn am Hemd und stieß ihn, so fest er konnte, gegen seinen Partner. Die beiden Männer fielen übereinander und verhedderten sich. Cooper warf sich auf sie und rammte dem zweiten Polizisten sein Knie in den Solarplexus, dann sprang er auf und durch die Tür.

Ein breites Marmorfoyer, sonnendurchflutet. Leute liefen mit Champagnergläsern herum und unterhielten sich. In einer Ecke spielte ein Streichquartett. Glas und Marmor reflektierten die Klänge. Den Menschenmassen draußen zu entkommen war eine Wohltat. Als würde er nach einem Tauchgang endlich wieder Luft bekommen. Er schaute sich um, sah die Frau rechts um eine Ecke verschwinden und eilte ihr hinterher. Es würde höchstens dreißig Sekunden dauern, bis die Polizisten sich von dem Schock erholt hatten, über Funk Verstärkung anfordern und ihn verfolgen würden.

Mit zehn Schritten war er an der Ecke. Als er herum ging, pochte das Blut in seinen Adern. Die Frau stand in der Mitte eines Ganges vor einer gestrichenen Metalltür. In einer Hand hielt sie ein Schlüsselbund. In der anderen ein Handy.

Nein.

Cooper schlug alle Vorsicht in den Wind und stürmte auf sie zu. Die Zeit war plötzlich zäh wie Harz. Er nahm kleinste Details wahr: den Geruch frischer Farbe, das Surren der Lampen. Als die Frau seine Schritte hörte, blickte sie auf. Sie riss die Augen, die durch die Wimperntusche schon vergrößert schienen, ganz weit auf. Sie ließ die Schlüssel fallen und hob das Handy an. Cooper rannte, so schnell er konnte. Alles hing von ihm ab. Bilder des Vortags blitzten auf: die Explosion, ein Feuerschwall in Zeitlupe, Bryan Vasquez, der sich in rotem Nebel auflöste. Und jetzt tat sie es wieder, nur richtete sie diesmal nicht einen einzelnen Mann hin, sondern Hunderte Menschen, live im Fernsehen, und das ganze Land würde zuschauen. Sie hatte das Telefon am Ohr, sah ihm fest in die Augen und öffnete die Lippen, und gerade, als sie sprechen wollte, schlug ihr Cooper das Handy mit der flachen Hand weg. Als das Telefon auf dem Boden aufprallte, brach es auseinander und die Plastikteile rutschten über den Marmor.

Sie sagte: »Warten Sie, Sie wissen nicht ...« Er rammte ihr seine Faust in den Bauch und sie krümmte sich. Er schlug Frauen nicht gern, aber er konnte einfach kein Risiko eingehen.

»Ich habe sie«, sagte er. »Ich habe die Zielperson festgenommen.« Bobby Quinn johlte freudig in sein Ohr.

Ein ungeheures Gefühl der Erleichterung überkam Cooper. *Mann, das war knapp.* Er wirbelte die Frau herum, drehte ihr den Arm auf den Rücken und griff nach seinen Handschellen.

»Hören Sie«, sagte sie nach Atem ringend. »Sie müssen ... mich ... gehen lassen.«

Er ignorierte sie, klickte eine Handschelle um ihr Handgelenk und griff nach ihrer anderen Hand. Gleichzeitig sprach er mit seinem Partner: »Bobby, ich musste vor der Tür zwei Cops umhauen. Kannst du dich bitte ganz schnell mit der Polizei in Verbindung setzen und die Leute beruhigen. Ich will nicht ...«

Aber bevor er seinen Satz beenden konnte, hörte er einen

Knall, als würde die Erde mit einem anderen Planeten kollidieren. Der Boden wurde ihm unter den Füßen weggezogen und er flog mit rudernden Armen durch die Luft und …

KAPITEL 14

Zuerst kam der Lärm. Ein wildes Durcheinander sich überlagernder Geräusche. Schmerzensschreie. Eindringliches Brüllen, nicht zu verstehen. Schaben und Kratzen. Ernst klingende Stimmen, die rückwärts zählten. In der Ferne Sirenen, dann nah, dann ferne.

Aber nichts von alledem nahm er bewusst wahr. Es war wie Wasser, durch das er trieb.

Dann bildeten sich aus formlosen Silben langsam Worte. Worte mit Geschmack und Gewicht. Blutung. Gebrochen. Zerschmettert. Amputation.

Das Schaben wurde zu hölzernen Stuhl- oder Tischbeinen, die über Beton gezerrt wurden.

Die rückwärts zählenden Stimmen wurden zu Männern, die bei null ächzend etwas hochhievten.

Die Sirenen blieben Sirenen. Aber jetzt wurde ihm bewusst, wie viele er hörte, einige in Bewegung, andere an einem Ort verharrend, manche nah und andere in weiter Ferne.

Cooper öffnete die Augen.

Über ihm war Stoff ausgebreitet. Das Muster war undefinierbar, die Farben bewegten sich und wirbelten durcheinander. Zuerst dachte er, mit seinen Augen wäre etwas nicht in Ordnung, dann wurde ihm klar, es war aktiver Tarnstoff, ein intelligentes Material, das sich chamäleonartig an die Umgebung anpasste. Militärausrüstung. Er blinzelte. Seine Augen waren trocken und geschwollen. Der Lärm um ihn herum ging weiter, nahm keine Notiz von ihm. Ein Geräusch übertönte das andere.

»... brauchen mehr Sauerstoff ...«

»... atmen, einfach atmen ...«

»... mein Mann, wo ist ...«

»... tut so weh, Mann, tut das *weh* ...«

Cooper atmete tief ein und fühlte ein Ziehen und Stechen in der Brust. Aber nicht allzu schlimm. Mit der rechten Hand befühlte er seinen Hinterkopf. Es fühlte sich heiß und geschwollen an. Die Haut war wund, sein Haar verklebt. Er hatte sich wohl den Kopf gestoßen. Aber wie?

Langsam drehte er sich auf die Seite und schwang die Beine vom Feldbett. Auch vom Militär, fiel ihm auf. Er befand sich in einem Triage-Zelt der Armee. Kurz geriet alles um ihn herum ins Schwimmen. Er klammerte sich mit beiden Händen am Feldbett fest. Dann kam der Schmerz, wild pochend, dumpf und drohend.

»Langsam.«

Cooper hob den Kopf und öffnete die Augen. Neben ihm stand ein schlanker Mann mit blutbespritztem Kittel. Wo kam der plötzlich her?

»Wie bin ich hierhergekommen?«

»Jemand wird Sie hergebracht haben. Wo tut's weh?«

»Am ...« Er hustete. Seine Kehle war voller Staub. »Am Kopf.«

»Schauen Sie mal her.« Der Arzt hatte eine Stiftleuchte hervorgeholt. Cooper schaute brav ins Licht und folgte mit den Augen den Bewegungen des Arztes. Ein Rettungszelt. Er befand sich in einer Art Triage-Zentrum. Aber wieso? Er konnte sich noch erinnern, wie er sich durch ein wild wogendes Meer von Menschen gekämpft hatte. Und immer zwei Uhr im Kopf, als ... Die Bomben. Er hatte versucht, einen Bombenanschlag zu verhindern. Und er hatte sie gesehen.

»*Wo ist sie?*« Cooper riss den Kopf herum und spürte den Schmerz mehr wie eine Drohung, die er ignorierte. Er befand sich in einem großen Armeezelt, in dem die Feldbetten dicht an dicht standen. Männer und Frauen in Kitteln zwängten sich durch die Reihen und redeten unablässig miteinander, während sie die Verletzten versorgten. Insgesamt waren es etwa zwanzig Betten. Vielleicht lag sie in einem davon.

»He«, sagte der Arzt streng. »Sehen Sie mich an.«

Der Schmerz machte seine Drohung wahr und drückte auf seinen Schädel wie ein Schraubstock. Cooper stöhnte und sah den Arzt an. »Wo ist sie?«

»Ich weiß nicht, wen Sie meinen«, sagte der Arzt und steckte sich ein Stethoskop in die Ohren. »Aber ganz bestimmt geht es ihr gut. So, jetzt bleiben Sie mal ganz ruhig, damit ich feststellen kann, wie schwer Ihre Verletzungen sind.«

Schließlich machte es klick und die Erinnerungsfetzen fügten sich wieder zu einem Ganzen zusammen. Er hatte John Smiths Agentin verfolgt, die Frau, die durch Wände gehen konnte, die Handy-Attentäterin mit den großen Augen. In der Börse hatte er sie eingeholt. Aber zu spät.

»Wie schlimm ist es?« Angst machte sich in Coopers Brust breit.

»Das versuche ich ja gerade herauszufinden. Tief einatmen.«

Cooper gehorchte und es rasselte in seinen Lungen. »Ich meine nicht mich. Ich meine, wie schlimm ist *es*?«

»Ach so. Tief einatmen.« Der Arzt starrte ins Leere, während er Coopers Brust abhörte. Er schien zufrieden zu sein. »Ich weiß nicht, was ich darauf antworten soll.«

»Wie viele Menschen ...«

»Ich muss mich auf meine Patienten hier konzentrieren.« Der Arzt hängte sich das Stethoskop um den Hals und sah auf seine Uhr. »Sie haben eine leichte Gehirnerschütterung. Außerdem haben Sie eine Menge Rauch und Staub eingeatmet, aber keine bleibenden Schäden. Sie haben unglaubliches Glück gehabt. Bleiben Sie vorerst wach, so die nächsten acht bis zehn Stunden.

Falls Ihnen schwindelig oder schlecht wird, begeben Sie sich direkt in ein Krankenhaus.« Er machte sich auf zu gehen.

»Warten Sie. Ist das alles?«

»Falls Sie sich noch zu schwach fühlen, können Sie hierbleiben. Aber wenn Sie laufen können … Wir könnten das Bett gut gebrauchen.«

»Ich kann laufen.« Cooper atmete tief durch und sah sich um. »Kann ich irgendwie helfen?«

»Sind Sie medizinisch geschult?«

»Nur Erste Hilfe.«

Der Arzt schüttelte den Kopf. »Nein, wir haben schon zu viele Freiwillige. Am meisten helfen Sie uns, indem Sie Platz machen.« Und dann war er schon am nächsten Feldbett.

Cooper blieb einen Moment auf der Bettkante sitzen, um seine umherschwirrenden Gedanken zu ordnen, sich zu sammeln und sein Gedächtnis wiederzufinden. Er hatte sie doch geschnappt, oder? Hatte ihr das Handy weggeschlagen. Handschellen in der Hand. Er hatte gewonnen. Er hatte den Attentäter erwischt. Die Attentäterin.

Und trotzdem …

Er atmete tief ein und fing an zu husten, bis er im Rachen Staub schmecken konnte. Dann stand er auf. Wenn die Bomben detoniert waren, hatte es sicher viele Leute schlimmer erwischt als ihn. Er musste das Bett frei machen.

Bevor er ging, suchte er die anderen Betten ab, aber sie war nicht da.

Um den aufbrandenden Schmerz in seinem Schädel zu besänftigen, bewegte er sich ganz langsam Richtung Ausgang, schob die Zeltklappe beiseite und ging hinaus.

Auf einen Friedhof.

Kurz dachte er, er würde halluzinieren.

Statt des Himmels sah er nur Staub, der in dicken, grauen Wolken umherwirbelte. Die Luft schmeckte verbrannt. Bäume waren nur skelettartige Schemen im trüben Licht, die wie Charon über den Fluss zur Unterwelt zu weisen schienen. Und überall um ihn herum Grabsteine. Marmorgrabsteine mit eingravierten Namen und Daten.

Cooper fasste an den Zeltstoff, nahm ihn zwischen seine aufgeschürften, wunden Finger. Er war von einer dünnen Staubschicht bedeckt, aber er hatte die angenehm feste Konsistenz von Segeltuch. Dies war die Wirklichkeit. Es geschah tatsächlich. Und die Gräber ...

Die Trinity Church. Das ist der Friedhof. Alexander Hamilton liegt hier irgendwo.

Logisch, denn im dicht bebauten Manhattan gab es nicht viel Platz, um ein Triage-Zelt zu errichten. Aber trotzdem, es hatte eine entsetzliche Symbolik. Er war in einer Welt eingeschlafen und in einer anderen erwacht. Die eine hatte aus Fanfaren und Sonnenschein bestanden, diese nur aus Staub und Asche.

Überall waren Menschen. Einige gehörten offensichtlich zu den Rettungsmannschaften. Sie transportierten Tragen und medizinisches Zubehör und dirigierten Krankenwagen in stetem Tanz aneinander vorbei. Viele andere wirkten benommen. Sie standen einfach da und starrten vor sich hin, blickten zur Kirchturmspitze hoch oder zur Wall Street hinüber, wo der Rauch dichter wurde.

Wall Street. Die Börse. Vielleicht war die Frau noch dort.

Cooper lief über den Friedhof. Sein Kopf, sein ganzer Körper schmerzte, aber vor allem fühlte er sich benebelt und irgendwie verändert. So als würde man auf dem Heimweg von der Arbeit ein Lied aus dem Autoradio mitsingen und plötzlich rammt einen ein Sattelschlepper, und der Wagen überschlägt sich immer und immer wieder, und alles dreht sich und man sieht Farbblitze und Himmel und Erde und Himmel und Erde, bis man schließlich mit einem grauenhaften Knirschen landet und nichts mehr ist, wie es war, und alles, was vorher wichtig schien, jede Bedeutung verloren hat, aber im Radio läuft immer noch dasselbe Lied.

Er fühlte sich wie dieses Lied.

Langsam fand er seinen Weg über den Friedhof. Er stieg über den niedrigen Zaun zum Broadway und überquerte die Straße an der Stelle, wo ihm vorher die Imbisswagen den Weg versperrt hatten. Er stieß mit jemandem zusammen, die Schulter traf ihn hart. Es war ein ungewohntes Gefühl. Er war schon lange nicht mehr so fest mit jemandem zusammengestoßen. Die Welt war wie Wasser, nichts war beständig, alles war in Bewegung. Ein Polizist wollte ihn wegscheuchen, aber Cooper kramte seine Dienstmarke hervor und wurde durchgelassen. Der Rauch war hier noch dicker und er konnte nur drei, vier Meter weit sehen. Weiter weg sah er nur farbige Blinklichter. Polizeiwagen. Er ging darauf zu. Leute mit schmutzigen Gesichtern und zerrissener Kleidung kamen ihm entgegen. Der Schock stand ihnen ins Gesicht geschrieben. Sie stützten sich aufeinander. Soldaten mit Tragen liefen vorbei.

Cooper bewegte sich langsam und mit stetem Schritt durch eine Welt, die aus dem Takt geraten war.

Und mit jedem Schritt wurde sie ihm fremder. Die Gerippe der Gebäude lagen bloß, stakten aus bröckelndem Mauerwerk heraus. Das Kopfsteinpflaster war unter Schutt begraben. Überall glitzerte scharf zerschmettertes Glas. Staubwolken strahlten hell im Licht dutzender Feuer, die er nicht sehen konnte. Er kam an die Ecke, wo er die Frau entdeckt hatte, die durch Wände gehen konnte. Feuerwehrleute mit Reflexstreifen auf den Uniformen und Masken vorm Gesicht durchsuchten die Trümmer.

Im Süden sah er die Börse, die dort hundert Jahre gestanden und Krisen, Kriege und unvorstellbare gesellschaftliche Veränderungen überstanden hatte und ein Symbol der unaufhaltbaren Macht des Kapitalismus gewesen war, bis seinesgleichen aufgetaucht war, um dieser Macht Einhalt zu gebieten; ein Bauwerk, das nur für einen kurzen Augenblick die Hoffnungen einer Welt verkörpert hatte, die sich um neue Stabilität bemühte, da jeder Glaube ins Wanken geraten war, jede Tatsache sich als unsicher erwiesen hatte und jede Überzeugung ad absurdum geführt worden war; ein Haus aus Stahl und Stein, dessen schiere Existenz besagte, dass die Motoren, die die Welt in Gang hielten, einwandfrei liefen. Dieses Haus war nur noch eine Ruine.

Von den sechs massiven Säulen an der Vorderseite war nur eine unversehrt. Die anderen hatten Risse oder waren abgebrochen, eine war vollständig umgefallen und die gewaltigen Steinbrocken waren auf die Straße gekracht. Die viergeschossige Glaswand dahinter war bestimmt auch zerschmettert worden – tödlich scharfe Scherben, durch wütende Flammen geschleudert. Durch eine Öffnung, wo einst eine Mauer stand, konnte er in das nackte, rohe Innere sehen. Aufgerissene Büroräume, frei stehende Toiletten und eine Treppe, verloren und traurig.

Und überall Tote. Leichen.

Leichen auf der Straße, Leichen im Gebäude, Leichen unter den Trümmern der Säulen, Leichen in einem Spinnennetz aus Kabeln verfangen.

Zerfetztes Fleisch, gebrochene Knochen. Ihre farbenfrohe Kleidung ein Hohn in dieser trostlosen neuen Welt.

Hunderte Tote. Tausende.

Das hätte nicht geschehen dürfen.
Du solltest es doch verhindern.

Aber was für ein Unsinn. Er konnte sich doch nicht selbst die Schuld für alles Übel in der Welt geben. Aber er war so nah dran gewesen. *Er* hatte Alex Vasquez gestellt. *Er* hatte ihren Bruder als Lockvogel benutzt. Die Abhöraktion, die sie zu Dusty Evans geführt hatte, war seine Idee gewesen. Er hatte sich erneut auf ein Spiel mit John Smith eingelassen und wieder verloren. Und all diese Menschen mussten sterben.

Cooper drehte sich auf dem Absatz um und ging. Ohne Ziel und Zweck, ohne Plan, ohne Gedanken lief er durch Manhattan. Wut und Enttäuschung waren seine Wegbegleiter.

* * *

Riemchenschuhe mit hohen Absätzen an wohlgeformten Beinen, die in einem schicken schwarzen Bleistiftrock steckten, der ebenso wie der Körper an der Taille endete.

* * *

Ein Straßenhändler schob die billigen Handtaschen und Schirme von seinem Klapptisch, um Platz für einen schreienden Mann zu machen, der von zwei Feuerwehrleuten herbeigetragen wurde.

* * *

Die graue Luft wallte wie fusseliger Stoff über wirbelnder grauer Asche. Menschen mit grauen Gesichtern und grau-verdreckten Kleidern. Die Farbe war aus der Welt gewichen.
 Und dann lag da mitten auf dem Broadway ein knallrosa Stofftier.

* * *

Eine Reihe von Telefonzellen mit einer Warteschlange davor. Ein typischer New Yorker Mix: ein Skinhead neben einem Makler, zwei Männer in blauen Overalls, ein Fotomodell, ein Hotdogverkäufer, ein Junge und ein Mädchen, die Händchen hielten … Alle warteten geduldig. Niemand drängte.

* * *

Eine Frau im Geschäftskostüm lief den Bürgersteig entlang. Eine teure Lederaktentasche hing von ihrer Schulter, Blut lief ihr seitlich am Gesicht herunter, und mit beiden Armen hielt sie eine fast meterhohe Topfpflanze.

* * *

An einer Straßenecke ein Taxi mit offenen Türen, das Radio voll aufgedreht. Drumherum standen New Yorker und lauschten dem stammelnden Reporter.

»… eine Explosion in der Léon-Walras-Börse. So … so etwas habe ich noch nie gesehen. Die ganze Ostseite des Gebäudes ist zerstört. Überall liegen Tote. Es müssen Hunderte Todesopfer sein, vielleicht Tausende. Niemand äußert sich zu den Ursachen, aber es war mit Sicherheit eine Bombe. Oder mehrere. Ich kann nicht … Ich hatte gehofft, so etwas nie miterleben zu müssen …«

* * *

Auf einem grünen Fußballplatz in der lichten Weite des Columbus Park, anderthalb Kilometer vom Bombenherd entfernt, standen drei große Busse, Spendenmobile des Roten Kreuzes. Und Hunderte freiwillige Helfer packten mit an.

* * *

Direkt nördlich der Houston Street explodierte das Gebäude dann noch einmal.

Die gigantische Tri-D-Werbetafel hing am ersten Stock eines Bürohochhauses. Statt der üblichen Werbung und rotierenden Firmenlogos schwebte ein Bild der Börse in der Luft, so wie sie noch wenige Stunden zuvor ausgesehen hatte, mit einer riesigen Flagge über der Bühne.

Das Bild zitterte und hüpfte und die Kamera wackelte, dass einem schwindelig wurde, aber nicht nur die Kamera, auch das Gebäude. Und plötzlich wurde es von dichtem Rauch verschluckt. Gegenstände flogen durch die Luft, zuerst nur unscharf, lösten sie sich mehr und mehr in Pixel auf, je näher sie dem Rand der Projektionsfläche kamen.

»Oh mein Gott«, murmelte die Frau, die neben ihm stand.

Das Bild veränderte sich, der Rauch zog sich zurück. Ein anderer Kamerawinkel. Das aufgerissene Gebäude war zu sehen. Feuerwehrleute beim Löschen. Der Wasserstrahl wirbelte Papier und Dämmmaterial in die Luft. Die Polizei bewachte den Unglücksort, während Rettungskräfte nach Überlebenden suchten. Die Laufschrift am unteren Rand der Projektionsfläche verkündete: LIVE VON DER EXPLOSION DER BÖRSE.

»Das waren doch die Freaks«, sagte eine raue Stimme hinter ihm. Cooper hatte nicht übel Lust, dem reaktionären Arschloch einfach eine reinzuhauen. Aber eigentlich hatte er ja recht.

»Kann sein«, sagte eine andere Stimme.

»Wer soll das denn sonst gewesen sein?«

»Wer weiß? Ich meine ja nur, so schnell wird man das nicht rauskriegen.«

»Wieso denn nicht?«

»Sehen Sie sich das doch mal an. Bei so einem Chaos, wie soll man denn da die Guten von den Bösen unterscheiden?«

Auf dem Video war jetzt wieder die Explosion zu sehen. Wahrscheinlich würde diese Schleife jetzt drei Monate lang ununterbrochen laufen. Aber während alle in der Menge noch einmal zusahen, wie das Gebäude in die Luft flog, drehte Cooper sich um und schaute sich die Männer hinter sich an. Sie sahen aus wie Leute, die bei Sportwetten setzen. Als er sie anstarrte, wurde zuerst der eine und dann der andere auf ihn aufmerksam. »Was ist?«, fragte der Kräftigere. »Willst du irgendwas, Mann?«

Wie soll man denn da die Guten von den Bösen unterscheiden?

»Danke.«

»Häh?«

Aber Cooper war schon weg. Er rannte, so schnell er konnte.

»Es ist ganz einfach. Alle anderen auf dem Spielfeld sehen dorthin, wo sich die gegnerische Verteidigungslinie befindet. Ich schaue dorthin, wo sie sein wird. Und dann renne ich einfach woandershin.«

— Barry Adams, Runningback der Chicago Bears, erklärt, wie er in einer einzigen Saison 2437 Yard erlaufen und damit den früheren Rekord brechen konnte (1984 von Eric Dickerson mit 2105 Yard erreicht).

KAPITEL 15

Massachusetts Avenue Heights war ein hübsches Wohnviertel mit roten Ziegelhäusern, westlich des Washingtoner Marine-Observatoriums. Die Leute hier hatten mehr Geld, als es die relativ dichte Bebauung und die kleinen Grundstücke vermuten ließen. Die grandiosen Villen und politischen Schwergewichte von Sheridan-Kalorama suchte man hier zwar vergebens, trotzdem war es eine wohlhabende Gegend, in der viele Politiker, Ärzte und Rechtsanwälte wohnten, ideal, um Kinder großzuziehen.

Das altmodische Haus auf der 39th Street Northwest mit seiner hübschen Veranda, der sorgsam gestutzten Hecke und der amerikanischen Flagge wirkte sehr gepflegt. Und die Überwachungskameras, nicht nur am Haus, auch entlang des Gehwegs und in einem Baum, der stahlverstärkte Türrahmen und der graue Pkw, der in unregelmäßigen Abständen zweimal pro Stunde am Haus vorbeifuhr, fielen überhaupt nicht auf.

Cooper war schon häufig hier gewesen, hatte auf der schmucken Terrasse hinter dem Haus gesessen, Bier getrunken und den Kindern beim Spielen zugesehen. Er hatte die Sicherheitsvorkehrungen mitgestaltet und sogar mehrere Monate lang als Fahrer gedient. Er hatte von hier aus einen Einsatz geleitet, bei dem sie Terroristen mit falschen Informationen über angebliche Sicherheitslücken gefüttert hatten, hatte im Gästezimmer geschlafen und gehofft, John Smith würde den Köder schlucken. Er war in dem Haus auf der 39th Street kein Fremder.

Aber normalerweise tauchte er hier nicht nach Einbruch der Dunkelheit in zerrissenen Kleidern, nach Schweiß und Diesel riechend auf.

Er klingelte an der Tür und während er, wie es ihm schien, eine Ewigkeit wartete, schloss und öffnete er wiederholt seine Fäuste. Er wusste, er wurde einer Sicherheitskontrolle unterzogen.

Als Drew Peters die Tür öffnete, sah er Cooper lange an. Seine Buchhalteraugen sogen jedes Detail auf, gaben aber nichts preis. Cooper sagte nichts. Dass er da war, sagte alles.

Schließlich schaute Peters auf die Uhr. »Sie kommen besser rein.«

* * *

Sie waren gerade beim Abendessen, deshalb brachte Peters Cooper in die Küche, um Hallo zu sagen. Der Raum war hell und gemütlich, mit Arbeitsplatten aus Hartholz und Glastürschränken, und passte so überhaupt nicht zu dem kühlen Grau, das Cooper mit dem Direktor assoziierte.

Aber zu Hause war er natürlich kein Direktor. Hier war er Dad und Cooper manchmal Onkel Nick. Normalerweise quietschten die Mädchen erfreut, wenn er kam. Maggie, kurz vor der Pubertät, war ein bisschen in ihn verknallt, während Charlotte ihn oft anbettelte, mit ihr Flugzeug zu spielen.

Heute allerdings schob Charlotte lustlos den Brokkoli auf ihrem Teller herum und Maggie betrachtete eingehend ihre Hände. Alana, die Älteste, stand schließlich auf. »Hi, Cooper. Alles in Ordnung?« Sie war elf, als ihre Mutter starb, und seitdem hatte sie praktisch die Rolle der Hausherrin übernommen, passte auf die anderen auf und kümmerte sich ums Essen. Sie tat ihm oft leid, denn mit ihren neunzehn Jahren war sie gezwungen, sich wie eine Vierzigjährige zu verhalten. Er fragte sich, wie sie sich entwickelt hätte, wenn Elizabeth noch leben würde. Wahrscheinlich fragte sie sich das auch.

»Na klar«, antwortete er. »Mir geht es mindestens so gut wie allen anderen.«

»Es ist einfach furchtbar«, sagte sie und sofort schien sie sich korrigieren zu wollen, um ein stärkeres Wort zu finden für das Entsetzen, das all die Leichen und der Rauch und das knallrosa Plüschtier eines Kindes mitten auf dem Broadway auslösten.

»Ja.« Falls es so ein Wort gab, kannte Cooper es nicht. »Tut mir leid, dass ich euch beim Essen störe.«

»Kein Problem. Möchtest du was?«

»Nein, danke.« Und damit verebbte ihre Unterhaltung.

Peters sagte: »Gehen wir ins Arbeitszimmer«, und führte Cooper durchs Haus, vorbei an Schulfotos und gerahmten Kinderzeichnungen.

Das »Arbeitszimmer« war ein fensterloser Raum in einem Anbau hinter dem Haus mit Schreibtisch, Sofa, Bar und zwei Tri-D-Fernsehern, in denen die Nachrichten ohne Ton liefen. In einem Silberrahmen steckte ein Foto von Elizabeth, die acht Jahre zuvor verstorben war und auf dem Oak-Hill-Friedhof lag. War es erst heute Morgen gewesen, dass Drew ihm die Geschichte erzählt hatte?

Zur Ausstattung des Raums gehörten auch noch ein paar weniger konventionelle Dinge: zentimeterdicke Panzerplatten in der Trockenbauwand, eine hydraulische Stahltür, unterirdische Standleitungen zur AEB und zum Weißen Haus und einen Panikschalter, mit dem man den Raum hermetisch verschließen und ein Einsatzkommando herbeirufen konnte. Der Direktor schenkte Scotch in zwei Gläser, setzte sich und sah Cooper erwartungsvoll an.

Cooper atmete tief durch, nahm einen Schluck Whisky und erzählte ihm alles, was an diesem Tag passiert war. Er schilderte die Verfolgungsjagd bis ins kleinste Detail. Wie dicht er an der

Attentäterin gewesen war und wie er den Anschlag fast vereitelt hätte. Und er teilte Drew die Idee mit, die ihm auf den Straßen von Manhattan gekommen war – *Wie soll man denn da die Guten von den Bösen unterscheiden?* – und deretwegen er trotz der Entfernung und der späten Stunde hergekommen war, noch dazu unangemeldet. Eine Idee, deren Umsetzung ihm ungeheure Opfer abfordern würde.

Drew Peters sagte: »Aber das ist doch absurd. Auf gar keinen Fall.«

»Nein, es ist überhaupt nicht absurd. Es ist durchaus machbar.«

»Mir fallen sofort ein Dutzend Gründe ein, die dagegensprechen.«

»Mir fallen hundert ein, aber damit hätten wir eine Chance, und zwar eine ganz reelle Chance, an ihn ranzukommen.«

»Er würde Ihren Plan sofort durchschauen.«

»Nicht, wenn wir ihn konsequent durchziehen.«

»Konsequent durchziehen …?«

»Ja, nur so können wir ihm das Handwerk legen«, sagte Cooper. »Wir packen die Sache einfach seit Jahren falsch an.«

Peters nahm seinen silbernen Fuller und drehte ihn zwischen seinen langen Fingern hin und her. Falls er gekränkt war, ließ er es sich nicht anmerken. Er sagte nur: »Aha.«

»So wie wir im Moment vorgehen, müssen wir uns wahnsinnig anstrengen, nur um mit ihm mithalten zu können. Sagen wir mal, ich hätte die Bomben heute gefunden. Wenn ich vier entschärft hätte und die fünfte wäre losgegangen, das wäre immer noch ein Triumph für ihn gewesen. Wenn ich sie alle entschärft hätte und dann hätte die Presse Wind davon bekommen, dass es überhaupt Bomben gab – selbst das wäre ein Triumph für ihn gewesen. Er kann immer und überall zuschlagen und jeden Anschlag als Sieg verbuchen. Wir müssen alles ständig überwachen und doch können wir höchstens mit ihm gleichziehen. Auch wenn unsere Verteidigung noch so gut ist, das allein reicht einfach nicht.

Wenn wir der Sache ein Ende bereiten wollen, wenn wir verhindern wollen, dass alles noch schlimmer wird, und wenn wir John Smith *besiegen* wollen, müssen wir ihn ausschalten. Und mein Plan bietet eine Lösung.«

»Nein, keine Lösung«, sagte Peters. »Nur eine winzige Chance.«

»Besser als gar keine Chance.« Cooper nahm einen Schluck Scotch. Er war völlig erschöpft und der Alkohol tat ihm gut. Er wartete. Der Direktor verzog keine Miene, aber ein fast unmerkliches Zucken um Nase und Ohren und ein ganz leichtes Anspannen der Schultern verrieten Cooper, dass er darüber nachdachte.

»Aber Sie begreifen doch, was das für Konsequenzen haben würde, oder? Sie würden nicht nur als Überläufer angeprangert«, sagte Peters. »Ich müsste Sie auch offiziell zur Zielperson erklären.«

»Ja, ich weiß.«

»Und ich könnte keinerlei Rücksicht auf Sie nehmen. Vorläufigen Berichten zufolge hat es über tausend Tote gegeben. Ein Anschlag mitten in Manhattan, da können wir keine halben Sachen machen. Ich müsste Sie jagen wie den Teufel höchstpersönlich. Sie würden ein Ausgestoßener sein. Ich kann vielleicht die Medien raushalten, aber innerhalb der Behörde könnte ich Sie nicht schützen.«

»Ich weiß.«

»Unsere Leute werden Sie noch mehr hassen als John Smith. Weil Sie einer von uns waren und uns verraten haben. Die Abteilung wird sämtliche Mittel zur Verfügung stellen, um Sie zu jagen. Tausende werden hinter Ihnen her sein. Tausende. Falls man Sie festnimmt, kann ich die Wahrheit offenlegen, aber ...«

»Aber man wird gar nicht erst versuchen, mich festzunehmen. Wenn ich jemandem vor die Flinte laufe, werde ich abgeknallt.«

»Genau. Und Sie sind vollkommen auf sich gestellt. Sie können nicht auf unsere Ressourcen zurückgreifen. Keine Hubschrauber, keine Abhöraktionen, keine Überwachungsteams, keine Verstärkung, nichts.«

Cooper nippte nur an seinem Scotch. Nichts von dem, was Peters sagte, kam sehr überraschend. Während des Flugs hatte er genügend Zeit gehabt, die Sache zu durchdenken.

Alle Linienflüge hatten Startverbot, aber mit seinem Dienstausweis hatte er sich einen Platz in einem Transportflugzeug des Marine Corps gesichert und war mit einem Haufen Soldaten nach Washington geflogen. Die Jungs waren richtig übermütig gewesen und schienen ganz versessen aufs Kämpfen, aber hinter all dem Gejohle verbarg sich der Schmerz. Amerika war solche Angriffe nicht gewohnt. Es war ein Angriff auf den innersten Kern seiner Macht.

Und die Vergeltung würde fürchterlich sein. Jemand würde mit seinem Blut bezahlen müssen. Die Nation würde danach schreien.

Bald würde die Öffentlichkeit erfahren, dass John Smith hinter dem Anschlag steckte. Und in der angespannten Lage, in der sich das Land befand, würde kaum jemand einen Unterschied zwischen Abnormen und abnormen Terroristen machen.

Schließlich waren Abnorme auch dafür verantwortlich, dass die Börse überhaupt geschlossen werden musste. Und Abnorme übernahmen in allen Bereichen die Führung. Ihretwegen fühlten sich alle anderen klein und unbedeutend.

Sie können die Zukunft nicht aufhalten. Sie können sich nur für eine Seite entscheiden, sonst nichts. Alex Vasquez' Stimme klang in seinem Kopf.

Keine einfache Entscheidung. Viel komplizierter, als sie zugegeben hätte. War er ein Agent, der im Auftrag der Regierung Terroristen jagte, oder ein Vater, dessen Tochter in Gefahr war? War er Soldat oder Zivilist? Wenn er an sein Land glaubte, hieß das, er musste die Akademien akzeptieren?

Also gut, Alex. Ich habe mich entschieden. Aber dieser Moment, die eine Stunde in der Luft, diese Stunde gehört mir. Er hatte sich gegen die Metallhaut der Maschine gelehnt, das Brummen der

Turboprops und die Kälte des Flugwinds gespürt und darüber nachgedacht, was für ein Risiko er einging. Was für ihn auf dem Spiel stand. Wie hoch der Preis war.

Nach der Landung hatte er diese Gedanken verdrängt und gehandelt. Und jetzt saß er dem Direktor gegenüber, blickte in seine blassblauen, ruhigen Augen und sagte: »Ich kann es schaffen.«

»Es gibt kein Zurück. Wenn Sie es nicht schaffen, bedeutet das Ihren Tod.«

»Ich weiß.«

»Vielleicht ist selbst die noch so kleinste Chance, John Smith zu eliminieren, dieses Risiko wert. Wenn wir nichts unternehmen, wird er das Land noch in einen Bürgerkrieg stürzen.« Peters wandte seinen Blick ab und tippte mit den Fingern leicht auf den Schreibtisch. Die Nachrichtensender zeigten Aufnahmen der Explosion und in Peters randlosen Brillengläsern stürzte die Börse immer wieder aufs Neue ein.

Schließlich sagte er: »Ihre letzte Chance, mein Junge. Wollen Sie es wirklich tun?«

»Ja. Ich werde John Smith für Sie töten.« Cooper stellte sein Glas auf den Schreibtisch und beugte sich vor. »Aber nur unter einer Bedingung.«

* * *

Natalies Haus.

Die Andeutung einer menschlichen Silhouette huschte verlockend über den Vorhang. Die Lichter waren an und von den Fenstern ging ein warmes gelbes Leuchten aus. Der Himmel war zwar nicht völlig schwarz, schließlich gehörte Del Ray zum Stadtgebiet, aber das unangenehme Violett der Lichtverschmutzung vermittelte ein noch tieferes Gefühl der Einsamkeit als rabenschwarze Nacht. Es ließ die Fenster und das Leben dahinter noch einladender erscheinen.

Cooper saß im Wagen, sah hinaus und atmete tief durch. Er hatte ein Gefühl der Leere in der Magengrube, fühlte sich so ausgehöhlt wie seit Langem nicht mehr. Er verspürte eine kindliche Sehnsucht wie als Zwölfjähriger, als alles, was er sich vom Erwachsensein versprach – Liebe, Freiheit, Gewissheit –, noch Millionen Jahre entfernt zu sein schien. Die Leere des Betts am Morgen nach einem glitzernden Traum von Mädchen und Abenteuern.

Jetzt, da er die Sache ins Rollen gebracht hatte, wollte er nichts lieber, als sie abzubrechen, den Direktor zu bitten, alles rückgängig zu machen. Es war einfach zu viel für ihn, der Preis war zu hoch.

Aber dann rief er sich in Erinnerung, worum es ging, und schob alle kindischen Fantasien beiseite.

Er stieg aus seinem Dodge – auch den würde er bald aufgeben müssen, seinen geliebten Wagen, und vor allem den Transponder, seine Lizenz zum Rasen – und überquerte die Straße. Die Nacht war kühl, aber nicht unangenehm, und die Luft roch sauber. Er war müde und alles tat ihm weh, aber er bemühte sich, ganz bewusst jedes Detail in sich aufzunehmen, denn es würde lange dauern, bevor er das nächste Mal diesen Weg entlangging.

An der Haustür hielt er inne, leicht außerhalb des Lichtscheins. Die Vorhänge waren nicht ganz zugezogen und er konnte seine Kinder sehen. Todd inszenierte eine komplizierte Schlacht mit Actionfiguren. Helden aus verschiedenen Welten kämpften gegeneinander, Ritter gegen Soldaten des Zweiten Weltkriegs und Monster aus dem All. Seine Zunge ragte aus dem Mundwinkel hervor, als er einen Roboter auf ein Pferd setzte. Kate saß mit einem Bilderbuch auf dem Schoß auf dem Sofa, blätterte von hinten nach vorn und sprach leise mit sich selbst. Durch den Bogendurchgang konnte er Natalie sehen, die in der Küche den Abwasch machte. Sie hatte die Haare zu einem Pferdeschwanz gebunden und während sie die Töpfe schrubbte, tänzelte sie mit schwingenden Hüften zu Musik, die er nicht hören konnte. Die Friedlichkeit dieser häuslichen Szene, die Wärme und Sicherheit, die sie vermittelte, waren wie ein Messer in seiner Brust. Cooper schloss die Augen. *Du hast dich schon für eine Seite entschieden.*

Er holte sein Handy heraus und wählte. Er sah, wie seine Exfrau sich die Hände abtrocknete und ihr eigenes Handy aus der Tasche zog. »Nick, alles in Ordnung? Ich habe dich ein paarmal angerufen und Nachrichten hinterlassen …«

»Ich weiß. Mir geht's gut, aber ich muss mit dir reden.«

Selbst auf die Entfernung konnte er sehen, wie sie ganz steif wurde. »Geht es um Kate?«

»Nein. Ja, auch. Hör zu, ich stehe vor der Tür. Kannst du kurz rauskommen?«

»Du stehst vor der Tür? Wieso hast du denn nicht geklopft?«

»Wir müssen uns zuerst unterhalten. Bevor die Kinder merken, dass ich da bin.«

»Okay, eine Minute.«

Cooper steckte sein Handy weg. Er schaute noch ein letztes Mal hinein, fühlte, wie ihm flau im Magen und eng ums Herz wurde, und ging vom Fenster weg. Hinüber zu dem einsamen Baum, einem Ahorn, an dem nur noch vereinzelte Blätter hingen. Ein Bild blitzte in seiner Erinnerung auf von diesem Baum, als Natalie und er gerade erst eingezogen waren. Ein kümmerliches, kleines Ding, das von Drähten aufrecht gehalten wurde.

Nach ein paar Minuten kam Natalie heraus. Auf den Stufen blieb sie stehen und schirmte ihre Augen vor dem Verandalicht ab. Dann sah sie ihn am Baum lehnen. Ein Fremder hätte die leichte Veränderung in ihrem Gesichtsausdruck wahrscheinlich kaum bemerkt, aber er konnte jede ihrer Gefühlsregungen so deutlich lesen, als wären sie ihr auf die Stirn geschrieben. Erleichterung, dass er noch lebte. Beunruhigung über diesen seltsamen Besuch. Angst vor dem, was er über Kate zu sagen hatte. Und den rasch unterdrückten Drang, zurück ins Haus zu laufen und die Tür hinter sich zuzuschlagen. »Hallo«, sagte er.

»Hallo.«

Sie vergrub die Hände in den Taschen und sah ihn direkt an. Sie kannte ihn gut genug, um zu erkennen, dass es wichtig war. Sie wartete, dass er etwas sagte. Typisch für sie, Ausdruck ihrer kühlen, besonnenen Direktheit, die er immer so geliebt hatte. In der Nähe heulte eine Sirene und ließ sein Herz schneller schlagen. Er schaute auf seine Uhr. Ticktack.

»Hast du es eilig?«

»Nein, ich …« Er atmete tief durch. »Ich muss dir etwas sagen.« Er schaute sie an, dann den Vorgarten, dann das Fenster. Hatte sich der Vorhang bewegt?

»Jetzt red schon, verdammt.«

»Ich gehe eine Zeit lang weg.«

»Eine Zeit lang? Was soll das denn heißen?«

»Ich weiß nicht. Länger vielleicht.«

»Hat es was mit deiner Arbeit zu tun?«

»Ja.«

»Mit dem, was heute passiert ist?«

»Ja, ich war da. In Manhattan.«

»Mein Gott, du …«

»Mir geht's gut«, sagte er. Dann schüttelte er den Kopf. »Nein, stimmt nicht. Ich bin stinksauer und enttäuscht und verletzt. Ich habe versucht, es zu verhindern, Nat. Ich hätte es auch fast geschafft. Aber eben nur fast, und all die Menschen …«

»Hast du alles versucht?«

»Ja, ich glaube schon. Ja.«

»Dann ist es auch nicht deine Schuld. Nick, was soll das alles? Was ist los?« Ihre Augen weiteten sich fast unmerklich und ließen kurz ihre Angst aufblitzen.

»Der Bombenanschlag heute, das war John Smith.«

»Woher willst du das so genau wissen? Vielleicht war es …«

»Es war John Smith. Der schwerste Terroranschlag in der Geschichte Amerikas, und ein Abnormer ist dafür verantwortlich.«

»Aber … das heißt … es wird alles … mein Gott, es wird alles noch schlimmer. Sie werden Jagd auf Abnorme machen. Sie werden euch richtig jagen.«

»Ja.« Er ging auf sie zu und nahm ihre Hände. »Deshalb werde ich ihn jagen, John Smith. Aber nicht so wie bisher. Anders.«

»Was meinst du damit?«

»Ich komme nur an ihn ran, wenn er glaubt, ich wäre auf seiner Seite. Deshalb verlasse ich die Behörde und tauche unter.«

»Ich verstehe nicht, was du sagen willst.«

»Man wird mich für den Anschlag verantwortlich machen.«

Sie starrte ihn an. Er konnte sie praktisch denken hören. »Moment, nein, das ergibt doch überhaupt keinen Sinn. John Smith weiß doch Bescheid. Er weiß doch, dass du nichts mit der Sache zu tun hattest.«

»Ja, aber er wird auch mitbekommen, dass die ganze AEB mich für schuldig hält. Und dass ich auf der Flucht bin. Und dass die Behörde, für die ich jahrelang gearbeitet habe, für die ich Menschen umgebracht habe, dass diese Behörde mich verraten hat. Da würde doch jeder seine Einstellung ändern, oder? Und was für ein Triumph für ihn, wenn ich zu ihm überlaufen würde! Ich wäre doch unglaublich nützlich für ihn. Nicht nur meine Fähigkeiten, auch mein Wissen.«

»Aber damit das funktioniert …«

»Ja, sie müssen mich wirklich jagen. In echt. Ich werde zur Zielperson erklärt. Außer Drew Peters wird niemand eingeweiht. Alle werden denken, ich wäre tatsächlich übergelaufen.«

»Nein!« Natalie riss ihre Hände aus seinem Griff los. »Nein! Bist du verrückt? Die bringen dich doch um!«

»Dafür müssen sie mich erst mal kriegen.« Er versuchte zu lächeln, gab aber sofort auf. »Ich weiß, es ist gefährlich, aber ich kann es schaffen. Und wir haben die Möglichkeit …«

»Nein, blas die Sache ab. Geh zu deinem Direktor und sag ihm, du hättest es dir anders überlegt.«

»Das geht nicht, Nat.«

»Warum nicht? Verstehst du denn nicht? Du hast *Kinder*. Ich will auch, dass man John Smith das Handwerk legt, aber wenn ich mich entscheiden müsste zwischen seinem Tod und dem Leben von Kates und Todds Vater, dann würde ich keine Sekunde zögern.«

»So einfach ist das nicht«, sagte Cooper und sah ihr fest in die Augen. Es dauerte ein paar Sekunden, aber dann begriff sie. Ihre Kinnlade fiel herunter und sie riss die Augen weit auf.

»Kate.«

»Ja«, sagte er. »Kate. Wenn ich mich auf dieses Spiel einlasse, wird Kate nicht getestet. Jetzt nicht und auch später nicht. Nie. Das war mein Preis. Niemand wird sie uns wegnehmen. Sie darf ganz normal aufwachsen und wird niemals eine Akademie von innen sehen.«

Natalie schlug die Hände vors Gesicht. Sie zitterten. Ihr Blick ruhte auf seiner Brust. Cooper gab ihr Zeit.

»Sie ist Grad eins, nicht wahr?«

»Ja.«

Sie rollte die Schultern und drückte ihren Rücken durch. »Und wir haben keine Wahl?«

Cooper schüttelte den Kopf.

»Was wir nicht alles für unsere Kinder tun.« Natalie brachte ein dünnes Lächeln zustande. »Wann musst du weg?«

»Bald, aber vorher will ich die Kinder sehen.«

»Willst du …? Du könntest bleiben, über Nacht.«

Ein warmes Gefühl stieg in seiner Brust auf. Bei ihrer Trennung hatten sie beschlossen, dass es nicht infrage kam, miteinander zu schlafen. Es würde nur die Kinder verwirren und ihre freundschaftliche Beziehung unnötig verkomplizieren. Sie hatten die Entscheidung gemeinsam getroffen und es war auch gut so. So sehr sie sich auch liebten, eine romantische Affäre wollte keiner von beiden. Deshalb hatten sie schon seit Jahren nicht mehr in einem Bett geschlafen. Er war gerührt, dass sie ihm jetzt dieses Angebot machte, an diesem Abend. »Ein verführerischer Gedanke. Ich wünschte, es wäre möglich, aber sie werden bald anfangen, nach mir zu suchen.«

»Jetzt schon?«

»Bald.«

»Okay, dann komm besser rein. Was willst du ihnen sagen?«

»Nichts, nur dass ich sie liebe.«

Sie seufzte, trocknete sich die Augen und ging mit hängenden Schultern zum Haus. Cooper holte sie ein, nahm ihre Hand und drehte sie zu sich herum.

»Hör zu«, begann er, aber dann wurde ihm klar, dass er gar nicht wusste, was er sagen wollte. Dass sie sich keine Sorgen machen sollte? Das war Unsinn. In diesem Augenblick würde Peters ihn zur Zielperson erklären. Die mächtigste Behörde Amerikas würde ihn jagen, Tausende Leute, denen Milliarden Dollar zur Verfügung standen. Und selbst wenn er ihnen entkam, er war dabei, sich in die Höhle des Ungeheuers zu begeben und um eine Audienz zu bitten.

»Mir wird schon nichts passieren«, sagte er.

Und nur für eine Sekunde, einen winzigen Augenblick, konnte er sehen, dass sie ihm glaubte.

Das genügte ihm.

TEIL ZWEI: DER GEJAGTE

Meine amerikanischen Mitbürger,

heute hat ein schwerer Angriff auf unsere Nation und unsere Lebensweise stattgefunden. Unter den Opfern sind Männer und Frauen aus allen Berufen und Schichten. Sozialarbeiter und Rechtsanwälte, Banker und Künstler. Mütter und Väter, Brüder und Schwestern. Hunderte, vielleicht Tausende von Leben wurden auf hinterhältigste Art und Weise ausgelöscht – durch einen terroristischen Bombenanschlag im Herzen unserer großen Nation.

Diese Terroristen wollen unsere Lebensweise zerstören. Indem sie unschuldige Menschen umbringen, wollen sie uns einschüchtern. Wir sollen wie kleine Kinder vor Angst zittern und uns unter der Bettdecke verstecken.

Aber wir sind keine kleinen Kinder. Wir verstecken uns nicht vor Ungeheuern. Wir bekämpfen und besiegen sie.

Unsere Nachrichtendienste gehen einhellig davon aus, dass dieser Anschlag auf das Konto begabter Terroristen geht. Unser Militär und unsere Sicherheitskräfte sind so stark wie nie zuvor in der Geschichte. Sie sind bereits dabei, die Verantwortlichen aufzuspüren. Und daran gibt es keinen Zweifel: Wir werden sie finden und sie ihrer gerechten Strafe zuführen. Wir werden mit aller Härte gegen jeden vorgehen, der diese Leute unterstützt, der sie versteckt oder ihnen sonst wie behilflich ist.

Seit vor dreiunddreißig Jahren die ersten Begabten zur Welt kamen, sieht sich die Welt einer bis dahin unbekannten Herausforderung gegenüber. Eine kleine Minderheit verfügt über einen gewaltigen Vorteil dem Rest der Menschheit gegenüber. Wie können Männer und Frauen beider Gruppen miteinander leben, zusammenarbeiten und zu einem Ganzen zusammenwachsen?

Die Antwort darauf ist nicht einfach und der Weg zu diesem Ziel ist steinig. Aber es gibt eine Antwort, eine Antwort ohne Bomben und ohne Blutvergießen.

Und deshalb bitte ich Sie an diesem Abend, an dem unser Land um seine Toten trauert, um Toleranz, Geduld und Menschlichkeit. Wir können nicht alle Begabten für die Gewalttaten einer kleinen Gruppe von Extremisten verantwortlich machen. Ebenso wenig wie diejenigen, die Hass schüren, für uns alle sprechen.

Es heißt, in Krisenzeiten würden die stärksten Bündnisse geschmiedet. Also stellen wir uns dieser Krise nicht als geteiltes Land, nicht als Normale und Abnorme, sondern als Amerikaner.

Arbeiten wir zusammen für eine bessere Zukunft. Um unserer Kinder willen.

Und vergessen wir nie den Schmerz, den dieser Tag über uns gebracht hat. Geben wir niemals denen nach, die glauben, man könne Politik mit dem Finger am Abzug machen, den Feiglingen, die für ihre Ziele Kinder ermorden.

Für sie kann es – wird es – keine Gnade geben.

Guten Abend. Gott segne Amerika.

— **Präsident Henry Walker,
am 12. März aus dem Oval Office**

13. März 2013
Kommentar: Ein geteiltes Land ist angreifbar

Seit dem Ende des Kalten Krieges sind die USA die einzige Supermacht der Welt. Gestern mussten wir jedoch lernen, dass wir nicht unverwundbar sind. Dass alle Macht der Welt uns nicht vor einem skrupellosen Feind schützen kann, einem Feind, der alle Regeln der Kriegsführung missachtet und unschuldige Zivilisten tötet.

In den kommenden Tagen und Wochen wird man endlos darüber diskutieren, wem die Verantwortung zu geben sei. Während Sie dies lesen, stellen unsere Nachrichtendienste bereits eine Liste möglicher Verdächtiger auf und ein Name wird ganz oben stehen: John Smith. Der politische Aktivist, der zum Terroristen geworden ist, setzt seit Langem auf Gewalt als Mittel, um seine Ziele zu erreichen.

Eines hat uns der gestrige Anschlag allerdings bewiesen: Das Problem ist viel gewaltiger, die Gefahr viel größer, als wir geglaubt haben. Das Problem liegt darin, dass wir uns uneins sind.

Wir sind zwei Nationen, die Begabten und wir anderen. Und jedes Haus, das in sich uneins ist, wird nicht bestehen.

Die Begabten sind auch Menschen. Sie sind unsere Kinder, unsere Freunde. Und die meisten unter ihnen sind ebenso bestürzt über diesen schändlichen Anschlag wie wir anderen. Sie empfinden den gleichen Schmerz. Trotzdem stellt ihre Existenz eine Bedrohung für den Frieden, für unsere Souveränität, ja, selbst für unser Leben dar ...

15. März 2013
Walker fordert Untersuchungskommission

Washington – In seiner heutigen Rede vor dem Kongress forderte Präsident Walker die Bildung einer überparteilichen Kommission, um die Explosion in der Léon-Walras-Börse am 12. März zu untersuchen.

»Das amerikanische Volk hat Anspruch auf einen vollständigen Bericht über alles, was dort geschehen ist«, sagte Walker. »Wie ist es zu dieser Tragödie gekommen? Haben unsere Sicherheitskräfte versagt? Oder sind sie in ihrer Arbeit behindert worden?«

Die Kommission soll ein umfassendes Mandat erhalten und nicht nur die Explosion, sondern auch die Arbeit der Nachrichtendienste im Vorfeld des Anschlags und die Reaktion von Polizei und Bundesbehörden danach unter die Lupe nehmen.

Man geht allgemein davon aus, dass der Anschlag vom 12. März, der mehr als tausend Opfer gefordert hat, auf das Konto von Terroristen geht. Bisher hat sich aber noch keine Gruppierung dazu bekannt ...

22. März 2013
Trauer schlägt vielfach in Wut um

Dallas – Zehn Tage nach dem Anschlag auf die Léon-Walras-Börse weicht bei vielen Amerikanern der Schock dem Zorn und dem Ruf nach Vergeltung.

»Wir wissen alle, wer dahintersteckt«, sagt der Lastkraftfahrer Daryl Jenkins (63), ein ehemaliger Stabsbootsmann der Navy. »Wir sind den Abnormen gegenüber sehr großzügig gewesen und sie danken es uns mit Blutvergießen. Vielleicht sollten sie mal am eigenen Leib erfahren, wie das ist, zu bluten.«

Mr Jenkins steht mit solchen Gefühlen nicht allein da. In dieser Zeit nationaler Trauer wollen viele Amerikaner selbst etwas tun. Ob sie Blut spenden oder der Armee beitreten, seit Pearl Harbour hat nichts den Tatendrang unserer Mitbürger so sehr beflügelt wie diese Tragödie ...

22. April 2013
Gesetzentwurf zur Mikrochip-Kennzeichnung Abnormer

Washington – Senator Richard Lathrup (Rep., Arkansas) hat heute offiziell einen Gesetzesentwurf (S. 2038) eingebracht, nach dem jeder begabte Amerikaner mit einem Mikrochip gekennzeichnet werden soll.

»Die Kontroll- und Aufklärungsinitiative ist eine einfache, praktische Lösung für ein komplexes Problem«, sagte Lathrup. »Mit einem Schlag können wir damit die Gefahr, dass sich ein Anschlag wie der vom 12. März wiederholt, stark reduzieren.«

Der Mikrochip soll direkt an der Halsschlagader implantiert werden. Er würde bioelektrisch mit Energie versorgt und den Behörden jederzeit den genauen Aufenthaltsort einer Person mitteilen.

Der Gesetzesentwurf stieß bei vielen auf Ablehnung, so auch bei Senator Blake Crouch (Dem., Colorado), der vergangenes Jahr als erster Begabter Mitglied des US-Senats wurde. »Ich trauere ebenso um die Opfer des 12. März wie jeder andere Amerikaner. Aber diesen Weg dürfen wir nicht beschreiten. Wo ist denn der Unterschied zwischen diesem Mikrochip und dem gelben Stern, den die Juden am Vorabend des Holocaust tragen mussten?«

Solche Bedenken wiesen die Befürworter zurück. »Ja, es klingt ein wenig drastisch«, sagte Lathrup, »aber es geht uns doch nur um die allgemeine Sicherheit. Diese Chips bergen für die Begabten keinerlei Risiken. Aber welche Sicherheiten können sie *uns* geben?«

5. Juli 2013
Gewalt bei Demonstration: Ein Toter, 14 Verletzte

Ann Arbor, Michigan – Der Protestmarsch politisch engagierter Studenten am 4. Juli sollte eine friedliche Demonstration werden.

Er wurde zu einem Blutbad.

Die Demonstration wurde von »All Together Now« organisiert, einer Gruppe von Studenten der Universität von Michigan, die gleiche Rechte für Abnorme fordert. An diesem Nachmittag fanden sich mehrere Hundert Studenten ein, um gegen die Kontroll- und Aufklärungsinitiative zu protestieren. Die meisten trugen gelbe Davidsterne, wie sie die Juden in Deutschland unter der Naziherrschaft tragen mussten.

»Am Anfang war alles in Ordnung«, berichtete Jenny Weaver, eine der Organisatorinnen. »Aber als wir in die Main Street einbogen, tauchten sie plötzlich wie aus dem Nichts auf.«

Nach Zeugenaussagen griffen mehrere Dutzend Personen mit Skimasken und Baseballschlägern die Demonstranten an und schlugen brutal auf sie ein.

Ms Weaver behauptet, die Angreifer hätten es besonders auf sie und den zweiten Organisator, Ronald Moore, abgesehen gehabt. Sie sagt, selbst als sie schon am Boden lag, habe man weiter auf sie eingeschlagen.

»Einer von denen hat gesagt: ›Mein Bruder war in New York.‹ Dann hat er zugetreten. An mehr kann ich mich nicht mehr erinnern.«

Ronald Moore erlag seinen Verletzungen, noch bevor der Krankenwagen eintraf. Ms Weaver wurde in ein Krankenhaus gebracht und einer elfstündigen Notoperation unterzogen. Man geht davon aus, dass sie überleben wird, obwohl ihre Verletzungen ...

8. August 2013
Mikrochip-Gesetz angenommen

Washington – Der Senat hat in seiner heutigen Sitzung die Kontroll- und Aufklärungsinitiative 73-27 angenommen. Der Gesetzentwurf wird nun dem Repräsentantenhaus vorgelegt, das voraussichtlich innerhalb eines Monats darüber abstimmen wird.

»Heute ist ein großer Tag für die Freiheit«, kommentierte Senator Richard Lathrup (Rep., Arkansas). »Dies ist ein erster Schritt zum Schutz unserer Lebensweise.«

Die umstrittene Gesetzesvorlage schreibt vor, dass allen begabten Personen ein mikroskopisch kleiner Computerchip eingepflanzt wird, der wie ein Peilsender funktioniert und den Behörden jederzeit den Aufenthaltsort einer Person verrät.

Während noch heiß diskutiert wird, ob eine solche Maßnahme überhaupt verfassungsmäßig wäre, findet der Gesetzentwurf große Zustimmung sowohl bei Demokraten und als auch bei Republikanern ...

13. August 2013
CNN.com
Terrorgruppe hackt Websites und warnt vor Anschlägen

New York – Heute Morgen wurden mehr als ein Dutzend Websites gehackt, darunter soziale Netzwerke, Online-Lexika, bedeutende Internethändler und auch unsere eigene Website.

Die Hacker haben über die Websites eine Botschaft veröffentlicht, die anscheinend von einer abnormen Terrorgruppe stammt.

»Alles, was wir wollen, ist Gleichheit. Wir wollen Frieden.

Aber wir werden nicht tatenlos zusehen, wie ihr Konzentrationslager errichtet.

Dies ist eine Warnung.

Nehmt sie ernst.«

Auf die Frage nach den Tätern kommentierte ein Sprecher der AEB ...

KAPITEL 16

An einem Tag Anfang September, sechs Monate nach dem Anschlag auf die Léon-Walras-Börse, der 1143 Menschenleben gefordert hatte, manövrierte ein Jaguar XKR durch die verlassenen Straßen des Chicagoer Lagerhausbezirks.

Der Asphalt war rissig vom Gewicht der Sattelschlepper und der unbarmherzigen Regelmäßigkeit Chicagoer Winter. Der Wagen hatte ein Rennfahrwerk mit straffer Federung für optimalen Straßenkontakt und bei jedem losen Asphaltbrocken spürte der Fahrer, wie es in seinen Zähnen vibrierte. Er fuhr langsam und vermied die größten Schlaglöcher. Regen tröpfelte unentschlossen auf die Windschutzscheibe, zu viel, um ohne Scheibenwischer zu fahren, aber so wenig, dass sie beim Zurückziehen jedes Mal quietschend ins Stocken gerieten.

Er fuhr an einer Reihe trister Ziegelbauten hinter rostenden Zäunen entlang. Ein paar Blocks weiter nördlich waren die Lagerhallen zu riesigen Partypalästen umgebaut worden, ätzende Clubs für ebenso ätzende Gäste. Hier hatten die Gebäude allerdings noch ihre ursprüngliche Funktion. Größtenteils.

Er fuhr über ein paar längst stillgelegte Eisenbahnschienen – *katschank, katschank* – und an einem mit Graffitis besprühten Müllcontainer vorbei zu einem zweigeschossigen, verwitterten roten

Ziegelbau mit einem Wasserturm darauf. Oben schloss der Zaun mit Natodraht ab und eine Überwachungskamera starrte herab. Einen Moment später glitt das Tor auf. Er fuhr hindurch und parkte neben einem polierten Lincoln Town Car mit getönten Scheiben.

Der Kies knirschte unter seinen Sohlen. Es roch nach Regen und Müll und im Hintergrund nahm er den Geruch des Flusses wahr. Er nahm einen schlichten schwarzen Aktenkoffer aus dem Kofferraum und ließ seine Pistole, wo sie war.

Hinter ihm ging mit gequältem Quietschen ein Metalltor auf. Ein Typ im Trainingsanzug sah ihn ausdruckslos an.

Das Innere der Lagerhalle war eine große, offene Fläche, kalt und unfertig. Das durch die hohen Fenster einfallende Licht ließ die Schatten nur noch dunkler erscheinen. Die Hälfte der Fläche nahmen Stapel unbeschrifteter Kisten ein. Nahe bei den Rolltoren stand eine kirschrote Corvette. Darunter ragten zwei Beine hervor und ein Fuß wippte im Takt zu einem klassischen Rocksong aus dem Radio.

Der Trainingsanzug sagte: »Ich muss dich filzen.«

»Nein«, sagte er lächelnd, »musst du nicht.«

Der Trainingsanzug war einer von Zanes Gorillas, keine große Nummer, aber auch nicht gewohnt, dass man ihm widersprach. »Ich weiß, du bist der neue Liebling vom Chef, aber …«

»Hör zu …« Er lächelte immer noch. »Wenn du versuchst, mich abzutasten, breche ich dir den Arm. Verstanden?«

Der Mann verengte die Augen. »Meinst du das im Ernst?«

»Und wie.«

Der Trainingsanzug machte einen Schritt auf ihn zu, wobei er sein linkes Bein nachzog.

»Joey.« Der Mechaniker kam unter dem Wagen hervor. Er hatte einen Ölfleck auf der Wange. »Er ist in Ordnung. Außerdem meint er das mit dem Arm wirklich ernst.«

»Aber …«

»Bring ihn zu Zane.«

Joey zögerte kurz, drehte sich dann um und sagte: »Hier lang.«

»Hier lang« bedeutete zum anderen Ende des Lagerhauses, von wo aus eine Metalltreppe zum Dachboden führte. Joey bewegte sich schwerfällig und stöhnte, als ob jeder Schritt eine mühselige Aufgabe wäre, die es zu bewältigen galt. Sie gingen einen kurzen Flur entlang und Joey klopfte an eine Tür. »Mr Zane? Er ist da.«

Es war das ehemalige Betriebsleiterbüro, dessen Fenster nicht etwa einen Blick auf die Welt draußen boten, sondern in die Halle. Das Büro war renoviert und neu eingerichtet worden. Auf einem flauschigen Orientteppich standen zwei identische Sofas. Geschmackvolle Leuchten warfen gedämpftes Licht. Auf einem Tri-D-Gerät lief CNN ohne Ton.

Robert Zane kam von der Straße und weder sein Kaschmirpulli von Lucy Veronica noch sein 200-Dollar-Haarschnitt konnten darüber hinwegtäuschen. Er hatte etwas Gefährliches, Gerissenes an sich und in seinem Blick und seiner Körperhaltung erkannte man immer noch eine Spur vom alten Bobby Z. »Mr Eliot.«

»Mr Zane.«

»Ein Drink gefällig?«

»Gern.«

Joey schloss die Tür hinter ihnen und Zane ging zur Bar. »Scotch?«

»Klar.« Er fühlte den dicken Teppich unter seinen Sohlen. Er legte den Aktenkoffer auf den Tisch und setzte sich. Die Couch war zu weich. Er lehnte sich zurück und legte die Hände in den Schoß.

»Wissen Sie, ich war mir nicht sicher, ob Sie es ernst meinten. Ihr Angebot, meine ich. Niemand kommt an solche Newtech-Komponenten heran.« Zane nahm Eiswürfel aus einem Mini-Kühlschrank, warf sie in die Gläser und goss drei Fingerbreit Scotch ein. Seine Bewegungen waren leicht und geschmeidig wie die eines Boxers. Er reichte ihm ein Glas, setzte sich auf die Couch gegenüber, schlug die Beine übereinander und breitete die Arme aus, ganz der Lebemann. »Aber nun sind

Sie ja hier. Ich hätte vielleicht doch nicht an Ihnen zweifeln sollen, was?«

»Zweifel sind nicht verkehrt. Man muss vorsichtig sein.«

»Ein wahres Wort.« Zane prostete ihm zu. Auf dem Tri-D-Gerät war ein Reporter vor dem Weißen Haus zu sehen. Der Text der Laufschrift lautete: GESETZ ZUR MIKROCHIP-KENNZEICHNUNG BEGABTER MIT 301 ZU 135 STIMMEN ANGENOMMEN. UNTERZEICHNUNG DURCH PRÄSIDENT WALKER ERWARTET. In der kalten Luft war der Atem des Reporters sichtbar, kräuselte sich ihnen entgegen und flimmerte am Bildrand ein wenig. »Also.«

»Also.«

Zane stieß mit seiner Schuhspitze leicht an den Aktenkoffer. »Darf ich?«

»Der Koffer gehört Ihnen.«

Zane lächelte, beugte sich vor, legte die Daumen an die Schlösser und ließ sie mit einem lauten Knall aufschnappen. Er öffnete den Koffer. Einen Moment lang starrte er nur hinein. Dann atmete er laut aus und schüttelte den Kopf. »Verdammt, ein AEB-Labor zu beklauen! Ich muss sagen, Sie sind schon ein verrückter Hurensohn.«

»Danke.«

»Wie haben Sie das geschafft?«

Eliot zuckte mit den Schultern.

»Okay, verstehe, Berufsgeheimnis. Lassen Sie es mich anders formulieren: Gab's irgendwelchen Ärger?«

– eine Stichflamme zerschmetterte das Glas und es regnete glitzernde Scherben, das Schrillen der Alarmanlage wurde von einer zweiten Explosion übertönt, der Benzintank des Lasters flog in die Luft –

»Nichts, worüber Sie sich Sorgen machen müssten.«

»Verdammt«, sagte Zane wieder. »Ich weiß zwar nicht, wo Sie herkommen, aber ich bin saufroh, dass Sie da sind. Man kann über euch Freaks sagen, was man will, aber ihr macht eure Arbeit wenigstens richtig.« Behutsam, fast ängstlich schloss er den Koffer. »Ich überweise das Geld wie bisher, in Ordnung?«

»Wie wär's, wenn Sie's behalten?«

Zane wollte gerade einen Schluck Scotch nehmen, aber er hielt verdutzt inne und seine Schultern verspannten sich. Ein Geschäft in der Unterwelt war wie ein Tanz, der strengen Regeln folgte. Alle kannten die Schritte und jede Abweichung war Grund zur Besorgnis. Langsam senkte Zane sein Glas und stellte es mit einem sachten Klicken auf dem Tisch ab. »Was soll das heißen?«

»Das heißt, ich gebe Ihnen die da«, er deutete auf den Koffer, »und Sie behalten Ihr Geld.«

»Und was wollen Sie dafür?«

»Einen Gefallen.« Tom Eliot beugte sich vor und stützte die Ellbogen auf die Knie, eine Pose für ein Geständnis von Mann zu Mann.

»Ich heiße nicht Tom Eliot. Ich heiße Nick Cooper.«

»Okay.«

»Was ich Ihnen jetzt erzähle …« Er zögerte, hielt kurz den Atem an und seufzte. »Vertrauen wird in unserem Geschäft nicht gerade großgeschrieben, aber ich habe das Gefühl, dass ich Ihnen trauen kann, und ich brauche Ihre Hilfe. Sie wissen, dass ich abnorm bin.«

»Klar.«

»Aber dass ich für die AEB gearbeitet habe, wussten Sie nicht.«

»Also deswegen hatten Sie Zugang zum Labor.«

»Nein, eigentlich nicht. Die Labore gehören zur Analyse. Ich war bei einer anderen Abteilung, dem Ausgleichsdienst.«

Zane versuchte, seine Überraschung zu überspielen.

»Ja, ich weiß, uns gibt es gar nicht. Aber es gibt uns eben doch. Das heißt, ich bin nicht mehr dabei. Ich bin … Nun, wenn man als Begabter bei einer Behörde arbeitet, die Begabte jagt, dann kommt's zu Reibereien. Die Einzelheiten interessieren nicht, aber seit ich abgehauen bin, bin ich für die der Buhmann.«

»Das Gefühl kenne ich.« Zane lächelte.

»Deshalb vertraue ich Ihnen auch. Also, die haben mich zur Zielperson erklärt. Sie versuchen, mich umzubringen, und früher oder später gelingt es ihnen auch.«

»Und was wollen Sie von mir? Soll ich mich etwa mit der AEB anlegen?«

»Nein, natürlich nicht. Sie sollen mir helfen, ein anderer zu werden.«

Zane nippte an seinem Scotch. »Warum gehen Sie nicht nach Wyoming?«

»Um mit den anderen wie ein Tier im Zoo zu leben?« Er schüttelte den Kopf. »Nein danke. Ich mag keine Käfige. Und niemand pflanzt mir einen Mikrochip in den Hals. Niemals. Deshalb brauche ich einen neuen Namen, ein neues Gesicht und die entsprechenden Dokumente.«

»Sie verlangen aber reichlich viel.«

»Diese Halbleiter ...« Er deutete auf den Aktenkoffer. »Das ist brandneue Newtech. Niemand, absolut niemand außerhalb der AEB hat diese Art Technologie bis jetzt zu Gesicht bekommen. Wenn Sie Ihre Karten richtig ausspielen, können Sie damit ein Vermögen machen. Und Sie bezahlen keinen Heller dafür. Sie sind einer der größten Schmuggler im Mittelwesten und ich bin sicher, Sie haben gute Verbindungen zu Hackern und Chirurgen.«

Auf dem Tri-D-Gerät wurden jetzt Aufnahmen vom Bombenanschlag auf die Börse gezeigt, dieselben, die er schon damals im März auf der Tri-D-Werbetafel gesehen hatte. Die ersten Monate waren sie ununterbrochen gezeigt worden, gefolgt von Präsident Walkers Ansprache, vor allem der Stelle, wo er sagte: »Für sie kann es – wird es – keine Gnade geben.« Dann, als klar wurde, dass man John Smith nicht so schnell fassen würde, wurde die Endlosschleife nicht mehr gezeigt. Aber immer, wenn jemand etwas Negatives über Abnorme zu sagen hatte, wurden die Bilder wiederholt. Ungefähr einmal pro Stunde ...

»Natürlich habe ich die Ressourcen. Aber wenn ich das für Sie arrangiere, was dann?«

»Wie gesagt, Sie bekommen die hier gratis.«
»Ich könnte Sie auch einfach umbringen.«
»Sind Sie sicher?« Er lächelte.
Zane lachte. »Sie haben Chuzpe, das gefällt mir.«
»Also abgemacht?«
»Ich muss noch drüber nachdenken.«

»Sie wissen ja, wie Sie mich erreichen können. Behalten Sie so lange Ihr Geld und die Halbleiter. Betrachten Sie sie als Vorauszahlung.« Cooper strich seine Hosenbeine glatt und stand auf. »Danke für den Drink.«

KAPITEL 17

Der Regen hatte nachgelassen und nach dem etwas helleren Grau im Westen zu urteilen, würde die Sonne sich vielleicht doch noch blicken lassen. Cooper holte seine Waffe aus dem Kofferraum, ließ den bröckelnden Asphalt des Lagerhausviertels hinter sich und tauchte in den dichten Stadtverkehr ein. Der Jaguar war ein Traum, aber er vermisste das raue, kraftvolle Röhren seines Dodge Charger.

Sein Spiel mit Zane war ziemlich riskant gewesen. Cooper hoffte nur, dass er wirklich so ein Drecksack war, wie er annahm.

Er bog nach Süden ab, Richtung Innenstadt. Die Skyline verschwand zum Teil hinter Wolken. Er fuhr an einer Reihe von Geschäften und einem Autohaus vorbei. Über ihm rumpelte die Hochbahn und ging Funken sprühend in die Kurve.

Streeterville war eine teure Gegend. Früher hätte er nie erwogen, in so einem Viertel abzusteigen. Überall Boutiquen und Friseursalons, schrill kläffende Hunde und teure Frauen. Er fuhr den Delaware Place entlang und hielt vor der glänzenden Opulenz des Continental Hotels. Ein großer, blasser Mann in dunkler Jacke öffnete die Wagentür. »Willkommen zurück, Mr Eliot.«

»Danke, Mitch.« Er stieg aus und ging ins Hotel.

Das Foyer war der Inbegriff moderner Eleganz, überall klare Linien und elegante Möbel. Über ihm strahlte ein riesiger Papierleuchter. Cooper schlenderte zum Aufzug, ging hinein und zog seine Schlüsselkarte durch den Scanner. Der Aufzug setzte sich in Bewegung, ohne dass er einen Knopf drücken musste. Auf der Fahrt nach oben knallten seine Ohren.

»Fünfundvierzigster Stock, Luxussuiten«, schnurrte eine Stimme aus der Konserve. Er stellte sich die dazugehörige Frau groß mit glatten blonden Haaren vor und einem Rock, der ein wenig Oberschenkel zeigte und ansonsten viel Schatten.

Cooper schloss die Tür zu seiner Suite auf und legte sein Sakko ab. Es war grau, von einem italienischen Designer und kostete mehr als seine gesamte alte Garderobe zusammen. Das Personal hatte sauber gemacht und die Vorhänge aufgezogen. Weit unten wogte der Michigansee geräuschlos gegen das Ufer. Der Himmel nahm langsam die Farbe von Bernstein an. Er bestellte beim Zimmerservice Räucherlachs und eine Flasche Gin.

Im Bad spritzte er sich kaltes Wasser ins Gesicht und trocknete sich mit einem dicken Handtuch ab. Er sah in den Spiegel. Dasselbe Gesicht wie immer schaute ihn an, nur die Umgebung war anders. Er dachte zurück an seine erste Wohnung mit Natalie, eine dunkle, kleine Bude über einem chinesischen Restaurant. Das war damals, ganz am Anfang, bevor die Zeit und seine Gabe ihrer Beziehung zugesetzt hatten. Sie hatten Todd in dieser Wohnung gezeugt, auf einem Sofa, das nach Frühlingsrollen roch. Dort hatten sie auch zum ersten Mal Weihnachten zusammen verbracht und Cooper konnte sich noch erinnern, wie Todd ein wenig wackelig mitten in einem Haufen Geschenkpapier saß und eine Schleife an seinem Kopf klebte. Er konnte sich noch erinnern …

Lass es. Lass es einfach sein.

Im Schlafzimmer warf er sein Datenpad auf den Schreibtisch und steckte seine Waffe in die Schublade. Der Sessel stand noch da, wo er ihn hingeschoben hatte, den raumhohen Fenstern mit dem atemberaubenden Panorama von See und Skyline zugewandt. Er setzte sich und seufzte.

»Home sweet home«, sagte er.

Sechs Monate zuvor, als er unbesonnen und voller Tatendrang bei Drew Peters zu Hause aufgetaucht war, war seine größte Sorge gewesen, seinen Chef von seinem Plan zu überzeugen. Er hatte gewusst, er würde einiges dafür in Kauf nehmen müssen, aber er war bereit dazu gewesen. Aber als die Sache angelaufen war, hatte er plötzlich tief im Innern dieses Gefühl von Ratlosigkeit verspürt.

Er konnte ja John Smith nicht einfach eine E-Mail schicken, um ihm mitzuteilen, dass er die Seite wechseln wollte. Jeder direkte Kontaktversuch hätte nach einer Falle ausgesehen, was ja auch stimmte. Stattdessen musste Cooper sich überlegen, was er tun würde, wenn er tatsächlich nicht mehr zu den Guten gehörte und auch nicht mehr glaubte, dass das System trotz all seiner Mängel die einzige Möglichkeit zum Überleben bot, einen Weg in eine bessere Zukunft? Was würde er tun, wenn seine Abteilung ihn tatsächlich verstoßen hätte? Wenn sie ihm den Bombenanschlag anhängen würden, ihn verraten hätten und ihn jagen würden, was würde er dann tun?

Und so hatte seine verblüffend lukrative Laufbahn als Krimineller ihren Anfang genommen.

Es klopfte an der Tür. Er ließ den Kellner herein, bat ihn, das Tablett auf dem Schreibtisch am Fenster abzustellen und zeichnete den Betrag auf der Rechnung einschließlich Trinkgeld ab, ohne ihn zu überprüfen. Der Lachs war perfekt, die rauchige Süße wurde von den salzigen Kapern und der frischen Zitrone komplementiert. Er spülte mit eiskaltem Gin nach und sah zu, wie der Himmel langsam die Farbe wechselte.

Er war vorsichtig und plante jeden Schritt äußerst gründlich. Schließlich hatte er nichts anderes zu tun. Er hatte keine Familie, mit der er sein Leben teilen konnte. Keinen Vorgesetzten, der ihm die Arbeit erschwerte. Keine Freunde, die ihn brauchten. Er schlief ein paar Mal mit einer Frau, die er in der Hotel-Lounge kennengelernt hatte, der Redakteurin einer Zeitschrift, klug, schick und sexy. Aber keiner von beiden empfand viel dabei und so verlief die Sache im Sande.

Er war überrascht – durchaus angenehm überrascht –, was für ein guter Bösewicht er war. Dieselben Fähigkeiten, die ihn zum besten Agenten des Ausgleichsdiensts machten, machten ihn auch zu einem hervorragenden Dieb und Manipulator. In den vergangenen sechs Monaten hatte er sich mit aller Macht in die Unterwelt gestürzt.

Es hatte zwar vonseiten der Kriminellen ein bisschen Ärger gegeben, aber viel gefährlicher als seine neuen Freunde war seine alte Behörde. Wie besprochen hatte Drew Peters ihn für den Anschlag verantwortlich gemacht. Er war nun eine der vorrangigen Zielpersonen des Ausgleichsdiensts. Dreimal hatten sie ihn aufgespürt, in Dallas, Los Angeles und Detroit.

In Detroit war es ziemlich brenzlig geworden. Er hätte fast einen Agenten töten müssen.

Sich in Großstädten aufzuhalten war gefährlich, aber er musste aufzuspüren sein. Vollkommen unterzutauchen würde ihm zwar die AEB vom Hals halten, aber dann käme er nie an Smith heran.

Sechs Monate lang Verstecken spielen, sich einen Ruf machen und ein Vermögen zusammenraffen. Sechs Monate lang ständig auf der Hut sein und sich in Geduld üben. Sechs Monate, in denen seine Kinder ohne ihn aufwuchsen und Natalie sich mit weiß Gott was herumschlagen musste, während seine früheren Kollegen ihn jagten. Sechs Monate, ohne jemals direkt einen Schritt auf John Smith zu zu machen.

Bis heute. Er konnte nur hoffen, dass sein Köder Zane schmecken würde.

Er aß den Lachs auf und leckte sich die Finger. Die Wolkendecke war aufgebrochen und die Welt draußen glühte in schattenlosen Pastellfarben. Die magische Stunde. Die Doppelverglasung ließ keine Geräusche durch und die Welt wurde zum Stummfilm, einem schillernden, nur für ihn bestimmten Schauspiel. Darin bestand, wie er herausgefunden hatte, der Reiz des Geldes: Es flüsterte heiser in dein Ohr, dass du etwas Besonderes bist, das alles – der Wein, die Weiber, die ganze Welt – dir gehörte. Dass dies alles im Grunde nur existierte, damit du dich daran laben konntest. Er gefiel ihm, sehr sogar. Es war, als gehörte man zum Geldadel, zu dem einen Prozent, das so reich war, dass es tun konnte, was ihm gefiel.

Aber er würde das alles sofort aufgeben, wenn er dafür nur wieder seine Kinder mit fröhlichem Schwung im Vorgarten herumwirbeln dürfte.

Sein Telefon klingelte. Er lehnte sich zurück, sodass der Sessel leicht nach hinten kippte, und streckte seinen Arm nach dem Handy aus. Er ließ es klingeln, während er auf das Display schaute.

Zane.

Cooper lächelte.

KAPITEL 18

Das Seltsame an Chicagos Geschäftsviertel war, dass es einen Zapfhahn hatte.

Tagsüber floss meist ein steter Strom von Touristen, Einkäufern und anderen Besuchern hindurch. Nachts wurde der Hahn zugedreht und es tröpfelte nur noch. Zu bestimmten Zeiten jedoch wurde voll aufgedreht und Straßen und Bürgersteige wurden von Menschen überflutet. Die erste Welle kam, wenn die Leute morgens zur Arbeit fuhren. Die dritte abends, wenn sie ihren Zug nach Hause erwischen wollten.

Cooper saß in einem Falafel-Imbiss am Fenster und wartete auf die zweite Welle. Draußen vor dem schmutzigen Fenster schlängelten sich die Autos langsam Richtung Süden. Hier auf der Wells Street, wo die Gleise der Hochbahn den Himmel in schmale Streifen zerteilten, hatte man das Gefühl, in einer beengenden Betonschlucht gefangen zu sein. Er sah auf seine Uhr. Fast ...

Mittag.

Plötzlich hatten sich die Bürgersteige gefüllt und die Leute drängten hastig in verschiedene Richtungen. Cooper nahm seine Plastiktüte und tauchte in die Menge ein. Und wie immer fühlte er sich unwohl dabei. Zu viele verschiedene Reize, zu viele verschiedene Vorhaben.

Es war ein kalter, wolkenloser Tag. Er reckte seinen Hals, konnte aber nichts sehen außer den Türmen der Geschäftigkeit, die in den blassblauen Himmel ragten. Einen halben Block weiter nördlich nahm er die Treppe zur Hochbahn, darauf bedacht, sich mit der Menge zu bewegen, einem Haufen von Geschäftsmännern, alle unter dreißig, die lachten und schwatzten. Sein rechter Schuh saß nicht richtig und war zu eng, aber sein ganzer Körper fühlte sich kräftig und beweglich und kribbelte voller Erwartung und Adrenalin. Cooper zog seine Karte durch und ging durch die Drehsperre. Den Bahnsteig beschattete ein Säulendach. Holografische Werbung für Kosmetik und Filme tanzte über das Geländer zur Straße hin. Hochhäuser drängten sich dicht um die Gleise. Nur drei Meter vom Bahnsteigrand entfernt sah er Leute in Bürogebäuden, die taten ... nun, was Leute in Bürogebäuden so taten. So genau wusste er das nicht.

Cooper ging bis zur Mitte des Bahnsteigs. Er warf seine Plastiktüte in die ungefähre Richtung eines Mülleimers, aber sie landete davor auf dem Boden. Er ließ sie liegen und setzte sich auf die dritte Bank. Der Himmel über dem Säulendach war nicht zu sehen.

In fünf Minuten würde Zanes Hacker auftauchen. Oder auch nicht. Wahrscheinlich eher nicht.

Eine Bahn kam mit Höllenlärm um die Kurve gefahren. Seit Jahren war die Rede davon, das Bahnnetz für eine schnellere und leisere Magnetschwebebahn umzurüsten, aber die Stadt hatte nie genug Geld. Cooper war ganz froh darüber, denn er mochte die Hochbahn so, wie sie war. Das war natürlich eine altmodische Einstellung, aber das Rattern und Scheppern machte ihn einfach glücklich. Er legte die Arme auf die Rückenlehne der Bank und schlug die Beine übereinander.

Als die braune Linie einfuhr, geriet der ganze Bahnsteig in Bewegung. Fahrgäste drängten aus der Bahn, während andere mühsam versuchten hineinzukommen. Unterhaltungen, Telefonate und Musik. Entschuldigungen und Flüche. Ein Mann rappte im Laufen vor sich hin, vollkommen ungehemmt. Die

Menschenwelle schwappte mit einem Hinweiston und der Ansage, die Türen würden geschlossen, ihrem Höhepunkt entgegen. Die Flut zog mit dem Zug davon und hinterließ den Bahnsteig menschenleer.

Abgesehen von einem unglaublich hübschen Mädchen, das eine Sekunde zuvor noch nicht da gewesen war.

Erschrocken blinzelte Cooper, er bekam schweißnasse Hände und es kribbelte ihn im Nacken.

Das Mädchen, das durch Wände gehen konnte, trug kniehohe Stiefel, eine weiche Strumpfhose, die unter ihrem Rocksaum verschwand, eine taillierte Bluse und eine locker sitzende Jacke mit weiten Ärmeln. Und in einem davon steckte eine kurzläufige Pistole, die sie auf seine Brust richtete.

Sie sagte: »Aufstehen.«

Cooper starrte …

Sie gehört nicht zum Plan. Sie ist ein Überraschungsfaktor, ausgerechnet heute, wo kein Fehler passieren darf. In einer Minute gibt's hier ein Riesenfeuerwerk.

Warum ist sie überhaupt hier? Und warum gerade jetzt? Sie arbeitet doch sicher nicht für Zane.

John Smith muss Informanten in der Behörde haben.

Und wie zum Teufel macht sie das überhaupt?

… sie an. Er merkte, dass sein Mund offen stand, und machte ihn zu. Hatten seine Fähigkeiten auf andere auch so eine Wirkung? Ihre Fähigkeit, sich unbemerkt anzuschleichen, war einfach unheimlich. Er hätte schwören können, dass da, wo sie jetzt stand, eine Sekunde vorher noch niemand gewesen war. »Sie konnten also noch rechtzeitig aus der Börse fliehen.«

»Aufstehen. Ich sage es nicht noch einmal.«

In ihrer Schulterhaltung, ihrer angespannten Mundpartie und dem funkelnden Blick konnte er ihre Entschlossenheit erkennen, deshalb stand er auf. Ganz langsam. »Ich arbeite nicht mehr für die AEB«, sagte er. »Ihr Boss hat nichts davon, wenn Sie mich abknallen.«

»Deswegen bin ich nicht hier, sondern wegen Brandon Vargas.«

Seine Überraschung stand ihm anscheinend im Gesicht geschrieben. Sie kniff die Lippen noch fester zusammen. »Natürlich. Sie erinnern sich nicht mehr. Für Sie war er nur eine Nummer, einer von vielen. Los, da lang.« Sie deutete mit dem Kopf, nicht mit der Waffe. Ein Profi.

Cooper schaute in die Richtung, in die sie gedeutet hatte. Der nächste Ausgang. Sie wollte ihn vom Bahnsteig wegbugsieren, um ihn woanders zu erschießen. Damit hätte er ein paar Sekunden gewonnen, unter anderen Umständen vielleicht Zeit genug, die Sache noch abzuwenden. Aber nicht heute.

Unter dem Dach hervorzukommen, würde heute den sicheren Tod bedeuten.

»Hören Sie«, sagte er, »ich muss Ihnen etwas sagen.«

»Bewegung oder ich knalle Sie auf der Stelle ab.«

»Das glaube ich nicht. Sie sind nicht wirklich unsichtbar. Sie verstehen es vielleicht, sich so zu bewegen, dass die Leute Sie nicht sehen, aber selbst Sie können nicht unbemerkt mitten in einer Hochbahnstation eine Waffe abfeuern. Wenn Sie das tun, sind Sie geliefert.«

»Vielleicht lasse ich es drauf ankommen.«

»Für Brandon Vargas?«

»Nehmen Sie seinen Namen nicht in den Mund. Männer wie Sie sind schuld daran, dass er so ein Scheißleben hatte. Männer wie Sie haben ihn in eine Akademie gesteckt. Männer wie Sie haben ihn zum Sklaven gemacht. Und als er sich geweigert hat, für die Regierung zu arbeiten, da haben *Sie* ihn umgebracht. Sie sind der Stiefel des Systems, Cooper. Ihre Aufgabe ist es, Menschen zu zertreten. Und Sie können sich nicht einmal an sie erinnern.«

»Ich habe Vargas vor dreizehn Monaten erschossen«, sagte er ruhig, »hinter einer Biker-Bar in Reno. Wir haben uns vorher noch unterhalten. Er hat eine Zigarette geraucht, eine Dunhill Red. Dann ist er weggerannt, einfach so drauflos. Ehrlich gesagt, glaube ich nicht, dass er wirklich abhauen wollte. Ich glaube, er wollte einfach, dass ich die Sache beende. Dass ich ihn aufhalte.«

Ihr Gesicht zeigte nacheinander die verschiedensten Emotionen. Die Erwähnung der Zigarette war entscheidend. War Brandon ein Freund gewesen, ein Angehöriger, Liebhaber? Im ersten Fall hätte er vielleicht eine Chance, sie zu beschwichtigen. Aber in den anderen beiden Fällen …

»Ich kann mich noch an jeden erinnern, den ich getötet habe«, sagte Cooper. »Ich war nicht hinter Brandon her, weil er nicht zur AEB wollte. Sondern weil er Banken ausgeraubt und Leute erschossen hat. Bei seinem letzten Bankraub sind eine Frau und ihre zweijährige Tochter ums Leben gekommen. Das Mädchen steckte noch in einem Kinderwagen. Es war zwar keine Absicht, aber tot sind sie trotzdem.« Aus dem Augenwinkel nahm er Bewegungen wahr. Es kamen Leute auf den Bahnsteig. Er verspürte den Drang, sich zu den Leuten umzudrehen, wagte es aber nicht. »Ja, er hatte eine beschissene Kindheit. Aber deswegen hatte er noch lange kein Recht, zweijährige Kinder abzuknallen, oder?«

Er sah tief in ihre ohnehin schon großen Augen, die durch die Wimperntusche geradezu riesig wirkten. Er versuchte, ihre Gedanken zu lesen und vor allem herauszufinden, was sie als Nächstes tun würde. Würde sie einfach abdrücken, weil das ihr Plan war? Er spürte, wie die Sekunden vergingen, und die Leute, die er aus dem Augenwinkel wahrnahm, rückten näher. Dann hielt er es nicht länger aus, drehte sich um und sah zur Treppe.

Ganz wie erwartet. *Dank dir, Zane. Bin ich froh, dass du tatsächlich die verräterische, opportunistische Ratte bist, für die ich dich gehalten habe.*

Er sah wieder das Mädchen an. Sie stand nicht weit vom Gleis entfernt. Das Dach würde sie von einer Seite schützen, aber nicht von der anderen. »Hören Sie zu«, sagte er. »Machen Sie genau zwei Schritte vorwärts und drehen Sie sich nach Osten um. Sofort, oder die bringen Sie um.«

»Wer?«

»*Machen Sie schon.*« Entweder hörte sie auf ihn oder eben nicht. Auf jeden Fall musste er sich konzentrieren. Er drehte sich wieder um.

Aus beiden Eingängen auf der Ostseite strömten Männer und Frauen mit adretten Frisuren, festen Schuhen und dem massiven Brustumfang von Leuten, die Panzerwesten trugen. Sie waren mit Gewehren, Pistolen und Maschinenpistolen bewaffnet. Sie hielten sie korrekt, nach unten links gerichtet, entsichert, aber den Finger nicht am Abzug. Drei waren die weiter entfernte und fünf die nähere Treppe hochgekommen. Agenten des Ausgleichsdiensts. Seine früheren Kollegen. Es waren garantiert noch ein paar Dutzend in der Nähe und riegelten sämtliche Straßen ab. Und wie um Salz in die Wunde zu streuen, waren sowohl Roger Dickinson als auch Bobby Quinn dabei.

Nun gut ...

Sie schrien und riefen, er solle sich nicht bewegen. Verunsichern und überwältigen, Standardtaktik. Sie hoben ihre Waffen an. Die wenigen Zivilisten auf dem Bahnsteig waren wie erstarrt.

Um zu zeigen, dass er unbewaffnet war, drehte er die Handflächen nach außen und hob ganz langsam die Hände. Sie sollten sehen, dass er keinen Widerstand leistete. Sie bildeten einen präzisen Halbkreis um ihn, sodass jeder Agent eine freie Schusslinie hatte. Acht Waffen waren auf seine Brust gerichtet. Niemand zielte auf seinen Kopf, also keine Meisterschützen dabei. Wenn er auch nur mit einem Finger zuckte, würden sie seine Brust durchsieben. Er sah es an den weißen Knöcheln eines Zeigefingers am Abzug, am starren Blick hinter dem Visier einer Maschinenpistole, an den angespannten Schultermuskeln und geblähten Nasenlöchern. Roger Dickinsons Gesicht war zu einem Zähnefletschen verzerrt, das fast wie ein Lächeln aussah. Sie wollten schießen. Sie hassten ihn und sie fürchteten ihn.

Alle außer Quinn. Quinn war sich nicht sicher. Cooper sah seinem Freund und Partner fest in die Augen. Er ließ die Geräusche an sich vorüberziehen, das Rumpeln eines einfahrenden Zugs, ihr Schreien und Brüllen, das nicht synchron zu ihren Lippenbewegungen zu sein schien, alles nur wie Rauschen im Radio, wie das Murmeln eines Flusses.

Und dann löste er mit dem Zeh den Fernzünder aus, den er vorn in seinen Schuh gestopft hatte, und die Blendgranate in der Plastiktüte verwandelte die Welt in ein donnerndes, gleißendes Leuchtfeuer.

Obwohl er nach Osten schaute, mit dem Rücken zu den Granaten, tanzten Flecken vor seinen Augen, und jetzt hörte er wirklich nur noch ein Rauschen. All die perfekt wie im Lehrbuch aufgestellten Agenten hatten direkt in das grellweiße, acht Millionen Candela starke Licht gestarrt. Sie taumelten nach hinten, fuchtelten hilflos mit den Waffen herum und hielten sich die Hände vor die Augen.

Zehn Sekunden.

Cooper drehte sich um und sah das Mädchen neben sich, nach Osten gewandt. Sie wollte gerade losrennen, aber er erwischte sie am Handgelenk. »Nein!«, schrie er, konnte aber kaum seine eigene Stimme hören. »Scharfschützen!« Er ließ sie los, wandte sich nach Westen und rannte los.

Acht Sekunden.

Es waren noch dreißig Meter bis zum Ausgang. Entlang des Bahnsteigs standen Bänke und Mülleimer. Er rannte, so schnell es ging, und hoffte, dass sie mithalten konnte. Ihm kam eine Idee für einen möglichen nächsten Schritt, und sie spielte dabei eine zentrale Rolle. Aber jetzt war keine Zeit. Er erreichte das Ende des Säulendachs.

Es schien aussichtslos.

Fünf Sekunden.

Etwas sauste böse und brennend heiß an seinem Arm entlang und Funken sprühten von einem Mülleimer vor ihm auf. Er schlug schnell einen Haken nach links. Ein Stück Beton flog durch die Luft. Er fälschte einen Sprung nach rechts an und sprang nach links. Der Hipster, an dem er vorbeirannte, brach zusammen und hielt sich das Bein, das aussah, als wäre es von innen aufgeplatzt. Cooper hörte die Schüsse nicht, aber damit hatte er gerechnet. Nicht nur wegen der Blendgranate, sondern auch, weil die Scharfschützen – sicher mindestens drei – sich wahrscheinlich Hunderte Meter entfernt in den oberen Stockwerken irgendwelcher Hochhäuser befanden.

Zwei Sekunden.

In vollem Tempo erreichte er das Ende des Bahnsteigs, stieß sich ohne abzubremsen mit dem rechten Fuß ab, sprang hoch, setzte den linken Fuß aufs Geländer und sprang, den Wind im Gesicht, mit rudernden Armen und pochendem Herzen, ins Nichts.

Unter ihm die Straße. Unerbittlicher Asphalt und dröhnender Verkehr. Leere. Er fragte sich noch, ob er es schaffen würde, da knallte er schon gegen das Geländer der Feuertreppe am Gebäude gegenüber und prellte sich die Rippen. Keine sehr elegante Landung. Er rang nach Atem und zog sich über das Geländer. Dann drehte er sich um, um zu sehen, ob …

Sie landete behänd wie eine Katze in der Hocke, packte das Geländer und zog sich hoch.

Alle Achtung.

Aber Cooper hatte keine Zeit, herumzustehen und sie zu bewundern. Eine Blendgranate setzt genug Photonen frei, um sämtliche lichtsensitiven Zellen im Auge zu aktivieren und jeden, der aus der Nähe in ihr Licht schaut, zu blenden. Aber es dauerte höchstens zehn Sekunden, bis das Einsatzteam wieder gut genug sehen konnte, um sie zu verfolgen – und vielleicht sogar einen Schuss zu riskieren. Er eilte zur Ecke der Feuertreppe und riss das Isolierband ab, mit dem er die Brechstange am Geländer befestigt hatte, wirbelte herum und zerschmetterte die Fensterscheibe mit einem Schlag. Dann schlug er noch einmal gegen den unteren Rand der Scheibe, um die größten Scherben zu beseitigen.

Er drehte sich um und wollte dem Mädchen ein Zeichen geben, aber sie war weg. Also gut. Als er durchs Fenster sprang, hörte er Schüsse hinter sich. Drinnen stieß er gegen irgendetwas. Das Mädchen. Sie stolperten übereinander und fielen um. Er landete auf ihr, aber nicht mit elegantem Schwung wie ein Actionheld, sondern atemlos und unbeholfen. Ein Hauch von

Frauenschweiß und würzigem Parfum stieg ihm in die Nase, bevor sie sich beide wieder aufrappelten.

Ein dünner Mann mit noch dünnerem Haar saß hinter einem Schreibtisch. Sein Mund stand offen. Er starrte sie an, als wären sie gerade, nun ja, durchs Fenster hereingeflogen. Cooper lachte schnaubend – ausgerechnet in den brenzligsten Situationen, wenn es so überhaupt nicht passte, kamen ihm immer irgendwelche Gedanken, die ihn schmunzeln ließen – und ging zur Tür. Sie folgte ihm. Durch ein ganz normales Büro mit Schreibtischen, Aktenschränken und Neonröhren. Er lief ganz ruhig und nickte den Leuten im Vorbeigehen zu, als wäre er einer von ihnen. Das Treppenhaus befand sich neben dem Aufzug. Er eilte die Treppe hinauf. Seine Ohren dröhnten und seine Rippen schmerzten. Auf dem ersten Treppenabsatz blieb er stehen und schaute auf die Uhr.

»Warum gehen Sie nicht weiter?«

»Ich will warten, bis sie herkommen. Alle Einheiten in der Umgebung werden zu diesem Gebäude umgeleitet.«

»*Was?* Ist das etwa eine Falle?«

»Nein. Sie werden uns umzingeln und alle Ausgänge abriegeln. Dann stürmen Spezialeinsatzkommandos das Gebäude. Und wir stürmen raus.«

»Sie können mich mal. Ich bleibe doch nicht hier.«

Er zuckte mit den Schultern. »Na gut …«

Sie verengte die Augen. »Sie haben das alles geplant.«

»Ich konnte mir denken, dass Zane mich ans Messer liefert.«

»Warum sind Sie dann überhaupt gekommen?«

»Es bestand ja die vage Hoffnung, dass er mich nicht verrät. Außerdem habe ich selbst schon Tausende solcher Einsätze geleitet. Ich weiß genau, wie's läuft.«

»Ach ja«, sagte sie kalt. »Sie haben schon eine Million Einsätze gegen Begabte geleitet.«

»Ja. Und in diesem Augenblick stürmen an die hundert Agenten auf dieses Gebäude zu. Wenn Sie wirklich glauben, Sie können denen entwischen, dann viel Glück. Ansonsten tun Sie einfach, was ich sage, und wir kommen hier lebend raus.«

»Und warum sollten Sie mir helfen?«

Er zögerte. Seine Gedanken rasten. Er hatte damit gerechnet, dass Zane ihn verraten würde, hatte sich geradezu darauf verlassen. Die AEB zahlte sicher ein stattliches Kopfgeld. Und nicht nur das. Die Behörde interessierte sich zwar nicht für gewöhnliche Kriminelle, aber sie hatte Einfluss bei anderen Behörden. Wenn er Cooper jetzt ans Messer lieferte, könnte das für Zane eine Absicherung für die Zukunft bedeuten. Es war nicht schwer gewesen, sich auszurechnen, dass er die AEB informieren und die Behörde ihr volles Aufgebot auffahren würde. Möglichst lautstark und in aller Öffentlichkeit. Denn das war der Zweck der ganzen Übung. Sie sollte ein Testballon sein. Eine Botschaft. Sie sollte John Smith beweisen, dass Nick Cooper nichts mehr mit der AEB zu tun hatte. Und vielleicht, nur vielleicht, wäre es auch ein erster Schritt zu ihm.

Cooper hatte allerdings nicht damit gerechnet, dass das Mädchen, das durch Wände gehen konnte, auftauchen würde, um einen Mann zu rächen, den er dreizehn Monate zuvor getötet hatte. Das war natürlich die Gelegenheit, an Smith heranzukommen. Diese junge Frau war wahrscheinlich eine seiner zuverlässigsten Mitstreiterinnen. Sie hatte schließlich am zwölften März die Bomben in der Börse gezündet und 1143 Menschen getötet. Er musste sich schwer beherrschen, sie nicht einfach bewusstlos zu schlagen und sie seinen alten Kollegen zu überlassen.

Aber sie war nur eine Schachfigur. Er wollte den finden, der die Züge machte.

»Ich weiß nicht«, sagte er. »Vielleicht wegen Brandon Vargas.« Er gönnte ihr eine halbe Sekunde, um seine Antwort abzuwägen, und sagte dann: »Los, gehen wir.«

An der Tür hing ein Schild, auf dem stand: BETRETEN VERBOTEN. AUSGANG IM ERDGESCHOSS. Er stieß sie mit der flachen Hand auf. Als er hindurchging, zog er das Isolierband ab, das er am Vorabend über den Riegel geklebt hatte, damit die Tür nicht zuschnappte. Eine tolle Sache, Isolierband.

»Und jetzt?«

Er ignorierte sie und schritt den Gang entlang. Er kam an einer Frau vorbei, die ihn anlächelte. Dann an einem Bürohengst, der tat, was Bürohengste so tun. Der Pausenraum war nur eine Ausbuchtung im Flur mit summendem Kühlschrank, Plastikbesteck und Dosen mit Kaffeeweißer. Der Fensterrahmen war so oft überstrichen worden, dass er wegen der dicken Farbschichten klemmte. Cooper schob ein Ende der Brechstange unter das Schiebefenster und drückte mit aller Kraft auf das andere Ende. Die Farbe sprang ab und es quietschte. Noch ein Ruck und das Fenster ging einen Zentimeter weit auf. Dann schob er es mit aller Kraft ganz auf und kletterte hinaus auf eine weitere Feuertreppe, zwei Stockwerke höher als die, über die sie hereingekommen waren, und einen halben Block davon entfernt. Ein Zug fuhr gerade in die Hochbahnstation.

»Das ist nicht Ihr Ernst.« Sie beugte sich über das Geländer.

»Doch, doch.« Er kletterte hoch, balancierte kurz und lehnte sich vor. Er spürte, wie die Schwerkraft an ihm zerrte. Dann beugte er die Knie und sprang. Unten immer noch derselbe unerbittliche Asphalt, derselbe dröhnende Verkehr, dieselbe Leere. Dann landete er auf dem Dach des Bahnsteigs, ging in die Knie und ließ sich abrollen. Beim Aufprall auf das Metalldach hatte es gescheppert und gedröhnt, aber der herannahende Zug hatte den Lärm übertönt. Dann hörte er es hinter sich wieder scheppern, aber diesmal leiser. Sie hockten sich nebeneinander aufs Dach und sahen zu, wie der silberne Zug zum Stehen kam. Er wartete, bis die Flut ein- und aussteigender Passagiere verebbt war, und sprang mühelos auf das Dach des zweiten Waggons. Dann legte er sich flach hin, robbte nach vorn, hielt sich am Rand des Wagendachs fest und stemmte seine Füße dagegen. Das Metall war kalt und schmutzig. Eine Sekunde später war das Mädchen neben ihm. Sie sah ihn an und schüttelte mit dem Kopf. »Arschloch.«

Er grinste. »Achtung, die Türen schließen. Bitte festhalten.«

Es gab einen Ruck wie bei einem anfahrenden Aufzug, dann setzte sich der Zug in Bewegung.

Im Großen und Ganzen würde sein Plan funktionieren, da war er ziemlich sicher gewesen. Seine früheren Kollegen hatten bisher nicht bedacht, dass er mit ihren Methoden vertraut war. Sie gingen nach dem üblichen Schema vor, und das konnte er für sich ausnutzen. Die Blendgranate hatte ihm einen Vorsprung verschafft. Außerdem hatte er alle verfügbaren Agenten an einen Ort gelockt, um dann überraschend die Richtung zu ändern und ihnen zu entkommen. Aber er war noch nie auf dem Dach eines Zugs mitgefahren.

Nach dem, was er hinter sich hatte, kam es ihm allerdings gar nicht so schwierig vor. Seinem Datenpad zufolge erreichten die Züge auf gerader Strecke bis zu neunzig Stundenkilometer. Er war sich nicht sicher, ob sie sich bei so hohem Tempo überhaupt richtig an dem glatten Metall festhalten konnten. Aber glücklicherweise befand sich der Zug gerade im sogenannten Loop, einer Teilstrecke, die ein Quadrat beschrieb und wo der Zug um mehrere Ecken fahren musste. Am gefährlichsten waren die Kurven, da sich der Zug dort zur Seite neigte. Allerdings rechnete er damit und klammerte sich dort immer ganz besonders fest. Der Fahrtwind wirkte geradezu berauschend und der Gesichtsausdruck der Leute in den Gebäuden, an denen sie vorbeifuhren, war es fast wert, beschossen worden zu sein. Sie ließen zwei Stationen passieren und als sie die dritte erreichten, war er fast traurig.

Mann, bin ich gut! Er stand auf und ging zum Rand des Zugdachs. Die Türen waren aufgegangen und Fahrgäste stiegen ein und aus. Er wollte warten, bis der Bahnsteig sich geleert hatte, und dann herunterspringen, kurz bevor …

Sie kam von hinten, stieß ihm ihr Knie in die Kniekehlen und packte ihn bei den Schultern. Er sackte zusammen, nach allen Regeln der Physik. Warum hatte er ihr nur den Rücken zugekehrt? Als sie gemeinsam auf das Zugdach prallten, entzog er sich ihrem Griff, drehte sich herum und holte zum Schlag aus.

Mit verängstigtem Blick zeigte das Mädchen auf etwas. Cooper verengte die Augen und riskierte einen schnellen Blick über seine Schulter. Es stiegen noch immer Fahrgäste aus, Männer und Frauen, Touristen und Geschäftsleute, eine Stewardess, ein paar Studenten … und zwei Männer in Anzügen.

Roger Dickinson sagte: »Verdammt, ich wusste, er würde uns entwischen.«

»Wollen Sie den Zug noch mal absuchen, Sir?« Quinns Ton hatte etwas leicht Aufsässiges, aber das »Sir« machte Cooper stutzig. Peters hatte Dickinson anscheinend befördert. Wahrscheinlich hatte er jetzt Coopers Stelle. Das verhieß nichts Gutes, denn man konnte von Dickinson halten, was man wollte, aber er war wirklich gut in seinem Job.

»Nein, will ich nicht. Wissen Sie, was ich will, Bobby? Ich will sicher sein, dass Sie auf der richtigen Seite sind.«

»Ich hab es Ihnen schon mal gesagt, ich glaube nicht, dass Coop ein Terrorist ist.«

»Wirklich nicht? Obwohl er die Börse in die Luft gejagt hat?«

»Das war nicht …«

»Ach nein? Er war Sekunden vorher noch da, ist anschließend spurlos verschwunden und hat angefangen, AEB-Labore zu plündern. Und die Frau, mit der er Händchen gehalten hat, das war die, die Bryan Vasquez umgebracht hat. Jetzt erklären Sie mir doch noch mal genau, wieso Cooper einer von den Guten sein soll.«

»Ich weiß nicht«, sagte Quinn verbissen. »Ich glaube einfach nicht, dass er was mit Smith zu tun hat.«

»Begreifen Sie es endlich, Bobby. Ihr Liebling ist ein …«

»Achtung, die Türen schließen. Bitte festhalten.« Es machte laut Dingdong und der Zug setzte sich in Bewegung. Cooper konnte sich gerade noch rechtzeitig festhalten. Er hatte plötzlich ein furchtbar schweres Gefühl im Magen. Er war reichlich übermütig gewesen und wäre fast seinen alten Kollegen vor die Füße gesprungen. Er wusste, wie schnell Dickinson war. Und er selbst war unbewaffnet. *Wenn ich runtergesprungen wäre, hätte er mich abgeknallt.*

Er drehte sich nach dem Mädchen um und sie erwiderte seinen Blick kurz. Dann sah sie weg.

Dass ihr die Herrenrasse seid, glaubt ihr,
Doch ich seh nur Schmach und Schande,
Es ist nicht eure Schuld, sagt ihr,
Ich sag, zerschlagt die ganze Bande.

Knipst die Lichter aus,
Knipst die Lichter aus,
Flutet mit Blut das Land
Und knipst die Lichter aus.

Dass ihr die Zukunft seid, meint ihr,
Doch das steht noch nicht fest,
Um Frieden geht es euch, sagt ihr,
Ich sag, befreit uns von der Pest.

Knipst die Lichter aus,
Knipst die Lichter aus,
Entzündet tausend Feuer
Und knipst die Lichter aus.

Für jeden Tritt von euch,
Für all die Heuchelei,
Für jeden miesen Trick von euch
Und die ganze Lügerei,

Knipst die Lichter aus,
Knipst die Lichter aus,
Hebt tausend Gräber aus,
Und knipst die Lichter aus.

– Knipst die Lichter aus von Severed Bloodlines
(Resistance Records, 2007)

KAPITEL 19

Das Zimmer war nicht mit seiner Luxussuite im Continental zu vergleichen.

Das Howard Johnson Hotel, am falschen Ende der State Street gelegen, war farblos, ohne jeden Charakter und leicht deprimierend. Trübes Nachmittagslicht sickerte durch die Vorhänge. Das Mädchen, das durch Wände gehen konnte, stand hinter ihm und fragte: »Und was jetzt?«

»Wir warten.« Er ging zum Bett und setzte sich darauf.

Sie kam zögernd ins Zimmer, als ob sie unsicher wäre, ob sie bleiben sollte. Sie fuhr mit einem Finger über den Schreibtisch. »Tolle Bude.«

»Na ja, ich habe nicht mit Besuch gerechnet.« Cooper machte seinen Schnürsenkel auf. »Aber hier können wir uns verkriechen, bis das Schlimmste vorüber ist. Wenn sie merken, dass wir ihnen durchs Netz gegangen sind, werden sie einen letzten verzweifelten Versuch starten, solange sie uns noch in der Nähe vermuten. Sie werden sich über den ganzen Loop verteilen, das Videoüberwachungssystem der Chicagoer Polizei übernehmen, Polizisten einspannen, die von Tür zu Tür gehen, jede Bar, jedes Restaurant und jede Toilette absuchen, neue Gäste in Hotels überprüfen …«

»Komisch, und ich dachte, das hier wäre ein Hotel.«

»Ich habe schon vor einer Woche gebucht. Unter dem Namen Al Ginsberg.«

Sie zitierte: »Ich sah die besten Köpfe meiner Generation zerstört vom Wahnsinn, hungrig hysterisch nackt ...« Sie zog die Vorhänge auf und sah hinaus auf die Ziegelmauer gegenüber und hinunter auf die Straße. »Ich habe das Gedicht nie richtig verstanden, aber ich mag den Geschmack der Worte.«

»Ja.« Cooper zog den Schuh aus, schüttelte ihn und fing den Fernzünder auf. »Ich auch. Warum haben Sie's getan?«

»Hmm?« Sie drehte sich zu ihm um.

»Die Börse, warum haben Sie sie in die Luft gejagt? Sie haben über *elfhundert* Leute umgebracht.«

»Nein«, sagte sie. »Ich habe damals schon versucht, es Ihnen zu sagen. Ich wollte es verhindern.«

»Ach, Unsinn.«

»Die Börse hätte eigentlich geräumt sein sollen. Wir hatten vorher angerufen, um sie zu warnen, dass wir dort Bomben gelegt hatten und dass wir sie zünden würden, falls sie das Gebäude durchsuchen. Ich war da, um zu verhindern, dass sie hochgehen, wegen der vielen Leute.«

»Superleistung. Es ist ja auch gar nichts passiert.«

Sie verschränkte die Arme vor der Brust. »Die Zerstörung der Börse sollte ein symbolischer Akt sein. Die Neueröffnung der Börse war gegen uns gerichtet. Man wollte uns ausschließen. Wir wollten demonstrieren, dass es keine Zukunft ohne uns geben kann. Welchen Sinn hätte es da gemacht, Menschen umzubringen?«

Cooper sah zu ihr auf. Ihre weiten Pupillen, ihre ruhigen Hände, der regelmäßige Puls ihrer Halsschlagader, all dies deutete darauf hin, dass sie die Wahrheit sagte. *Aber diese Frau würde in einer Flugzeugtoilette noch ein Versteck finden. Körperkontrolle ist Teil ihrer Gabe.*

»Außerdem haben Sie's gerade nötig. Sie sind der Killer, nicht ich.«

»Ach ja? Und was ist mit Bryan Vasquez?«

Ihre Lippen wurden zu einem dünnen Strich. »Er hat unsere Sache verraten.«

»Mit solchen Sprüchen reden sich Terroristen, die sich als Freiheitskämpfer ausgeben, immer heraus.«

»Sagt der Sturmsoldat, der den Staat beschützt, indem er seine Bürger ermordet.«

Er wollte etwas darauf antworten, zögerte dann aber. *Du hast drei Stunden, um sie zu überreden, dir zu helfen. Wenn sie verschwindet, hast du verloren.* Er band seinen Schnürsenkel wieder zu. Seine Finger zitterten noch von den Nachwirkungen des Adrenalins und seine Rippen schmerzten von dem Zusammenstoß mit dem Geländer. Cooper stand auf und ging zur Minibar, die sich unter dem Fernseher befand. Es quietschte, als er sie öffnete. Für sich holte er zwei Minifläschchen Jack Daniel's heraus und fragte: »Wollen Sie was trinken?« Er kramte in dem kleinen Kühlschrank herum. »Es gibt Rotwein, billigen Sekt …«

»Wodka.«

»Es ist auch Orangensaft da. Ich kann Ihnen einen Screwdriver machen.«

»Nur Wodka mit Eis.«

»Wollen Sie zusehen, wie ich einschenke? Von wegen mörderischer Sturmsoldat und so?«

Sie starrte ihn einen Moment lang an, dann verzog sie einen Mundwinkel zu einem schiefen Lächeln.

»Jetzt schenken Sie schon ein.«

Im Eisfach fand er die kleinste Eiswürfelschale der Welt. Er bog sie hin und her, schüttete die Eiswürfel in einen Plastikbecher und goss Smirnoff darüber. Er gab ihr den Becher und goss sich seinen Bourbon ein. Die Wärme wirkte sofort lindernd auf seine Schmerzen und das Zittern.

»Also, wie lange müssen wir hier rumhängen und warten?«

»Ein paar Tage.«

»Ein paar *Tage*?«

»Ich habe Dosensuppe im Schrank gebunkert, die müssen wir kalt essen. Aber ich habe nur für eine Person vorgesorgt, wir müssen uns die Vorräte also gut einteilen.«

Sie machte so große Augen, dass sie fast hervortraten. Er konnte nicht ernst bleiben und grinste. »Ich mache nur Spaß. Wir warten nur den Feierabendverkehr ab, dann können wir uns unter die Leute mischen.«

Sie lachte. Kein heiseres, kokettes Lachen, es hatte nichts Aufgesetztes. Sie war ehrlich amüsiert. Cooper sagte: »So ist's besser.«

»Besser als was?«

»Als uns gegenseitig zu beschimpfen. Aber ich weiß nicht mal ...«

»Ich heiße Shannon.«

»Nick Cooper.«

»Habe ich mitgekriegt«, sagte sie trocken. »Und was nun? Wir gehen einfach raus und das war's?«

»Wieso? Wollten Sie schon das Aufgebot bestellen und Einladungen verschicken?«

»Die Sache ist die, Nick ...«

»Cooper.«

»Ihretwegen sitze ich ganz schön in der Klemme.«

»Wieso das denn?«

»Weil Sie noch leben.«

»Wie bitte?«

»Eigentlich wollte ich Sie umbringen. Aber Sie sind noch am Leben. Und keiner, der uns zusammen gesehen hat, wird auf die Idee kommen, dass ich Sie umbringen wollte. Es muss ausgesehen haben, als würden wir zusammenarbeiten.«

»Na und?«

»Die AEB fahndet sowieso schon wegen des Anschlags auf die Börse nach mir. Und jetzt, wo sie mich zusammen mit Ihnen gesehen haben, werden sie erst recht hinter mir her sein, wahrscheinlich mehr als hinter Ihnen. Und sie wissen, dass ich in der Stadt bin. Außerdem, wenn ich mich nicht mit meinen Leuten in Verbindung setzen kann, werden die wiederum glauben, ich wäre übergelaufen.«

»Wieso? Wussten sie nicht, dass Sie mich erledigen wollten?«

Sie schüttelte den Kopf. »Das war eine persönliche Sache. Ich habe niemandem etwas davon gesagt. Und jetzt sieht's so aus, als hätte ich mich, als die Schurken hinter mir her waren, an den Topmann des Ausgleichsdiensts rangemacht und mit ihm zusammen eine waghalsige Flucht hingelegt. Was soll ich meinen Leuten denn sagen? Keine Sorge, Cooper und ich haben uns nur über Gedichte und Revolution unterhalten?«

»Woher sollen die denn überhaupt erfahren, dass Sie da waren?«

»Wir haben Leute in der AEB.«

»Ach.« Er nahm einen Schluck Whiskey. Das hatte er sich natürlich schon längst gedacht, da sie so plötzlich auf dem Bahnsteig aufgetaucht war, aber das musste er ihr ja nicht auf die Nase binden. »Und Ihre Maulwürfe werden wahrscheinlich berichten, dass Sie sich mit mir zusammengetan haben.«

»Genau. Das bringt mich ganz schön in Schwierigkeiten. Von beiden Seiten. Alles nur Ihretwegen.«

Cooper zuckte mit den Schultern. »Tut mir leid.«

»Hören Sie, Sie eingebildeter …«

»Lady, ich kann nichts für Ihre Probleme. *Sie wollten mich umbringen.* Sie haben sich den falschen Moment ausgesucht. Das ist doch nicht meine Schuld. Wenn ich nicht gewesen wäre, würden Sie jetzt in einem weißen, gut beleuchteten Raum sitzen und schlottern.«

»Und wenn ich nicht gewesen wäre, würden Sie jetzt auf einem Bahnsteig liegen und verbluten.«

Sie standen jeder an einer Seite des Bettes, beide steif und angespannt, und zankten sich wie ein altes Ehepaar. Es war einfach total verquer, dass ausgerechnet diese Frau, eine Terroristin, ihn vor seinen früheren Kollegen, die sie zudem als Schurken bezeichnete, beschützt hatte. Es stimmte natürlich, dass er ihr sein Leben zu verdanken hatte. Aber das Ganze war so absurd, dass er schmunzeln musste.

»Was ist?«

»Es war ein langer Tag.« Er nahm noch einen Schluck Whiskey, ging zum Fernseher – einem alten Flachbildschirmgerät, kein Tri-D – und schaltete CNN ein. Wer wusste, ob überhaupt darüber berichtet würde, aber wenn, dann frühestens in ein paar Stunden.

»... Schauplatz eines weiteren Terroranschlags in einer Serie, die schon mehrere Wochen anhält.« Die Frau auf dem Bahnsteig war eine übereifrige Plastikschönheit, eine Lokalreporterin, die ihre große Chance bekam. »Ein Unbekannter hat heute während der belebten Mittagszeit eine Bombe in einer Chicagoer Hochbahnstation gelegt.«

Dann zeigte die Kamera die Reporterin, wie sie einem Mann, an den Cooper sich vage von einem Seminar vor zwei Jahren in Washington erinnerte, ein Mikrofon hinhielt. Am unteren Bildschirmrand stand: »TERRY STILES, ANALYSE- UND EINSATZBEHÖRDE, DIENSTSTELLENLEITER CHICAGO«. Stiles sagte: »Wir haben diesen Mann schon seit Wochen überwacht und konnten ihn fassen, bevor er in der Lage war, in der Hochbahn eine Bombe zu zünden. Leider konnten wir ihn nicht daran hindern, Schüsse in die Menge abzugeben. Mehrere Zivilpersonen und zwei Agenten wurden verletzt.«

»Können Sie uns sagen, wer der Täter ist?«

»Dazu kann ich derzeit nichts sagen«, kommentierte Stiles, »aber wir nehmen an, dass er mit abnormen Terrorgruppen zusammengearbeitet hat, die von Wyoming aus operieren.«

»Hat er etwas mit John Smith und dem Anschlag vom zwölften März zu tun?«

»Dazu kann ich nichts sagen.«

Dann wurden Rettungssanitäter gezeigt, die eine Fahrtrage schoben. Darauf lag der Hipster, der ins Kreuzfeuer der Scharfschützen geraten war. Die Reporterin berichtete aus dem Off: »Die verletzten Zivilpersonen werden in umliegende Krankenhäuser gebracht. Keiner von ihnen schwebt in Lebensgefahr.«

Schnitt zurück zur Reporterin, deren übertrieben besorgte Miene den Bildschirm ausfüllte. »Solche Bilder sind uns aus den vergangenen Monaten nur allzu vertraut. Abnorme Splittergruppen haben angekündigt, die Gewalt werde weiter eskalieren, falls die Regierung mit der Umsetzung der Kontroll- und Aufklärungsinitiative fortfährt. Nach dem umstrittenen Gesetzesentwurf, der gestern vom Repräsentantenhaus angenommen wurde, sollen alle begabten Personen verpflichtet werden, sich einen Mikrochip …«

Plötzlich ging der Fernseher mit einem Flackern aus. Cooper drehte sich zu Shannon um, die die Fernbedienung auf den Schreibtisch warf. »Ich wollte das sehen«, sagte er sanft.

»Ich kann diese Lügen nicht ertragen. So was jagt mir kalte Schauer über den Rücken.«

»Sie wissen doch, wie so was läuft. Mit solchen Storys sollen die Leute beruhigt werden. Da war so ein Bösewicht und wir haben ihn aufgehalten. Einfach und sauber. Besser als die Alternative. Es würde zu Massenpanik und Gewaltausbrüchen führen, wenn …«

»Wenn was? Wenn ihr die Wahrheit sagen würdet?« Shannon starrte ihn böse an. »In dem Bericht war von einem Anschlag durch Abnorme die Rede. Den gab es nicht. Außerdem hieß es, der Terrorist – damit sind übrigens Sie gemeint – habe auf Agenten und Zivilisten geschossen, dabei waren es die *Agenten*, die auf Zivilisten geschossen haben. Und angeblich hat Big Brother alles unter Kontrolle, doch wir sind entkommen. Das einzig Wahre an dem Bericht war, dass heute ein Genialer in dieser Hochbahnstation war. Und eigentlich waren es zwei.«

»Worauf wollen Sie hinaus?«

»Worauf ich *hinauswill*?«

»Ja. Und ich meine nicht, dass ›die Wahrheit euch freimachen wird‹ und solche Sprüche, die sowieso kein Mensch glaubt. Die Leute wollen die Wahrheit nicht hören, nicht wirklich. Sie wollen Sicherheit und einen vollen Kühlschrank.« Anscheinend konnte er einfach nicht anders, als sich mit dieser Frau zu streiten. »Meinen Sie, ich will, dass Abnorme Mikrochips eingepflanzt kriegen? Meinen Sie, mir gefallen die Akademien? Ich hasse das alles. Alles! Aber wir sind eine winzige Minderheit. Und die Normalen haben Angst. Und Leute, die Angst haben, sind gefährlich. Tatsache ist, wir, die Abnormen, die Genialen, die Freaks, wir würden einen Krieg nicht überleben. Wir würden verlieren.«

»Vielleicht«, sagte sie. »Aber vielleicht gäbe es ja gar keinen Krieg, wenn ihr nicht ständig im Fernsehen erzählen würdet, dass wir Krieg haben.«

Er öffnete den Mund, um etwas zu sagen, und schloss ihn wieder. Schließlich sagte er: »Vielleicht haben Sie recht. Aber sagen Sie nicht ständig ›ihr‹. Die Behörde hat mich reingelegt. Sie brauchten einen Sündenbock für den zwölften März. Meine alten Freunde versuchen, mich umzubringen. Und vergessen wir auch nicht, dass Ihr Boss für den Anschlag verantwortlich ist, den man mir anhängen will.«

»Ich habe Ihnen doch gesagt …«

»Ja, ja, ich weiß. Die Börse sollte eigentlich geräumt werden. Aber wer hat den Anschlag denn geplant? Wer hat den Auftrag gegeben, die Sprengsätze dort zu deponieren? War das etwa nicht John Smith?«

Sie sagte nichts.

»Keiner von uns ist unschuldig.« Ihm kam eine Idee, wie er es anpacken musste. Wie er sie für sich gewinnen konnte. »Sie nicht, die AEB nicht … Ich habe einfach die Nase voll. Ich will raus aus der Sache.«

Er ließ sich flach aufs Bett fallen und verschränkte die Hände im Nacken. Die niedrige Nachmittagssonne verwandelte jede Unebenheit auf der Rauputzdecke in eine Sonnenuhr. *Kein Wort mehr. Ein guter Verkäufer redet nicht so viel.*

Shannon legte die Füße aufs Bett, die Beine übereinandergeschlagen. Dann lehnte sie sich auf ihrem Stuhl zurück, um einen Vorhang zurückzuziehen. Ihr Gesicht glühte in den Farben des Sonnenuntergangs. Während sie aus dem Fenster sah, fragte sie: »Was wollten Sie eigentlich von Zane?«

»Er sollte mir eine neue Identität verschaffen.«

»Was? Falsche Papiere?«

Er schnaubte verächtlich. »Ich habe ein Dutzend Führerscheine. Für Zane war ich T. S. Eliot, hier habe ich mich als Allen Ginsberg angemeldet. Ich könnte mich auch als Charles Bukowski ausgeben. Aber wir haben es hier mit der AEB zu tun. Wenn ich ein neues Leben will, muss ich ein ganz neuer Mensch werden. Neue Papiere, klar, aber auch eine neue Biografie. Dafür müssen Hunderte Computersysteme gehackt werden. Und ich brauche ein neues Gesicht, einfach alles.«

»Warum hauen Sie nicht einfach nach Wyoming ab?«

»Ja, klar.«

»Im Ernst«, sagte sie. »New Canaan ist zwar noch nicht unabhängig, aber die AEB hat keine Suchaktionen in der Siedlung geplant.«

»Das wäre mein Todesurteil. Vielleicht, wenn Zane sich an unseren Deal gehalten hätte, aber so …« *Sie soll sich ruhig Mühe geben. Sie soll denken, dass sie dich überzeugen muss.*

»New Canaan ist ganz anders als die Welt hier draußen. Jeder, der dort hinkommt, hat eine Vergangenheit. Jeder lässt irgendwelche Probleme zurück. Sie könnten ganz von vorn anfangen.«

»Ja, klar, und dann kommt irgendeiner, dessen Bruder ich umgelegt hab, und fackelt mein Haus ab. Nein, wenn ich schon mein Leben lang auf der Hut sein muss, dann suche ich mir doch einen schöneren Ort aus als Wyoming.« Er sah auf die Uhr und schloss die Augen. »Ich penn jetzt erst mal 'ne Runde.«

Eine lange Minute verstrich und dann noch eine. Er starrte die Innenseite seiner Augenlider an. *Komm schon, komm schon.*

»Es gibt da vielleicht eine Möglichkeit«, sagte sie.

Bingo! Er öffnete die Augen. »Ja? Und was für eine? Eine Gesichtsoperation mit dem Taschenmesser?«

»Hören Sie doch erst mal zu. Sie könnten wirklich in New Canaan unterkommen. Sie wären dort in Sicherheit, auch wenn Sie Sie selbst bleiben.« Sie gab ihm ein Zeichen, sie nicht zu unterbrechen. »So einfach ist das allerdings nicht, aber vielleicht, wenn sich der Richtige für Sie verbürgen würde ...«

»Ich bin aber kein Terrorist«, sagte er in scharfem Ton. Es sollte so aussehen, als wäre er nicht sehr begeistert von der Idee, denn wenn sie nur den geringsten Verdacht schöpfte, wäre sein ganzer Plan dahin. »Und außerdem arbeite ich nicht für John Smith.«

»Den hatte ich gar nicht im Sinn.«

»Wen hatten Sie ...«

»Erik Epstein.«

Cooper erstarrte. »Den Milliardär? Den König von New Canaan?«

»Nur Normalos nennen ihn so.«

»Warum sollte der sich für mich einsetzen?«

»Ich weiß nicht. Sie müssen ihn eben überzeugen. Jedenfalls ist das realistischer, als sich auf so einen Dreckskerl wie Zane zu verlassen. Und wenn Sie wirklich einen neuen Anfang machen wollen, nun«, sie zuckte mit den Schultern, »vielleicht hat er dafür ja Verständnis.«

»Soll ich etwa einfach bei ihm anklopfen?«

»Nein, jemand muss Ihnen helfen.«

Er setzte sich auf und schwang herum, um die Füße auf den Boden zu setzen. Unter Klicken und Klopfen ging die Heizung an.

»Und was hätten Sie davon?«

»Bis ich meinen Leuten alles erklärt habe – und das muss ich auf jeden Fall persönlich machen –, bis dahin bin ich total aufgeschmissen. Ich kann weder meine Kreditkarte noch meine Papiere oder meine Kontakte nutzen. Und in der Zwischenzeit werden Ihre alten Freunde alles daransetzen, mich zu schnappen.«

Cooper tat so, als würde er darüber nachdenken. »Also, ich bringe Sie nach Wyoming, und Sie bringen mich zu Erik Epstein?«

»Genau.«

»Und woher weiß ich, dass Sie sich nicht aus dem Staub machen, sobald wir in New Canaan sind?«

Sie zuckte mit den Schultern. »Woher weiß ich, dass Sie mich nicht an Ihre alten Freunde verraten, damit die Sie in Ruhe lassen?«

»Sie meinen also, wir sollten einander vertrauen.«

»Himmel, nein«, sagte sie trocken. »Ich meine nur, wir hätten beide was davon.«

Cooper lachte leise. »Also gut, abgemacht.« Er streckte seine Hand aus, sie zögerte ganz kurz, doch dann schlug sie ein.

»Abgemacht«, sagte Shannon. »Aber zuerst müssen wir uns etwas besorgen.«

»Und zwar?«

»Drogen …«

KAPITEL 20

»Neurodicin«, sagte er, als sie erklärte, was sie suchte. »Ein halbsynthetisches Opioid.«

»Noch nie gehört.«

»In der Drogenszene nennt man es Shadow oder Nada. Eine Newtech-Droge, soll eigentlich Fentanyl ersetzen. Es betäubt nicht, sondern beeinflusst das Erinnerungsvermögen. Man vergisst den Schmerz sofort, noch während er entsteht.«

»Wie funktioniert so was?«

»Woher soll ich das wissen? Fragen Sie den Freak, der das Zeug erfunden hat. Jedenfalls ist Nada etwas ganz Besonderes, die Droge für den anspruchsvollen Junkie.«

»Und wo kriegen wir das Zeug her?«

Als es fünf Uhr schlug und die Leute aus den Büros strömten, liefen sie die Straße entlang Richtung Norden. Vorher hatte er noch ein anderes Hemd angezogen und in einem Souvenirladen eine Basketballmütze der Chicago Cubs für sich und eine übergroße Filmstar-Sonnenbrille für sie gekauft. Keine besonders ausgeklügelte Verkleidung, aber ihre eigentliche Tarnung war die Menge. Sie blieben auf der Michigan Avenue. Auf der einen Seite drängten sich Busse und Taxis, auf der anderen ragten die Wolkenkratzer empor, und dazwischen wimmelte es von eiligen Passanten.

»Diese Frau, ist das eine Freundin von Ihnen?«

Shannon nickte. »Sie und John sind auch schon seit Langem befreundet. Seit sie in der Akademie waren.«

Es klang so seltsam, dass sie ihn einfach John nannte. Nicht John Smith, den Terroristenführer, sondern John, den Freund aus alten Tagen. »Wenn sie eine Freundin ist, warum brauchen wir dann dieses Zeug?«

»Wenn man Freunde besucht, bringt man eine Flasche Wein mit. Das gehört sich so.«

»Der Wein hat es aber in sich …«

»Der Gefallen, um den ich sie bitten will, auch. Ich kann eben nicht einfach bei John anrufen.«

»Wie läuft so was denn?«

Sie sah ihn scharf an. »Versuchen Sie auszuspionieren, wie wir arbeiten, Agent Cooper?«

»Nein, ich …« Er zuckte mit den Schultern. »Ich verstehe nur nicht, wie er seine Leute anführen kann, wenn die ihn nicht erreichen können.«

»Es ist nicht wie bei der Armee. Es gibt keine Hierarchie, keine Versorgungseinheit, keine Befehle.«

»Was? Er sagt einfach nur ganz lieb bitte?«

»Ja, er ist ein netter Mensch. Samantha wird allerdings sowieso nicht wissen, wo er sich aufhält, aber sie kann ihm eine Nachricht zukommen lassen.«

»Ich hoffe, Sie haben recht. Wir gehen ein großes Risiko ein«, sagte Cooper und dachte: *Lady, ich klaue mit dir alle Drogen der Welt, wenn du mich nur zu deinem Anführer bringst.*

Als sie zur Magnificent Mile kamen, schienen sich die Menschen noch dichter zu drängen. Jetzt kamen auch noch Touristen und mit Einkäufen beladene Shopper dazu. Menschenansammlungen machten Cooper immer zu schaffen, aber mit Shannon dabei war es noch schlimmer. Einfach geradeaus zu gehen lag ihr offenbar überhaupt nicht. Sie schlüpfte und schlängelte sich durch die Menge, fand Lücken, wo keine waren, und blieb manchmal ganz plötzlich und anscheinend grundlos stehen. Shannons Art, sich zu bewegen, war zwar sehr elegant – sie bahnte sich ihren Weg wie ein Bach –, aber mit ihr mitzuhalten war nicht so einfach.

Er war froh, als sie endlich das Northwestern Memorial Hospital, einen Koloss aus Glas und Grau, erreicht hatten. Der Eingangsbereich wirkte wie bei allen Krankenhäusern nicht sonderlich einladend. Die Cafeteria war im ersten Stock. Sie war mit Plastikpflanzen und unechten Holzzierleisten dekoriert und roch nach Suppe und Desinfektionsmittel. Cooper holte sich einen Kaffee und sie setzten sich an einen Tisch in einer Ecke nahe der Tür.

»Haben Sie die Kameras am Eingang bemerkt?«, fragte sie.

»Ja.«

»Kameras sind ein Problem für mich. Ich kann nicht gleiten, wenn ich diejenigen nicht sehe, die mich verfolgen.«

»Sie können was nicht?«

»Gleiten.« Einen Moment lang wirkte sie mädchenhaft verlegen. »So nenne ich es. Was ich mache.«

»Gleiten. Das gefällt mir.« Der Kaffee war besser als erwartet, kräftig und schwarz. »Die Kameras dürften eigentlich kein Problem sein. Wir werden zwar gefilmt, aber ich glaube nicht, dass irgendjemand die Aufnahmen live überwacht. Das ist hier kein geheimer Armeestützpunkt. Die Sicherheitsmaßnahmen dienen sicher vor allem dazu, Junkies abzuschrecken und zu verhindern, dass die Mitarbeiter sich selbst bedienen.«

Shannon lehnte sich zurück und fuhr sich mit gespreizten Fingern durchs Haar. »Da an dem Ecktisch sitzen zwei Ärzte.«

Er betrachtete ihr Spiegelbild im Glas eines gerahmten Posters. »Das sind keine Ärzte.«

»Wieso nicht?«

»Weiße Kittel und teure Kugelschreiber. Die arbeiten in der Verwaltung. Schwer zu sagen, ob die Zugang zur Arzneiausgabe haben.«

Cooper ließ den Blick durch die Cafeteria schweifen. Es waren etwa fünfzig Leute da und es kamen noch mehr herein. Hier und da ein paar Patienten. Ein Tisch mit einer lachenden

Gruppe von Schwestern und Pflegern, aber bei denen gab es das gleiche Problem wie bei den Verwaltungsangestellten. Und Assistenzärzte schieden auch aus.

»Der da«, sagte er.

Während sie weiter mit ihrem Haar spielte, folgte sie seinem Blick zu einem Mann in mittleren Jahren in hellblauer OP-Kleidung, der gerade seine Serviette zerknüllte und sie auf die Reste seines Cheeseburgers warf. »Wieso sind Sie da so sicher?«

»Die Behaarung auf seinen Unterarmen ist ganz dünn und die Haut ist gerötet. Das heißt, er wäscht sich ständig die Hände, schrubbt sie richtig. Außerdem sind seine Nägel ganz kurz geschnitten. Das alles deutet darauf hin, dass er häufig im OP zu tun hat. Ein Chirurg hat sicher Zugang zur Apotheke. Und sehen Sie sich die Ränder unter seinen Augen an. Er ist völlig erschöpft. Wahrscheinlich macht er gerade eine Vierundzwanzig-Stunden-Schicht. Ein leichtes Opfer.«

»Das haben Sie alles so schnell auf einen Blick erkannt?«

»Ja, ich weiß, eine komische Art, die Welt zu sehen.«

»Nein«, sagte sie. »Nein, das war echt geil.«

»Okay …« Ihre Bemerkung machte ihn seltsam verlegen und er lachte nervös.

Shannon lehnte sich zurück und sah ihn spöttisch an. »Sie sollten mehr Zeit mit Ihren eigenen Leuten verbringen, Cooper. Die Normalos haben Sie ganz durcheinandergebracht.« Bevor er darauf antworten konnte, stand sie in einer geschmeidigen Bewegung auf und ging los. Sie war nicht unbedingt schnell, sondern bewegte sich mit Bedacht und genau berechnetem Krafteinsatz. Wie eine Katze, die auf einen Tisch springt und instinktiv den richtigen Winkel wählt und genau weiß, wie viel Kraft sie aufwenden muss, um sicher zu landen, ohne auch nur eine Kalorie zu verschwenden.

Der Chirurg war aufgestanden und ging mit seinem Tablett zum Mülleimer. Shannon ging um den Tisch mit den Krankenschwestern und Pflegern herum, schlüpfte zwischen zwei traurig aussehenden Frauen hindurch, lief quer durch den Raum zurück, um dann plötzlich wie aus dem Nichts dem Arzt vor die Füße zu laufen. Sie stießen zusammen. Er ließ fast sein Tablett fallen – Teller und Tasse rutschten an den Rand –, bekam es aber wieder unter Kontrolle, während er sich entschuldigte, einen Schritt zurückmachte und rot wurde. Shannon schüttelte den Kopf, versicherte ihm, es sei ihre Schuld, lachte, klopfte ihm beschwichtigend auf den Arm und kam mit seinem Ausweisschildchen zurück.

Cooper lächelte in seine Kaffeetasse.

Im Aufzug gingen sie ihren Plan noch einmal durch. Soweit Cooper wusste, wurden in Krankenhäusern auf jeder Etage geringe Mengen der am häufigsten benötigten Medikamente aufbewahrt. Aber Shadow war keine gewöhnliche Arznei. Wahrscheinlich wurde es nur an einer Stelle aufbewahrt, und zwar gut gesichert und streng überwacht.

Nachdem sie sich getrennt hatten, wartete Cooper an einer Ecke und zählte zehn Sekunden herunter. Dann setzte er eine verwirrte Miene auf und ging los.

Die Krankenhausapotheke diente auch als Arzneimittellager und verfügte über ein Ausgabefenster. Im Innern zählten ein Mann und eine Frau gerade Pillen. Cooper ging an den Schalter. »Entschuldigung, können Sie beide mir vielleicht helfen?«

Er sagte »Sie beide«, damit auch beide zu ihm aufschauten. Gleichzeitig lehnte er sich auf den Tresen der Ausgabe, um sie von dem abzulenken, was hinter ihnen vorging. »Ich habe mich total verirrt. Dieser Kasten ist ja einfach riesig! Das reinste Labyrinth. Ich weiß gar nicht, wie man hier irgendwas finden soll.«

»Was suchen Sie denn?«

»Also ehrlich, ich wollte eigentlich meine Nichte besuchen. Und ich bin genauso gegangen, wie man mir gesagt hat. Erst rechts, dann geradeaus und dann links. Die Aufzüge habe ich ja gefunden, aber jetzt weiß ich gar nicht mehr, wo ich bin. Ich habe das Gefühl, ich irre hier schon seit Wochen durch die Gänge. Wahrscheinlich muss ich bald meine Schuhe essen, damit ich unterwegs nicht verhungere.«

»Sagen Sie mir doch einfach, wo Sie hinwollen, und ich erkläre Ihnen den Weg.«

Über die Schulter des Apothekers hinweg konnte Cooper Shannon sehen, die zwischen den Regalen herumlief. Sie zwinkerte ihm zu. Er musste lächeln, fasste sich aber wieder und machte weiter. »Ja klar, das hat der Typ vorhin auch gesagt. Wahrscheinlich hat der mit irgendjemandem eine Wette laufen. Die wollen wohl sehen, wie lange sie mich hier hin und her schicken können. Wahrscheinlich stecken Sie mit denen unter einer Decke.«

Der geduldige Ausdruck verschwand aus dem Gesicht des Apothekers. »Sir, ich kann Ihnen nicht helfen, wenn Sie mir nicht sagen ...«

»Hab ich doch. Ich will meine Nichte besuchen.«

»Ja, aber wo liegt die denn?«

Cooper tat ganz irritiert. »Wenn ich das wüsste, würde ich doch nicht fragen. Sie hören ja überhaupt nicht zu.«

»Nein, auf welcher *Station*? Intensivstation, Kinderstation ...«

»Ach so.« Er schlug sich vor die Stirn. »'tschuldigung, manchmal, da rede ich einfach drauflos, und am Ende weiß ich gar nicht mehr, was ich eigentlich sagen wollte. Das ist wie bei einer Karawane, wo die Leute ganz hinten die Spitze aus den Augen verloren haben. Nur ohne Kamele.«

Der Apotheker starrte ihn nur an. Auch ohne seine spezielle Gabe hätte Cooper seine Gedanken lesen können: *Der Typ ist ein Volltrottel.*

Und dann: *Vielleicht sollte ich den Sicherheitsdienst rufen.* Schließlich waren sie in einem Krankenhaus. Hier liefen ja richtig Verrückte herum.

»Sie hatte eine Mandeloperation.«

»Okay, HNO.« Der Apotheker beschrieb ihm den Weg, ganz langsam und ausführlich. Cooper nickte, bedankte sich und ging wieder zurück in die Richtung, aus der er gekommen war. Er musste breit grinsen und konnte sein Lachen kaum unterdrücken.

Doch als er um die Ecke ging, kam ein Sicherheitsmann auf ihn zugehastet, den Chirurg aus der Cafeteria im Schlepptau. *Scheiße.* Sie hatten gehofft, der Arzt würde seinen Ausweis nicht so schnell vermissen, und wenn doch, dass er erst einmal überall suchen würde. Aber er hatte sich anscheinend sofort an den Sicherheitsdienst gewandt ...

Dass sie schon hier sind, heißt, sie haben im Computersystem nachgesehen. Sie wissen, jemand hat den Ausweis verwendet, um in die Apotheke einzudringen.

Sie werden nicht erst mit dem Apotheker reden, sondern direkt zur Eingangstür der Apotheke gehen.

Dem einzigen Fluchtweg. Sie sitzt in der Falle.

... und Cooper hatte keine Wahl. Den Wachmann würde er sich zuerst vornehmen. Eine kurze Schlagabfolge: Solarplexus, Niere, Niere. Dann den Arzt. Anschließend schnell zurück zur Apotheke, über den Tresen springen, die Apotheker unschädlich machen, falls sie ihm in die Quere kamen. Sich das Neurodicin schnappen und Shannon rausholen.

Jemand tippte ihm auf die Schulter. Er wirbelte herum.

Das Mädchen, das durch Wände gehen konnte, stand hinter ihm. »Hi.«

»Sie ... aber ...« Er drehte sich um. Wachmann und Doktor eilten an ihnen vorbei. Keiner von beiden beachtete sie. Sie hatten nur ihr Ziel im Auge.

»Was ist?«

»Ich dachte nur, Sie wären noch da drin. Ich wollte Sie gerade ...«

»Retten?«

»Äh ...«

»Ich bin keine Katze, die Sie von einem Baum holen müssen. Ich kann mich um mich selbst kümmern.« Shannon hielt ein orangefarbenes Plastikfläschchen hoch und schüttelte es, sodass die Pillen rasselten. »Hauen wir ab.«

DAS LEBEN IST UNFAIR

Sorgen Sie dafür, dass Ihr Kind anderen eine Nasenlänge voraus ist.

Wir alle wollen nur das Beste für unsere Familie. Aber auch die fürsorglichsten Eltern können nicht mehr erreichen, als die biologischen Voraussetzungen ermöglichen. Deshalb akzeptieren wir bei Bright Lights Fertility nur Spender mit folgendem Profil:

- Verbürgter IQ von mindestens 120
- Keine genetische Veranlagung für Krankheiten
- Grad drei oder höher auf der Treffert-Down-Skala

Sie sind nicht unfruchtbar? Warum dann künstliche Befruchtung?

Ganz einfach: Weil es um Ihr Kind geht.
Ja, früher wurde künstliche Befruchtung vor allem dann eingesetzt, wenn sich ein Kinderwunsch anders nicht erfüllen ließ. Aber in dieser Hinsicht hat sich einiges getan. Warum auch nicht?
Denn was ist Ihnen wichtiger: dass Ihr Kind die besten genetischen Voraussetzungen hat oder dass es mit Ihnen blutsverwandt ist?
Unsere Spender gehören zum Besten, was der menschliche Genpool zu bieten hat. Obwohl noch nicht eindeutig feststeht, warum manche Kinder begabt zur Welt kommen, ist es doch naheliegend, dass die Chancen bei einem begabten Elternteil höher sind.* Wenn Sie Ihrem kleinen Schatz einen Vorsprung beim Start ins Leben sichern wollen, liegt die Lösung auf der Hand. Alles andere wäre purer Egoismus.

* Von der Arzneimittelbehörde nicht bestätigt

KAPITEL 21

Sie war ganz anders, als er erwartet hatte.

Shannon hatte gesagt, Samantha sei eine alte Freundin von John Smith. Cooper hatte sie sich ähnlich wie Shannon vorgestellt: stark, engagiert, ideologisch motiviert und sehr gefährlich. Eine Kämpferin.

Aber auf dieses winzige, zarte Ding mit hellblonden Haaren war er nun gar nicht gefasst gewesen. Sie hatte die Züge und Kurven einer Frau, war aber höchstens eins fünfzig groß und kaum mehr als vierzig Kilo schwer. Ihre kleine Statur hatte etwas seltsam Erotisches. Man konnte nicht umhin, sich vorzustellen, wie sie nackt aussah.

»Hallo, Sam.« Shannon ging auf ihre Freundin zu und beugte sich hinunter, um sie in den Arm zu nehmen. »Das ist Cooper.«

»Hi«, sagte er und streckte seine Hand aus. Als sie sie schüttelte, konnte er einen Hauch von Parfüm wahrnehmen, süßlich, aber frisch. Vielleicht war es der Duft, vielleicht ihr sanfter Händedruck, aber er spürte eine leichte Erregung.

»Kommt rein.« Sie trat einen Schritt zur Seite.

Das Zimmer sah aus wie aus dem Katalog eines teuren Möbelladens. Zwei weiße Sofas auf einem Teppich mit üppigem Flor. Ein Beistelltisch mit Bildbänden darauf. Das einzig Persönliche war ein bis zum Bersten vollgepacktes Bücherregal. Jenseits der raumhohen Fenster nur Nacht und die kaum wahrnehmbare Weite des Michigansees.

Shannon sagte: »Ich habe ein Geschenk für dich«, und hielt Samantha das Pillenfläschchen hin.

»Wow, wie bist du denn an Nada gekommen?« Aus Samanthas Mund klang es wie der Name eines Liebhabers. »Das ist aber lieb von dir.«

Die elegante Wohnung, Samanthas Stil und die Art, wie sie sich gab, hätten ihn fast vergessen lassen, dass sie süchtig war. Als er sie jedoch betrachtete, wie sie das Fläschchen hielt, da sah er das hemmungslose Verlangen, die Gier, die in ihr rumorte. Sie wollte das Fläschchen öffnen, hielt dann aber inne und tippte mit dem Finger auf das Etikett. »Sehr lieb von euch beiden.«

»Gern geschehen«, sagte er, weil ihm nichts Besseres einfiel.

Samantha hatte sanfte braune Augen, mit Gold gesprenkelt, und als sie ihn ansah, da wurde die Sucht von etwas anderem verdrängt, das er nicht richtig einschätzen konnte. Sie veränderte ihre Körperhaltung, schob einen Fuß leicht vor, winkelte die Hüfte an und drückte den Rücken durch. Es war eine kaum merkliche Bewegung, aber sie wirkte plötzlich stärker, wilder. »Ich bin überrascht, dass Sie als Bulle nichts dagegen haben.«

»Ich bin kein Bulle.«

»Vielleicht nicht mehr, aber Sie waren mal einer, stimmt's?« Sie lächelte. »Ich sehe das sofort. Ihr Selbstbewusstsein, Ihre Körperhaltung ... So als könnten Sie mir jederzeit Handschellen anlegen, wenn Sie wollten.« Zwischen den Schneidezähnen hatte sie eine kleine Lücke. Er hatte irgendwo einmal gelesen, dass das ein Zeichen für einen ausgeprägten Sexualtrieb war, und stellte sich vor, wie sie aussehen würde, wenn sie auf ihm ritt. Wie groß seine Hände auf ihren Hüften wirken würden. Wie sie den Kopf zurückwerfen und ihre Haare über seine Oberschenkel streichen würden ...

Mann, jetzt reiß dich aber mal zusammen.

»Alles in Ordnung, Cooper?« Shannon sah ihn amüsiert an. »Sie wirken ein bisschen nervös.«

Er bemerkte den spöttischen Ton in Shannons Stimme. In Verbindung mit Samanthas Bewegungen, der Art, wie sie sich ihm präsentierte, kam ihm das merkwürdig vor. Sie war schön, keine Frage, aber er hatte in seinem Leben schon viele schöne Frauen getroffen. Da war noch etwas anderes, etwas in ihrer Körperhaltung. Sie flirtete unverhohlen mit ihm – *Sie könnten mir jederzeit Handschellen anlegen, wenn Sie wollten* – und wirkte gleichzeitig reserviert.

Hmm ...

»Eine mächtige Gabe, die Sie da haben«, sagte er.

»Was meinen Sie?«

»Männer ins Schwitzen zu bringen.«

Das brachte sie aus dem Konzept und in dem Moment sah er, dass ihr Gehabe reine Berechnung war. Es war, als würden in einem Striptease-Klub plötzlich die Lichter angehen und all die Sinnlichkeit als reine Illusion, als Blendwerk und Täuschung entlarvt. Er beobachtete, wie sie verschiedene Reaktionen durchspielte, aber jede nur leicht andeutete. Sie machte große Augen, die verletzlich wirken sollten. Dann versteifte sie Schultern und Rücken, nahm eine böse, zornige Haltung ein. Dann senkte sie den Kopf ein wenig, scheinbar herausfordernd, entschlossen und kampfbereit. Die Veränderungen in Gebaren und Mimik waren unendlich subtil. Es war, als würde sie verschiedene Schlüssel an einem Bund ausprobieren. So als versuchte sie zu entschlüsseln, wen er in ihr sehen wollte.

Cooper blieb derweil ganz ruhig, gab nichts von sich preis. »Sie sind eine Leserin, nicht wahr? Aber Sie lesen nicht die Gedanken der Menschen, sondern ihre Wünsche. Und dann versuchen Sie, diese Wünsche zu verkörpern.« *Mann, was für eine Gabe für eine Spionin. Sie kann für jeden alles sein.*

»Dann zeigen Sie sie mir doch.« Samantha ging einen Schritt auf ihn zu. »Hören Sie auf, sich zu verschanzen.«

»Warum?«

»Damit ich weiß, wer ich sein soll.«

»Seien Sie einfach Sie selbst.«

»Ist es das, was Sie wollen? Eine ›echte Frau‹? Kein Problem, die kann ich auch spielen.« Sie lachte und drehte sich zu Shannon um. »Wer ist dieser Typ?«

»AEB. Bis vor Kurzem jedenfalls.« Shannon ließ sich auf die Couch fallen und breitete ihre schlanken Arme über die Rückenpolster. »Er behauptet, er wäre nicht mehr dabei.«

»Was hat er denn da gemacht?« Die beiden unterhielten sich, als wäre er gar nicht da.

»Er hat Leute umgebracht.«

»Und wen?«

»Gute Frage.« Shannon legte den Kopf schief. »Wen haben Sie alles umgebracht, Cooper?«

»Vor allem Kinder«, sagte er. »Ich fresse Babys zum Frühstück. Das Richtige, um den Tag zu beginnen. Kleine Portionen, aber aus den Knochen kann man Suppe kochen.«

»Der ist aber witzig«, sagte Samantha, ohne zu lachen.

»Nicht wahr? Ein Killer mit Humor.«

»Ich habe da eine ganz lustige Geschichte gehört«, sagte Cooper, »über ein Gebäude, das in die Luft geflogen ist. Über tausend Menschen sind dabei umgekommen. Ganz normale Zivilisten, die ihren Geschäften nachgingen.«

Shannon wurde ganz steif, so als ballte sich ihr Körper zu einer Faust. Es war eine spontane, heftige Reaktion, nicht kalkuliert. »Ich habe es Ihnen doch gesagt. Ich … war … es … nicht.«

Entweder war sie die beste Lügnerin aller Zeiten oder sie hatte die Börse wirklich nicht in die Luft gejagt.

Cooper dachte an den Tag vor sechs Monaten zurück. Mit welcher Entschlossenheit sie in die Börse gegangen war – hinein, nicht heraus –, und wie überrascht sie gewesen war, ihn zu sehen, und wie sie ihre Unschuld beteuert hatte. Was hatte sie noch gesagt? »Warten Sie, Sie wissen nicht …« Irgendetwas in der Art. Und dann hatte er zugeschlagen. Ungern, aber er hatte kein Risiko eingehen wollen.

War sie vielleicht wirklich dort gewesen, um die Explosion zu verhindern?

Nein, denk mal richtig darüber nach. Auch wenn sie das, was sie sagt, für die Wahrheit hält, muss es noch lange nicht stimmen. Smith ist ein Schachmeister. Sie ist nur eine Spielfigur.

»Ist ja gut«, sagte Cooper. »Aber ich bin auch kein Killer. Wie wär's mit Waffenstillstand?«

Sie wollte etwas sagen, ließ es aber und nickte nur leicht.

Samantha sah von einem zum anderen. »Wo bist du da reingeraten, Shannon?«

»Das weiß ich selbst noch nicht.«

»Und was hast du mit einem ehemaligen AEB-Agenten zu schaffen?«

»Das ist eine komplizierte Geschichte.«

»Traust du ihm?«

»Nein«, antwortete sie. »Aber er hat verhindert, dass ich verhaftet werde. Das hätte er nicht tun müssen.«

»Hallo, die Damen?« Cooper lächelte ausdruckslos. »Ich bin noch da.«

»Ich brauche deine Hilfe, Sam.« Shannon beugte sich vor und stutzte die Ellbogen auf die Knie. »Ich stecke in Schwierigkeiten.«

Samantha sah zwischen den beiden hin und her. Ihre Finger umschlossen fest das Pillenfläschchen. Schließlich stellte sie es auf die Anrichte und setzte sich auf die Couch den beiden gegenüber. »Dann schieß mal los.«

Shannon fing an zu erzählen. Cooper setzte sich neben sie, hörte zu und ließ dabei den Blick durch den Raum schweifen. Die Romane waren alle Taschenbücher, Doppelreihen rissiger Rücken und abgegriffener Seiten. Science-Fiction, Fantasy, Thriller. Es gab keine persönlichen Fotos und der Nippes sah aus, als hätte sie ihn zusammen mit den Möbeln gekauft und nicht im Laufe der Jahre angesammelt. Die perfekte Tarnwohnung. Eine Bleibe, die man einfach aufgeben konnte. Ideal für einen Spion.

Oder einen Auftragskiller.

Es war ein rein intuitiver Gedankensprung, aber er wusste, er hatte recht. Sie war eine Killerin.

Wahrscheinlich war sie hervorragend in ihrem Job. Eine Frau, die jeden Wunsch eines Mannes spüren konnte, aller Männer … Sie kam an jeden heran. Es gab niemanden, den sie nicht allein und schutzlos in ihre Finger bekommen konnte. *Wie viele Männer hatte dieses süße kleine Ding schon verführt und ermordet?*

Shannon kam schließlich zu ihrem wackligen Deal: Cooper würde sie unbeschadet nach Wyoming bringen und er sollte dafür eine Audienz bei Erik Epstein bekommen.

»Das ist aber sehr gefährlich«, sagte Samantha. »Wahrscheinlich sind beide Seiten hinter euch her.«

»Cooper kennt die Arbeitsweise der AEB haargenau. Und er hat genauso viel Grund, denen aus dem Weg zu gehen, wie ich.«

»Bist du da sicher?«

»Hallo, ich bin immer noch da«, sagte Cooper.

»Heute Nachmittag, das war nicht gestellt«, sagte Shannon. »Die Agenten haben wirklich versucht, ihn abzuknallen.«

Samantha nickte. »Und ich soll unsere Leute überreden?«

»Sag ihnen einfach, dass ich hier war und was ich dir erzählt habe. Sag ihnen, dass ich komme. Sag es *ihm*.«

Samanthas Reaktion auf den letzten Satz war subtil, aber deutlich wahrnehmbar. Sie beugte sich leicht vor, die Muskeln in ihren übereinandergeschlagenen Oberschenkeln entspannten sich und ihr Atem stockte kurz.

Ihr liegt sehr viel an John Smith. Sie liebt ihn vielleicht sogar. Und sie weiß, wie man an ihn herankommt.

Er brauchte all seine Willenskraft und all sein Geschick, um sich diese Erkenntnis nicht anmerken zu lassen.

»Du musst mir nicht glauben«, sagte Shannon. »Sag es ihm einfach. Tust du das?«

»Für dich?« Samantha lächelte. »Natürlich.«

»Danke, du hast was bei mir gut.«

»Nicht der Rede wert.«

»Nun, kann ich dich noch um einen anderen Gefallen bitten?« Shannon verzog den Mund zu dem schiefen Lächeln, das ihr Markenzeichen zu sein schien. »Kann ich mal deine Toilette benutzen?« Sie zeigte mit dem Daumen auf Cooper. »Du müsstest mal das Bad in seinem Hotelzimmer sehen.«

* * *

Cooper lehnte sich zurück und legte die Hände neben sich aufs Sofa. Es fühlte sich irgendwie seltsam an. Was machte er denn normalerweise mit seinen Händen?

Samantha beobachtete ihn vom anderen Sofa aus. Ihre Pose hatte etwas Katzenhaftes, verführerisch und gefährlich zugleich. Sie hatte die Beine übereinandergeschlagen und wippte leicht mit einem Fuß. Er konnte das Muskelspiel unter der glatten Haut ihrer Waden sehen. Sie war barfuß und trug hellen Nagellack. »Nude« nannte man die Farbe wohl.

»Mache ich Sie nervös?«

»Nein«, sagte er. »Ich mag es nur nicht, wenn jemand versucht, mich zu lesen.« Er faltete seine Hände. Das kam ihm aber auch irgendwie komisch vor. Fühlten sich andere in seiner Gegenwart auch so? Hatte sich Natalie auch so gefühlt, jeden Tag, den sie zusammen waren?

»Waren Sie schon einmal mit einer Leserin zusammen, Nick?«

»Cooper«, sagte er. »Ich habe schon viele Leser getroffen.« Er stand auf und ging zum Fenster. Die Wohnung war im einunddreißigsten Stock und die Aussicht ähnelte der seiner Suite im Continental Hotel, nur dass hier die Fenster nach Osten hinausgingen. Er konnte so gerade die Konturen der Wellen auf dem See ausmachen, Grau auf Mitternachtsblau. Und darüber die geisterhafte Spiegelung des Raums.

»Von *getroffen* habe ich nichts gesagt.« Im Fenster sah er, wie sie aufstand, ihren Rock glatt strich und zu ihm kam. »Waren Sie schon mal mit einer *zusammen*?«

Cooper reagierte nicht. Sie stellte sich hinter ihn, so klein, dass ihr Spiegelbild hinter seinem verschwand. Aber er konnte sie riechen, sie spüren. »Hören Sie.« Er drehte sich um. »Ich weiß zu schätzen, was Sie für uns tun, aber hören Sie auf, die Sexgöttin zu spielen.«

»Ich spiele nicht. Sie wollen mein wahres Ich?« Sie fuhr mit den Händen an den Konturen ihres Körpers entlang, aber ohne sich dabei zu berühren. »Hier ist es. Ich bin Ihre Fantasie. Was wollen Sie, Cooper? Was es auch ist, ich kann es sein. Hart oder zart, hilflos oder abgebrüht, schamvoll oder lüstern oder irgendetwas dazwischen. Ich kann die gefügige junge Unschuld sein oder die Amazone, die nur Sie erobern können.« Sie kam näher. »Sie müssen es mir noch nicht einmal sagen, das würde nur den Zauber zerstören. Lassen Sie mich einfach in Sie hineinschauen.«

»Ist das Ihr Ernst? Sie wollen mit mir ins Bett steigen? Jetzt gleich?«

»Shannon hat sicher nichts dagegen. Es wäre nicht das erste Mal, dass wir zusammen rummachen.«

Bei dieser Vorstellung verlor er fast die Kontrolle über sich. Er atmete tief durch und verdrängte die Bilder, die ihm unwillkürlich durch den Kopf schwirrten. »Ich glaube, für Sie ist alles nur ein Spiel. Sie wollen gewinnen.«

»Ich spiele nicht, ich will Sie kennenlernen.« Sie legte ihm eine Hand auf die Brust. »Sie erregen mich. Ihre Kraft. Sie sind so beherrscht. Zeigen Sie mir, wer Sie sind. Es braucht niemand zu wissen. Ich kann Ihre Lehrerin aus dem zweiten Schuljahr sein oder eine Freundin Ihrer Tochter, die, von der Sie sich nicht einmal selbst eingestehen, dass Sie sie begehren.«

»Meine Tochter«, sagte Cooper, »ist vier Jahre alt.«

»Öffnen Sie sich einfach. Ich spüre, was Ihr Körper braucht. Ich weiß es, noch bevor Sie es wissen. Auch wenn Sie selbst es nicht wissen, weiß ich es. Was ist im Vergleich dazu schon die Wirklichkeit?«

Er sah zu ihr hinunter, in ihre tiefen braunen Augen, betrachtete ihre sanfte Haut, die Wölbung ihrer Brüste, die Umrisse ihrer

Schenkel, die sich unter ihrem Rock abzeichneten, die Kaskade goldener Haare und ihre pediküerten Füße. Sie war atemberaubend, die Essenz der Begierde, eine Aphrodite im Miniaturformat, die mit strahlend weißen Zähnen an ihrer Lippe nagte.

Unter all dem jedoch sah er ihre emotionale Bedürftigkeit, die sich wand wie eine glitschige, zähnefletschende Muräne.

»Danke«, sagte er, »aber ich verzichte.«

Sie hatte sich zu ihm hochgereckt und ihm ihre leicht geöffneten Lippen dargeboten. Es dauerte einen Moment, bis seine Worte zu ihr durchdrangen. Dann aber durchfuhr es sie wie ein Schlag, ihr Gesicht verzerrte sich und ihre Augen sprühten Funken. »Was?« Als er nicht reagierte, sagte sie es noch einmal, noch wütender: »*Was?*«

Er sah sie kommen, aber er ließ sie zu, die Ohrfeige. Ihre Hand sauste durch die Luft und traf seine Wange.

»Niemand sagt Nein. Wofür halten Sie sich? Es gibt Männer, die würden über Leichen gehen, um mit mir zusammen zu sein!« Sie stieß ihn vor die Brust, aber er rührte sich kaum. »Niemand weist mich ab. Mich nicht.«

Sie wollte wieder zuschlagen, doch diesmal fing er ihren Arm ab. Dabei bemerkte er Shannon, die plötzlich mitten im Raum stand. Er hatte gedacht, sie wäre noch im Bad.

Er ließ Samanthas Arm los. »Tut mir leid«, sagte Cooper. »Ich wollte Sie nicht beleidigen.«

Ihr wunderschönes Gesicht war rot vor Wut. »Raus hier. Alle beide.«

Sie gingen. Als er die Tür zuzog, sah er sich noch einmal um. Samantha hatte das Fläschchen geöffnet und schüttete Pillen in ihre wohlgeformte Hand.

* * *

Auf dem Weg durch den reich dekorierten Flur sagte Shannon: »Danke, Cooper, ganz toll gemacht.«

Darauf fiel ihm nicht viel ein, jedenfalls nichts, was nicht zu einem Streit geführt hätte, und danach war ihm überhaupt nicht. Deshalb liefen sie stumm nebeneinander her und der Teppichboden dämpfte ihre Schritte. Sie drückte den Aufzugknopf und er dachte über das nach, was sich in der Wohnung abgespielt hatte. Irgendetwas hatte er übersehen. Es ließ ihm einfach keine Ruhe. Es war wie eine wunde Stelle, von der man die Finger nicht lassen kann.

Samanthas Gabe machte es unmöglich, ein Muster zu erkennen. Ihre chamäleonartige Wechselhaftigkeit hatte sie offenbar ein Leben lang eingeübt und eine halbe Stunde reichte nicht, um sie zu durchschauen. Aber genau diese Eigenschaft war vielleicht der Anhaltspunkt. Dies war eine Frau, die sich über die Wünsche anderer definierte, und zwar so sehr, dass sie sich ihm an den Hals geworfen hatte, nur um sich ihre eigene Unwiderstehlichkeit zu beweisen. Eine Frau, die hocherfreut war, weil ihr jemand Shadow mitbrachte, eine Droge, die die Erinnerung an erlittene Schmerzen auslöschte.

Es ergab alles keinen Sinn. Eine Süchtige mit gestörtem Selbstwertgefühl wäre als Killerin nicht zu gebrauchen. Die Rechnung ging einfach nicht auf.

Du hast die falschen Schlüsse gezogen.

Der Aufzug kam und sie stiegen ein. Als sie die Tiefgarage erreichten, hatte er die Antwort. Eine Drogensüchtige mit gestörtem Selbstbewusstsein würde eine miese Killerin abgeben.

Aber eine erstklassige Prostituierte.

Cooper rieb sich eine Augenbraue. »Es tut mir leid«, sagte er. Nach Shannons Blick zu urteilen, schien sie zu begreifen, dass seine Entschuldigung in mehr als einer Hinsicht gemeint war. Sie wollte etwas sagen, schwieg dann aber.

Nach dem Drogenklau im Krankenhaus hatten sie seinen Wagen geholt. Er öffnete mit der Fernbedienung die Türen und stieg auf der Fahrerseite ein. Nach zwei Betonschleifen waren sie oben. Ein schweres Tor schob sich zur Seite und sie fuhren hinaus auf den Lake Shore Drive, im Rückspiegel Samanthas Luxushochhaus.

»Sie kann nichts dafür«, sagte Shannon, während sie starr geradeaus schaute. »Sie war nicht immer so. Es geht ihr an die Substanz.«

»Sie ist ein Callgirl, stimmt's?«

»Ja«, sagte sie zögerlich. Die Lichter der Stadt tanzten auf ihrem Gesicht.

»Ich dachte, sie wäre … nun ja, eine Auftragskillerin.«

»Samantha?«, rief Shannon überrascht. »I wo. Sie hat zwar jede Menge einflussreiche Kunden und ich bin sicher, wenn John sie darum bitten würde, würde sie's tun. Sie würde alles für ihn tun. Aber er würde sie niemals fragen.«

»Warum macht sie diesen Job?« Er sah in den Spiegel und wechselte die Spur. »Sie ist eindeutig Grad eins. Eine Leserin wie sie, die könnte doch …«

»Was? Für die AEB arbeiten?«

Er schaute sie an, aber sie blickte weiter geradeaus. Auch er richtete seinen Blick wieder auf die Fahrbahn. Vor seinem geistigen Auge sah er immer wieder Samantha, wie sie angefangen hatte, ihn zu bearbeiten. Wie sie einen winzigen Schritt auf ihn zu gemacht und ihre Körperhaltung fast unmerklich verändert hatte. Es war sehr wirkungsvoll gewesen, aber natürlich alles nur Theater. Er fragte sich, ob bei all der emotionalen Bedürftigkeit und ihrer Sucht noch irgendetwas von der wahren Samantha übrig war.

»Es tut mir leid«, sagte Shannon. Sie hielt die Hände im Schoß und rieb sie aneinander. »Aber es geht mir einfach so nah, sie so zu sehen. Sie haben recht, sie ist Grad eins. Und sie ist sehr empfindsam. Schon immer. Diese Gabe, in anderen Menschen zu lesen, hat bei ihr ein ganz besonderes Einfühlungsvermögen erzeugt. Es ist so stark, dass sie ständig versucht, sich vorzustellen, wie die Welt für andere aussieht. Sie wollte Künstlerin werden oder Schauspielerin. Und auch wenn sie auf einer Akademie war, sie wurde nie so malträtiert wie andere, John zum Beispiel. Sie hätte die Akademie vielleicht ganz gut überstanden. Aber dann wurde sie dreizehn.«

Coopers Griff um das Steuerrad verkrampfte sich. »Wer war es?«

»Ihr Mentor«, sagte Shannon. »Sie wissen doch, wie diese Akademien funktionieren, oder? Jedes Kind hat einen Mentor. Es ist immer ein Normalo. Für das Kind ist er sein Ein und Alles. In den Akademien geht es doch nur darum, uns gegeneinander aufzuhetzen. Die Kinder sollen das Gefühl haben, ihrem Mentor bedingungslos vertrauen zu können. Natürlich sind genau die die wahren Ungeheuer, aber als Kind begreift man das nicht. Sie sind einfach Erwachsene, die nett zu einem sind. Und da man keine Mutter und keinen Vater, keine Brüder oder Schwestern und nicht einmal mehr einen eigenen Namen hat …« Sie zuckte mit den Schultern. »Jedes Kind braucht einen Erwachsenen, den es lieben kann. Egal ob Normalo oder Freak, das ist in unseren Genen verankert.«

Cooper verspürte wieder diese hilflose Wut, ganz wie damals bei seinem Besuch in der Akademie, als er sich vorgestellt hatte, wie er den Direktor aus dem Fenster werfen würde. Jetzt wünschte er, er hätte es getan.

»Jedenfalls sah sie mit dreizehn fast schon so aus wie jetzt. Und außerdem hatte sie diese Gabe. Sie wusste, was die Leute wollten. Was Männer wollten.« Shannon atmete tief durch. »Er redete ihr ein, es wäre Liebe. Er hat ihr sogar versprochen, sie aus der Akademie zu holen, sobald es ging. Und in der Zwischenzeit gab er ihr etwas, um ihre Situation besser ertragen zu können. Anfangs Vicodin, bald aber auch stärkere Sachen. Als er sie schließlich wirklich rausholte, da sniefte sie schon Heroin.

Er brachte sie in einer Wohnung unter, aber da gab er schon gar nicht mehr vor, verliebt zu sein. Er ließ sie erst einmal spüren, wie sich Entzugserscheinungen anfühlen. Dann stellte er ihr einen ›Freund‹ vor und erklärte ihr, was sie für ihre nächste Dröhnung machen musste. Und seitdem macht sie es.«

»Mein Gott«, sagte Cooper. Als er sie vorhin angeschaut hatte, da hatte er nur nackte Bedürftigkeit gesehen. Aber jetzt sah er in ihr das junge Mädchen, das von seinem Vater und Liebhaber angefixt und verkauft worden war. »Ist sie ... Der Mentor, ist er ...?«

»Nein. Als John die Akademie hinter sich hatte, hat er nach ihr gesucht.« Shannon sah ihn zum ersten Mal an, seit sie im Auto saßen. Im Schein einer roten Ampel schenkte sie ihm ihr typisch schiefes Lächeln. »Seltsamerweise ist ihr Mentor plötzlich verschwunden. Und ward nie mehr gesehen ...«

Gut gemacht, John. Du magst ein Terrorist sein, der bis zu den Knien im Blut watet, aber in diesem Fall hast du wenigstens einmal das Richtige getan.

»Sie ist jetzt selbstständig, hat keinen Zuhälter oder so. Aber sie hat sich nie ganz von ihrem Mentor lösen können. Sie hätte eine hervorragende Künstlerin werden können, eine Therapeutin oder Heilerin, aber das hat niemanden interessiert. Dafür haben die Normalos sie nicht ausgebildet.

Sie wollten eine abnorme Hure, die ihnen auf Abruf einen bläst und ihre Tochter spielt. Und dabei müssen sie noch nicht einmal ein schlechtes Gewissen haben. Schließlich haben sie ja nie *gesagt*, dass sie ihre Tochter ficken wollen, sie hat es einfach gespürt. Und was die Frauen angeht, nun«, Shannon zuckte mit den Schultern, »für die ist sie eben nur ein Freak.«

Sie verstummte. Die Geschichte hing zwischen ihnen wie Zigarettenrauch, während er den Wagen durch die dunklen Straßen der Stadt steuerte. Er wollte ihr widersprechen, ihr sagen, dass die Welt nicht so sein müsse und ihre Beschreibung nicht auf alle Normalen zutreffe.

Aber andererseits ... Es traf immerhin auf so viele zu, dass Samantha sich ihr teures, elegant ausgestattetes Gefängnis leisten konnte, solange sie lebte. Oder zumindest, bis ihre Schönheit verging.

So war die Welt nun einmal und eine andere hatten sie nicht. Niemand behauptete, sie wäre perfekt.

»Na ja«, sagte Shannon, »jedenfalls wird sie trotz dieses Zwischenfalls ihr Versprechen halten. Vor meinen Leuten sind wir also sicher, zumindest bis wir nach New Canaan kommen. Apropos, dafür brauchen wir nagelneue Identitäten.«

»Ja«, sagte er, »ich arbeite dran. Aber eins müssen wir vorher noch machen.«

KAPITEL 22

»Um ehrlich zu sein, ich hatte schon gedacht, Sie wollten Sturmgewehre oder irgendein streng geheimes Agentenspielzeug besorgen.«

»Enttäuscht?«

»Nein«, sagte sie und nahm sich noch ein Stück Pizza. »Ich bin vor Hunger fast umgekommen.«

Es war eher eine Bar als ein Restaurant, ein Kellergeschoss mit Ziegelwänden und Neonschildern. Hier gab es ordentliche dünnkrustige Pizza – nicht die dicken Fladen für Touristen – mit Salami und scharfen Peperoni. Die Gäste trugen Freizeitkleidung, Baseballmützen und Jeans, und auf dem Tri-D-Bildschirm lief ein Spiel der Bears. Der gute alte Barry Adams ließ mal wieder alle anderen Spieler ziemlich dumm aussehen.

Cooper schraubte den Deckel von dem Streuer mit den Chiliflocken, streute sich einen Haufen in die Hand und bedeckte sein Stück Pizza damit. Eine fettige, würzige Köstlichkeit mit reichlich Käse, die er mit einem herben, hellen Ale herunterspülte.

Die Gäste fingen plötzlich alle gleichzeitig an zu johlen: Die Bears hatten gepunktet. Die Chicagoer liebten ihre Heimmannschaften.

In der Wiederholung sah man, wie Adams durch die gegnerische Verteidigungslinie spazierte, als hätte ihm der Allmächtige persönlich einen Passierschein ausgestellt. Auch Shannon jauchzte ein wenig mit.

»Footballfan?«

»Nein, Barry-Adams-Fan.«

»Habe ich mir gedacht«, sagte Cooper. »Schon, als ich Sie zum ersten Mal gesehen habe. Nein, beim zweiten Mal. Zuerst habe ich nämlich nur ein hübsches Mädchen gesehen. Erst als wir das Handysignal geortet hatten, wurde mir klar, dass Sie ohne große Probleme in unsere Sicherheitszone eingedrungen waren.«

Sie tupfte sich etwas Tomatensoße von den Lippen. »Ich war mir nicht sicher, ob ich es schaffen würde. Außerdem wusste ich nicht, ob die AEB eine Akte über mich hatte.«

»Nein, nichts.«

»Jetzt ganz bestimmt.«

Er lachte. »Ja, glaube ich auch. Auf der Rangliste der Zielpersonen kommt wahrscheinlich zuerst John Smith, dann ich und dann direkt Sie.« Es klang seltsam aus seinem eigenen Mund, aber es stimmte. Er war ein Staatsfeind, eine bessere Tarnung gab es gar nicht. Er hatte im letzten halben Jahr mehrere Raubüberfälle begangen und drei – nein, mit dem letzten vier – Zusammenstöße mit Agenten überstanden, die ihn eliminieren wollten. Und heute Abend hatte er ein experimentelles Medikament gestohlen, um es einer abnormen Prostituierten zu geben, die eine Freundin und möglicherweise Geliebte des meistgesuchten Terroristen Amerikas war. Und jetzt aß er mit einer der gefährlichsten Mitstreiterinnen dieses Terroristen Pizza, einer Schattenagentin, die wahrscheinlich ebenso viele Menschen getötet hatte wie er selbst.

Er hörte Roger Dickinson noch sagen: *Dann erklären Sie mir doch noch mal genau, wieso Cooper einer von den Guten sein soll.*

Der Gedanke daran beunruhigte ihn und er schob ihn beiseite. »Also, wie ist es so für Leute wie Sie und Adams? Wie funktioniert es?«

»Meine Gabe, meinen Sie?«

»Ja.«

Sie nahm ihr Stück Pizza – sie war offensichtlich keine Messer- und-Gabel-Frau – und kaute, während sie nachdenklich ins Nichts schaute. »Stellen Sie sich vor, Sie stehen auf einer Seite der Autobahn und wollen auf die andere. Autos rasen vorbei und riesige Laster, die Sie vollkommen plattmachen würden, und dazwischen schlängeln sich Motorräder hindurch. Also schauen Sie in die Richtung, aus der die Fahrzeuge kommen, richtig? Sie können ihr Tempo und ihre Entfernung ungefähr abschätzen, und danach entscheiden Sie, wann Sie losrennen und wann Sie stehen bleiben.«

»Oder Sie nehmen eine Überführung.«

»Oder das. Aber stellen Sie sich vor, Sie würden eine Kamera auf die Straße richten und die nächsten fünfzehn bis zwanzig Sekunden aufnehmen. Dann könnten Sie den Verkehr ganz genau beobachten. Sie würden sehen, wie ein Wagen die Spur wechselt und einen Laster zum Abbremsen zwingt, wodurch ein Stau entsteht, worauf der Biker dahinter aufs Gas tritt.«

»Sie meinen, er dreht den Gasgriff auf. Motorräder haben kein Gaspedal.«

»Meinetwegen, jedenfalls nehmen Sie das alles auf. Und stellen Sie sich vor, Sie könnten zu dem Zeitpunkt zurückgehen, an dem Sie mit der Aufnahme begonnen haben, nur dass Sie jetzt wissen, was passieren wird. Sie wissen, dass das Mädchen mit dem Handy die Spur wechseln wird, ohne zu blinken, und dass der Lasterfahrer voll auf die Bremse treten und das Motorrad einen Bogen um ihn herum fahren wird. Auszuweichen ist also gar nicht schwierig.«

»Das heißt, Sie sehen Bewegungslinien?«

»So ungefähr. Aber die Autos waren nur ein Beispiel. Bei denen kann ich es nämlich gar nicht. Ich kann nur um Menschen herumgleiten. Ich bin auf die Signale angewiesen, die sie aussenden. Wie ich das mache, weiß ich auch nicht. Ich … ich betrachte die Menschen in einem Raum oder auf der Straße und ich kann sehen, wohin jeder Einzelne geht und schaut.«

»Können Sie mir sagen, was in fünfzehn Sekunden passieren wird?«

»Ich kann nicht prophezeien, was Leute sagen oder ob jemand ein Glas umstößt. Man plant ja nicht, sein Glas umzustoßen, deshalb kann ich so was auch nicht vorhersehen. Aber ich kann sehen, dass der Typ da, der gerade von der Toilette kommt, bis zur Mitte der Tischreihe geht, wo er und die Bedienung sich in die Quere kommen. Dann macht er kehrt, aber der da vorn will gerade aufstehen, und es kommt zu einem Stau. Die Bedienung bleibt stehen, weil sie zu dem Tisch hinter den beiden will, und die beiden Männer machen ihr Platz.«

Cooper drehte sich um, um zuzusehen, und es lief genau so ab, wie sie es beschrieben hatte. »Klingt schrecklich anstrengend.«

Sie sah ihn mit schief gelegtem Kopf an. »Die meisten Leute sagen, sie finden es total cool und wünschten, sie hätten auch diese Gabe.«

»Ja, stimmt, aber es muss Sie doch wahnsinnig anstrengen, das alles ständig wahrzunehmen.«

»Sie können Ihre Gabe doch auch nicht abstellen.«

»Auch wahr, und ich habe es oft satt«, sagte er. »Vor allem diese Dissonanz. Zwischen dem, was die Leute sagen, und dem, was sie denken. Gott sei Dank bin ich kein so großartiger Leser. Meine Stärke ist das Erkennen von Mustern. Ich kann abschätzen, was jemand vorhat. Natürlich merke ich, wenn jemand schamlos lügt oder Sorgen hat oder so was. Aber ich bin schon Lesern begegnet, die haben sich zwei Minuten mit jemandem übers Wetter unterhalten und kannten anschließend seine tiefsten Geheimnisse.«

»Solche Leute kenne ich auch, aber die meisten davon verschanzen sich in ihren eigenen vier Wänden.«

»Das ist doch verständlich. Wenn ich ständig mit den Lügen und Geheimnissen meiner Mitmenschen konfrontiert wäre, würde ich mich auch nicht mehr aus dem Haus trauen.«

»Also wie funktioniert das mit der Mustererkennung bei Ihnen? Können Sie wirklich voraussehen, was jemand im nächsten Augenblick tun wird?«

»Ja«, sagte er. »Aber bitte probieren Sie's nicht aus, indem Sie mich mit der Gabel attackieren.«

»'tschuldigung.« Sie lächelte und nahm die Hand von der Gabel weg. »Kein Wunder, dass John wollte, dass wir Ihnen aus dem Weg gehen.«

Die beiläufige Bemerkung traf ihn wie ein Schlag. »John ... Smith? Der kennt mich? Mit Namen?«

»Natürlich.« Sie wirkte amüsiert. »Dachten Sie, wir informieren uns nicht über unsere Gegner? Er weiß alles über Sie. Und er scheint Sie auch zu respektieren. Letztes Jahr hat er sich dagegen ausgesprochen, Sie auszuschalten. Das war kurz vor der Sache in der Börse. Einer von unseren Leuten wollte eine Bombe in Ihrem Auto deponieren – ein Dodge Charger, glaube ich –, um zu beweisen, dass auch der beste Mann der AEB nicht sicher ist.«

»Also ... ich verstehe nicht. Warum hat er's nicht getan?«

»John war dagegen.«

»Nein, ich meine, warum hat John mich nicht umbringen lassen?«

»Ach so. Nun, er meinte, dann würden die Leute von der AEB erst richtig sauer werden und die Kosten wären größer als der Nutzen.«

»Da hatte er recht.«

»Außerdem meinte er, es könnte sein, dass Ihre Kinder mit im Auto sitzen.«

Cooper öffnete den Mund, sagte aber nichts. Er dachte daran, wie oft er in seinen Wagen gestiegen war, ohne ihn auch nur ein einziges Mal nach Sprengsätzen abzusuchen. Und wie oft Kate und Todd mitgefahren waren. Er stellte sich den Wagen vor, aufgeborsten, Flammen, die durch die Fenster züngeln, und auf dem Rücksitz zwei kleine verkohlte Gestalten.

Shannon sagte: »Sie müssen ein toller Tänzer sein.«

»Was? Nein, ich habe kein Rhythmusgefühl. Vielleicht, wenn meine Partnerin führt.«

»Ich werd's mir merken«, sagte sie. »Für den Fall, dass wir mal in die Verlegenheit kommen.« Sie faltete ihre Serviette und legte sie auf ihre halb verzehrte Pizza. »Und was nun?«

»Wir brauchen Papiere für New Canaan. Führerscheine, Pässe, Kreditkarten. Ich kenne da jemanden auf der West Side, der sehr gute Arbeit macht.«

Sie sah ihn kritisch an. »Warum sind Sie dann zu Zane gegangen und nicht zu ihm?«

Verdammt! Vorsicht, Mann! »Es ist ein Unterschied, ob ich Papiere brauche, um irgendwo reinzukommen, oder ob ich meine ganze Vergangenheit auslösche und einen neuen Anfang mache.«

»Ist dieser Mensch ein Freund von Ihnen?«

»Nein.«

* * *

Es gab im Westen Chicagos wirklich schöne, blühende Viertel mit baumgesäumten Straßen und vielen Familien.

Dieses gehörte nicht dazu.

Cooper – ein Soldatenkind, bevor er selbst zum Militär ging – hatte nirgendwo richtig Wurzeln gefasst und betrachtete jeden Ort mit der Distanz des Außenseiters. Er hatte die Theorie, dass der vorherrschende Wirtschaftszweig einer Stadt sie in allen Bereichen prägte, angefangen bei der Architektur bis hin zu den Gesprächsthemen ihrer Bewohner. Deshalb baute man in L. A., einer Stadt, die von Show und Träumen lebt, Häuser in den Wolken und unterhielt sich bei Dinnerpartys über Schamlippenkorrekturen. In Manhattan reduzierte die Finanzbranche praktisch alles aufs Geld. Die Skyline war wie eine Aktienkurve und durch die Straßen schienen Geldströme zu pulsieren.

Chicago war als Arbeiterstadt entstanden, als ein Ort der Schlachthöfe, und trotz all der schicken Restaurants, der Jachthäfen und Grünanlagen war die Stadt dort am authentischsten, wo sie Rost angesetzt hatte. Am Ufer des schlammig braunen Flusses und in den fensterlosen Lagerhäusern der Industriegebiete.

Er suchte nach dem kahlen dreigeschossigen Betonbau. An der gesamten Vorderseite zog sich eine Laderampe entlang und darüber war in anderthalb Meter großen Buchstaben VALENTINO UND SÖHNE, WÄSCHEREI UND REINIGUNG an die Wand gepinselt. Die Farbe war im Laufe unzähliger Chicagoer Winter verblasst und abgeblättert. Cooper parkte den Wagen unter einer Laterne, auch wenn es nicht viel nützen würde, da die Gegend sowieso menschenleer war. Er öffnete den Kofferraum und holte die Reisetasche heraus.

»Schmutzige Wäsche?«, fragte Shannon.

»Aus den letzten sechs Monaten.«

Als sie zur Laderampe kamen, hörten sie schon die Maschinen und nahmen ganz schwach eine süßliche Feuchtigkeit wahr, die aus dem Gebäude strömte. Im Innern der riesigen Halle war es laut und heiß. Unter surrenden Neonleuchten rappelten und rotierten gewaltige Waschmaschinen, während Männer und Frauen zwischen ihnen hin und her liefen, um die Trommeln zu füllen oder saubere Wäsche auszuladen. Die Luft war dunstig und roch nach Chemie. Das zur chemischen Reinigung verwendete Perchlorethylen sollte eigentlich in einem luftdichten System eingeschlossen sein, aber die Maschinen waren alt, die Anschlüsse undicht und Spuren des giftigen Reinigungsmittels drangen hinaus in die Luft. Alle Arbeiter wirkten klein und gebeugt, typisch für Menschen, die sich jahrzehntelang durch enge Gänge schlängeln und schwere Lasten tragen mussten. Cooper ging an einer Reihe Maschinen vorbei und hielt an, um einer verhutzelten Frau Platz zu machen, die einen Korb mit einem Stapel Anzüge vor sich herschob. Draußen war es kalt, aber hier in der Halle merkte er, wie sich Schweiß in seinen Achseln und am Kreuz sammelte.

Niemand beachtete ihn und Shannon, als sie nach hinten zu einer schmalen Treppe gingen. Im ersten Stock war es noch heißer als unten – und lauter. Hier befanden sich die riesigen

Waschmaschinen und Mangeln für Großaufträge: Servietten, Bettwäsche und Handtücher aus Hunderten Hotels und Restaurants. Sie erhaschten einen kurzen Blick auf die schweren Geräte, die sich präzise und emsig bewegten, und hörten ein paar Takte fröhlicher mexikanischer Musik, die hier völlig deplatziert wirkte. Dann gingen sie weiter hoch.

Im Obergeschoss war es noch dunstiger. Es war ein grell beleuchtetes Bienenhaus mit engen Reihen schmaler Werkbänke, um die sich Dutzende von Leuten drängten. Sie saßen blinzelnd an Nähmaschinen oder schnitten Stoff von dicken Ballen. Es herrschte ein Geratter wie von hundert Spechten. Die meisten Männer hatten ihre Hemden ausgezogen und arbeiteten mit nacktem Oberkörper oder im Unterhemd, und ihre Haut glänzte. Ein Ventilator so groß wie eine Flugzeugturbine drehte sich träge im Kreis und rührte in der nach Chemikalien, Zigaretten und Schweiß riechenden Luft herum.

Cooper ging zwischen den Tischen entlang nach hinten zum Büro. Shannon folgte ihm. »Seltsam«, sagte sie.

»Das ist ein Sweatshop.«

»Ich weiß, aber es ist wie bei den Vereinten Nationen. Ich habe schon Sweatshops gesehen, wo lauter Westafrikaner, Guatemalteken oder Koreaner gearbeitet haben, aber nie alle zusammen.«

»Ja«, sagte Cooper. »Schneider ist da ganz modern.«

»Wie? Chancengleichheit? Recht auf Ausbeutung für alle?«

»Nein, er hat sich auf eine Bevölkerungsgruppe spezialisiert.«

»Wie meinen Sie das?«

»Die Leute hier sind alle abnorm.«

»Aber …« Shannon verstummte und fragte dann: »Aber wie ist das möglich? Und warum?«

»Schneider ist ein hervorragender Fälscher«, sagte Cooper und hängte die schwere Reisetasche an die andere Schulter. »Er fälscht Papiere für Abnorme, die als Normalos leben wollen. Hohes Risiko, aber ebenso hoher Gewinn. Und wer kein Geld hat, kann hier seine Schulden abarbeiten.«

»Und billige Klamotten herstellen.«

»Billige Kopien von teuren Klamotten.« Cooper nickte einer Frau zu, die drei Tische weiter saß. Ihr Haar hatte die Farbe von Zigarettenrauch und war am Hinterkopf zu einem lockeren Knoten zusammengesteckt. Sie trug eine seltsame Brille, wie zwei Uhrmacherlupen im Rahmen einer Großmutterbrille. Sie sahen zu, wie sie ein Hemd aus einem Korb links von sich nahm, es auf ihrem Tisch ausbreitete, mit einer Hand ein besticktes, nur einen Zentimeter großes Markenetikett aus einem Karton fischte, es genau auf dem Hemd platzierte und mit ein paar gezielten Stichen annähte, bevor sie das Hemd in einen Korb rechts von sich schob und ein neues aus dem linken Korb nahm. Das Ganze dauerte vielleicht zwanzig Sekunden.

»Ist das das Logo von Lucy Veronica?«

»Keine Ahnung.« Er ging weiter und sie folgte ihm.

»Wie lange dauert es, bis man seine neuen Papiere abgearbeitet hat?«

»Ein paar Jahre. Die Leute müssen ja von irgendwas leben und haben noch andere Jobs: Krankenschwester, Klempner, Koch …« Am Ende der Tischreihe blieb er stehen, schaute nach rechts und links und ging weiter. »Sie kommen nach ihrer regulären Arbeit her und arbeiten noch mal sechs bis acht Stunden.«

»Wie Sklaven.«

»Eher wie Schuldknechte, aber ja, so ungefähr.« Er sah Schneider weiter hinten mit einem dunkelhäutigen Mann sprechen, der doppelt so schwer war wie er. »Hier lang.« Niemand beachtete sie. Es gehörte hier zum guten Ton, einander zu ignorieren. *Schließlich geht es ihnen ja um Anonymität. Geniale ruinieren sich bei niedersten Tätigkeiten die Augen und nähen gefälschte Markenkleidung zusammen, um sich das Recht auf ein normales Leben zu erkaufen.*

Max Schneider war eine Vogelscheuche, fast zwei Meter groß und dünn wie ein Gerippe. Er trug eine teure Uhr, aber seine Zähne waren Ruinen. Cooper ging davon aus, dass er es nicht anders wollte. Vermutlich konnte er das Unbehagen, das andere bei diesem Anblick empfanden, irgendwie für sich ausschlachten. Vielleicht war es ihm aber auch einfach egal.

Der Arbeiter, mit dem er sich unterhielt, war sehr kräftig. Muskeln unter einer Fettschicht. Seine Haut war karibischschwarz, aber Cooper nahm die Spannung in ihm als knisternde Wellen in einem ekelerregenden Gelb wahr. »Aber es ist nicht meine Schuld.«

»Du hast den Kerl doch angeschleppt«, sagte Schneider. »Er war ein Freund von dir.«

»Nein, das war nur jemand, den ich irgendwo getroffen habe. Das habe ich auch gesagt, als ich ihn mitgebracht habe. Ich habe gesagt, ich kenne ihn nicht. Sie haben gefragt, ob ich mich für ihn verbürgen kann, und ich habe Nein gesagt.«

Schneider fuchtelte mit der Hand vor seiner Nase herum, als wollte er einen üblen Geruch wegfächeln. »Und jetzt ist er in eine Kneipenschlägerei verwickelt und wird verhaftet? Was ist, wenn er was über mich ausplaudert?«

»Ich habe mich nicht für ihn verbürgt.«

»Ich sollte dich einfach rausschmeißen und unser Geschäft vergessen.«

»Aber in drei Wochen bin ich fertig.«

»Nein«, sagte der Fälscher. »In sechs Monaten.«

Es dauerte einen Moment, bis der andere begriff, aber dann machte er große Augen, seine Nasenlöcher blähten sich auf und der Puls in seiner Halsschlagader beschleunigte sich. »Wir haben eine Abmachung.«

Schneider zuckte mit den Schultern. Falls Körperumfang und Wut seines Angestellten ihn einschüchterten, ließ er es sich zumindest nicht anmerken. Er wirkte wie jemand, der alles vollkommen unter Kontrolle hat und dem der Rest der Welt total egal ist. »Sechs Monate«, sagte er. Dann drehte er sich um und ging.

»Ich habe mich nicht für ihn verbürgt«, wiederholte der andere.

Der Fälscher wirbelte herum. »Sag das noch mal.«

»Was?«

»Sag es noch einmal. Los, sag es.« Schneider grinste und fletschte seine fleckigen Zähne.

Cooper konnte sehen, wie der andere darüber nachdachte. Er war drauf und dran, es zu sagen und Schneider am Hals zu packen und mit seinen kräftigen Händen zuzudrücken. Er sah das Gewicht von tausend Ungerechtigkeiten auf dem Abnormen lasten, sah, dass er es ein für allemal abschütteln und sich dem kurzlebigen Vergnügen hingeben wollte, so zu tun, als gäbe es keine Zukunft.

Und Cooper musste zugeben, er wünschte sich fast, der Mann würde es tun. Für sie alle und für seine eigene Würde.

Doch der Moment verging. Der kräftige Mann wollte etwas sagen, schwieg aber. Dann zog er den Stuhl unter seiner Werkbank hervor und ließ sich schwer darauffallen. Mit vernarbten Händen griff er nach einer Schere und einer Rolle Jeansstoff und mit geübtem Schnitt verschenkte er ein halbes Jahr seines Lebens.

»He, du«, sagte Schneider, als hätte er Cooper gerade erst bemerkt. »Dichter.«

»Ja.« Er reichte ihm nicht die Hand.

»Was willst du?« Der Fälscher musterte Shannon kalt von oben bis unten.

»Neue Papiere«, sagte Cooper.

»Schon wieder? Beim letzten Mal habe ich dir Papiere mit zehn verschiedenen Namen gemacht. Hast du die alle verbrannt?« Schneider runzelte die Stirn. »Du bist wirklich leichtsinnig. Mit leichtsinnigen Leuten mache ich keine Geschäfte.«

»Ich brauche einfach was Besseres.«

Schneider schnaubte verächtlich und bedeutete ihnen, ihm zu folgen. »Meine Arbeit ist einwandfrei. Siegel, Mikrochip, Tinte ... Wenn man einen nagelneuen Ausweis von mir unters Mikroskop legt und sich die Ränder ansieht, würde man schwören, er wäre zehn Jahre alt. Meine Programmierer gleichen meine Papiere mit den Datenbanken der Regierung ab. Was Besseres gibt es nicht.«

»Aber ich muss eine Grenze passieren.«

»Egal. Ob Mexiko, Frankreich, die Ukraine, du kommst damit überall durch.«

»Da will ich gar nicht hin.«

Schneider blieb stehen. Er blinzelte. Er beugte sich über die Schulter einer jungen Asiatin, Anfang zwanzig vielleicht, und sah zu, wie sie Perlen auf feinen Silberdraht aufreihte. Schneider schüttelte den Kopf und sog Luft durch die Zähne. »Zu groß«, sagte er. »Die Abstände sind zu groß. Wenn du es nicht richtig machst, kann ich dich nicht gebrauchen.«

Das Mädchen sah nicht auf, sondern nickte nur und begann, die Perlen wieder abzulösen.

Schneider sagte: »Du willst nach Wyoming.«

»Ja.«

»Du bist ein Abnormer, du brauchst keinen Ausweis. Du kannst da einfach reinspazieren.«

»Ich will aber nicht als ich selbst dorthin.«

»Welches Selbst?« Schneider lächelte sein abstoßendes Lächeln. »Thomas Eliot? Allen Ginsberg? Walter Whitman? Wer bist du wirklich, Dichter?«

Cooper sah ihm in die Augen und erwiderte sein Lächeln.

»New Canaan ist ein besonderer Fall«, sagte Schneider. »Die Sicherheitsvorkehrungen dort sind sehr streng.«

»Sehr streng« war die Untertreibung des Jahrhunderts, das wusste Cooper. Die Siedlung stand zwar begabten Einwanderern offen, aber Erik Epstein und die anderen Verwaltungsmitglieder hatten berechtigterweise Angst vor Unterwanderung. Und mit der höchsten Dichte von Genialen an einem Ort hatten sie natürlich auch den besten Grenzschutz der Welt. AEB-Agenten wurden zwar hineingelassen – schließlich lag New Canaan auf amerikanischem Boden –, aber sie mussten sich zu erkennen geben. Einige, die sich mit ihrem Dienstausweis Zugang verschafft hatten, versuchten anschließend, sich unauffällig unter die Leute zu mischen. Aber alle wurden festgenommen und von Männern mit deutlich sichtbaren Waffen überaus freundlich zur Grenze eskortiert.

»Kriegst du das hin?«

»Ihr braucht vollkommen neue Identitäten. Übereinstimmende Informationen in allen größeren Datenbanken. Selbstgenerierende Verbraucherprofile.«

»Also, kriegst du es hin?«

»Aber irgendwann schnappen sie euch. Entweder sie ändern ihre Methoden oder verbessern ihre Suchmuster, oder ihr macht einen Fehler. Außerdem fällst du auf, die Leute da sind alle ziemlich hager.«

»Kriegst du es hin?«

»Na klar.«

»Wie viel?«

Der Fälscher sog wieder Luft durch die Zähne. »Zweihundert.«

»*Zweihundert?*« Ein unverschämter Preis, ein Vielfaches von dem, was er vorher bezahlt hatte. Damit würde das meiste von dem Geld draufgehen, das er über die letzten sechs Monate mit seinen kriminellen Aktivitäten zusammengerafft hatte. »Du machst wohl Witze.«

»Überhaupt nicht.«

»Wie wär's mit hundert?«

»Zweihundert. Ich feilsche nicht.«

»Ach, komm. Das ist doch totale Abzocke.«

Schneider zuckte mit den Schultern. Genau wie vorher, als er seinen Schuldknecht zu weiteren sechs Monaten verdonnert hatte. Ihm war es einerlei, ob Cooper sich auf das Geschäft einließ oder nicht.

Cooper warf seine Reisetasche auf eine leere Werkbank, riss den Reißverschluss auf und zählte Bündel von Scheinen ab. Die Etikette der Unterwelt verlangte eigentlich, so etwas im Verborgenen zu tun, aber das war ihm egal. Sollte doch einer von diesen Leuten den Fälscher ausrauben. Nicht sein Problem.

»Hier. Jedes Bündel enthält zehntausend.« Er schob zwanzig Bündel über die Bank. Dann holte er noch zwei aus der Tasche und warf sie zu den anderen. »Und das ist für den Typ von vorhin, dem du noch sechs Monate aufbrummen willst.«

Schneider sah ihn amüsiert an. »Eine noble Geste.«

»Der bekommt morgen seine Papiere, genau wie wir.« Cooper legte eine Hand auf den Geldhaufen. »Abgemacht?«

Schneider zuckte mit den Schultern.

»Sag es.«

»Abgemacht«, sagte Schneider. »Morgen früh. Aber jetzt …«, er wedelte wieder mit der Hand vor seiner Nase herum, »muss ich wieder an die Arbeit.«

Cooper drehte sich auf dem Absatz um und ging. Shannon folgte ihm wie ein Schatten. Er ging an den Werkbänken vorbei, die Treppe hinunter und zur Tür hinaus in den kühlen Abend. Auf dem Weg zum Auto atmete er tief ein. Sie hatten schon einen Kilometer zurückgelegt, bevor Shannon endlich ansetzte, um die Frage zu stellen, die ihr offensichtlich unter den Nägeln brannte: »Warum haben Sie …?«

»Weil er überhaupt keinen Hehl daraus macht, dass er uns nur als Vieh betrachtet. Oder als Sklaven. Dagegen habe ich was.«

»Aber viele sehen uns so.«

»Ja, aber Schneider sind wir einfach total egal. Sie könnten in Flammen stehen und er würde nicht mal einen Eimer Wasser holen. Er hasst uns nicht einmal, es ist …« Ihm fiel das richtige Wort nicht ein. Er konnte nicht genau sagen, was ihn so in Rage brachte. »Ach, ich weiß auch nicht.«

»Also haben Sie für den anderen gezahlt, um Schneider zu beweisen, dass Sie ihm ebenbürtig sind?«

»Ja, irgendwie so was. Ich wollte, dass er es endlich begreift.«

»Das hat aber nicht geklappt. Für ihn sind Sie immer noch nicht mehr als ein Rindvieh. Eine Kuh, die tanzen kann. Amüsant, aber trotzdem nur eine Kuh.«

Darauf fiel ihm nichts ein und er fuhr schweigend weiter.

»Irgendwie ist es schon ironisch«, sagte sie. »Das waren Kopien von Lucy Veronicas neuer Kollektion. Kennen Sie ihre Sachen?«

»Den Namen kenne ich. Ist sie nicht auch begabt?«

»Cooper, lesen Sie keine Zeitschriften? Ihre Kleider haben die ganze Modebranche revolutioniert. Ihre Art, die Dinge zu sehen – sie hat eine räumliche Begabung –, hat alles verändert. Die feinen Damen der Gesellschaft verehren sie. Und die Mädels aus der Vorstadt verehren die gut betuchten Schickeriatanten und eifern ihnen nach, aber Lucy Veronica ist zu teuer für sie. Also was tut man, wenn man sich die Mode einer genialen Designerin nicht leisten kann? Man kauft Kopien, die andere Geniale genäht haben … in einem Ausbeuterbetrieb.«

»Ja, schön, aber Sammy Davis Junior gehörte auch zum Rat Pack, und trotzdem gab es damals keine gleichen Rechte für Schwarze.«

Shannon nickte nur leicht, als wollte sie sich nicht festlegen. Er konnte ihr ansehen, dass sie eine Rede schwingen wollte, aber stattdessen lehnte sie sich zurück, streifte die Schuhe ab und legte ihre nackten Füße auf die Ablage über dem Handschuhfach. »Es war jedenfalls nett von Ihnen. Ich meine, dass Sie für ihn bezahlt haben. Wirklich nett.«

»Na ja, was soll's? Wir müssen uns doch gegenseitig helfen.« Und während er das sagte, wurde ihm bewusst, dass er es auch so meinte. Er gaukelte ihr nichts vor. Hier draußen in der richtigen Welt war nicht immer alles schwarz-weiß und die strikte Haltung, die er als AEB-Agent hatte, schien nicht mehr so richtig zu passen. *Aber du bist immer noch bei der Behörde, vergiss das nicht.* »Außerdem war es ja sowieso nicht mein Geld.« Er sah sie an und lächelte. »Ich habe festgestellt, dass ich ein großes Talent zum Dieb habe.«

Das quittierte sie mit einem Lachen – ihr Lachen gefiel ihm, es war kraftvoll und erwachsen –, das zu einem Gähnen wurde.

»Müde?«

»Ich bin von Scharfschützen beschossen worden, bin auf einem Zugdach mitgefahren, habe eine Tour durch einen Sweatshop gemacht … Da darf man doch wohl mal müde werden.«

»Weichei.«

»Ich … habe … auf … einem … Zug … gesurft.«

Jetzt musste er lachen. »In Ordnung, wir suchen uns einen Schlafplatz.«

»Ich weiß, wo wir hinkönnen. Zu Freunden von mir. Da sind wir sicher.«

»Woher wollen Sie das wissen?«

»Weil es Freunde von mir sind.« Sie warf ihm einen spöttischen Blick zu. »Nicht jeder hat Freunde, die auf ihn schießen.«

»Okay, aber woher weiß ich, dass Ihre Freunde nicht auf *mich* schießen?«

Sie schüttelte den Kopf. »Sie gehören nicht zu unserer Bewegung. Es sind einfach Freunde von mir.«

Er steuerte den Wagen nach links und fuhr auf den Eisenhower Expressway Richtung Osten ab. Eine niedrig hängende Wolkenbank schnitt die Skyline in zwei Teile und die Lichter der höchsten Gebäude funkelten magisch vor dem indigoblauen Himmel. Die Reifen des Jaguar brummten über den Asphalt. Manchmal, wenn er fuhr, verspürte er eine absolute Ruhe in sich, so als wäre er selbst der Wagen und würde über die Fahrbahn fliegen, stark und mächtig und distanziert vom Rest der Welt. Aber heute Abend spürte er nichts. Die Distanz vielleicht. Das letzte halbe Jahr schien vor allem von Distanz geprägt gewesen zu sein. Er war weit weg von seinen Kindern und von Natalie, von der Welt, die er sich sorgsam aufgebaut hatte, und von seinem Platz darin. Obwohl er eigentlich ganz gern allein war, merkte er jetzt im Gespräch mit Shannon, seiner neuen Partnerin, wie einsam er gewesen war. Er freute sich richtig darauf, endlich wieder unter Leute zu kommen.

Außerdem, je näher du ihr kommst, desto näher kommst du auch an John Smith heran.

»Okay, wohin geht's?«

KAPITEL 23

Chinatown bereitete der AEB schon immer Kopfschmerzen.

Nicht nur die von Chicago. Und nicht nur die AEB hatte Probleme mit diesen Vierteln. Überall im Land machten sie den Ordnungskräften zu schaffen. Sie waren geschlossene Systeme, Inseln innerhalb der Städte. Sie trieben Handel mit den anderen Bewohnern, lockten Touristen an, waren aber nie wirklich Bestandteil einer Stadt. Polizisten, die in einer Chinatown arbeiteten, bewegten sich in einer Blase. In einem kleinen Radius, der gerade so weit reichte, wie sie sehen konnten, herrschten amerikanische Verhältnisse. Diese Blase bewegte sich mit ihnen und verschwand auch wieder mit ihnen, ohne Spuren zu hinterlassen.

Das machte die Polizeiarbeit so schwierig. Es gab auch nicht viele chinesische Polizisten, und Angehörige anderer Bevölkerungsgruppen fielen sofort auf. Das Problem war nicht nur die Sprache. Nichtchinesen wussten meist nicht einmal, welche Fragen sie stellen sollten und wie. In einer so abgeschirmten Welt, einer so eingeschworenen Gemeinschaft, die ihre eigenen Autoritätspersonen und inneren Konflikte hatte, ihren eigenen Gerechtigkeitssinn und ihr eigenes Rechtssystem, was sollte ein Polizist von außerhalb da schon ausrichten? Dieses Problem hatte es schon gegeben, lange bevor die Begabten auftauchten und die Sache noch weiter verkomplizierten.

Es war kurz nach Mitternacht und der Fluss ein schwarzes Band. Leichtindustrie und Lagerhäuser wichen dicht stehenden Ziegelbauten, mit grünen Markisen und Pagoden geschmückt, und Läden mit knallbunten Schildern und Schriftzeichen, die für Cooper wie wilde Pinselstriche aussahen. Manchmal standen unter der chinesischen Schrift seltsame Übersetzungen wie: ESSEN ODER NEHMEN MIT, BESTE ALLE KAMERAS, NUDELFRISCH LADEN. Verschwimmende Neonlichter ließen die Nacht in Science-Fiction-Farben erstrahlen.

»Wo wohnen Ihre Freunde?«

»In einer Seitengasse der Wentworth Avenue. Parken Sie hier irgendwo. Den Rest laufen wir.«

Er fand einen Parkplatz an der Archer Avenue. Als er aussteigen wollte, sagte sie: »Lassen Sie die Waffe hier.«

»Bitte?«

»Das sind meine Freunde. Ich geh nicht mit einer Waffe zu ihnen.«

Cooper sah sie eine Weile an und wünschte, er hätte Samanthas Fähigkeiten, könnte die wahre Shannon sehen und ihre Beweggründe verstehen. Sollte das ein Trick sein? Ihn erst entwaffnen und dann zu mehreren über ihn herfallen? Sie hielt seinem Blick stand. Cooper zuckte mit den Schultern, nahm das Halfter von seinem Gürtel und schob es unter den Sitz.

»Danke.«

Shannon lief einen halben Schritt vor ihm her. In den Schaufenstern war eine unglaubliche Ansammlung von Plunder zu sehen: winkende Katzen, bunte Fächer und Ninja-Schwerter aus Plastik. Touristenramsch, aber die Touristen waren ins Bett gegangen. Es waren nur noch Leute aus dem Viertel auf der Straße und viele schienen sich zu kennen. Sie kamen an einem Metzgerladen vorbei, wo gerupfte Vögel an den Füßen aufgehängt im Fenster baumelten. »Also, woher kennen Sie diese Leute?«

»Lee Chen ist ein uralter Freund von mir. Er hat ein Geschäft hier.«

»Ja, aber wie haben Sie sich kennengelernt?«

»Ach, wissen Sie, wir sind beide Abnorme, die die Welt hassen, und haben uns gefunden, weil wir verwandte Seelen sind.«

»Aha.«

Sie grinste. »Wir waren zusammen auf der Highschool.«

Wenn sie zusammen die Schulbank gedrückt hatten und ihr Freund hier zu Hause war, war sie wahrscheinlich in Chicago aufgewachsen. Ein nützlicher Anhaltspunkt, falls er sie jemals suchen musste. »Irgendwie kann ich Sie mir gar nicht auf der Highschool vorstellen.«

»Warum denn nicht?«

»Weil Sie so was Mysteriöses an sich haben.«

»So was Mysteriöses?«

»Ja, Sie tauchen plötzlich aus dem Nichts auf und verschwinden wieder. Bevor ich wusste, wie Sie heißen, habe ich Sie ›das Mädchen, das durch Wände gehen kann‹ genannt.«

Sie lachte. »Immerhin besser als das, was sie in der Schule zu mir gesagt haben.«

»Was denn?«

»Meistens Missgeburt. Zumindest, bis ich Brüste bekam.«

Sie kamen an einem Restaurant namens »Tasty Place« vorbei. Das Nächste hieß »Seven Treasures« und dahinter bogen sie in eine Gasse ein, die das Licht der Straße nicht mehr erreichte. Überfüllte Container verströmten einen süßlich fauligen Müllgeruch. Sie ging in eine Nische hinter einem Ziegelbau ohne Hausnummer und Namensschild und klopfte an eine grüne Tür.

Er hörte, wie ein schweres Schloss entriegelt wurde, und dann ging die Tür auf. Dahinter befand sich ein kleiner Vorraum mit einem Klappstuhl aus Metall und darauf ein aufgeklapptes Taschenbuch mit dem Rücken nach oben. Der Wachposten nickte Shannon zu, wies auf eine Tür gegenüber und drückte auf einen Knopf. Cooper hörte, wie ein Schloss elektrisch surrte.

»Wo sind wir hier?«

»Das ist ›Lee's‹, ein Klub.« Sie öffnete die Tür.

Im Zimmer dahinter kämpften grelle Neonleuchten an der Decke gegen dicke Rauchschwaden an. Es gab acht oder neun Tische, die Hälfte davon besetzt. Niemand sah auf. Die Männer an den Tischen – es waren nur Männer, die meisten älter – starrten vor sich hin, vollkommen in ein Spiel versunken, das mit Dominosteinen gespielt wurde. Stapel von Geldscheinen lagen lose zwischen Aschenbechern und Bierflaschen herum.

»Ein Kasino, meinen Sie.«

»Ich meine Klub. Die Leute treffen sich hier, um Pai Gow zu spielen. Es ist Teil ihrer Kultur. Glück, Schicksal und Zahlen haben hier eine besondere Bedeutung.« Sie lief an der Wand entlang. Zuckersüße Popmusik erklang im Hintergrund. Als sie an einen Tisch mit sieben Männern kam, blieb sie stehen, ohne etwas zu sagen. Die Männer ignorierten sie. Alle Augen waren auf den Geber gerichtet. Der junge Mann, dem schon die Haare ausgingen, gab jedem einen Stapel Dominosteine. Die Steine klickten sanft, als die Spieler sie paarweise anordneten. Als alle Steine in Position lagen, drehten die Spieler sie gleichzeitig um und deckten die verschiedenen Punktanordnungen auf. Sofort brach ein chinesischer Wortschwall aus und Geld wurde hin und her geschoben.

Shannon tippte dem Geber auf die Schulter. Er sah auf. »Azzi.« Ein Lächeln erstrahlte auf seinem Gesicht, das wieder verschwand, als er Cooper sah.

»Lee Chen«, sagte sie und drückte seine Schulter. »Das ist Nick Cooper.«

Lee stand auf. Der Mann links von ihm sammelte die Spielsteine ein und mischte sie, während die anderen Spieler setzten.

»Hi«, sagte Cooper und hielt Lee die Hand hin. »Nett hier.«

»Danke«, sagte Lee. »Du Polizei?«

»Nein. Früher mal.«

»Kein Polizei. Du Fleund Shannon?«

»Ähm, ja … ja, ich bin ihr Freund.« Dass Lee seine Sprache so schlecht beherrschte, brachte Cooper aus dem Konzept.

Das war ein typisches Problem bei Operationen in Chinatown. So vieles ging verloren, wenn der andere eine Frage nur grob verstand. Er würde sich möglichst simpel ausdrücken und sich bemühen, Lee nicht vor den Kopf ...

Shannon konnte ihr Lachen kaum noch unterdrücken.

Cooper sah sie an, dann Lee. »Sie nehmen mich doch auf den Arm.«

»Ja, ein bisschen, 'tschuldigung.« Lee lächelte und wandte sich an Shannon. »Habt ihr schon gegessen?«

»Ist schon eine Weile her. Warum, kocht Lisa gerade was?«

»Lisa kocht immer was.« Er deutete auf einen jungen Mann, der an der Theke herumhing, und bellte einen Befehl. Der andere richtete sich auf, eilte herbei und übernahm Lees Platz am Tisch. Das Spiel nahm seinen mühelosen, lang eingeübten Rhythmus wieder auf. Lee legte einen Arm um Shannons Schulter und führte sie zu einer Tür. »Alice wird sich freuen, dich zu sehen.«

»Ist sie noch wach?«

»Ausnahmsweise.« Lee ließ Shannon los und öffnete die Tür, auf der offenbar »Zutritt verboten« stand, auch wenn Cooper die Schriftzeichen nicht lesen konnte. Dann ging Lee die Treppe hinauf.

»Wer ist Alice?«, fragte Cooper.

»Mein Patenkind.« Sie lächelte ihn über die Schulter an, als sie hochstiegen. »Sie ist acht und wirklich ein genialer kleiner Fratz.«

»Warum hat er Sie eigentlich Azzi genannt?«

»Das ist mein Nachname. Mein Dad ist Libanese.«

Shannon Azzi. Aus Chicago. Hörte sich weit weniger dramatisch an, als »das Mädchen, das durch Wände gehen kann«. Die eine war eine Terroristin, die tödliche Handlangerin des gefährlichsten Mannes von Amerika. Die andere war, nun ja, eine Frau. Klug, witzig und nicht nur in einer Hinsicht begabt. *Und verdammt attraktiv. Das kannst du ruhig zugeben, Agent Cooper.*
»Irgendwie kann ich mir gar nicht vorstellen, dass Sie einen Dad haben«, sagte er.

»Jetzt hören Sie aber auf.«

Cooper lächelte.

Die Geräuschkulisse änderte sich, als sie nach oben kamen, und es roch auch anders. Nach beißenden Gewürzen, Knoblauch und Fischsoße. Ein Schwall von Gelächter kam von der anderen Seite des Flurs und das fröhliche Kreischen eines Kindes.

»Geben Sie eine Party?«

»Es ist ein Playdate«, sagte Lee. »Freunde mit Kindern.«

Wie bei den meisten Partys standen alle in der Küche. Etwa ein Dutzend Männer und Frauen, nur Chinesen, drängten sich um eine Anrichte voller Schüsseln. Auf dem Herd köchelte ein dampfender Topf, der einen süßsauren Duft verströmte. Alle schauten in ihre Richtung, als sie eintraten, und ihr Lächeln verrutschte ein wenig, als sie Cooper sahen, nicht aus Feindseligkeit, nur aus Überraschung.

»Shannon kennt ihr ja alle«, sagte Lee. »Und das hier ist ihr Freund Nick Cooper.«

»Hallo zusammen.« Er ließ den Blick durch den Raum schweifen und bemerkte eine schlanke, stilvoll gekleidete Frau auf einem Hocker. Sie hatte den grazilen Schick, den man so oft bei Asiatinnen findet. Er konnte spüren, wie wohl sie sich in ihrer Haut fühlte, und sagte: »Sie sind sicher Lisa.«

Sie stand auf und gab ihm die Hand. »Willkommen.«

»Danke.«

»Haben Sie Hunger?«

Hatte er nicht, aber er sagte: »Ich komme um vor Hunger.«

»Gut, denn wir haben viel zu viel zu essen.«

»Wie das nur passieren konnte …«, sagte Lee trocken und holte drei Bierflaschen aus dem Kühlschrank. Er drehte die Verschlüsse ab, reichte Shannon und Cooper je eine Flasche und behielt die dritte für sich.

Lisa ignorierte ihren Mann und hakte sich bei Cooper ein. »Kommen Sie, ich mache Sie mit den anderen bekannt.«

»Tante Shannon!« Ein Wirbelwind aus dunklem Haar und blasser Haut sauste an ihm vorbei und stieß mit Shannon zusammen, die lachte und ihre Arme um das Mädchen schlang. Die beiden begannen, sich gegenseitig mit Fragen zu bombardieren, ohne die Antworten der anderen abzuwarten.

Lisa häufte Reis auf einen Teller, den sie ihm reichte, und deutete auf die verschiedenen Gerichte, sagte ihm, wie sie hießen, und gab Erklärungen zu jedem einzelnen ab, als hätte er noch nie in einem Restaurant gegessen. Cooper sagte, alles sehe fantastisch aus, und nahm sich ein wenig von jedem Gericht, während er Bierflasche und Teller in einer Hand hielt. Shannon kam mit dem Mädchen zu ihm und sagte: »Alice, das ist mein Freund Nick.«

»Hi.«

»Hi. Tust du mir einen Gefallen, Alice? Nennst du mich Cooper?«

»Okay.« Das Mädchen nahm Shannon bei der Hand und zerrte sie weg. »Komm schon. Komm, spiel mit uns.«

Cooper lief essend und trinkend in der Küche herum. Fast alle sprachen Chinesisch miteinander. Aber wenn er dazukam, wechselten sie mühelos zu Englisch. Eine halbe Stunde lang führte er belanglose Partygespräche.

Alle waren sehr nett, aber er fühlte sich unwohl wie immer bei Partys. Small Talk war nicht seine Sache und er war auch kein guter Geschichtenerzähler. Es gehörte Geschick dazu, sein Leben in ordentlich aneinandergereihte Anekdoten zu verpacken, und das besaß er nicht.

Außerdem, was sollte ich schon erzählen? Etwa: »Einmal, da habe ich diesen Abnormen verfolgt, der eine Sicherheitslücke im Kreditkartensystem der Bank of America ausgenutzt und mit Mikrotransaktionen eine halbe Million zusammengerafft hatte, bevor er einen Bankangestellten, der zu ihm nach Hause gekommen war, umbrachte und auf einem Schneemobil in die hintersten Wälder Montanas floh«?

Lautes Gekreische hallte vom Flur her, in den Alice Shannon entführt hatte. Cooper nahm sich ein neues Bier und folgte den Schreien. Er fand Shannon im Wohnzimmer. Sie stand auf einem Ecksofa und zählte mit geschlossenen Augen: »Drei … zwei … eins … los!«

Sieben Kinder, darunter auch Alice, traten aufgeregt von einem Fuß auf den anderen, bereit loszurennen. Shannon öffnete die Augen, schaute sich im Zimmer um, täuschte ganz langsam eine Bewegung nach links an und sprang dann nach rechts vom Sofa herunter auf einen Jungen zu. Der versuchte auszuweichen, aber sie schlug ihm auf die Schulter, wirbelte herum, sah zwei Kinder aufeinander zulaufen, wartete kurz, und als sie zusammenstießen, schlug sie beide ab. Die Kinder, die sie berührt hatte, erstarrten zu Statuen, während die anderen vier sich an den Wänden entlangbewegten und die Möbel und ihre erstarrten Freunde als Deckung nutzten. Shannon sagte: »Ich kriege euch schon.« Dann drehte sie sich um und schlug einen Jungen ab, der versuchte, sich hinter ihr vorbeizuschleichen. Er kicherte und blieb wie versteinert stehen.

Cooper beobachtete das Spiel mit einem breiten Lächeln. Shannon verfolgte die drei übrigen Kinder, lief mal nach links, mal nach rechts und trieb sie zusammen. Diese Frau war unbestreitbar die Meisterin des »Versteinerns«.

»Haben Sie Kinder?«

»Hm?« Er drehte sich um. Lee stand hinter ihm. »Zwei, einen Jungen und ein Mädchen, neun und vier.« Er überlegte kurz, ihm ihre Namen zu sagen, ließ es dann aber sein. Er nahm einen großen Schluck Bier.

»Die sind einfach das Beste, oder?«

»Ja, stimmt.«

»Auch wenn man sie manchmal am liebsten umbringen würde.«

»Ja, trotzdem.«

Shannon schlug die letzten drei Kinder kurz hintereinander ab. Alice fing sie zuletzt, legte einen Arm um sie und kitzelte sie mit der anderen Hand. Als Shannon das Mädchen endlich wieder zu Atem kommen ließ, rief es: »Jetzt ich!« Alice ging in die Mitte des Zimmers, aber anstatt eine neue Runde Versteinern einzuleiten, sagte sie: »Orte in Chicago.«

»Navy Pier«, sagte ein Mädchen mit Zöpfen.

»600 East Grand Avenue.«

»Der Zoo!«

»2200 North Cannon Drive.«

Und die anderen Kinder stimmten lauthals mit ein. »Das Restaurant Tasty City!«

»Das Haus von meiner Mom!«

»Der Flughafen!«

»2022 South Archer Avenue, 337 West 24th Place. O'Hare-Flughafen, 10000 West O'Hare, und Midway-Flughafen, 5700 South Cicero Avenue.«

Coopers Magen krampfte sich zusammen, als er merkte, was vor sich ging. Während die Kinder weiter die Namen von Orten und Sehenswürdigkeiten in Chicago riefen, wandte Cooper sich an Lee: »Ist Ihre Tochter etwa begabt?«

Lee nickte. »Früher haben wir ihr Gutenachtgeschichten vorgelesen, aber ihr ist das Telefonbuch einfach lieber. Sie schnappt sich mein Datenpad und liest stundenlang Adressen. Nicht nur aus Chicago. Sie kennt sich in New York, Miami, Detroit und Los Angeles aus. Immer wenn wir irgendwohin fahren, liest sie vorher das entsprechende Telefonbuch durch.«

Lee strahlte über das ganze Gesicht und jedes Wort machte deutlich, wie stolz er war. Er war offensichtlich ganz verrückt nach seiner Tochter und begeistert von ihren Fähigkeiten. Seine Einstellung stand im krassen Gegensatz zu der anderer Eltern und auch zu Coopers eigener. Lee schien sich nicht darum zu kümmern, was andere dachten. Anscheinend hatte er auch keine Angst, dass sie getestet, abgestempelt und in eine Akademie gesteckt wurde. Er freute sich einfach an seinem Wunderkind.

»Jetzt du, Zhi.« Shannon deutete auf den Jungen, der sich von hinten an sie heranschleichen wollte.

»Okay.« Er stand da wie ein selbstbewusster Schüler vor seiner Lehrerin.

»Nimm die Hausnummern der Adressen und addiere sie.«

»34.967.«

»Multipliziere sie.«

»1,209 mal 10 hoch 36.«

»Addiere sie noch mal, diesmal sind die mit North oder West positive Zahlen und die mit East und South sind negative.«

»Minus 243.«

Alice machte auch mit: »Der Zoo mal Tasty City minus Andreas Adresse.«

»4.448.063.«

»Das Navy Pier geteilt durch die Schule.«

»2,42914979757085 ...«

Die Kinder amüsierten sich prächtig. Zhi stand in der Mitte und löste jede Aufgabe, ohne zu zögern. Cooper sah völlig baff zu, bis es ihm dämmerte. »Sind all die Kinder hier Geniale?«

»Ja«, sagte Lee. »Wie gesagt, es ist ein Playdate.«

»Aber ...« Er sah die Kinder an, dann Shannon, dann wieder Lee. »Machen Sie sich keine ... Ich meine ...«

»Ob wir uns Sorgen machen, jemand könnte herausfinden, dass sie begabt sind?« Lee lächelte. »Nein, in der chinesischen Kultur sieht man die Dinge anders. Diese Kinder sind etwas ganz Besonderes. Sie bringen ihren Familien Ehre und Erfolg. Wieso sollten wir etwas dagegen haben?«

Weil jeden Moment jemand von meiner alten Arbeitsstelle vor der Tür stehen kann. »Die übrige Welt sieht es aber nicht so.«

»Die Welt verändert sich«, sagte Lee sanft. »Sie muss es einfach.«

»Und was ist mit den Akademien?«

Lees Gesicht verdüsterte sich. »Eines Tages, wenn das alles vorbei ist, wird man an die Akademien zurückdenken und sich schämen. Man wird sie genauso verurteilen wie die Internierungslager im Zweiten Weltkrieg.«

»Das sehe ich auch so«, sagte Cooper. »Verstehen Sie mich nicht falsch. Ich bin selbst ein Abnormer.«

»Habe ich mir gedacht. Wie die meisten Freunde von Shannon.«

»Und meine Tochter …« Er zögerte. Er konnte es noch nicht einmal hier sagen, in dieser Situation. *Warum nicht? Schämst du dich deiner Tochter?*

Das war es nicht. Unmöglich. Es war schiere Angst. Angst vor dem, was mit ihr geschehen könnte.

Okay, aber du hast all diese negativen Gefühle und möchtest ihre Begabung am liebsten verbergen. Wünschst du dir nicht doch im Grunde, sie wäre normal? Wenn auch nur, weil du Angst um sie hast?

Der Gedanke war ihm unangenehm. Er wollte einen Schluck Bier nehmen, aber seine Flasche war leer. »Haben Sie keine Angst, dass jemand sie testen will?«

»Das ist der Vorteil, wenn man als Chinese in Chinatown wohnt. Die Regierung weiß nichts von diesen Kindern.«

»Wie ist das möglich?«

»Einige haben die Kinder im Ausland zur Welt gebracht. Andere hatten Hebammen aus der Nachbarschaft, die die Geburten nicht gemeldet haben. Das ist natürlich riskant. Wenn etwas schiefgeht, ist man im Krankenhaus besser aufgehoben. Es ist schrecklich, dass wir es so machen müssen, aber es ist das Risiko wert.«

Bei der AEB vermutete man seit Langem, dass es unter Migranten eine bedeutende Zahl nicht gemeldeter Abnormer gab. Die Behörde wollte diese Informationslücke eigentlich schon lange schließen, aber sie war wie eine quietschende Diele in einem brennenden Haus. Es gab dringendere Probleme. Diese Bevölkerungsgruppen machten selten Ärger und deshalb ließ man sie in Ruhe. Aber wie er den Kindern so zusah – sie hatten ein neues Spiel begonnen, bei dem ein kleines Mädchen einmal im Kreis gedreht wurde, dann die Augen schließen und detaillierte Fragen zu allem beantworten musste, was es im Zimmer gab, bis hin zur Anzahl der Knöpfe auf Alices Kleid –, dachte Cooper bei sich, dass eine ganze Generation von Abnormen direkt unter der Nase der AEB aufwuchs, ungemeldet, ungetestet und unentdeckt. Die Folgen waren nicht abzusehen.

Willst du etwa Direktor Peters anrufen und ihm Bescheid sagen?

»Ziemlich viele neue Eindrücke, was?« Lee lächelte. »Ich bin so daran gewöhnt, ich vergesse leicht, dass es für andere nicht alltäglich ist. Ist es nicht wunderbar, den Kindern beim Spielen zuzusehen? Diesen Kindern, denen man *nicht* von Geburt an beigebracht hat, sie seien Monster. Sie seien *abnorm*. Es ist einfach toll, oder?«

»Ja«, sagte Cooper. »Es ist toll.«

Später, als die Party vorbei war, die Eltern ihre Kinder zusammengesucht, sich verabschiedet und mit Tupperdosen voller Reste gegangen waren, brachte Lisa ihn und Shannon zu einem kleinen Zimmer, das vom Flur abging. Es war ganz in Pastellfarben gehalten und mit Postern von Disney-Prinzessinnen dekoriert. Auf einem Nachttisch neben einem Einzelbett leuchtete eine Lampe in Form eines Elefanten.

»Alices Zimmer«, sagte Lisa entschuldigend. »Sie schläft heute Nacht bei uns. Tut mir leid, dass wir nur ein Zimmer für euch beide haben.«

Cooper sah Shannon an, aber sie gab nicht preis, was sie von der gemeinsamen Unterbringung hielt, sondern strich sich nur eine Haarsträhne hinters Ohr. »Kein Problem«, sagte er.

»Ich hole ein paar Decken.«

Lisa kam mit einem Schlafsack und einem zusätzlichen Kissen zurück, legte beides aufs Bett und sagte: »Ich hoffe, es ist bequem genug.«

»Ganz bestimmt. Danke.« Cooper zögerte, dann sagte er: »Ich weiß es sehr zu schätzen, dass Sie uns bei sich aufnehmen.«

»Ein Freund von Shannon ist auch unser Freund. Sie sind jederzeit willkommen.« Lisa sah sich im Zimmer um, nahm Shannon in den Arm, um sich zur Nachtruhe zu verabschieden, und kam dann zu Cooper. Er rechnete damit, dass sie kurz überlegen würde, ob sie ihm die Hand schütteln oder ihn in den Arm nehmen sollte. Aber ohne zu zögern, umarmte sie ihn kurz. Dann ging sie hinaus und schloss die Tür hinter sich.

Shannon vergrub die Hände in den Taschen. Dadurch zog sich ihr Hemd straff über ihre Schlüsselbeine, so zart wie Vogelschwingen. »Also …«

»Ich schlafe auf dem Boden.«

»Danke.«

Er drehte sich bewusst um, während er Schuhe und Socken auszog und sein Hemd aufknöpfte. Und beschloss, Hose und Unterhemd anzubehalten. Hinter sich hörte er ein leises Rascheln von Stoff und stellte sich vor, wie sie das T-Shirt über den Kopf zog und darunter ein zarter cremefarbener BH auf karamellfarbener Haut zum Vorschein kam.

Hoppla, Agent Cooper. Wo kam das denn jetzt her?

Er machte den langen gemeinsamen Tag voller Adrenalin, gepaart mit männlichen Hormonen dafür verantwortlich und beließ es dabei. Er kroch in den Schlafsack und rieb sich die Augen. Kurz darauf hörte er, wie sie den Elefanten ausknipste, und das Zimmer wurde dunkel. An den Wänden und der Decke glühten hellgrüne Sterne an einem Fantasie-Nachthimmel mit wilden Konstellationen, deren Sterne ordentliche Spitzen und saubere Kanten hatten und fast zum Greifen nah waren.

»Gute Nacht, Cooper.«

»Nacht.« Er faltete die Hände hinter seinem Kopf. Eigentlich war er zu alt, um auf dem Boden zu schlafen, aber er war so müde, dass es ihm egal war. Während er so dalag und die Sterne dieses besseren Himmels betrachtete, dachte er zurück an den Ausdruck auf den Gesichtern der Kinder, die über Spiele verfügten, die sich der Vorstellung der meisten Leute entzogen.

Sechs Monate waren vergangen, seit er seine eigenen Kinder zuletzt gesehen hatte. Sechs Monate, in denen er vorgegeben hatte, ein anderer zu sein, in denen er das Leben, das er liebte, begraben musste, um dafür zu kämpfen.

Im Grunde hatte er alles immer nur für seine Kinder getan. Sogar schon, bevor sie geboren wurden. Sogar, bevor er Natalie kennengelernt hatte. Eine schlichte Wahrheit, die er niemals verstanden hätte, bevor er Vater wurde, die er jedoch nie vergessen würde.

Die Welt verändert sich, hatte Lee gesagt. *Sie muss es einfach.*

Cooper hoffte, dass er recht hatte.

KAPITEL 24

Der Mann wartete auf sie.

Er war so kräftig, wie Cooper ihn in Erinnerung hatte, mit breiten Schultern und Muskeln unter einer Fettschicht. Ein Mann, der keine Gewichte stemmen musste, denn er verdiente sein Geld damit, schwere Gegenstände zu tragen. Er passte sehr gut auf eine Laderampe.

»Was zum Teufel sollte das?« Er spie die Worte aus, als Cooper und Shannon die Stufen hochkamen.

»Wie bitte?«

»Für meine Papiere zu zahlen ... Willst du den dicken Mann markieren, oder was? Du glaubst wohl, du kennst mich.« Der Abnorme schüttelte den Kopf. »Du kennst mich überhaupt nicht.«

»Meinetwegen ...« Cooper wollte an dem Mann vorbei, aber der packte mit stählernem Griff seinen Arm.

»Ich hab dich was gefragt. Was willst du von mir?«

Cooper blickte auf die Hand um seinen Arm und dachte: *Seitlich drehen, den rechten Ellbogen in den Solarplexus rammen, auf den Fuß stampfen, wieder zurückdrehen und ihm gleichzeitig einen Uppercut verpassen.* Und dann: *Das hat man nun von seiner Gutmütigkeit.* »Ich will, dass du mich durchlässt.«

Etwas in seinem Ton verunsicherte den Mann und er lockerte seinen Griff. Cooper wischte sich den Ärmel ab und ging an ihm vorbei.

»Ich hab nicht darum gebeten und ich schulde dir nichts.«

Cooper wurde ganz steif und langsam richtig sauer. Er drehte sich um. »Doch, du Arsch. Ich hab dir sechs Monate deines Lebens geschenkt. Du könntest ruhig Danke sagen.«

Der Mann verschränkte die Arme und hielt Coopers Blick stand. »Ich bin kein Sklave. Nicht Schneiders und auch nicht deiner.«

»Bravo«, sagte Cooper. »Herzlichen Glückwunsch. Du bist also eine Insel und auf niemanden angewiesen.«

»Hä?«

»Ich habe von Leuten wie dir dermaßen die Nase voll. Von Freaks wie dir. Schneider wollte dir einfach so sechs Monate deines Lebens nehmen und du hättest dich damit abgefunden. Dann kommt jemand und kauft dich frei. Und was ist dein erster Gedanke? ›Der will doch was von mir.‹ Dass jemand die Last des anderen zu tragen versucht, kannst du dir einfach nicht vorstellen. Dass ein Abnormer nicht mit ansehen will, dass ein anderer so behandelt wird, das hältst du wohl für unmöglich, was?«

Die Augen des Mannes verengten sich. »Niemand tut irgendwas umsonst. Abnorm oder nicht.«

»Na, kein Wunder, dass wir verlieren.« Cooper wandte sich ab und ging zur Tür. Über die Schulter sagte er: »Ich will nicht, dass du für mich den Sklaven machst. Für niemanden.«

Dann riss er die Tür auf und ging hinein. Shannon kicherte hinter ihm: »Mit Ihnen ist nicht gut Kirschen essen, was, Cooper?«

»Sehen wir zu, dass wir Schneider finden.«

Der Fälscher sah sie kommen, bedeutete ihnen, ihm zu folgen, und ging vor, ohne auf sie zu warten. Cooper merkte, wie er immer gereizter wurde. *Lass dir einfach die Papiere geben und dann nichts wie weg.* Es war wirklich Zeit, nach Wyoming zu fahren, John Smith ausfindig zu machen und der Sache ein

Ende zu setzen. Natürlich würde er damit nicht alle Probleme der Welt lösen, aber zumindest eines. Und vielleicht würde er damit der Welt eine Verschnaufpause verschaffen und sie käme endlich zur Vernunft.

Für jemanden mit so viel Geld wie Schneider war sein Büro ziemlich sparsam eingerichtet: weiß getünchte Betonwände und ein Schreibtisch aus Spanholz mit einer Lampe und einem Telefon darauf. Der einzig teure Gegenstand war ein Newtech-Datenpad in hochmodernem Design, das wie eine Spezialanfertigung aussah. Schneider setzte sich und holte einen Umschlag aus einer Schublade. »Pässe, Führerscheine, Kreditkarten.« Er warf das Päckchen auf den Schreibtisch.

Cooper öffnete es und holte einen Pass heraus. Unter seinem Foto stand der Name Tom Cappello. Er blätterte die Seiten durch. Er war viel herumgekommen, vor allem in Europa. Das Dokument war ausgeblichen, weich und abgegriffen. »Passt der Mikrochip zu den Angaben im Pass?«

»Wofür hältst du mich?«

»Muss ich noch mal fragen? Passt der Mikrochip zum Pass?«

»Natürlich.« Schneider lehnte sich zurück und legte einen Fuß auf sein knochiges Knie. »Viel wichtiger ist, dass wir alle relevanten Datenbanken mit euren Informationen gefüttert haben. Komplette Profile: Konsum- und Wahlverhalten, Hypotheken, Strafzettel ... einfach alles.«

Cooper schlug den anderen Pass auf und betrachtete Shannons Foto. Es musste von einer Überwachungskamera irgendwo im Gebäude stammen, aber sie war deutlich zu erkennen und der Hintergrund war neutral. Dann sah er den Namen. »Soll das ein Witz sein?«

»Wieso?« Shannon nahm ihm den Pass ab und schaute hinein. »Allison Cappello. Na und?«

»Er hat ein Ehepaar aus uns gemacht.«

Schneider lächelte und entblößte sein abstoßendes Gebiss. »Ist das ein Problem?«

»Ich habe nicht darum gebeten.«

»Die Profile bestätigen sich gegenseitig. Das Risiko, beim Einschleusen der Daten aufzufliegen, ist dadurch geringer.«

»Ja, dein Risiko ist geringer, aber wir müssen so tun, als wären wir verheiratet.«

Schneider zuckte mit den Schultern. »Nicht mein Problem. Hör zu, eure neuen Identitäten sind zwar in Ordnung, aber nur solange niemand tiefer gräbt. Wir haben die Daten in die zentralen Systeme eingepflanzt, von da aus breiten sie sich aus. Aber das braucht seine Zeit. Anders lässt es sich nicht machen. Wir können unmöglich jeden Computer manipulieren, wo solche Daten gespeichert sind. Stattdessen pflanze ich eure Identitäten wie Samen und sie wachsen ganz von selbst.«

»Wie lange dauert das?«

»Eine einfache Sicherheitskontrolle in New Canaan würdet ihr wahrscheinlich jetzt schon überstehen. Aber in ein paar Tagen haben sich eure Daten über das System ausgebreitet und halten auch einer genaueren Prüfung stand. Wenn's geht, wartet so lange.«

Cooper sagte nichts. Er steckte den Pass wieder in den Umschlag und schickte sich an zu gehen.

»Ach, Dichter?«

»Ja.«

»Du bist jederzeit willkommen. Ich kann dein Geld gut gebrauchen.« Der Fälscher lachte.

Als sie zurück zur Laderampe kamen, war der kräftige Mann nicht mehr da. Das war Cooper ganz recht, denn bei seiner Laune hätte er den Kerl wahrscheinlich als Punchingball benutzt.

»Wir könnten sicher ein paar Tage bei Lee und Lisa bleiben.«

Cooper schloss den Wagen auf und schüttelte den Kopf. »Fahren wir los.«

»Sie wollen mit dem Auto nach Wyoming fahren?«

»Warum nicht? Wir brauchen Zeit und es ist nicht so riskant wie Fliegen.«

»In Ordnung.« Shannon blätterte ihren Pass durch. »Tom und Allison Cappello.« Sie lachte. »Wenn das ein Trick ist, um mich ins Bett zu kriegen, haben Sie Extrapunkte für Originalität verdient.«

»Sehr witzig.« Er ließ den Wagen an und lenkte ihn Richtung Osten. »Also, wo haben wir uns kennengelernt?«

»Hm?«

»Wir sind verheiratet. Falls wir verhört werden, müssen wir überzeugend auftreten.«

»Okay. Bei der Arbeit? Stimmt ja irgendwie auch.«

Angesichts der Ironie musste er lächeln. »Ja, aber bei einem anderen Job. Irgendwas Langweiliges, damit keiner uns darüber ausfragt.«

»Buchhaltung?«

»Wenn irgendjemand mir Fragen zu seiner Steuererklärung stellt, sind wir geliefert. Wie wär's mit ... Logistik? Ein Transportunternehmen? Wie man Sachen hin- und herkarrt, dafür interessiert sich wirklich kein Mensch.«

»Okay. Ich habe zuerst dort gearbeitet. Wir haben uns kennengelernt, als Sie nach Chicago versetzt wurden. Nein, nach Gary in Indiana. Für Gary interessiert sich auch niemand«, sagte sie. »Sie waren natürlich sofort hin und weg.«

»Nein, ich glaube, Sie waren eher hinter *mir* her. Aber ich habe mich total cool gegeben.«

»Ach, es war so offensichtlich. Sie haben mich immer mit diesem Hundeblick angeschmachtet und sind ständig unter irgendeinem Vorwand an meinen Schreibtisch gekommen.«

»Hatten Sie eigentlich jemals einen Schreibtisch?«

»Na klar, in meiner Wohnung. Und meine Plastikpflanze macht sich wunderbar darauf.« Sie lehnte sich zurück und strich sich eine Haarsträhne hinters Ohr. »Bei unserer ersten Verabredung sind wir ins Kino gegangen. Sie waren ganz Gentleman und haben nichts versucht.«

»Aber Sie waren ganz heiß drauf. Sie haben mich ständig am Arm berührt und Ihr Haar hin und her geworfen ... und an Ihren BH-Trägern rumgefummelt.«

»Davon träumen Sie aber nur.«

»Und gekeucht haben Sie. Ganz heftig, das weiß ich noch ganz genau.«

»Jetzt ist aber gut.«

Cooper lächelte und fuhr auf den Highway. Es war nur unbeschwertes Geplänkel, eher Spaß als echtes Flirten, und auf der restlichen Fahrt ging das Necken weiter. Sie hatten Lisa versprechen müssen, mit der Familie zu Mittag zu essen, bevor sie sich auf den Weg machten, und jetzt sah es so aus, als hätten sie Zeit genug. Vor seinem geistigen Auge betrachtete er die Landkarte von Wyoming. New Canaan erstreckte sich über eine weite Fläche im Zentrum des Staats. Ein hässlicher Landstrich, nur Ödland und Wüste. Tausende einzelner Grundstücke waren angekauft und zu einem einzigen zusammengeflickt worden, dessen Grenzen sich ebenso häufig verschoben wie die eines Kongresswahlbezirks. Die Fahrt würde etwa fünfundzwanzig Stunden dauern. Sie konnten ganz gemütlich fahren und zwischendurch Rast machen. Irgendwo anhalten und Eheringe kaufen. Und er konnte in der Zeit seinen Plan schmieden. An Erik Epstein heranzukommen, würde nicht einfach sein. Außerdem war Epstein nur eine Etappe auf dem Weg zu John Smith.

»In Italien, an der Amalfiküste«, sagte sie. »Da haben wir unsere Flitterwochen verbracht. Wir haben in einem Hotel an einer Felswand gewohnt. Wir haben auf dem Balkon Wein getrunken und jeden Tag im Meer gebadet.«

»Ja, ich kann mich erinnern. Du sahst einfach umwerfend aus in dem Badeanzug.«

»In dem roten?« Sie sah ihn durch ihre dunklen Wimpern an. »In Rot habe ich dir schon immer gut gefallen.«

»Es betont deine Formen«, rutschte es ihm unwillkürlich heraus. Er musste an letzte Nacht zurückdenken, das sanfte Rascheln, als sie das Hemd abstreifte, und das Bild in seinem Kopf. Er spürte, wie seine Stirn heiß wurde, und blickte zu ihr herüber.

Sie lächelte schief. »Meine Formen, hm?«

»Deinen Teint, wollte ich sagen. Du hast gesagt, dein Vater ist Libanese. Und deine Mutter?«

»Französin, ganz Burgunderlippen und wallendes Haar. Sie waren schon ein tolles Paar. Mein Vater war Geschäftsmann, immer elegant gekleidet und mit Menjoubärtchen. Die beiden sahen aus wie aus einem alten Schwarz-Weiß-Film.«

»Sahen aus?«

»Ja«, sagte sie nur.

»Tut mir leid.«

»Danke.« Ihre Schultern verspannten sich, eine unwillkürliche Reaktion, die er als Signal für einen Themenwechsel las und dem Muster ihrer Körpersprache hinzufügte, das allmählich in seinem Kopf entstand.

Er wollte gerade fragen, wo ihre Eltern gewohnt hatten, als er den Cadillac Escalade bemerkte. Der Verkehr war immer dichter geworden, je näher sie Chinatown kamen. Er hatte angenommen, es läge an den Touristen und den Mittagsgästen der Restaurants. Aber dieser Pick-up ...

Ein neueres Modell, schwarz, getönte Scheiben.

Er stand halb auf dem Bürgersteig, so als hätte er plötzlich angehalten. Direkt an der Kreuzung Cermak Road und Archer Avenue, zwei der Hauptverkehrsstraßen von Chinatown.

Der Motor lief.

Behördenkennzeichen.

Scheiße.

... jagte ihm einen unheilvollen Schauer über den Rücken. Er richtete sich in seinem Sitz auf und umklammerte das Lenkrad.

Shannon bemerkte seine Reaktion, folgte seinem Blick und sagte: »Oh nein.«

Er schaute in den Rückspiegel und rechnete fast damit, dass von hinten weitere schwarze Geländewagen kommen würden, aber er sah nur einen ganz gewöhnlichen Stau. Falls dies eine Falle war, war sie noch nicht zugeschnappt. Sollte er wenden? Zu auffällig, nur als letzter Ausweg. Vielleicht war es reiner Zufall und der AEB-Einsatzwagen war aus einem anderen Grund hier, wegen einer anderen Zielperson.

»Lee und Lisa«, sagte Shannon und zappelte, als hätte sie einen Stromstoß bekommen. »Nein, nein, nein.«

»Wir wissen doch gar nicht …«

»Der Verkehr«, sagte sie. »Verdammt, ich hätte es merken müssen. Halt an.«

»Warte, Shannon, wir können doch nicht …«

»Halt an!«

Dann sah er es auch: Der Verkehr stockte nicht einfach, sondern war vollkommen zum Erliegen gekommen. Es war kein normaler Stau oder eine Schlange an einer Ampel. Irgendetwas blockierte die Straße. Vielleicht hatte es einen Auffahrunfall gegeben.

Ja klar, und die AEB ist da, um Strafzettel zu verteilen.

Cooper fuhr über den Bordstein auf den Parkplatz eines kleinen Einkaufszentrums. Shannon sprang raus, noch bevor der Wagen zum Stehen kam. Er stellte den Motor ab und rannte ihr hinterher über den Parkplatz.

Aus der Ferne hörte er gewaltigen Lärm. Geräusche aus verschiedenen Quellen, die sich gegenseitig übertönten. Zuerst dachte er, es wäre eine Parade, irgendein Fest, aber eigentlich wusste er, das war nur Wunschdenken. Geländewagen wie diesen Escalade hatte er schon tausendmal gesehen, denn er hatte sie selbst oft genug gerufen.

Sie gehörten der paramilitärischen Polizeitruppe der AEB, einer Mischung aus Bereitschaftspolizei und Sondereinsatzkommando. Die Beamten trugen schwarze Panzerwesten und Helme mit Visieren, die ihre Gesichter vollkommen unkenntlich machten. Die Visiere dienten auch als Head-up-Displays mit Zielhilfe, Darstellung Anzeige geografischer Koordinaten und Nachtsichtfunktion. In der Behörde hießen diese Einheiten taktische Einsatzteams.

Die Bevölkerung nannte sie die Gesichtslosen.

Shannon rannte zum Ende des Parkplatzes, sprang über einen niedrigen Zaun und sprintete zur Archer Avenue. Cooper folgte ihr, so schnell er konnte, und hechtete ebenfalls über den Zaun. Sie hatte schon die Mitte der Fahrbahn erreicht und schlängelte sich weiter durch den stagnierenden Verkehr. Vor ihr lag ein Wohnblock, umgeben von einer Grünfläche. Sie spurtete über den Rasen und verschwand hinter dem Gebäude. Heftig atmend beschleunigte er.

Einen halben Block weiter nördlich, vor dem Eingang einer Bank, parkte ein weiterer schwarzer Escalade. Die Türen standen offen und im Wageninnern erblickte er drei Gesichtslose. Mit ihren dicken Westen und undurchsichtigem Glas statt Gesichtern sahen sie aus wie räuberische Insekten. Jeder von ihnen hatte eine Maschinenpistole mit Klappschaft in der Hand. Shannon rannte nun mitten auf der Straße Richtung Süden. Hupen dröhnte über das immer näher kommende Gegröle einer Menschenmenge hinweg. Cooper holte Shannon ein, gerade als sie abrupt abbog. Er tat es ihr nach.

Und sah, woher der Lärm kam. In der Gasse drängte sich eine Menschenansammlung, die meisten waren Chinesen. Sie schrien und schüttelten ihre erhobenen Fäuste. Die Menschen standen dicht an dicht und versuchten, weiter in die Gasse vorzudringen, aber ohne Erfolg. Dahinter sah er ein Dutzend Gesichtsloser, die mit ihren Schutzschilden die Gasse absperrten.

Die Gasse, in der sich Lees Klub befand.

Nein.

Shannon hatte sich schon längst in die Menge gestürzt und verschwand darin wie ein Pfeil im Meer. Mithilfe ihrer Gabe sah sie überall Lücken und Bewegungslinien. Cooper versuchte, ihr zu folgen, und schob sich mühsam durch die Menge. Es herrschte ein unglaublicher Lärm, ein Ausbruch von Wut und Verzweiflung in einer ihm fremden Sprache. Ganz vorn hob ein Mann einen Stein auf und schleuderte ihn. Er prallte von einem Schild ab, ohne etwas anrichten zu können. Der Gesichtslose schritt auf den Mann zu und schlug mit seinem Schild zu, so hart, dass Cooper fast hören konnte, wie das Nasenbein des Mannes brach. Der brach blutend zusammen und die Menge schrie noch lauter. Cooper schaute sich panisch um, registrierte die niedrigen Häuser, die Feuertreppen und das Teilstück der Gasse weiter südlich. Er suchte nach einem Durchgang, wusste aber, dass es ziemlich aussichtslos war.

Taktisches Einsatzteam der AEB, Vorschrift 43: Stoßen die Einsatzkräfte bei einem Zugriff auf eine feindselige Menschenmenge, so ist zuerst eine Operationszone abzustecken. Gewalteinsatz ist auf ein Mindestmaß zu beschränken, es sei denn, die Zielpersonen besitzen einen erheblichen strategischen Vorteil und zeigen eine deutliche Bereitschaft, diesen auszunutzen.

Im Klartext: Unbewaffnete Leute am Boden verprügeln, aber sollte einer auf ein Gebäude klettern, einfach abknallen.

Shannon hatte sich schon halb durch die Menge gekämpft, aber dann kam sie nicht mehr weiter. Selbst mit ihrer Gabe konnte sie sich keinen Weg durch diesen Haufen bahnen. Die Gesichtslosen blockierten Schulter an Schulter die Gasse, während ihnen zwanzig Reihen tief die aufgebrachten Bewohner von Chinatown gegenüberstanden. Cooper packte einen Mann vor sich und riss ihn zurück, wobei sich dessen Fuß verfing. Der Mann stolperte nach hinten in die Menge. Cooper rutschte weiter vor und stellte sich direkt hinter Shannon.

»Wir müssen weg«, schrie er, um das Grölen der Menge zu übertönen. Das Primärteam untersuchte sicher bereits Lees Spielhölle und die Wohnung darüber. Sie würden Wärmebildgeräte und Spürhunde dabeihaben und schnell merken, dass er und Shannon nicht da waren. »Sie werden in der Menge nach uns suchen.«

»Sie sind nicht unseretwegen hier«, sagte Shannon. Sie war ganz blass geworden.

»Was willst du …« Er folgte ihrem Blick zu einem Gefangenentransporter von der Größe eines Kleinlasters, der auf halber Höhe der Gasse stand. Die Hecktüren waren weit geöffnet und Einsatzkräfte in Kampfmontur bewachten das Heck, ihre Waffen im Anschlag. Eine andere Gruppe schob zwei Personen in Fußketten die Gasse entlang, einen Mann mit Halbglatze und eine Frau mit schicker Frisur. Beide schrien und wehrten sich.

Lee und Lisa.

Coopers Magen krampfte sich zusammen. Er sah, wie ein Polizist Lee den Kolben seiner Waffe in den Bauch stieß. Lisa schrie und versuchte, zu ihrem Mann zu kommen. Ein Beamter packte sie von hinten, schob eine schwarze Kapuze über ihren Kopf und stieß sie in den Wagen. Dann wurde auch Lee hineingeschubst. In Coopers Brust entbrannte eine gellende Wut und rüttelte am Käfig seines Brustkorbs. Er versuchte, sich vorzuschieben, drängte gegen die Menschenmenge und spürte seine eigenen Schreie mehr, als dass er sie hörte. Aber er kam nur ein paar Zentimeter vorwärts und wurde wieder zurückgedrängt. Es war, als wäre er in einer tosenden Welle gefangen. Er wurde hin und her gestoßen und kam kaum voran. Shannon hatte noch mehr Probleme. Ihre Gabe nutzte ihr hier nichts. Über ihnen waren die Rotorblätter eines Hubschraubers zu hören und in der Ferne das Heulen von Sirenen. Glas klirrte, ein Fenster oder eine Flasche. Daraufhin gingen die Gesichtslosen in Verteidigungsstellung und schlossen ihre Schilde zusammen. Aus dem Bereich hinter ihnen kam taumelnd eine rauchende Dose angeflogen. Die Tränengasgranate traf jemanden in der Menge, prallte ab und fiel zu Boden. Weiße Wolken stiegen auf. Dann kam noch eine Granate geflogen und noch eine. Die Leute begannen zu husten und zu würgen. Die Menge wich zurück und riss Cooper und Shannon mit sich.

Das Letzte, was Cooper sah, bevor Tränengas und Panik die Gasse erfüllten, war ein Gesichtsloser, der der achtjährigen Alice Chen eine schwarze Kapuze über den Kopf zog.

* * *

Stille. Es war schon eine Stunde vergangen und die Stille war immer noch ohrenbetäubend. Er hörte die Schreie der Menge widerhallen.

Als die Menge auseinandergelaufen war, hatte er eine kräftige Ladung Tränengas abbekommen. Sein Hals schmerzte vom ständigen Husten. Seine Augen brannten und tränten. Er musste ständig gegen den Impuls ankämpfen, das Gaspedal durchzudrücken. Stattdessen fuhr er im gleichmäßigen Fluss des Verkehrs mit und sah immer wieder die Szene vor sich. Er hatte zu weit weg gestanden, um Einzelheiten zu erkennen, aber seine Vorstellungskraft lieferte sie ihm gern nach: das kleine Mädchen, zitternd, mit aufgerissenen Augen, ihre schreckliche Panik, als schwarz gekleidete Männer ihre Eltern wegzerrten. Die Schreie ihrer Mutter, als ihr Vater verprügelt wurde. Die glatten Insektenmasken der fremden Männer, in denen sich ihr Gesicht spiegelte, als sie sich zu ihr hinunterbeugten.

Und dann, als sich die Kapuze über ihren Kopf schob, enge, erdrückende Dunkelheit.

Er hatte es selbst mit angesehen, hatte die Schreie der Menschen gehört und selbst Gas abbekommen und doch konnte er es kaum glauben. Wie hatte solch ein Einsatz nur genehmigt werden können? Warum hatten sie Lee und Lisa und Alice mitgenommen? Und warum auf diese Weise?

»Es muss unseretwegen gewesen sein.« Seine Stimme klang nach einer Stunde bleiernen Schweigens dünn und hohl. »Deswegen waren sie da.«

Shannon antwortete nicht. Sie saß von ihm abgewandt auf dem Rand des Beifahrersitzes, so als wollte sie möglichst viel Abstand zwischen ihnen schaffen.

»Ich kann es einfach nicht glauben«, sagte er.

»Warum denn nicht?«, sagte sie zum Seitenfenster. »So läuft das eben.«

»Normalerweise nicht. Sie müssen gewusst haben, dass wir da gewesen sind. Sonst wären sie niemals so vorgegangen.«

Sie schaute ihn voller Verachtung an. »Ist das dein Ernst?«

Er überlegte, was er sagen sollte, aber ihm kam einfach keine passende Antwort in den Sinn. Alles, woran er glaubte, war durch das Bild des Mädchens, dem eine Kapuze über den Kopf gestreift wurde, zu einer Lüge geworden.

»Genauso läuft so was ab, Cooper. Wusstest du das etwa nicht? Natürlich wusstest du das. Du hast doch selbst schon solche Einsätze angeordnet.«

»Nein, niemals.«

»Was? Du hast noch nie die Gesichtslosen losgeschickt? Du, der Spitzenagent der AEB? Du hast noch nie so einen Einsatz angeordnet?«

»So einen nicht.«

»Was für einen denn? Haben deine Leute Kuchen und einen Strauß Blumen mitgebracht?«

»Meine Teams sind gegen Kriminelle vorgegangen. Gegen Terroristen. Abnorme, die Gewalt gegen Menschen ausgeübt hatten oder ausüben wollten.«

»Das hat man diesen Männern sicher auch erzählt. Dass Lee und Lisa Terroristen sind. Die Leute von der Gestapo haben auch gedacht, die Leute, die sie festnehmen, wären Verschwörer.«

»Jetzt komm mir nicht mit der Gestapo und den Nazis. Das ist zu billig. Die AEB ist ganz anders.«

»Und meinst du nicht, dass sie sich in die Richtung entwickelt?«

»Also ... erstens bin ich nicht mehr dabei. Zweitens wäre so was vielleicht gar nicht erst passiert, wenn ihr nicht dauernd Gebäude in die Luft jagen und Leute umbringen würdet. Was ich da gerade mit ansehen musste, war schrecklich. Es macht mich ganz krank. Aber man kann nicht einfach Bomben legen und sich dann aufregen, wenn jemand was dagegen hat. Die Männer bei dem Einsatz, die dachten, sie würden Leute festnehmen, die für einen Anschlag verantwortlich sind, bei dem tausend Menschen ihr Leben lassen mussten.«

»Wenn du meinst ...«, sagte sie und wandte sich wieder ab.

Dann kam ihm ein Gedanke. »Moment mal, ich kannte Lee und Lisa doch vorher gar nicht. Aber du.«

»Na und?«

»Also wie ist die AEB auf die beiden gekommen? Jemand muss ihnen einen Tipp gegeben haben.«

»Wer denn?«

»Vielleicht Samantha? Oder …« Er verstummte. Sie würde von selbst drauf kommen.

»Willst du etwa sagen, *John* hätte die AEB informiert?«

»Wusste er, dass Lee und Lisa Freunde von dir sind?«

»Ist doch egal. Er würde so was niemals tun.«

»Vielleicht hat Samantha ihm unsere Nachricht noch gar nicht übermittelt und er versucht, dich auszuschalten.«

»Niemals.«

»Shannon …«

»Cooper, hör auf. Es ist mein Ernst.«

Er wollte etwas sagen, wollte seine ganze Wut rauslassen: sich bis aufs Blut mit ihr streiten. Ihr von dem rosa Stofftier inmitten all der Trümmer in New York erzählen. Aber dann stellte er sich die Szene in Lees Wohnung vor: Wie plötzlich die Tür aufgesprengt wurde und die Gesichtslosen hineinstürmten. Wie seine früheren Kollegen auf Lee und Lisa einschrien, sie auf den Küchenboden warfen und fesselten. In derselben Küche, in der er noch am Vorabend gestanden und mit freundlichen Fremden geplaudert hatte.

Es war alles John Smiths Schuld. Ohne Terroristen gäbe es auch keine taktischen Einsatzteams. An Smiths Händen klebte das Blut Tausender. Lee, Lisa und Alice waren nur seine jüngsten Opfer.

Cooper musste an die Ansprache des Präsidenten am Abend des zwölften März denken. Er hatte sie erst am nächsten Tag mitbekommen, in einem Hotel bei Norfolk, als er bereits auf der Flucht war. Er hatte sie sich mit einem nervösen Gefühl im Magen angesehen, hatte Angst gehabt vor dem, was er hören würde. Hatte befürchtet, der Präsident würde eine Hetzrede gegen Abnorme halten. Stattdessen hatte Walker zur Toleranz gemahnt. Wie lauteten seine Worte noch?

Es heißt, in Krisenzeiten würden die stärksten Bündnisse geschmiedet. Also stellen wir uns dieser Krise nicht als geteiltes Land, nicht als Normale und Abnorme, sondern als Amerikaner.

Arbeiten wir zusammen für eine bessere Zukunft. Um unserer Kinder willen.

Und vergessen wir nie den Schmerz, den dieser Tag über uns gebracht hat. Geben wir niemals denen nach, die glauben, man könne Politik mit dem Finger am Abzug machen, den Feiglingen, die für ihre Ziele Kinder ermorden.

Für sie kann es – wird es – keine Gnade geben.

Er hatte damals diesen Worten mit stolzgeschwellter Brust gelauscht, dem patriotischen Äquivalent einer Erektion. Und sie bewegten ihn immer noch. Sie drückten aus, warum er verdeckt arbeitete und in Kauf nahm, seine Kinder nicht sehen zu können.

Er musste John Smith finden. *Und für ihn wird es keine Gnade geben.*

Dieses Mantra wiederholte er Abend für Abend. Aber zu seiner Überraschung meldete sich jetzt eine leise Stimme, die fragte: *Und dann? Wieder zur AEB? Taktische Einsatzteams anfordern? Kannst du wirklich dahin zurück?*

Shannon fragte: »Was geschieht mit ihnen?«

»Sie werden zu einer lokalen Dienststelle gebracht und … verhört«

»Verhört?«

»Ja«, sagte er. »Hoffentlich erzählen sie den Agenten direkt alles über uns. Das würde die Sache einfacher machen. Vielleicht kommen sie mit einer Verwarnung davon.«

»Lüg mich nicht an, Cooper.«

Er schaute sie an, sah die Intensität in ihren Augen. Und wandte seinen Blick wieder nach vorn. »Sie werden angeklagt. Bar und Wohnung werden beschlagnahmt. Einer von beiden wird wegen Verbergens flüchtiger Personen im Gefängnis landen, vielleicht auch beide.«

»Und Alice?«

Cooper biss die Zähne zusammen.

»Oh Gott.« Shannon vergrub ihr Gesicht in den Händen. »Eine Akademie?«

»Schon ... schon möglich. Kommt drauf an, ob sie Grad eins ist.«

»Und selbst wenn nicht, sie wird gekennzeichnet. Jetzt, wo das Gesetz durch ist, wird man ihr einen Mikrochip einpflanzen. Direkt an der Halsschlagader, damit man ihn auch mit Mikrochirurgie nicht entfernen kann. Sie wird ihr ganzes Leben lang nicht mehr sicher sein.«

Er wollte etwas Tröstendes sagen, aber es wollte ihm einfach nichts einfallen.

»Oh Gott, es ist alles meine Schuld. Ich hätte dich niemals mit dorthin nehmen dürfen.«

»Momentan können wir nichts für sie tun. Wir müssen erst mal nach Wyoming. Hinterher vielleicht.«

»Na klar.« Sie lachte ein freudloses Lachen. »Ach, verdammt.« Sie starrte aus dem Fenster, aber er bezweifelte, dass sie irgendetwas wahrnahm. »Ich hoffe nur, dass du es auch wert bist.«

»Was?«

Sie zögerte nur für einen Sekundenbruchteil. Ihre Nackenmuskeln zuckten und ihre Finger flatterten. Nur ganz leicht, aber wahrnehmbar. »Ich habe gesagt, ich hoffe, dass es das auch wert ist. Ich meine, nach Wyoming zu fahren.«

Cooper versuchte, seine eigene Reaktion zu kontrollieren, und tappte mit den Fingern aufs Lenkrad. Hatte sie sich wirklich nur versprochen? Möglich. Aber dieses Zögern ... Sie verheimlichte ihm etwas.

Nun ja, sie gehört zur anderen Seite, schon vergessen?

Er überlegte, sie darauf anzusprechen, entschied sich jedoch dagegen. Durch die Ereignisse der letzten vierundzwanzig Stunden – *mein Gott, war es wirklich nur so kurz gewesen?* – war eine Art Kameradschaft zwischen ihnen entstanden. Und natürlich war sie ungeheuer attraktiv, in jeder Beziehung. Aber ihre Freundschaft, oder wie man es nennen sollte, würde diesen Einsatz niemals überstehen. Er konnte sie nicht einfach hintergehen, John Smith umbringen und sie dann fragen, ob sie Lust hätte, sich mal auf einen Kaffee mit ihm zu treffen.

Sie war der Feind. Das durfte er nicht vergessen. Er musste seine Rolle spielen, total in ihr aufgehen, aber sie dabei immer im Auge behalten.

Sieh zu, dass du nach Wyoming kommst, John Smith ausfindig machst und der Sache ein Ende bereitest.

Für alle *Kinder.*

KAPITEL 25

Drei Tage lang nur Grün und Braun, brummende Reifen auf Asphalt, Werbetafeln vor einem endlosen Himmel, Tankstellen, die alle gleich aussahen, und Radiosender, die langsam schwächer wurden. Die Interstate 90 West, ein langes graues Band durch die sanften Hügel Wisconsins, das Flachland Minnesotas und das ausgedörrte Buschland South Dakotas. Die Städte wurden unterwegs immer kleiner, von Milwaukees mit Kirchtürmen und Brauereischildern durchsetzter Skyline über die kaum wahrnehmbare Silhouette von Sioux Falls bis zu den ebenerdigen Einkaufszentren von Rapid City.

Sie hätten die ganze Strecke auch im Eiltempo hinter sich bringen können, aber da sie sowieso Zeit schinden mussten, fuhren sie täglich nur acht Stunden und aßen abends in irgendwelchen Kettenrestaurants. Das Schweigen zwischen ihnen hatte nicht angehalten. An ihrem ersten Abend hatten sie ihren bewusst zwanglosen Plauderton wiedergefunden. Sie vermieden politische Diskussionen und beschränkten sich auf Unverfängliches. Erzählungen aus ihrer Jugend, über Freunde, Lieblingsbücher und Eskapaden unter Alkoholeinfluss. Geschichten, die weder besonders intim noch zu oberflächlich waren.

Die letzte Nacht hatten sie in einem Motel in den Black Hills verbracht, sich eine Pizza kommen lassen, auf dem Tri-D-Gerät herumgezappt und dabei stillschweigend alle Nachrichtensender übersprungen. Die Welt draußen war vollkommen schwarz, wie verschluckt, der Himmel mit Sternen übersät, und er war beim Geräusch ihres Atems aus dem anderen Bett eingeschlafen.

Heute Morgen waren sie früh aufgestanden und über die Staatsgrenze nach Wyoming gefahren. Er war vorher nur einmal dort gewesen, zwölf Jahre zuvor, auf einem Campingurlaub mit Natalie im Teton-Gebirge. Er dachte daran zurück, wie sie sich morgens geliebt hatten, während auf dem Lagerfeuer der Kaffee brühte und in den Bäumen die Vögel sangen.

Aber hier im äußersten Osten von Wyoming war die Landschaft flach und windzerzaust. Überall Dornengestrüpp und kahle Felsen. Es sah aus, als könnte hier kein Mensch leben. Die winzigen Orte reihten sich alle am Highway entlang.

Dann kamen sie nach Gillette. Einst ein ruhiges Städtchen von zwanzigtausend Einwohnern, die meisten davon in der Energieindustrie beschäftigt. Doch dann hatte Erik Epstein verkündet, dass er die Grundstücke, die er in aller Stille erworben hatte und die einen riesigen Teil des Staates ausmachten, zu einer enormen neuen »Kommune« zusammenfassen würde, die den Namen New Canaan tragen werde und wo seinesgleichen eine Heimat finden würde. Die Leute hatten das Gebiet »Freakland« getauft und darüber gelacht, dass jemand versuchen wollte, dort zu leben. Bis Epsteins 300 Milliarden Dollar ins Spiel kamen und sich die Welt innerhalb weniger Monate vollkommen veränderte.

Gillette lag am Ende einer Zufahrtsstraße nach New Canaan. Außer zwei noch kleineren Orten – Shoshoni im Westen und Rawlins in der Nähe der Interstate 80 im Süden – bot Gillette den einzigen Zugang zur Siedlung. Epstein hatte breite Straßen mit jeweils vier Spuren pro Richtung gebaut, die mitten in die Einöde führten, grobe Schnitte quer durch einige der unattraktivsten Landstriche der Vereinigten Staaten. Er hatte das Land für ein paar Dollar pro Hektar gekauft, über Holdinggesellschaften und bei Auktionen, hatte Grundstücke rund um Zwanzig-Einwohner-Dörfchen erstanden, ausgedehnte Rinderfarmen und Land mit Nutzungsrechten an Öl- und Gasvorkommen, die zu tief lagen oder zu gering waren, dass sich eine Bohrung lohnen würde. So entstand ein Flickenteppich größtenteils zusammenhängender, steiniger Wüstengrundstücke, die seit Beginn der Menschheitsgeschichte fast unberührt waren.

Und die bis dahin unbedeutenden Orte Gillette, Shoshoni und Rawlins wurden landesweit als Zugänge nach New Canaan bekannt. Riesige Raststätten waren entstanden und Unterkünfte für Tausende Bauarbeiter, die die Grundfesten der Siedlung errichteten. Schnell kamen Restaurants, Kinos und Einkaufszentren dazu. Schließlich auch Touristenhotels, Souvenirläden, schrullige kleine Museen und was sonst noch dazugehört.

Als Kind hatte Cooper Science-Fiction-Filme geliebt, besonders die aus den Siebzigerjahren mit ihren grellen Farben, Neonlichtern und Leuten in Overalls. Diese Welt, in der die Städte zu zweihundert Stockwerke hohen Metropolen angewachsen waren, hatte so etwas herrlich Kitschiges an sich. Aber nun, da sie zwanzig Minuten hinter Gillette in einer Riesenschlange von Lastern warteten, wurde ihm bewusst, dass die Zukunft ganz anders aussah. Die kahle Landschaft und die gleißende Sonne erinnerten eher an die Vergangenheit. Er kam sich vor wie in einem Western.

»Wie lange dauert es noch, bis wir den Checkpoint passiert haben?«

»Von hier aus?« Shannon saß am Steuer. Sie reckte den Hals, um an dem Fünfachser vor ihnen vorbeizuschauen. »Eine Viertelstunde vielleicht.«

»Sehr effizient.«

»Das muss es sein. Der Übergang ist ja im Grunde ein riesiges Warenlager.«

»Ja, ich weiß.« Wie alle AEB-Agenten war er in zahlreichen Briefings bestens über New Canaan informiert worden. Obwohl die Siedlung im Wesentlichen Israel kurz nach dem Zweiten Weltkrieg glich, waren die Umstände hier doch sehr speziell. Da sie sich auf US-amerikanischem Boden befand, galt hier auch das Gesetz der USA. Aber Epsteins 300 Milliarden Dollar verhalfen ihm zu allen möglichen Ausnahmeregelungen. Seine Anwälte und Lobbyisten hatten Hunderte Gesetzeslücken aufgetan und durchgesetzt, dass New Canaan zu einem selbstständigen County mit eigener Bezirksverordnung erklärt wurde. Und da das gesamte Gebiet privater Firmenbesitz war, konnte man auch den Zugang kontrollieren. »Alle ankommenden Laster laden hier die Güter ab, die dann über ein internes Netz verteilt werden. Das schafft jede Menge Arbeitsplätze.«

»Jobs gibt's in der Siedlung genug. Die Arbeitslosenquote ist gleich null. Nicht nur Forschung – Transport, Baugewerbe, Bergbau, Infrastruktur, einfach alles.«

»Klar, die Normalos müssen ja auch was zu tun haben.«

Sie lachte. »Nicht nur die Normalos. Viele Begabte ziehen her, weil sie dazugehören möchten, aber ein Grad-fünf-Arithmetiker oder ein Musiker mit Grad drei wird wohl kaum eine führende Rolle in der biomedizinischen Forschung übernehmen.«

»Wie lange wohnst du schon hier?«

»Ich habe die Wohnung seit drei Jahren, aber dass ich hier wohne, würde ich nicht behaupten.«

»Ich weiß, was du meinst.«

Zehn Minuten später konnte er schließlich die Grenze sehen. Aus den vier Fahrspuren wurden acht, dann sechzehn, dann zweiunddreißig. Die Sattelschlepper hielten sich rechts und nahmen die meisten Spuren ein, während die Passagierfahrzeuge nach links fuhren. Jede Spur führte zu einem Checkpoint, ähnlich einem Mauthäuschen. Wächter in graubraunen Uniformen mit dem blauen Emblem von New Canaan, einem aufgehenden Stern, liefen umher wie Ameisen. Hunderte von ihnen, die mit Fahrern redeten, mit Spiegeln unter Autos entlangfuhren und mit Schäferhunden patrouillierten. Die Dächer über den Checkpoints waren nicht weiter auffällig, aber Cooper wusste, dass sie mit den modernsten Newtech-Sicherheitsscannern vollgestopft waren. Wer wissen wollte, welche technische Ausrüstung die AEB im nächsten Jahr haben würde, so wurde gescherzt, brauchte nur in eine Bar in Wyoming zu gehen. Die klügsten Köpfe aller Disziplinen, Begabte, von denen jeder Einzelne den technischen Fortschritt um Jahrzehnte vorangebracht hätte, arbeiteten in New Canaan zusammen, und die Ergebnisse kamen dem ganzen Land zugute. Das war der eigentliche Grund für das Überleben der Siedlung. Die Wüstenlandschaft und auch Epsteins Milliarden boten keinen wirklichen Schutz.

Man braucht keine Armee, um Amerika zu erobern, dachte Cooper. *Man muss nur Unterhaltungselektronik herstellen, auf die kein Mensch mehr verzichten kann.*

Shannon fuhr unter das Dach des Checkpoints und sofort machte sich kühler Schatten im Wagen breit. Sie ließ das Fenster herunter und ein junger Kerl mit ordentlich gestutztem Schnauzbart sagte, ohne Luft zu holen: »Willkommen in der Siedlung New Canaan, kann ich bitte Ihre Papiere sehen?« Beide kramten nach ihren Pässen – sie hatten auf der Hinfahrt besprochen, dass sie nicht zu vorbereitet, zu bemüht wirken durften – und reichten sie dem Wachposten. Der nickte und gab sie weiter an eine Frau hinter sich, die beide über einen Scanner zog, der, wie Cooper wusste, nicht nur die Gültigkeit der Pässe, sondern auch Bonität, Verkehrssünden, Vorstrafen und weiß Gott was noch überprüfte.

Jetzt finden wir raus, ob Schneider uns übers Ohr gehauen hat oder nicht. Sie hatten unterwegs zwar keine Probleme mit den Ausweispapieren und Kreditkarten gehabt, aber das hatte nicht viel zu sagen. Dies war der erste richtige Test. Cooper gab sich ganz lässig, heuchelte Interesse an der Umgebung und ließ seinen Blick umherschweifen wie ein Tourist.

»Mr und Mrs … Cappello«, sagte der Wachposten. »Was ist der Anlass Ihres Besuchs in New Canaan?«

»Ach, wir wollten uns nur mal umsehen«, sagte sie strahlend. »Wir sind nach Portland unterwegs und dachten, es wäre ganz nett, hier einen Zwischenstopp einzulegen.«

»Haben Sie Drogen oder Schusswaffen bei sich?«

»Nein.« Cooper hatte seine Waffe zertrümmert und in einen Müllcontainer in Minnesota geworfen, weil er wusste, dass sie danach fragen würden. Es war eigentlich auch egal. Er mochte Schusswaffen nicht besonders und mit der einen Pistole hätte er sowieso nicht viel anrichten können.

»Wo übernachten Sie während Ihres Aufenthalts?«

»Wir wollen in einem Hotel in Newton absteigen.« Die nächste Stadt in der Siedlung war einer der größeren Orte und größtenteils für Touristen zugänglich. Weiter im Innern gab es weitere Sicherheitskontrollen und man musste einen legitimen Grund für seinen Aufenthalt nachweisen. Bei den Briefings der AEB wurde New Canaan oft mit einer Reihe von Sieben verglichen, die immer engmaschiger wurden. Man bediente sich dabei aller möglichen Gesetzeslücken. Verschiedene Bereiche wurden zu geschlossenen Wohnanlagen, Bergbaugebieten mit besonderen Sicherheitsvorkehrungen oder regierungsnahen Forschungseinrichtungen erklärt. Cooper sah, dass ein weiterer Wachposten ein Gerät in der Hand hielt, das er nicht kannte. Es war ein simples Dreieck mit einer Art Pistolengriff. Der Mann fuhr damit langsam an ihrem Wagen entlang. Suchte er nach Sprengstoff? Machte er Fotos von ihnen? Untersuchte er ihre Aura?

Die Frau reichte dem Mann mit dem Schnäuzer ihre Pässe und der gab sie Shannon zurück. »Vielen Dank für Ihre Mithilfe. Ich möchte Sie noch darauf hinweisen, dass die Siedlung New Canaan ein privates Firmengelände ist. Mit dem Betreten der Siedlung erklären Sie sich mit der Geschäftsordnung von Epstein Industries einverstanden. Sie dürfen sich nur in den grün gekennzeichneten Bereichen aufhalten und müssen allen Anweisungen des Wachpersonals Folge leisten.«

»Kapiert«, sagte Shannon, kurbelte das Fenster hoch und fuhr los.

Und dann waren sie drin.

***

Es sah anders aus, als er es sich vorgestellt hatte.

Cooper hatte sich immer wieder Fotos und Computersimulationen angeschaut. Auf Luftaufnahmen hatte er die riesigen Lagerhausgelände direkt hinter den Checkpoints gesehen, endlose Reihen von Hallen, die als Zwischenlager für alle Importe der Siedlung dienten, von Holz über Dichlorethan bis hin zu Whiskey. Er hatte sich die Infrastruktur der Region angeschaut, das Straßennetz zwischen den Städten und abgelegenen Ansiedlungen, die über Nacht entstanden waren. Er hatte die technischen Daten der kilometerweiten Solarfelder mit ihren schwarzen Kollektoren studiert, die aussahen wie die Chitinpanzer von Insekten und sich alle gleichzeitig drehten, tagsüber nach der Sonne und nachts nach dem Mond. Er kannte die Einwohnerzahlen von Newton, Da Vinci, Leibniz, Tesla und Archimedes und wusste, welche spezielle Rolle jedem dieser Orte zukam. Er hatte sich Vorträge über das einzigartige Wesen einer Gesellschaft angehört, in der alles im Voraus geplant wurde und die über quasi unerschöpfliche Mittel verfügte.

Aber nun fuhr er zum ersten Mal mit offenen Fenstern durch die Straßen von Newton, wo es nach Staub und dem ionisierten Wasser der Feuchtigkeitskondensatoren roch. Er sah zum ersten Mal eine Frau, die ihr Elektroauto an einer Ladestation vor einer Bar parkte. Er lauschte fasziniert dem Brummen der anspringenden Generatoren. Und obwohl er tausendmal alle Statistiken gelesen hatte, hatte er sich nie wirklich vorstellen können, wie jung hier alle waren. Zu wissen, dass die ältesten Begabten erst dreiunddreißig waren, war eine Sache, aber überall geschäftige Jugendliche zu sehen, Heranwachsende mit Schutzhelmen, die in Lastern herumfuhren, Kinder, die nach einem Zehnjahresplan eine ganz neue Welt aufbauten, das war etwas ganz anderes. Es gab natürlich auch ältere Leute – zahlreiche Familien mit begabten Kindern waren hergezogen –, aber sie passten irgendwie nicht ins Bild und waren wie Lehrer auf einem Schulhof in der Minderzahl.

Shannons Apartment lag im ersten Stock über einer Bar. Ein Zimmer mit einem hochgeklappten Schrankbett, eine Küchenzeile, wo offensichtlich noch nie gekocht worden war, und ein sonnenbeschienener Schreibtisch mit einer Plastikpflanze. Der Raum erinnerte ihn an seine eigene Wohnung in Washington, die er hatte aufgeben müssen.

Sie hatte ihn hereingebeten, aber dann hatte sie einen Moment verharrt und sich umgesehen, als würde sie ihre Wohnung nicht recht wiedererkennen. So als hätte jemand in ihrer Abwesenheit alles um ein paar Zentimeter verschoben. Dann sagte sie, sie müsse sich erst mal frisch machen. Aus dem Bad hörte er, wie die Dusche immer wieder kurz auf- und zugedreht wurde, so wie man es auf hoher See tat, wo Trinkwasser ebenso kostbar war wie hier. Cooper öffnete den Kühlschrank, fand nur Würzsoßen und Bier und nahm sich eins. Er lief im Zimmer herum und ging dann hinaus auf den kleinen Balkon.

In der Siedlung waren die neusten Stadtplanungsideen umgesetzt worden. Es gab breite Fahrradwege und große Plätze wie in Italien. Er blinzelte in die Sonne, schlürfte sein Bier und beobachtete eine Gruppe Zwanzigjähriger, die neckisch Fangen spielten. Die Jungen jagten lachenden Mädchen hinterher, alle schlank, sonnengebräunt und vor Gesundheit strotzend. Er fragte sich, wer von ihnen in der Genomforschung glänzte und wer sich auch nach vielen Jahren noch an jede Einzelheit eines Gesichts erinnern konnte, das er nur kurz gesehen hatte. Arbeiteten vielleicht einige von ihnen für John Smith? Waren Terroristen unter ihnen? Zielpersonen, die er unter anderen Umständen vielleicht überwacht, verfolgt und möglicherweise sogar ermordet hätte?

Ermordet?

Er nahm noch einen Schluck Bier und lehnte sich auf das Geländer. Dann kam sie auch hinaus. Sie trug ein Sommerkleid, einen Baumwollfetzen mit dünnen Trägern an ihren nackten Schultern. Ihr Haar war noch feucht. Sie bürstete es mit gleichmäßigen Strichen. Sie sah gut aus und roch nach einem Shampoo mit tropischer Note. Kokosnuss vielleicht.

»Wir haben es also geschafft.«

»Wir haben's geschafft.«

Er drehte sich um und lehnte sich mit dem Rücken gegen das Geländer. Die Hitze des Metalls drang durch sein T-Shirt. Er beobachtete, wie sie ihr Haar bürstete, und dann beobachtete er, wie sie ihn beobachtete. »Was ist?«, fragte sie.

»Ich dachte nur so … Du bist jetzt in Sicherheit.«

»Und du nicht. Unangenehm, nicht wahr? Einem Uniformträger gefällt deine Nase nicht und in null Komma nichts landest du in einem grell beleuchteten Verhörraum.« Sie legte den Kopf schief. »Das Gefühl kenne ich.«

Er antwortete nicht, sah sie nur weiter ganz ruhig an.

Sie seufzte. »Cooper, wir haben eine Abmachung und ich halte mich auch daran. Du hast uns hergeschleust und ich arrangiere ein Treffen mit Epstein.«

»Okay«, sagte er. »Also, wie läuft so was? Gehen wir zu seinem Büro und bitten um eine Audienz beim König von New Canaan?«

»Ich habe doch gesagt, nur Normalos nennen ihn so.«

»Aber wir befinden uns in seinem Königreich.« Er deutete mit dem Kinn auf zwei Uniformierte unten auf dem Platz. »Das da sind Sicherheitsleute seiner Firma. Er bezahlt sie.«

»Stimmt. Aber hier gibt es keine Sweatshops.«

Warum stichelst du herum? Sie hatte recht, es war ein unangenehmes Gefühl. Jahrelang hatte er sich, seiner eigenen Macht gewiss, vollkommen frei bewegen können. Aber hier war er bestenfalls ein Tourist mit einem gefälschten Pass. Und schlimmstenfalls … Nun, was seine Sicherheit anging, machte er sich jedenfalls keine Illusionen.

Es gab da aber etwas ganz anderes, das ihn verunsicherte. Er hatte erwartet, sich in New Canaan wie ein Soldat hinter feindlichen Linien zu fühlen. Doch nun stellte sich heraus, dass das Feindesland eine Mischung aus Kibbuz und Universitätscampus war. Allem Anschein nach befand er sich hier nicht im Reich des Bösen.

Weit davon entfernt. Alles, was du bisher gesehen hast, hat dir gefallen. Dieser Ort hatte etwas Inspirierendes. Er strahlte Dynamik aus, sinnvolle Planung und Freude am Schaffen. Man hatte das Gefühl, dass hier etwas im Aufbau war. Etwas für die Zukunft. Das restliche Amerika schien in der Vergangenheit festzustecken und sich nach einer einfacheren Zeit zurückzusehnen, auch wenn es die nie gegeben hatte.

»Wie gehen wir jetzt weiter vor?«

»Zweitens: Wir gehen morgen zu Epstein. Wie versprochen. Drittens: Wir gehen getrennte Wege, ich suche meine Leute und erkläre ihnen, was los ist.«

»Und Erstens?«

»Erstens: Du ziehst dich um und wir gehen einen trinken. Ich will feiern, dass ich endlich zu Hause bin.«

* * *

In der Bar unter ihrer Wohnung fingen sie an. Von außen sah sie aus wie jede andere und er schloss wie immer eine Wette mit sich selbst ab: aus der Anlage Country-Rock, hinter der Theke Bier-Leuchtreklame, verschrammte Holztische, gleißendes Sonnenlicht, das durch die Vorderfenster einfiel und einem den Schweiß auf die Stirn trieb, und ein müder, tätowierter Barmann.

Zum ersten Mal seit zehn Jahren lag er total daneben.

Die Klimaanlage war knapp über dem Gefrierpunkt eingestellt und die Fenster hatten einen Filter, der das Innere der Bar gegen das grellste Sonnenlicht abschirmte, ohne die Außenwelt zu verdunkeln. Die Einrichtung war modern, überall klare Linien und indirekte Beleuchtung, als würde die Luft selbst glühen. Stimmungsvolle Musik, eine Art Elektrobeat. Hinter der Theke stand ein etwa sechzehnjähriges Mädchen, das etwas in ein Datenpad eingab. Ihre Haut war sonnenverbrannt, aber ansonsten makellos.

Aber wenigstens waren die Tische aus Holz. Verschrammt waren sie auch und sie sahen älter aus als das Mädchen hinter der Bar. Waren sie wahrscheinlich auch. Irgendwo billig aufgekauft und hergekarrt.

»Zwei Cider und zwei Wodka«, sagte Shannon, sah ihn kurz mit ihrem schiefen Lächeln an und fügte hinzu: »Und für ihn das Gleiche.«

Zuerst hatte er etwas nervös an seinen Getränken genippt, aber nach seinem zweiten eiskalten Wodka war er schon wesentlich gelassener. Und der Cider – vor Ort gekeltert, wie Shannon berichtete, denn Äpfel und Birnen gehörten zu dem Wenigen, was in Wyoming gut gedieh – hatte eine angenehm bittere Note.

»Vitamine«, sagte Shannon. »Vor allem B. Wir essen viel Fleisch hier, aber Gemüse ist teuer.«

Sie leerte die beiden Schnapsgläser direkt hintereinander und spülte mit Cider nach. Sie hatte etwas Beschwingtes an sich, so als würde sie sich langsam entspannen. Die vertraute Umgebung bot ihr Sicherheit. Sie lachte und scherzte und bestellte noch mehr zu trinken, und irgendwann im Laufe des Abends fragte er sich: *Warum nicht?*

»Also?«, sagte sie. »Dein erster Eindruck?«

»Nun, ich fand dich unglaublich hübsch, aber ein bisschen explosiv.«

»Sehr witzig.«

»Danke.« Er nahm einen großen Schluck Cider. »Ganz ehrlich? Nicht, was ich erwartet habe.«

»In welcher Beziehung?«

Er sah sich die anderen Gäste in der Bar an, ein Dutzend vielleicht. Alle jung. Und laut. Die Tische voller leerer Gläser. Vulkanartig ausbrechendes Gelächter. Ein ganzer Tisch, der sich nach einem Witz vor Lachen krümmte und sich dann zuprostete. Wann hatte er zuletzt so mit Leuten zusammengesessen, sich in Gesprächen verloren, getrunken und nur für den Augenblick gelebt?

Diese Selbstbezogenheit, die Gewissheit, dass nichts zählte außer diesem Augenblick, die kannte er sehr gut. Mit achtzehn, als er Soldat war, hatten er und seine Freunde mit der gleichen ungebremsten Energie und Entschlossenheit getrunken und gefeiert. Aber es gab Unterschiede. Diese Leute hier waren dünner. Sie hatten das hagere Aussehen von Menschen, die zu wenig Wasser tranken und viel Zeit in der Sonne verbrachten. Alle trugen leichte, praktische Kleidung. Vorhin an der Grenze hatte er noch den Eindruck gehabt, in die Vergangenheit einzutauchen, nicht in die Zukunft. Er hatte fast damit gerechnet, eine Generation vorzufinden, die in ausladenden Hüten und Cowboystiefeln die Geschichte nachspielte. Er hatte halb recht behalten. Man sah jede Menge Hüte, aber die Stiefel waren eher funktionell und sahen abgewetzt aus. Die Kleidung hier schien keiner Mode zu folgen oder zumindest keiner, die er kannte.

»Keine Bierreklame«, sagte er.

Sie sah ihn mit schief gelegtem Kopf an.

»Sonst gibt es in solchen Bars immer Bierreklame. Du weißt schon, altmodische Reklameschilder mit Brauereipferden. Sogar die neuen Biermarken machen Schilder, die so aussehen. Weil man es eben so macht. Wer Bier braut, macht auch ein Reklameschild dafür. Das ist so wie mit den Pooltischen in der Bar. Eigentlich weiß niemand mehr so genau, wie man Poolbillard spielt. Unsere Großeltern haben noch richtig Pool gespielt, aber wir … wir betrinken uns nur und stochern mit krummen Queues auf die Kugeln ein. Keiner denkt darüber nach, aber eigentlich ist es reine Nostalgie. Es erinnert die Leute an die alten Zeiten, als man noch wusste, wie man die Dinge richtig angeht.«

»Genau wie Classic Rock«, sagte sie. »Wenn ich nie mehr ›Sweet Home Alabama‹ hören würde, würde es mir bestimmt nicht fehlen.«

»Eben. Die Rolling Stones sind schon toll, aber muss man zum zehntausendsten Mal Credence Clearwater oder die Allman Brothers hören? Macht diese Musik noch mit irgendjemandem was? Hört überhaupt noch jemand hin? Reine Nostalgie.«

»Und Autos«, sagte Shannon. »Die meisten Leute wohnen in Städten und fahren höchstens ein paar Kilometer durch dichten Verkehr. Also warum bauen die Hersteller riesige, schnelle Wagen, die massenhaft Benzin schlucken? Wir brauchen leichte Autos mit Elektromotoren, die einfach einzuparken sind.«

»Na, ich weiß nicht«, sagte Cooper. »Ich mag große, schnelle Autos.«

»Du denkst zu altmodisch«, sagte sie lächelnd. »Noch 'ne Runde?«

Draußen vor den Fenstern wurde die Welt golden und orange und schließlich violett.

Als sie gingen, fühlte er sich großartig, nicht stockbetrunken, aber auf dem besten Wege und nicht mehr ganz sicher auf den Beinen. Sie hielt ein Elektrotaxi an und gab dem Fahrer eine Adresse. Ihre Knie berührten sich auf dem Rücksitz des kleinen Wagens. Martini vor dem Essen, dann Rib-Eye-Steaks, fast drei Zentimeter dick, mit einer Kruste aus Steinsalz und schwarzem Pfeffer und perfekt medium gegrillt. Bei jedem Bissen hätte er dahinschmelzen können.

Er bemerkte, dass die Gäste im Restaurant auf sie aufmerksam wurden und sie offenbar für Touristen hielten. Darin lag sicher nichts Bedrohliches, schließlich gab es in Newton reichlich Tourismus, der wohl der Imagepflege diente.

Sie bestellte eine Flasche Wein zum Essen und hielt Glas für Glas mit. Die Welt um ihn herum verschwamm und schrumpfte in sich zusammen. Er wusste, er war betrunken, aber es war ihm egal.

Kurze Zeit später waren sie in einem Kellerclub. Moderne Plastikmöbel, niedrige Tische und süßliche Marihuanaschwaden. Auf einer kleinen Bühne spielte eine dreiköpfige Band – Bongo, Geige und Gitarre – ein seltsames, sehr rhythmisches Stück, eine Mischung aus Reggae und Jazz. Jeder der Musiker spielte verschiedene Variationen, so kompliziert wie mathematische Gleichungen, und es klang beinahe disharmonisch, aber nur beinahe. Die Musiker waren Geniale, da war er sicher. Sie konnten wahrscheinlich jedes Stück, das sie hörten, sofort nachspielen, aber nur ungern ein zweites Mal, denn Geniale wurden einmal erforschter Muster schnell überdrüssig. Shannon war auf der Toilette und Cooper lehnte sich zurück und lauschte der Musik. Es wäre zwar vernünftiger gewesen, in ihrer Wohnung zu bleiben, Karten zu studieren und Epsteins Biografie zu lesen, aber im Moment war ihm das alles egal.

Als sie zurückkam, schwang sie die Hüften – sie wich den Leuten aus und bewegte sich gleichzeitig im Takt der Musik. Ihre Beine waren kräftig und straff. In den Händen hielt sie noch zwei Getränke. »Bitte schön, Mr Cappello. Tom.«

Er lachte. »Danke, Allison.«

Er saß auf einer Couch, die sich in eine Ecke schmiegte. Shannon ließ sich neben ihn fallen. Sie roch gut. Sie zog einen sorgfältig gedrehten Joint hinter ihrem Ohr hervor und zündete ihn an der Kerze auf dem Tisch an. »Ah, Wyoming Sunset.«

»Haben die Betreiber der Bar nichts dagegen?«

»Das County kann es nicht legalisieren, deshalb muss man ein Bußgeld bezahlen. Und zwar im Voraus, wenn man den Joint an der Theke kauft.« Sie nahm noch einen Zug und lehnte sich zurück. »Du warst mal verheiratet, nicht wahr?«

»Ja.« Er sah Natalie vor sich, so wie er sie zum letzten Mal gesehen hatte. Wie sie unter dem Baum stand. Vor dem Haus, in dem sie einst zusammen gewohnt hatten. »Sieben Jahre. Seit vier Jahren geschieden.«

»Dann hast du aber jung geheiratet.«

»Wir waren beide zwanzig.«

»Begabt?«

»Nein.«

»War das das Problem?« Sie hielt ihm den Joint hin.

Er wollte gerade ablehnen, aber dann dachte er: Was soll's? Er nahm zuerst einen leichten Zug, dann einen kräftigeren. Er spürte sofort einen Kick, ein Kribbeln in Zehen und Fingern, das langsam weiter nach innen drang. »Ich war mit siebzehn zum letzten Mal bekifft.«

»Dann mach lieber langsam. Das Zeug, das wir hier anbauen, hat es in sich.«

Er nahm noch einen Zug und reichte ihr den Joint. Eine Weile saßen sie einfach nur da. Ihre Schultern berührten sich beinah. Er konnte ihre Wärme spüren und ein Glühen durchlief seinen ganzen Körper.

»Ja«, sagte er. »Das war das Problem.«

»War sie eifersüchtig?«

»Nein, das war es nicht. Meine Gabe war ein Grund dafür, dass wir überhaupt geheiratet haben. Ihre Eltern hatten was gegen unsere Beziehung und das nervte sie ganz gewaltig. Und als sie schwanger wurde, da stand die Sache fest. Sie hat immer scherzhaft gesagt, dass wir in einer Mischehe leben.«

»Wart ihr glücklich?«

»Ja, sehr. Eine Zeit lang zumindest. Später weniger.«

»Was ist passiert?«

»Ach, das Leben eben.« Er hielt eine Hand hoch und betrachtete sie, die Beschaffenheit seiner Haut und das Spiel der Muskeln, wenn er mit den Fingern wackelte. »Man kann es nicht abstellen, weißt du? Die Gabe, meine ich. Es hat sie einfach fertiggemacht. Das war vor allem meine Schuld. Ich war immer so ungeduldig, habe dauernd ihre Sätze beendet. Der Unterschied zwischen uns war einfach immer wieder spürbar, bei den seltsamsten Dingen. Zum Beispiel liebte sie es, mich zu überraschen, aber das funktioniert bei mir nun mal nicht. Ich kannte ihre Verhaltensmuster einfach in- und auswendig. Und wenn es Spannungen gab, reagierte ich schon, bevor sie überhaupt was gesagt hatte, und das machte sie erst richtig sauer. Das Ende ... kam ganz allmählich und dann ganz plötzlich.«

»Das ist von Hemingway«, sagte sie.

Er schaute sie an, ihre großen, dunklen Augen mit den dichten Wimpern. Ihr Gesicht verschwamm ein wenig in seiner Trunkenheit. »Ja, stimmt.«

Auf der Bühne begann der Geiger ein schräges Solo. Fremdartig quietschende Töne, die doch nicht ganz falsch klangen und durch die Droge umso lebhafter wirkten. Wie eine schlaflose Samstagnacht, wenn man aus dem Fenster starrt und nichts sieht.

»Ich war mal verlobt«, sagte sie.

»Tatsächlich?«

»Mann, Cooper, musst du unbedingt so überrascht tun?«

Er lachte. »Erzähl mir von ihm.«

»Von ihr.«

»Ach, ehrlich?« Er setzte sich auf. »Aber du bist doch gar nicht lesbisch.«

»Woher willst du denn das wissen?«

»Ich habe diese besondere Gabe, schon vergessen? Ich habe einen Blick für so was.«

Jetzt lachte sie. »Ich bin auch nicht wirklich lesbisch, aber das interessiert doch heutzutage sowieso niemanden mehr. Seit es Begabte gibt, spielt sexuelle Orientierung einfach keine Rolle mehr. Die Leute haben jetzt andere Gründe, einander zu hassen.«

»Also was ist passiert?«

Sie zuckte mit den Schultern. »Wie du schon gesagt hast. Ich bin eben nicht lesbisch.«

»Aber du hast sie geliebt.«

»Ja.« Sie verstummte und nahm noch einen Zug von dem Joint. Dann sagte sie: »Ich weiß nicht. Es gab viele Gründe. Es hatte sicher auch was mit meiner Gabe zu tun. Jemanden zu lieben, aber nicht in der Lage zu sein, die Welt, die man sieht, mit ihm zu teilen, das ist problematisch. So als würde man versuchen, einem Blinden Farbe zu erklären. So richtig verstehen sie es nie.«

Ein Teil von ihm wollte sich mit ihr streiten, aber vor allem aus Gewohnheit. Es lag an seiner Rolle als Abnormer unter Normalen. Als Freak, der andere Freaks jagt.

»Aber es war schon toll«, sagte sie. »Geliebt zu werden.«

Er nickte. Dann schwiegen sie, lehnten sich zurück und sahen der Band zu. Sein Körper fühlte sich elastisch, biegsam und glatt an und er sank in die Polster. Er schnappte Bruchstücke Dutzender Gespräche auf und eine lachende Frauenstimme jagte ihm einen Schauer über den Rücken. Morgen war ganz weit weg und auch all das, was er noch vor sich hatte. Der Kampf, den er wieder aufnehmen musste. Aber jetzt, in diesem Moment, genoss er es einfach, hier zu sitzen und sich seinem Rausch zu überlassen. Neben einer schönen Frau zu sitzen, inmitten einer seltsamen neuen Welt, und sich daran zu erfreuen, am Leben zu sein.

»Und das hier ist auch toll«, sagte er. »Einfach mal Pause machen … von allem.«

»Ja«, sagte Shannon. »Stimmt.«

»Danke.«

»Gern geschehen.«

Die Band setzte zu einem neuen Stück an.

DIE WELT, DER ETWAS FEHLT
Was wäre, wenn die Begabten nicht wären
Dr. Donald Masse

»Eindringlich und faszinierend«
-- *New York Times*
»Tadellos recherchiert und absolut überzeugend«
-- *Washington Post*
»Mega Lesevergnügen«
-- *Chicago Tribune*

Jeder weiß, die Welt hat sich mit dem Auftauchen der Begabten für immer gewandelt. In diesem Buch beschreibt der namhafte Sozialforscher Dr. Donald Masse, wie unsere Welt sich ohne sie entwickelt haben könnte: Krieg im Nahen Osten, zunehmende Gewalt durch religiöse Fanatiker, eine drohende globale Ökokatastrophe ...

* Michael Dukakis hätte die Wahlen gegen George II. W. Bush verloren.
* Die Europäische Union würde vor dem Bankrott stehen.
* Die NASA hätte ihr Weltraumprogramm aufgegeben.
* Das amerikanische Bildungssystem würde nur noch aus Standardtests bestehen.
* Elefanten, Wale und Eisbären wären vom Aussterben bedroht.
* In Mittelamerika würde ein brutaler Drogenkrieg wüten.
* Herz-Kreislauf-Erkrankungen, Alzheimer und Diabetes würden zu den Haupttodesursachen gehören.

Sie glauben, Sie kennen die Welt? Das glauben Sie nur. Finden Sie heraus, was wäre, wenn ...

KAPITEL 26

Cooper schreckte aus seiner Bewusstlosigkeit auf und schnappte nach Luft. Verschwitzt, mit hämmerndem Schädel, in irgendetwas verheddert. Er versuchte, sich zu befreien, merkte, dass es seine Kleidung war, schweißnass und zu eng, und ein Laken, das ihn halb zudeckte. Er blinzelte, rieb sich die Augen und versuchte, sich zu orientieren.

Neben sich hörte er ein leises Seufzen. Es war Shannon, die ein Kissen in den Armen hielt, ihr Haar auf dem nackten Hals ausgebreitet. Das Bett. Sie waren in ihrer Wohnung und lagen im Bett. Hatten sie …?

Nein, voll bekleidet, beide. Er konnte sich vage erinnern, dass sie noch weitergetrunken und den Joint zu Ende geraucht hatten. Ein Bild von der Tanzfläche flackerte kurz auf, seine letzte Erinnerung. Sie war eine hervorragende Tänzerin. Neben ihr hatte er sich grobschlächtig, schwerfällig und glücklich gefühlt. Dann nichts mehr.

Cooper stöhnte und schwang die Beine vom Bett. Wenigstens hatte er es noch geschafft, die Schuhe auszuziehen. Mit pochenden Kopfschmerzen stand er auf und wankte zum Bad. Er pinkelte eine Ewigkeit, zog sich aus und stieg in die Dusche. Die Armaturen waren ungewöhnlich, nur ein Temperaturregler und ein Knopf. Er stellte den Regler auf heiß und drückte den Knopf. Aus dem Duschkopf tröpfelte zehn Sekunden lang Wasser und dann hörte es plötzlich wieder auf.

Ach ja, richtig. Die Kondensatoren vor der Stadt fingen so viel Feuchtigkeit aus der Luft auf wie möglich und jedes Gebäude hatte ein Auffangbecken für Regenwasser, aber trotzdem herrschte hier ständige Wasserknappheit. Dies war eine Schwäche der Siedlung und er hatte Pläne gesehen, diese strategische Achillesferse auszunutzen: die Zuflussleitungen zerstören und die Kondensatoren gezielt bombardieren. Nach Schätzungen der AEB würde die Bevölkerung innerhalb von zwei Wochen um 17 Prozent und innerhalb eines Monats um 42 Prozent abnehmen. In der Industrieproduktion und bei technischen Einrichtungen wäre mit einem Ausfall von 31 Prozent zu rechnen. Er drückte erneut auf den Knopf, um seine Haare anzufeuchten. Als das Wasser stoppte, nahm er sich etwas Shampoo. Dann ein Knopfdruck, um die Haare auszuspülen, ein Knopfdruck zum Einseifen und einer, um die Seife abzuwaschen. Alles in allem ein äußerst unbefriedigendes Duscherlebnis und völlig ungeeignet, seinen Kater zu besänftigen.

Er trocknete sich ab, zog sich an und schaute in den Spiegel. *Es kann losgehen.*

Shannon machte gerade Kaffee, als er aus dem Bad kam. Ihr Haar hing schlaff herunter und auf einer Gesichtshälfte hatte sie Kissenabdrücke. »Morgen«, sagte sie mit dem Rücken zu ihm. »Wie fühlst du dich?«

»Wie eine wandelnde Leiche. Und du?«

»Ich auch.« Sie füllte eine Kanne mit Wasser und goss es in die Maschine, immer noch mit dem Rücken zu ihm. Er beobachtete ihre Finger, die unruhig zuckten. Sie öffnete den Kühlschrank und starrte ins Leere. »Das Frühstücksangebot ist etwas eingeschränkt.«

»Kaffee reicht schon.« Befangenheit lag in der Luft wie kalter Rauch. »Danke.«

Shannon schloss die Kühlschranktür und wandte sich ihm zu. »Hör mal, wegen letzter Nacht …«

»Dazu gibt's nichts zu sagen.«

»Ich … ich will nur nicht … Es hat Spaß gemacht und ich brauchte das einfach, aber ich bin nicht … Es ändert nichts.«

»He, du hast mich ins Bett gekriegt.« Er lächelte, um zu unterstreichen, dass es ein Witz war. »Es war wirklich nett. Die letzte Zeit war sehr stressig. Es war schön, einfach mal einen Abend auszuspannen.«

Sie nickte. Dann hob sie ein paar leere Bierflaschen vom Vorabend auf und warf sie in den Recycling-Behälter. Sie machte eine Schublade auf und schloss sie wieder.

Cooper sagte: »Warum unterstellst du mir irgendwelche Absichten?«

Shannon sah zu ihm auf. »Ist es das, was deine Frau so genervt hat? Hast du ihr auch gesagt, was sie denkt?«

»Tut mir leid.«

»Schon gut.« Sie atmete tief durch. »Du hast recht.«

»Warum? Weil wir uns betrunken haben?«

»Ja, vielleicht. Du bist ganz anders, als ich dachte. Aber ich frage mich, ob du mir nicht einfach was vormachst.« Sie sah ihn herausfordernd an.

Cooper wandte sich ab und ging zum Klappbett hinüber. Er nahm die zerknüllten Laken bei den Ecken, schüttelte sie und breitete sie glatt auf dem Bett aus. Er klopfte die Kissen auf und steckte sie sorgfältig unter die Laken. Er fragte sich, was Natalie von Shannon halten würde. Ob sie sich mögen würden. Wahrscheinlich schon. »Ich war ein Soldatenkind und mit siebzehn bin ich selbst zur Armee gegangen. Dann zur AEB. Und während dieser ganzen Zeit habe ich für etwas gekämpft. Ich habe versucht … alles zu beschützen, glaube ich. Ich war einer von den Guten. Aber als sie mir den Bombenanschlag angehängt haben, da war ich plötzlich allein. Im Grunde war ich wahrscheinlich mein ganzes Leben allein, aber das war etwas anderes.«

Er ging zum Fußende und klappte das Bett mit seinen geschmeidigen Scharnieren mühelos hoch. Dann wandte er sich wieder Shannon zu und redete einfach, ohne Plan. »In den letzten paar Monaten habe ich genau das gemacht, was ich früher bekämpft habe. Auf einmal war ich einer von den Bösen und ich habe mich ziemlich geschickt dabei angestellt. Heißt das, dass ich vorher im Unrecht war?« Er zuckte mit den Schultern. »Ich glaube nicht. Es hat mir gefallen, ein Beschützer zu sein. Es fehlt mir.«

»Es geht auch anders«, sagte sie. »Ob du's glaubst oder nicht, ich halte mich auch für eine von den Guten. Nein, ich *bin* eine von den Guten.«

»Das trifft auf jeden zu«, sagte Cooper. »Deshalb ist das Leben ja so kompliziert.« Er kannte sie gut genug, um ihre Verhaltensmuster zu erkennen. Sie hielt irgendetwas zurück. Sie belog ihn oder zumindest verschwieg sie ihm etwas. Aber was? Schwer zu sagen. Außerdem konnte er ihr kaum Vorwürfe machen. Denn er belog sie auch.

Was für ein Paar.

»Hör mal«, sagte er. »Jeder Mensch hat doch verschiedene Seiten. Du dachtest, ich wäre nur ein humorloser Regierungsscherge ohne Gewissen, der keine Fragen stellt. Und ich habe in dir nur ein Abziehbild gesehen, die mitleidlose Fanatikerin. Aber so einfach ist das eben nicht. Du weißt jetzt, dass ich früher verheiratet war, dass ich Chilisoße mag, nicht tanzen kann, schon mal Hemingway gelesen habe und mir sogar den ein oder anderen Satz merken konnte. Und ich kenne dich auch besser. Aber wir wissen eben nicht alles voneinander. Es gibt da so manches, was wir uns nicht erzählen.« Es klang fast beiläufig. »Und das ist auch in Ordnung. Das heißt doch noch lange nicht, dass alles nur Schau ist. Vor allem mein Kater«, sagte er und rieb sich die Schläfe, »der ist verdammt echt. Also vielleicht belassen wir es erst mal dabei, oder?«

Einen Moment lang sah sie ihn nur an. Dann holte sie zwei Kaffeebecher aus dem Schrank und schenkte ein. Sie reichte ihm seinen Becher und als sich ihre Finger berührten, zuckte sie nicht zurück. »Ich muss mich erst mal waschen.«

»Okay.« Er sah ihr nach, wie sie zum Bad ging.

An der Tür blieb sie stehen. »Cooper?«

»Ja?«

»In der Schublade bei der Spüle, da sind Kopfschmerztabletten.«

Er lächelte. »Danke.«

* * *

Zwei Stunden später schwebten sie in tausend Meter Höhe.

Ein plötzlicher Aufwind schubste sie noch etwas höher und sein Magen rebellierte. »Kannst du dieses Ding auch wirklich fliegen?«

Sie lächelte ihn vom Pilotensitz aus an. »Ich habe mal eine Sendung darüber gesehen. So schwer kann es ja nicht sein.«

Der Flugplatz am Rand von Newton bestand aus vier Rollbahnen, die kreuz und quer verliefen. Sie hatten seinen Wagen auf einem Schotterparkplatz abgestellt, sich bei der Bodenkontrolle angemeldet und waren zum zugewiesenen Hangar gegangen. Das Segelflugzeug sah mit seinen breiten Tragflächen und dem stromlinienförmigen Rumpf ziemlich futuristisch aus. Es war aus Kohlefaser und so leicht, dass es sich problemlos per Hand auf die Startbahn schieben ließ, wo Shannon es an einem dicken Kabel festmachte. Als sie drin saßen, setzte sie einen Kopfhörer auf und sprach schnell mit leiser Stimme mit dem Tower. Sekunden später spannte sich das Kabel und zog den Flieger in dreißig Sekunden fast anderthalb Kilometer weit. Die riesigen Winden waren stark genug, um das Flugzeug in die Luft zu schleudern. Cooper litt nicht unter Höhenangst und war oft in Hubschraubern, Jets und Militärflugzeugen mitgeflogen und sogar mehrmals herausgesprungen, aber dieses Segelflugzeug gefiel ihm gar nicht.

»Wie lange kann dieses Ding oben bleiben?«

»Hast du Angst vorm Fliegen?«

»Nein, aber eine Maschine mit, na ja, du weißt schon, mit Motor ist mir lieber.«

Sie lachte. »Schon wieder deine altmodische Denkweise, Cooper. Segelflugzeuge stoßen keine Schadstoffe aus, die Winden werden mit Sonnenenergie betrieben und wenn man die Aufwinde richtig nutzt, kann man stundenlang oben bleiben. Das ist in New Canaan die einfachste Möglichkeit, von einer Stadt zur anderen zu kommen.«

»Aha.« Er schaute aus dem Fenster auf den Flickenteppich weit unten. Das einzige Geräusch war der Wind, der über die breiten Tragflächen und an dem tropfenförmigen Rumpf entlangpfiff. Die Außenhaut war etwa so dick wie eine Serviette.

»Schau mal«, sagte sie. »Freihändig.« Sie ließ den Knüppel los und streckte die Hände hoch.

»Mann, hör auf mit so was. Ich hab einen Kater.«

Sie lachte wieder und flog einen großen Bogen, um ihm einen besseren Blick zu bieten, als er eigentlich wollte.

Sie hangelten sich von einem Aufwind zum nächsten und nach etwa zwei Stunden erreichten sie Tesla im Zentrum Wyomings. Aus der Luft kam ihm der Ort seltsam vertraut vor, sicher weil er ihn von Satellitenaufnahmen her kannte. Tesla war mit zehntausend Einwohnern eine der mittleren Ortschaften von New Canaan. Die Stadt bestand aus einem rasterartigen Straßennetz rund um einen Komplex verspiegelter Quader. Energieeffiziente Gebäude, die alle anderen um vier Stockwerke überragten.

Und in einem davon saß der reichste Mann der Welt.

* * *

Die Landung war dann doch recht sanft, kaum anders als mit anderen Kleinflugzeugen. Der Flieger machte beim Aufkommen auf der Landebahn einen kurzen Satz und dann ließ Shannon ihn langsam ausrollen. Sie war wirklich gut.

Am Hangar erfolgte eine weitere Sicherheitsüberprüfung, diesmal gründlicher. Der Mann hinter dem kugelsicheren Plexiglas war zwar recht freundlich, aber er zog ihre Pässe ganz bedächtig über den Scanner und tippte länger auf seinem Datenpad herum, als es Cooper lieb war. Tesla lag weit außerhalb der Touristengebiete und Besucher mussten mehrere Sicherheitsstufen durchlaufen. Die ganze Stadt war zur geschlossenen Wohnanlage innerhalb eines Hochsicherheitsbereichs erklärt worden, ein Rechtsstatus, der im Klartext bedeutete: »Macht euch vom Acker.« Cooper lächelte den Wachmann ausdruckslos an.

Eine halbe Stunde später fuhren sie auf das Gelände von Epstein Enterprises. Spiegelbauten aus Himmel und Sonne, zu grell, um hinzusehen. Auch hier gab es einen Sicherheitsposten, aber Shannon hatte morgens angerufen und ihre falschen Namen standen auf irgendeiner Liste. Nachdem man ihre Pässe überprüft und ihr Fahrzeug gescannt hatte, ließ man sie durch.

Während Epsteins offizieller Hauptsitz in Manhattan war, lag hier die eigentliche Schaltzentrale. Von hier aus leitete der Abnorme sein riesiges Finanzimperium. Er trieb nicht nur den Aufbau New Canaans voran, sondern kümmerte sich auch um Tausende von Patenten, Investitionen und Forschungsprojekten, deren Gesamtwert unmöglich einzuschätzen war. Ein Vermögen dieser Größenordnung ließ sich nicht einfach durch Rechnen ermitteln. Es hatte eine Eigendynamik, war wie ein Lebewesen und wuchs und schrumpfte und schluckte das Geld anderer. Unternehmen kauften Unternehmen, die Unternehmen kauften, und immer so weiter.

Die Dächer der Gebäude waren gespickt mit Satellitenschüsseln und Sicherheitsanlagen, darunter auch Batterien von Boden-Luft-Raketen, natürlich nur zur Verteidigung. Die Ausnahmegenehmigung durch den Kongress musste Epstein Milliarden gekostet haben. Cooper konnte sich erinnern, dass er einen Plan für einen koordinierten Raketenangriff auf den Komplex gesehen hatte: Zu erwartende Trefferquote eines ersten Angriffs 27 Prozent, aber Todesopfer voraussichtlich nur 16 Prozent und weniger als 5 Prozent Verluste im gehobenen Management.

Mit Sicherheit gab es auch Pläne für einen Nuklearangriff. Pläne gab es bei der AEB immer mehr als genug.

»Alles in Ordnung?« Shannon steuerte das gemietete Elektroauto auf einen Parkplatz, auf dem schon eine Reihe identischer Fahrzeuge standen. »Du bist so still.«

»Das liegt an dem Flug«, log er. »Ich muss mich erst noch an den festen Boden unter den Füßen gewöhnen.«

Sie stellte den Motor ab. »Eines solltest du noch wissen: Ich habe einen Termin ergattert, indem ich Johns Namen erwähnt habe.«

»John?«, sagte er. »Ach, John Smith. Hm, war das eine so gute Idee?« Epstein distanzierte sich in der Öffentlichkeit immer wieder von der Terrorbewegung, und zwar von allen ihren Mitgliedern. Er hatte keine Wahl. Wenn man ihm auch nur die geringste Verbindung zu John Smith hätte nachweisen können, hätte man die Gesetzeslücken, die die Existenz und Sicherheit der Siedlung garantierten, in Windeseile geschlossen. Bei der AEB war man überzeugt, dass es eine geheime Verbindung zwischen den beiden gab, aber Beweise dafür hatte man nie gefunden.

»Ich weiß auch nicht. In der Öffentlichkeit kritisiert Epstein ihn immer lautstark, aber John hatte viele Freunde hier. Wenn ich seinen Namen nicht erwähnt hätte, hätten wir wahrscheinlich keinen Termin bekommen.«

»Also wie sieht die Beziehung zwischen den beiden denn wirklich aus?«

»Ich weiß es auch nicht so genau. John respektiert Epstein, aber er ist wohl der Meinung, dass sie sehr unterschiedliche Rollen spielen. Manche vergleichen sie mit Martin Luther King und Malcolm X.«

»Ein blöder Vergleich. Dr. King hat für Gleichberechtigung und Integration gekämpft und kein eigenes Reich aufgebaut.

Und Malcolm X hat vielleicht die Durchsetzung gleicher Rechte für Schwarze mit allen Mitteln propagiert, aber er hat kein Terrornetzwerk betrieben, das Bomben legt.«

»Ich will mich nicht darüber streiten.«

»In Ordnung«, sagte er. »Aber ich werde nicht so tun, als wäre ich einer von Smiths Leuten.«

»Sollst du auch nicht. Am besten lügst du überhaupt nicht.«

»Das würde auch nichts bringen«, sagte er. »Ich kann ihn ja schlecht um Hilfe bitten, ohne zu sagen, warum.« *Ein ziemlicher Drahtseilakt. Er könnte alles verlieren, wenn er zugibt, dass zwischen ihm und John Smith eine Verbindung besteht. Und du willst ihn überreden, genau das zu tun. Und ohne selbst zu viel preiszugeben.* Er setzte ein zuversichtliches Lächeln auf. »Danke, dass du Wort gehalten hast.«

»Nun ja, wir hatten eine Abmachung.« Sie öffnete die Wagentür. »Komm, gehen wir zu unserem Milliardär.«

Die Außenanlagen waren menschenleer, aber so wie die Sonne vom weiten, blauen Himmel knallte, war das nicht überraschend. Der gesamte Komplex bestand aus über zwanzig Gebäuden – zweiundzwanzig, wenn er sich recht erinnerte – und sie betraten eines der mittleren. Besonders eindrucksvoll war es nicht. Cooper hatte eine luxuriöse Ausstattung wie bei Unternehmenszentralen in Chicago oder Washington erwartet. Das Gebäude war höher als die anderen, aber auch nur ein weiterer gesichtsloser Glaskasten. *Natürlich! Solarglas absorbiert Sonnenstrahlung und nutzt sie als Energiequelle. Marmor ist zu schwer und muss angeliefert werden. Und Verzierungen sind reine Nostalgie.*

Du denkst schon wieder viel zu altmodisch.

* * *

Der Anwalt gehörte zu den älteren Menschen in New Canaan. Anfang fünfzig, mit kurz geschorenem Silberhaar und maßgeschneidertem Anzug, hatte er ganz die Ausstrahlung eines

Mannes, der zwei Riesen pro Stunde kassierte. »Mr und Mrs Cappello. Ich bin Robert Kobb. Wenn Sie mir bitte folgen würden.« Er drehte sich um, ohne eine Antwort abzuwarten.

Der Eingangsbereich war ein lichtdurchflutetes Atrium mit einem Tri-D-Bildschirm, sicher zehn Meter in der Diagonale, der eine ganze Wand einnahm und auf dem in gestochen scharfer Qualität CNN zu sehen war – Epstein gehörten 30 Prozent von Time Warner. Sie waren kaum eingetreten, da war der Anwalt schon auf sie zugekommen. Cooper hatte damit gerechnet, stundenlang warten zu müssen, falls man sie überhaupt vorlassen würde. Anscheinend hatte der Name John Smith hier einiges Gewicht. Ob der Milliardär mit dem Terroristen gemeinsame Sache machte? Falls ja, war die Situation viel schlimmer als befürchtet.

»Wie war Ihre Reise?«

»Turbulent«, sagte Cooper.

Der Anwalt lächelte. »Segelflugzeuge sind etwas gewöhnungsbedürftig. Dies ist Ihr erster Besuch in New Canaan, nicht wahr?«

Dieses aufgesetzte Lächeln. Er weiß genau, wer wir sind, aber er hält sich an die erfundene Geschichte. Offenbar spielte er gern mit verdeckten Karten. »Ja.«

»Und wie gefällt's Ihnen?«

»Sehr eindrucksvoll.«

Kobb nickte, führte sie an einer Reihe Aufzüge vorbei, blieb vor dem letzten stehen und berührte mit der Handfläche eine Platte. Die Türen glitten geräuschlos auf. »Die Siedlung wächst sehr schnell. Sie hätten Tesla vor fünf Jahren sehen sollen. Nur Staub und endloser Himmel.«

Der Aufzug bewegte sich so sanft, dass Cooper nicht wusste, ob sie hoch- oder runterfuhren. Er steckte die Hände in die Taschen und wippte auf und ab. Einen Augenblick später öffneten sich die Türen und Kobb führte sie hinaus.

Auf der einen Seite des Flurs war die Wand vollkommen aus Glas, aber die gleißende Glut der Sonne war zu einem warmen Schimmer heruntergedimmt. Auf der anderen Seite wuchs ein üppiger Garten aus der stufenförmigen Wand, Pflanzen hingen dekorativ über die Ränder eleganter, in die Wand eingelassener Pflanzbehälter. Cooper konnte den vermehrten Sauerstoff in der Luft regelrecht spüren. »Nett.«

»Wir nutzen, was wir haben. Und Sonne haben wir hier reichlich.«

»Aber ist es nicht eine Sünde, Wasser für so was zu verschwenden?«

»Die Pflanzen sind genmanipuliert. Mit irgendwelchen Kaktusgenen. Sie brauchen kaum Wasser. Ich verstehe es auch nicht so ganz«, sagte Kobb so, als würde er es sehr wohl verstehen, aber vermuten, dass es zu hoch für Cooper war. Er führte sie an mehreren Konferenzräumen vorbei zu einer Tür am Ende des Flurs und berührte auch dort eine Metallplatte, um sie zu öffnen. »Mr Epsteins Büro.«

Für einen so reichen Mann wirkte das Büro äußerst bescheiden. Auf zwei Seiten fugenlose Glasfronten, die einen Blick auf die Stadt und die Wüste dahinter boten, ein polierter Holzschreibtisch und ein Konferenzbereich mit bequemer Sitzgarnitur. Ein blasses kleines Mädchen – etwa zehn Jahre alt, schätzte Cooper – saß auf der Couch und spielte auf einem Datenpad. Ihr Haar giftgrün gefärbt wie Waldmeistersirup. Eine Nichte vielleicht? Epstein hatte keine Kinder.

Der Anwalt ignorierte sie vollkommen. »Bitte nehmen Sie Platz. Erik kommt gleich. Möchten Sie was trinken? Kaffee?«

»Ich nicht, danke. Allison?«

Shannon schüttelte den Kopf. Anstatt sich zu setzen, glitt sie zu einem der Fenster und sah hinaus auf die Landschaft.

»Hi«, sagte Cooper zu dem kleinen Mädchen. »Ich bin Tom.«

Sie sah von ihrem Datenpad auf. Ihre Augen waren fast so intensiv grün wie ihr Haar und wirkten viel zu alt für ihren Körper. »Nein, bist du nicht«, sagte sie und wandte sich wieder ihrem Spiel zu.

Cooper war peinlich berührt und auch ein bisschen verärgert, erwiderte aber nichts. Das Mädchen war offensichtlich eine Leserin, nicht nur, weil sie ihn so beiläufig als Lügner entlarvt hatte, sie wies auch alle anderen typischen Merkmale auf: die Tendenz, sich abzukapseln, ein Verlangen nach nicht menschlichen Stimuli und das Bedürfnis, ihr Anderssein optisch zu unterstreichen. Es war natürlich nicht überraschend, dass Epstein sich die Fähigkeiten der Abnormen, die ihn umgaben, zunutze machte. Aber mit einem Kind hatte Cooper nicht gerechnet.

Ihre Gabe muss ungeheuer stark entwickelt sein. Der Gedanke bereitete ihm reichlich Unbehagen. Für einen Leser ersten Grades bestand die ganze Welt aus Kaisern ohne Kleider. Das kleine Mädchen würde nicht nur merken, dass er log. Wenn sie ihn nur ein paar Minuten beobachtete und ihm zuhörte, würde sie Dinge über ihn herausbekommen, die selbst seine Exfrau nicht wusste.

Diese Fähigkeit war eine der wenigen Gaben, die er als wahren Fluch betrachtete. In jeder Sekunde, bei jedem Kontakt mit einem anderen Menschen musste ein Leser sich durch das Lügengeflecht kämpfen, das unseren Alltag ausmacht. Und noch schlimmer: Ein Leser konnte in die Abgründe der menschlichen Seele blicken. Er konnte den Jung'schen Schatten erkennen, der sich an Qualen, Schmerz und Erniedrigung ergötzte. Jeder hatte diese Seite, aber die meisten hatten sie unter Kontrolle. Sie trat immer wieder in Pornografiekonsum, aggressiven Sportarten und Gewaltfantasien zutage und gehörte zur Bestie Mensch, war aber meist ungefährlich. Gedanken waren eben nur Gedanken und diese Sorte behielt man für sich.

Aber Leser sahen diese dunkle Seite überall, in jedem Menschen. Hinter jeder freundlichen Geste. Daddy beschützt dich zwar, aber ein winziger Teil von ihm würde am liebsten die Babysitterin auf den Boden werfen und alles Mögliche mit ihr anstellen. Mommy trocknet dir vielleicht die Tränen, aber etwas in ihr würde dich am liebsten schütteln und dich anschreien, endlich still zu sein. Es war also nicht verwunderlich, dass Leser oft psychisch gestört waren. Die stabilsten unter ihnen zogen sich meist ganz in ihre vier Wände zurück. Sie schlossen sich in ihre kleine Welt ein, in der alles berechenbar war.

Die meisten begingen jedoch Selbstmord.

Robert Kobb hüstelte in seine geschlossene Faust und sagte: »Sie müssen Millicent verzeihen. Sie sagt immer, was ihr gerade einfällt.«

»Da gibt's nichts zu verzeihen«, sagte Cooper. »Sie hat ja recht.«

»Ja, ich weiß.« Robert Kobb lächelte nichtssagend und setzte sich neben Millicent auf die Couch. Sie rückte ein Stück von ihm ab, ohne von ihrem Spiel aufzusehen. »Sie sind Nick Cooper, nicht wahr?«

»Ja.«

»Erik hat mich heute Morgen, nachdem Sie sich gemeldet hatten, sofort gebeten, einen Termin freizumachen. Aber er hat mir nicht gesagt, worum es geht.«

Cooper ließ sich auf einen Stuhl fallen und musterte den Anwalt. Irgendetwas an ihm störte ihn. Sein souveränes Auftreten. Dass er seinen Chef beim Vornamen nannte. Und dann dieser Anstrich erdverbundener Normalität. »Weil er es noch nicht weiß. Darf ich Sie etwas fragen?«

»Aber sicher.«

»Was ist das für ein Gefühl, beim Aufbau von New Canaan zu helfen, wenn man selbst nicht begabt ist?«

Shannon, die noch immer am Fenster stand, musste ihr Lachen hinunterschlucken. Das Lächeln des Anwalts wurde leicht säuerlich. »Es ist eine Ehre. Warum?«

»Nur aus Neugierde.«

Kobb nickte und machte eine nicht sehr überzeugende Schwamm-drüber-Geste. »Was wir hier tun, ist von großer Bedeutung. Nie zuvor in der Geschichte hat es eine Initiative wie diese gegeben. Wir schaffen eine neue Welt. Eine unglaubliche Chance.«

»Ja, und alles mit fremdem Geld. Einfach ideal.«

Millicent lächelte auf ihr Datenpad hinab.

»Hmm.« Das Handy an Kobbs Gürtel vibrierte, er nahm es ab und las die Nachricht. »Ah, Erik stößt jeden Moment zu uns. Aus New York.«

»Er ist extra für dieses Treffen hergeflogen?«

»Nein«, sagte Kobb, wieder so arrogant wie vorher. »Er befindet sich in diesem Moment in New York.«

»Aber ...«

Bevor er weiterreden konnte, erschien Erik Epstein hinter seinem Schreibtisch.

Cooper hatte sich schon halb von seinem Stuhl erhoben, bevor er es überhaupt merkte. Sein ganzer Körper war in Alarmbereitschaft. Seine Gedanken überschlugen sich. Er versuchte, die Situation zu analysieren ...

Hat er die gleiche Gabe wie Shannon? War er etwa die ganze Zeit schon hier gewesen?

Nein, Epstein hat eine Begabung für Zahlen und Daten.

Eine noch unbekannte Newtech-Erfindung? Eine Tarnvorrichtung? Teleportation? Nein, albern.

Aber da sitzt er. Leibhaftig.

... und dann begriff er. »Wow. Allerhand.«

Erik Epstein lächelte. »Entschuldigung, ich wollte Sie nicht erschrecken.«

Nun bemerkte Cooper auch, dass Epsteins Erscheinung an den Rändern leicht durchscheinend war, wie verwischt. Auch die Schatten stimmten nicht. An Epsteins Aufenthaltsort herrschten offenbar andere Lichtverhältnisse als hier. Es sah aus wie ein Spezialeffekt in einem Film aus den Achtzigern, sehr überzeugend, bis man genau hinschaute.

»Eine unserer neusten Entwicklungen«, sagte Kobb. »Es funktioniert so ähnlich wie ein Tri-D-Gerät, nur mit einem extrem verstärkten Signal.«

»Ein Hologramm.«

»Ja«, sagte Epstein und grinste. »Nicht schlecht, was?«

»Ganz und gar nicht.« *Die AEB hinkt um Jahre hinterher, trotz aller Akademieabsolventen.*

Wenn er so vor einem saß – na ja, sozusagen –, wirkte Epstein nicht ganz so geschniegelt wie in den Medien. Jugendlich gut aussehend und mit flottem Haarschnitt wie immer, aber nicht ganz so steif. In seinem leichten Sommeranzug hätte er in einen exklusiven Country Club gepasst. »Ich würde Ihnen ja gern die Hand geben, aber …« Er hob einen Arm und wackelte mit den Fingern. »Das ist eine der Einschränkungen. Trotzdem allemal besser als eine Freisprechanlage.«

»Danke, dass Sie uns so kurzfristig einen Termin gewähren konnten«, sagte Shannon. Sie stand auf einmal neben Cooper und setzte sich auf einen Stuhl.

»Dafür haben Sie mit Ihrer Nachricht schon gesorgt, Ms Azzi. Auf diese Art werde ich nicht grade gern mit John Smith in Verbindung gebracht.«

»Ich verstehe«, sagte sie. »Bitte entschuldigen Sie die Aufdringlichkeit. Ich wusste einfach nicht, ob Sie mich sonst anhören würden.«

»Nun, ich bin ganz Ohr«, sagte Epstein. Er legte seine Hände auf den Schreibtisch. Aber seine Fingerspitzen sanken in die Oberfläche ein, was die Illusion ein wenig beeinträchtigte. »Sie müssen Cooper sein.«

»Agent Nicholas Cooper«, sagte Kobb. »Im März 1981 geboren, Begabter des zweiten Jahrgangs. Ist mit siebzehn mit der Einwilligung seines Vaters zur Armee gegangen. Wurde 2000 als Verbindungsoffizier zur späteren Analyse- und Einsatzbehörde abgestellt. 2002 ist er ganz zur AEB gewechselt und 2004 bei dessen Gründung dem Ausgleichsdienst beigetreten. Agentenausbildung 2005 abgeschlossen, 2008 Beförderung zum leitenden Agenten. Wird allgemein als bester der sogenannten Gasmänner angesehen, mit einer unübertroffenen Aufklärungsquote einschließlich dreizehn Eliminierungen.«

»*Dreizehn?*« Shannon zog eine Augenbraue hoch.

»Ja«, sagte Cooper, »das bin ich. Auf dem Papier.«

»Nach dem Anschlag auf die Léon-Walras-Börse vom zwölften März ist er untergetaucht.« Kobb sah von seinem Datenpad auf. »Und ist jetzt der Hauptverdächtige.«

Eigentlich hätte er nicht überrascht sein dürfen. Zwar hatte er mit Peters abgemacht, dass seine Identität nicht öffentlich gemacht würde – um Natalie und die Kinder vor Fanatikern zu schützen –, trotzdem wussten die meisten Leute in der Behörde sicher, dass er zur Zielperson erklärt worden war. Und der reichste Mann der Welt konnte sich alle Informationen besorgen, die er wollte. Aber es ärgerte ihn dennoch. Er funkelte den Anwalt an und wandte sich dann an Epstein. »Ich hatte nichts damit zu tun.«

»Und Sie, Ms Azzi?«, fragte Kobb.

»Nein«, sagte sie. »Jedenfalls nicht mit dem Ausgang.«

»Aber John Smiths Organisation hat die Bomben gelegt.«

»Ja, aber wir haben sie nicht gezündet.«

»Wie können wir da sicher sein?«

»Es reicht, Bob«, sagte Epstein in souverän-autoritärem Ton. »Sie sagen die Wahrheit.«

»Aber, Sir, wir können doch nicht …«

»Doch, können wir. Millie?«

Das Mädchen sah auf. »Sie lügen beide. Sie lügen sich auch gegenseitig an. Aber in dem Fall sagen sie die Wahrheit.«

»Danke, Schatz.«

Der Anwalt wollte etwas sagen, schwieg dann aber. Cooper konnte sehen, wie frustriert er war. Er kochte vor Wut. Eine Kapazität auf seinem Gebiet, ohne Zweifel politisch sehr einflussreich und von einem Kind in die Schranken gewiesen.

Ich kann es ihm gut nachfühlen. Cooper kam sich vor wie ein Tennisball, der hin- und hergepfeffert wurde.

Sie lügen sich auch gegenseitig an … Was meinte sie damit? Auf jeden Fall hatte das Mädchen ihn durchschaut und das machte ihm ziemliche Angst. Sie konnte zwar seine Gedanken nicht lesen und wusste sicherlich nichts von seiner Mission, aber sie würde problemlos die subtilen Signale wahrnehmen, die seine Loyalität gegenüber der Behörde verrieten. Wer wusste, was sie sonst noch alles herausfinden konnte.

So weit vorzudringen und dann auf Gedeih und Verderb einer Zehnjährigen ausgeliefert zu sein …

Du musst es unter Verschluss halten.

»Nun, das wäre erledigt.« Erik Epstein lächelte und streckte die Hände aus. »Also, was führt Sie her?«

»Shannon und ich hatten eine Abmachung. Es gab da vor ein paar Tagen einen Zwischenfall in Chicago und sie brauchte Hilfe. Ich habe sie nach Hause gebracht und sie hat mir dieses Treffen mit Ihnen verschafft.«

»Verstehe. Und worum geht's?«

»Wie Sie wissen, sind meine früheren Kollegen hinter mir her.« *Halt dich so weit wie möglich an Fakten.* »Und ich bin nirgendwo mehr sicher.«

»Mr Epstein«, sagte Kobb, »wir bewegen uns hier rechtlich auf sehr dünnem Eis. Jetzt, da Mr Coopers Identität aufgedeckt ist, können wir nicht mehr so tun, als wüssten wir von nichts. Dieses Treffen könnte als Verbergen eines Flüchtigen ausgelegt werden.«

»Danke, Bob«, sagte der Milliardär trocken. »Aber das Risiko können wir sicher noch ein paar Minuten länger in Kauf nehmen. Ich glaube nicht, dass Agent Cooper hier ist, um uns reinzulegen.«

»Nein, Sir. Ich bin hier, weil ich Ihre Hilfe brauche. Ich möchte einen neuen Anfang machen. In New Canaan.« Er musste sich zwingen, nicht das Mädchen anzuschauen. Sie wusste natürlich, dass er log oder zumindest nicht die ganze Wahrheit erzählte. Er konnte nur hoffen, dass sie nicht von sich aus etwas sagen und nur auf Aufforderung ihre Meinung kundtun würde.

Epstein legte die Fingerspitzen zusammen. »Verstehe, und dazu brauchen Sie meine Hilfe.«

»Ja.«

»Weil Sie jede Menge Feinde haben.«

»Ja. Aber mich zum Freund zu haben, hat auch sein Gutes.«

Kobb sagte: »Mr Epstein, das ist keine gute …«

Der Milliardär brachte Kobb mit einem Blick zum Schweigen, dann sagte er zu Cooper: »Könnten Sie uns einen Moment allein lassen? Ich würde mich gern mit Ms Azzi und Mr Kobb unterhalten.« Und zu dem Mädchen sagte er: »Millie, bringst du Mr Cooper bitte zur VIP-Lounge?«

Cooper schaute kurz Shannon an, konnte ihre Reaktion aber nicht einschätzen. In den letzten Tagen war zwar so etwas wie eine freundschaftliche Beziehung zwischen ihnen entstanden, trotzdem war sie ihm nichts schuldig. Er überlegte kurz, sich zu weigern. Aber was sollte das bringen? Falls er aufgeflogen war, konnte er jetzt auch nichts mehr daran ändern.

Mit übertriebener Gelassenheit stand er auf. »Klar.« Millie glitt von der Couch, ihr Datenpad fest an die Brust gedrückt. Sie stellte sich vor eine nackte Wand, die zur Seite glitt. Eine Geheimtür, die ihm nicht aufgefallen war. Was hatte er wohl sonst noch übersehen?

Wenigstens kam das Mädchen mit. So konnte sie den anderen nicht erzählen, was sie alles über ihn herausgefunden hatte. Er folgte ihr in die kleine Kammer hinter der Geheimtür. Ein Aufzug, wie sich herausstellte, aber ohne Knöpfe oder Bedientafel. Seine Kreuzmuskeln verspannten sich. Er fragte sich, ob »VIP-Lounge« für etwas ganz anderes stand.

Für »Vernehmungszelle« zum Beispiel.

Du hast dir die Suppe selbst eingebrockt. Nun löffle sie auch aus.

Das Letzte, was er sah, bevor die Tür zuging, war Shannon, die ihn über die Schulter hinweg anschaute. Es lag etwas Rätselhaftes in ihrem Blick.

Als er in der winzigen Kabine stand, hatte er plötzlich ein Bild von sich selbst vor Augen, wie von einem Satelliten aus aufgenommen. Eine Naheinstellung, dann schnelles Auszoomen: ein Mann in einem Kasten in einem Hochhaus in einem Gebäudekomplex in einer Stadt in einem Staat in einer Nation – und überall war er der Feind. Panik zerrte an seinen Eingeweiden. Er atmete tief durch und rollte mit den Schultern. Es gab kein Zurück mehr.

Millie starrte vor sich hin, ihr Gesicht halb unter grellgrünen Haarsträhnen verborgen. Sie sah so verloren aus, dass er für einen kurzen Augenblick seine eigene Situation vergaß. Er fragte sich, bei wie vielen Besprechungen sie schon dabei gewesen war, bei wie vielen Milliardengeschäften. Und wie oft hatten ihre Erkenntnisse den Tod eines Menschen zur Folge gehabt? Eine solche Verantwortung war schon für einen Soldaten schwer genug zu ertragen. Aber für ein Kind …

»Es ist schon in Ordnung«, sagte sie.

Cooper erschrak. Er fragte sich, ob sie seine Lage meinte oder ihre. »Ehrlich?«

»Ja.«

Er seufzte. »Okay, wenn du meinst.«

Auch diesmal spürte er nicht, in welche Richtung sich der Aufzug bewegte, aber es konnte nur abwärts sein. Und nach der Länge der Fahrt zu urteilen, ging es tiefer als bis ins Erdgeschoss. Seltsam. Warum ein Privataufzug hinter einer Geheimtür? Und was für eine VIP-Lounge betrat man durch das Büro des Chefs?

Einige Sekunden später ging die Tür auf. Wieder ein Flur, aber diesmal keine Sonne und kein botanischer Garten. Sie waren im Keller unter den surrenden Versorgungsleitungen des Gebäudes.

»Gehen Sie schon«, sagte Millie.

»Kommst du nicht mit?«

Sie schüttelte den Kopf und starrte auf den Boden. »Gehen Sie bis zum Ende des Flurs. Da ist eine Tür.«

Cooper blickte auf das Mädchen, dann hinaus auf den Flur. Dann zuckte er mit den Schultern. »Danke.« Er stieg aus dem Aufzug.

»Sie sollten vorsichtig sein«, sagte Millie hinter ihm.

»Warum?«

Kurz dachte er, sie würde nicht antworten. Dann hob sie den Kopf, schob energisch eine grüne Haarsträhne hinters Ohr und betrachtete ihn mit ihren seltsamen, traurigen Augen. »Alle lügen«, sagte sie. »Alle.«

Dann ging die Aufzugtür zu.

Cooper starrte die Tür an. Schließlich drehte er sich langsam um und blickte in den düsteren Flur. Er dehnte seine Finger. Und fragte sich, wie tief er wohl war. Mindestens so weit unter der Erde, wie er vorher darüber gewesen war. Irgendetwas nagte an seinem Unterbewusstsein. Die Ahnung, dass irgendwo ein Puzzleteil fehlte. Ein Muster, das er eher spürte, als es zu sehen. Eine Geheimtür. Ein Privataufzug. Ein Kind zum Geleit. Ein begabtes, ein bekümmertes Kind.

Was war dies für ein Ort?

Wenn das die VIP-Lounge ist, will ich die für Normalsterbliche gar nicht erst sehen.

Er ging den Flur entlang. Dicker Teppichboden dämpfte seine Schritte. Er konnte es rauschen und zischen hören, wohl ein Belüftungssystem. Die Wände waren nackt. Er fuhr mit der Hand darüber: Kohlefasergewebe, sehr stark, sehr teuer.

Am Ende des Flurs schwang eine Tür auf. Aber er konnte niemanden sehen und der Raum dahinter war schwarz. Mit dem Gefühl, in einen Traum einzutauchen, ging er hinein.

KAPITEL 27

Daten. Zahlenkonstellationen, die wie Sterne strahlten, schwungvolle Sinuskurven, die wie Neonlichter leuchteten, dreidimensionale Tabellen und Diagramme schwebten im Raum, wohin er auch schaute. Es war, als hätte er ein Planetarium betreten, so wundersam, so dunkel und still, nur war es statt des Himmels unsere Welt, die überall zu sehen war, die Welt, in Ziffern und Kurven und Wellen dargestellt. Cooper blinzelte, riss die Augen auf und drehte sich langsam auf dem Absatz um sich selbst. Es war ein großer Raum, eine unterirdische Kathedrale, und überall um ihn herum hingen leuchtende Zahlen in der Luft. Alles drehte und veränderte sich vor seinen Augen. Das Licht schien lebendig und es schuf bizarre Kombinationen: grafische Darstellungen von Bevölkerungszahlen neben dem allgemeinen Wasserverbrauch und der durchschnittlichen Rocklänge bei Frauen, die Anzahl der Verkehrsunfälle in Ortschaften zwischen acht und elf Uhr, Sonnenfleckenaktivität überlagert von der Mordrate, eine zeitliche Darstellung der Todesopfer bei der deutschen Invasion der Sowjetunion 1941 Seite an Seite mit dem Rohölpreis. Und Explosionen in Postämtern von 1901 bis 2012.

Und im Zentrum dieser Lichtsymphonie stand mit dem Rücken zu Cooper ihr Dirigent. Falls er Cooper bemerkt hatte, ließ er es sich nicht anmerken. Er hob eine Hand und zeigte auf ein Diagramm, bewegte die Hand darüber und zoomte auf die Mikroebene. Rote und grüne Punkte beschrieben etwas, das aussah wie eine Karte des Meeresbodens.

Es war kalt hier und roch … nach Tortillachips?

Vor Cooper lag eine Rampe, die er hinunterging. Als er durch ein Diagramm lief, leuchteten die Projektionen in seinen Augenwinkeln und eine scharfe Linie strich über seinen Körper.

»Ähm … hallo?«

Die Gestalt drehte sich um. Es war zu dunkel, um das Gesicht zu erkennen. Der Mann bedeutete Cooper, näher zu kommen. Als Cooper nur noch drei Meter entfernt war, sagte er: »Beleuchtung dreißig Prozent.« Und sanftes, schattenloses Licht erschien plötzlich von überall und nirgendwo.

Der Mann war um die Mitte etwas füllig und ein zweites Kinn begann sich unter dem kräftigen ersten abzuzeichnen. Seine Haut war fahl und glänzte leicht. Er fuhr sich mit ruckartig zuckender Hand durch das Vogelnest seiner Haare. Cooper starrte den Mann an. Das Muster wurde immer klarer und er begriff. Die Wahrheit war so gewaltig, so erschütternd und plötzlich so offensichtlich.

»Hi«, sagte der Mann. »Ich bin Erik Epstein.«

Cooper wollte etwas sagen, aber ihm fehlten die Worte. Die Gesichtszüge, die Form der Augen, die Schultern … Es war, als würde er das dickliche, nervöse Double des gut aussehenden, selbstsicheren Milliardärs von eben betrachten.

»Das Hologramm«, sagte Cooper. »Es ist nicht echt.«

»Was? Nein, nein. Ein aufgrund der wenigen verfügbaren Daten verständlicher intuitiver Sprung, aber nicht korrekt. Das Hologramm ist echt. Ich meine, der Mann ist echt. Aber er ist nicht ich. Er spielt mich nur. Schon eine ganze Weile.«

»Ein … Schauspieler?«

»Ein Doppelgänger. Mein Gesicht und meine Stimme.«

»Ich … ich verstehe nicht …«

»Ich mag Menschen nicht. Nein, ich mag sie schon, aber sie mögen mich nicht. Ich kann nicht mit Menschen umgehen. Nicht im direkten Kontakt. Als Daten finde ich sie einfacher.«

»Aber Ihr … Doppelgänger, der ist doch in den Nachrichten zu sehen. Er wird sogar zum Dinner ins Weiße Haus eingeladen.«

Epstein sah ihn an, als erwartete er, dass er noch etwas sagen würde.

»Warum?«

»Eine Zeit lang konnte ich einfach weiter in meiner Datenwelt leben, aber wir wussten, irgendwann würden die Leute mich sehen wollen. Die Menschen sind seltsam, sie wollen etwas sehen, auch wenn das Sichtbare belanglos ist. Nehmen Sie Astronomie zum Beispiel. Die wirklich wichtigen Informationen, die die Wissenschaftler durch die Teleskope bekommen, kann man nicht sehen. Strahlungsspektren, Rotverschiebung, Radiowellen … Daten. Darauf kommt es an. Das sind Informationen, mit denen wir etwas anfangen können. Aber die Leute wollen Bilder sehen. Eine Supernova in leuchtenden Farben. Auch wenn die Bilder für die Wissenschaft unerheblich sind.«

Cooper nickte. Er verstand. »Er ist Ihr Farbfoto. Und wer ist er? Jemand, der aussieht wie Sie auf dem Jahrbuchfoto Ihrer Highschool?«

»Mein älterer Bruder.«

Das konnte doch nicht stimmen. Epstein hatte zwar einen älteren Bruder gehabt, ein Normaler, aber der war vor zwölf Jahren bei einem Autounfall ums Leben gekommen. »Moment mal. Sie haben seinen Tod inszeniert?«

»Ja.«

»Aber das war doch, bevor Sie bekannt wurden. Noch bevor Sie Ihr Vermögen gemacht haben.«

»Ja.«

»Wollen Sie mir weismachen, dass Sie beide das Ganze schon vor zwölf Jahren geplant haben?«

»Wir beide zusammen sind Erik Epstein. Ich lebe in der Welt der Daten. Und er ist das, was die Leute sehen wollen. Er kann einfach besser reden.« Epstein strich sich wieder mit fahrigen Bewegungen durch die Haare. »Hier.« Er gestikulierte in der Luft und ein lebensechtes Bild erschien. Das Büro oben, aus einem anderen Blickwinkel. Shannon saß auf ihrem Stuhl und sagte etwas. Kobb schüttelte den Kopf. Millicent, über ihr Datenpad gebeugt und ganz auf ihr Spiel konzentriert. Eine Überwachungskamera?

Nein, der Winkel stimmte nicht. Es war das Büro vom Schreibtischstuhl aus gesehen. Es war der Blickwinkel des Hologramms. Des anderen Erik Epstein.

»Sehen Sie? Wir teilen uns auch unsere Augen.«

Das war einfach unglaublich. Ungeheuerlich. Seit über einem Jahrzehnt hatte die Welt einen Erik Epstein begafft, ihn auf CNN reden hören, hatte seine politischen Manöver bei der Gründung New Canaans und seine Firmenübernahmen verfolgt, ihn in Privatjets einsteigen sehen, und der wahre Erik Epstein hatte die ganze Zeit im Verborgenen gelebt. In diesem Keller, dieser Wunderhöhle.

Er fragte sich, ob irgendjemand bei der AEB Bescheid wusste. Oder ob der *Präsident* davon wusste.

»Aber … warum? Warum sind Sie nicht einfach weiter unsichtbar geblieben?«

»Zu schwierig, zu viele Fragen. Die Menschen wollen *sehen*«, sagte er nervös. »Ich mag Menschen. Ich verstehe sie. Aber es wäre einfach zu schwierig geworden. Ich wollte keine Pressekonferenzen. Ich wollte mich weiter mit meinen Daten beschäftigen. Wissen Sie, was Michelangelo gesagt hat?«

Cooper blinzelte. Die Frage brachte ihn etwas aus dem Konzept. »Ähm …«

»Er hat gesagt, in jedem Marmorblock sehe er eine Statue. So klar, als stünde sie vor ihm. Er müsse nur den rauen Stein weghauen, der die liebliche Gestalt gefangen hält, um sie auch für die Augen anderer sichtbar zu machen.« Epsteins Worte überschlugen sich beim Sprechen und anschließend verstummte er und wartete.

Was immer hier auch gerade passiert, es ist auf jeden Fall wichtig. Einer der mächtigsten Männer der Welt weiht dich in ein Geheimnis ein, von dem höchstens ein paar Leute wissen. Das tut er nicht ohne Grund.

Cooper zögerte und sagte dann. »So wie Michelangelo den Marmor betrachtet hat, so haben Sie die Börse gesehen.«

»Ja. Nein, nicht nur die Börse. Alles. Daten.« Er drehte sich um und machte eine Reihe komplizierter Armbewegungen. Der ganze Raum reagierte, alles flimmerte und drehte sich. Eine psychedelische Lightshow aus Tabellen, Zahlen und bewegten Diagrammen. Dann erschien ein Satz neuer Daten. »Hier. Sehen Sie?«

Cooper starrte auf die Zahlen, ließ seinen Blick von einem Diagramm zum nächsten schweifen. Er versuchte zu verstehen, was er da sah. *Tu das, was du am besten kannst. Suche nach Mustern, so wie du es bei Menschen machst. So wie du dir mit einem Blick in die Wohnung einer Person ein Bild von ihrem Leben machst.*

Bevölkerungszahlen. Rohstoffverbrauch. Eine Luftansicht von Wyoming, über Jahre mit Zeitraffer aufgenommen, wo auf braunem Ödland ein geometrisches Muster aus Städten und Straßen entstand. Ein dreidimensionales Diagramm der gewalttätigen Ausschreitungen in Nordirland neben der Anzahl von Pubs in Großbritannien und den durchschnittlichen Besucherzahlen von Kirchen. »New Canaan.«

»Offensichtlich«, sagte er ungeduldig.

»Das Wachstum der Siedlung. Da …«, sagte Cooper und zeigte auf eine Tabelle. »Das sind die externen Ressourcen, auf die Sie angewiesen sind. Ein Schwachpunkt. Mit dieser Abhängigkeit könnte man Sie unter Druck setzen. Und …« Er starrte auf die Daten und fühlte einen intuitiven Sprung, konnte ihn fast schmecken, aber nicht fassen. Er strengte sich an, aber er wusste, es würde nichts nutzen, genauso wenig wie ein Künstler sich vornehmen konnte, ein Meisterwerk zu schaffen.

New Canaan. Es geht irgendwie um New Canaan. Auch wenn die meisten Daten nichts mit der Siedlung zu tun hatten, jedenfalls nicht direkt. Die historischen Daten etwa: Die Morde an Priestern durch die Sikarier in Judäa, immer im Schutz der Menge, eine rasant ansteigende Linie, die sich mit einer anderen schnitt und dann ganz plötzlich weit abfiel. Dann Daten über die Haschaschinen, die im elften Jahrhundert in Syrien und Persien politische Morde begingen. Er war sich nicht ganz sicher, was das Wort bedeutete. *Aber kam das Wort »Assassine« nicht daher? Und war das nicht ein altes Wort für Attentäter?* Er hatte das irgendwo aufgeschnappt. In einem Kung-Fu-Film womöglich? Mit Geschichte kannte er sich einfach nicht aus.

Konzentrier dich lieber auf das, womit du dich auskennst. Was sagen die Muster aus?

»Gewalt. Es geht um Gewalt.« Er sprach es aus, noch bevor er den Gedanken zu Ende formuliert hatte.

»Ja! Und?«

»Ich weiß nicht …« Er sah Epstein an. »Es tut mir leid, Erik, ich kann die Dinge nicht mit Ihren Augen sehen. Was versuchen Sie, mir zu zeigen? Und warum?«

»Weil Sie etwas für mich tun sollen.«

Eine Hand wäscht die andere, klar. Er hatte ja das Gespräch oben mitverfolgt. »Ich soll etwas für Sie tun und im Gegenzug gewähren Sie mir hier Unterschlupf, damit ich ein neues Leben beginnen kann?«

»Nein«, sagte Epstein mit vor Verachtung triefender Stimme. »Keine Lügen. Sie wollen kein neues Leben. Darum sind Sie nicht hier.«

Vorsicht! Das Ganze könnte eine Falle sein. Vielleicht versucht er, dir deine wahre Absicht zu entlocken, damit …

Damit was? Dieser Mann, dieser begabte, seltsame und überaus mächtige Mann … würde er sein Geheimnis preisgeben, nur um dich zu entlarven? Natürlich nicht. Wenn er wollte, hätte er dich einfach aus New Canaan wegjagen können.

Oder dich in der Wüste verscharren lassen.

»Nein«, sagte Cooper. »Sie haben recht.«

»Ich weiß, weshalb Sie hier sind. Es ist in den Daten zu sehen.« Er beschrieb mit der Hand einen Bogen und plötzlich war der Raum mit Coopers Leben angefüllt: eine laufende Chronik aller wichtigen Daten in seinem Leben, die jemals aufgezeichnet wurden, von seinem Krankenhausaufenthalt als Jugendlicher bis zu seiner Scheidung. Eine Landkarte, auf der alle Personen verzeichnet waren, die er jemals getötet hatte. Eine Tabelle über die Häufigkeit, mit der sein Dienstausweis für den Zutritt zur Toilette im AEB-Hauptquartier benutzt wurde, einschließlich der Uhrzeiten.

Eine Aktennotiz über Katherine Sandra Cooper, vier Jahre: »Subjektbezogene Daten aus dem Privatleben der Lehrer weisen auf starke abnorme Tendenzen hin. Ein vorgezogener Test ist zu empfehlen.«

Cooper verspürte ein eisiges Gefühl im Magen. »Sie schauen sich meine Tochter an?«

»Daten. Ich schaue mir die Daten an. Die verraten mir die Wahrheit. Und nun sagen Sie mir auch die Wahrheit. Warum sind Sie hier?«

Cooper wandte sich von den Projektionen ab und fixierte Epstein mit starrem Blick. Er hatte ein Gefühl, als hätte ihm jemand ein Sexvideo von seiner eigenen Hochzeitsnacht gemailt. Als hätte sich irgendein Widerling mit einer Kamera im Schrank versteckt. Epstein sah ihn an, sah weg und fuhr sich wieder mit der Hand durchs Haar.

»Ich bin hier«, sagte Cooper langsam, »um John Smith zu finden und zu töten.«

»Ja«, sagte Epstein. »Ja ...«

»Und Sie wollen mich nicht daran hindern.«

»Nein.« Epstein versuchte ein Lächeln, aber seine Lippen zuckten nur wild. »Ich will Ihnen helfen.«

* * *

Cooper ging den Flur entlang, ohne etwas zu sehen. Er spürte nicht einmal den Teppich unter seinen Füßen. Er stieg in den Aufzug wie ein Schlafwandler.

Und versuchte, Epsteins Traum nachzuvollziehen.

»Es ging nie um Geld, sondern um Kunst. Die Börse war der Marmor und meine Milliarden waren die Skulptur. Und dann haben sie mir meine Kunst genommen. Sie machte ihnen Angst und störte den gewohnten Lauf der Dinge. Aber es ging nie um Geld. Daten, verstehen Sie? Es ging um Daten. Und deshalb brauchte ich ein neues Projekt.«

»New Canaan.«

»Ja, ein Ort für Leute wie mich. Ein Ort, an dem Künstler zusammenarbeiten konnten. Ganz neue Muster und ganz neue Daten schaffen. Etwas noch nie Dagewesenes. Ein Ort für Missgeburten wie mich«, hatte er gesagt und wieder sein Lächeln versucht. »Aber auch das hat den Lauf der Dinge gestört. So ist das mit wahrer Kunst. Also habe ich das in meinem Plan berücksichtigt. Dieses Projekt soll in die Welt integriert sein, das ist Teil des Entwurfs. Natürlich hatten die Leute den Eindruck, ich würde ihnen etwas wegnehmen. Aber darum ging es mir nie. Es geht nicht ums Haben oder ums Geben, sondern nur ums Schaffen.«

»Und was hat das alles mit John Smith zu tun?«

»Sehen Sie sich die Daten an. Nehmen Sie die Sikarier zum Beispiel.«

»Die was? Ich weiß nicht, was Sie meinen.«

Epstein hatte verächtlich geschnaubt. Der kluge Lehrer und sein schwerfälliger Schüler. »Das Wort ›Sikarier‹ bedeutet ›Dolchträger‹. Im ersten Jahrhundert war Judäa unter römischer Herrschaft. Die Sikarier griffen in aller Öffentlichkeit Leute an. Sie brachten Römer um. Und Herodianer, jüdische Kollaborateure.«

»Sie waren Terroristen.« Langsam hatte es Cooper gedämmert. »Frühe Terroristen.«

»Ja. Hier.« Auf eine rasche Handbewegung von Erik hatte sich eine Grafik aufgebläht und den ganzen Raum vor ihnen erfüllt. Cooper war sie vorher schon aufgefallen. Es war die mit der ansteigenden Kurve, die die Mordrate darstellte. »Sehen Sie?«

»Sie haben immer mehr Leute umgebracht«, hatte Cooper geantwortet, »und dann ist irgendetwas passiert.« Rein intuitiv hatte er gesagt: »Die Römer hatten die Nase voll.«

Epstein hatte genickt. »Die Sikarier wurden gejagt. Sie wurden bis zur Festung von Masada verfolgt, wo sie entweder abgeschlachtet wurden oder Massenselbstmord begingen. Aber versuchen Sie, weiter zu sehen.«

»Die restlichen Juden.« Jetzt hatte Cooper begriffen. »Die Römer bestraften nicht nur die Attentäter, sondern alle Juden.« Er hatte Epstein angesehen. »Sie wollen, dass ich John Smith umbringe, denn wenn er so weitermacht, könnte sich die Regierung gegen New Canaan wenden.«

»Das wird sie ganz sicher. Wie aus den Daten ersichtlich wird. Wenn man derzeitige terroristische Aktivitäten extrapoliert, sie den Gegenmaßnahmen der Regierung gegenüberstellt und dies mit ähnlichen historischen Datensätzen vergleicht, dann besteht ein Risiko von 53,2 Prozent, dass das US-Militär innerhalb der nächsten zwei Jahre New Canaan angreift. Beziehungsweise 73,6 Prozent in den nächsten drei Jahren.«

Vor Coopers geistigem Auge waren Erinnerungen an Pläne aufgeblitzt. An Präventivschläge. Raketenangriffe. *Pläne*, so hatte er auf dem Weg hierher noch gedacht, *gab es bei der AEB immer mehr als genug.* »Warum bringen Sie Smith denn nicht selbst um? Sie haben doch das Sagen hier. Sie sind der König von New Canaan.«

Epstein hatte das Gesicht verzogen. »Nein, so funktioniert es nicht. Außerdem, ich mag Menschen, aber die Menschen lieben ihn.«

»Sie wollen ihn also tot sehen, aber Sie fürchten, wenn *Sie* ihn umbringen, wird sich Ihr … Kunstwerk … selbst zerstören.« Cooper hatte grimmig gelacht. »Denn egal wie klug oder reich Sie sind, er ist eine Führungspersönlichkeit und Sie nicht.«

»Ich weiß, was ich bin.« Da war ein Anflug von Trauer in seiner Stimme gewesen. »Ich bin nicht mal ich selbst.«

Das Ganze kam Cooper irgendwie schmutzig vor. Es roch nach politischem Intrigenspiel. Eine seltsame Reaktion, das wusste er, aber er wurde dieses Gefühl einfach nicht los. Trotzdem leuchteten Epsteins Argumente ein. Er hatte recht, wenn es so weiterging, würde New Canaan zerstört werden. Und vielleicht wäre es damit noch nicht zu Ende. Der Kongress hatte bereits dem Gesetzesentwurf zugestimmt, nach dem jedem Begabten in Amerika ein Mikrochip direkt an die Halsschlagader gepflanzt werden sollte. Und wenn aus den Chips Bomben wurden?

Er hatte sich nie als Attentäter gesehen. Er hatte Menschen getötet, wenn es sein musste, aber immer für ein höheres Wohl. Dieses Bewusstsein hatte ihm die Kraft gegeben. Es war das Einzige, das ihn von John Smith unterschied. Aber jetzt schien er eine Grenze zu überschreiten.

Was für eine Grenze? Du bist doch nur hergekommen, um John Smith umzubringen.

Ja, aber doch nicht für Epstein.

Dann tu's nicht für ihn. Tu's für Kate. Und dann fahr nach Hause.

»Verstehen Sie?« Epstein hatte nervös gewirkt, sogar ängstlich. Schließlich hatte er nicht nur sein Geheimnis enthüllt, sondern auch sein Vorhaben. Er konnte vielleicht Daten auswerten wie kein anderer, aber ein Schachspieler war er nicht.

»Ja, ich verstehe es.«

»Und tun Sie es? Werden Sie John Smith töten?«

Cooper war bereits die Rampe hochgegangen. An der Tür hatte er sich noch einmal umgedreht, um einen Blick auf die Kammer der umherschwirrenden Datenträume und den Mann in ihrer Mitte zu werfen. Den Architekten, der in seinem selbst gebauten Palast gefangen war und einen Tsunami auf sich zurollen sah.

»Ja«, sagte Cooper. »Ja, ich werde ihn töten.«

Die Aufzugtür öffnete sich. Cooper schüttelte den Kopf, um sich von seinen Gedanken zu befreien. Dann trat er aus dem Aufzug ins Büro. Das jähe Sonnenlicht war hell, aber nicht klar. Dicker Staub lag in der Luft draußen vor den Fenstern.

Shannon sah zu ihm auf und bedachte ihn mit ihrem schiefen Lächeln. Auch der Anwalt verzog seine Lippen. Und Epsteins gut aussehendes Hologramm hinter dem Schreibtisch winkte ihn herein.

Doch nur Millie verstand.

KAPITEL 28

Der Anwalt führte sie hinaus auf den sonnenfleckigen Flur mit seinen stufenförmigen Pflanzenarrangements. Cooper blieb an »Epsteins« Bürotür noch einmal stehen und blickte zurück auf das Hologramm. Der dünne, gut aussehende Doppelgänger erwiderte seinen Blick, setzte zu einem Lächeln an, ließ es aber fallen. Sie starrten einander einen Moment lang an. Dann nickte der falsche Epstein langsam und verschwand.

Im Fahrstuhl sagte Kobb: »Sie verstehen hoffentlich, dass dies eine besondere Ehre war. Mr Epstein ist ein viel beschäftigter Mann.«

»Ja«, sagte Cooper. »Mir ist bei diesem Treffen so einiges aufgegangen.«

Kobb sah ihn mit schief gelegtem Kopf an, sagte aber nichts. Cooper hatte schon vermutet, dass der Anwalt nicht eingeweiht war, und anscheinend recht gehabt. Er fragte sich, wie viele Leute Bescheid wussten.

Die Aufzugtür ging auf und auf dem riesigen Tri-D-Bildschirm im Foyer lief eine Natursendung. Üppig grüner Dschungel, in Astgabeln hockende Affen und dunstig gefiltertes Sonnenlicht. Shannon schob die Hände in die Taschen und reckte den Hals. »Schon komisch. Nach der Vorstellung da oben wirkt das da gar nicht mehr so eindrucksvoll.«

»Das stimmt allerdings.« Cooper wandte sich an Kobb. »Danke, dass Sie Ihre Zeit geopfert haben.«

»Es war mir ein Vergnügen, Mr … Cappello. Von hier aus finden Sie den Weg sicher auch allein.« Der Anwalt drehte sich auf dem Absatz um und sah, während er auf den Aufzug zueilte, auf die Uhr. Er kam wohl zu spät zu irgendeinem Termin. Er schien der Typ zu sein, der durch sein ganzes Leben hetzte, weil er immer gerade etwas Wichtigeres vorhatte.

»Alles in Ordnung?«

»Klar«, sagte Cooper. »Worüber hast du mit, äh, Epstein geredet?«

»Über dich. Er hat gefragt, ob du meiner Ansicht nach die Wahrheit sagst.«

»Und was hast du gesagt?«

»Dass ich gesehen habe, wie die AEB-Agenten dich angegriffen haben. Und dass du oft genug Gelegenheit gehabt hättest, mich verhaften zu lassen.« Sie grinste. »Ich hatte den Eindruck, Kobb musste sich schwer bremsen, um Epstein nicht zu raten, uns beide festnehmen zu lassen. Der war ganz und gar nicht erfreut über dieses Treffen.«

»Ich kann mir nicht vorstellen, dass Kobb jemals über irgendwas besonders erfreut ist.« Als sie durch das Foyer schlenderten, klackten ihre Absätze auf dem polierten Boden. »Sicher eine Kanone im Bett, der Typ, was meinst du?«

Sie lachte. »Drei bis fünf Minuten Vorspiel, von der Kirche abgesegnet, gefolgt von beherrschtem Beischlaf, bei dem beide Partner an Baseball denken.«

»Mr Cappello?«

Cooper und Shannon drehten sich gleichzeitig herum, zwar relativ gelassen, aber beide verlagerten ihr Gewicht und gingen leicht in die Knie, Rücken an Rücken. Sie waren schon so aufeinander eingespielt, dass sie automatisch wussten, wer im Ernstfall welche Seite ins Visier nehmen würde. Schon komisch.

Die Frau, die seinen falschen Namen gerufen hatte, trug zu viel Lippenstift und ihr Haar in einem festen Knoten. »Tom Cappello?«

»Ja?«

»Mr Epstein hat mich gebeten, Ihnen das hier zu geben.« Sie hielt ihm einen teuer aussehenden Aktenkoffer aus glattem, hellbraunem Kalbsleder hin. Cooper nahm ihn an sich. »Danke.«

»Bitte, Sir.« Sie lächelte ausdruckslos und ging.

»Was ist das denn?«, fragte Shannon.

Er wog den Aktenkoffer in der Hand und seine Wort gut ab. »Epstein will mir helfen. Aber du weißt ja, es gibt nichts umsonst.«

»Und was sollst du für ihn tun?«

»Nur einen kleinen Job erledigen.« Er schenkte ihr ein nichtssagendes Lächeln und sah, dass sie es ihm anmerkte. Dass sie verstand. Schließlich kannte sie sich mit so etwas aus. Bevor sie weiterfragen konnte, sagte er: »Hör zu, ich weiß, wir sind quitt und so, aber …«

Sie legte den Kopf schief und der Hauch eines Lächelns spielte um ihre Lippen. »Aber?«

»Hast du Lust, was essen zu gehen?«

* * *

Nach dem schwindelerregenden Futurismus überall sonst in New Canaan wirkte das Café fast nostalgisch. War es natürlich nicht – keine Art-déco-Schilder oder ironischen T-Shirts weit und breit –, aber es war schlicht und schnörkellos: runde Nischen mit Plastiksitzen und mittelmäßiger Kaffee in fleckigen Tassen. Eine willkommene Abwechslung.

»Im Ernst?« Er nahm einen Schluck Kaffee. »Das hat dein Freund wirklich gesagt?«

»Ich schwöre«, sagte Shannon. »Er meinte, meine Gabe sei eindeutig ein Zeichen von Unsicherheit.«

»Man kann dir ja einiges nachsagen, aber unsicher bist du weiß Gott nicht.«

»Ja, okay, danke, aber ich bin drei Wochen im Bademantel rumgelaufen, habe geheult und mir Soaps angeguckt. Und dann habe ich gehört, er trifft sich mit so einer Stripperin mit riesigen …« Sie hielt sich mit ordentlich Abstand die Hände vor die Brust. »Also ehrlich, wie Wassermelonen. Und dann kam ich drauf, dass er einfach nicht mit einer Frau zusammen sein wollte, die sich quasi unsichtbar machen kann. Seine neue Freundin hatte zwar so viel Stroh im Kopf, dass es ihr aus den Ohren quoll, aber aufgefallen ist sie garantiert.« Sie zögerte kurz, dann sagte sie: »Wahrscheinlich schon deshalb, weil sie immer vornübergekippt ist.«

Er hatte gerade einen Schluck Kaffee genommen, musste prusten und verschluckte sich. Der Kellner kam mit ihrer Bestellung, einem Hamburger für sie und einem Sandwich mit knusprig gebratenen Speckscheiben, Salat und Tomate für ihn. Er brach ein Stück Speck ab und kaute zufrieden darauf herum. Im Hintergrund sang eine junge Popgruppe junge Popmusik. Tanzbarer Herzschmerz und Staunen.

Cooper nahm einen Bissen von seinem Sandwich und wischte sich den Mund ab. Dann lehnte er sich zurück. Er fühlte sich seltsam wohl. Sein Leben hatte schon immer etwas Unwirkliches gehabt, aber in den letzten Monaten hatte sich dieses Gefühl noch verstärkt, und erst recht in den letzten Tagen. Vor kaum zwei Stunden hatte er noch im glühenden Herzen einer Art Tempel gestanden und zugesehen, wie der reichste Mann der Welt in einem Strom von Daten schwamm.

Bei diesem Gedanken fiel ihm wieder der Aktenkoffer auf dem Boden ein. Er schob seinen Fuß leicht zur Seite, um ihn zu berühren. Immer noch da.

Shannon schnitt ihren Hamburger in zwei Hälften und dann in Viertel, aber anstatt ihn zu essen, stocherte sie in ihren Pommes frites herum.

»Was hast du auf dem Herzen?«

Sie lächelte. »Ich weiß, deine Frau hat das genervt. Aber sie hätte es vielleicht einfach mal anders betrachten sollen.«

»Ach ja?«

»Ja, denn anstatt fünf Minuten hier zu sitzen und mir den Kopf zu zerbrechen, wie ich das Thema ansprechen soll, brauche ich nur nachdenklich zu gucken, und schon fragst du mich, was los ist.«

Er lächelte. »Also sagst du mir nun, woran du gedacht hast?«

»An dich«, sagte sie. Dann lehnte sie sich zurück, legte einen Arm auf die Rückenlehne der Sitznische und sah ihn unverwandt an.

»Ah, mein Lieblingsthema.«

»Wir sind doch quitt, oder? Unser Deal ist erledigt.«

»Unser Deal? Sind wir in einem Gangsterfilm?«

»Du weißt doch, was ich meine.«

»Ja«, sagte er. »Wir sind quitt.«

»Wir sind einander also nichts mehr schuldig.«

»Worauf willst du hinaus, Shannon?«

Sie sah weg. Nicht so sehr, um seinem Blick auszuweichen, es sah eher so aus, als starrte sie einfach nur ins Nichts. »Es ist irgendwie seltsam, findest du nicht? Ich meine unser Leben. Es gibt nicht so viele Begabte ersten Grades. Und von denen können nur ganz wenige das, was wir können.«

Er biss zaghaft in sein Sandwich und ließ sie reden.

»Und ... ich weiß nicht ... aber es war schön, jemanden wie dich kennenzulernen. Jemanden, der versteht, was ich tue, und der Dinge tut, die ich verstehe.«

»Nicht nur unsere Gaben ...«, sagte er.

»Man spricht nicht mit vollem Mund.«

Er lächelte, kaute und schluckte den Bissen hinunter. »Nicht nur unsere Gaben sind ungewöhnlich. Auch die Art, wie wir leben. Das verstehen die wenigsten.«

»Genau.«

»Nun, es kommt zwar ein bisschen plötzlich, aber ich sage Ja.«

»Ja? Wozu?«

»Oh«, sagte er mit gespielter Enttäuschung. »Ich dachte, das wäre ein Heiratsantrag.«

Sie lachte. »Ach, zum Teufel, warum nicht? Vegas ist nicht weit.«

»Stimmt, aber da ist es heutzutage ziemlich langweilig.« Er legte sein Sandwich auf den Teller. »Aber Scherz beiseite, ich weiß, was du meinst. Es war schön mit dir, Azzi.«

»Ja«, sagte sie.

Ihre Blicke trafen sich. Bis gerade eben waren ihre Augen nur ihre Augen gewesen, aber jetzt sah er viel mehr in ihnen. Eine seltsame Regung, eine Art Wiedererkennen. Es lag Nachgeben, Bekennen und auch Begehren in ihren Blicken. Lange sahen sie sich so an, so lange, dass er, als sie sich schließlich mit einem leisen, heiseren Lachen abwandte, das Gefühl hatte, etwas, auf das er sich gestützt hatte, wäre ihm entzogen worden.

»Also was sollst du für Epstein tun?«

Er zuckte mit den Schultern – das Spiel ging weiter – und biss in sein Sandwich.

»Okay«, sagte sie. »Man bekommt nichts umsonst, aber hoffentlich ist es etwas, womit du leben kannst. Und falls ja, hoffe ich, dass du's auch tust und dass du was aus der Chance machst, die dir hier geboten wird.«

»Mit hier meinst du …«

»New Canaan. Ich weiß, dass du mir nicht alles erzählst, Nick. Aber du kannst hier wirklich einen neuen Anfang machen. Du kannst hier alles sein, was du willst. Und du bist hier willkommen.«

Er lächelte …

Weiß sie Bescheid?

Nein, vielleicht ahnt sie was und hat Angst.

Und sie hat dich Nick genannt.

… und sagte: »Nun, das habe ich ja auch vor.«

Shannon nickte. »Gut.« Sie schob ihren Teller weg. »Eigentlich habe ich gar keinen Hunger.« Sie wischte sich mit ihrer Serviette die Hände ab, warf sie auf den Teller und wich seinem Blick wieder aus. »Weißt du was? Wenn Epstein sein Pfund Fleisch von dir bekommen hat und du wirklich ein neues Leben beginnen willst, können wir beide diese Unterhaltung ja mal fortsetzen.«

Er lachte.

»Was ist?«

»Es ist nur …« Er zuckte mit den Schultern. »Ich habe deine Telefonnummer nicht.«

Sie lächelte. »Ach, vielleicht tauche ich einfach plötzlich auf. Ich weiß, das törnt dich an.«

»Ja«, sagte er. »Das tut es wirklich.«

Sie schob sich aus der Sitznische und er folgte ihr. Einen Moment lang sahen sie sich an, dann streckte er die Arme aus und sie drückte sich an ihn. Eine Umarmung, nichts Sexuelles. Aber es gab solche und *solche* Umarmungen und diese war eine *solche*. Eng aneinandergeschmiegt, wie um zu testen, ob es passte, und es passte perfekt. Als sie ihn losließ, spürte er die Leere in seinen Armen wie etwas Stoffliches.

»Bis dann, Cooper. Mach's gut.«

»Ja«, sagte er. »Du auch.«

Sie ging mit schwungvollem Schritt hinaus, wohl kalkuliert, wie er bemerkte, aber deswegen nicht weniger wirkungsvoll. Sie schaute sich nicht um. Während er ihr hinterhersah, fühlte er etwas an seinem Herzen zerren. Sehnsucht. Sie war wirklich etwas ganz Besonderes. Es war, als begegnete einem ein außergewöhnlicher Mensch, aber man war bereits verheiratet. Als würde einem plötzlich bewusst, dass das eigene Leben ganz anders hätte verlaufen können.

Aber du bist nicht verheiratet. Du könntest mit ihr zusammen sein. Nur dass sie dich hassen würde.

Schwermütig setzte er sich wieder hin und aß sein Sandwich auf. Als der Kellner kam, bedankte er sich und bat ihn, ihm Kaffee nachzuschenken. Nein, der Hamburger war in Ordnung, aber seine Freundin hatte doch keinen Hunger gehabt. Nur die Rechnung bitte, wenn Sie Zeit haben.

Nachdem der Kellner ihm Kaffee und Rechnung gebracht hatte, griff Cooper nach dem Aktenkoffer. Das Kalbsleder fühlte sich so weich an, als würde es leben. Er legte den Koffer auf den Tisch und schaute sich unauffällig um. Niemand beobachtete ihn. Er ließ die Riegel aufschnappen und hob den Deckel ein paar Zentimeter an.

Dünne Papierbögen, ein Umschlag, Autoschlüssel. Er öffnete den Umschlag und fand darin eine Art Reiseplan. Jemand würde am übernächsten Tag bei einer bestimmten Adresse auftauchen. Und er konnte sich denken, wer dieser Jemand war.

Die Autoschlüssel hatten einen Adressanhänger.

Die Papierbögen waren Baupläne eines Gebäudes.

Darunter, in Profilschaumstoff eingebettet, eine .45 Beretta. Früher seine Lieblingswaffe.

Als er noch AEB-Agent war.

* * *

Die Adresse auf dem Schlüsselanhänger war ein Parkplatz am Ortsrand von Tesla. Zehn Dollar mit dem Taxi. Als er ankam, drückte er mehrmals auf den Entriegelungsknopf und folgte dem Signalton zu einem Pick-up. Kein Elektroauto, sondern ein waschechter Benzinfresser, ein makelloser Ford Bronco mit Vierradantrieb, schweren Reifen und reichlich PS. Cooper stieg ein, rückte die Spiegel zurecht, öffnete den Aktenkoffer und begann zu lesen.

Typisch für Epstein, waren die Informationen klar und sparsam. Sie enthielten alles, was Cooper wissen musste, ohne allzu viel preiszugeben. Wenn jemand einen Blick in den Aktenkoffer geworfen hätte, hätte er vielleicht erraten können, dass Cooper ein Geheimagent war, aber niemals, dass es sich bei den Papieren um Pläne für die Ermordung des gefährlichsten Terroristen Amerikas handelte.

Es gab eine Landkarte mit einer empfohlenen Route von diesem Parkplatz zu einer Adresse in Leibniz, einem Ort im Westen New Canaans. Eine dreistündige Fahrt, die durch eine menschenleere Gegend zu führen schien, aber bei genauerem Hinsehen bemerkte er, dass die Strecke an einer Forschungseinrichtung vorbeiführte. Das bedeutete garantiert noch strengere Sicherheitsvorkehrungen.

In dem Reiseplan war vermerkt, dass eine bestimmte Person an diesem Abend in Leibniz eintreffen und in einem Haus direkt am Shoshone National Forest übernachten würde. Auf den Fotos war ein hübsches Holzhaus auf einem Gebirgskamm zu sehen. Der Balkon im ersten Stock und die Glasfronten würden eine atemberaubende Aussicht auf die Nadelwälder bieten, die zum Tal hin in Pappelgehölze übergingen. Etwa anderthalb Kilometer vom Haus entfernt ragten kurioserweise vier hohe Felssäulen vom Bergkamm auf. Es gab keine direkten Nachbarn. Auf den Plänen des Hauses waren spezielle Sicherheitsvorkehrungen zu sehen – nach vorn und hinten raus Überwachungskameras, kugelsicheres Glas, im Erdgeschoss Türen mit Stahlzargen –, aber nichts, was ihm Sorgen machte.

Das Haus gehörte einer Frau namens Helen Epeus. Er kannte den Namen nicht, aber er erinnerte ihn an irgendetwas, er wusste nur nicht was. *Es wird dir schon noch einfallen.*

Den Informationen zufolge war sie eine Geliebte der ungenannten Zielperson. Diese hatte sie schon öfter besucht, war abends angekommen und morgens wieder abgereist. Es würde auch ein kleines Team von Sicherheitsleuten anwesend sein, aber in den Papieren wurde nur trocken bemerkt, dass sie sich »nicht uneingeschränkt im Haus bewegen« durften.

Im Klartext: Smith will keine Zuschauer, wenn es zur Sache geht.

Er nahm die Waffe aus dem Aktenkoffer und öffnete das Magazin. Voll geladen, Hohlspitzgeschosse. Panzerwesten konnten sie nicht durchdringen, aber wenn sie auf Fleisch trafen, zerbarsten sie und schnitten wie kleine, rotierende Rasierklingen in das zarte Gewebe. Zwei zusätzliche Magazine, aber er konnte sich nicht vorstellen, wozu er so viel Munition brauchte.

Als ehemaliger Soldat traute Cooper keiner Waffe, die er nicht selbst auseinandergenommen hatte, deshalb nahm er sich ein paar Minuten Zeit, um sie zu zerlegen. Alle Teile waren sauber und gepflegt. Routiniert baute er die Beretta wieder zusammen, sicherte sie und legte sie zurück in den Aktenkoffer.

Als er fertig war, stand die Sonne ein wenig tiefer und die Uhr zeigte zwei. Er startete den Wagen, ließ zum Spaß den Motor ein paar Mal aufheulen und fuhr los.

* * *

Es war machbar.

Die Fahrt dauerte etwas weniger als die empfohlenen drei Stunden. Cooper hatte zwar kein Vollgas gegeben, aber die geraden Straßen und den glatten Asphalt ausgenutzt. Die Landschaft veränderte sich auf seinem Weg nach Westen. Es wurde grüner. Zwar war die Vegetation auch hier nicht üppig, aber die Luft roch süß. Der Himmel war weiter, als er von Rechts wegen sein durfte, und so hell. Und im Westen hoch über den Bergen waren dramatische Wolkenformationen zu sehen. Er raste von einem Wolkenschatten in den nächsten und beobachtete, wie die Welt die Farbe wechselte, während er versuchte, nicht ins Grübeln zu geraten. Er verspürte eine Energie, wie er sie von früher kannte, von seinen Einsätzen, wenn er wochenlang das Verhalten einer Zielperson analysiert hatte und alles plötzlich zusammenpasste, so als wäre das Schicksal eine helle Leuchtspur, der er nur zu folgen brauchte.

John Smith. Der Mann, der im Monocle bei der Exekution von dreiundsiebzig Menschen zugesehen hatte. Der eine Welle von Anschlägen im ganzen Land zu verantworten hatte. Der die Bomben in der New Yorker Börse gelegt hatte, bei deren Explosion es 1143 Todesopfer gegeben hatte. Eine Explosion, die Cooper aus seinem wirklichen Leben hinauskatapultiert und auf diesen befremdlichen neuen Kurs geschleudert hatte.

Trotz allem, was Cooper über ihn gelesen, aller öffentlichen Auftritte, die er sich angesehen hatte, und all seiner Freunde, denen er begegnet war, und trotz seines Gesprächs mit dem widerwärtigen Akademiedirektor in West Virginia war der echte John Smith nach wie vor ein Rätsel für ihn. Da waren einerseits die Fakten: sein strategisches Talent, sein Erfolg als politischer Drahtzieher und seine Fähigkeit, Menschen zu inspirieren. Und dann waren da die Mythen, die wechselten, je nachdem, auf welcher Seite man stand. Und die Gerüchte und das Getuschel. Und dann war da auch noch Shannon, die sagte, er sei ein netter Kerl, und das wirklich glaubte.

Aber der Mann selbst? Er war ein Schattenspiel, der Traum von einem Ungeheuer oder ein Held.

Und heute Abend würde Cooper ihm endlich begegnen. Diesem Mann, der anscheinend Freunde und Geliebte hatte und der eine Frau namens Helen Epeus in einem hübschen Haus auf einem Bergkamm besuchen würde.

Vom Highway aus konnte er einen ersten flüchtigen Blick auf das Haus ergattern. Er hielt nicht an, sondern fuhr nur langsamer auf der rechten Spur daran vorbei und sah es sich an. Die Stadt Leibniz war zehn Minuten entfernt. Die meisten Häuser hier draußen waren Holzhütten. Für Leute, die noch größere Abgeschiedenheit suchten, als selbst New Canaan ihnen bieten konnte. Es leuchtete durchaus ein, denn nicht jeder, der nach Wyoming zog, glaubte an die Sache. Viele Bewohner von New Canaan waren auf dem schmalen Grat zwischen Libertarismus und Anarchie zu Hause. Sie wollten einfach einen Ort, wo man sie in Ruhe ließ. Wo sich niemand einmischte. Er stellte sich vor, dass er, wenn er in eine dieser staubigen zweispurigen Straßen einbiegen würde, an Schildern mit Aufschriften wie ZUTRITT VERBOTEN ODER HAUSIERER WERDEN BEI UNS WÄRMSTENS MIT BLAUEN BOHNEN BEGRÜSST vorbeikommen würde, um schließlich auf einsame Ansiedlungen zu stoßen, wo man relativ unbehelligt Ideologien von Isolationismus bis Antisemitismus frönte.

Die näher an der Stadt liegenden Häuser wirkten weniger abweisend. Sie waren auch luxuriöser. Privatresidenzen für Naturliebhaber.

Nachdem er die Umgebung eine Stunde lang ausgekundschaftet hatte, kam er zu dem Schluss, dass Epsteins Informationen zutreffend waren. Er konnte verstehen, warum er nervös gewesen war und sich Coopers Mithilfe sichern wollte. Eine bessere Gelegenheit, den im Verborgenen lebenden Terroristen zu erwischen, würde sich nicht so schnell bieten. Der Wald würde genügend Deckung bieten, um sich vorsichtig heranzupirschen. Die Sicherheitsleute, ohne Zweifel absolute Profis, hatten keinen Grund, mit einem Angriff zu rechnen, und es dürfte für Cooper kein Problem sein, an ihnen vorbeizukommen. Und obwohl Smith ein genialer Stratege war und sich wahrscheinlich gut verteidigen konnte, würde er bei einem Kampf Mann gegen Mann ganz sicher unterliegen.

Es war machbar. Es war möglich, hineinzukommen und John Smith zu töten.

Aber wieder hinauszukommen, war nicht so einfach. Falls er keinen Alarm auslöste, sollte es verhältnismäßig einfach sein, an Smith heranzukommen. Aber er trug zweifellos ein biometrisches Alarmgerät. Sobald sein Herz so wild zu schlagen anfing, dass auch Sex als Ursache ausschied, und spätestens in dem Moment, wo es aufhörte zu schlagen, würden seine Leibwachen angestürmt kommen. Sich davonzuschleichen war also nicht drin. Er würde sich den Weg frei schießen müssen.

Überleg dir was, wenn es so weit ist. Das funktioniert bei dir sowieso immer am besten.

Eine solche Chance hatte er noch nie gehabt. Heute Nacht würde er zuschlagen und was danach geschah, nun, das würde er schon sehen.

Ach ja? Und wenn es dir gelingt, glaubst du wirklich, seine Organisation wird überall verkünden, dass John Smith ermordet wurde? Wenn du nicht lebendig davonkommst, wird niemand bei der AEB erfahren, was du vollbracht hast.

Nun wusste er, was er als Nächstes zu tun hatte.

* * *

Er brauchte einen Festnetzanschluss. Die AEB überwachte alle Handy-Telefonate innerhalb von New Canaan. Echelon II arbeitete sich unermüdlich durch Milliarden von Bits. Und er würde wetten, dass Smith sein eigenes Überwachungssystem hatte. Er konnte einer Festnahme nur entgehen, wenn er ständig Zugang zu den neusten Informationen hatte. Ein Handy zu benutzen war viel zu riskant.

An jedem anderen Ort hätte das ein Münztelefon bedeutet. Es gab sie noch, wenn man wusste, wo man suchen musste: in Einkaufszentren und kleinen Lebensmittelläden, an Tankstellen … Sie waren ein Anachronismus, Relikte vergangener Zeiten, die man vergessen hatte rauszureißen. Aber dies war New Canaan. In dieser nostalgiefreien neuen Welt gab es an Tankstellen keine Münztelefone. Es gab auch kaum Tankstellen.

Cooper ging ein halbes Dutzend Pläne durch und verwarf sie wieder: ein Hotelzimmer buchen, bei einem Privathaus fragen, ob er gegen Bares telefonieren dürfe, irgendwo einbrechen. Aber all das würde Aufmerksamkeit erregen.

Ohne bestimmtes Ziel fuhr er in Leibniz herum, einfach um sich umzuschauen. Der Ort folgte dem gleichen Muster, das ihm schon in den anderen Städten der Siedlung begegnet war: im Westen Windräder und im Osten riesige Kondensatoren. Straßen mit glatter Oberfläche, in einem regelmäßigen Raster angelegt. Ein Segelflugplatz und gebührenpflichtige Parkplätze, an denen man sein Elektroauto auftanken konnte. Gut angelegte Fußgängerzonen und öffentliche Plätze voller intelligenter junger Leute, die zielstrebig dahinschritten. Mischbebauung mit Gewerbe und Wohnraum Seite an Seite. Sicher ein angenehmer Ort zum Leben mit allen Vorteilen der Stadt, aber ohne Staus und Umweltverschmutzung. Kommen Sie nach New Canaan und helfen Sie, eine bessere Welt aufzubauen! Große Ziele, Dynamik, Sonne und Sex.

Er hielt an einem Imbissstand am Stadtrand und kaufte sich einen Hamburger und eine Cola, die teurer war als das Essen. Er setzte sich auf eine Picknickbank und aß im goldenen Schein der tief stehenden Sonne. Auf der anderen Straße war ein Autohaus, für amerikanische Verhältnisse ziemlich klein. Auf dem Parkplatz standen dicht an dicht die winzigen Elektroautos, die man hier überall sah. Sein Bronco fiel aus dem Rahmen, erregte aber kein Aufsehen. Die Landschaft ringsum war immer noch ziemlich wild und Elektroautos waren nicht immer …

Ich hab's.

Cooper beendete seine Mahlzeit, wischte sich die Hände ab und fuhr den Wagen auf die andere Straßenseite. Der Autoverkäufer war so wie Autoverkäufer überall auf der Welt: Leutselig, ein Lächeln auf den Lippen, war er hocherfreut über Coopers Besuch. »Ich überlege umzusteigen«, sagte Cooper und zeigte mit dem Daumen auf den Bronco. »Der Benzinpreis schafft mich noch.«

»Sie werden es nicht bereuen«, sagte der Mann. »Schauen wir uns ein bisschen um. Mal sehen, was Ihnen so zusagt.«

Cooper folgte dem Mann über das Gelände und ließ sein Geplapper über sich hinwegschwappen. Reichweite pro Ladung, Spitzengeschwindigkeit, Ausstattung. Er setzte sich in eine Limousine und fuhr mit der Hand über die Motorhaube eines sportlichen Zweisitzers. Schließlich entschied er sich für einen Mini-Pick-up, dessen PS-Zahl ihn schmunzeln ließ.

»Ich weiß«, sagte der Verkäufer, »im Vergleich zu Ihrem Kraftpaket nicht sehr eindrucksvoll, aber der Wagen ist geländegängig und kann leichte Lasten transportieren. Perfekt für die Arbeit. Und wenn Sie mal was Größeres brauchen, dann mieten Sie sich einfach einen.«

Die Verhandlungen dauerten zehn Minuten und Cooper ließ sich bewusst übers Ohr hauen. Anschließend fragte er: »Darf ich mal Ihr Telefon benutzen? Ich muss die Bank anrufen und mein Akku ist leer.«

»Na klar«, sagte sein neuer bester Freund, ohne seine Freude ganz verbergen zu können. »Kommen Sie in mein Büro.«

Sein »Büro« war nur einer von mehreren Schreibtischen, die nebeneinander im Verkaufsraum standen. Nicht so privat, wie

Cooper es sich gewünscht hätte, aber es ging. Da Verkäufer sich nie lange an ihrem Schreibtisch ausruhen durften, waren die anderen nicht besetzt. Der Mann bedeutete ihm, sich auf seinen Stuhl zu setzen, versicherte ihm, er bleibe in der Nähe, und ging.

Die Nummer hatte er sechs Monate zuvor auswendig gelernt und nie gewählt. Es klingelte zweimal, dann antwortete jemand: »Jimmys Matratzen.«

»Meine Kontonummer lautet drei zwei null neun eins sieben«, sagte Cooper.

»Ja, Sir?«

»Ich muss mit Alpha sprechen. Sofort.«

»Alpha, verstanden. Bleiben Sie bitte dran.«

Als Cooper sich zurücklehnte, knarrten die Federn des Schreibtischstuhls. Er betrachtete den Verkehr draußen vor dem Schaufenster, die sich immer wieder neu formierenden Wolken und die Sonnenstrahlen, die dazwischen hindurchstachen.

Dann hörte er ein Klicken und Direktor Peters sagte: »Nick?« Seine Stimme klang immer noch vertraut. Ruhig und souverän. Cooper konnte sich ihn in seinem Büro vorstellen: ein schmaler Kopfhörer über ordentlich gestutztem Haar und die gerahmten Fotos von Zielpersonen an der Wand, darunter auch John Smith. *Ob an der Wand auch ein Foto von mir hängt?*

»Ja, ich bin's.«

»Alles in Ordnung?«

»Ja, ich bin mitten im Einsatz.«

»Was sollte denn dieses Spektakel letzte Woche?«

»Was meinen Sie?«

»Kommen Sie mir nicht so, Junge. Die Sache in der Hochbahnstation in Chicago natürlich. Wissen Sie, dass da Zivilisten angeschossen wurden?«

»Ja, aber ich war's nicht«, sagte Cooper, überrascht von der Wut, die in ihm hochschwappte. »Vielleicht reden Sie mal ein Wörtchen mit Ihren verdammten Scharfschützen.« Das automatische »Sir« am Ende verkniff er sich.

»Wie bitte?«

»Ich habe jedenfalls niemanden angeschossen. Und übrigens, falls Sie sich dafür bedanken wollten, dass ich mein ganzes Leben aufgegeben habe und mich jagen lasse – gern geschehen. Und wenn wir schon von Spektakeln reden, was war das denn in Chinatown?«

»Meinen Sie, dass wir Lee Chen und seine Familie in Gewahrsam genommen haben?«

»Ladendiebe werden in Gewahrsam genommen. In dem Fall hat ein taktisches Einsatzteam einen Aufstand provoziert und eine ganze Familie entführt. Das Mädchen war acht Jahre alt.« Er merkte, dass er »war« gesagt hatte, und hasste sich dafür. »Wofür kämpft ihr eigentlich?«

Nach einer Pause sagte Peters in scharfem, aber kontrolliertem Ton: »Sind Sie fertig?«

»Fürs Erste.« Cooper merkte, dass er das Telefon fest umklammerte, und zwang sich, seinen Griff zu lockern.

»Gut. Erstens, meinen Sie mit ›ihr‹ etwa die Agenten der Analyse- und Einsatzbehörde? Haben Sie etwa vergessen, dass Sie zu uns gehören?«

»Nein …«

»Und zweitens war das Ihre Schuld.«

»Was?«

»Sie sind entdeckt worden. Was haben Sie sich nur dabei gedacht? Zuerst die Sache in der Hochbahn abzuziehen und dann einfach so über die Straße zu laufen …«

»Was meinen Sie denn?« Er dachte an den Abend zurück, die kühle Luft, die Neonlichter von Chinatown. Er war höchst wachsam gewesen und hätte sofort gemerkt, wenn ihn jemand erkannt hätte, aber da war nichts. »Mich hat niemand gesehen.«

»Nein, aber Roger Dickinson hat veranlasst, dass das Echelon-II-Netz stichprobenartig Aufnahmen von Überwachungskameras aus der ganzen Stadt durchsucht. Mehr als zehntausend Kameras, und eine an einem Geldautomaten hat Sie gefilmt, wie Sie mit Ms Azzi durch Chinatown liefen. Dann hat Dickinson Videomaterial von allen Kameras im Umkreis von einem Kilometer zusammengestellt, aber das dauerte ziemlich lange. Das war der Grund, warum Sie nicht geschnappt wurden.«

Cooper wollte etwas sagen, ließ es aber.

»Ihre Spielregeln, Nick. Und Ihr Fehler.« Peters blieb weiterhin ganz ruhig und dadurch hörten sich seine Worte noch unbarmherziger an. »*Sie* haben die Parameter vorgegeben, schon vergessen? Und *Sie* haben gesagt, Ihr Plan würde nur funktionieren, wenn wir die Sache voll durchziehen.«

»Aber ich meinte doch nicht ...«

»Es spielt keine Rolle, was Sie meinten. Voll durchziehen bedeutet voll durchziehen.«

Am liebsten hätte er angefangen zu schreien, mit dem Telefon auf den Schreibtisch eingehämmert und seinen Stuhl durch das Spiegelglas hinaus in die grelle Sonne von Wyoming geschleudert. Aber das würde nichts ändern. Wutausbrüche brachten überhaupt nichts.

»Ach, Roger Dickinson also.« Cooper wechselte das Telefon in die linke Hand und wischte sich den Schweiß von der rechten.

»Ja, er geht voll und ganz in der Aufgabe auf.« Peters ließ ein kurzes, abgehacktes Lachen hören. »Sie könnten recht gehabt haben. Er scheint es wirklich auf Ihren Job abgesehen zu haben.«

»An die Kameras hätte ich denken müssen«, sagte Cooper. »Verdammt, verdammt, verdammt!«

»Sie spielen gegen tausend Gegner. Ich finde, Sie schlagen sich ganz gut.«

»Was ist mit Lee Chen und seiner Familie passiert? Ach was, die Antwort kenne ich schon. Aber können Sie ihnen helfen?«

»Ihnen helfen?«

»Sie wissen nichts. Ehrlich nicht. Er ist nur ein Schulfreund von Shannon.«

»Sie haben zwei der gefährlichsten Terroristen Amerikas versteckt und sind erwischt worden. Und sie werden bestraft. Anders geht es nicht.«

»Drew, hören Sie, das Mädchen, Alice. Sie ist erst acht.«

Es folgte eine lange Pause. Schließlich seufzte Peters. »Also gut, ich sehe, was ich tun kann.«

»Danke.«

»Also, wie ist der aktuelle Stand?«

»Ich …« Er atmete tief durch und setzte sich auf. Dass er so wütend geworden war, war wirklich kein Wunder. In den letzten Tagen hatte er erkannt, dass so manches, was er für eine unumstößliche Wahrheit gehalten hatte, in Wirklichkeit eine Lüge war. Aber das war jetzt nicht so wichtig. »Ich rufe an, weil ich eine Möglichkeit gefunden habe. Ich habe die Zielperson im Visier.« Es war ein bisschen riskant, aber auch wenn Smith ein erstklassiges Spionagenetz hatte, ein Autohaus würde wohl kaum dazugehören. »Heute Nacht wird er sterben.«

»Sie haben es also wirklich geschafft«, sagte Peters.

»Bald.«

»Haben Sie sich auch eine Rückzugsstrategie überlegt?«

»Wenn es so weit ist, fällt mir schon irgendeine selbstmörderische Lösung ein. Und deswegen rufe ich auch an. Nur für alle Fälle. Ich wollte Sie nur wissen lassen, dass ich meinen Teil unserer Abmachung einhalte.« Cooper machte eine Pause. »Und von Ihnen will ich die Versicherung, dass Sie sich auch an Ihren Teil halten.«

»*Natürlich*, mein Junge.« Peters' Stimme klang fast ein wenig emotional. Cooper konnte heraushören, dass ihn die Frage verletzte. »Was auch passiert, ich halte mich daran. Sie sind ein Held.«

»Kate …«

»Ihre Tochter wird niemals getestet. Um ihre Akte habe ich mich bereits gekümmert und auch dafür gesorgt, dass keine neue angelegt wird. Ihre Tochter ist sicher. Ich habe Ihnen mein Wort gegeben, Nick. Was auch passiert, ich werde mich um Ihre Familie kümmern.«

Meine Familie. Er dachte zurück an den Morgen vor vielen Monaten, als er die Kinder auf dem Rasen vor dem Haus herumgewirbelt hatte. Eines an jedem Arm, hatte das Gewicht von Vertrauen und Liebe schrecklich an ihm gezerrt, und doch wollte er es nie mehr missen. Und die Welt um sie herum war nur verschwommenes Grün.

Was du gesehen hast, hat dich verändert. In Ordnung. Aber das spielt keine Rolle. Du tust es nicht für die AEB.

Du tust es für sie.

KAPITEL 29

Wieder im Einsatz.

Im Lauf seines Lebens hatte Cooper dreizehn – nein, Gary auf der Autobahn mitgerechnet, vierzehn – Menschen getötet. Das machte ihm zwar nicht weiter zu schaffen, es war aber auch nichts, worauf er stolz war. Es war einfach eine Tatsache. Er war kein gewalttätiger Mensch. Es machte ihm keinen Spaß, Menschen wehzutun. Er war Soldat. Wenn er in Aktion trat, dann nicht ohne Grund, sondern um Leben zu retten.

Und doch musste er zugeben, dass es ihm gefiel, wieder im Einsatz zu sein.

Die letzten sechs Monate waren sehr aufregend gewesen. Zeitweilig hatte es ihm richtig Spaß gemacht, sich zu testen. Er hatte sich einen Ruf aufgebaut, mit dessen Hilfe er ein ganzes Stück näher an John Smith herangekommen war. Aber gleichzeitig hatte er das Gefühl gehabt, in einer Warteschleife zu stecken. Als hätte er sein richtiges Leben vorübergehend angehalten. Sein Leben als Vater, sein Leben als Agent der Regierung und als Mann, der für eine bessere Zukunft kämpfte.

Und heute Nacht wurde er endlich aus dieser Warteschleife erlöst. Er hatte nur eine Chance, Smith zu erwischen. Ob es ihm gelang oder nicht, diese Phase war danach endgültig vorbei. Keine Lügen mehr, kein Wegrennen mehr.

Stimmt nicht ganz. Wenn es danebengeht, ist auf jeden Fall wegrennen angesagt. Er lächelte und stellte den Motor ab.

Hinter dem Bergkamm, auf dem das Haus stand, lag der Shoshone National Forest. Nachdem er Epsteins Karten und Satellitenbilder studiert hatte, entschied er sich, den Pick-up in einer schmalen Brandschneise, circa drei Kilometer vom Haus entfernt, abzustellen. In einem Jagdladen in Leibniz hatte er Ausrüstung und Kleidung gekauft. Nun zog er sich bis auf die Unterwäsche aus, zog Thermokleidung an, darüber Tarnhose und -jacke, Vasque-Wanderschuhe und leichte Handschuhe. Er hatte ein Vermögen für ein gutes Fernglas ausgegeben. Das Steiner-Predator-Modell kostete zweitausend Dollar, war aber jeden Cent wert. Es verfügte nicht nur über Newtech-Linsen, mit denen er im Dunkeln sehen konnte, das Gerät analysierte außerdem das Bild und zeigte Bewegungen an. Der Typ hinter dem Tresen hatte gefragt: »Wollen Sie nachts auf die Jagd gehen?«

»Ja, so was in der Art.« Cooper hatte gelächelt.

»Dann ist dieses Teil genau richtig. Brauchen Sie Munition?«

»Danke, ich bin versorgt.«

Nun überprüfte er die Beretta, betrachtete die Ersatzmagazine und entschied sich dagegen. Falls er nachladen musste, hatte er schon verloren. Außerdem, wenn er damit irgendwo anstieß, könnte ihn das verraten. Cooper schloss den Wagen ab, klemmte die Schlüssel unter die Stoßstange und machte sich auf den Weg.

Die Luft war frisch und kühl und schmeckte so süß, wie sie es eigentlich immer sollte, es aber selten tat. Er labte sich daran und genoss die Muskelanstrengung und die Wärme in seinen Beinen, als er den Hang hochstieg. Er kam gut voran, hastete aber nicht. Der Himmel ging von Indigo zu Purpur über und als er schließlich die dem Wald zugewandte Seite des Kamms erklommen hatte, war er von samtschwarzer Nacht umgeben und der Mond warf nass schimmernde Schatten.

Die Kammlinie war felsig, die Bäume alt und vom Wind gebeugt. Die hochragenden Felsentürme sahen aus wie Finger, wie die Hand eines Riesen, die von unten heraufstieß. Cooper hockte sich hin und blickte durch sein Fernglas. Es dauerte ein paar Minuten, bis er den richtigen Baum gefunden hatte: eine riesige Gelbkiefer, etwa zweihundert Meter vom Haus entfernt.

Zehn Minuten später saß er etwa sechs Meter hoch auf einem dicken Ast. Seine Handschuhe waren mit Harz verklebt. Scharfer Nadelholzgeruch stieg ihm in die Nase. Zwischen den Nadelbündeln hindurch hatte er einen perfekten Blick auf Helen Epeus' hübsches Zuhause. Das kastenförmige Haus erinnerte an die Architektur im pazifischen Nordwesten. Viel Glas und elegante Verkleidung mit in regelmäßigem Abstand angeordneten Zedernleisten. In den Fenstern glühte warmes, gelbes Licht. Ein heimeliger, friedvoller Ort … abgesehen von dem Mann, der mit einer Maschinenpistole über das Grundstück patrouillierte.

Die Waffe hing quer über seiner Brust, wo er sie mit der rechten Hand leicht erreichen konnte, und an seinen Bewegungen erkannte Cooper, dass er es mit einem Profi zu tun hatte. Denn er wirkte ruhig und gelassen und gleichzeitig äußerst wachsam. Ein erfahrener Kämpfer.

Das war klar. Aber rechnet er mit irgendetwas?

Ein Lattenzaun, etwa fünfzig Meter vom Haus entfernt, markierte die Grenze des Grundstücks. Der Wachmann lief langsam am Zaun entlang, hielt nach Bewegungen Ausschau und behielt die Straße unten im Blick. Cooper lag auf dem Ast – froh über seine Thermokleidung, denn es wurde langsam kalt – und beobachtete den Mann.

Das Fernglas zeichnete eine dünne rote Linie um den Wachmann und reagierte auf seine steten Bewegungen. Er brauchte acht Minuten, um das Grundstück einmal zu umrunden, und obwohl er ab und zu seine Route änderte, blieb er immer nah am Zaun. In der Tat ein Profi, der nicht das leiseste Anzeichen von Anspannung zeigte.

Aber es dürfte schon klappen. Cooper wandte sich jetzt dem Haus selbst zu.

Zuerst sah er nur Weiß, als er das Fernglas von der Dunkelheit auf das beleuchtete Haus schwenkte, aber dann konnte er das Innere erkennen: Shaker-Möbel, Regale voller Bücher und Fotos und eine Landhausküche, in der eine halb volle Kaffeekanne stand. Der zweite Wachmann erinnerte Cooper an einen Armeeausbilder: silberner Bürstenhaarschnitt, Muskeln ohne ein Gramm Fett und stocksteife Haltung. Der »Ausbilder« schenkte sich einen Kaffee ein und drehte sich um, um mit jemandem zu reden, den Cooper nicht sehen konnte. Wahrscheinlich Wachmann Nummer drei. Auch wenn John Smith vielleicht ein freundschaftliches Verhältnis zu seinen Sicherheitsleuten hatte, an diesem Abend war er wegen einer Liebelei hier und bestimmt im oberen Stockwerk.

Okay, also drei Wachmänner. Theoretisch war es möglich, dass ein vierter da war, aber drei Männer im Haus zu haben und nur einen draußen wäre ziemlich nachlässig. Und John Smith würde eine solche Schlamperei niemals dulden.

Der Rest des Hauses sah aus wie erwartet. Die Türen samt Rahmen im Erdgeschoss waren aus Stahl und mit dicken Schlössern versehen. Kameras an den Vorder- und Hintertüren. Alles in allem solide Vorkehrungen, die einem Zivilisten ein Gefühl der Sicherheit geben würden, aber beileibe nicht unüberwindbar.

Die Frage ist also, wie du sie überwindest.

Im ersten Stock gab es einen breiten Balkon mit einer Glasschiebetür, dahinter ein Schlafzimmer, wahrscheinlich das der Hausherrin. Das Licht war aus und das Doppelbett war gemacht. Leer. Auf den Balkon zu klettern, dürfte kein Problem sein, aber was dann? Die Tür war sicher abgeschlossen und das Glas kugelsicher.

Shannon wäre problemlos an den Sicherheitsleuten vorbeigewandert. Aber er musste die Sache wohl ein bisschen heftiger angehen. Er könnte sich an den Wachposten draußen heranschleichen und ihn mit etwas Glück geräuschlos außer Gefecht setzen. Und mit ganz viel Glück würde er einen Schlüssel bei ihm finden.

Und wenn nicht? Oder wenn die Tür ein Codeschloss hat? Oder wenn alle Sicherheitsleute biometrische Sensoren tragen und merken, wenn mit einem etwas nicht stimmt?

Sehr riskant. Mit den Sicherheitsleuten würde er schon fertig werden, vor allem, wenn er sie überraschte. Aber was hinderte Smith daran, in der Zwischenzeit durch die Vordertür zu verschwinden?

Trotzdem, Cooper hatte einfach keine andere Wahl …

Das Licht im Schlafzimmer ging an und eine menschliche Silhouette war zu sehen. Das Geräusch der aufgleitenden Glastür wirkte in der nächtlichen Stille ungewöhnlich laut. Das Licht fiel von hinten auf die Gestalt im Schlafzimmer. Ein weiterer Wachmann? Cooper stellte das Fernglas scharf.

Und hätte es fast fallen lassen. Es war kein Wachmann. Dieses Gesicht kannte er.

Das Foto an Drew Peters' Wand von dem jungen Aktivisten, der eine Ansprache vor einer Menschenmenge hielt, war vor sieben Jahren aufgenommen worden.

Fünf Jahre waren vergangen, seit im Monocle dreiundsiebzig Menschen kaltblütig abgeschlachtet wurden. Er hatte sich die entsetzlichen Bilder immer wieder angesehen.

Und das jüngste bestätigte Foto von ihm, das Cooper kannte, war zwei Jahre alt. Eine verschwommene Aufnahme aus einiger Entfernung, wie er in den Fond eines Land Rovers einstieg.

Und nun hielt Cooper mit zitternden Händen sein Fernglas und sah, wie John Smith auf den Balkon hinaustrat.

Er trug Jeans und einen schwarzen Pullover und war barfuß. Als er eine Schachtel Zigaretten aus der Tasche holte, fiel Cooper auf, dass Smith viel älter aussah als auf den Aufnahmen, die er kannte. Es erinnerte ihn an die Fotos von Präsidenten vor und nach ihrer ersten Amtszeit. Auch Smith schien in ein paar Jahren um zwei Jahrzehnte gealtert zu sein. Sein dunkles Haar wies Spuren von Grau auf und seine Schultern wirkten gebeugt. Aber als er mit einem silbernen Feuerzeug seine Zigarette anzündete, war sein Blick scharf wie Glassplitter. Die Nachtsichtfunktion verstärkte die Flamme zu einer feurigen Gloriole, die ihn ganz zu umhüllen schien.

Cooper starrte gebannt durch sein Fernglas.

Der gefährlichste Mann Amerikas wirkte völlig entspannt. Anscheinend in sich versunken, hielt er die Zigarette zwischen Zeige- und Mittelfinger. Es war eigentlich zu kalt für nackte Füße, aber Smith schien es nichts auszumachen. Er stand einfach da und schaute hinaus in die Dunkelheit.

Unfassbar. Eine freie Schusslinie, kein Wind, ausreichende Sicht und eine nichts ahnende Zielperson. Wenn er ein Gewehr gehabt hätte, hätte er den Krieg mit einer Bewegung seines Zeigefingers beenden können.

Aber du hast kein Gewehr, nur eine Pistole, und auf die Entfernung hättest du größere Chancen, ihn mit ein paar harschen Worten zu treffen als mit deiner Knarre.

Cooper fürchtete fast, Smith könnte sich, wenn er wegschaute, wie ein Dämon plötzlich in Luft auflösen, trotzdem suchte er mit dem Fernglas den Garten ab und fand nach wenigen Sekunden den ersten Wachmann. Er stand an einer äußerst ungünstigen Stelle, genau zwischen dem Baum, auf dem Cooper saß, und dem Haus. Cooper wäre sicher an ihm vorbeigekommen, aber nicht, ohne dass Smith etwas merkte.

Du bekommst nur eine Chance. Es steht zu viel auf dem Spiel, um unüberlegt zu handeln.

Er atmete tief durch, um sich zu beruhigen. Dann beobachtete er wieder den rauchenden Smith. Obwohl er so lange auf diese Gelegenheit gewartet hatte, war er doch überrascht, wie sehr ihn dieser Moment berührte.

Dieser Mann, so wurde Cooper klar, war der eigentliche Grund, warum er lebte. Der Grund dafür, dass er tat, was er tat, und trotzdem ruhig schlafen konnte.

Smith verkörperte alles, was er schon sein ganzes Leben lang bekämpfte. Er war nicht einfach ein Mörder, kein gewöhnlicher Terrorist, sondern ein wütender Sturm in Menschengestalt. Ein Tsunami, ein Erdbeben. Der Amokläufer in der Schule, die schmutzige Bombe in der Wasserversorgung. Ein Mann, der an nichts glaubte außer daran, dass er grundsätzlich immer im Recht war, der nicht tötete, um die Welt zu verbessern, sondern um sie sich gleichzumachen. Dieser Mann stand barfuß unter dem Himmel von Wyoming und rauchte.

Schließlich schnippte er den Zigarettenstummel in die Nacht. Die Glut wirbelte herum und leuchtete kurz auf. Dann ging Smith wieder hinein. Kurz darauf erlosch das Licht im Schlafzimmer.

John Smith …

Es ist erst neun Uhr. Er wird erst in ein paar Stunden ins Bett gehen.

Es bleibt nie bei der einen Zigarette.

Und wer schließt schon eine Balkontür im ersten Stock ab? Vor allem, wenn er gleich wieder raus will?

… war erledigt.

Cooper hängte das Fernglas an einen Ast. Er brauchte es nicht mehr. Vorsichtig kletterte er hinab. Als die Sohlen seiner Stiefel mit einem Knirschen auf dem ausgetrockneten Boden aufkamen, ging er in die Hocke, lehnte sich gegen den Baum und wartete darauf, dass der Wachmann wieder vorbeikam.

Als er kam, fing Cooper an zu zählen: *Einundzwanzig, zweiundzwanzig …*

Nach hundert Sekunden erhob er sich und ging los. Er wäre am liebsten gerannt, aber konnte nicht riskieren, ein lautes Geräusch zu machen oder umzuknicken. Der Wachmann brauchte etwa acht Minuten – also vierhundertachtzig Sekunden –, um das ganze Grundstück zu umrunden.

Er hielt den Blick nach unten gerichtet, damit das Licht aus dem Haus ihn nicht blendete, und prüfte mit jedem Schritt den Boden. Das Licht des Mondes war sehr hell, was Vor- und Nachteile hatte. Einerseits bedeutete es, dass er relativ schnell vorankam, andererseits war die Gefahr größer, entdeckt zu werden. Ein Schwall von Energie durchströmte ihn und er vergaß die übrige Welt. Es gab nur noch ihn und den silbrigen Boden, über den er lief, und die Luft, die er atmete, und die Beretta, die gegen seinen Bauch drückte. Nach hundertsiebenundvierzig Sekunden hatte er den Lattenzaun erreicht. Der Wachmann war außer Sicht auf der anderen Seite des Grundstücks. Cooper hielt sich an einem Zaunpfahl fest und schwang erst das eine Bein hinüber und dann das andere. Und dann stand er in Helen Epeus' Garten.

Dieser Name kam ihm irgendwie bekannt vor, aber er konnte sich ums Verrecken nicht erinnern, woher. Jetzt war keine Zeit für so was. Er brauchte ein paar Sekunden, um die Lage richtig einzuschätzen ...

Der Wachmann ist ein Profi, ein Soldat vielleicht.

Soldaten lernen, im Team zu arbeiten. Ein Team, das die Arbeit aufteilt und sich darauf verlässt, dass jeder seine Aufgabe erfüllt, ist viel effektiver als eins, in dem jeder Einzelne versucht, jeden Aspekt abzudecken.

Deshalb würde der Wachmann draußen die Sicherheitsmaßnahmen im Haus den anderen überlassen.

... dann warf er sich auf den Boden und robbte auf das Haus zu.

Nach zweihundert Sekunden kam der Wachmann auf der anderen Seite um das Haus. Mondlicht tanzte über den Lauf seiner Maschinenpistole. Cooper kroch weiter vor. Immer wieder stieß er mit den Knien an spitze Steine und seine Handschuhe verfingen sich in Dornen.

Er hätte sich schneller bewegen können, traute sich jedoch nicht. Er kam sich auch so schon viel zu laut vor. Mit jeder Bewegung schabte er hörbar über den Boden. Er spannte seine Rumpfmuskeln an, brachte seine Atmung unter Kontrolle und schob sich weiter vor.

Zweihundertvierzig Sekunden. Der Wachmann war gut fünfzig Meter entfernt. Cooper hatte vom Zaun aus etwa fünfzehn Meter zurückgelegt, knapp den halben Weg bis zum Haus. Er drückte sich flach auf den Boden, der sich auch durch die dicke Kleidung kalt anfühlte. Cooper zwang sich, die Augen zu schließen. Kaum etwas nimmt ein Mensch so schnell wahr wie das Gesicht eines anderen Menschen, auch im Dunkeln, und vor allem die Augen, da sie den leisesten Lichtschein reflektieren.

Falls er recht hatte, was den Wachmann anging, und der sich tatsächlich auf die anderen Teammitglieder verließ, würde er seine ganze Aufmerksamkeit dem Außenbereich widmen. Er würde nach Bewegungen im Wald Ausschau halten und nicht nach verdächtigen Schatten am Boden irgendwo in Richtung Haus.

Zweihundertfünfzig Sekunden. Schrittgeräusche. Kampfstiefel, die über Steine und Erde liefen. Der Mann war höchstens sechs Meter entfernt.

Er blieb stehen. Dann ein schabendes Geräusch. Cooper hätte sich am liebsten auf den Rücken gedreht, die Waffe gezogen und losgeballert. Flach auf dem Bauch, ohne etwas zu sehen, war er vollkommen hilflos, da er seine speziellen Fähigkeiten nicht einsetzen konnte.

Aber du hast doch mehr drauf als deine Gabe, Coop.

Er verharrte bewegungslos auf dem Boden.

Zweihundertfünfundsechzig Sekunden.

Zweihundertsiebzig.

Dann hörte er wieder Schritte und traute sich zu atmen.

Nach dreihundertvierzig Sekunden öffnete er die Augen, rollte auf den Rücken und ging in die Hocke. Der Wachmann war außer Sicht. Nach der tiefen Dunkelheit kam ihm die Beleuchtung im Haus geradezu grell vor. Helles Licht strömte aus den Fenstern, schien unter den Türen hervor und umrahmte den Balkon. Da er nicht mehr fürchten musste, gesehen zu werden, stand er auf und ging zum Haus. Selbst wenn die Männer im Haus zum Fenster schauten, würden sie wegen der Dunkelheit draußen nur ihr Spiegelbild sehen.

Er rollte mit den Schultern, zog seine Handschuhe aus und warf sie auf den Boden. Dann sprintete er mit aller Kraft los, direkt auf die Hauswand zu. In letzter Sekunde sprang er hoch, setzte einen Fuß auf eine Leiste der Holzverkleidung, schob sich mit größter Anstrengung hoch und drehte sich dabei.

Er bekam den Rand des Balkons zu fassen. Einen Moment lang blieb er hängen, um seinen Seitendrall unter Kontrolle zu bekommen. Dann zog er sich hoch, zuerst an den Geländerstangen, dann an der Handleiste. Schließlich stieg er über das Geländer und landete in der Hocke. Genau an der Stelle, wo John Smith gestanden und geraucht hatte.

Coopers Atmung wurde ruhiger. Seine Sinne waren geschärft und er fühlte sich mächtig, frei und lebendig.

Er zog die Beretta aus seinem Hosenbund und ging auf die Glastür zu. Das Schlafzimmer dahinter war noch immer dunkel. So weit, so gut. Als er an der Holzverkleidung entlangschabte, entstand ein leises, kaum wahrnehmbares Geräusch. Wenn man in einem Haus im Wald wohnte, war man plötzliche seltsame Geräusche gewohnt: Raubtiere auf der Jagd, Äste, die im Wind gegen die Dachrinne schlugen, alte tote Bäume, die irgendwann umfielen.

Natürlich hing alles davon ab, dass die Glastür nicht abgeschlossen war. Er vertraute zwar auf die Logik seiner Musteranalyse, aber sie beruhte eher auf Intuition als auf sicherer Erkenntnis.

Nun zaudere nicht weiter und sieh zu, dass du den Hauptgewinn machst.

Er legte seine freie Hand auf die Türklinke und drückte.

Die Tür ließ sich leicht aufschieben.

Mit der Pistole in der Hand schlüpfte er ins Zimmer.

KAPITEL 30

Es war dunkel im Schlafzimmer, aber seine Augen waren bereits an Dunkelheit gewöhnt. Ein Doppelbett mit edler Wäsche und zu vielen Kissen. Nicht zerwühlt. Falls Smith und seine Freundin es getan hatten, dann anderswo. Nachttisch am Bett, Schaukelstuhl in der Ecke gegenüber, Holzkommode. Badezimmer auf der Westseite. Ein großes Gemälde an der Wand, abstrakt, in dunklen Farben.

Er hielt die Waffe mit beiden Händen, nach unten gerichtet, den Finger lose am Abzug. Die Beretta fühlte sich gut an, wie für seine Hände gemacht.

Geräusche: Seine eigene Atmung, schneller als normal, aber regelmäßig, von unten ein Fernseher und Lachen aus der Konserve über einen Witz, den er nicht hören konnte, das Ticken der Uhr auf dem Nachttisch. Er hasste geräuschvolle Uhren. Bei jedem Ticken ein weiterer Augenblick dahin. Wie sollte man bei dem Geräusch langsam verstreichenden Lebens einschlafen?

Kein Alarm. Nichts, was auf eine Panik schließen ließ.

Er ging zur Zimmertür. Sie war nur angelehnt. Er drückte sich an die Wand und lugte durch die schmale Öffnung. Ein Flur. Die Waffe in der rechten Hand, zog er die Tür mit der linken langsam weiter auf. Sie machte kein Geräusch. Der Boden im Flur bestand aus Holzdielen, relativ neu. Gut, denn alte Dielen knarrten.

Er war flink, seine Bewegungen geschmeidig. Ein Stück weiter auf einer Seite ein Geländer mit Stahlseilen statt Holzstäben. Licht von unten, der Fernseher jetzt lauter. Ein großes Wohnzimmer, zu dem eine Wendeltreppe hinunterführte. Drei Türen. Die erste war offen. Er konnte Fliesen auf dem Boden sehen: ein Bad. Er ging weiter den Flur entlang, tastete sich Schritt für Schritt vor. Die nächste Tür, auch offen. Er ging in die Hocke und warf einen Blick durch den Spalt. Das Gästezimmer, dunkel. Die letzte Tür war geschlossen, darunter war Licht zu sehen. Er ging darauf zu, stand davor. Er hörte kein Geräusch. Mit angehaltenem Atem zählte er bis zwanzig. Dann atmete er wieder normal und zählte bis dreißig. Nichts.

Er legte seine linke Hand auf den Türknauf und stellte sich seitlich neben die Tür. Ganz vorsichtig drehte er den Knauf. Mit erhobener Waffe ließ er den Blick hin und her schweifen, während er Zentimeter für Zentimeter die Tür öffnete.

Bücherregale, eine Ledercouch, die weich und teuer aussah. Der Couch gegenüber zwei Stühle. Auf einem Tisch neben der Couch eine Lampe und ein Aschenbecher. An der hinteren Wand noch eine Tür, geschlossen. Kein Licht darunter zu sehen. An der Wand ein Gaskamin mit tanzenden Flammen, darüber zwei identische Flachbildschirme.

Auf beiden lief das gleiche Video.

Cooper glitt in das Zimmer, die Waffe immer noch im Anschlag, den Blick nach vorn gerichtet, während er die Tür hinter sich schloss. Dann ging er näher an die Bildschirme heran und schaute hoch.

Das Video war von oben gefilmt worden und zeigte Männer, die durch ein Restaurant gingen. Er verkrampfte innerlich, als er die Szene erkannte. Es war eine Aufnahme vom Massaker im Monocle. Er hatte sie schon tausend Mal gesehen, kannte jede Einzelheit. Was war …

Moment. Die beiden Bildschirme zeigten gar nicht dasselbe Video.

Auf den ersten Blick ja. Die Bewegungen waren gleich, der Kamerawinkel, die Aufnahmen von der Bar und den Gästen: der Richter mit seiner jungen Geliebten, die Familie aus Indiana … Aber auf dem linken Bildschirm bahnten sich vier Männer einen Weg durch die Menge. Einer ging vor, die anderen drei hinterher.

Auf dem rechten Bildschirm waren nur die drei hinteren Männer zu sehen, alle in Trenchcoats.

Links schlängelte sich John Smith durch die Menge, gefolgt von seinen Soldaten.

Rechts sah man nur die Soldaten.

Links ging John Smith zur hintersten Sitznische, wo Senator Max »Hammer« Hemner saß.

Rechts gingen die drei Männer auf die Nische zu, aber blieben ein Stück entfernt stehen. So als stünde ein Geist vor ihnen.

Links lächelte der Senator John Smith an.

Rechts lächelte er die drei Männer an.

Links hob John Smith seine Hand, in der er eine Pistole hielt, und schoss dem Senator in den Kopf.

Rechts erschien plötzlich ein Loch in Hemners Kopf, so als wäre von anderswo im Restaurant geschossen worden.

Auf beiden Bildschirmen warfen die drei Gorillas ihre Trenchcoats ab und enthüllten ihre umgeschnallten Heckler-und-Koch-MPs. Alle drei zogen in aller Ruhe die Metallschafte ihrer Waffen heraus und legten sie an die Schulter. Ein leuchtendes Ausgangsschild tauchte ihre Rücken in blutrotes Licht.

Auf beiden Bildschirmen begannen sie zu feuern. Die Schüsse waren präzise und gebündelt. Keine Streuung, keine weiten Schwenks.

Coopers Halsschlagader pulsierte heftig und seine Hände waren glitschig vor Schweiß.

Auf beiden Bildschirmen blieb das Video plötzlich stehen und lief ein paar Sekunden rückwärts.

Auf dem linken Bildschirm hob John Smith seine Hand, in der er eine Pistole hielt, und schoss dem Senator in den Kopf.

Rechts erschien plötzlich ein Loch in Hemners Kopf, so als wäre von anderswo im Restaurant geschossen worden.

Auf beiden Bildschirmen warfen die drei Gorillas ihre Trenchcoats ab und enthüllten ihre umgeschnallten Heckler-und-Koch-MPs. Alle drei zogen in aller Ruhe die Metallschafte ihrer Waffen heraus und legten sie an die Schulter. Ein leuchtendes Ausgangsschild tauchte ihre Rücken in blutrotes Licht.

Das Video blieb stehen und spulte wieder zurück.

Cooper hatte plötzlich das Gefühl, beobachtet zu werden, und wirbelte herum, die Waffe im Anschlag. Nichts. Er wandte sich wieder den Bildschirmen zu und sah die Szene noch einmal.

Sah, wie die drei ihre Mäntel abwarfen und das Ausgangsschild ihre Rücken in blutrotes Licht tauchte. Wie sie die Maschinenpistolen anhoben.

Pause. Wieder spulte das Video zurück.

Die drei Männer warfen ihre Mäntel ab und das Ausgangsschild tauchte ihre Rücken ...

Da stimmt was nicht.

Nicht nur, dass John Smith in einer der Aufnahmen fehlt.

Noch etwas anderes.

Du sollst diese Videos sehen. Er weiß, dass du hier bist. Sie laufen deinetwegen.

Aber da ist noch etwas, was nicht stimmt.

... in blutrotes Licht.

Pause. Und wieder zurückgespult.

Die drei Männer warfen ihre Mäntel ab und das Ausgangsschild tauchte ihre Rücken in blutrotes Licht.

Pause. Zurückgespult.

Die drei warfen ihre Mäntel ab und das Ausgangsschild tauchte ihre Rücken in blutrotes Licht.

Es war gleich. Das rote Licht war in beiden Videos gleich.

Aber links, in der Aufnahme, die er kannte, stand John Smith zwischen den Männern und dem Ausgangsschild. Eigentlich hätte das Licht auf ihn fallen müssen. Er hätte die Männer teilweise davon abgeschirmt. Zwar nicht so, dass sie völlig im Dunkeln gestanden hätten, aber das rote Licht hätte eigentlich nicht auf sie fallen dürfen, zumindest nicht auf den, der am nächsten zu John Smith stand.

Aber wenn das stimmte …

Cooper starrte auf den Bildschirm und hatte das Gefühl, der Boden würde ihm unter den Füßen weggezogen. So als hätte er selbst sich zu Nebel verflüchtigt und würde durch alles, was er für fest und stabil gehalten hatte, hindurchwabern.

Dann hörte er die Tür aufgehen.

Er wirbelte herum, reagierte reflexartig und riss die Waffe hoch, den rechten Arm ausgestreckt, die linke Hand unter dem Kolben, und starrte den Mann in der Tür an. Er hatte ebenmäßige Züge, ein kräftiges Kinn und dichte Wimpern. Ein Gesicht, das eine Frau eher schön als sexy finden würde. Das Gesicht eines Golfprofis oder Strafverteidigers.

»Hallo, Cooper«, sagte John Smith. »Ich bin nicht John Smith.«

KAPITEL 31

Cooper starrte über den Lauf seiner Waffe hinweg, die er instinktiv auf die Brust des Mannes gerichtet hatte. Auch John Smith starrte ihn an, eine Hand auf dem Türknauf, die Knöchel weiß. Seine Pupillen waren erweitert und seine Halsschlagader pulsierte heftig.

Drück ab.

Irgendwo seitlich hinter sich hörte Cooper ein Geräusch, das er sofort erkannte. Sein alter Partner Quinn hatte es einmal als das schönste Geräusch der Welt beschrieben, vorausgesetzt, man erzeugte es selbst.

Das Durchladen einer Flinte.

Smith nickte fast unmerklich. Ohne die Pistole zu senken, riskierte Cooper einen kurzen Blick.

Shannon stand plötzlich in einer Ecke des Zimmers. Mit der Pumpgun in der Hand sah sie besonders zierlich aus, aber sie hielt sie wie ein Profi, den Kolben an die zarte Schulter gedrückt. Der Lauf war bis auf einen Stummel abgesägt, sodass die Munition streuen würde. Auf diese Entfernung wäre er bei der richtigen Munition – und er war sicher, dass sie die hatte – niemals in der Lage auszuweichen. Shannon sah ihn ganz ruhig an. Ihr Finger lag auf dem Abzug, bereit abzudrücken.

Wie hatte sie das nur wieder gemacht?

»Ich habe zwar nicht Ihre Gabe«, sagte Smith. »Aber ich weiß, was Sie denken: Sie kann auf keinen Fall schneller abfeuern als Sie. Und Sie haben recht, einen Schuss haben Sie sicher, und die Chancen, mich tödlich zu treffen, stehen gut. Aber natürlich wird sie dann Sie erschießen.«

Seine Welt waberte plötzlich. Alles war mit einmal verschwommen. Es war, als wäre sein eigenes Leben zur Videoschleife geworden: Pause, Zurückspulen, Pause, Zurückspulen. Es gab keine Gewissheit mehr, ständig konnte sich alles ändern. Doch Cooper hatte den Blick fest auf Smith gerichtet, der offensichtlich nervös war. Vielleicht hoffte er, Cooper würde es nicht tun, aber sicher war er nicht.

Alles in ihm schrie danach abzudrücken, John Smith abzuknallen, damit endlich Schluss war. Die Sache zu beenden, bevor … Aber wovor?

Smith sprach, als würde er Coopers Gedanken beenden: »Wenn Sie schießen, werden Sie niemals erfahren, was als Nächstes passiert. Sie werden die Wahrheit nie erfahren. Aber teilweise haben Sie sie ja schon erraten, nicht wahr?«

Einmal leicht auf den Abzug drücken, und direkt noch einmal. Hohlspitzgeschosse, die durch weiches Fleisch reißen, Blei, das zu Rasierklingen zersplittert, klaffende Wunden. John Smith tot. Auftrag erledigt.

Mehr musste er nicht tun.

Drück endlich ab!

Er versuchte zu sprechen, brachte aber nur rohe Laute hervor.

»Nicht wahr?«

Cooper sagte: »Das Video ist eine Fälschung.«

»Ja.«

»Sie waren nie im Monocle.«

»Doch, eine halbe Stunde vorher. Ich habe mich mit Senator Hemner getroffen. Ich habe einen Gin Tonic getrunken und er vier Scotch. Er hatte sich bereit erklärt, eine Gesetzesänderung zu unterstützen, einen Antrag, die Tests von Begabten einzuschränken. Ich habe mich bei ihm bedankt und bin gegangen.«

Drück ab, drück ab, drück ab, drück ab, drück ...

»Schauen Sie mich an«, sagte Smith. »Ich weiß, Sie erkennen, wenn jemand Sie offen anlügt. Lüge ich?«

Er hatte sich die Aufnahmen von dem Massaker tausendmal angesehen. Hatte immer wieder nach Hinweisen gesucht, nach irgendeiner Spur, die ihn zu dem Mann führen würde, der dafür verantwortlich war. Das rote Licht war ihm aufgefallen, aber nicht, dass es hätte blockiert sein müssen. Und wie auch? Erst im Vergleich mit der anderen Version des Videos wirkte es seltsam.

Vielleicht war ja die andere Version gefälscht. Zeit genug hätte er gehabt, mehr als genug ...

Aber es war die offizielle Version, bei der etwas nicht stimmte.

»Da ist noch mehr«, sagte Smith. »Noch viel mehr. Aber wenn Sie es hören wollen, müssen Sie erst mal das Ding da weglegen.«

»Nick«, sagte Shannon, ihre Stimme leise, aber bestimmt, mit einer Spur Hoffnung vielleicht, oder Bedauern über etwas, das noch gar nicht geschehen war, aber immer noch geschehen konnte. »Bitte.«

Er schaute sie an und sah, dass sie ihn erschießen würde. Und sah, dass sie es nicht wollte.

Plötzlich überkam ihn ungeheure Erschöpfung. Ein Gefühl, als würde er den Halt unter den Füßen verlieren.

Aber wenn es stimmt, dann ...

Er brach den Gedanken ab, aber ließ die Waffe sinken.

»Danke«, sagte Smith.

»Ach, fick dich«, antwortete Cooper.

»Schon gut, ich verstehe, wie Sie sich fühlen.«

Shannon sagte: »Cooper, leg doch deine Waffe auf den Tisch. Ich leg meine auch hin.«

Er sah sie an. Sie hatte ihn wieder Cooper genannt, aber gerade eben noch Nick. Komisch, nur Natalie und Drew Peters nannten ihn Nick. Und jetzt Shannon, genau zweimal bisher.

»Wie wär's«, sagte er, »wenn du deine zuerst hinlegst?«

Er wartete ab, ob sie Smith anschauen würde. Und sagte sich, falls sie es tat, würde er die Waffe hochreißen und losfeuern, seine Zielperson eliminieren.

Shannon biss sich auf die Lippe, ihr Blick blieb auf ihn gerichtet.

Sie ließ die Waffe sinken, ließ sie locker in ihrer Hand baumeln.

Na so was.

Cooper handelte wie im Traum, dachte: Was soll's?, sicherte die Waffe und warf sie auf den Tisch. Was konnte schon passieren? Dass sie ihn umbrachten?

Das haben sie schon.

Ein unwillkommener Gedanke, eine Stimme im Dunkeln. Und was sollte das überhaupt heißen? Er wusste es nicht.

»Okay«, sagte er. Er bemühte sich, lässig zu klingen, war sich aber nicht sicher, ob es ihm gelang. »Also gut, reden wir.«

Smith schien fast in sich zusammenzusinken, als die Anspannung von ihm abfiel. »Danke.«

»Sie wussten nicht, ob ich schießen würde, was?«

»Nein, es war ein Risiko. Kalkuliert, aber trotzdem ein Risiko.«

»Warum sind Sie es eingegangen?«

»Ich wollte Sie treffen. Ohne Risiko kein Gewinn.«

»Und warum haben Sie gesagt, Sie seien nicht John Smith?«

»Mein Vater hieß nicht Smith und meine Mutter hat mich nicht John genannt.«

»Ich weiß, den Namen haben Sie in der Akademie bekommen, buhuhuh. Aber Sie …«

»Ich habe den Namen behalten, ja. Wissen Sie noch, was Malcolm X zur Zeit der Bürgerrechtsbewegung immer gesagt hat? Er hat gesagt, er wolle seinen Sklavennamen nicht mehr. Er wollte einen eigenen. Nun, ich werde mir auch meinen eigenen Namen zulegen, aber erst, wenn wir nicht mehr versklavt sind. So lange behalte ich den Namen John Smith, um alle daran zu erinnern, dass ich zu dem gemacht wurde, was ich bin.«

»Ein Terrorist.«

»Ich bin ein Soldat, der für die Verliererseite kämpft. Aber der John Smith, den Sie gejagt haben, dieses Ungeheuer, das kleine Kinder umbringt, das die dreiundsiebzig Menschen im Monocle ermordet hat, das bin ich nicht. Dieser John Smith, der wurde nie geboren. Er wurde erschaffen, weil er für jemanden nützlich war.«

Cooper spürte jetzt deutlich seine Gabe, merkte, wie sie automatisch aus den verfügbaren Daten ein Muster erstellte. So, wie sie es immer tat. Seine Gabe war immer aktiv, ließ sich nicht kontrollieren, genauso wenig, wie man das Denken abstellen konnte. Und wie immer eilte seine Intuition weit voraus, befeuert von dem entstehenden Muster, und er wünschte, er könnte den Prozess anhalten. Er wollte es nicht wahrhaben. Denn wenn das stimmte …

»Falls das Video wirklich eine Fälschung ist«, sagte er, obwohl er wusste, dass es so war, aber er wollte es nicht laut aussprechen – warum, wusste er auch nicht, »wer steckt dahinter?«

»Falsche Frage«, sagte Smith. Er wollte in seine Tasche greifen, zögerte und sagte: »Ich könnte eine Zigarette vertragen. Was dagegen?« Er wartete die Antwort nicht ab, sondern holte ganz vorsichtig Zigarettenschachtel und Feuerzeug aus der Tasche. Cooper ging in Gedanken den Raum durch. Der Aschenbecher auf dem Tisch fiel ihm ein. *Also warum ist er vorhin rausgegangen …?*

Er wollte, dass du ihn siehst.

Er wusste, du bist da draußen, und hat dich mit Absicht reingelassen.

Smith fuhr fort: »Die Frage ist nicht, wer das Video gefälscht hat«, er zündete die Zigarette an, nahm einen Zug und stieß den Rauch aus, »sondern: Wer hat das Massaker geplant und ausgeführt? Wer hat ein hoch qualifiziertes Team zusammengestellt, das ganz methodisch zweiundsiebzig unschuldige Zivilisten und einen Senator umbringt? Das gefälschte Video war nur das Vertuschungsmanöver. Und der Zweck der Übung.«

Es war so offensichtlich und trotzdem musste sich Cooper erst an den Gedanken gewöhnen. Seine ganze Weltsicht wurde auf den Kopf gestellt. Jemand hatte nicht nur das Video manipuliert, sondern auch das Massaker inszeniert. Rasch verarbeitete er die neuen Informationen und das Muster, das entstand … *Halt*.

»Okay, also wer …«

Smith ging um die Couch herum und ließ sich darauf fallen. Er klopfte seine Asche ab und deutete auf den Sessel ihm gegenüber. Cooper ignorierte ihn. Smith fragte: »Spielen Sie Schach?«

»Nein.« Er spielte zwar, aber nicht so, wie Smith es meinte. Niemand spielte so.

»Das Geheimnis des Spiels liegt darin, dass Anfänger – eigentlich auch Fortgeschrittene und manchmal sogar Schachmeister – sich immer nur auf ihre Seite konzentrieren. Der Trick beim Schach ist vor allem, darauf zu achten, was der Gegner tut.«

»Okay.«

»Gut. Also überlegen Sie mal«, sagte Smith. »Was hat das Massaker bewirkt?«

»Es … es war eine Kriegserklärung. Der Mord an einem Senator, der Ihr Feind war.«

»Es gibt so viele Leute, die uns Abnorme hassen. Viel mehr als Hemner es tat. Und warum sollte ich einen Krieg anzetteln? Mit vierzehn habe ich simultan gegen drei Schachgroßmeister gespielt und alle drei Spiele gewonnen. Glauben Sie wirklich, dass ich einen Krieg erkläre, den ich nicht gewinnen kann? Nein, Sie betrachten das Spiel immer noch zu sehr aus Ihrer eigenen Perspektive. Wer hat denn von dem Massaker profitiert?«

Sie, wollte Cooper sagen, aber das Wort bleib ihm in der Kehle stecken. In welcher Weise hatte Smith denn profitiert? Vorher war er nur ein politischer Aktivist gewesen, umstritten, aber respektiert. Und frei. Nach dem Massaker war er plötzlich der meistgesuchte Mann Amerikas. Er musste alles aufgeben, war seit Jahren auf der Flucht und lebte mit einer Zielscheibe auf dem Rücken.

»Sehen Sie? Sie haben verstanden.«

»Ach, Sie sind wohl nicht nur ein toller Stratege, jetzt sind Sie auch noch ein Leser, was?«

Smith schüttelte den Kopf. »Nein, ich verfüge einfach über Menschenkenntnis. Was ist nach dem Massaker passiert?«

»Das wissen Sie doch selbst.«

»Ach, komm schon, Cooper«, sagte Shannon.

Er sah sie an, konnte aber ihren Gesichtsausdruck nicht deuten. »Okay, ich spiele mit. Also, nach dem Anschlag wurde John Smith im ganzen Land bekannt. Als Terrorist. Er wurde von Küste zu Küste gejagt ...«

»Genau.« John Smith schaute ihn freundlich und gleichzeitig traurig an, wie ein Freund, der eine schlechte Nachricht überbringt. »Aber wer hat mich gejagt?«

Wenn das stimmt, heißt das ...

»Nein, das kann ich nicht glauben.«

Smith sagte: »Was meinen Sie, Cooper? Ich habe doch gar nichts gesagt.«

Drew Peters. An dem Tag, als er dich angeheuert hat, hat er gesagt, es sei ein extremes Programm, aber absolut notwendig.

Die Anfänge des Ausgleichsdiensts in der Papierfabrik. Die ständigen Gerüchte, dass die Abteilung abgeschafft werden sollte. Das niedrige Budget. Die Untersuchung durch das Justizministerium. Der drohende Kongressunterausschuss.

Und dann das Monocle.

Dreiundsiebzig Tote, darunter ein Senator. Und Kinder. Ermordet von einem Abnormen.

Eine erschütternde Bestätigung für die Vision eines Mannes. Er hatte es kommen sehen. Er hatte gewusst, dass die AEB weitere Kompetenzen brauchte, über die reine Überwachung hinaus.

Dass sie das Recht haben musste zu töten.

Der adrette Drew Peters, gelassen und grau mit seiner randlosen Brille.

Drew Peters, der Glaubende um sich scharte.

Oh Gott ...

»Wenn das stimmt ... Das bedeutet, dass ... dass ...« Er konnte die Worte nicht aussprechen. Wenn das stimmte, dann war alles andere Lüge. Dann hatte er nicht dafür gekämpft, einen Krieg zu verhindern. Er hatte geholfen, einen Krieg heraufzubeschwören. Alles, was er getan hatte, die Zielpersonen, die er eliminiert hatte ...

Die Menschen, die er getötet hatte ...

Die Menschen, die er ermordet hatte.

»Nein«, sagte Cooper. »Nein.« Er blickte Shannon an und sah nur Mitgefühl in ihrem Gesicht. Er wandte sich ab – schreckte zurück – und Smith zu. Und sah den gleichen Ausdruck in seinem Gesicht. »Nein.«

»Es tut mir leid, Cooper, aufrichtig leid ...«

Und dann rannte er los.

TEIL DREI:
DER ABTRÜNNIGE

KAPITEL 32

Aus dem Zimmer, den Flur entlang, durch das Schlafzimmer, auf den Balkon, über das Geländer. Ein Sprung und ein harter Aufprall. Hinter ihm Stimmen, die er kaum wahrnahm. Ein Mann rief irgendetwas, etwas wie: *Nicht schießen! Lass ihn laufen!* Der Wachmann hatte die MP5 im Anschlag, war aber in seiner Bewegung erstarrt und schaute über die Schulter. Cooper dachte: *Bring ihn mit einer Grätsche zu Fall, ramm ihm den Ellbogen in den Solarplexus und die rechte Handkante gegen den Kehlkopf*, tat aber nichts von alledem, sondern raste an dem verdutzten Wachmann vorbei, inhalierte die schneidend kalte Luft, bewegte die Beine immer schneller, trat immer härter auf, versuchte, vor dem, was er gehört hatte, davonzulaufen, und vor dem Muster, das sich überall abzeichnete, vor ihm, hinter ihm, in ihm, vor seiner Gabe, die er nicht abstellen konnte, die zu einem Fluch geworden war, vor dem kalten, unerbittlichen Intuitionssprung, der dieses Muster entstehen ließ; ein Muster, das er die ganze Zeit vor sich gehabt hatte, aber im Dunkeln, und das sich jetzt im Licht weniger Fakten, auf die man ihn behutsam mit der Nase gestoßen hatte und auf die er auch selbst hätte kommen können, deutlich abzeichnete; und vor den Folgen, den unvorstellbaren, schrecklichen Folgen …

»Ich brauche Leute, die wirklich an unsere Sache glauben.«
Das hatte Drew Peters bei ihrem ersten Zusammentreffen gesagt und seitdem oft wiederholt, aber Cooper hatte immer geglaubt, dass er damit nur an seine Loyalität appellieren wollte, an die Bereitschaft, sich für ein höheres Wohl einzusetzen und dafür extreme Dinge zu tun. Mehr war es für ihn nie gewesen. Er hatte sich nie daran ergötzt, niemals. Er hatte die Macht genossen, klar, und die Freiheit und seine Stellung, aber niemals den Akt selbst, nicht das Töten. Es ging immer nur um die Sache. Er hatte es getan, um einen Krieg zu verhindern, nicht um einen anzuzetteln, um die Welt zu retten, nicht um …

Die Realität drang nur in aufblitzenden Bildern zu ihm durch: Der Mond schien silbrig durch wogende Baumwipfel.

Er stolperte über einen Ast, der zerbrach, das trockene Holz im Innern wie Knochen.

Und seine Hände fahl auf Kiefernrinde.

Schließlich ein dünner Bach, der im Mondlicht glitzerte. Das klare Wasser plätscherte über glatt polierte Steine. Seine Knie im Wasser, die Kälte ein Schock.

Wenn das, was sie ihm gezeigt hatten, wahr war, dann war der Ausgleichsdienst eine Lüge.

Der extreme Arm einer Behörde, die Befugnisse verlangte, die keiner anderen jemals zugestanden wurden. Die Erlaubnis, amerikanische Bürger zu überwachen, zu jagen und zu exekutieren.

Eine Behörde, die sich mühsam dahinschleppte, kaum Chancen hatte zu überleben, gegen die ermittelt werden sollte … Und dann, mit einem Mal, wurde sie in ihrer Existenz bestätigt.

Plötzlich sprach man ihr unglaubliche Befugnisse zu, ein nicht festgelegtes Budget, direkten Zugang zum Präsidenten.

Alles aufgrund einer Lüge.

John Smith hat nicht all diese Leute im Monocle umgebracht. Es war Drew Peters.

Du hast die letzten fünf Jahre für teuflische Männer gearbeitet. Du hast getan, was sie von dir verlangten. Du hast geglaubt. Wahrhaftig.

John Smith ist kein Terrorist.
Aber du.
»Cooper?«

Er konnte sie jetzt hören, etwas weiter weg. Sie suchte nach ihm. Zerbrechende Zweige, Schritte im Lehm. Sie war also doch kein Geist.

Er kniete im Bach, Wasser drang durch seine Hosenbeine und am Himmel schien der Mond. Er wollte nicht gefunden werden. Wollte nichts mehr hören.

»Nick?«

»Ja«, sagte er und hustete. »Hier.«

Mit beiden Händen schöpfte er Wasser aus dem Bach und spritzte es sich ins Gesicht. Schrecklich kalt, aber er wurde klarer.

Er kroch auf den Knien aus dem Bach und ließ sich am Ufer fallen. Er horchte nach ihr und wenigstens dieses eine Mal sah er sie kommen, wie sie sich geschmeidig einen Weg zwischen den Bäumen hindurch bahnte.

Shannon zögerte kurz, als sie ihn sah, und korrigierte dann ihre Richtung. Sie lief planschend durch den Bach und setzte sich neben ihn. Er sah, dass sie überlegte, ihm eine Hand auf die Schulter zu legen, und sich dagegen entschied. Er wartete darauf, dass sie etwas sagte, aber sie schwieg. Eine ganze Weile saßen sie nebeneinander und lauschten dem Bach, der murmelte wie eine Uhr, die niemals stillstand.

»Ich dachte, du wärst noch in Newton«, sagte er schließlich.

»Ich weiß«, sagte sie. »Tut mir leid.«

»Im Diner, als du gesagt hast, du hoffst, ich würde einen neuen Anfang machen …«

»Ja …«

»Da wusstest du, dass ich hierherkommen würde.«

»Er wusste es. Ich habe gehofft …« Sie zuckte mit den Schultern.

Irgendwo in der Nähe kreischte ein Vogel im Sturzflug und irgendetwas quiekte und starb.

»Vor ein paar Jahren«, sagte Cooper, »da habe ich diesen Typ namens Rudy Turrentine überwacht. Ein Genialer mit medizinischer Begabung. Herzspezialist im Johns Hopkins Hospital. Am Anfang hat er ein paar tolle neue Sachen entwickelt.«

»Die Turrentine-Klappe. Die wird jetzt anstelle von Spenderherzen implantiert.«

»Genau. Aber dann hat er die Seite gewechselt. Hat sich John Smith angeschlossen. Rudys letzte Entwicklung hatte eine spezielle Vorrichtung. Die Klappe konnte per Fernbedienung ausgeschaltet werden. Man musste ein bestimmtes Signal senden und paff, das Ding blieb stehen. Diese Funktion war irgendwo tief im Programmcode versteckt. Es hatte irgendwas mit Enzymen zu tun, ich habe es nie wirklich verstanden. Auf jeden Fall konnte Smith dadurch bei allen Leuten, die diese künstliche Klappe hatten, das Herz zum Stillstand bringen. Zehntausende waren davon betroffen.«

Sie war klug genug, nichts zu sagen.

»Rudy ist geflohen und ich habe ihn gefunden. Er hatte sich in einer schäbigen Wohnung in Fort Lauderdale versteckt. Er war Multimillionär und begabt und hauste in diesem Loch über einer Kleinkreditfirma in einem Viertel, in das sich kein Tourist traute.« Cooper rieb sich einen Wassertropfen aus dem Gesicht. »Mein Team umstellte das Haus und ich trat die Tür ein. Er saß vor dem Fernseher und aß gebratenen Reis mit Schweinefleisch. Man konnte das Fett regelrecht riechen, das weiß ich noch. Und ich habe mich gewundert, dass ausgerechnet ein Herzspezialist so was Ungesundes isst. Er ist aufgesprungen und sein Essen flog durch die Gegend. Ein kleiner Mann, schüchtern. Er sah mich und …«

Nach einer langen Pause sagte Shannon: »Und?«

»Er hat gesagt: ›Warten Sie. Es ist nicht wahr.‹« Von irgendwoher kam ein Schluchzen, ganz überraschend, wie ein Schluckauf. Er konnte sich nicht mehr erinnern, wann er zuletzt geweint hatte.

Shannon sagte: »Schhh, ist ja gut.«

»Was habe ich getan?« Er sah sie an, schaute in ihre Augen, die im Mondlicht glühten. »Was habe ich nur getan?«

Sie ließ einige Zeit verstreichen, bevor sie antwortete. »Hast du es geglaubt? Dass er die Herzen der Leute abschalten konnte?«

»Ja.«

»Dann hast du zumindest geglaubt, einen guten Grund zu haben. Du hast gedacht, du würdest das Richtige tun. Die, die dich angelogen haben, die tragen die Schuld.«

Cooper sah vor sich, wie Rudy Turrentine auf ihn zukam und wild mit den Armen um sich schlug, während er seinen Schlägen immer wieder auswich, schließlich mit beiden Händen den Kopf des Arztes packte und ihn mit einem gewaltigen Ruck blitzschnell herumriss; immer schnell, es sollte nicht länger dauern als nötig.

»Ich habe auch so einiges getan, Nick.« Sie klang erschöpft. »Wir alle.«

»Was ist, wenn er die Wahrheit gesagt hat? Wenn er es wirklich nicht getan hat? Wenn, ich weiß nicht, irgendein Konkurrent jemandem Millionen Dollar Wahlkampfspenden versprochen hat, wenn Rudy Turrentine stirbt?«

»Was ist, wenn du einen Unschuldigen umgebracht hast?«

»Wenn ich ein unschuldiges *Genie* umgebracht habe, einen Arzt, der Tausenden das Leben hätte retten können?«

Dazu schien ihr nichts einzufallen. Er konnte es ihr nicht übel nehmen, denn er wusste auch keine Antwort. Und das Wasser plätscherte und plätscherte und plätscherte vorüber.

»Sie haben mich benutzt, nicht wahr?«

Sie nickte.

Er wollte lachen, aber es gelang ihm nicht. »Schon komisch. Mein ganzes Leben lang habe ich Menschen gehasst, die andere mit Gewalt tyrannisieren, und jetzt stellt sich heraus, dass ich selbst so jemand bin.«

»Nein«, sagte sie. »Du wurdest irregeführt, aber eigentlich wolltest du das Richtige tun. Dazu kenne ich dich gut genug, glaub mir«, sagte sie und lachte tatsächlich. »Zuerst habe ich anders gedacht. Weißt du noch, in der Hochbahnstation? Ich habe gesagt, dass du einen Freund von mir umgebracht hast.«

»Brandon Vargas.« Der abnorme Bankräuber, der eine Frau und ihre zweijährige Tochter umgebracht hatte. Der im Hof einer Bikerbar in Reno gestanden und eine Dunhill geraucht hatte. Seine Hände hatten gezittert.

»Vor langer Zeit, da waren Brandon und ich uns mal ziemlich nah. Deshalb wollte ich Vergeltung. John hat gesagt, du wärst ein guter Mensch, aber ich habe ihm nicht geglaubt. Ich hatte gehofft, dass du ein Ungeheuer bist, damit ich mich an dir rächen konnte.« Sie strich sich eine Haarsträhne hinters Ohr. »Aber dann warst du, na ja, eben du.«

Er dachte über ihre Worte nach, darüber, was sich dahinter verbarg. »Hat Brandon wirklich ...«

»Ja, er hat wirklich Banken ausgeraubt und Menschen getötet. Aber der Brandon, den ich kannte, war ein so lieber Mensch, der so was nie getan hätte ... Hat er aber doch.« Sie sah ihn an. »Nicht alles, was du getan hast, beruht auf einer Lüge. Manchmal hast du auch das Richtige getan.«

»Aber nicht immer.«

»Nein.«

Er beugte sich vor und umklammerte seine Knie. »Ich wünschte, es wäre nicht wahr.«

»Ja, ich weiß.«

»Aber wenn es wirklich wahr ist, dann will ich nicht mehr leben.«

»*Was*?« Ihr Körper verspannte sich und ihr Gesichtsausdruck veränderte sich. »Du Feigling. Du willst es nicht wiedergutmachen? Nicht wieder in Ordnung bringen? Du willst lieber *tot* sein?«

»Wie kann ich so was wiedergutmachen? Ich kann es doch nicht ungeschehen machen. Ich kann Rudy Turrentine nicht zurück...«

»Nein, aber du kannst die Wahrheit sagen.«

Er wurde von Panik ergriffen. Prickeln und Schauer krochen ihm über den Rücken. »Was willst du damit sagen?«

»Dein Chef, die Behörde ... die sind das Böse. Sie verkörpern alles, was du angeblich bekämpfen willst. Du hasst also

Leute, die andere mit Gewalt unterdrücken? Was meinst du, was der Ausgleichsdienst tut?«

»Und du hast also eine Idee, was man dagegen tun könnte.«

»Ja, genau.« Sie strich sich wieder die Haare aus dem Gesicht. »Es gibt Beweise für das, was Peters getan hat. Im Monocle.«

Nun musste er wirklich lachen. Ein freudloses Lachen. *Natürlich!*

»Was ist?«

»Das ist der eigentliche Grund, warum du hier bist, nicht? Der zweite Schritt. Der erste war, mir die Wahrheit zu zeigen. Der zweite ist, mich für John Smith zu rekrutieren.«

Im Dunkeln war es schwierig, ihre Reaktion richtig einzuschätzen, aber ihr Blick veränderte sich. Er sah Bestätigung in ihren Augen, vielleicht auch das Gefühl, ertappt worden zu sein, und noch etwas anderes. Verletztheit möglicherweise.

»Es stimmt also. Er will, dass ich einen Auftrag für ihn ausführe.«

»Natürlich«, sagte sie und sah ihn unverwandt an. »Was meinst du, warum er so ein Risiko eingeht? Und ich will auch, dass du es tust. Und wenn du mit deinem selbstmitleidigen Gejammer fertig bist, dann willst du es sicher auch. Denn auch wenn es einen zweiten Schritt gibt, der erste war, dir die *Wahrheit* zu sagen.«

Er wollte etwas sagen. Wollte entgegnen, dass er nicht für Terroristen arbeitete, aber es traf ihn wie ein Schlag in den Magen. Die Wahrheit … Cooper las ein paar Kieselsteine auf und schüttelte sie in seiner Hand. Dann schleuderte er einen nach dem anderen in den Bach.

Nach einer Weile sagte Shannon: »Weißt du noch, was ich gesagt habe, als wir uns in dieser miesen Absteige die Nachrichten angeschaut haben? Da lief ein Bericht über das, was wir gerade selbst erlebt hatten, und nichts stimmte.«

Das war erst eine Woche her, aber es kam ihm vor wie eine Ewigkeit. Er konnte sich noch ganz genau daran erinnern. Sie hatten sich gezankt wie ein altes Ehepaar. »Du hast gesagt, vielleicht gäbe es ja gar keinen Krieg, wenn die Leute nicht ständig im Fernsehen sagen würden, dass wir Krieg haben.«

»Genau. Vielleicht, aber nur vielleicht, ist das Problem ja gar nicht, dass es Geniale und Normale gibt. Oder dass sich die Welt so rasant verändert. Vielleicht gäbe es ja gar kein Problem mehr, wenn man uns die Wahrheit sagen und nicht jeder seine geheimen Ziele verfolgen würde.«

Irgendetwas an der Art, wie sie es sagte – so ehrlich und geradeheraus, voller Leidenschaft und Überzeugung –, und das Schimmern des Mondlichts auf ihrer Haut und seine plötzlich kopfstehende Welt und sein animalisches Verlangen nach Trost und ihr Geruch und die Erinnerung daran, wie sie ihn an dem Abend in der Bar berührt hatte, und … Er wollte nicht mehr denken und beugte sich einfach herüber.

Ihre Lippen berührten sich. Kein Erstaunen, kein Zögern, vielleicht der Hauch eines Lächelns, aber nur kurz. Cooper legte eine Hand auf ihre Taille und sie schlang beide Arme um ihn und ihre Zungen wanden und berührten sich, warm in der kalten Nacht, so sinnlich, so erotisch, und dann gab sie ihm einen Schubs.

Er fiel nach hinten auf den harten Boden. Steine bohrten sich in seinen Rücken. Vor Überraschung stockte ihm der Atem und einen Moment lang fragte er sich, was sie vorhatte, und dann kletterte sie auf ihn. Ihre Knie zu beiden Seiten seiner Hüften, rieb sich ihr Körper an seinem. Sie war leicht und kräftig, zart und energisch. Ihre Brüste, die über seinen Oberkörper strichen. Ihre Schlüsselbeine wie Vogelschwingen. Ihr Geschmack …

Sie löste sich von seinem Kuss und zog sich spielerisch wenige Zentimeter zurück. Sie lächelte wissend und Haarsträhnen fielen ihr ins Gesicht. »Mir ist gerade noch was eingefallen, was du gesagt hast.«

»Ach ja?« Er ließ seine Hände ihren Rücken hinuntergleiten und umfasste ihre Taille, die so schmal war, dass sich seine Finger beinah berührten.

»Ich habe gesagt, du bist bestimmt ein toller Tänzer. Und du hast geantwortet, vielleicht, wenn deine Partnerin dich führt.«

Darüber musste er lachen. »Dann führe mich.«

Und sie tat es.

KAPITEL 33

»Aufwachen.«

Kalt. Es war so kalt. Benommen nahm er die Stimme wahr, irgendwo weit weg. Er ignorierte sie, griff nach der Bettdecke und …

»Wachen Sie auf, Cooper.«

… fand so etwas wie Tannennadeln in seiner Hand und das Bett war schrecklich hart. Cooper riss die Augen auf. Er war nicht im Bett und es gab auch keine Bettdecke, nur abgelegte Kleidungsstücke, die sie notdürftig zudeckten. Ein Kiefernhain, ein plätschernder Bach und Shannon, die im Schlaf vor sich hinmurmelte. Eine Gestalt über ihm. Ein Mann.

John Smith sagte: »Kommen Sie, ich will Ihnen etwas zeigen.« Dann drehte er sich um und ging voraus.

Cooper blinzelte und rieb sich die Augen. Er fühlte sich steif und hatte Muskelschmerzen.

Shannon wurde wach. »Was ist los?«

»Wir sind eingeschlafen.«

Sie setzte sich abrupt auf und die Jacke, die sie als Decke benutzt hatten, fiel herunter und entblößte ihre Brüste, klein und fest, mit dunklen Brustwarzen. »Was ist denn los?«

»Ich soll mit ihm kommen.« Er deutete auf den sich entfernenden Mann. Der Himmel hatte sich so weit aufgehellt, dass die Bäume langsam matte Farben annahmen.

»Ach so«, sagte sie, noch nicht ganz wach. »Okay.«

»Ich kann auch hierbleiben.«

»Nein.« Sie rollte den Kopf hin und her, dass ihre Halswirbel knackten, und verzog das Gesicht. »Das ist schon das zweite Mal, dass wir so unbequem schlafen. Daran müssen wir noch arbeiten.«

»Meinetwegen gern.«

Sie lächelte. »Geh jetzt lieber.«

Smith war weitergegangen, ohne sich umzuschauen, ob er kam. *Weil er es weiß.*

Cooper schaute sie an und sah, dass sie es auch wusste.

»Es ist schon in Ordnung«, sagte sie. »Ehrlich.«

Mit knirschenden Gelenken stand er auf. Er dachte an die Nacht zurück. Sie hatten harmoniert wie eingespielte Tanzpartner. Im Mondlicht hatte sie ihn geritten, den Kopf zurückgeworfen, mit wilden Haaren. Ihr südländischer Teint plötzlich blass unter den Streusternen der Milchstraße. Sie beide nahmen sich Zeit, zögerten es hinaus – langsam, schnell, langsam – und machten weiter bis zur Erschöpfung. Und als sie nicht mehr konnten, ruhte sie an seiner Brust. Sie zu spüren, süß und warm … Sie würden nicht einschlafen, nur eine kurze Pause …

»Hmm, so was habe ich noch nie gemacht.«

Sie sah ihn mit ihrem schiefen Grinsen an und sagte: »Das kannst du öfter haben. Aber jetzt geh schon.«

Er suchte seine Hose und zog sie an. Sie sagte: »Warte.« Sie packte ihn am Hemd und zog ihn zu sich herunter. Ihr Kuss war tief und süß. Er hatte die Augen die meiste Zeit geschlossen, aber als er sie kurz öffnete, sah er, dass auch ihre geschlossen waren.

»Okay«, sagte sie. »Ich bin fertig mit dir.«

Er lachte schallend und während er hinter John Smith herstolperte, knöpfte er sein Hemd zu.

Es konnte nicht später als halb fünf oder fünf sein. Ein dünner Dunstschleier hing tief über dem Boden und der Himmel war so weit aufgehellt, dass keine Sterne mehr zu sehen waren. Er atmete Nebelschwaden aus, die aus seinem Kopf zu kommen schienen. Er konnte noch nicht klar denken, gab sich aber auch keine Mühe. Stattdessen konzentrierte er sich auf seine Bewegungen, versuchte, den Krampf in seinen Beinen loszuwerden und seinen Kreislauf in Schwung zu bekommen. Sein Denkvermögen würde sicher bald wiederkommen und damit auch die Erinnerung, nicht nur die an sexuelle Ekstase.

Und als er Smith eingeholt hatte, war er wieder er ... nein, nicht er selbst. Er wusste gar nicht mehr, was das bedeutete. Der selbstsichere Agent? Der Idealist, der bereit war, für sein Land zu töten? Der Vater, der seinen Kinder beibrachte, tyrannische, gewalttätige Menschen zu verachten?

Der meistgesuchte Mann Amerikas hatte die Hände in den Taschen und blickte auf die Felsentürme, die wie ausgestreckte Finger aus dem Bergkamm ragten und die Cooper schon am Vortag aufgefallen waren. »Wie steht's mit Ihrem Gleichgewichtssinn?«

Cooper sah ihn an, während ihm ein Dutzend klugscheißerische Antworten durch den Kopf gingen. Dann marschierte er los, auf den Fuß des höchsten Felsens zu. Smith folgte ihm. Sie redeten nicht, liefen nur. Der Boden stieg rasch an und der Baumbestand wurde lichter. Anfangs drehten sich Coopers Gedanken ständig im Kreis, immer wieder dachte er an die Offenbarung des Vorabends zurück und suchte die Geschichte verzweifelt nach Schwachstellen ab. Innerhalb einer halben Stunde aber war der Hang so steil geworden, dass die Anstrengung alle Gedanken verdrängte – ein Schritt und noch ein Schritt und noch ein Schritt und atmen – ein Schritt und noch ein Schritt und noch ein Schritt und atmen. Immer öfter musste er die Hände zu Hilfe nehmen und sich an den rauen Felsen hochziehen. Am Fuß der Felsentürme war ein Geröllfeld und immer wieder rutschten die lockeren, flachen Steine geräuschvoll unter seinen

Füßen weg. Es war heimtückisches Gelände, jeder Schritt barg die Gefahr, den Fuß auf einen losen Felsbrocken zu setzen. Und dann war ein gebrochenes Bein noch das Harmloseste, womit er rechnen musste. Beide keuchten heftig und Coopers Hemd war schweißnass.

Die Felsentürme bestanden aus aufeinander ruhenden Felsbrocken, wie er jetzt erkennen konnte, und waren um die fünfzig Meter hoch. Smith begann, auf der einen Seite des höchsten Felsens hochzuklettern, Cooper auf der anderen. Es gab breite Vorsprünge, die guten Halt boten, und so kletterte er furchtlos auf den Gipfel zu. Einmal blieb sein Herz fast stehen, als ein Stück Felsen unter seinem Fuß wegbröckelte, aber er konnte sich mit beiden Händen festhalten, rammte seine Fußspitze in eine schmale Spalte und kletterte weiter. Nach ein paar Minuten hielt er kurz inne, um nach oben zu schauen. Der Gipfel war nur noch etwa sechs Meter entfernt. Er bekam einen Energieschub und kletterte weiter. Er konnte nicht zulassen, dass Smith als Erster oben ankam.

Wenn es ein Wettbewerb gewesen wäre, hätten sie den Gewinner per Zielfoto ermitteln müssen. Als Cooper sich mit dem Kopf voran auf das kleine Felsplateau an der Spitze hievte, war er Smith regelrecht um eine Nasenlänge voraus. Dann saßen sie auf dem Gipfel der Welt und ganz kurz nur grinsten sie sich an, ohne sich dabei etwas zu denken, ohne irgendwelche Versprechen für die Zukunft, sondern einfach wie zwei Männer, die erkannten, dass sie gerade gemeinsam etwas schrecklich Leichtsinniges angestellt, aber auch einen Riesenspaß gehabt hatten.

Der Gipfel hatte etwa zwei Meter fünfzig Durchmesser. Cooper kroch auf die andere Seite und als er über den Rand schaute, wurde ihm vor Schwindel ganz schummrig im Magen. Auf dieser Seite fiel der Gebirgskamm ganz steil ab, sicher an die hundertzwanzig Meter. Er kroch wieder zurück und setzte sich im Schneidersitz hin. Der Tag war angebrochen, der Himmel hell, aber die Sonne zierte sich noch. »Schöne Aussicht.«

»Ich dachte mir, dass es Ihnen gefallen würde«, sagte Smith und betrachtete seine Hände. Sie waren blutig, aufgeschürft. Er wischte sie an seiner Hose ab. »Alles in Ordnung?«

Cooper bemerkte die Mehrdeutigkeit der Frage und bekam eine Ahnung davon, wie dieser Mann wirklich war. Es ging niemals nur um eine Sache, es gab immer mehrere Ebenen. Er konnte seine Gabe für taktisches Denken genauso wenig abstellen wie Cooper seine Gabe der Mustererkennung.

Auch jetzt versuchte er, aus dem Verhalten des Mannes ein Muster zu erstellen. »Ich hab's endlich verstanden.«

»Was meinen Sie?«

»Helen Epeus. Epeus hat das Trojanische Pferd gebaut und die schöne Helena war der Anlass für den Krieg. In dem Haus gab es gar keine Frau, die auf Sie wartete. Das war nur ein Scherz.«

Smith lächelte. Verschiedene Bedeutungsebenen … Wie viele es wohl waren?

»Also«, sagte Cooper, »unsere Kletterpartie hat symbolische Bedeutung, richtig? Zwei Männer, die auf den Sonnenaufgang warten … und allen Ballast zurückgelassen haben, denn der stört nur beim Klettern.«

»Irgendwie so was, ja.«

»Was Sie mir da gestern Abend erzählt haben, stimmt das wirklich?«

»Ja.«

»Okay, so machen wir es: Ich will die Wahrheit. Keine heimlichen Absichten und Ziele, keine Manipulation, keine Rechtfertigungen, einfach nur die Wahrheit.«

»Okay.«

»Denn im Moment bin ich ziemlich durch den Wind, John, und es ist durchaus möglich, dass ich plötzlich beschließe, Sie über die Felskante zu werfen.«

Er konnte die Wirkung seiner Worte sehen. Smith glaubte ihm offensichtlich. Eines musste Cooper ihm lassen, er war kein Feigling, denn er sagte: »Okay, aber das gilt für uns beide. Zuerst stellen Sie eine Frage, dann stelle ich eine. Abgemacht?«

»In Ordnung. Also, haben Sie die Börse in die Luft gejagt?«
»Nein, aber ich hatte es vor.«
»Sie haben aber die Bomben gelegt.«
»Ja, und Alex Vasquez sollte einen militärischen Gegenschlag verhindern. Außerdem hatte ich noch ein paar andere Anschläge geplant, aber abgeblasen.«
»Warum?«
»Weil man mir einen Strich durch die Rechnung gemacht hatte.« Smith machte eine finstere Miene, konnte jedoch nicht verbergen, wie peinlich es ihm war. »Ich sage es nur ungern, aber es stimmt. Ich hatte nicht mit der Skrupellosigkeit meiner Gegner gerechnet. Ein fataler Fehler.«
»Wie meinen Sie das?«
»Die Zerstörung der Börse hatte keinen taktischen Wert. Sie störte mich eigentlich nicht. Es war ein rein symbolischer Akt, aber so was hat manchmal besonders viel Wirkung. Das Land sollte sich darauf besinnen, dass wir eine gemeinsame Zukunft haben können.« Smith machte eine ausladende Geste. »Deshalb wollte ich die Börse in die Luft jagen, aber ohne Todesopfer.«
»Das kann man leicht behaupten.«
»Es ist aber so, Cooper. Darum ging's ja. Wenn wir friedlich miteinander leben sollen, müssen die Normalen endlich aufhören, uns auszuschließen. Das wollte ich mit der Zerstörung der Börse unterstreichen. Aber was hätte es mir gebracht, lauter Unschuldige umzubringen? Das hätte unserer Sache nur geschadet. Und genau das ist ja auch passiert.«

Das hatte Shannon auch gesagt, aber sie hatte es sicher von Smith. Cooper sagte: »Sie müssen doch gewusst haben, dass Sie unschuldige Menschen in Gefahr bringen.«

»Es war ein kalkuliertes Risiko. Ich hatte nicht einfach bloß *gehofft*, die Börse würde menschenleer sein, ich hatte es *geplant*.«
»Super Planung.«
»Wie gesagt, meine Gegner haben mir einen Strich durch die Rechnung gemacht.«
»Und wie sah dieser Plan aus?«

»Der Plan war, ein Video an alle großen Medienunternehmen zu schicken, eine Ankündigung, dass am nächsten Tag um vierzehn Uhr die Börse in die Luft fliegen würde. Und bei dem kleinsten Versuch, die Bomben zu entschärfen, würde ich sie frühzeitig zünden. Vorher sollte alles evakuiert werden.«

»Und warum haben Sie das Video nicht verschickt?«

»Habe ich doch.«

»Sie … Was?« Cooper war in Gedanken schon längst einen Schritt weiter, eine Angewohnheit aus langjähriger Verhörpraxis, aber die Antwort machte ihn stutzig.

»Ich habe das Video an sieben verschiedene Medienunternehmen geschickt, die Traditionssender plus CNN, MSNBC, sogar an Fox.«

»Aber …«

»Aber es wurde nicht gesendet.« Smith nickte. »Eben. Damit haben sie mir einen Strich durch die Rechnung gemacht.«

»Wollen Sie etwa sagen, Sie hätten eine Warnung rausgeschickt und kein Sender …?«

»Nicht einer hat das Video gezeigt, nein. Vorher nicht und nachher auch nicht. Sieben vermeintlich unabhängige Medienunternehmen wussten, dass ein Bombenanschlag auf die Börse geplant war. Sie kannten die Uhrzeit. Sie wussten, wenn sie das Video nicht senden, wird es Tote geben. 1143 Menschen mussten sterben.«

Cooper fühlte sich wieder ganz schwindelig, dabei saß er gar nicht nah an der Felskante. »Sie behaupten also, jemand hat die Veröffentlichung *verhindert*?«

»Genau, und zwar bei allen sieben Sendern. Jetzt darf ich mal eine Frage stellen. Wer hat die Macht, so etwas zu veranlassen?«

Cooper zögerte.

»Wer kann sieben unabhängige Medienunternehmen dazu bringen, so etwas zu verheimlichen? Eine Gruppe von Untergrundkämpfern etwa? Ein Terrorist?«

»Nein.«

»Eben. Nur jemand, der Teil des Systems ist, kann das. Nur das System selbst.«

»Schon wieder Drew Peters.«

»Vielleicht.« Smith zuckte mit den Schultern. »So genau weiß ich das nicht. Aber als das Video nicht gezeigt wurde und die Regierung keine Anstalten machte, das Viertel zu evakuieren, da war mir klar, was passieren würde. Also musste ich auf meinen Notfallplan zurückgreifen.«

»Shannon.«

»Ja, Shannon.«

Cooper dachte an ihre Begegnung vor sechs Monaten zurück, als er ihr in der Börse hinterhergerannt war. Wie sie aufgeschaut und ihn angefleht hatte zu warten. Sie hatte gesagt, er würde nicht verstehen. Oh Gott …

Wäre es ihr gelungen, die Bomben zu entschärfen, wenn er sie nicht daran gehindert hätte? War dies eine weitere Schuld, die auf seinem Gewissen lastete?

»Also wer profitiert von der Explosion in der Börse, Cooper? Wer hat was davon?«

»Sie haben Ihre Frage schon gestellt.«

»Ich hake nur noch mal nach.«

Cooper kannte die Antwort, die Smith hören wollte, und auch die größeren Zusammenhänge, die dahintersteckten. Gestern hätte er es sich noch nicht eingestanden, doch an diesem Morgen, da die ersten scharf konturierten Sonnenstrahlen am Horizont erschienen, sprach er es offen aus: »Leute, die einen Krieg wollen.«

»Genau. Leute, die einen Krieg wollen. Leute, die glauben, dass sie durch einen Krieg noch reicher oder noch mächtiger werden. Und vielleicht sind sogar welche darunter, die einen Krieg tatsächlich für notwendig halten. Sicher gab es in der Geschichte Zeiten, wenn auch äußerst selten, wo ein Krieg unvermeidlich war, aber ein Krieg gegen unsere eigenen Kinder war und ist niemals zu rechtfertigen. Nein, diese Leute wollen den Krieg, weil sie davon profitieren.«

»Also wie sind die Bomben denn losgegangen, wenn Sie sie nicht gezündet haben?«

»Ist das Ihre nächste Frage?«

»Ich hake nur noch mal nach.«

Smith lachte. »Alle fünf hatten einen Fernzünder mit einer bestimmten Codefrequenz. Und außer mir kannte niemand den Code.«

»Also wie …?«

»Weil ich sie gewarnt habe.«

Er verstummte und ließ Cooper von selbst drauf kommen. »Durch Ihre Videobotschaft hatten sie genug Zeit, die Bomben zu finden und den Code zu knacken …«

»Wie gesagt, ich habe nicht mit der Skrupellosigkeit meiner Gegner gerechnet. Ich wusste, sie hassen mich, und ich wusste auch, sie wollen Krieg. Aber ich hätte niemals für möglich gehalten, dass sie dafür ihre eigene Börse hochjagen und über tausend Leute umbringen.«

»Aber … warum?«

»Die Menschen finden immer einen Grund.«

Cooper dachte darüber nach. Wahrscheinlich hatte er recht. »Nächste Frage: Was ist mit dem Rest?«

»Was für ein Rest?«

»Was Sie sonst noch alles gemacht haben: Morde, Bombenanschläge, Virenattacken … alles.«

Es folgte ein langes Schweigen. Die Sonne stieg nun endgültig über den Horizont und goss blutiges Licht über den Osten. Wie auf ein Stichwort erklangen Vogelstimmen, aber Cooper konnte keine Vögel sehen.

Schließlich sagte Smith: »Wollen Sie wissen, ob ich mir die Hände schmutzig gemacht habe? Die Antwort ist ja. Tut mir leid, aber Sie wollten die Wahrheit hören.«

»Sie sind ein Terrorist.«

»Ich bin Soldat in einem Krieg. Ich kämpfe für meine Menschenrechte und für die Rechte von meinesgleichen. Ich kämpfe für Sie, für Shannon und die übrige Million Begabter. Ihre Tochter zum Beispiel.«

Noch bevor er es merkte, war Cooper aufgesprungen. »Seien Sie vorsichtig, John. Seien Sie ganz vorsichtig.«

»Ach, regen Sie sich ab.« Smith schenkte ihm einen nachsichtigen Blick. »Wollen Sie mich umbringen? Bitte, ich habe keine Chance gegen Sie. Sie hätten mich gestern Abend schon umbringen können und jetzt hier oben auch wieder. Das Risiko bin ich eingegangen. Sie wollen nicht, dass ich über Kate rede? Schön. Aber ich bin nicht derjenige, der sie in eine Akademie stecken will.«

»Das wird nicht geschehen.«

»Warum? Weil Sie mich hier runterwerfen?«

»Weil …« Er hörte Drew Peters' Stimme in seinem Kopf. *Ihre Tochter wird niemals getestet. Was auch passiert, ich werde mich um Ihre Familie kümmern.*

Er sank auf die Knie. Nein, bitte nicht. Nicht sie auch noch. *Ich werde mich um Ihre Familie kümmern.*

»Keiner von uns ist unschuldig«, sagte Smith. »Ich nicht, Shannon nicht und Sie auch nicht. Aber es ist das System, das am meisten Blut vergossen hat. Es wird eine neue Welt geschaffen, Schritt für Schritt, und es bleiben blutige Fußspuren zurück. So, jetzt bin ich wieder dran. Was für eine Welt wünschen Sie sich für Ihre abnorme Tochter, Cooper? Und wo wir schon dabei sind, was für eine Welt wünschen Sie sich für Ihren normalen Sohn?«

Cooper rang nach Atem. *Ich werde mich um Ihre Familie kümmern.* Er hatte sich so sehr um ihre Sicherheit gesorgt und war so blind gewesen, dass er ihren Schutz dem gefährlichsten Mann überhaupt anvertraut hatte. Er hatte seine Kinder beschützen wollen und einen Löwen in ihr Zimmer gelassen.

Nein.

»Die Beweise«, sagte Cooper. »Shannon hat gesagt, Sie hätten Beweise für Ihre Behauptungen.«

»Das ist eine längere Geschichte.«

»Ich habe Zeit.«

»Nach meinem Treffen mit Senator Hemner im Monocle habe ich mich auf den Heimweg gemacht. Aber ich habe es gar nicht bis nach Hause geschafft. In meiner Straße wimmelte es nur so von Polizei. Meine Wohnung wurde mit Scheinwerfern angestrahlt. Ich wusste nicht, was los war. Ich wusste nur, dass ich verschwinden musste. Und genau das hatte Peters gewollt. Was bringt es, einen Mythos wie John Smith aufzubauen, wenn man ihn sofort verhaftet? Besser lässt man ihn entwischen. Lässt ihn da draußen in der Finsternis lauern, als Buhmann der Nation. Dafür gibt's auch mehr Geld.« Er lachte freudlos.

»Also bin ich untergetaucht und wurde vom politischen Aktivisten zum Soldaten. Ich habe eine Armee aufgebaut. Und ich habe angefangen zu graben. Ich wollte wissen, wer meine Feinde waren.

Und schnell wurde mir klar, dass ich es mit der AEB zu tun hatte. Ihre Behörde profitierte am meisten von der Sache. Aber das war noch kein Beweis. Ich wusste jetzt, wer und warum, aber ich wollte auch wissen, wie.«

»Wie?«

»Jemand hatte dieses Massaker inszeniert. Und derjenige hatte auch das Video manipuliert. Erstklassige Arbeit. Aber es musste perfekt sein oder zumindest so gut wie. Das bedeutete, ein Begabter hatte es gemacht. Jemand, der mit Bildern und elektronischen Medien so umgehen kann wie ich mit einem Schachbrett. Mehr musste ich nicht wissen, um ihn zu finden.«

»Und dann?«

»Ich habe ihm ein paar Fragen gestellt«, sagte Smith trocken.

»Sie haben ihn gefoltert.«

»Wie ich schon gesagt habe, auch ich habe mir die Hände schmutzig gemacht. Der Mann hat mein Leben ruiniert und bedrohte die Existenz aller Begabten. Also ja, ich habe mit Nachdruck gefragt. Er hat die Manipulation an dem Video sehr schnell gestanden.«

Cooper starrte in die Sonne, die jetzt immer schneller aufzusteigen schien und die Luft erwärmte, und sagte: »Wenn Sie beweisen konnten, dass das Video gefälscht war, warum sind Sie damit nicht an die Öffentlichkeit gegangen?«

»Was für einen Beweis hatte ich denn? Ich, der Terrorist, hatte einen Freak gefoltert, um ihm ein Geständnis zu entlocken. Das hätte doch niemand geglaubt. Sie vielleicht? Es wäre einfach ignoriert worden. Ich brauchte etwas Handfesteres.« Smith legte die Hände in den Schoß und sah Cooper an. »Und das habe ich auch bekommen. Dieser Mann, er hat auch gesagt, Peters wüsste, wenn das mit dem Monocle jemals rauskommt, dann würde es ihm an den Kragen gehen. Und deshalb hatte er eine Art Lebensversicherung.«

»Eine Lebensversicherung?«

Smith seufzte. »Das ist das Problem. Ich weiß es nicht so genau. Irgendwelche Videoaufnahmen, so viel steht fest. Etwas, das er gebrauchen kann, wenn es brenzlig für ihn wird. Der Mann hat auch noch gesagt, dass er für Peters die Kameras installiert hat. Aber er weiß nicht, was auf dem Video zu sehen ist.«

»Und das glauben Sie ihm?«

»Meine Verhörmethoden waren sehr ... gründlich.«

Das kann ich mir vorstellen. Cooper verdrängte die Bilder von Folter aus seinem Kopf und konzentrierte sich auf das, was Smith sagte. Er zwang sich, die Sache ganz leidenschaftslos zu betrachten, wie ein Problem, das es zu lösen galt, und ließ seiner Gabe freien Lauf. »Sie wissen also, dass es ein Beweisstück gibt, aber nicht wo. Und selbst wenn Sie es wüssten, Sie kommen nicht dran. Und ich soll es für Sie beschaffen.«

»Genau.«

»Aber ich weiß gar nicht, wo ich anfangen soll.«

»Ihnen wird schon was einfallen. Dazu haben Sie ja Ihre Gabe. Schließlich haben Sie auch Alex Vasquez gefunden. Und Drew Peters kennen Sie doch noch viel besser.«

Er hatte recht. Cooper spürte, wie er innerlich bereits an einem Muster arbeitete. Das Beweisstück war sicher nicht in der AEB-Zentrale oder bei Peters zu Hause. Beide Orte konnten im Ernstfall vollkommen abgeriegelt werden. Peters musste es an einem sicheren Ort versteckt haben. Irgendwo, wo es im Notfall leicht zu erreichen war. »Nächste Frage.«

»Ich glaube, ich bin dran, aber in Ordnung.«

»Was Sie da erzählen, klingt glaubwürdig. Aber Peters' Geschichte auch. Und auch der Ausgleichsdienst war glaubwürdig. Das ist noch kein Beweis.«

»Das Video ist der Beweis.«

»Aber Sie kennen das Video doch überhaupt nicht. Sie wissen doch gar nicht, was darauf zu sehen ist. Vielleicht beweist es ja sogar, dass Sie das Ungeheuer sind, für das Sie alle halten.«

»Stimmt«, sagte Smith mit der Gelassenheit des Logikers, der einen Denkfehler erkennt.

»Also gut.« Cooper stand wieder auf, ging an den Felsrand und starrte hinunter auf die weite heitere Welt. »Ich finde den Beweis. Aber ich tu's nicht für Sie oder für Ihre Sache.« Er drehte sich um und sah Smith an. »Beten Sie, dass das Video wirklich das zeigt, was Sie glauben. Denn ich kenne Sie jetzt. Wenn es sein muss, kann ich Sie jederzeit wiederfinden. Und Sie töten.«

»Das glaube ich Ihnen sogar«, sagte Smith. »Und ich rechne fest damit, dass Sie die Sache bis zum Schluss durchziehen.«

»Selbst wenn ich Sie dafür töten muss?«

»Klar. Nur jemand, der so entschlossen ist, kann es mit Drew Peters aufnehmen. Mann, Cooper, was glauben Sie eigentlich, warum ich Shannon beauftragt habe, Sie herzuholen?«

Coopers Hände verkrampften sich zu Fäusten. Übelkeit breitete sich in seinem Magen aus. »Was?« Seine Gedanken eilten wieder voraus und seine Gabe lieferte ihm wieder einmal eine Antwort, die er nicht wollte. »Was meinen Sie mit ›beauftragt‹?«

»Ach, Entschuldigung.« Smith sah kurz ein bisschen verärgert aus. »Ich dachte, darauf wären Sie mittlerweile von selbst gekommen.«

»Was meinen Sie mit ›beauftragt‹?«

Smith seufzte. Er stand auf und steckte die Hände in die Taschen. »Ich meine, was ich sage. Ich brauchte Sie, also habe ich Shannon auf Sie angesetzt. Ich habe sie zu der Hochbahnstation geschickt und ihre ganze Reise hierher geplant. Ich habe auch dafür gesorgt, dass Sie Samantha kennenlernen und mitbekommen, wie sie benutzt wird. Shannon hat Sie auf mein Verlangen zu Lee Chen gebracht, damit Sie seine Tochter und ihre Freunde sehen. Ich habe Ihre Begegnung mit Epstein in die Wege geleitet, weil ich wusste, er würde mich verraten, um seinen Traum zu beschützen, und außerdem war mir klar, Sie würden nicht damit rechnen, ohne Hilfe an mich heranzukommen. Und ich habe gestern Abend auf den Balkon eine Zigarette geraucht, um Sie hochzulocken.

Tut mir leid, Cooper. Ich bin nun mal ein Schachspieler.« Smith zuckte mit den Schultern. »Ich habe schlicht einen Bauern in eine Königin verwandelt.«

KAPITEL 34

Drei Stunden später, als Cooper auf einem Ledersitz in tausend Metern Höhe saß, dachte er immer noch über Smiths Worte nach. Das brachte natürlich überhaupt nichts. Er musste sich um wichtigere Dinge kümmern als seinen verletzten Stolz.

Aber es ist nicht nur Stolz. John Smith ist nun mal der bessere Stratege. Sich darüber aufzuregen wäre so, als würdest du dich darüber ärgern, dass Barry Adams besser Football spielt als du. Es ist einfach eine Tatsache.

Nein, es war etwas ganz anderes, das ihn wurmte. Zum ersten Mal seit seiner Trennung von Natalie hatte er etwas für eine andere Frau empfunden. Ja, sicher, sie spielte für die gegnerische Mannschaft und es gab tausend Gründe, warum eine Beziehung zwischen ihnen niemals funktionieren würde, aber seine Gefühle waren echt gewesen.

Leider beruhten sie auf einer Täuschung. Sie hatte ihm eine Lüge nach der anderen aufgetischt. *Vielleicht sogar letzte Nacht.*

Er lehnte sich in seinem Sitz zurück und schaute aus dem Fenster. Der Jet war gerade über die Wolken gestiegen, die wie Barockschlösser unter ihm wallten. Diesen Moment genoss er sonst beim Fliegen immer ganz besonders. Er konnte immer noch wie ein Kind darüber staunen, dass er sich meilenweit über der Erde befand. Aber die komplexen Wolkenformationen ließen ihn heute kalt.

Was dich wurmt, ist nicht nur, dass du dich hast benutzen lassen, sondern dass sie *dich benutzt hat.*

Morgens auf dem Gipfel hatte er für Smith aufgelistet, was er brauchte, und war nicht überrascht, dass der alles bereits zur Verfügung hatte. »Shannon begleitet sie.«

»Nein«, sagte Cooper, »auf keinen Fall.«

»Ich weiß, Ihre Gefühle sind verletzt worden, aber diese Sache ist einfach zu wichtig. Sie brauchen ihre Hilfe, deshalb kommt sie mit.«

»Tut mir leid, aber ich arbeite nicht für Sie. Ich mache es auf meine Weise.«

»Cooper ...«

»Besorgen Sie einfach ein Flugzeug.« Er rutschte an den Felsrand und ließ seine Beine darüber baumeln. »Ich fahre allein zum Flugplatz.«

»Reden Sie wenigstens mit ihr«, hatte Smith noch gesagt.

Aber Cooper hatte ihn ignoriert und sich daran gemacht, hinunterzuklettern.

Von oben hatte Smith ihm hinterhergerufen. »Das sind Sie ihr schuldig.«

Cooper hatte innegehalten und hochgesehen. »Ob Sie's glauben oder nicht, John, wir sind nicht alle Figuren auf Ihrem Schachbrett. Sorgen Sie einfach dafür, dass die Maschine bereitsteht.«

In knapp drei Stunden hatte er den Privatflugplatz im Zentrum von New Canaan erreicht, von dem John Smith ihm erzählt hatte. Die Piste war groß genug, dass hier nicht nur Segelflugzeuge, sondern auch richtige Jets starten und landen konnten.

Sein Flugzeug war als FedEx-Frachtmaschine getarnt und hatte ein ziviles Kennzeichen. Ziemlich clever, denn solche Maschinen waren in der Luft genauso häufig anzutreffen wie Taxis auf der Straße und ebenso unauffällig. Der Pilot wartete bereits.

»Hallo, Sir. Ich habe für Sie Kleidung zum Wechseln an Bord und etwas zu essen, falls Sie hungrig sind.«

»Danke.« Er war die Stufen hinaufgegangen. »Starten Sie und bringen Sie mich so schnell wie möglich nach Washington.«

Eine Viertelstunde später trug er wieder Zivilkleidung – die Größen stimmten natürlich haargenau – und der Jet raste über die Startbahn. Der Pilot sagte, der Flug würde circa vier Stunden dauern, länger, falls sie bei Ankunft in der Warteschleife fliegen mussten.

Also hatte er vier Stunden Zeit, darüber nachzudenken, wo Drew Peters seine Lebensversicherung versteckt haben könnte.

Ausgerechnet Washington, ein gefährliches Pflaster für Cooper. Dort gab es mehr Überwachungskameras und Agenten als in irgendeiner anderen amerikanischen Stadt. Wäre er an Roger Dickinsons Stelle und würde einen abtrünnigen Agenten jagen, dessen Kinder in Washington wohnten, dann würde er die ganze Stadt ständig überwachen lassen.

Normalerweise wäre er, sollte eine Kamera ihn erwischen, schon längst über alle Berge, bis die AEB die Videoaufnahmen gefunden und ausgewertet hatte. Aber sein Gespräch mit Peters am Vorabend hatte einiges geändert. Wenn er John Smith tatsächlich eliminiert hätte, hätte er einfach die AEB angerufen, damit sie ihn rausholen. Er hatte sogar mit dem Gedanken gespielt, Peters einfach anzulügen und zu behaupten, Smith wäre tot. Aber wenn die AEB die Wahrheit kannte, was dann? Was, wenn Smith telefonierte und sie hörten mit, oder sie sahen ein aktuelles Foto von ihm, auf dem er quicklebendig war? Und Peters anzulügen wäre außerdem so, als würde er mit John Smith gemeinsame Sache machen. Und dazu war er nicht bereit. Jedenfalls nicht, solange er keine Beweise hatte. Am besten meldete er sich erst einmal gar nicht. Das Problem war nur, falls Peters ihn entdeckte, würde er annehmen, dass Cooper übergelaufen war.

Und? Bist du übergelaufen?

Nein, denn er arbeitete nicht für John Smith. Auch wenn Cooper an sich verstand, dass Smith sich für die Schwächeren einsetzte, er blieb ein Terrorist.

Aber du bist jedenfalls kein AEB-Agent mehr.

Das würde Peters allerdings schon reichen. Wenn er Verdacht schöpfte, dass Cooper nicht mehr für ihn arbeitete, würde er keine Rücksicht nehmen. Coopers Foto würde über sämtliche Bildschirme Amerikas flimmern. John Smith hatte sich damals rechtzeitig aus dem Staub gemacht, aber Cooper glaubte nicht, dass ihm das auch gelingen würde. Nein, das Beste war, möglichst schnell zu handeln. Nach Washington fliegen, das Video finden und dann weitersehen.

Ganze vier Stunden, um das Rätsel zu lösen, wo jemand in einem Gebiet von zwanzigtausend Quadratkilometern eine Datei aufbewahren könnte, die auf einen Speicher von der Größe einer Briefmarke passte.

Auf diese Zahl war er gekommen, weil er davon ausging, dass Peters im Notfall schnell an das Video herankommen müsste. Also würde er es höchstens ein, zwei Autostunden von seinem Büro oder Haus entfernt aufbewahren, in einem Radius von etwa achtzig Kilometern. Und Pi mal Radius hoch zwei machte etwa zwanzigtausend.

Von einer Nadel im Heuhaufen zu reden, wäre die Untertreibung des Jahrhunderts.

Also denk nach. Du hast noch ... dreieinhalb Stunden. Und wenn du allein gegen die gesamte Mannschaft der AEB antreten willst – für die es auch noch ein Heimspiel ist –, dann würde eine Stunde Schlaf jetzt sicher nicht schaden.

Natürlich standen seine Chancen nicht so schlecht, wie es auf den ersten Blick schien. Er würde ja nicht einfach wahllos das gesamte Gebiet absuchen. Er würde ein Muster von Drew Peters erstellen, so wie er früher für ihn Muster seiner Zielpersonen erstellt hatte.

Also, was wusste er?

Wenn Smith recht hatte – wenn er die Wahrheit sagte –, dann war das Video eine Art Versicherungspolice. Etwas, mit dem Peters sich schützen konnte, falls die Wahrheit über das Monocle je ans Licht kam. Das schränkte den Suchradius bereits ein.

Er würde das Video nicht in der AEB-Zentrale aufbewahren. Dort könnte es jemand finden. Außerdem, falls Peters Probleme bekam, hätte er wahrscheinlich keinen Zugang mehr zur Behörde.

Cooper war heilfroh, dass die Zentrale ausschied. Wenn das Video dort gewesen wäre, hätte es genauso gut auf dem Mond sein können. Der Gedanke war schon seltsam, aber falls Peters diese Versicherungspolice irgendwann wirklich brauchte, wäre er plötzlich in der gleichen Lage wie Cooper: ein Abtrünniger, hinter dem alle her waren.

Aus naheliegenden Gründen schied auch Peters' Haus aus. Genauso wie sein Haus am See oder sein Auto. Oder irgendwelche Sportklubs, in denen er Mitglied war.

Aber immerhin war er der Direktor des Ausgleichsdiensts. Dokumente zu fälschen, wäre kein Problem für ihn. Allerdings war es sehr riskant, eine Immobilie unter falschem Namen zu kaufen, denn bei solchen Transaktionen fiel immer Papierkram an. Und irgendjemand würde vielleicht Nachforschungen anstellen, vor allem, wenn es nach Korruption roch.

Und wenn er unter falschem Namen ein Bankschließfach angemietet hatte? Das Risiko, erwischt zu werden, war minimal. Andererseits waren Banken nachts und am Wochenende geschlossen, und jede Verzögerung konnte unter Umständen das Ende für Peters bedeuten.

Einer der sichersten Orte, um etwas zu verstecken, war ein Hotel. Man musste nur ein Zimmer mieten und ein paar einfache Werkzeuge mitbringen, eine Fußleiste oder ein Lüftungsgitter abnehmen und den Gegenstand dahinter verbergen. Solange Peters das Hotel im Auge behielt und keine Renovierung anstand, wäre es das ideale Versteck. Vollkommen anonym.

Aber auch in einem Hotel konnte die Wiederbeschaffung ein Problem sein. Wenn man das Zimmer nicht ständig mietete, was dem eigentlichen Zweck widersprach, hatte man nicht jederzeit Zugang. Wenn man im Voraus buchte, war es meistens kein Problem, immer dasselbe Zimmer zu bekommen. Aber falls es belegt war, wurde die Sache kompliziert. Peters könnte natürlich einbrechen, aber das wäre sehr plump gewesen, und Peters hasste plumpes Vorgehen.

Und ein Anwalt? Vielleicht ein langjähriger Familienanwalt. Der könnte auch beauftragt werden, das Video zu veröffentlichen, falls Peters plötzlich verschwand.

Aber dies war kein Detektivfilm und Peters wollte sich nicht posthum an jemandem rächen, sondern sich schützen. Und man konnte niemandem trauen, der für einen arbeitete, nicht bei einer so wichtigen Sache.

Draußen war die Wolkendecke aufgerissen. Darunter lag die goldgrüne Flickendecke der Landschaft von Nebraska oder Iowa, ein Muster aus erstaunlich regelmäßigen Rechtecken, das man nur von hier oben sehen konnte. Er wünschte, er könnte sich mit jemandem beraten, mit Bobby Quinn oder Shann…

Versuch einfach, sie zu vergessen.

Genauso gut hätte er sich vornehmen können, nicht an Elefanten zu denken. Sofort hatte er die Eindrücke der letzten Nacht im Kopf. Ihren Geschmack und das Bild, wie sie auf ihm ritt und ihren Oberkörper nach hinten warf, ihre schweißschimmernde Haut vor dem Hintergrund der Milchstraße … Hatte das ebenfalls zu ihrem Auftrag gehört? Smith hatte schließlich auch alles andere geplant und ihn von einer Chicagoer Hochbahnstation nach Wyoming gelockt. Hatte er Shannon auf ihn angesetzt, um ihn zu verführen? Um Zweifel in ihm zu säen und ihn dann zu trösten? Um ihn so an sich zu binden und für einen Einsatz zu gewinnen?

Unmöglich war es nicht. Er wollte es nicht glauben, hielt es für unwahrscheinlich – er meinte, Shannon zu kennen, und traute es ihr nicht zu –, aber möglich war's. Vielleicht war dies der zweite Schritt gewesen.

»Auch wenn es einen zweiten Schritt gibt, der erste war, dir die Wahrheit zu sagen.« Ihre Worte hallten in seinem Kopf wider. Und wenn sie ihn angelogen hatte, nun, er hatte sie schließlich auch angelogen. Die ganze Zeit, die sie zusammen verbracht hatten, hatten sie einander getäuscht. Allerdings hatte er zwar über seinen Einsatz gelogen, jedoch nicht, was seine Person anging. Sie vielleicht auch nicht. Vielleicht war sie ja – wie er – beides, ein Profi und ein Mensch, mit einem Beruf und einem Privatleben. War es ein Fehler, sie nicht mitzunehmen? Bevor er ihr begegnet war, hatte Cooper noch nie mit jemandem zusammengearbeitet, der ihm ebenbürtig war. Außerdem wäre ihre Gabe ungeheuer nützlich gewesen, um heimlich in …

Genug. Es war entschieden.

Also, ein Hotel war es wohl nicht und auch kein Anwalt. Vielleicht ein Freund, ein Angehöriger? Nicht seine Töchter, aber vielleicht ein Bruder oder ein alter Schulfreund. Jemand, auf den er sich verlassen konnte und der ihn niemals freiwillig verraten würde.

Das Problem war das Wörtchen »freiwillig«. Wenn Peters in Schwierigkeiten steckte, dann dieser Freund oder Angehörige ebenfalls. Und sollte jemand den Verdacht haben, dass diese Person etwas besaß, was dieser jemand unbedingt haben wollte … Nun, ein normaler Mensch würde unter der Folter zusammenbrechen.

Schon komisch, dass er wieder in einem Privatjet saß. Schließlich hatte so alles angefangen. Er war mit einem Jet aus San Antonio zurückgeflogen, nachdem er Alex Vasquez dorthin gefolgt war. Alex Vasquez, die gesagt hatte, es würde Krieg geben. Damals hatte er nicht geahnt, wie recht sie damit hatte. Und er fragte sich, ob es ihr selbst wohl bewusst gewesen war.

Cooper gähnte. Der Sitz war bequem und die letzten Tage waren anstrengend gewesen. Er hatte nur ein paar Stunden auf dem kalten Boden geschlafen. Nicht besonders erholsam.

Also, jetzt versuch es herauszukriegen. Das ist doch schließlich dein Ding.

Aber auch jetzt konnte er seine Gabe nicht kontrollieren. Manchmal machte er einen wahnwitzigen intuitiven Sprung und wusste schon, dass er richtig lag, noch bevor er handfeste Beweise hatte. Und zu anderen Zeiten schien seine Gabe herunterzufahren und nur ganz leise irgendwo im Hintergrund aktiv zu sein.

Doch er hatte das Gefühl, ganz nah dran zu sein. Er war überzeugt, dass er alle notwendigen Daten hatte. Er musste sie nur aus dem richtigen Blickwinkel betrachten.

Weißt du was? Finde es raus und anschließend kannst du schlafen.

Peters' Versicherungspolice konnte nicht weit weg sein. Er hatte sie jedenfalls nirgendwo unter seinem eigenen Namen hinterlegt. Sie musste an einem Ort sein, zu dem er Tag und Nacht Zugang hatte, auch ohne fremde Hilfe. An einem Ort, wo die Gefahr, dass jemand sie zufällig finden würde, praktisch null war. Irgendwo, wo niemand suchen würde.

Was war das für ein Ort, an dem sich nie etwas änderte, der immer zugänglich und vollkommen sicher war und sich in der Nähe befand?

Cooper lächelte.

Zwei Minuten später war er fest eingeschlafen.

KAPITEL 35

Der Kreis schloss sich. Komisch, aber so war es meistens im Leben.

Er war nicht nur wieder zurück in Washington, sondern in Georgetown, nur ein paar Blocks von seiner alten Wohnung entfernt, auf der Straße, die er früher immer entlanggejoggt war. Cooper konnte sein altes Ich vor sich sehen, wie er in einem verwaschenen Armee-T-Shirt, das schweißnass an seiner Brust klebte, die R Street entlanglief. Diese Gegend hatte ihm beim Joggen immer besonders gefallen. Eine äußerst malerische Ecke im ohnehin schon malerischen Georgetown: das schwarze, schmiedeeiserne Gitter zu seiner Rechten, der tiefe Schatten der alten Bäume, die Reihen gepflegter, teurer Stadthäuser auf der Südseite … und der elegante Oak-Hill-Friedhof auf der Nordseite.

Er war ein paar Mal darübergeschlendert und hatte ein Informationsblatt über den alten Friedhof gelesen, der um 1850 entstanden war. Eine wunderschöne Anlage mit sanften Hügeln und ruhigen Spazierwegen entlang des Potomac. Alte Marmordenkmäler und -grabsteine erinnerten an Honoratioren aus zwei Jahrhunderten: Kongressabgeordnete, Bürgerkriegsgeneräle, Industriebosse … und Banker.

Einfach perfekt. Von Drew Peters' Haus aus bequem zu Fuß zu erreichen, immer unverändert, stets zugänglich. Wahrscheinlich wurde abends abgesperrt, aber das bedeutete wahrscheinlich nur, dass ein älterer Wachmann eine Kette vor das Gittertor hängte. Nichts leichter, als eine dunkle Stelle zu suchen und hinüberzuklettern. Jugendliche taten das wahrscheinlich ständig.

Auf einem Schild am Eingang gab es einen Plan, auf dem verschiedene Bereiche in gedämpften Farben gekennzeichnet waren: Joyce, Henry Crescent, Chapel Hill. Die Kapelle war eine der Hauptattraktionen des Friedhofs. Er hatte sie noch vor Augen, ganz mit Efeu umrankt wie in einem romantischen Tagtraum. Auf dem Plan waren auch die berühmteren unter den hier beigesetzten Leuten markiert.

So auch Edward Eaton, »Finanzier und Rechtsanwalt, Unterstaatssekretär des Schatzamtes unter Abraham Lincoln«.

Cooper machte sich auf den Weg über den Friedhof. Grabsteine und Gehwege waren von den Jahren gezeichnet wie altehrwürdige Patrizier. Er hatte sich nie viele Gedanken darüber gemacht, wo er einmal begraben werden sollte – hatte überlegt, sich vielleicht einäschern zu lassen –, aber er konnte verstehen, warum man geliebte Menschen hier zur letzten Ruhe bettete. Es war sicher ein angenehmer Gedanke, sie an einem so schönen Ort zu wissen.

Die meisten Grabmäler waren ganz schlicht, verwitterte Steine mit Namen und Daten und häufig militärischen Rängen. Aber hier und da gab es auch steinerne Mausoleen, die sich an Hänge schmiegten oder von Bäumen beschattet wurden. Das, auf dem der Name EATON eingemeißelt war, wirkte klobig wie ein Bunker. Keine Statuen oder kunstvolle Steinmetzarbeiten, nur eine von Säulen flankierte Tür und ein paar kleine Buntglasfenster. Ein Monument, das für Stabilität und Ewigkeit stand. Das hatte Edward Eaton wohl auch im Sinn gehabt, als er dieses Haus für die Leichname seiner Urgroßenkel kaufte, deren Eltern damals noch nicht einmal geplant waren.

Cooper stand mit den Händen in den Taschen davor. Er fragte sich, wie oft Drew Peters wohl hergekommen war, an derselben Stelle gestanden und die Ruhestätte seiner Frau betrachtet hatte.

Nahe gelegen, unveränderlich, ungestört, immer zugänglich und absolut sicher.

Es passt perfekt, aber würde Peters es wirklich für so etwas benutzen?

Das lässt sich ja herausfinden.

Die Tür war schwer, aus Eichenholz und mit massiven schmiedeeisernen Scharnieren, die aussahen, als stammten sie noch aus der Entstehungszeit des Friedhofs. Das Bolzenschloss war relativ neu und wirkte irgendwie deplatziert. Cooper zögerte und sah sich um. In einiger Entfernung humpelte eine ältere Frau über den Weg, in einer Hand hielt sie einen Blumenstrauß. Cooper konnte einen Rasenmäher hören und in der Ferne eine Sirene.

Er kniete sich vor die Tür und betrachtete das Schloss etwas genauer. Noch vor einem Jahr hätte er, wenn er durch eine verriegelte Tür musste, einen Rammbock benutzt. Diebe knackten Schlösser, aber AEB-Agenten doch nicht.

Doch dann war er zum Dieb geworden. Er hatte nicht lange gebraucht, um es zu lernen. Wenn man erst einmal das Prinzip verstanden hatte, kam es nur noch auf Übung an, und Zeit zum Üben hatte er reichlich gehabt. Das Schloss war durchaus solide, aber innerhalb von zwei Minuten hatte er es auf.

Cooper zog an dem Eisengriff. Mit einem rostigen Knarren bewegten sich die Scharniere und die Tür ging langsam auf. Grelles Sonnenlicht fiel in die Gruft. Der Steinboden war dick mit Staub bedeckt und die Luft roch abgestanden.

Wieder was, was du noch nie gemacht hast.

Er betrat die Gruft und zog die Tür hinter sich zu. Die helle Sonne verschwand, aber durch die Buntglasfenster fiel gedämpftes Licht ein. Wäre das Licht Musik gewesen, dann ein Requiem, ruhig, langsam und trauervoll. Er blieb stehen und wartete, bis seine Augen sich an die Dunkelheit gewöhnt hatten. Das Mausoleum bestand aus einem einzigen Raum, etwa neun mal neun Meter groß, mit einer steinernen Bank in der Mitte und Nischen in den Wänden, die Etagenbetten ähnelten. Jeweils vier übereinander und drei nebeneinander, bis auf die vordere Wand, wo wegen der Tür in der Mitte nur Platz für acht Nischen war. Vierundvierzig steinerne Betten, bis auf zwei alle belegt. Zweiundvierzig Särge in ordentlichen Reihen und unter jedem waren Namen und Daten in den Stein gemeißelt. Ein Haus für die Toten. Bei dem Gedanken durchfuhr ihn ein Schauer.

Es war zu düster, um die Inschriften zu lesen. Deshalb holte er sein Datenpad heraus, entknitterte es und beleuchtete mit dem digitalen Lichtschein den Stein. Irgendwie kam ihm das anstößiger vor als der Einbruch selbst. Es schien ihm irgendwie nicht richtig, mit diesem Gerät, von dem zu der Zeit, als die Grabstätte gebaut wurde, niemand auch nur geträumt hätte, die moderne Welt hier hereinzutragen.

Aber dann bemerkte er, dass er damit nicht der Erste war.

Direkt über der Tür war ein mattgraues Metalldöschen von der Größe einer Streichholzschachtel angebracht. Keine Beschriftung, keine LED Lichter, nichts, was auf seinen Zweck hinweisen würde, aber Cooper erkannte es. Ein von der Regierung eingesetztes Gerät. Den Großteil des Döschens füllte ein Akku aus. Außerdem befanden sich darin ein Bewegungsmelder und ein Sender. Es war ein Langzeitüberwachungsgerät, wie man es etwa in einem geheimen Unterschlupf anbrachte. Man überließ es einfach sich selbst und dachte nicht mehr daran, bis es eines Tages eine winzig kleine Bewegung bemerkte und ein Signal sendete.

Das bedeutete zweierlei. Erstens hatte er richtig gelegen. Das Beweisstück war tatsächlich hier versteckt. Natürlich hätte auch die Familie einen Bewegungsmelder in der Gruft anbringen können, aber nicht so einen. Das war ein AEB-Gerät.

Und das war der zweite Punkt. In dem Moment, als Cooper die Tür geöffnet hatte, hatte dieses Ding den Direktor gewarnt.

Sein Telefon hatte geklingelt und sein Datenpad gepiept und die Nachricht übermittelt:

Jemand war dort eingedrungen, wo niemand etwas zu suchen hat.

Coopers Herz fing an zu rasen. Peters verfügte über unglaublich viel Macht. In der Sekunde, wo er das Alarmsignal bekam, würde er ein Team aussenden, wahrscheinlich Gesichtslose. Schwer bewaffnete Männer und Frauen würden zum Friedhof jagen. Und da Peters nicht riskieren konnte, dass die Zielperson redete, würde er den Leuten einen Tötungsbefehl erteilen.

Aber immerhin bedeutet es, dass dein Hirn noch funktioniert. Der Beweis ist hier irgendwo.

Also schnapp ihn dir und mach dich aus dem Staub, aber dalli. Du hast schon eine Minute verloren. Du hast noch höchstens ... zwei.

Scheiße!

Er beugte sich vor, um die erste Inschrift zu lesen. MEINER TREUEN GEMAHLIN TARA EATON, 1812–1859. Die nächste galt ihrem Mann Edward Eaton, der zwei Jahre später gestorben war.

Cooper stürzte zum anderen Ende der Gruft. Die Särge waren wahrscheinlich in zeitlicher Reihenfolge angeordnet. Das hieß, dass Peters' Frau am anderen Ende lag.

Sie war die Drittletzte. UNSERER GELIEBTEN TOCHTER ELIZABETH EATON, 1962–2005. In der Nische über der Inschrift ein eleganter Mahagonisarg. Das Holz glänzte noch, aber auf dem Deckel lag eine gleichmäßig dünne Staubschicht. Cooper starrte den Sarg an, betroffen von dem, was er da vor sich hatte. Eine Kiste mit den Überresten einer Frau, die er nie kennengelernt hatte, aber mit deren Kindern, die ihn scherzhaft Onkel Nick nannten, er gebalgt, die er gekitzelt und geneckt hatte.

Aber jetzt war keine Zeit, zimperlich zu sein. Er tastete den Sarg ab, fuhr mit den Fingern über jede kleinste Intarsie und an jeder Wölbung und Kante entlang. Er klopfte die Ecken ab und befühlte die Seiten. Nichts. Er verzog das Gesicht. Dann neigte er den Kopf zur Seite und beugte sich in die Nische über den Sarg.

Er konnte den kalten Stein über sich spüren und bekam Staub in Augen und Nase, während er mit der Hand im Dunkeln herumtastete. Er prüfte jeden Winkel und fuhr mit der Hand durch den schmalen Spalt zwischen dem Sarg und der Wand dahinter.

Nichts.

Cooper trat zurück. Er wischte sich ein paar Spinnweben aus dem Haar.

Es gibt eine Stelle, an der du noch nicht nachgesehen hast …

Er stellte sich vor, Natalie wäre tot, an einem Ort wie diesem beigesetzt, und er würde sich hineinschleichen, den Sarg aufbrechen und müsste hineinschauen …

Der Gedanke war widerwärtig und schrecklich, aber möglich war es.

Cooper hatte kein Werkzeug dabei, nichts, womit er den Sarg hätte aufbrechen können. Er würde ihn herumschleudern müssen, ihn vielleicht gegen die Bank rammen, bis das Holz splitterte, und Elizabeth Eatons sterbliche Überreste würden im Innern hin und her geschüttelt. Eine grässliche Vorstellung, aber es ging nicht anders.

Doch …

Hätte Peters es auch so gemacht?

Nein, er hätte Werkzeuge mitgebracht und den Sarg nur so weit wie nötig aufgemacht, aber er hätte ihn auf jeden Fall aufbrechen müssen.

Hätte er das wirklich getan?

… der Sarg war vollkommen versiegelt. Der Deckel passte so genau auf das Unterteil, dass man den Übergang kaum sehen konnte. Es gab auch keinerlei Werkzeugspuren. Wäre der Deckel aufgebrochen worden, würde man Spuren sehen.

Seine erste Reaktion war Erleichterung.

Die zweite Enttäuschung. Peters hatte das, was er suchte, anscheinend doch nicht im Mausoleum versteckt. Cooper hatte sich geirrt.

Aber nein. Der Fingerzeig war der Bewegungsmelder an der Wand. Das Beweismaterial musste hier sein. Jedoch nicht im Sarg.

Cooper trat einen Schritt zurück und sah auf seine Uhr. Noch eine Minute. Er drehte sich einmal um sich selbst und sah sich in der Gruft um. Zweiundvierzig Särge. Eine Bank aus Stein. Hektisch warf er sich auf den Boden, um unter dem Sitz der Bank nachzusehen. Alles ganz eben. Auch Beine und Kanten fühlten sich völlig glatt an. Langsam ergriff ihn die Panik. Über der Tür hing ein eisernes Kruzifix. Eilig untersuchte er es. Nichts.

Noch fünfundvierzig Sekunden.

Es musste hier sein. Alles andere ergab keinen Sinn. Er war mittels seiner Gabe darauf gekommen und der Bewegungsmelder gab ihm recht. Er musste es nur *finden*.

Vielleicht ein anderer Sarg? Es gab noch einundvierzig davon. Und keine Zeit, sie alle auch nur oberflächlich zu untersuchen.

Er stand in der Mitte der Gruft und drehte sich langsam im Kreis. Komm schon, komm schon. Verzweifelt hoffte er auf seine Intuition. Dreißig Sekunden. Er rieb sich die Hände und der Staub flog durch die Luft.

Staub …

Man kann hier unmöglich etwas verstecken, ohne Staub aufzuwirbeln.

Und anschließend lässt sich der Staub nicht wieder gleichmäßig verteilen.

Am besten wischt man ihn ganz ab. Immer noch verräterisch, aber nicht ganz so auffällig. Außerdem legt sich wieder neuer Staub darüber.

… der durch die Luft flog.

Er stürzte zurück zu den Särgen. Elizabeths war der drittletzte. Auf den beiden danach stand MARGARET EATON, 1921–2006 und THEODORE EATON, 1918–2007.

Und auf beiden lag Staub. Nicht sehr viel, aber sie waren auch noch nicht so lange hier.

Er dachte an das Gespräch zurück, das er wahrscheinlich längst vergessen hätte, hätte es nicht an dem Tag stattgefunden, an dem sein Leben explodiert war. Dem Tag, als er Drew Peters angefleht hatte, sein Kind zu beschützen. Der Direktor hatte ihm von seiner Frau erzählt. Diese Geschichte war der Grund, warum Cooper überhaupt hier war. Aber er hatte auch über ihren Vater geredet. Was hatte er noch gesagt?

»Ihr Vater Teddy Eaton verwaltete die Privatvermögen der halben Gesellschaft von Capitol Hill. Gott, was für ein Dreckskerl. Als seine Tochter im Sterben lag, bettelte der Alte sie an, sich im Familiengrab beisetzen zu lassen. ›Du bist eine Eaton, keine Peters. Du gehörst zu uns.‹«

Cooper lächelte. Der Gedanke, dass Peters das Andenken seiner Frau so beschmutzen würde, hatte ihn die ganze Zeit gestört. Es passte einfach nicht ins Muster. Aber was war mit dem Dreckskerl, der dafür gesorgt hatte, dass Drew niemals neben Elizabeth liegen würde?

Er ließ sich auf ein Knie nieder und tastete hinter dem Sarg entlang. Spinnweben, Messingscharnier, altes Holz ... und ein Stück Klebeband. Er riss es ab. Ein kleiner Gegenstand haftete daran. Eine Speicherkarte von der Größe einer Briefmarke.

Ein letztes »Geh zum Teufel!« aus dem Land der Lebenden. Cooper hätte Peters ja dafür bewundert, aber dazu war keine Zeit. Er wickelte das Klebeband um den Stampdrive, steckte ihn in die Tasche und rannte zum Ausgang. Er knallte mit voller Wucht gegen die Tür, dass die Scharniere nur so knirschten und seine Schulter auch. Sonne, Himmel, wogende Äste.

Und ein Trupp von Leuten mit schwarzen Kampfanzügen und Schnellfeuergewehren, die rücksichtslos über die Gräber rannten.

Cooper, noch immer im vollen Schwung, wand sich durch die schmale Türöffnung nach draußen. Nach vier Schritten an der Außenmauer entlang hörte er die ersten Schüsse. Kugeln schlugen über ihm ein und Steinbrocken regneten auf ihn herab. Er zuckte zusammen und rannte mit voller Kraft zur Ecke des Mausoleums, packte einen Vorsprung und zog sich mit einer Drehung auf die andere Seite des Baus.

Der Friedhof war hügelig, es gab viele Bäume und die Grabmäler boten ein wenig Deckung. Er hätte sich gern vorsichtig weiterbewegt, um sich besser orientieren zu können, aber es war zu riskant. Wenigstens war es noch nicht dunkel. Für die Wärmebildgeräte in den Helmen der Gesichtslosen wäre seine Körperwärme in der kühlen Abendluft das reinste Leuchtfeuer gewesen.

Dann zerbarst über ihm ein Buntglasfenster. Er rannte los, stolperte über eine Wurzel, fing sich aber sofort wieder und fühlte eine Kugel haarscharf über sich hinwegsausen. Um es den Schützen nicht so leicht zu machen, rannte er im Zickzack, mal nach links, dann nach rechts. Ein ruhig stehender Scharfschütze hätte trotzdem keine Probleme gehabt, ihn ins Fadenkreuz zu bekommen, aber sie rannten alle hinter ihm her.

Vor ihm lag ein flacher Hügel, ein Albtraum, aber zumindest wäre er auf der anderen Seite in Deckung. Er hatte keine Wahl. Er sprintete los und trat dabei so fest auf, dass ihm bei jedem Schritt ein Schmerz durch die Beine fuhr. Er atmete hektisch, und seine Achseln waren vor Panik schweißnass. Er lief quer zwischen einer Reihe von Grabsteinen hindurch, sprang über einen kleineren hinweg, hörte von hinten weitere Schüsse, erreichte einen Baum und wirbelte dicht am Stamm entlang in Deckung – *Vorsicht, wenn du dich immer wieder auf die gleiche Art bewegst, kalkulieren sie das ein* –, aber diesmal hatte er noch Glück, er hörte, wie über ihm ein Geschoss in den Stamm einschlug, dann erreichte er den Kamm des Hügels und warf sich wie ein Fußballer grätschend nach vorn und rutschte am Boden entlang. Steine und Zweige bohrten sich in seine Haut.

Er hörte die Männer hinter sich schreien und wusste, sie würden sich in einem Halbkreis verteilen, schnell vorstoßen und versuchen, ihn einzukreisen. Cooper hatte seine Pistole dabei, aber die Sturmgewehre seiner Verfolger konnten automatisch ganze Salven abgeben und waren auf anderthalb Kilometer absolut zielgenau.

Trotzdem ...

Er drehte sich um und schoss zweimal direkt auf das Dach des Mausoleums, wartete kurz und schoss noch einmal. Mauerwerk splitterte. Kugeln prallten ab. Die Querschläger würden sie ein bisschen aufhalten, denn sie mussten sich vorsichtiger bewegen. Einen großen Vorsprung bekam er dadurch allerdings nicht. Er brauchte einen Plan.

Etwas weiter entfernt grenzte der Friedhof an den Potomac. Wenn er es bis dorthin schaffte, könnte er über das Gitter klettern und dann ...

Dann was? Ein Schwimmer mitten im Wasser wäre ein allzu leichtes Ziel. Außerdem war der Fluss als Fluchtweg einfach zu naheliegend. Wer verfolgt wird, flieht. Und wer flieht, kann nicht nachdenken.

Cooper erinnerte sich an den Geländeplan, den er am Eingang gesehen hatte. Die verschiedenen Bereiche, die berühmten Toten und die Kapelle.

Auf jeden Fall einen Versuch wert.

Er rannte los, hielt sich aber möglichst geduckt und bog neunzig Grad von seiner bisherigen Route ab. Damit würden seine Verfolger wahrscheinlich nicht rechnen. Er war vom Adrenalin wie elektrisiert. Das Gewicht der Pistole zerrte an seiner Hand und der Stampdrive in seiner Tasche wog noch viel schwerer. Es roch nach Erde. Und eine Windbö ließ die Baumwipfel tanzen.

Eine Schießerei auf einem Friedhof, Mannomann.

Hinter einer Reihe hoher Grabsteine aus der Zeit des Bürgerkriegs änderte er wieder die Richtung und rannte weiter. Durch die Bäume vor sich sah er einen kleinen Hügel, zu perfekt proportioniert, um natürlich zu sein, und die efeubewachsene Kapelle. Er sprang über eine Bank und rannte aus dem Stand weiter, vorbei an einem Grabstein mit einem schlanken Engel, der zum Himmel flehte. Intuitiv blickte er sich um.

Der Mann war allein – wahrscheinlich bildete er das eine Ende des Halbkreises –, etwa fünfzehn Meter entfernt, oben auf dem Hügel. Schwarze Panzerweste, Waffe im Anschlag, gute Schussposition. Das Visier des schwarzen Helms war unten, ein Jäger ohne Gesicht. Er schaute in die Richtung, wo sie Cooper vermuteten, aber ob intuitiv oder weil die Optikausstattung seines Helms Alarm schlug, plötzlich schaute er in Coopers Richtung.

Einen Augenblick lang waren beide wie erstarrt. Dann riss der Gesichtslose seine Waffe herum, verlagerte sein Gewicht auf das hintere Bein, zielte und drückte mit seinem behandschuhten Finger ab. Cooper konnte die Flugbahn der Kugel sehen. So deutlich, als hätte jemand sie in die Luft gezeichnet. Eine Linie, die direkt zu seiner Brust führte. Und ohne zu überlegen, warf er sich zur Seite.

Im Fallen hörte Cooper den Knall der Kugel – und ihrer Schwestern –, sah, wie der Mann im Feuern den Lauf schwenkte, spürte den Lufthauch, während der Boden auf ihn zukam, der Engel in den Himmel starrte, und noch bevor er aufkam, riss Cooper die Waffe hoch und zielte auf den Gesichtslosen. Beide feuerten gleichzeitig.

Der Engel weinte steinerne Tränen.

Der Mann in Schwarz taumelte, ein Loch im Visier, ein Spinnennetz aus Rissen.

Cooper schlug so hart auf, dass ihm der Atem stockte. Die Waffe im Anschlag, sah er zu, wie der Mann umfiel.

Er hatte einen AEB-Agenten getötet.

Zum ersten Mal. Aber er befürchtete, nicht zum letzten Mal.

Er rappelte sich auf und rannte geduckt weiter. Die Kapelle war nicht mehr weit. Efeu zitterte im Wind und Buntglasfenster glühten blutrot im Abendrot. Keuchend erreichte er die Kapelle und rannte um die Ecke, um sich vor dem Einsatzteam in Deckung zu bringen. Die Straße war nur noch ein paar hundert Meter entfernt.

Da sah er Bobby Quinn hinter einem Grabstein, darübergebeugt, seine Waffe auf dem Stein ruhend und auf Coopers Brust gerichtet.

Sein ehemaliger Partner schien nicht überrascht, ihn zu sehen. Er hatte ihn erwartet. Natürlich. Schließlich hatten sie lange genug zusammengearbeitet. Er wusste, Cooper änderte gern spontan die Richtung, führte seine Verfolger in die Irre. Deshalb hatte er das Team losgeschickt, um die offensichtlichen Fluchtwege abzudecken, und war selbst seiner Intuition gefolgt.

»Lass die Waffe fallen. Sofort.«

Cooper überlegte, seine Aktion von eben zu wiederholen, zur Seite zu hechten und im Sprung zu schießen. Aber die Situation war anders. Er hatte den Gesichtslosen ohne Deckung überrascht. Und der hatte mit jeder Muskelfaser seine Absicht verraten. Quinn hingegen war vorbereitet und sein Körper und vor allem seine Körpersprache waren hinter dem Grabstein verborgen. Ohne ihn richtig zu sehen, konnte Cooper ihn nicht lesen.

Außerdem, willst du wirklich auf Bobby schießen?

»Es ist mein Ernst. Lass die Waffe fallen.«

Cooper erstarrte. Nervöse Energie durchzuckte ihn, sein ganzer Körper war wie Gummi und er verspürte den merkwürdigen Impuls zu lachen. Er ließ die Waffe fallen. »Hi, Bobby.«

»Leg die Hände auf den Hinterkopf, dann runter auf die Knie, Füße über Kreuz.«

Cooper starrte seinen Kollegen an, seinen Partner bei Hunderten von Einsätzen, dachte an seinen schwarzen Humor, an seine Art, eine Zigarette minutenlang in der Hand zu halten, bevor er sie anzündete. Was hatten sie nicht alles zusammen erlebt.

»Bobby.« Er suchte verzweifelt nach Worten, wollte die Situation erklären, alles – sein Untertauchen, die Jagd auf John Smith und was er seitdem herausgefunden hatte. Er wollte nur eine halbe Stunde in einem Pub, mit Eichenvertäfelung und abgewetzten Hockern und Guinness-Bierdeckeln. Wollte alles erklären, was geschehen war. Wollte es Bobby begreiflich machen.

Und dann musste er tatsächlich lachen, konnte nichts dagegen tun. Wie oft hatten seine Zielpersonen wohl etwas erklären wollen? Wie oft hatte er sie sagen hören …

»Mach schon!«

Cooper sagte: »Ich habe nicht getan, was sie behaupten, Bobby.« Die Situation war einfach schreiend komisch. Wie hieß noch das jüdische Sprichwort?

Der Mensch tracht' un' Gott lacht.

»Leg die Hände hinter …«

Cooper schüttelte den Kopf. »Ich kann nicht.«

»Meinst du, ich drücke nicht ab?«

»Ich weiß nicht.« *Aber ich weiß, wenn du mich verhaftest, bin ich ein toter Mann. Und dieses Beweisstück, was es auch sein mag, wird verschwinden. Und Drew Peters wird weiter Krieg schüren. Damit kann ich nicht leben.*

Lieber sterbe ich.

»Aber wir werden es ja herausfinden.« Langsam, mit herunterhängenden Armen, ging er los. Aber nicht direkt auf Bobby zu. Er hielt sich seitlich von ihm. Er hatte keine Zeit zu reden. Keine Zeit für Erklärungen. Die anderen hatten sicher die Schüsse gehört und waren auf dem Weg zu ihrem toten Kameraden. In ein paar Sekunden würden sie hier sein.

»Verdammt, Cooper …«

»Tut mir leid.« Er lief weiter, aber hielt Blickkontakt mit seinem Partner. »Ich schwöre, was sie sagen, stimmt nicht. Aber ich habe keine Zeit, es dir zu erklären.«

Quinn senkte die Waffe leicht und drückte ab. Zwei Zentimeter vor Coopers Fuß flog ein Stück aus dem Rasen hoch. »Bobby, wenn du mir in die Beine schießt, kannst du mich auch gleich abknallen. Du weißt, diese Leute machen kurzen Prozess mit mir. Und wenn es sein muss, wäre mir lieber, du würdest es tun.«

»Cooper …«

»Entscheide dich, Bobby.« Er blieb stehen und starrte Bobby an. Er versuchte, sein Schicksal in den Augen seines Partners zu lesen, im Zucken seiner Wange, in der Anspannung seiner Nackenmuskeln.

Schließlich sagte Bobby: »Ach, verdammt.« Er wandte sich ab, richtete sich auf und hob die Waffe. »Du hast drei Sekunden.«

Cooper verspürte einen Schwall von Emotionen. Einen Moment lang fragte er sich, ob er sich genauso entschieden hätte, wenn die Rollen vertauscht wären. Ob er den Mut gehabt hätte, wie ein Mensch zu handeln und nicht wie ein Agent.

Aber die Frage musste warten. Er rannte los.

Es vergingen eher fünf Sekunden, bevor Quinn schrie, Cooper sei da hinten an der Kapelle. Aber da war er schon am Gitter. Dahinter lag die Straße und die große weite Welt.

KAPITEL 36

Innerlich völlig aufgewühlt schlich Cooper durch die nächtlichen Straßen von Washington, eine Bombe in der Tasche.

Über sich hörte er ein tief fliegendes Luftschiff. Sie suchten nach ihm. An Bord sicher ein Scharfschütze und hochauflösende Kameras. Falls man ihn entdeckte, würde er den Schuss nicht mehr hören.

Ganz ruhig. Du bist einfach nur ein Mann, der über die Straße läuft. Genau wie all die anderen in der Menge. Nicht rennen. Wenn du nicht auffällst, ist die Gefahr, dass sie dich entdecken, gleich null.

Na ja, gering jedenfalls.

Er hatte bis jetzt jede Schießerei mehr oder weniger glimpflich überstanden. Aber diesmal war er nur knapp entkommen. Bis Cooper den Stampdrive fand, hatte er immer noch gehofft, Smith würde lügen und all seine eigenen Taten wären doch gerechtfertigt gewesen.

Aber diese Hoffnung war nun dahin. Peters hatte, ohne auch nur eine Sekunde zu zögern, ein Killerkommando geschickt. Eine Festnahme war nicht vorgesehen. Einfach abknallen und anschließend alles vertuschen. Drew Peters war der Schurke. Demnach war John Smith … Nun, wer wusste das schon?

Außerdem hatte Cooper gehofft, unbemerkt zu bleiben. Er wollte sich das Video ansehen und wieder verschwinden, bevor die AEB überhaupt mitbekam, dass er wieder in der Stadt war. Doch jetzt wusste Peters nicht nur, dass jemand seine Versicherungspolice geklaut hatte, sondern auch wer.

Aber was bedeutete das? Was würde jemand wie Peters als Nächstes tun?

Plötzlich blieb Cooper wie versteinert stehen. Jemand stieß von hinten mit ihm zusammen. Er wirbelte herum, kampfbereit. Ein traurig aussehender Mann in einem Geschäftsanzug schreckte zurück und sah ihn mit aufgerissenen Augen an. »He, Mann passen Sie doch auf, wohin …«

Aber Cooper war schon weg. Obwohl es riskant war, rannte er. Vor ihm lag ein kleines Einkaufszentrum, eine dieser Hallen mit einem Dutzend dieser Geschäfte, die anscheinend immer irgendwie überlebten.

Er riss die Tür auf und ging hinein.

Musikberieselung und die vielfältigen Gerüche des Kerzenshops in der Nähe des Eingangs. Eine Handvoll Shopper, die herumstaksten wie Zombies. Seine Stiefelabsätze klackten auf dem polierten Boden. Ein Sonnenstudio, ein kleiner Lebensmittelladen, ein Frisörsalon und ein hell erleuchteter Gang, der zu den Toiletten führte. Und gegenüber den Toilettentüren ein Münztelefon mit fransigem Kabel, das Telefonbuch schon vor langer Zeit gestohlen. Er grub in seinen Taschen. Kein Kleingeld.

Zurück zum Lebensmittelladen. Er warf dem Pakistani mit den wachsamen Augen einen Zehner hin. »Ich brauche 25-Cent-Stücke.«

»Kein Kleingeld …«

»Geben Sie mir einfach vier Vierteldollar und behalten Sie den Rest, verdammt!«

Der Mann starrte ihn an, zuckte mit den Schultern und öffnete in Zeitlupe seine Registrierkasse. Er tauchte seine Hand hinein, als würde er in einem Brunnen nach den Münzen fischen. »Verrückt. Sie sind verrückt.«

Cooper schnappte sich das Kleingeld und eilte zurück zum Telefon. Fast hätte er eine Vorstadt-Tussi mit Riesenfrisur umgerannt.

Er warf zwei Vierteldollar in den Schlitz und wählte Natalies Nummer. Er presste den Hörer ans Ohr und sein Herz hämmerte noch wilder als auf dem Friedhof. Seine Hände zitterten. Er verlor die Kontrolle über sich. Dring, dring, dring. *Komm schon, komm schon, komm …*

»Hallo, Cooper. Willkommen zu Hause.«

Plötzlich drehte sich alles. Er musste sich mit einer Hand an der Wand abstützen. Diese Stimme. Er kannte diese Stimme. »Dickinson.«

»Richtig geraten.«

»Wo sind meine …«

»Kinder? In Sicherheit. So sicher, wie es nur eben geht. Und Ihre Exfrau auch. Alle in der fürsorglichen Obhut des Ausgleichsdienstes.«

Was auch passiert, ich werde mich um Ihre Familie kümmern.

Cooper wäre am liebsten ausgerastet und hätte alle möglichen Drohungen in den Hörer geschrien. Aber er wusste, das würde nichts nutzen.

Dann tat er es trotzdem. »Hören Sie, Sie Scheißkerl, lassen Sie meine Kinder …«

»Halten Sie die Klappe.« Dickinson war so ruhig wie das Auge des Sturms, der das Land verwüstete, ruhig wie der Eisberg, der die Titanic aufriss. »Seien Sie still, okay?«

Er wollte etwas entgegnen, aber es gelang ihm, sich zu bremsen.

»Gut. Nun, es ist ganz einfach. Wir sind keine Gangster und dies ist nicht irgendein billiger Film. Sie sind für das, was passiert ist, selbst verantwortlich. Aber Sie können es wieder in Ordnung bringen.«

Cooper biss sich auf die Zunge, buchstäblich. Er genoss den Schmerz. Er half ihm, sich zu sammeln.

»Und ich sage Ihnen, wie«, fuhr Dickinson fort. »Kommen Sie einfach her. Kommen Sie zu uns und bringen Sie mit, was Sie gestohlen haben. Ganz einfach. Ich will Ihnen nicht irgendeinen Mist auftischen. Sie kommen hier nicht mehr lebend raus. Aber es wird schnell gehen, das verspreche ich Ihnen. Und wir lassen Ihre Familie frei.«

»Hören Sie, Roger, hören Sie mir zu. Drew Peters ist nicht der, für den Sie ihn halten. Er ist ein Verbrecher. Was ich geklaut habe, ist ein Stampdrive, und darauf ist etwas gespeichert, das beweist, was ich …«

»Jetzt hören *Sie* mal zu, Cooper, okay?«

»Okay.«

»Ich … pfeif … drauf.«

Es folgte eine sekundenlange Stille, laut wie ein Erdbeben.

»Haben Sie kapiert? Das interessiert mich nicht, dafür werde ich nicht bezahlt.«

»Roger, ich weiß, wie engagiert Sie sind. Ich weiß, Sie sind ein Glaubender. Aber das, woran Sie glauben, ist eine Lüge.«

Cooper hörte Dickinson halb lachen, halb seufzen. »Wissen Sie nicht mehr, was ich gesagt habe, nachdem Bryan Vasquez in die Luft geflogen ist?«

Cooper versuchte, sich zu erinnern. »Sie haben gesagt, Sie hassen mich nicht, weil ich abnorm bin, sondern weil Sie mich für schwach halten.«

»Ich hasse Sie überhaupt nicht, Cooper. Aber ich glaube. Und Sie glauben nicht.«

Cooper rieb sich das Gesicht. »Roger, bitte …«

Die Leitung war tot. Er stand da, den Hörer am Ohr, Rieselmusik im Hintergrund, das Schlurfen und Quietschen von Schuhen, der leichte Geruch von Desinfektionsmittel aus den Toiletten, seine Familie in der Gewalt von Ungeheuern …

Du hast schon vor langer Zeit beschlossen, dass du dich für deine Kinder auch vor ein fahrendes Auto werfen würdest. Alle Eltern würden das tun. Zeit, es zu beweisen.

Er ließ den Hörer fallen und ging in Richtung Ausgang. Eigentlich fühlte er sich erleichtert. Er war müde, so verdammt hundemüde, und er war zu lang allein gewesen. Für seine Kinder sterben? Kein Problem. Ein toter Freak? Kommt sofort.

Aber glaubst du wirklich, dass Peters sie gehen lässt?
Warum nicht? Er will nur mich. Mich und sein kostbares Beweisstück, was es auch sein mag. Was können eine Umweltjuristin und zwei Kinder ihm schon anhaben?

Er blieb stehen. Was konnten sie ihm denn anhaben?

Er drehte sich herum und ging zur Herrentoilette. Er drückte die Tür auf. Im Innern stand ein Putzmann auf einen Mob gelehnt.

»Raus.«

»Wie bitte?«

»Dalli.«

Der Mann sah ihn kurz an, schob dann aber seinen Putzwagen raus und brummelte irgendwas von total bekloppten Leuten. Er würde schließlich nur seine Arbeit machen. Cooper ging in die mittlere Kabine und schloss ab. Er holte sein Datenpad aus der einen Tasche, die Speicherkarte, noch immer in Klebeband eingewickelt, aus der anderen. Er pulte das Band ab und ließ es auf den Boden fallen. Der Chip, den er auf der Rückseite von Teddy Eatons Sarg gefunden hatte, war ein normaler Stampdrive mit einem Terabyte Speicherkapazität, wie man sie überall kaufen konnte.

Er schob ihn in sein Pad und setzte sich auf den Klodeckel.

Der Bildschirm wurde heller und begann automatisch, das Video abzuspielen.

Es waren zwei Männer in einem schmucklosen Raum zu sehen. Der eine war Drew Peters. Dem anderen war er noch nie begegnet, aber er kannte ihn. Jeder kannte ihn.

Cooper sah sich das ganze Video an.

Als es vorbei war, ließ er den Kopf hängen und drückte sich mit den Fingern so fest auf die Augen, dass er flimmernde, schwarz-weiße Muster sehen konnte. Aber nicht fest genug, um das Gesehene zu löschen.

Er hatte vorher schon gedacht, dass die Lage schlimm genug war. Schon letzte Nacht in Wyoming. Am Nachmittag auf dem Friedhof. Und eben bei seinem Telefonat mit Roger Dickinson.

Aber er hatte keine Ahnung gehabt, wie schlimm es wirklich stand.

Es bestand keine Chance, nicht die geringste, dass Peters seine Familie am Leben ließ.

KAPITEL 37

Vielleicht hatte er ja geweint. Auf dieser stinkenden Toilette in diesem beschissenen Einkaufszentrum in der Innenstadt von Washington. Vielleicht. Er war sich nicht sicher.

Dieses Stück aus seinem Leben war ihm abhandengekommen und er wollte es auch gar nicht wiederhaben.

Er wusste nur noch, er war irgendwann aufgestanden, hatte die Tür aufgemacht und war zum Waschbecken gegangen. Er hatte die Hände unter den Hahn gehalten, bis lauwarmes Wasser kam, und es sich ins Gesicht gespritzt. Immer und immer wieder. Sich mit Papierhandtüchern abgetrocknet.

In den Spiegel geschaut. Und einen Toten gesehen. Einen Vater, dessen Kinder ermordet werden sollten.

Aber kampflos würde er nicht aufgeben.

Cooper warf die Papiertücher in den Abfalleimer, ging zurück zum Münztelefon, warf sein letztes Kleingeld hinein und wählte eine andere Nummer.

* * *

Eine Dreiviertelstunde später betrat Cooper einen Pub namens McLaren's mit Eichenvertäfelung, abgewetzten Hockern und Guinness-Bierdeckeln. Es war nicht viel los. Leute, die nach der Arbeit etwas tranken, größtenteils Männer. Die meisten sahen sich das Spiel an. Er war schon einmal dort gewesen, vor Jahren, bei irgendeiner Feier mit Kollegen von Natalie. Er ging zur Theke und gab dem Barmann ein Zeichen.

»Was darf's sein?«

»Sie haben doch ein Hinterzimmer, nicht wahr?«

»Ja. Aber das ist im Moment zu. Wenn Sie es für eine Veranstaltung mieten wollen, kann ich Ihnen die Nummer …«

»Ich gebe Ihnen …« Er schlug seine Brieftasche auf und holte eine Handvoll Scheine heraus. »Dreihundertvierzig Mäuse, wenn Sie mir das Zimmer für eine Stunde überlassen.«

Der Mann schaute nach links, dann nach rechts. Dann zuckte er mit den Schultern und nahm die Scheine. »Hier entlang.«

Cooper folgte ihm um das Ende der Theke herum. Der Barmann holte ein Schlüsselbund heraus, fand den Richtigen und schloss auf. »Möchten Sie irgendwas?«

»Nur ungestört sein.«

»Aber machen Sie keinen Dreck, ja? Ich muss nachher sauber machen.«

Cooper nickte und sagte: »Also, nicht stören.« Dann betrat er das Hinterzimmer.

Es war ähnlich wie der Raum vorne, nur kleiner. Eine Theke an einer Seite, die Hähne abgeschraubt, Krüge im Regal, Spüllappen aufgehängt. So ganz ohne Menschen wirkte der Raum auf traurige Weise erwartungsvoll. Cooper knipste das Licht an und setzte sich an die verlassene Bar. Er legte sein Datenpad auf die Theke, streckte die Arme aus, legte die Hände auf die polierte Oberfläche und wartete.

Zehn Minuten später hörte er die Tür aufgehen. Ganz langsam, nur den Kopf bewegend, sah er sich um.

Bobby Quinn hatte noch denselben Anzug an wie vorher. Sein ganzer Körper strahlte kompromisslose Kampfbereitschaft aus. Eine Hand an der Waffe, das Halfter offen.

»Ich rühre mich nicht, Bobby. Beine über Kreuz, Hände auf der Theke.«

Quinn sah sich im Raum um. Er entspannte sich nicht, kam aber rein. Er ließ die Tür hinter sich zufallen, dann zog er seine Waffe, aber zielte nicht. Immerhin etwas.

»Eine halbe Stunde«, sagte Cooper. »Wie ich am Telefon gesagt habe. Dann wirst du verstehen.«

Sein Partner ging zum Ende der Theke. Mit seiner freien Hand griff er hinter sich und holte ein Paar Handschellen hervor. Er schob sie zu Cooper hinüber. »Lass die rechte Hand auf der Theke und mache sie mit der linken am Handlauf fest.«

»Ach komm, Bobby …«

Der hob die Waffe an. »Los.«

Cooper seufzte. Er hob bewusst langsam die Handschellen auf und ließ die eine um sein rechtes Handgelenk schnappen.

Wenn du das tust, bist du vollkommen hilflos. Falls du dich in Quinn getäuscht hast, ist alles vorbei.

Dann machte er die andere an der Messingstange fest und zog versuchsweise daran. Es klapperte und tat weh. »Gut so?«

Quinn steckte seine Waffe weg und kam näher. Cooper konnte seinen Gesichtsausdruck nicht lesen. Zu vieles spielte sich dort gleichzeitig ab. »Du hast eine halbe Stunde, wie versprochen. Aber danach rufe ich ein Team, um dich verhaften zu lassen.«

»Wie ich schon am Telefon gesagt habe. Ich werde mich nicht widersetzen.« Er versuchte zu grinsen. »Höchstens ein bisschen.«

»Wenn du irgendwas versuchst, knall ich dich ab.« Eine ganz nüchterne Aussage, die aus Bobby Quinns Mund, dem sonst Ironie und Sarkasmus aus jeder Pore strömten, besonders harsch klang. »Also, was hast du zu sagen?«

Cooper atmete tief durch. »Ich arbeite seit sechs Monaten verdeckt. Seit dem zwölften März, als wir beide fast den Anschlag auf die Börse vereitelt hätten. Ich war drin. Ich weiß auch nicht, wie ich überlebt habe, aber ich bin in einem Triage-Zelt aufgewacht. Als ich wieder laufen konnte, habe ich mich von einem

Militärflugzeug mitnehmen lassen und bin zu Drew Peters gegangen. Ich habe ihm einen total verrückten Plan vorgeschlagen: Ich tauche unter und alle würden mich für den Bombenanschlag verantwortlich machen und mich jagen.«

Er redete ganz schnell, schmückte seine Geschichte nicht weiter aus und konzentrierte sich nur auf die Fakten: Seine Zeit auf der Flucht. Wie er sich einen Ruf als Dieb aufgebaut hatte. Der Auftritt in der Hochbahnstation. Die Reise nach Wyoming. Seine Begegnung mit Epstein.

»Aber warum? Warum das alles?«

»Habe ich doch gesagt. Ich wollte an John Smith rankommen, um ihn zu eliminieren.«

Quinn schüttelte den Kopf. »Ja, das war das Ziel. Aber worum ging's wirklich?«

»Ach so, um meine Tochter.«

»Kate?«

»Sie sollte getestet werden. Man hätte sie in eine Akademie gesteckt. Und Peters hat mir versprochen, das zu verhindern.« Die Magensäure stieg in ihm hoch. *Ich werde mich um Ihre Familie kümmern.* »Ich habe das alles nur für sie getan.«

»Und hast du Smith gefunden?«

»Ja.«

»Hast du ihn umgebracht?«

»Nein.«

»Ach so.«

Cooper wollte sich zurücklehnen, aber die Handschelle schnitt in sein Gelenk. Er sagte: »Du glaubst mir wohl nicht, was?«

»Nein, und in zwanzig Minuten bringe ich dich in die Zentrale.«

»Mann, Bobby! Ich war auch in den letzten sechs Monaten immer noch Agent. In der Zeit war mir die AEB viermal ganz dicht auf den Fersen und ich habe keinen einzigen Agenten getötet. Nicht mal einen verletzt, höchstens seinen Stolz. Was meinst du, warum nicht?«

»Du hast gerade einen erschossen.« Quinns Blick war hart. »Auf dem Friedhof.«

»Ja«, sagte Cooper. »Nun … Ich bin kein Agent mehr. Und wenn du das hier erst gesehen hast«, er deutete mit dem Kopf auf sein Datenpad, »du wahrscheinlich auch nicht.«

»Und was ist das?«

»Drew Peters' schmutziges Geheimnis. Deswegen war ich auf dem Friedhof.«

»Ich dachte, du wärst hinter Smith her.«

»War ich auch, aber ich war auf der falschen Fährte.«

Quinn wollte das Datenpad in die Hand nehmen. Cooper konnte es sehen. Es war ihm deutlich am Gesicht abzulesen. »Nur zu.«

Bobby sah ihn an und Cooper sagte: »Mann, ich bin an die Theke gekettet. Was glaubst du denn, was ich mache. Mich in eine Fledermaus verwandeln und davonfliegen?«

Cooper sah ein Muskelzucken in Quinns Wange und begriff, dass sein Partner drauf und dran war, einen Witz zu reißen. Er tat es zwar nicht, aber Cooper kannte ihn in- und auswendig, schließlich hatte er stunden-, tage-, jahrelang neben ihm gesessen. *Du dringst langsam zu ihm durch.* »Okay, dann mach ich's eben. In Ordnung?«

»Langsam.«

Cooper nahm ganz vorsichtig das Datenpad und stützte es auf den Handlauf der Theke, sodass beide es sehen konnten. Dann startete er das Video.

Derselbe Raum wie vorher, in einem Hotel oder irgendeinem geheimen Unterschlupf. Möbel, die zusammenpassten, aber ohne Stil. Die Wände grau wie Kitt. Durch ein Fenster waren Bäume zu sehen.

Peters lief hin und her. Er sah jünger aus. Seine Frisur und Kleidung hatten sich nicht geändert, seit Cooper ihn kannte, aber die Furchen auf seiner Stirn und seine Tränensäcke waren mit der Zeit immer stärker hervorgetreten.

»Wie alt ist die Aufnahme?«, fragte Quinn.

»Fünf Jahre plus acht oder neun Monate.«

»Wie kannst du so …«

»Wart's ab.«

Peters ging zum Tisch, nahm ein Glas Wasser und trank einen Schluck. Dann klopfte es.

»Herein.«

Zwei Männer in Anzügen kamen herein. Die Art von Männern, die aussahen, als würden sie Sonnenbrillen tragen, auch wenn sie gar keine aufhatten. Sie nickten Peters zu, dann durchsuchten sie den Raum. Schließlich rief einer nach draußen: »Alles klar hier, Mr Secretary.«

Ein Mann betrat den Raum. Mittelgroß, mit einnehmendem Lächeln und konservativem Anzug.

»He«, sagte Quinn, »das ist doch …«

»Ja.«

Das war Coopers erster Anhaltspunkt für das Alter des Videos gewesen. Es musste mindestens fünf Jahre alt sein, weil der Mann, der da durch die Tür kam, damals Verteidigungsminister war. Ein Mann mit guten Verbindungen, ein ausgebuffter Politiker, den die Leute nicht nur deshalb mit Respekt behandelten, weil er wusste, wer Leichen im Keller hatte, sondern weil er selbst so einige verscharrt hatte. Secretary Henry Walker.

Allerdings trug er jetzt einen anderen Titel. Schon seit fünf Jahren. Seit 2008, da hatte er seine erste Präsidentschaftswahl gewonnen. Die erste von zwei. Cooper hatte beide Male für ihn gestimmt.

Obwohl er das Video bereits gesehen hatte und wusste, was noch kommen würde – und dass es noch viel schlimmer kommen würde –, verschlug es ihm den Atem. Er hörte noch die berühmte Rede des Präsidenten vom zwölften März.

Stellen wir uns dieser Krise nicht als geteiltes Land, nicht als Normale und Abnorme, sondern als Amerikaner. Arbeiten wir zusammen für eine bessere Zukunft. Um unserer Kinder willen.

Ein Ruf nach Toleranz und Menschlichkeit. Ein Aufruf an alle Menschen, zusammenzuarbeiten.

Eine Lüge.

Auf dem Bildschirm gaben sich die beiden Männer die Hand und tauschten Nettigkeiten aus. Walker schickte seine Sicherheitsleute hinaus. Quinn sagte: »Okay, Cooper, mal abgesehen davon, dass ich mich ein bisschen schmutzig fühle, weil ich mir das ansehe, was soll das Ganze?«

»Ich zeige es dir.« Mit der linken Hand spulte er vor auf Minute 10:36.

WALKER: »Es ist dieses liberale Händeringen, das mich so wahnsinnig macht. Kapieren die Leute denn nicht, dass Bürgerrechte Privilegien sind? Ein Luxus, den wir uns nicht leisten können, wenn es darum geht, unsere Art zu leben zu verteidigen?«

PETERS: »Die Leute wollen nicht glauben, dass es Krieg geben wird.«

WALKER: »So Gott will, behalten sie recht. Aber mir hat man immer gesagt, Gott hilft denen, die sich selbst helfen.«

PETERS: »Das meine ich auch, Sir.«

Cooper spulte auf 12:09 vor.

WALKER: »Ich hasse die Begabten nicht, wirklich nicht. Aber nur ein Narr würde sie nicht fürchten. Es ist ja ein schöner Gedanke, dass alle Menschen Brüder sind. Aber wenn mein Bruder in jeder Beziehung besser ist als ich – ein besserer Stratege, ein besserer Techniker –, wenn er jedes Spiel gewinnt ... nun, dann hat man es als kleiner Bruder nicht leicht.«

PETERS: »Die Normalen müssen endlich wachgerüttelt werden. Sie müssen endlich verstehen, dass unsere ganze Lebensweise gefährdet ist.«

Er spulte auf 13:35 vor.

PETERS: »Sir, ich habe ja Verständnis dafür, dass Sie Ihre Worte vorsichtig abwägen müssen. Deshalb werde ich mich umso klarer ausdrücken. Wenn wir nichts unternehmen, werden normale Menschen in dreißig Jahren bestenfalls vollkommen irrelevant geworden sein.«

WALKER: »Und schlimmstenfalls?«

PETERS: »Werden wir Sklaven sein.«

Er spulte auf 17:56 vor.

WALKER: »Wir haben zwei Möglichkeiten: Entweder wir treten mit Panzerweste und geschultertem Gewehr zum Kampf an oder in Unterwäsche. Oft reicht es schon, dass es so aussieht, als könnte man sich wehren. Meistens kommt es dann erst gar nicht zum Konflikt.«

PETERS: »Genau. Wir wollen ja keinen Völkermord. Aber wir müssen vorbereitet sein. Wir haben jedes Recht, für unser eigenes Überleben zu kämpfen. Aber dies ist kein Krieg, der mit Panzern und Kampffliegern ausgefochten werden kann.«

WALKER: »Sie haben sicher die Gerüchte gehört, dass der Kongress eine Untersuchung des Ausgleichsdiensts anstrebt.«

PETERS: »Ja, aber das ist nicht der Grund, warum ...«

WALKER: »Ach, machen Sie sich nicht in die Hose. Ich will Ihnen nicht drohen. Ich frage mich allerdings, ob es Ihnen mit Ihrem Plan wirklich um Ihr Land geht, oder ob es reiner Selbsterhaltungstrieb ist.«

PETERS: »Mr Secretary ...«

WALKER: »Um welches Zielobjekt geht es?«

PETERS: »Wollen Sie sich wirklich mit den Einzelheiten dieser Operation belasten, Sir?«

WALKER: »Nein, Sie haben recht.«

Cooper spulte auf 19:12 vor:

WALKER: »Und wie viele Tote?«
PETERS: »Zwischen fünfzig und hundert.«
WALKER: »So viele?«
PETERS: »Ein kleiner Preis, wenn es darum geht, Hunderte Millionen Menschen zu verteidigen.«
WALKER: »Zivilisten?«
PETERS: »Ja.«
WALKER: »Alle?«
PETERS: »Ja, Sir.«
WALKER: »Nein, nein, das geht nicht.«
PETERS: »Die Opfer müssen Zivilisten sein, damit es so aussieht, als wären die Täter Terroristen. Bei einem Anschlag auf eine Militäreinrichtung sähe es so aus, als handelte es sich bei den Tätern um eine militärische Organisation. Das würde den Sinn …«
WALKER: »Ja, ich verstehe, aber wir brauchen auch ein Symbol, das für die Regierung steht, sonst wirkt die ganze Sache etwas planlos.«
PETERS: »Wie wär's mit einem Anschlag auf Ihr Büro?«
WALKER: »Na, wir wollen mal nicht übertreiben. Nein, ich habe eher an einen Senator gedacht oder einen Richter des Obersten Gerichtshofs. Jemand, der respektiert wird und Symbolwirkung hat. Und wir brauchen einen Sündenbock, aber einen, der sich geschickt anstellt und sich nicht sofort schnappen lässt. Jemanden, den wir zum Buhmann machen können.«
PETERS: »Ich habe da jemanden im Auge, Sir. Einen Aktivisten namens John Smith.«
WALKER: »Den Namen kenne ich.«
PETERS: »Er macht sowieso ständig Ärger und es ist nur eine Frage der Zeit, wann er zur Gewalt greift. Und er ist sehr geschickt. Wenn wir ihn erst so weit haben,

wird er den Part schon spielen. Ähm, haben Sie an ein bestimmtes symbolträchtiges Ziel gedacht?«
WALKER: »Mir fallen da so einige ein.«

Cooper spulte auf 24:11 vor.

WALKER: »Das Wichtigste ist, dass die Sache nicht eskaliert. Wir brauchen ein Ereignis, das das ganze Land vereint und Ihre Arbeit rechtfertigt. Wir wollen auf keinen Fall einen heiligen Krieg vom Zaun reißen.«
PETERS: »Ich verstehe. Und ich stimme Ihnen zu. Die Begabten an sich sind auch viel zu wertvoll, um sie zu verlieren.«
WALKER: »Amen. Aber sie müssen in ihre Schranken gewiesen werden.«
PETERS: »Manchmal ist Krieg der einzige Weg zum Frieden.«
WALKER: »Ich glaube, wir verstehen uns.«

Er spulte auf 28:04 vor.

PETERS: »Ich habe bereits ein Ziel ausgewählt, ein Restaurant. Und die Leute habe ich auch.«
WALKER: »Das ist aber ein ziemlich brutaler Einsatz. Vielleicht schrecken ein paar von Ihren Leuten davor zurück.«
PETERS: »Die nicht.«
WALKER: »Und später? Können Sie sich darauf verlassen, dass sie schweigen?«
PETERS: »Mich darauf verlassen? Nein, aber ich kann dafür sorgen.«
WALKER: »Wollen Sie damit sagen …?«
PETERS: »Sie wollten doch keine Einzelheiten wissen.«

Er spulte auf 30:11 vor.

PETERS: »Sir, ich kümmere mich um alles. Und ich werde die Regierung in jeder Beziehung abschirmen. Aber ich muss es aus Ihrem Mund hören. Ich kann den Einsatz nicht auf eine reine Mutmaßung hin einleiten.«
WALKER: »Sie nehmen das doch nicht auf, oder?«
PETERS: »Seien Sie bitte nicht albern.«
WALKER: »Ich mache nur Spaß, Peters. Großer Gott, wenn Sie das aufnehmen würden, säßen wir aber beide ziemlich in der Patsche.«
PETERS: »Stimmt. Also, Sir? Ich brauche Ihre ausdrückliche Genehmigung.«
WALKER: »Tun Sie's. Inszenieren Sie den Anschlag.«
PETERS: »Und Sie haben auch verstanden, dass es um Zivilisten geht? Vielleicht an die hundert Todesopfer?«
WALKER: »Ja, und ich fordere Sie auf, es zu tun. Wie mein Daddy immer zu sagen pflegte: Freiheit bekommt man nicht geschenkt.«

Cooper drückte auf die Pausentaste. Ein Standbild der beiden Männer war zu sehen, wie sie sich die Hand gaben. Der Direktor beugte sich über den Tisch, um Walker seine Hand entgegenzustrecken.

Bobby Quinn sah aus, als würde er am liebsten sein Leben zurückspulen. Als wollte er kehrtmachen und einen anderen Weg einschlagen. »Ich glaube es einfach nicht.«

Cooper starrte ihn an, betrachtete seine Gesichtslandschaft, den großen und kleinen Jochbeinmuskel und den Backenmuskel, der die Mundwinkel bewegt. »Doch, du glaubst es.«

»Aber es ist doch unmöglich«, sagte Quinn erregt. »Direktor Peters soll das Massaker im Monocle geplant haben?«

»Die Ermordung von dreiundsiebzig Menschen, einschließlich der Kinder, ja.«

»Aber … warum?«

Cooper seufzte. »Weil all das Gerede, dass sie einen Krieg verhindern wollen, Verarschung ist. In Wirklichkeit wollen sie einen kontrollierten Krieg. Zuerst zetteln sie ihn an und dann lassen sie ihn auf kleiner Flamme weiterbrodeln. Wir sollen alle ständig in Alarmbereitschaft sein und einander misstrauen. Normalos und Abnorme, Linke und Rechte, Reiche und Arme, alle. Je mehr Angst wir haben, desto unentbehrlicher werden sie. Und Unentbehrlichkeit bedeutet Macht, immer mehr Macht.«

»Er ist der Präsident, Cooper. Wie viel mehr Macht …«

»Stimmt. Aber damals war er Verteidigungsminister. Jetzt ist er der Präsident der Vereinigten Staaten. Was sagt dir das? Und weißt du noch, wie es vor dem Massaker im Monocle um die Behörde bestellt war? Wir haben in dieser alten Papierfabrik herumgekrebst, ohne Budget, ohne Unterstützung. Und dann die Gerüchte, dass wir vom Kongress untersucht werden sollten. Wir hätten alle im Knast landen können. Und ganz plötzlich spaziert so ein Aktivist, der noch nie zuvor gewalttätig war, in ein Restaurant und bringt alle um. Und, paff, plötzlich hat Drew Peters das ganze Land auf seiner Seite.«

»Aber was ist denn mit den Videoaufnahmen?«

»Das Videomaterial von den Überwachungskameras ist echt, aber Peters hat John Smith von einem Abnormen nachträglich hineinkopieren lassen. Die Attentäter arbeiten für Peters. Haben sie jedenfalls. Die werden inzwischen auch das Zeitliche gesegnet haben.«

»Da hast du's«, sagte Quinn. »Wenn die Aufnahmen vom Monocle manipuliert wurden, woher weißt du, dass diese hier echt ist?«

»Wer soll sie denn manipuliert haben?«

»John Smith.«

»Nein.« Cooper schüttelte den Kopf. »Das andere Video konnte manipuliert werden, weil John Smith damals noch relativ unbekannt war. Die Bildqualität ist schlecht und die AEB selbst hat in dem Fall ermittelt. Aber man kann nicht einfach den Präsidenten in ein Video kopieren. Die meisten Aufnahmen von ihm sind allgemein verfügbar. Es wäre zu leicht zu überprüfen und das Interesse daran viel zu groß. Wieso sollte jemand auch erst ein Video manipulieren, nur um es dann so gut zu verstecken?

Außerdem hast du doch selbst schon oft genug in Besprechungen mit Drew Peters gesessen. Willst du mir etwa sagen, das sei nicht er in dem Video?«

Quinn sagte: »Und warum ist es dann nicht verschlüsselt?«

»Darüber habe ich mir auch Gedanken gemacht. Aber es ist ja als Versicherungspolice gedacht. Wahrscheinlich hat Peters irgendwo eine Nachricht deponiert, in der das Versteck beschrieben wird, für den Fall, dass ihm plötzlich und unerwartet etwas zustößt. Das Video zu verschlüsseln, wäre Unsinn.

Alles, was wir gemacht haben«, sagte Cooper, »all unsere Einsätze, die Leute, die wir eliminiert haben ... Bei all dem ging es nicht um die Wahrheit. Es ging nicht darum, die Allgemeinheit zu beschützen. Ohne etwas davon zu ahnen, haben wir bei einem Spiel mitgespielt. Und die Leute, die dahinterstecken, wollen nicht mal gewinnen. Niemand will alle Begabten ausmerzen. Sie wollen sie nur kontrollieren. Sie wollen das ganze Land kontrollieren. Und weißt du was? Es ist ihnen gelungen.«

Quinn sagte: »Die Leute, die wir eliminiert haben ...« Er machte offensichtlich das Gleiche durch wie Cooper am Abend zuvor. Nach und nach wurde ihm bewusst, was er getan hatte, und bald würde es ihn treffen wie ein Schlag. »Willst du etwa sagen, dass wir Leute umgebracht haben, die ...«

»Ja«, sagte Cooper. Quinn tat ihm leid. Er hätte ihm gern Zeit gegeben, alles zu verarbeiten und sich mit der Ungeheuerlichkeit dieser ganzen Sache auseinanderzusetzen. Aber dann wäre Quinn möglicherweise in Schockstarre verfallen. Das konnte er nicht riskieren. »Es tut mir leid, aber es kommt noch schlimmer.«

»Wie zum Teufel kann es denn noch schlimmer ...«

»Sie haben meine Kinder.«

»Sie ... Wer?«

»Peters.«

»Ach, hör auf, Cooper. Jetzt bist du vollkommen paranoid geworden.«

»Nein, ich habe zu Hause angerufen und Roger Dickinson ist rangegangen.«

»Oh.« Quinn starrte ihn an. »Scheiße.«

»Was ist?«

Sein Partner spielte mit einer imaginären Zigarette und wandte den Blick ab. »Ich hatte mich schon gewundert, warum ich den Einsatz der Gesichtslosen auf dem Friedhof leiten sollte. Schließlich ist Dickinson doch so scharf drauf, dich plattzumachen. Aber kurz bevor ich von Peters den Auftrag bekommen hab, ist Dickinson wie angestochen aus seinem Büro gerannt. Er hat kein Wort gesagt, ist einfach abgedüst. Da ist er wohl ...«

»Zu meinem Haus gefahren, um meine Kinder zu entführen.«

»Ja.« Quinn sah ihn wieder an. »Es tut mir leid, Coop. Ich hatte keine Ahnung, sonst hätte ich ihn daran gehindert.«

»Ich weiß.«

»Und was wollen sie? Sollst du dich stellen? Dickinson bringt dich doch um.«

»Ich würde mich ja opfern, wenn ich dadurch Natalie und die Kinder retten könnte. Aber es würde nichts nutzen. Mit meinem Untertauchen habe ich ihnen einen Trumpf zugespielt.«

Er konnte sehen, wie Quinn eins und eins zusammenzählte. »Du meinst, Peters hat sich darauf eingelassen, weil er so oder so gewinnt? Entweder du findest Smith und bringst ihn um oder ...«

»Oder er macht eben mich zum Sündenbock, genau. Nach allem, was ich in den letzten sechs Monaten getan habe, könnte man doch annehmen, dass ich wirklich für den Anschlag vom zwölften März verantwortlich bin. Und jetzt, wo ich weiß, was läuft ...« Cooper hob die Hände. »Nein, wenn ich mich stelle, wird Peters mich tatsächlich verantwortlich machen und den Medien meine Leiche zum Fraß vorwerfen. Ein gewaltiger

Triumph für den Ausgleichsdienst. Ein Beweis, dass die Sicherheit des Landes in guten Händen ist. Und sein Budget wird um Milliarden aufgestockt.«

»Und er kann nicht riskieren, dass deine Exfrau zu CNN geht und sagt, es sei alles gelogen. Auch wenn ihr niemand glauben sollte, wäre der Imagegewinn für den Ausgleichsdienst dahin.« Quinn nickte. »Aber wie soll er sie loswerden? Praktisch wäre, wenn sie einfach verschwinden würden.«

»Ganz einfach, ich bin zurückgekommen und habe sie umgebracht. Der Ausgleichsdienst hat versucht, mich daran zu hindern, aber sie sind zu spät gekommen. Eine Tragödie, aber wenigstens haben sie den Schurken kaltgemacht. Und wenn sie mehr Mittel zur Verfügung gehabt hätten …«

»Aber wieso solltest du deine eigene Familie umbringen?«

»Weil ich ein verrückter abnormer Terrorist bin. Wer weiß schon, was bei solchen Menschen im Kopf vorgeht? Eigentlich sind das doch gar keine richtigen Menschen.«

Quinn sagte: »Großer Gott.« Er stieß hörbar Luft aus. »Ich will das einfach nicht glauben.«

»Ja, aber du glaubst es trotzdem.«

»Ich …« Quinn zögerte. »Ja, stimmt.«

»Ich brauche deine Hilfe, Bobby. Ich will meine Kinder zurückhaben. Und dann müssen wir dafür sorgen, dass die Sache an die Öffentlichkeit kommt. Wir können nicht zulassen, dass sie damit durchkommen.«

»Weißt du, was du da sagst? Es geht um den *Präsidenten*.«

»Es geht um zwei Kinder, die Angst haben. Und es geht um die Wahrheit.«

»Coop, ich will dir ja helfen, aber …«

»Ich weiß. Aber weißt du noch, was ich gesagt habe? Dass ich kein AEB-Agent mehr bin? Und was ist mit dir? Willst du bei dem Verein noch mitmachen? Nach allem, was du gesehen hast? Du musst dich entscheiden, Bobby. Entweder du tust so, als wüsstest du nicht, dass alles, wofür du gekämpft hast, auf einer Lüge beruht … oder du hilfst mir.«

Es gab tatsächlich nur diese beiden Möglichkeiten, deshalb sagte Cooper nichts mehr. Er hatte nur eine halbe Stunde Zeit gewollt, um Quinn die Augen zu öffnen. Und die war vorbei. Er wollte Quinn nicht beschwatzen. Auf ihn einzureden und an seine Gefühle zu appellieren, würde einfach nichts bringen.

Entweder Bobby Quinn war wirklich der anständige Mensch, für den er ihn hielt, oder Coopers Familie war tot.

Quinn drückte sich die Fingerspitzen auf die Augen. »Scheiße.« Seine Worte wurden von seinen Händen gedämpft. »Also was machen wir jetzt?«

»Also, erst mal …«, Cooper lächelte und zerrte an den Handschellen. »Meinst du, du könntest mich losmachen?«

Sein Partner lachte. »'tschuldigung.« Er nahm den Schlüssel von seinem Gürtel und warf ihn rüber. »Die Wahrheit wird euch frei machen, richtig?«

»So was in der Art. Jedenfalls benutzen wir das Video, um Peters eine Falle zu stellen.«

»Du hast anscheinend schon einen Plan.«

»Ansatzweise schon.«

»Na, da bin ich ja beruhigt. Wir haben es immerhin mit der mächtigsten Organisation der Welt zu tun. Und dann das Video! Der Präsident würde eine Atombombe auf Washington abwerfen, um zu verhindern, dass das an die Öffentlichkeit dringt. Aber du hast ja einen Plan, ansatzweise. Und ich hatte mir schon Sorgen gemacht.«

»He«, sagte Cooper, »so wie ich das sehe, sind die Erfolgschancen jetzt doppelt so hoch. Immerhin sind wir schon zwei Leute, die es mit der amerikanischen Regierung aufnehmen.«

»Nein, drei«, sagte eine Stimme hinter ihnen.

Beide wirbelten herum. Quinn wollte zur Waffe greifen, aber Cooper hielt seinen Arm fest.

Die Hüfte angewinkelt, eine Hand in die Seite gestemmt, stand sie da. Frech und souverän. Die Lippen zu ihrem typisch schiefen Lächeln verzogen, sagte sie: »Du bist abgehauen, ohne dich zu verabschieden, Nick. So was macht keinen guten Eindruck.«

Quinn sagte: »Wer sind Sie? Und wo kommen Sie überhaupt so plötzlich her?«

Cooper sagte: »Hallo, Shannon.« Sie sah gut aus, verdammt gut. Ihre Blicke trafen sich und er konnte so vieles in ihren Augen sehen: Stärke, Entschlossenheit und irgendwo auch Verletztheit. Er versuchte, ein entschuldigendes Lächeln aufzusetzen, und sagte dann zu Quinn: »Das macht sie immer so.« Und zu Shannon: »Seit wann bist du hier?«

»Ich bin etwa eine Stunde nach dir angekommen.«

»Hat Smith dich geschickt?«

»Nein, du Idiot. Ich bin gekommen, um dir zu helfen. Aber John hat mir ein Flugzeug besorgt.«

»Und wie hast du mich gefunden?«

»Gar nicht. Ich habe ihn gefunden.« Sie zeigte mit dem Daumen auf Quinn.

»Sie sind doch das Mädchen von der Börse«, sagte Quinn. »Und Sie waren auch dabei, als Bryan Vasquez draufgegangen ist.«

»Ja, und Sie sind Coopers Spielkamerad.« Sie zog einen Hocker zu sich und setzte sich. »Also, was machen wir jetzt, Jungs?«

Cooper sagte: »Wir bringen den Chef des Ausgleichsdiensts zu Fall. Und den Präsidenten der Vereinigten Staaten.«

»Ach, toll, und ich hatte schon Angst, es könnte langweilig werden.«

»Bei mir ist immer für Abwechslung gesorgt.«

»Fahren wir auch wieder mit dem Zug?«

»Das verrate ich nicht, dann wäre es ja keine Überraschung mehr.«

»Dann nicht. Ich liebe nämlich Überraschungen.«

»Schluss jetzt.« Quinn sah zwischen den beiden hin und her. »Könnt ihr mal kurz aufhören zu flirten und mir erzählen, was zum Teufel hier eigentlich los ist?«

»Bobby, darf ich dir Shannon Azzi vorstellen? Das Mädchen, das durch Wände gehen kann.«

»Hi«, sagte sie und hielt Quinn ihre Hand hin.

Der sah sie verdutzt an und nahm ihre Hand.

Cooper lachte. Zum ersten Mal, seit er Dickinsons Stimme am Telefon gehört hatte, hatte er wieder etwas Hoffnung.

KAPITEL 38

»Jimmys Matratzen.«

»Kontonummer drei zwei null neun eins sieben hier. Ich muss mit Alpha reden.«

»Bleiben Sie dran.«

Das Einweghandy klang ziemlich blechern, aber für ihre Zwecke war es in Ordnung. Sie hatten auf dem Weg zu Quinns Apartment in einem kleinen Wohnhaus am Mount Vernon Square zwei davon gekauft. Cooper war schon unzählige Male in Quinns Wohnung gewesen, kannte Aufteilung und Einrichtung auswendig und hatte auch schon auf dem Sofa übernachtet. Quinn starrte aus den raumhohen Fenstern auf den Nachthimmel. Shannon fläzte sich in einem Sessel, eines ihrer schlanken Beine über die Lehne gelegt.

»Hallo, Nick.« Drew Peters hörte sich an wie immer, ruhig und beherrscht. Genauso hatte er auch in dem Video geklungen, als er vorschlug, unschuldige Zivilisten umzubringen. »Sind Sie auf dem Weg zur Behörde?«

»Nein.«

»Verstehe.«

»Ich habe den Stampdrive gefunden, Drew. Auf der Rückseite von Teddy Eatons Sarg. Ein richtig fieses kleines Snuffmovie.«

»Wo gehobelt wird, da fallen Späne, Agent Cooper.«

»Nur Cooper, bitte. Ich arbeite nicht mehr für Sie.«

»Wie Sie meinen. Aber Sie begreifen die Situation doch, oder? Hat Roger sich deutlich genug ausgedrückt?«

»Sehr deutlich. Aber so läuft es nicht.«

»Was schwebt Ihnen denn vor?«

»Ein Tausch. Der Stampdrive gegen meine Familie.«

»Was bringt mir das? Sie haben doch längst Kopien von dem Video gemacht.«

»Nein, habe ich nicht. Ich habe es auch nicht vor.«

Eine Pause. »Und wieso sollte ich Ihnen glauben?«

»Weil Sie wissen, dass *ich* weiß, dass Sie, auch wenn das Video an die Öffentlichkeit kommt, Natalie und die Kinder trotzdem umbringen lassen könnten. Selbst wenn Sie sie jetzt laufen lassen. Sie wären dann zwar am Ende, aber nicht handlungsunfähig, denn Sie haben auch Leute außerhalb der AEB.«

Wieder eine Pause. »Stimmt.«

»Also, hier ist mein Vorschlag: Wir treffen uns irgendwo, wo wir beide uns sicher fühlen. Sie bringen Natalie und die Kinder mit, ich bringe den Stampdrive mit. Und dann gehen wir beide unserer Wege. Sie widmen sich wieder Ihren teuflischen Machenschaften und meine Kinder bleiben am Leben.«

»Ich glaube nicht, dass Sie in der Lage sind, Forderungen zu stellen. Im Moment sind Ihre Kinder noch sicher, und Ihre Exfrau auch. Aber Dickinson ist ein wahrer Glaubender. Wenn ich die Order gebe, wird er nicht zögern, sie den schlimmsten Qualen zu unterziehen.«

In Coopers Bauch entbrannte die schiere Wut, seine Fingerknöchel wurden weiß, aber er hatte seine Stimme in der Gewalt. »Darauf können Sie sich im Gefängnis auch schon freuen, Drew. Und Ihre Töchter werden ohne Sie aufwachsen. Hören Sie doch auf mit dem Gehabe. Wir wissen beide ganz genau, dass Sie alles tun werden, um dieses Video zurückzubekommen. Genauso wie ich alles tun werde, um meine Familie in Sicherheit zu bringen. Also lassen Sie uns vernünftig reden.«

»Nun gut. Treffen wir uns am Washington Monument. An einem öffentlichen Ort.«

Cooper lachte. »Ja, sicher, und den Schuss aus dem Luftschiff kriege ich gar nicht mehr mit. Lieber nicht. Nein, treffen wir uns an der Metrostation L'Enfant Plaza.«

»Und Sie kommen mit einem Fernsehteam, das alles filmt. Ich denke gar nicht dran.«

»Okay, da wir uns wohl gegenseitig nicht trauen, müssen wir es so arrangieren, dass keiner den anderen reinlegen kann. Nennen Sie einfach eine große Straße in der Innenstadt und ich wähle eine Hausnummer. Und in zwanzig Minuten treffen wir uns dort.«

»In zwanzig Minuten? Das geht nicht.«

»Ich lasse Ihnen auf keinen Fall genug Zeit, um irgendwas auszuhecken, Drew.«

»Das verstehe ich ja, aber ich bin gerade damit beschäftigt, das Chaos aufzuräumen, das Sie angerichtet haben. Es gab eine Schießerei auf einem Friedhof, am helllichten Tag. Ich muss dafür sorgen, dass dieser Zwischenfall nicht mit der AEB in Verbindung gebracht wird. Dafür brauche ich Zeit.«

»Dass er nicht mit Ihnen in Verbindung gebracht wird, meinen Sie wohl.«

»Das ist das Gleiche. Sagen wir, in zwei Stunden.«

»Okay, aber den Treffpunkt machen wir erst kurz vorher aus. Ich rufe Sie an. Überlegen Sie sich eine Straße. Und versuchen Sie nicht, mich reinzulegen. Wenn Natalie oder eins der Kinder auch nur einen blauen Flecken hat, platzt unsere Abmachung und ich liefere Sie ans Messer.«

»Wenn Sie sich nicht an unsere Abmachung halten, werden sie mehr als blaue Flecken davontragen.«

»Dann halten wir uns besser beide dran. Ich rufe Sie in zwei Stunden wieder an. Abgemacht?«

»Okay.«

»Eins noch.«

»Ja?«

»Wie können Sie eigentlich noch ruhig schlafen, Drew?«

»Mit Schlaftabletten. Werden Sie endlich erwachsen. So läuft's in der Welt nun mal.« Der Direktor legte auf.

»Zwei Stunden.« Quinn schüttelte den Kopf. »Genau wie du vorausgesagt hast.«

»Peters ist der Chef des Ausgleichsdiensts und so denkt er auch. Deshalb ist er so berechenbar. Er schindet Zeit, weil er hofft, mich bis dahin aufzuspüren. Es besteht ja immerhin die Möglichkeit, dass ich einen Fehler gemacht habe und von einer Überwachungskamera gefilmt wurde. Oder dass ich von einer zurückverfolgbaren Nummer aus telefoniert habe. Die Chance ist zwar gering, aber mit dem Team und den Mitteln, die er zur Verfügung hat, lohnt es sich, so was zu überprüfen. Andererseits, wenn er mir zu viel Zeit lässt, besteht die Gefahr, dass ich es mir anders überlege und mich mit dem Video an die Medien wende. Eine Stunde reicht ihm nicht, aber drei Stunden wären zu viel.«

»Und wenn er mit einer ganzen Armee auftaucht?«

»Das würde ich merken, und das weiß er. Er kann nicht riskieren, dass ich mich aus dem Staub mache. Und da er den genauen Treffpunkt noch nicht kennt, hat er auch keine Zeit, Scharfschützen oder Einsatzteams in Position zu bringen.«

»Aber trotzdem, er muss doch ahnen, dass es eine Falle ist«, sagte Shannon.

Cooper schüttelte den Kopf. »Das ist unser Vorteil. Er glaubt, ich arbeite allein. Er kennt meine Fähigkeiten. Die kann er einkalkulieren und sich entsprechend vorbereiten.«

»Also du meinst, weil er glaubt, dass du auf dich allein gestellt bist, bringt er nur ein paar Leute mit. Gerade so viele, dass du nicht sofort einen Rückzieher machst. Und weil er nicht damit rechnet, dass wir zu dritt sind, glaubst du, wir können es mit ihm und seinen Leuten aufnehmen?«

»Genau.«

»Großer Gott«, sagte Quinn. »Da kannst du ja von Glück sagen, dass du noch zwei Irre dabei hast.«

»Ja«, sagte Cooper und sah seinem Partner, seinem Freund, fest in die Augen. Ihm war bewusst, was Quinn riskierte, genau wie Shannon und auch er selbst. Aber während Cooper keine Wahl hatte und Shannon ihre eigenen Gründe, machte Quinn mit, weil es richtig war. *Und weil er dein Freund ist.* Cooper fingerte nervös an einem Kissen herum und schaute aus dem Fenster. »Hör mal, ich wollte nur sagen …«

»Ach, lass gut sein«, sagte Quinn. »Aber ich erwarte schon, dass du mir anschließend einen ausgibst. Mehr als einen.«

»Alle Getränke gehen auf mich. Für immer.«

»Ihr zwei seid ja putzig«, sagte Shannon. »Aber dein Plan hinkt doch. Wenn Peters die Straße bestimmt und du nur die Hausnummer, können wir uns doch auch nicht vorbereiten. Wir gehen ja vollkommen blind an die Sache ran.«

»Nein, Ms Invisible«, sagte Quinn. »Dafür sorge ich schon.« Er schaute auf seine Uhr. »Aber da wir gerade davon reden … Ich fahre besser zurück zur Zentrale und hole die Sachen, die wir brauchen. Gib mir das Handy, ich werfe es unterwegs in den Fluss.«

»Sei vorsichtig, Bobby. Sie wissen nicht, dass du mit drinsteckst, aber Peters wird in höchster Alarmbereitschaft sein. Also, keine Fehler.«

»Ich geh nur kurz rein und bin sofort wieder raus.« Quinn lächelte. »Ich mach's so wie deine Freundin da.«

* * *

Zwei Stunden.

Hundertzwanzig endlose Minuten. Cooper lief ununterbrochen hin und her.

Seit er in der Toilette des Einkaufszentrums gehockt hatte, war er ständig unterwegs gewesen und hatte keine Zeit gehabt zu grübeln. Aber jetzt blieb ihm nichts anderes übrig, als zu warten. Er musste ständig an seine Kinder denken und malte sich aus, wie es ihnen erging. Wie verängstigt sie sein mussten.

Dickinson hat ihnen sicher nichts angetan. Er ist zwar gefährlich, aber kein Psychopath. Wahrscheinlich hat er Natalie die Situation erklärt und überlässt es ihr, die Kinder zu beruhigen. Warum sollte er sich unnötigen Stress machen?

Aber wenn seine Annahme stimmte, machte Natalie am meisten durch. Sie ahnte sicher nichts von seiner Abmachung mit Peters. Vielleicht wusste sie nicht einmal, warum man sie eigentlich entführt hatte.

Natalie war eine starke, intelligente Frau. Wenn alles nach Plan lief, wären sie und die Kinder in ein paar Stunden frei. Sie würde schon irgendwie mit der Situation fertig werden.

Aber seine Tochter würde merken, dass etwas nicht stimmte. Kate war zwar erst vier, aber ihre Gabe war sehr stark ausgeprägt. Sie würde die Angst ihrer Mutter spüren und merken, dass Dickinson kein Freund war.

Wie kommt eine Vierjährige mit so etwas nur klar?

Eine Antwort, die ihm gefiel, hatte er darauf nicht.

»Leg dich lieber ein bisschen hin«, sagte Shannon, die in der Küche Quinns Kühlschrank durchforstete. »Du hast eine anstrengende Nacht vor dir.«

»Du auch.«

»Man könnte meinen, dein Busenfreund wäre zwölf Jahre alt. Ich finde im Kühlschrank nur Kakao, Senf und Bier. Bier?«

»Ja, bitte.«

Sie holte zwei Flaschen raus und öffnete sie. Die Küche hatte eine Durchreiche zum Wohnzimmer, wo sie sein Bier abstellte. Sie sahen sich durch die Durchreiche an. Irgendetwas schien sie immer voneinander zu trennen.

Shannon nahm einen Schluck aus der Flasche und wischte sich den Mund mit dem Handrücken ab. Als sie ihn wieder ansah, spürte er, dass sie überlegte, was sie sagen sollte.

»Es tut mir leid«, sagte er. »Dass ich einfach so abgehauen bin. Das war blöd von mir.«

»Ja. Und warum bist du abgehauen?«

»Ich weiß auch nicht.« Er gestikulierte mit dem Bier in der Hand. »Ich war verwirrt.«

»Und jetzt nicht mehr?«

»Doch, aber jetzt macht es mir nicht mehr so viel aus. Ich bin froh, dass du da bist.«

»Weil ich dir helfen kann?«

»Nicht nur deswegen.« Cooper zögerte. »Aber da wir gerade davon reden, warum eigentlich? Ich meine, warum hilfst du mir?«

»Das habe ich dir oft genug gesagt. Ich kämpfe um mein Recht zu leben.«

»Ist das der einzige Grund?«

Sie zuckte nur mit den Schultern.

»Okay, ich versuch's noch mal. Es tut mir leid. Ich hatte Panik. Und alles ging so schnell. Und Smith ... wie er die Leute manipuliert. Ich war mir nicht sicher, ob er dich nicht benutzt hatte, um mich zu manipulieren.«

»Was? Du meinst, ich hätte mit dir geschlafen, weil er es wollte?« Ihre Stimme war wie ein in Seidenpapier eingewickeltes Messer.

»Der Gedanke ist mir gekommen, ja. Es wäre doch möglich gewesen.«

»Du bist so ein Arsch, Cooper.«

»Aber dann, auf dem Flug hierher, wurde mir klar, warum ich wirklich in Panik geraten war. Es stimmt schon, du hast mich die ganze Zeit angelogen, seit wir uns zum ersten Mal begegnet sind. Aber ich habe dich auch angelogen. Nur der Unterschied war, du hast es gewusst und ich nicht. Ich kam mir so ... dumm vor. Es war mir einfach peinlich.«

»Entschuldigungen sind wirklich nicht deine Stärke, weißt du?«

»Ja, das hat meine Exfrau auch immer gesagt.« Er versuchte ein Lächeln, aber es erstarb auf seinen Lippen. »Willst du die Wahrheit hören?«

»Bitte.«

»Ich mag dich wirklich, Shannon. Ich habe schon lange nicht mehr für jemanden so empfunden. Seit Jahren nicht. Seit Natalie und ich uns getrennt haben. Aber ich weiß nicht, was es ist, mit dir ist es irgendwie anders. Du verstehst Dinge an mir, die sonst niemand versteht. Und es ist toll, dich in Aktion zu sehen. Ich bin es nicht gewohnt, dass jemand es mit mir aufnehmen kann.«

»Eingebildet bist du wohl gar nicht, was?«

»Ach, jetzt erzähl mir bloß nicht, du weißt nicht, was ich meine.«

»Ich muss dir gar nichts erzählen. Du bist derjenige, der versucht, sich zu entschuldigen, nicht ich.«

Cooper nahm einen Schluck Bier und stellte die Flasche auf der Ablage der Durchreiche ab. »Also gut, ein letzter Versuch. Weißt du noch, letzte Nacht, als wir über unser Gespräch in diesem Diner geredet haben? Du hast gesagt, du hoffst, dass ich einen neuen Anfang mache. Und ich habe es mir so sehr gewünscht. Alles einfach hinter mir zu lassen und ein neues Leben zu beginnen. Und der Grund warst du.«

Langsam taute sie auf.

Cooper sagte: »Was wir vorhaben, ist Wahnsinn, und wahrscheinlich werden wir es beide nicht überleben. Aber wenn doch, darf ich dich zum Essen einladen?«

Shannon schenkte ihm ein schiefes Lächeln und nahm einen Schluck Bier. »Du hast zwar ein bisschen Anlauf gebraucht, aber schließlich hast du es doch geschafft.«

»Heißt das Ja?«

»Du findest mich also toll?«

»Heißt *das* jetzt Ja?«

Sie zuckte mit den Schultern. »Falls wir überleben, frag mich später noch mal.«

KAPITEL 39

Bei all der hektischen Betriebsamkeit am Tag – den vor Touristen überquellenden Straßen, den spontan auftretenden Staus, den ständigen Fahrzeugkonvois, die alles aufhielten, den ewigen Baustellen – war das Zentrum Washingtons abends eher ruhig. Die Restaurants waren ganz gut besucht, Taxis flitzten zwischen den Hotels hin und her und Männer in Anzügen und Frauen in Kleidern schlenderten über die Bürgersteige. Die sonst überbrodelnde Stadt kochte zu später Stunde auf Sparflamme. Quinn kam um neun Uhr mit der Ausrüstung zurück. Um halb zehn waren alle drei oben auf einem Parkhaus mitten in der Innenstadt. Sie hatten einen Rundumblick auf die weltberühmte Skyline, die blendend weiß im Scheinwerferlicht erstrahlte. Bobby saß im Schneidersitz, seinen Laptop vor sich, auf der Motorhaube seines Wagens. Shannon war auf die Randmauer des Parkhausdachs geklettert und lief darauf hin und her wie auf einem Drahtseil. Es ging fünf Geschosse nach unten, aber sie war die Ruhe selbst.

Cooper baute die Waffe zusammen, die Quinn ihm mitgebracht hatte. Die Wachleute in der Zentrale hatten keinen Verdacht geschöpft, denn es war nichts Ungewöhnliches, dass er dort Ausrüstung und Waffen holte. Es war eine Beretta, Coopers bevorzugte Marke, und wie alle Waffen der Behörde in bestem Zustand und vollkommen sauber. Aber in der Armee hatte Cooper gelernt, niemals eine Waffe abzufeuern, die er nicht selbst auseinandergenommen und wieder zusammengebaut hatte, und diese Gewohnheit hatte er beibehalten. Zumindest half es, die Zeit totzuschlagen.

Da fällt mir ein ...

Er sah Quinn an, der ihn auch anschaute und nickte.

Cooper holte das zweite Handy heraus und wählte. Der Agent am anderen Ende sagte: »Jimmys Matratzen.« Cooper gab ihm seinen Code und wartete. Als sein ehemaliger Chef ranging, sagte Cooper: »Sie haben mich wohl nicht gefunden, was?«

»Ich habe doch gesagt, ich musste aufräumen.«

»Jaja. Also, welche Straße?«

»7th Avenue, Northwest.«

»Moment.« Er schaltete das Handy auf stumm. »7th Avenue, Northwest.«

Sofort flogen Quinns Finger über die Tastatur. »Mal sehen ...«

Cooper starrte in die Nacht und zählte an seinen Fingern ab. Fünf Sekunden. Zehn. »Bobby ...«

»Okay, 900 7th Avenue. Hingepoint Productions, neunter Stock. Gib ihm genau ... zehn Minuten.«

Cooper stellte das Handy wieder auf Sprechen. »900 7th Avenue, Northwest. Hingepoint Productions, neunter Stock. 9:48 Uhr. Wenn Sie um 9:49 Uhr nicht da sind, platzt unsere Abmachung.«

»Ich brauche mehr Zeit.«

»Negativ.«

Peters seufzte. »Ich bestätige: 900 7th Avenue, Northwest.«

Cooper legte auf. »Los geht's.«

* * *

Das Parkhaus lag an der Ecke 10th Street und G Street, circa fünfhundert Meter vom Treffpunkt entfernt. Bobby hatte richtig gelegen. Er hatte während der letzten halben Stunde in jeder Straße der näheren Umgebung geeignete Gebäude herausgesucht. Die Washingtoner Innenstadt war ein mit Ampeln gespicktes Wirrwarr von Einbahnstraßen und da Peters mit dem Auto kommen musste – mit Natalie und den Kindern ging es nicht anders –, konnten sie das zu ihrem Vorteil nutzen. Bobby hatte vorgeschlagen, eine Adresse auszuwählen, die sie zu Fuß schneller erreichen konnten. Wenn es um Einsatzplanung ging, war der Mann einfach nicht zu schlagen.

Es war das höchste Gebäude der Umgebung. Ein Bürokomplex, und obwohl es schon so spät war, war noch Licht in einigen Fenstern. Nicht verwunderlich, denn auch wenn die meisten Büros nur bis sechs besetzt waren, machte in dieser Stadt immer irgendjemand Überstunden.

Das Foyer wirkte gleichzeitig attraktiv und kalt, ein Ort, der beeindrucken, aber nicht zum Verweilen einladen sollte. Ein Putzmann wischte mit einer Bohnermaschine die Spuren des Tages fort. Breite Flure führten zu den Aufzügen. Ein Sicherheitsmann in dunkelblauem Anzug setzte sich auf, als er sie sah.

»Kann ich Ihnen helfen?«

»Analyse- und Einsatzbehörde«, sagte Quinn und hielt seine Dienstmarke hoch. »Wo ist Ihr Sicherheitsbüro?«

»Sir? Ich …«

»Für Erklärungen ist jetzt keine Zeit. Machen Sie schon.«

»Ja, Sir. Hier entlang.« Ein wenig steif stand er auf, aber er wirkte ziemlich fit. »In welcher Angelegenheit sind Sie denn hier?«

»In einer Angelegenheit, die Sie nichts angeht, Junge«, sagte Cooper.

Die Antwort gefiel dem Mann nicht, aber er stellte keine weiteren Fragen. Ein Exsoldat, das sah Cooper an seiner Haltung, und gewohnt zu gehorchen. Gut. Ein Gebäude, das von Exsoldaten bewacht wurde, war sicherheitstechnisch wahrscheinlich bestens ausgestattet.

Der Wachmann nahm einen Dienstausweis, der mit einer Klammer an seinem Anzug befestigt war, öffnete damit eine niedrige Sperre und ließ sie hindurch. Sie liefen an einer Reihe metallisch glänzender Aufzüge vorbei und durch einen schmalen Flur mit einer Tür am Ende, auf der stand: ZUTRITT FÜR UNBEFUGTE VERBOTEN. Darüber hing eine Sicherheitskamera, die auf sie gerichtet war. Der Wachmann klopfte zweimal und öffnete dann mit seinem Dienstausweis die Tür, ohne eine Antwort abzuwarten. »Das ist unsere Kommandozentrale …«

Cooper schlug ihm mit der Handkante gegen den Halsansatz. Der Wachmann sackte in sich zusammen und Cooper stieg über ihn hinweg. Ohne stehen zu bleiben, sah er sich in dem Raum um. Sechs mal sechs Meter. Zwei Männer auf Stühlen vor einem erleuchteten Projektionsschirm. Als der Erste aufstand, ging er auf ihn los, schlug ihm mit der Faust auf den Kehlkopf, nahm ihn bei den Revers und warf ihn dem anderen entgegen. Die beiden fielen übereinander und gegen einen Bürostuhl, der zur Seite wegrollte und einen Papierkorb umstieß, dessen Inhalt sich über den Boden ergoss. Cooper stürzte sich auf die beiden, wich ihren zappelnden Armen und Beinen aus und verpasste dem zweiten Wachmann schnell einen linken Jab aufs Kinn. Dessen Kopf flog nach hinten und stieß hart auf dem gefliesten Boden auf, seine Lider flatterten und er sackte in sich zusammen.

»Keine Bewegung!«

Der dritte Mann hatte sich hinten im Raum bei einer Reihe Aktenschränken aufgehalten, wo Cooper ihn nicht sehen konnte. Anscheinend hatte er gerade gegessen, denn auf einem der Schränke lag ein halb verzehrtes Sandwich in Wachspapier. Er hielt mit beiden Händen einen Elektroschocker auf Cooper gerichtet, den Finger am Abzug.

Quinn steht hinter mir. Ich kann den Elektroden ausweichen, aber er nicht. Der elektrische Schlag würde zwar ihn nicht umbringen, und vielleicht würde er noch nicht einmal das Bewusstsein verlieren, aber er wäre außer Gefecht.

Und ohne ihn sind wir erledigt.

Cooper richtete sich langsam auf und streckte die Hände nach oben. »Hören Sie ...«

Der Mann drehte den Schocker um, richtete ihn auf seinen eigenen Bauch und drückte ab. Elektroden schossen aus dem Lauf und trafen sein weißes Oberhemd. Es gab ein lautes Knistern und Funken sprühten. Der Mann wurde ganz steif, all seine Muskeln spannten sich gleichzeitig an, und dann fiel er um wie eine Schaufensterpuppe.

Auf einmal stand Shannon hinter dem Mann und lächelte. »Ups.«

Unglaublich.

Sie zwinkerte Cooper zu, ging in die Knie, nahm dem Wachmann die Handschellen ab und schloss sie um seine Hände. Cooper fesselte die anderen beiden auf die gleiche Weise. »Betäubungsmittel?«

»In der Tasche. Zehn Milliliter.«

Cooper wühlte in der Tasche und fand ein kleines schwarzes Etui mit einer Spritze. Er nahm die Kappe ab, klopfte mit dem Finger gegen die Spritze und injizierte allen drei Männern ein wenig Betäubungsmittel. Als er sich wieder aufrichtete, stand Quinn schon vor dem Projektionsschirm und seine Finger tanzten durch die Luft. »Okay, okay.«

»Was hast du gefunden?«

»Die Sicherheitsanlage ist vom Feinsten, Boss. Ich habe eine ganze Batterie von Kameras zur Verfügung und kann sämtliche Türschlösser per Fernbedienung kontrollieren.« Die Projektion war eins zwanzig breit und hing mitten in der Luft. Der Bildschirm reagierte auf Quinns Handbewegungen und zeigte Aufnahmen von verschiedenen Kameras: Flure, Aufzüge und das Foyer, alles in HD und taghell. Zufrieden klappte Quinn seinen Laptop auf und stellte ihn auf den Tisch. Dann holte er ein kleines Etui aus der Ausrüstungstasche. Darin befanden sich, in Schaumstoff gepackt, eine Reihe winziger Ohrstöpsel. Er gab beiden jeweils einen davon und sagte: »Probiert sie aus.«

Cooper streckte den Daumen hoch. Shannon sagte: »Ihr Jungs habt aber wirklich tolles Spielzeug.«

»Meine Damen und Herren, Elvis ist soeben eingetroffen«, sagte Quinn. Auf der Projektionsfläche sah man, wie zwei Männer, die Cooper nicht kannte, das Foyer betraten. Sie trugen Springerstiefel zu ihren Anzügen und bewegten sich perfekt synchron. Während sie den Raum absuchten, schienen beide genau zu wissen, was der andere tat. Beide hatten eine Hand in der Anzugjacke.

Dann kamen Natalie und die Kinder durch die Tür.

Natalie trug Jeans und ein Sweatshirt, wahrscheinlich schon, seit Dickinson sie entführt hatte. Sie sah noch hübscher aus, als er sie in Erinnerung hatte, aber ihr Gesicht war blass und ihre Schultern angespannt.

Sie hatte beide Kinder an der Hand.

Cooper hatte das Gefühl, ihm würde der Boden unter den Füßen weggezogen. Übelkeit stieg süßlich in ihm auf, er wurde von Schwindel gepackt und seine Gefühle überschlugen sich. Dies war das erste Mal, dass er sie sah, seit dem Abend, an dem sich alles geändert hatte, und er erschrak, wie sehr sie sich verändert hatten. Todd war mindestens zwei Zentimeter größer und fünf Kilo schwerer und Kates Gesicht war nicht mehr so rund, sie hatte Babyspeck verloren.

Sechs verlorene Monate. All ihre neuen Erfahrungen, das Lachen, die Fragen und Ängste und die ohnehin seltener werdenden Momente, in denen sie in seinem Schoß einschliefen. Das Gefühl des Verlusts war greifbar. Es zerrte heftig an ihm.

Und die Angst war noch schlimmer. Sie hier zu sehen, in der Gewalt von Ungeheuern, und zu wissen, es war seine Schuld. Wenn einem von ihnen etwas zustoßen sollte, großer Gott, seine ganze Welt würde zusammenbrechen, der Himmel würde hinabstürzen, die Sonne erlöschen und nichts wäre übrig als völlige Leere, durch die der Wind heult.

Wie um seine Angst noch zu schüren, kamen hinter ihnen zwei Männer herein. Roger Dickinson, hochgradig angespannt und wachsam, seine bedingungslose Untergebenheit, die ihn vor nichts zurückschrecken ließ, unter seinem sportlich guten Aussehen verborgen. Und Drew Peters, so gepflegt wie immer, kühl und grau wie ein Wintermorgen. Er hatte einen schwer aussehenden Metallkoffer bei sich.

Ich werde mich um Ihre Familie kümmern.

»Okay«, sagte Quinn, während er weiter mit den Händen wirbelte und die Projektionsfläche sich vierteilte, um verschiedene Außenansichten zu zeigen. »Es sind keine weiteren Leute zu sehen. Außerdem überwache ich alle Übertragungskanäle der AEB …« Er schaute auf seinen Laptop. »Im Umkreis von einem Kilometer keine verdächtigen Aktivitäten. Sieht so aus, als hätte Peters Angst gehabt, dich zu verscheuchen.«

Cooper antwortete nicht und starrte nur auf die Projektion. Die zwei Männer, die vorgingen, waren echte Profis, das konnte man sehen. Nicht überraschend, aber dass er sie nicht kannte, bedeutete, dass Peters Außenseiter einsetzte. *Wahrscheinlich gehören sie zu seinem privaten Team, das seine Machenschaften vertuscht. Diese Männer wissen sicher ganz genau, wo deine Fähigkeiten liegen, und sind entsprechend vorbereitet.*

Dann kamen zwei weitere Männer hinterher. Einer bezog an der Tür Position, der andere ging zum unbesetzten Informationsschalter. Natalie blieb stehen und drehte sich zu Peters um, um etwas zu sagen.

»Was sagt sie?«

»Tut mir leid, Boss. Kein Ton.«

Peters schüttelte den Kopf. Dickinson ging auf Natalie zu und packte sie am Arm. Coopers Hände ballten sich zu Fäusten. Er musste sich zwingen, nicht gegen die Wand zu schlagen. Dann bewegte sich die Gruppe weiter Richtung Aufzug.

Der Putzmann stellte die Bohnermaschine ab und richtete sich auf. An seiner Haltung war zu erkennen, dass er sie fragte, was sie wollten. Ohne Natalie loszulassen, drehte Dickinson sich um, holte eine Waffe unter seinem Sakko hervor, zielte ganz gelassen und schoss dem Putzmann in den Kopf.

Auf die Entfernung und mit der Tür dazwischen hörte sich der Schuss an wie ein Knallfrosch.

Blut und Hirnmasse spritzten über den Marmorboden und der Mann sackte zusammen.

Cooper war schon fast an der Tür, bevor er es überhaupt merkte. Aber da stand schon Shannon vor ihm, umklammerte ihn mit beiden Armen und stemmte eine Schulter gegen seine Brust. »Nick, nein!«

»Geh mir aus dem …«

»*Nein*. Er ist tot, und deine Kinder auch, wenn du jetzt da rausrennst.«

Cooper legte eine Hand auf ihre Schulter und …

Zwei Männer als Vorhut, auf alles gefasst. Die kommen als Erste dran. Du wirfst dich einfach auf den Boden und ballerst los. Damit rechnen sie nicht. Die beiden schaffst du.

Dann stehst du auf, rennst bis zur Ecke und zielst auf …

Dickinson? Der hat eine Waffe in der Hand, steht direkt neben Natalie und den Kindern …

Peters? Der steht direkt hinter ihnen.

Die beiden anderen Männer? Beide weit voneinander entfernt und mit Sicherheit bewaffnet.

… ließ sie an ihrem Arm hinabgleiten. Er atmete tief durch. Jetzt da rauszugehen, wäre Selbstmord. Zum Teufel, vielleicht war das sogar Teil des Plans. Dickinson wusste, er war in der Nähe, und wollte ihn dazu verleiten, eine Dummheit zu begehen.

»Cooper?«, fragte Quinn ganz ruhig. »Alles wieder in Ordnung?«

»Ja.« Er schüttelte Shannons Arme ab und sie gab nach. »Ja. Also, was passiert gerade?«

»Die Nachhut geht zu dem Toten. Alle anderen gehen in Richtung Aufzug.«

»Alles klar.« Er atmete noch einmal tief durch und sah zu Quinn. Der hatte die Bilder jetzt zyklisch angeordnet, um die Bewegungen der Gruppe zu verfolgen. Der Zeit-Code zeigte 9:46 Uhr an. »Hast du alles unter Kontrolle?«

»Wie von Gott vorgesehen.«

»In Ordnung. Du übernimmst die Leitung von hier aus. Hast du einen Grundriss des Büros im obersten Stock?«

Quinn wandte sich zum Laptop und öffnete eine Bauzeichnung. »Hingepoint Productions, eine Grafikdesignfirma.«

Shannon fragte: »Sie können sich von jedem Haus einen Grundriss besorgen? Einfach so?«

»Na ja, wir sind schließlich der Ausgleichsdienst, Herzchen.«

Cooper beugte sich über den Laptop. Auf der Zeichnung war ein einfacher Grundriss zu sehen, ein Großraumbüro mit Reihen von Schreibtischnischen, abgegrenzt durch Trennwände. »Hast du auch Kamerabilder von dem Büro?«

»Nein, Überwachungskameras gibt es nur in den öffentlichen Bereichen. Aber ich hab die Tür per Fernbedienung geöffnet.«

»Okay. Shannon, nimm du die Treppe nach oben. Ich nehme den Aufzug. Sie werden zwar in Alarmbereitschaft sein, aber da sie damit rechnen, dass ich allein komme, dürftest du keine Probleme haben, dein Ding abzuziehen.«

»Sie sind auf dem Weg nach oben.« Quinn machte ein paar Handbewegungen in der Luft und eine Aufnahme der Aufzugkabine erfüllte die Projektionsfläche. Die beiden Bodyguards vorn, dann Natalie und die Kinder, hinter ihnen Peters und Dickinson. Einer der Bodyguards drückte den Knopf für den neunten Stock.

Dass sie den Putzmann erschießen, damit war nicht zu rechnen. Aber ansonsten läuft alles nach Plan. Gemeinsam mit Quinn, der von hier aus alles überwacht, und Shannon, die durch Wände gehen kann, kannst du auch eine fast aussichtslose Situation in den Griff bekommen. Sie sollen erst mal ins Büro gehen und Position beziehen. Dann gehst du rein und lenkst sie ab. Shannon schleicht sich an ihnen vorbei, damit dürfte sich das Blatt wenden. Und du bringst die Sache zu Ende.

Drew Peters, du bist ein toter Mann.

Der Aufzug fuhr hoch und die Stockwerke wurden angezeigt: 1 – 2 – 3 …

Einer der Bodyguards drückte auf einen Knopf.
Der Aufzug hielt im vierten Stock.
»Was machen …?«
Die beiden Bodyguards stiegen aus. Einer drehte sich um und gab Natalie ein Zeichen. Sie schüttelte den Kopf. Der Mann zog eine Pistole und zielte.
Auf Todd.
Wahrscheinlich trennten Cooper nicht mehr als dreißig Meter von seinem Sohn, aber es hätten auch Kontinente zwischen ihnen liegen können. Vier Stockwerke aus Beton und Stahl.
Natalie stellte sich vor Todd und gab dem Mann eine Ohrfeige. Dann wandte sie sich wieder ihren Kindern zu, nahm sie bei der Hand und führte sie hinaus auf den Flur.
Drew Peters drückte einen Knopf und die Aufzugtür ging wieder zu.
Cooper stand unter Hochspannung. In seinem Kopf drehte sich alles, es knisterte und knackte. Ihm war, als schnitten Rasierklingen in sein Hirn. Wie aus weiter Ferne hörte er Quinn sagen, was er bereits wusste. Dass sie sich trennen würden.

Peters hat auch einen Plan.
»Kannst du den Aufzug lahmlegen?«
»Ich kann's versuchen, aber ich …« Der Aufzug fuhr weiter. 5 – 6 – 7 …
Cooper wollte schreien, wollte explodieren, seine Muskeln spielen lassen und die Welt in Trümmer legen. Seine Familie war so nah und er so hilflos.
»Tut mir leid, ich schaff's nicht, nicht bevor sie …«
8.
»Hör auf. Was machen die anderen?«
Quinn gestikulierte hektisch, schaltete so schnell von einer Kamera zur nächsten, dass Cooper kaum folgen konnte: Aufzug, Foyer, Tiefgarage, Dach, schließlich ein Flur. Die Bodyguards entfernten sich von der Kamera, einer vorneweg, einer hinten und Natalie und die Kinder zwischen ihnen. Sie gingen zum Ende des Flurs und bogen um eine Ecke.

Dann waren sie weg.

»Mach, dass du sie wieder ins Bild kriegst!«

»Das ist die einzige Kamera im vierten Stock«, sagte Quinn grimmig. »Es tut mir leid, Cooper. Sieht so aus, als gäbe es auf jedem Flur nur jeweils eine Kamera im Aufzugvorraum. Nur die öffentlichen Bereiche werden überwacht. Die Leute wollen nicht bei der Arbeit beobachtet werden.«

»Wie viele Büros gibt's auf der Etage?«

»Ähm … zehn.«

Zehn Büroräume und jeder bot mehrere Versteckmöglichkeiten.

»Okay, gehen wir.« Shannons Stimme klang gedrückt. »Gehen wir zusammen hoch in den vierten Stock. Sie rechnen nicht mit uns beiden.«

Der Aufzug kam im neunten Stock an. Drew Peters und Roger Dickinson stiegen aus. Sie erschienen in einem anderen Bild, dem Kamerasignal aus dem Aufzugvorraum dieser Etage, und gingen weiter. Peters wechselte den Aktenkoffer in die andere Hand.

Cooper schaute auf die Uhr: 9:47 Uhr. »Nein.«

»Was ist?«, fragten Quinn und Shannon wie aus einem Mund.

»Ich muss in zwei Minuten in diesem Büro sein. Wenn ich nicht auftauche, wenn ich auch nur eine Minute zu spät komme, weiß Peters, dass etwas nicht stimmt. Vielleicht ruft er dann nur seine Leute zusammen und bläst die Sache ab. Aber vielleicht bringt er auch Natalie und die Kinder um und lässt das Gebäude stürmen.«

»Also … was sollen wir tun?«

»Du musst in den vierten Stock.« Er sah sie an. »Du musst meine Familie retten.«

Sie riss die Augen weit auf, voller Angst. So hatte er sie noch nie gesehen. »Nick, ich …«

Er legte ihr eine Hand auf die Schulter. »Bitte.«

»Und was willst du machen?«

»Ich treffe mich mit Peters und versuche, Zeit zu schinden.«
Er wurde von einer düsteren Schwere ergriffen. »Hol meine Familie da raus.«

Er wollte noch mehr sagen, zu beiden, aber es war einfach keine Zeit. Er eilte zur Tür und Shannon folgte ihm.

Sie hasteten über den Flur Richtung Aufzugvorraum und blieben kurz davor stehen.

Er hörte Quinn sagen: »Ein Mann steht am Aufzug, der andere sitzt am Informationsschalter und tut so, als wäre er ein Sicherheitsmann.«

Shannon fragte: »Schaut der am Aufzug in unsere Richtung?«
»Nein.«
Sie glitt um die Ecke.

Cooper blieb ganz still stehen, aber er war wie elektrisiert. Im Kopf zählte er die Sekunden. Seine Gedanken überschlugen sich. Natalie, Kate und Todd, bewaffnete Männer, Drew Peters, Präsident Walker …

Heute Nacht ist es vorbei. So oder so.

»Shannon hat Position bezogen. Du gehst in drei, zwei, eins, jetzt.«

Cooper machte einen Schritt um die Ecke. Shannon war unbemerkt an dem Wachmann vorbeigeglitten, der jetzt zwischen ihnen stand. Während Cooper auf ihn zuging, hustete Shannon und drückte den Aufzugknopf. Der Wachmann wirbelte herum, die Hand sofort unter seinem Sakko, und Cooper konnte seine Gedanken lesen. Woher kam dieses Mädchen plötzlich? Shannon lächelte ihn an. Nur eine Büroangestellte, die auf den Aufzug wartete. Der Mann musterte sie und entspannte sich. Doch dann erstarrte er, als er Coopers Schritte hörte. Er drehte sich um.

Zu spät.

Cooper packte seinen Kopf mit beiden Händen und riss ihn mit einem gewaltigen Ruck herum, ließ seine ganze Wut an ihm aus. Seine Halswirbel knackten und er sackte zusammen. Tot.

Der Aufzug machte Ping. Cooper packte den Mann bei seinem schlaff am Hals hängenden Kopf und zerrte ihn in die Kabine. Shannon drückte die Knöpfe für den vierten und neunten Stock.

»Ihr zwei zusammen könnt einem wirklich Angst machen«, sagte Quinn. »Anscheinend hat der Mann im Foyer nichts gehört. Waidmannsheil!«

Die Tür ging zu und der Aufzug fuhr hoch. Shannon sagte: »Nick, hör zu …«

Er schnitt ihr das Wort ab. »Du machst das schon.«

»Ich wollte nur …«

»Hör mal«, sagte er und küsste sie. Zuerst erschrak sie, erwiderte dann aber seinen Kuss, und während der Aufzug auf jeder Etage Ping machte, ließen sie ihre Zungen tanzen. Ein Kuss, der Glück bringen sollte, und ein Hilfeschrei und eine Aussage, wie er sie deutlicher nicht machen konnte, und dann hielt der Aufzug an. Er legte ihr eine Hand auf die Wange. »Ich vertraue auf dich.«

Sie drückte die Schultern durch. »Sorg dafür, dass ich genug Zeit habe.«

»Ich versuch's um jeden Preis.«

Shannon stieg aus dem Aufzug und ging nach rechts. Cooper drückte den Türschließknopf – *komm schon, komm schon* – und der Aufzug setzte sich wieder in Bewegung.

Er konnte nichts mehr tun, es nur auf sich zukommen lassen. 5 – 6 – 7 – 8 – 9.

Die Tür ging auf. Cooper atmete tief durch und ging hinaus.

Der Flur strahlte nüchterne Eleganz aus, grauer Teppichboden mit dezentem Muster, die Wände beige, Einbaulampen, eine Leuchttafel mit Firmennamen. Quinn sagte: »Bieg rechts ab. Dritte Tür links.«

Cooper starrte in den Flur. »Irgendwelche Anzeichen, dass Verstärkung im Anmarsch ist?«

»Negativ. Auf den lokalen AEB-Frequenzen herrscht Ruhe und das einzige Telefon im Haus, von dem ich etwas empfangen habe, ist im dritten Stock. Eine Frau, die ihrem Mann Bescheid gesagt hat, dass sie länger arbeiten muss.«

Die Bürotüren waren aus Glas mit eingravierten Firmennamen und Metallgriffen.

Er ging am Büro eines Lobbyisten vorbei und an einer Immobilienfirma, dann um die Ecke und sah das dritte Büro. Hingepoint Productions, das erste Wort in Kleinbuchstaben in einer kastenförmigen Grafik. Als er eintrat, machte es leise Dingdong.

Quinn hatte gesagt, es handele sich um eine Grafikdesignfirma, und so sah das Büro auch aus. Der Vorraum war in einem gewagten, aber stimmigen Orangeton gestrichen, und anstelle von Bildern hatte man Skateboards aufgehängt, jedes ein kleines Kunstwerk mit Robotern und Monstern, Graffiti-Tags und Skylines.

Er sah jetzt, dass die auf dem Bauplan eingezeichneten Trennwände nur etwa eins zwanzig hoch waren. Die Decke war unverkleidet und die Versorgungsleitungen hingen sichtbar an Stahlträgern. Quinn sagte: »Ich habe alle Büros im vierten Stock aufgesperrt. Shannon hat schon im ersten nachgesehen, aber ohne Erfolg. Sie sucht weiter.«

Cooper ging durch den Gang zwischen den Schreibtischnischen in den Hauptbereich des Büros. Er hatte klare Sicht in alle Richtungen. Es war ein Eckraum und die Außenwände bestanden komplett aus raumhohen Glasfronten, die durch das Licht der Deckenlampen wie dunkle Spiegel wirkten und den Raum reflektierten. Genau in der Mitte des Büros stand ein langer, von Stühlen umringter Konferenztisch.

Und daneben Drew Peters und Roger Dickinson.

Cooper schlenderte auf sie zu. Ruhig und gelassen. Je länger er es hinauszögerte, desto mehr Zeit hatte Shannon.

Dickinson war ganz der Alte. Gut aussehend, stramme Haltung, wachsam. Offensichtlich juckte es ihn, seine Pistole aus dem Schulterhalfter zu ziehen.

»Hallo, Nick«, sagte Peters. Zum ersten Mal bemerkte Cooper, dass Peters etwas Rattenhaftes an sich hatte. Irgendwie lag es an seinem gepflegten Auftreten, dem kleinen Mund, der

randlosen Brille. Sein Aktenkoffer stand vor ihm auf dem Tisch.
»Schön, Sie wiederzusehen.«

Der Konferenzbereich bot eine weite, offene Fläche. Cooper ging auf den Tisch zu und blieb den beiden gegenüber stehen.

Denk dran, sie wissen nicht, was du weißt oder dass du Hilfe hast. Wenn sie auch nur den geringsten Verdacht schöpfen, ist dein Plan dahin. »Wo sind Natalie und meine Kinder?«

»Ganz in der Nähe.«

»Das reicht mir nicht.« Ohne sie aus den Augen zu lassen, machte er einen Schritt zurück.

»Ich kann es Ihnen beweisen«, sagte Peters, »aber zuerst müssen Sie Ihre Waffe weglegen.«

»Ich bin nicht bewaffnet.«

»Natürlich sind Sie bewaffnet. Aber egal, ich fange schon mal an.« Peters öffnete langsam den Aktenkoffer. Auf der Innenseite des Deckels war ein Monitor, der sofort ansprang. Der Bildschirm leuchtete kurz weiß auf, dann erschien ein Video.

Natalie saß auf einem Lederstuhl am Ende eines kleinen Raums, Todd zu ihrer Linken, Kate rechts. Die Kinder hatten Papierblöcke vor sich und es sah so aus, als würden sie zeichnen. Kate ging offenbar vollkommen darin auf. Natalie lehnte sich zu Todd hinüber. Sie schien ihn auch zum Zeichnen animieren zu wollen. Offensichtlich versuchte sie, die beiden abzulenken und zu beruhigen. Hinter ihnen war eine Glasfront zu sehen und in der Ferne die beleuchtete Kuppel des Kapitols. Die beiden Männer standen mit gezogenen Waffen in der Nähe. Der eine schaute in Richtung Kamera, der andere beobachtete Natalie.

»Was für eine Frau, von der Sie sich da haben scheiden lassen, Nick. Eine wundervolle Mutter. Und erst Ihre zwei hübschen Kinder …«

Cooper starrte auf den Bildschirm, auf seine Kinder, für die er dies alles tat. Für sie würde er die Welt in Flammen aufgehen lassen. Natalie blickte auf und es sah aus, als würde sie ihn direkt anschauen.

Wie war das möglich?

Die Kamera, natürlich. Sie verstand, dass die Kamera auf sie gerichtet war, damit er sie sehen konnte. Es sah nicht nur so aus, sie schaute ihn tatsächlich an. Ihr Blick war ein Flehen. Nicht um ihr Leben, sondern um das ihrer Kinder.

Ein Flehen, doch da war noch etwas. Aber was?

»Nun Ihre Waffe bitte, ganz langsam.«

Natalies Augen bewegten sich nicht. Kein bisschen. Aber sie dachte daran. Sie dachte daran, kurz nach links zu schauen. Und dieser Gedanke erzeugte ein winziges Muskelzucken in ihrem Gesicht.

Und sie weiß, dass du so etwas wahrnimmst.
Sie versucht, dir einen Hinweis zu geben.

Ein warmes Gefühl durchströmte ihn. Die Frauen in seinem Leben waren einfach unglaublich.

»Ich sehe nur einen Konferenzraum mit dem Kapitol im Hintergrund«, sagte er. »Sie könnten überall sein.«

»Hören wir mit den Spielchen auf, Nick. Sie wissen, wie weit ich gehe, wenn's sein muss. Ihre Waffe.«

Über den Ohrstöpsel hörte er Quinn sagen: »Bin dabei.«

Cooper zögerte, als müsste er es sich noch überlegen. Dann griff er langsam hinter sich und zog die Pistole aus seinem Hosenbund. Dickinson war plötzlich angespannt wie eine Sprungfeder. Cooper nahm die Waffe mit Daumen und Zeigefinger, legte sie auf den Tisch und schob sie hinüber.

Quinn sagte: »Ich hab's. Büro 508. Der Konferenzraum ist an der südöstlichen Ecke.«

Shannon antwortete: »Schon unterwegs.«

Cooper sagte: »Da. Und jetzt Roger.«

Dickinson lachte und Peters lächelte dünn. »Lieber nicht. Wir kennen beide Ihre Fähigkeiten nur zu genau. Also, wo ist der Stampdrive?«

»An einem sicheren Ort.«

»Gut zu wissen. Und wo?«

»Wenn ich es Ihnen sage, woher weiß ich, dass Sie sie nicht trotzdem umbringen?«

»Sie haben mein Wort.«

»Das ist nicht mehr so viel wert wie früher mal, Drew.«

»Aber es muss Ihnen reichen. Ich habe Ihnen schon einmal gesagt, Sie sind nicht in der Lage, Forderungen zu stellen. Geben Sie mir, was ich will, und ich lasse Sie alle laufen.«

Dickinson sagte: »Ich wette, er hat es in der Tasche. Soll ich ihn mir vornehmen?«

Dann meldete sich Shannon: »Nick, ich bin in dem Büro vor dem Konferenzraum. Ich gehe jetzt rein.«

»Nein, Roger.« Peters zögerte, dann sagte er. »Bei drei erschießen Sie Coopers Sohn.«

Auf dem Bildschirm richtete einer der Männer seine Waffe auf Todd …

Die Männer können ihn hören. Die Freisprechanlage. Die Lampe am Telefon leuchtet. Sie hören mit.

Shannon betritt gerade den Raum. Mit den beiden Männern wird sie fertig … außer wenn Peters oder Dickinson ihnen eine Warnung zuruft.

Und das werden sie, wenn sie auf den Bildschirm schauen.

… und Peters sagte: »Drei, zwei …«

»Okay!« Cooper machte plötzlich einen Schritt nach vorn. Peters und Dickinson erschraken und richteten ihre Aufmerksamkeit voll auf ihn. »Ich hab ihn hier.« Er griff in seine Tasche und betastete den hauchdünnen Stampdrive. Er wollte ihn auf keinen Fall aus der Hand geben, nicht für eine Sekunde. Er war sein einziger Beweis für die abscheulichen Machenschaften, an denen er selbst beteiligt gewesen war. Wenn er ihn übergab, wäre alles vorbei. Die letzte Chance auf Gerechtigkeit dahin.

Gerechtigkeit oder deine Kinder?

Cooper nahm den Drive aus der Tasche. Mit aller Kraft bemühte er sich, nicht auf den Bildschirm zu schauen. Seine Kinder, vollkommen hilflos, und er hier, machtlos, und Dickinson vor ihm, dem schon gierig die Hand zuckte. Cooper hatte seine Faust fest um den Drive geschlossen, sodass sie ihn nicht sehen konnten. Sie würden nicht wagen, etwas zu tun, solange sie nicht wussten, ob er bluffte oder nicht. Er machte noch einen Schritt nach vorn, hielt die Hand über den Tisch.

Und ließ den Drive fallen.

Peters starrte auf den Tisch, sein Blick gierig und triumphierend.

Auf dem Bildschirm waren plötzlich Bewegungen zu sehen. Cooper wollte nicht hinschauen, aber zu spät. Er konnte seine Gabe nicht mehr kontrollieren. Er brauchte einfach Informationen, um die Lage einschätzen zu können.

Dickinson folgte seinem Blick.

Beide sahen sie, wie Shannon auf dem Bildschirm einem der Männer ihren Ellbogen gegen den Kehlkopf rammte.

Dickinson schrie den Männern zu: »Tötet sie!«, und seine Hand schnellte unter seine Jacke.

Cooper wirbelte herum, rannte auf die nächste Schreibtischnische zu. Den Stampdrive ließ er auf dem Tisch liegen. Hinter ihm ein Schuss. Brocken flogen aus einer Wand. Er sprintete weiter und spürte, wie Dickinson ihm mit der Waffe folgte. Er feuerte immer wieder und verfehlte jedes Mal nur knapp. Dann sprang Cooper hinter eine Trennwand, duckte sich, war außer Sicht. Rasch kroch er auf allen vieren zur nächsten Arbeitsnische, während Kugeln die dünnen Wände durchlöcherten.

Peters wird sich den Drive schnappen.

Er konnte nichts dagegen tun. Zurück zum Konferenzbereich zu stürmen, wäre Selbstmord. Er war schließlich kein Superheld, dem Kugeln nichts anhaben konnten. Vorauszusehen, wohin jemand schießen würde, verschaffte ihm zwar einen Vorsprung, aber gegen einen Profi wie Dickinson, noch dazu in einem Raum, der nur wenig Deckung bot, hatte er keine Chance.

Hatte Shannon beide Männer erledigt? Unmöglich zu sagen, und er hatte auch keine Zeit, darüber nachzudenken. Er hörte wieder einen Schuss, eine weitere Trennwand wurde zerfetzt, ein Computerbildschirm explodierte.

Geduckt eilte Cooper durch den Gang zwischen den Schreibtischnischen. Er stellte sich den Bauplan vor und wo er sich darauf befand. Der Raum war sehr groß, bot Platz für etwa fünfzig Mitarbeiter. Da es eine offene Fläche war, würde Dickinson ihn sofort sehen, wenn er sich aufrichtete. Andererseits, wenn er weiter geduckt blieb, konnte er seine Gabe nicht einsetzen. Ohne zu sehen, was um ihn herum geschah, war er nur wie ein Tier, das sich von einer Deckung zur nächsten flüchtete.

Er sah sich um. In seiner Nähe befanden sich zwei Arbeitsnischen, die eine mit Papieren und Ordnern vollgestopft, die andere aufgeräumt und liebevoll dekoriert. Jemand hatte sich bemüht, einen grauen Käfig in ein gemütliches Wohnzimmer zu verwandeln. Mit Lehnstuhl, Lampe und gerahmten Fotos auf dem Schreibtisch. Aber nichts, was sich als Waffe verwenden ließe. Jedenfalls nichts, mit dem er einer Pistole Paroli bieten konnte. Er schaute hoch: Stahlträger, Rohre und Neonleuchten.

Aus einiger Entfernung hörte er ein leises Dingdong. Die Türglocke.

Quinn hätte ihn gewarnt, wenn Verstärkung gekommen wäre. Das bedeutete, es war Peters, der sich aus dem Staub machte. Mit dem Stampdrive.

Jetzt war alles aus.

Cooper kroch in die schön eingerichtete Arbeitsnische und nahm ein Foto vom Schreibtisch. Sein Gesicht spiegelte sich geisterhaft im Glas des Rahmens. Vorsichtig schob er den Rahmen über den Rand der Trennwand. Es war zwar kein Spiegel, aber er bekam zumindest einen schemenhaften Eindruck von dem, was vor sich ging. Er sah die Deckenleuchten und eine Bewegung. Dickinson, der plötzlich drei Meter groß zu sein schien. Der Tisch. Dickinson war auf den Tisch geklettert, um besser sehen zu können. Cooper zog schnell die Hand mit dem Bilderrahmen zurück, bevor der andere ihn bemerkte.

»Kommen Sie schon, Cooper«, sagte Dickinson. »Kommen Sie raus. Es geht auch ganz schnell. Genau wie bei Ihren Kindern.«

Galle stieg in ihm hoch. Er flüsterte: »Shannon? Alles in Ordnung?«

Keine Antwort.

Quinn sagte: »Coop, ich weiß nicht, was los ist. Ich empfange kein Kamerasignal und sie antwortet nicht.«

»Ihre Terroristenfreundin habe ich wiedererkannt«, sagte Dickinson. »Aber ich fürchte, die musste dran glauben.«

Es war ein Bluff. Er wollte ihn dazu provozieren, sich zu zeigen. Es musste ein Bluff sein.

»Ihr kleiner Trick hat Ihre Kinder und Ihre Exfrau das Leben gekostet. Tut mir leid, aber Sie waren gewarnt.«

Er schloss die Augen und lehnte sich gegen die Trennwand.

»Ach, machen Sie sich nichts draus, Cooper. Ein, zwei Kinder weniger, was soll's? Man kann doch neue machen.«

Keine Meldung von Quinn. Und von Shannon auch nichts. Er hatte sie nur ganz kurz auf dem Bildschirm gesehen, als sie den einen Mann unschädlich machte, aber sie waren zu zweit. Zwei Profikiller in höchster Alarmbereitschaft.

Seine Gabe arbeitete wieder selbstständig. Im Kopf glich er hastig Daten ab und kam zu einem Schluss.

Deine Familie ist tot.

Cooper war einmal Zeuge eines Unfalls gewesen. Ein Auto hatte einen anderen Agenten gegen eine Metallsperre gedrückt und seinen ganzen Körper unterhalb des Brustkorbs zerquetscht. Beide Beine waren in der Mitte der Oberschenkel abgetrennt. Massive Verletzungen, die der Mann unmöglich überleben konnte. Aber was Cooper am meisten erschüttert hatte, war die absolute Ruhe des Unfallopfers. Er schrie nicht und schien überhaupt keine Schmerzen zu empfinden.

Es gab Wunden, die so enorm waren, dass man einfach nichts fühlte.

Eine seltsam reine, fast angenehme Düsternis ergriff ihn. Wenn seine Familie nicht mehr lebte, gab es eigentlich keinen Grund mehr weiterzuleben. Das Leben hatte kaum noch einen Sinn. Nur einen.

Du wirst sterben, Roger. Und Peters auch.

Er duckte sich noch tiefer und eilte lautlos aus der Arbeitsnische in den Gang, immer an einer Wand entlang. Er versuchte sich vorzustellen, was Dickinson sehen konnte. Durch seine erhöhte Position auf dem Tisch hatte er zwar einen taktischen Vorteil, aber der hatte auch eine Kehrseite.

Dickinson feuerte einen Schuss ab, dann noch einen. Keines der Geschosse schlug in Coopers Nähe ein. Dickinson schoss einfach blindlings drauflos. Er versuchte, ihn hervorzulocken.

Ich komme schon raus, Roger, keine Sorge.

Er bewegte sich weiter Richtung Eingangsbereich. Zwischen zwei Skateboards an der Wand sah er, wonach er gesucht hatte. Aber er würde seine Deckung verlassen müssen, um es zu erreichen. Dickinson würde ihn auf jeden Fall sehen.

Gebückt ging er in Startposition, bereit, loszusprinten. Dann schleuderte er mit aller Kraft den Bilderrahmen hinter sich.

Dickinson reagierte sofort und feuerte zweimal. Ohne abzuwarten, raste Cooper auf die Wand zu. Gut zehn Meter. Hinter sich hörte er Glas splittern, der Fotorahmen war irgendwo aufgeschlagen. Dickinson hatte inzwischen sicher gemerkt, dass es nur ein Ablenkungsmanöver war. Wahrscheinlich suchte er, die Waffe im Anschlag, den Raum nach Bewegungen ab.

Es war auch nicht wichtig. Nichts war mehr wichtig. Nur noch Töten. Und dass er die Reihe Lichtschalter an der Wand des Vorraums erreicht hatte. Er erwischte sie alle mit einem Schlag. Die Neonleuchten erstarben.

Dunkelheit legte sich über den Raum wie blinde Wut.

Cooper stand auf und drehte sich um. Nun musste er sich nicht mehr verstecken. Im Licht war er ein gehetztes Tier gewesen und Dickinson der Jäger.

Jetzt war Cooper ein Schemen in der Finsternis. Und Dickinson eine Silhouette, die auf einem Tisch stand, vom Monitor im Aktenkoffer angestrahlt. Als wäre ein Scheinwerfer auf ihn gerichtet.

Dickinson hielt in jeder Hand eine Waffe, seine eigene in der rechten, Coopers in der linken. Er hob sie beide und schoss in Richtung der Lichtschalter. Cooper war jedoch längst woanders.

Nach den Blitzen aus den beiden Läufen war Dickinson wahrscheinlich erst einmal geblendet.

Cooper bewegte sich ruhig und stetig, ohne zu rennen. Er konnte kein Stolpern, kein Geräusch riskieren. Er beobachtete Dickinson, der sich im Dunkeln um sich selbst drehte und mit den Waffen fuchtelte. Als Cooper den Konferenztisch erreichte, bemerkte der andere seinen Fehler. Er sprang herunter und landete hart.

Cooper machte einen Schritt auf ihn zu, packte beide Waffen und mit einer raschen Drehbewegung riss er sie ihm aus den Händen.

Dann setzte er Dickinson beide Läufe auf die Brust und feuerte, bis die Magazine leer waren.

Was von dem Agenten noch übrig war, klatschte nass auf den Boden. Cooper warf die beiden Waffen auf die Leiche.

Auf dem Tisch stand noch immer der geöffnete Aktenkoffer mit dem Bildschirm.

Seine Familie war tot.

Dem musste er sich stellen. Er musste auf den Bildschirm schauen. Das Ende der Welt mit eigenen Augen sehen.

Er zwang sich hinzusehen.

Auf dem Bildschirm war der Konferenzraum zu sehen und in der Ferne das Kapitol.

Auf dem Boden ausgestreckt lag einer der Männer.

Auch der andere war zu sehen. Benommen tastete er an der Tischplatte entlang und versuchte, sich hochzuziehen.

Aber keine Spur von Natalie und den Kindern.

Gott segne dich, Shannon! Mein Mädchen, das durch Wände gehen kann.

»Coop?« Quinn meldete sich. »Ich habe ein Kamerasignal von Shannon. Sie ist in Aufzug Nummer drei und hat Natalie und die Kinder dabei. Rechts am Kopf hat sie eine stark blutende Wunde. Wahrscheinlich hat sie einen Schlag abbekommen, der ihren Sender lahmgelegt hat. Aber sie hat den ausgestreckten Daumen in die Kamera gehalten und anscheinend sind sie alle wohlauf.«

Nur einen kurzen Moment lang ließ er das Gefühl zu. Ein Gefühl, als könnte er das Dach wegblasen. Als würde sein Herz zerspringen.

Quinn sagte: »Die schlechte Nachricht ist, dass es starken Funkverkehr auf den Polizeifrequenzen gib. Eine kleine Armee ist unterwegs zu uns. Zeit, dass wir abhauen.«

»Wo ist Peters?«

»Ist der nicht bei dir?«

»Nein, und er hat den Stampdrive.«

»*Was?* Wieso?«

»Das kann ich jetzt nicht erklären. Hast du ihn nicht auf dem Bildschirm gesehen?«

»Nein, er ist nicht durch den Aufzugvorraum gegangen.«

Das Klügste wäre, Quinn, Shannon, Natalie und die Kinder einzusammeln und so schnell wie möglich zu verschwinden. Sich irgendwo zu verstecken und zu überlegen, was sie tun sollten. Und Peters würde davonkommen. Mit dem Beweisstück.

Cooper rannte los, durch den Vorraum und zur Tür hinaus. Hinter ihm machte es Dingdong. »Quinn, gibt es in den Treppenschächten Kameras?«

»Negativ.«

Einer Eingebung folgend bog er nach links ab und fand am Ende des Flurs das Treppenhaus. Er stieß die Tür auf und betrat den hell erleuchteten Betonschacht. »Hat die Treppe einen Ausgang zur Straße?«

»Ja, natürlich, muss sie ja wegen der Feuerschutzbestimmungen«, sagte Quinn, und dann: »Oh Scheiße.«

Cooper raste hinunter, nahm mehrere Stufen gleichzeitig, während er mit der Hand am Metallgeländer entlangglitt. Peters hatte sicher schon längst die Straße erreicht und war ...

Er war nicht sicher, ob Dickinson mich erledigen würde. Sonst wäre er oben geblieben und hätte ihm geholfen.

Er ist geflohen, weil er damit gerechnet hat, dass ich es schaffe. Und dass ich ihn verfolge.

Er wird versuchen, etwas zu tun, worauf ich nicht gefasst bin.

... im Dunkel der Nacht untergetaucht. Cooper umklammerte das Geländer, um sich zu bremsen, und rannte wieder hoch. Seine Waden schmerzten, seine Lungen brannten. Am neunten, am zehnten, am elften Stock vorbei.

Quinn sagte: »Scheiße, Cooper. Ich habe einen Hubschrauber im Bild. Der wird schätzungsweise in fünfundvierzig Sekunden da sein.«

Wie raffiniert, Drew. Sehr raffiniert. Cooper sagte: »Gut.«

»Was?«

»Hau ab. Und sorg dafür, dass Shannon und meine Familie auch rauskommen. Wir treffen uns am vereinbarten Punkt.«

»Cooper ...«

»Sofort. Das ist ein Befehl.«

Die oberste Treppe führte zu einer Tür. Cooper rannte dagegen und sie flog auf. Dahinter das Dach. Kies und riesige Klimaaggregate. Die plötzliche Kälte der Abendluft, die Geräusche der Großstadt und ganz schwach, aber lauter werdend, das Schlagen von Hubschrauberrotoren.

Peters stand am südöstlichen Rand des Dachs an einer freien Fläche, gerade groß genug für den Hubschrauber.

Cooper musste unvermittelt an San Antonio denken. An Alex Vasquez, die er auch aufs Dach verfolgt hatte. Wie sie dort am Rand stand und sich ihre Silhouette vor dem Nachthimmel abzeichnete.

Peters hörte ihn, als er nur noch drei Meter entfernt war, und wirbelte herum, sagte: »Nein«, und griff hinter sich. Cooper packte seinen Arm und drehte ihn nach vorn. Dann machte er eine schnelle Drehung, rammte seinen anderen Unterarm gegen Peters' Ellbogen und mit einem fiesen Knacken sprang der Knochen aus dem Gelenk. Drew Peters schrie auf und die Waffe glitt aus seinen schlaffen Fingern.

Cooper hielt seinen Exchef mit einer Hand fest und wühlte mit der anderen in seinen Taschen. Er fand den Stampdrive in seiner rechten Hosentasche und nahm ihn an sich. Dann packte er Peters bei den Revers und schob ihn vor sich her. Nach drei

Schritten hatten sie den Rand des Dachs erreicht. Im Hintergrund glühte die Skyline, marmorne Monumente in Licht getaucht. Das Weiße Haus, von unten angestrahlt, wirkte geradezu majestätisch. Cooper fragte sich, ob Präsident Walker dort war. Ob er im Oval Office saß oder einen Bademantel übergezogen hatte und auf dem Weg ins Bett war.

Der Hubschrauber kam näher. Der Strahl eines Scheinwerfers bewegte sich suchend hin und her. Ein Lichtkegel huschte über die Häuser. Auf der Jagd.

Peters Gesicht glänzte vor Angstschweiß, seine Augen waren weit aufgerissen. Aber seine Stimme klang seltsam ruhig, als er sagte: »Sie wollen mich umbringen? Nur zu.«

»Okay.« Cooper schob Peters noch einen halben Schritt näher auf den Abgrund zu.

»Warten Sie!« Peters Absatz rutschte am Rand des Dachs entlang. »Diese Sache ist viel bedeutender als Sie oder ich. Wenn Sie das jetzt tun, wird die Welt in Flammen aufgehen.«

»Sie hoffen wohl immer noch, dass ich vielleicht doch einer von Ihren Glaubenden bin, was?«

»Ich weiß es.«

»Vielleicht haben Sie ja recht. Vielleicht glaube ich immer noch. Aber nicht an Sie und nicht an Ihr mieses kleines Spiel.«

»Es ist kein Spiel, es ist die Zukunft. Sie müssen sich für eine Seite entscheiden.«

»Ja«, sagte Cooper. »Das habe ich schon mal gehört.« Er zog seinen ehemaligen Mentor ganz dicht an sich heran. Dann stieß er ihn mit aller Kraft von sich.

Als Drew Peters über den Rand des Dachs flog, streifte ihn der Strahl des Suchscheinwerfers. Eine Lumpenpuppe mit wedelnden Armen, dreißig Meter über dem Asphalt. Und für einen Sekundenbruchteil schien der Lichtstrahl ihn festzuhalten.

Aber nur für einen Sekundenbruchteil.

KAPITEL 40

Nach anderthalb Stunden hatte er sich weit genug von der Gefahrenzone entfernt.

Für den direkten Fußweg von dem Bürogebäude auf der 7th Street bis zu der Bank mit Blick auf das Lincoln Memorial brauchte man eigentlich nur zwanzig Minuten. Dreißig, wenn man gemütlich schlenderte und sich unterwegs die weltberühmten Sehenswürdigkeiten ansah. Der Weg führte vorbei am Ostflügel des Weißen Hauses, dessen Fenster zu jeder Stunde hell erleuchtet waren. Vorbei am Washington Monument, einem Speer in der Nacht, dessen Flugzeugwarnlicht regelmäßig aufblinkte. Vorbei am Teich der Constitution Gardens, der alles sanft gekräuselt widerspiegelte. Vorbei an der glänzend schwarzen Narbe des Vietnam Veterans Memorial, das den Hang entzweischnitt. Und schließlich zum klassizistischen Klotz des Lincoln Memorial selbst. Breite Marmortreppen führten hoch zu den geriffelten, von innen angestrahlten Säulen und der gute alte Abraham starrte düster versunken vor sich hin, als würde er über das Land nachgrübeln, das er einst regiert hatte.

Aber Cooper hatte nicht den direkten Weg genommen. Seine erste Sorge war, sicher aus dem Gebäude zu kommen. Über die Treppe war er auf die Straße hinausgerannt. Von dort aus zuerst

Richtung Norden und dann nach Osten. Unterwegs konnte er hören, was sich zusammenbraute. Quinn hatte nicht übertrieben, als er von einer kleinen Armee sprach. Peters hatte anscheinend sämtliche verfügbaren Polizeikräfte zusammengerufen und nirgends im Land gab es eine solche Dichte an Gesetzeshütern wie in Washington. Das hieß, es waren nicht nur AEB-Teams unterwegs, auch Stadt-, Kapitol-, Verkehrs- und Parkpolizei und die Uniformabteilung des Secret Service.

Und da offenbar niemand wusste, was los war und nach wem sie überhaupt suchen sollten, war die ganze Aktion ein einziges Chaos.

Cooper nahm an, dass Peters genau das beabsichtigt hatte. Er wollte so viele Leute wie möglich heranschaffen und dann alles von der Luft aus dirigieren. In dem allgemeinen Durcheinander hätte er ohne Probleme die Geschichte neu schreiben können – etwa, dass der Exagent und abnorme Terrorist Nick Cooper seine eigene Familie entführt und der Ausgleichsdienst ihn in dem Bürogebäude gestellt hatte. Es würde so aussehen, als hätte die Zusammenarbeit all der verschiedenen Einheiten nicht wirklich funktioniert, und die AEB würde als wahre Siegerin dastehen.

Tut mir leid, Drew. Aber dein Sturzflug mit Asphaltkuss dürfte dir wohl einen Strich durch die Rechnung gemacht haben.

Das Gute war, dass die verschiedenen Einheiten ohne einen Koordinator die meiste Zeit nur übereinander stolperten. Überall Sirenen und Scheinwerfer, Einsatzkommandos und Gesichtslose, Straßensperren und gezückte Dienstausweise.

Cooper nutzte das allgemeine Chaos, um sich aus der unmittelbaren Gefahrenzone zu entfernen. Der Rest war Routine. Er schlich sich in das Gebäude und wieder hinaus, fuhr mit der Metro eine Station Richtung Norden, dann zwei nach Süden, lief zweimal in entgegengesetzten Richtungen um denselben Block und durchquerte schließlich die National Mall.

Anderthalb Stunden später saß er auf einer Parkbank und schaute Abraham Lincoln in die Augen. Noch zwanzig Minuten bis zu seinem Treffen mit Quinn und Shannon.

Zwanzig Minuten, bis er seine Kinder wiedersehen würde.

Zwanzig Minuten, um über den Lauf der Welt zu entscheiden.

Cooper hatte sein Datenpad hervorgeholt und den Stampdrive hineingeschoben. Er hatte sich eingeloggt und war bereit, die Videodatei abzuschicken. Er würde nicht den gleichen Fehler begehen wie John Smith und das Video an eine Handvoll Journalisten senden, die sich mundtot machen ließen. Stattdessen würde er es auf ein öffentliches Videoportal hochladen. Er musste nur auf »Senden« drücken und das Video würde sich verbreiten wie ein Lauffeuer. Innerhalb kürzester Zeit würde es Tausende von Leuten erreichen. Am nächsten Morgen wäre es überall zu sehen, auf jedem Nachrichtensender und jeder Website. Die Welt würde endlich die hässliche Wahrheit erfahren.

Er musste nur auf »Senden« drücken.

Was hatte Peters gesagt? *»Diese Sache ist viel bedeutender als Sie oder ich. Wenn Sie das jetzt tun, wird die Welt in Flammen aufgehen.«*

Für die Regierung würde es auf jeden Fall das Aus bedeuten. Ein Präsident, der vor laufender Kamera den Mord an Dutzenden Unschuldigen autorisiert? Die Öffentlichkeit würde ihn zerfleischen. Er müsste mit einer Haftstrafe rechnen. Mindestens.

Dagegen hatte Cooper überhaupt nichts einzuwenden. Aber ein einmal entfachtes Feuer ließe sich nicht so einfach kontrollieren. Wie weit würde es sich ausbreiten?

Das Vertrauen der Bevölkerung in den Staat, ohnehin schon so gering wie nie, wäre vollends dahin. Im Grunde waren die Amerikaner schon jetzt der Überzeugung, dass sich die Machthaber einen Dreck um sie scherten. Die Leute waren Politikern gegenüber sehr zynisch eingestellt, und das mit gutem Grund. Aber zu erfahren, dass die Regierung den Mord an unschuldigen Bürgern veranlasst hatte, war etwas ganz anderes.

Und der Ausgleichsdienst? Wenn er überleben sollte, musste sich die Behörde von Peters distanzieren und ihn als Fanatiker brandmarken, der außerhalb der Legalität gehandelt hatte. Aber vielleicht würde er trotzdem aufgelöst.

Und das hätte auch Nachteile. Natürlich hatte Peters die Behörde für seine Zwecke missbraucht. Aber es ging eine reale Gefahr von gewalttätigen Abnormen aus. Vielleicht war nicht jeder, den Cooper eliminiert hatte, schuldig gewesen. Doch viele waren es und ohne den Ausgleichsdienst gab es keine Möglichkeit, die kriminellen Elemente zu kontrollieren.

Außerdem würde die Veröffentlichung des Videos John Smith nicht nur von jeglicher Schuld am Monocle-Anschlag freisprechen. Er würde wieder als Freiheitskämpfer gelten, vielleicht sogar als Held. Viele würden zu ihm aufschauen. Ihn als jemanden betrachten, der mutig seine Meinung vertritt. Vielleicht sogar als möglichen Führer.

Ein erschreckender Gedanke, denn Smith hatte sicher Führungsqualitäten, aber Cooper traute ihm nicht. Er hatte zugegeben, Bomben gelegt, Computerviren verbreitet und Zivilisten ermordet zu haben. Smith hatte zwar nichts mit dem Anschlag auf das Monocle zu tun, aber er war kein Unschuldiger.

Vielleicht hatte Peters ja recht gehabt. Vielleicht würde die Welt tatsächlich in Flammen aufgehen, wenn er dieses Video veröffentliche.

Natürlich gibt es noch eine andere Möglichkeit.

Cooper könnte das Video für seine eigenen Zwecke einsetzen. Er könnte Präsident Walker damit erpressen und dann die AEB übernehmen und sie so leiten, wie es ursprünglich beabsichtigt war. Er könnte Drew Peters' Platz einnehmen und die richtigen Entscheidungen treffen. Einen Krieg verhindern, anstatt ihn auszuweiten.

Ein verlockender Gedanke. Seit er erwachsen war, hatte Cooper sein Land verteidigt. Zuerst in der Armee gegen Bedrohungen von außen, dann gegen eine viel größere Gefahr – die Zukunft. Eine offene Konfrontation zwischen Normalen und Genialen würde in einen unvorstellbaren Gewaltausbruch münden. Väter würden sich gegen ihre Söhne stellen, Männer gegen ihre Frauen.

Brüder würden gegen ihre Schwestern kämpfen. Würden Kate und Todd einst gegeneinander Krieg führen müssen?

Das konnte er nicht zulassen. Nur darum hatte er alles getan, das Gute und das Böse, das Richtige und das Falsche. Er hatte alles nur aus dem Glauben getan, dass die Kinder dieser schönen neuen Welt irgendwie, irgendwann eine Möglichkeit finden würden zusammenzuleben.

Und wenn er dieses Video für seine Zwecke verwendete, anstatt es zu veröffentlichen, dann könnte er einen Beitrag dazu leisten. Er könnte das System von innen ändern.

Cooper sah hoch in den samtschwarzen Himmel über der Stadt. Tief hängende Wolken waren violett schattiert von den Lichtern, die all der Marmor, die Denkmäler und die Paläste der Regierungsmaschinerie zurückwarfen. Die Lichter einer Stadt, die für etwas stand.

Zwischen den Säulen spähte Lincoln mit sorgenerfüllter Miene hervor. Der blutigste Krieg der amerikanischen Geschichte hatte unter ihm stattgefunden. Konnte Amerika einen zweiten Bürgerkrieg überleben?

Er sah auf die Uhr auf seinem Datenpad. Es war Zeit zu gehen.

Wahrheit oder Macht?

Cooper dachte an seine Kinder.

Dann drückte er auf »Senden«, legte sein Datenpad auf die Bank und ließ es dort.

Vielleicht würde die Welt in Flammen aufgehen. Aber wenn die Wahrheit dieses Feuer entfachen konnte, war es ja vielleicht nötig.

Seine Rolle in diesem Krieg war jedenfalls zu Ende.

* * *

Fünf Minuten später setzte ihn ein Taxi in Shaw ab, in einer ruhigen Straße mit kleinen Reihenhäusern. Das Viertel, einst als Lager für befreite Sklaven gegründet, war früher Washingtons Version von Harlem gewesen, mit all den guten und den schlechten Seiten. Aber in den letzten Jahrzehnten zogen immer mehr Besserverdienende hierher. Weiße mit Geld verdrängten schwarze Arbeiter. Ob zum Guten oder zum Schlechten, alles veränderte sich.

Cooper bezahlte das Taxi und stieg vor einem gepflegten Haus aus dem neunzehnten Jahrhundert aus. Die Fenster im Erdgeschoss waren hell erleuchtet und im Innern konnte er sich bewegende Schemen sehen. Quinn lehnte an seinem Auto und drehte eine unangezündete Zigarette zwischen den Fingern. »Da bist du ja.«

»Ja, ich hab die Aussichtsroute genommen.«

»Und Peters?«

»Der hatte auch eine gute Aussicht, war aber viel schneller am Ziel.«

»Du hast bestimmt schon die ganze Zeit darauf gefiebert, den Gag loszuwerden, was?«

»Ja, kann sein. Was ist mit Natalie und den Kindern?«

»Die sind drinnen. Ich bin seit einer Stunde hier, bisher keine Probleme.«

»Und Shannon? Du hast gesagt, sie sei verletzt.«

»Ja, sie hat einen bösen Schlag auf den Kopf abbekommen und ein blutiges Ohr. Aber es geht ihr gut.« Quinn lächelte. »Sie ist richtig sauer, dass sie was abgekriegt hat. Anscheinend dachte sie wirklich, sie wäre unsichtbar.«

»Na ja, so gut wie.«

»Stimmt. Apropos …« Quinn holte einen Stampdrive aus der Tasche. »Die Aufnahmen der Überwachungskameras aus dem Bürogebäude. Von allen Kameras, ab einer halben Stunde vor unserer Ankunft. Ich habe alle Speicher vor Ort gelöscht. Wir sind jetzt auch unsichtbar.«

»Du bist ein verdammter Zauberer, Bobby.«

»Vergiss das bitte nicht.« Sein Partner steckte die Zigarette zwischen die Lippen, dann nahm er sie wieder heraus. »Also, was meinst du? Wird die Behörde die Sache zugeben?«

»Das glaube ich kaum. Irgendein cleverer PR-Bursche denkt sich sicher gerade eine Geschichte aus, um das Ganze zu vertuschen.«

»Direktor Drew Peters, erzürnt über moderne Ästhetik, schoss aus Protest in einem Grafik-Design-Unternehmen um sich, bevor er sich vom Dach des Gebäudes stürzte.«

»So was in der Art.« Er nahm eine Bewegung wahr. Die Haustür öffnete sich und zwei Gestalten kamen heraus. »Sind wir hier sicher?«

»Das Haus gehört dem Freund eines Freundes. Es gibt keine direkte Verbindung zu uns.« Quinn folgte seinem Blick und sah Shannon und Natalie auf der Veranda. Sie unterhielten sich, aber selbst auf die Entfernung bemerkte Cooper, wie steif sie waren. Sie wussten anscheinend nicht so recht, wie sie miteinander umgehen sollten. *Die Exfrau und die neue … was auch immer sie ist.*

Quinn fiel es auch auf. »Ach du Schreck. Geh lieber dazwischen, bevor sie die Messer zücken.«

»Ja.« Er ging durch den Vorgarten und drehte sich noch einmal um. »Danke, Bobby. Du hast was bei mir gut.«

»Ach …«, sagte Quinn und lächelte. »Ich hab eine ganze Menge bei dir gut.«

Cooper lachte.

Natalie wurde noch etwas steifer, als sie ihn sah. Wie eh und je konnte er ihre Gedanken lesen. Er sah, wie froh sie war, ihn zu sehen, wie erleichtert, dass er wohlauf war, aber auch ihre Wut über alles, was sie in den vergangenen sechs Monaten seinetwegen hatte durchmachen müssen. Shannon hatte einen Mullverband über dem Ohr und Blutflecken auf dem T-Shirt. Auch sie, die sonst so lässig war, wirkte angespannt.

»Hallo«, sagte er und sah von einer zur anderen.

»Sind wir in Sicherheit?«, fragte Natalie.

»Ja.«

»Ist es vorbei?«

»Ja.«

»Kommst du zurück zu uns?«

»Ja«, sagte er und bemerkte, wie Shannon sich noch mehr verkrampfte. »Ich muss euch beide wohl nicht mehr vorstellen.«

»Nein«, sagte Natalie. »Das hat Shannon schon gemacht. Sie ist einfach unglaublich.«

»Ich weiß.« Sein Blick verweilte auf der feinen Knochenstruktur ihres Gesichts. »Ihr beide seid einfach toll. Ohne euch hätte ich es nicht geschafft.«

Dann wusste er nicht mehr, was er sagen sollte, und die beiden Frauen anscheinend auch nicht. Natalie verschränkte die Arme. Shannon trat von einem Fuß auf den anderen. Schließlich sagte sie: »Also, ich muss jetzt los. Dann kannst du dich endlich deiner Familie widmen.« Sie hielt Natalie ihre Hand hin. »Schön, Sie kennenzulernen.«

Natalie sah sie an, starrte auf die ausgestreckte Hand, ignorierte sie und nahm Shannon in den Arm. »Danke«, flüsterte sie. »Danke.«

Shannon nickte und legte etwas linkisch die Arme um Natalie. »Ja, Ihre Kinder sind wirklich süß.«

»Und vor allem lebendig, dank Ihnen.« Natalie hielt Shannon noch einen Moment lang umarmt, dann ließ sie los und sagte: »Wenn Sie irgendetwas brauchen, egal was, sagen Sie einfach Bescheid, okay?«

»Okay.« Shannon sah Cooper an. »Wir sehen uns, nehme ich an.« Dann ging sie die Stufen der Veranda hinunter und durch den Vorgarten.

Cooper sah ihr hinterher und wandte sich dann wieder seiner Exfrau zu. Den meisten wäre an ihrer Haltung nichts aufgefallen, aber für ihn war sie ein offenes Buch. Er sah zwar ehrliche Dankbarkeit, aber gekoppelt mit Unbehagen, was nicht verwunderlich war. Auch sie hatte in den letzten sechs Monaten die absolute Hölle durchlebt, alles für ihre Kinder, genau wie er, und in gewisser Weise hatte sie ihn während dieser Zeit wahrscheinlich als Partner empfunden. Als ihren Mann, trotz allem. Es hatte sie sicher verletzt zu sehen, dass da offensichtlich etwas war zwischen Shannon und ihm. Und das wollte er wirklich nicht. Er würde es ihr erklären …

»Geht's den Kindern gut?«

»Nun, sie … sie werden schon wieder. Möchtest du sie sehen?«

»Ja, natürlich.« Er wollte hineingehen, blieb aber plötzlich stehen. »Nur eine Sekunde, okay?« Cooper wartete die Antwort nicht ab, lief hinter Shannon her und hielt sie am Arm fest. »Warte.«

Sie sah ihn an, aber er konnte ihre Miene nicht deuten. »Was ist?«

Er machte den Mund auf, zögerte kurz und sagte dann: »Wir leben noch.«

»Ja, habe ich bemerkt.«

»Und wir haben die Welt gerettet.«

»Hurra, sind wir toll.«

»Also …«

Sie sah ihn mit ihrem schiefen Lächeln an. »Ja?«

»Nun, du hast gesagt, wenn wir überleben, gehst du mit mir aus.«

»Nein, ich habe gesagt, wenn wir überleben, darfst du mich noch mal fragen.«

»Ach ja, richtig.« Er zuckte mit den Schultern. »Also? Hast du Lust auf eine Verabredung, bei der nicht geschossen wird?«

»Ich weiß nicht.« Sie baute sich vor ihm auf, zögerte. »Aber was machen wir dann, so ganz ohne Schießerei?«

»Uns fällt schon was ein.« Er lächelte und sie auch.

»In Ordnung, Nick. Aber dass es bloß nicht langweilig wird!«

»Abgemacht?«

»Abgemacht. Und jetzt hau schon ab.«

Er nickte und ging wieder zum Haus zurück. Unterwegs fiel ihm noch etwas ein und er drehte sich um. »He, ich habe immer noch nicht deine …«

Shannon war weg.

Wie macht sie das bloß?

Er schüttelte den Kopf, grinste vor sich hin und ging weiter. Die Tür stand offen und er hörte Natalies Stimme. Dann traten sie alle drei ins Licht.

Todd und Kate waren blass, beide hatten geweint. In diesem Augenblick konnte er sehen, was sie durchgemacht hatten. Alles. In all den Monaten, die er weg gewesen war. Den ungeheuren Druck, den sie hatten aushalten müssen. All die Schrecken, die sie hatten ertragen müssen. Und vor allem, was seit gestern geschehen war. Sie verstanden es sicher nicht, unmöglich, aber es würde seine Spuren hinterlassen. Sie hatten Wunden davongetragen, das begriff er jetzt. Nicht körperlich. Aber es gab auch Wunden, die man nicht sah.

Ihr Anblick riss ihm das Herz heraus. Ein gefrorener Moment, den er nie wieder loswerden würde.

Dann erst sahen sie ihn. Im ersten Augenblick schienen sie ihn nicht zu erkennen. Es war dunkel und sie hatten ihn sechs Monate lang nicht gesehen, in ihrem Alter eine Ewigkeit.

Kate reagierte als Erste. Sie riss die Augen weit auf. Dann sah sie Natalie an, dann wieder ihn. Und Todd sagte: »Dad?«

Sie rannten die Stufen der Veranda hinunter und warfen sich in seine Arme, er hievte sie beide hoch und alle drei lachten und weinten und riefen ihre Namen, und er spürte die Wärme, die sie ausstrahlten, nahm ihren Geruch wahr, spürte ein wohliges Gefühl tief in seinem Innern, eine nie erlebte und doch immer vorhandene emotionale Intensität, all das, wofür sein Kampf sich gelohnt hatte, und in diesem Augenblick wurde ihm bewusst, dass er sich geirrt hatte.

Seine Rolle in diesem Krieg war noch nicht zu Ende. Noch lange nicht.

Solange die Welt seinen Kindern keine lebenswerte Zukunft bot, würde dieser Krieg andauern. Und solange es einen Krieg gab, würde er weiterkämpfen.

Aber für einen kurzen Augenblick, während er sie so fest an sich drückte, dass er ihre Knochen spüren konnte, und Todd sich an seine Brust drückte und Kate ihr Gesicht an seinem Hals vergrub und Natalie die Stufen hinunterkam und ihre Arme um sie alle legte, während er das Haar seines Sohnes roch und die Tränen seiner Tochter schmeckte, da war alles andere vergessen.

Die Zukunft konnte warten. Wenn auch nur für eine kleine Weile.

DANKSAGUNGEN

Seit Langem hält sich der Irrglaube, man würde ein Buch ganz auf sich allein gestellt schreiben. Der Autor, ein tintenfingriger Träumer, würde in einem Keller sitzen und vor sich hin fabulieren. Das mit dem Träumer im Keller trifft zu, aber dieses Buch ist natürlich nicht ohne fremde Hilfe entstanden. Folgenden Menschen bin ich zu tiefstem Dank verpflichtet:

Scott Miller, meinem Agenten, Kumpel und Mitstreiter, der erstaunlicherweise angesichts meiner verrückten Idee nicht in Panik geriet, sondern mir stattdessen riet, das Buch zu schreiben, und zwar sofort. Außerdem dem einmaligen Team von Creative Artists, insbesondere Jon Cassir, Matthew Snyder und Rosi Bilow, die all die Witze über Hollywood lügen strafen.

Weiterhin gilt mein Dank Reema Al-Zaben, Andy Bartlett, Jacque Ben-Zekry, Grace Doyle, Daphne Durham, Justin Golenbock, Danielle Marshall und all den anderen Mitarbeitern von Thomas & Mercer, allesamt Bücherfreunde, die eine schöne neue Welt erschaffen.

Außerdem kann ich mich glücklich schätzen, zwei kreative Partner zu haben. Der eine ist Sean Chercover, mein rein platonischer Lebensgefährte und beruflicher Wegbegleiter. Er hat überall in diesem Buch seine Spuren hinterlassen. Alles, was

Ihnen nicht gefällt, ist wahrscheinlich auf seinem Mist gewachsen. Der andere ist Blake Crouch, der mir auf einem viertausend Meter hohen Berggipfel geholfen hat, eine skelettartige Idee in eine runde Geschichte zu verwandeln … und dann hat er auch noch den Titel geliefert. Jungs, die Getränke gehen auf mich.

Ferner gilt mein Dank all den Testlesern, die mich auf Schwachstellen aufmerksam gemacht haben, besonders Michael Cook, Alison Dasho und Darwyn Jones.

Megan Beatie und Dana Kaye, zwei äußerst begabten und effizienten PR-Leuten.

Dale Rosenthal von der University of Illinois in Chicago, der bei einem Glas Guinness den Weltfinanzmarkt auseinandergenommen und abnormensicher wieder aufgebaut hat.

Kevin Anthony, der den wunderschönen Schreibtisch gebaut hat, an dem ich bis an mein Lebensende arbeiten werde.

Der ganzen Krimi-Gemeinde – ob Buchhändler, Bibliothekare, Blogger, Kritiker, Autoren oder PR-Leute –, aber ganz besonders meinen Lesern.

Meinem Bruder Matt, der das Buch verschlungen und sorgsam mein Ego aufgebaut hat, um dann alles zu zerpflücken, was nicht funktionierte. Du bist einfach klasse!

Sally and Anthony Sakey, besser bekannt als Mom und Dad, die mir alles gegeben haben.

Und schließlich den beiden großen Lieben meines Lebens, meiner Frau g.g. und meiner Tochter Jocelyn. Ohne euch wäre alles bedeutungslos.